中国现当代小说理论编年史
1949—2019

ZHONGGUO XIANDANGDAI
XIAOSHUO LILUN BIANNIANSHI

总主编／周新民

第二卷（1960—1979）

本卷主编／余存哲

武汉出版社
WUHAN PUBLISHING HOUSE

(鄂)新登字08号

图书在版编目（CIP）数据

中国现当代小说理论编年史.1949—2019.第二卷，1960-1979 / 周新民总主编. -- 武汉：武汉出版社，2024.12. -- ISBN 978-7-5582-7214-1

Ⅰ.I207.409

中国国家版本馆CIP数据核字第20243QV827号

中国现当代小说理论编年史（1949—2019） 第二卷（1960—1979）

总　主　编：周新民
本卷主编：余存哲
责任编辑：明廷雄
封面设计：黄子修
出　　版：武汉出版社
社　　址：武汉市江岸区兴业路136号　　　邮　　编：430014
电　　话：（027）85606403　　85600625
http://www.whcbs.com　　E-mail: whcbszbs@163.com
印　　刷：湖北新华印务有限公司　　　经　　销：新华书店
开　　本：787 mm×1092 mm　　1/16
印　　张：25　　字　　数：430千字
版　　次：2024年12月第1版
印　　次：2025年2月第1次印刷
定　　价：1280.00元（全8卷）

版权所有·翻印必究
如有质量问题，由本社负责调换。

第二卷（1960—1979）

目　录

1960 年	1
1961 年	54
1962 年	108
1963 年	169
1964 年	202
1965 年	233
1966 年	252
1967 年	266
1968 年	270
1969 年	272
1970 年	274
1971 年	275
1972 年	277
1973 年	279
1974 年	282
1975 年	289
1976 年	294
1977 年	300
1978 年	317
1979 年	344

1960年

一月

1日 履冰的《读稿心得和意见》发表于《峨眉》1月号。履冰认为："读了《责任》这个短篇小说，我觉得写得很不错。作者基本掌握了短篇小说的写作方法，就是善于从一个大环境中截取一个恰当的侧面和片断，集中力量来刻划一个人物；故事很单纯，情节很紧凑，鲜明地突出了人物和主题。""小说在描写人物方面，我觉得有两点值得我们注意。第一，抓住一个主要情节，使人物在这一情节中翻腾冲闯，通过人物自身的行为来揭示人物的性格。这比有些作品，通过许多事件、许多叙述来交代和证明人物的行为的方法，要简练和有力得多。……第二，集中力量突出人物精神面貌的重要的一点，这一点写好了，人物也就活跃起来了。"

苏芒的《激流的浪花——谈〈红岩·激流篇〉的几个特点》发表于同期《峨眉》。苏芒认为："《激流篇》的作品在人物描写上，也以自己独特的表现手法形成了自己的风格。这是《激流篇》的第四个特点。我感到，它之所以具有这一特点，是和那些作品塑造形象所采用的几种手法分不开的：第一，在形象的塑造上都重在神似而不重在形似，几笔勾画出人物的轮廓来。第二，善于把自己的人物放在最激动人心的事件冲突的中心，用人物自己的最足以揭示人物思想品质的行动来塑造人物的性格。第三，作品中的一切，都围绕一两个主要人物，为塑造主要人物服务。"

祖论平的《又新又美的劳动妇女形象——读〈金秀芝〉》发表于同期《峨眉》。祖论平认为："在人物形象的塑造上，小说（指《金秀芝》——编者注）没有去追求离奇、曲折的故事情节，也不是以人物强烈的行动性取胜，而是通过典型化的情节，通过一些真实的、具有特征性的细节描写，着重刻画人物精神世界的美。在小说里，主要通过一个情节线索，深入到人物的内心世界，比较丰满地揭示了人物的性格。"

同日，灵秀的《略谈契诃夫短篇小说的艺术特色——纪念契诃夫诞生一百周年》发表于《海燕》1、2月合刊。灵秀认为，契诃夫的短篇小说体现了作者"敏锐的观察，深刻的思想"。

灵秀指出："契诃夫在塑造……人物形象时，往往是抓住人物性格最主要的一面来加以集中刻画，因而人物性格的典型性就表现的更加突出，更加鲜明。""契诃夫的小说，不仅在……一些具有社会意义的典型人物上写的性格突出，就是在一般人物的描写中，也总是勾画得十分鲜明。""契诃夫对生活的观察是深刻而广阔的，在他的小说中即便是思想行动属于同一阶级同一类型的人物，也写的各有自己的性格特色。""此外，在语言上，契诃夫也有他自己的特色。他不仅使每句话适合于人物的身份，而且也还要表现出个性来。人物的整个思想，在具有鲜明个性的语言中，也表现的更加突出。"

同日，萧曼林的《试谈人物行动的描写》发表于《青海湖》1月号。萧曼林写道："作品中人物一系列的行为举动是人物形象的形成和性格发展的历史。人物的每一行动（即或是一个细节行动），都是人物性格和内心活动的具体表现。所以说，作品里人物行动的描写是特为重要的。只有深刻地、具体而生动地描写出人物的行动，才能展示人物的性格，揭示人物的内心世界，塑造出富有性格特征的人物形象来。""人物的行动都是受他的思想、感情支配的。因而文学作品在描写人物的行动时，就要通过人物的行动揭示出人物内在的精神面貌，也就是说使读者透过人物的行动，窥探出支配他的行动的内心世界来。同时，当读者从人物的行动里洞察到人物的精神面貌之后，他才会赞叹作家对人物行动描写的成功。"

同日，李论的《略谈〈山花〉的小小说》发表于《山花》1月号。李论写道："小小说这种文学形式在配合生产斗争上有很大的作用。""这些作品所写的都是生活中每时每刻在发生着的新人新事。作品中所要着重勾画的是各个战线上那些新人物的风貌。正是这些新人物的崇高行动和高尚道德，使得我们在时间短暂的艺术欣赏中，得到启发和鼓舞。"

李论认为，读者之所以喜欢小小说，原因主要是："第一，……小小说能比较迅速及时的反映当前的斗争生活，给读者以清新的感受。""第二，……一篇小小说一个生活画面，十二篇小小说就反映了多种多样的生活内容。我们的文学作品，是应当从各个不同的方面去反映我们的现实生活的。""第三，这些作品都短小：故事单纯，只通过一两个生活场景或一个小故事，就勾画出一两个人物的面貌。……写出来的作品，一般都具有生活实感，富有生活气息，风格朴素明朗。"

李论还说："小小说这种文学形式，是值得大力提倡的。……有助于工农兵业余作者锻炼他们的文学才能。""首先，小小说篇幅短小，……故事比较简单，有的甚至可以没有故事。因此，比起短篇小说来，它较容易掌握，不必用太长的时间酝酿构思，一经构思成熟，便可以较快地写出来，修改也较方便，即使这篇写不成功，也可以另写那篇，反正误时不多。所以，正如茅盾同志所说，小小说是最适于他们业余创作的文学体裁之一。""其次，通过写小小说的实践，初学写作者可以逐步学会熟练地运用语言，逐步掌握艺术概括的本领，再进行较大型的较复杂的创作也就有了基础。""再次，在小小说中，一个诗意的生活画面，一个激动人心的生活小镜头，一个有教育意义的生活小故事就可以构成它的题材。这样的题材在我们辉煌灿烂的社会主义建设生活中，随地都可以找到。"

同日，本刊编辑部的《〈创业史〉读者意见综述》发表于《延河》1月号。本刊编辑部写道："不少人认为，《创业史》第一部的成功之处，主要在于写出了不同阶级的不同人物。梁生宝这个人物写的比较细致、突出。""作品有突出的地方色采。真实的写出了陕西关中地区的农村风貌。有确切的地方风俗习惯的描写。"

曹树成的《〈创业史〉第一部读后点滴》发表于同期《延河》。曹树成写道："任何一部好作品，其中那些栩栩如生的艺术形象，和那些精巧的情节，不仅使人久久不能忘怀，同时通过那些艺术形象所揭示出来的极其深刻的思想，也会使你对现实生活有进一步正确的认识，从而启发你对急骤变革着的现实，应该采取怎样的态度。我觉得柳青同志的长篇小说《创业史》第一部,就是这样的作品。当我读着它和读完它之后,一直被作品中许多生动的艺术形象,浓郁的生活气息,和十分深刻的思想激动着。""作家不只叫我们知道了每个人的姓名、阶级成分、身世与不同的遭遇,和每个人的性格脾气、言谈笑貌,以及每个人在合作化运动中各自所持的不同态度等等,而且还非常巧妙的打开了每个人的心灵的门窗,使我们知道了他(她)们为什么是这样而不是那样。"

马家骏的《契诃夫的短篇小说〈万卡〉——纪念俄罗斯伟大作家安·巴·契诃夫诞生一百周年》发表于同期《延河》。马家骏认为:"契诃夫是卓越的现实主义短篇小说的巨匠。世界古典文学中只有莫泊桑和早期的鲁迅能和他媲美。他最善于经济而简练地表现生活真实,通过生活的片段来揭示社会本质。《万卡》中的社会悲剧就是通过一个小学徒写信这么一件小事情来表现的。""契诃夫短篇小说的精炼与紧凑,也突出表现在小说的结构上。……契诃夫的短篇小说,在于使形象、生活、事件和细节本身发展的逻辑来说服人,而不是用浮泛的冲动言词拉拢读者。""契诃夫是描写生活环境与自然环境的艺术大师。在他的短篇小说里,没有任何多余的描写。他善于抓住细致的特征,只消几个字就勾画出具有深刻意义的生活环境与自然风貌。而其环境描写经常与人物心理活动相联系。"

魏金枝的《从"回叙"谈起》发表于同期《延河》。魏金枝写道:"近来常常读到这样一种方式的短篇小说稿:先来一大段比较生动的现场描写,以引起读者的注意,然后突然停了下来,回到有关人物的历史叙述,或者这桩事件的根由叙述;经过冗长的叙述,然后再回到原来的阶段上去,我把这种叙述叫做回叙。这种回叙,实在叫人不舒服。""虽然在文学作品里,有时不能不用一些回叙的方式,特别是在长篇小说里,为了缩短作品中所叙写的时间,和截取故事中的重要部分,对于不甚重要但也不能不交待的东西,总是简单的加以回叙,以免叫人厌烦。但在短篇小说里,情况就有所不同。单以篇幅来说,一个长篇几十万字,即使写了一万字的回叙,也不过几十分之一;但假使在一万字的短篇里,写上一两千字的回叙,岂不大大损害短篇的精炼。更主要的是,在短篇的创作上,它总是采取一个集中的故事来表现主题的;对于人物的历史,事件的根由，往往不着重于交待式的回叙，而着重于在现场活动中，同时具体而形象地表现出人物的历史和事件的根由。具体地说，人物的性格，总是人物的阶级、环境和习惯所积累起来的结果……我们所以要在作品里描写人物的性格，原因也就在于这里。换句话说，最能干的作者，总是把人物过去、现在和将来的趋向，都在现在的活动中一齐带了出来，决不是把过去、现在和将来分头来抒写。""退一步说，即使不得不回叙过去，也往往为了把现在衬托得更鲜明有力，或是把人物写得更完整。""而且，在作品中应用回叙，也只是其中的一格，并没有必须如此的规定。""也可以这样说，从现实中切取来的关于现在这一段中，一面固然包含有过去和未来的成分在内，而同时也就包含有和左右四方相关的联系在内。换句话说，四周的事物，虽然各自存在，却也往往在此人此事上发生反应。根据这个原则，我们固然应该在描写此人此事时连带的描写出与此人此事有关的东西，但也可以在此人此事的本身上，反映出此人此事以外的各种关系。因此也就可以不必横生枝节，于此人此事以外作无穷的牵连，特别是在每个人物出场的时候，加上许多插片，以说明这些人这些事之间的相互关系。""但总的说来，这并不是单纯的一个回叙或插片的问题，而是作者能否概括的问题。……作者虽然不用回叙或插片的办法，却是从头就在抒写人物的历史和事件的根由，真正的正文，却是有限得很。这正是反客作主，既不以此人此事以外的东西，来反映此人此事，也并不在此人此事的身上，反映出此人此事以外的东西；直接的说，只是一篇详细的交待而已。这种情况，自然比上述的回叙或插片还要不如，因为回叙或插片，到底还是有意作为交待而附加的，却并不当为正文看待，所以毛病只在于使人扫兴，而后者却以现象的罗列，代替主题思想的发挥，自然是更要不得了。"

曾华鹏、潘旭澜的《论杜鹏程短篇小说的人物创造》发表于同期《延河》。曾华鹏、潘旭澜写道："从生活的激流中摘取一个看来似乎是平凡的事件，开掘它本身的深刻的意义，同时又表现出它在整个激流中的位置，使读者从这里听到汹涌澎湃的生活浪涛的呼啸，看到了置身在生活激流里的人物的美好的思想境界，这就成为杜鹏程描写平凡的生活事件的独具的特色。""在杜鹏程的短篇小说中，人物的肖象描写起着重要的作用。作家没有把肖象描写单纯地停留在人物外形的生理特征的介绍上,不,杜鹏程的肖象描写远比这深刻而丰富。他善于通过人物肖象的描绘,来展开人物的内心世界,准确地表现人物的个性特征。""杜鹏程短篇小说中的人物肖象描写虽然没有详细地去写人物的眼睛鼻子,但由于作家能把握人物外貌、姿态、行动方式中的具有重要意义的特征来加以描写,这样就将人物肖象的描写和人物性格的刻划联系起来,成为刻划性格的一种有力的手段。""在杜鹏程的短篇小说中,人物的语言和对话对于性格的刻划也有相当重要的意义。作家善于通过个性化的语言来刻划人物的性格,和表现蕴藏在人物心底深处的感情的泉流。""杜鹏程短篇小说人物语言的主要特色,就是作家选择了那些恰能表现人物精神面貌和性格特征的对话,有力地表现了人物丰富的思想、感情特色。"

曾华鹏、潘旭澜认为:"在杜鹏程的短篇小说中,作家还善于发现和抓住人物的细微动作的内在意义。生活中一些很不显眼的细节,在他的集中的艺术光照下,就显出它是突现人物性格的不可缺少的线索。""杜鹏程短篇中的细节描写对人物性格的刻划有着非常重要的意义。这些精心挑选出来的细节描写,使他笔下人物的性格更加突出,形象更加具体和丰满。"

曾华鹏、潘旭澜还说:"短篇小说由于受到篇幅的限制,它不可能象长篇那样有充分的篇页来回顾作品中人物所走过的历史道路。但是杜鹏程在短篇中却能够从容不迫地分出一定的篇幅来描写人物性格的历史发展。当然,这需要十分精练和确切的笔墨。杜鹏程总是选择那些与人物的性格有密切联系的事件,通过高度节省的文字和巧妙的安排来描写人物性格的历史。……杜鹏程短篇小说中对人物历史的简单追溯,给读者提供了理解性格的基础:使我们看到作品图框以外更多的生活,看到人物的不平凡的经历,这就使整个作品更加丰富和充实。而且,这种人物历史的介绍总是选择最有特征性的事件,同时又往往和肖象描写、对话、人物独白结合起来,这就可以节省许多文字,因而作品就显得特别简洁和自然。"

此外,曾华鹏、潘旭澜还注意到:"风景描写在杜鹏程的短篇小说中也占有显著的位置,它常常有力地烘托和加强了人物性格和作品主题。""杜鹏程短篇小说中所着力描写的都是我们时代的正面人物,在处理人物的过程中,作家决没有采取冷眼旁观的态度。相反的,他对自己笔下的人物有异常饱满的热情。作家经常采取第一人称的写法,这样就可以毫不拘束地抒情,直接为这些正面形象唱出自己的颂歌。另一方面,作家的饱满的热情,也常常是以对人物的充满感情的描写体现出来。作家对自己笔下的正面人物,喜欢有意识地诗化他们。"

郑伯奇的《〈创业史〉读后随感》发表于同期《延河》。郑伯奇写道:"作者好象介绍身边最熟悉的自家人一样,把蛤蟆滩上形形色色的人物呈现在读者的面前。通过这些人物的言语和行动,具体地揭示了在合作化过程中农村的阶级斗争和人民内部的矛盾。"

同日,《关于两篇小说的讨论——作协江苏分会筹委会小说组座谈会发言记录》发表于《雨花》第1期。郑乃藏认为:"杨苡同志通过描写儿童的生活,肯定儿童身上一些东西,找到学习的榜样,这一点还是能看出来的。但觉得也存在些问题……作品总的毛病是对儿童的缺点写得太多,新的东西太少。写缺点可以,目的为了要认识缺点,改正缺点。"

赵瑞蕻认为:"杨苡的这两篇小说(指《在电影院里》和《"成问题"的故事》——编者注),不是用的社会主义现实主义,而是用的自然主义或者是批判现实主义。这两篇小说还不能算艺术品,算报导是可以的。"

5日 康濯的《同根长出的两棵毒苗——略谈〈英雄的乐章〉和〈曹金兰〉》发表于《蜜蜂》第1期。康濯认为:"刘真同志据说自以为《英雄的乐章》的篇页中是热情澎湃,实际上却充满灰暗和阴沉。杜河同志据说还很为满意自己这篇《曹金兰》,但我却对这篇作品感到错误得很为荒谬。"

束沛德的《是英雄的乐章还是私情的哀歌》发表于同期《蜜蜂》。束沛德写道:"刘真同志的《英雄的乐章》(刊登于《蜜蜂》1959年第24期),正是用资产阶级人道主义观点描绘战争生活和人与人之间关系的一株毒草。""尽管小说的作者用全部热情来肯定主人公张玉克用自己的双手和生命谱成了英雄的乐章,可是我们从这里面听到的,却不是英雄主义的震撼人心的强大音响,而是人道主义的引人哀怨的调儿;不是乐观主义的生命的凯歌,而是个人主义的恋情的哀歌。"

同日,江曾培的《关于写"真人真事"》发表于《上海文学》1月号。江曾培认为："创造典型人物，当然不能只限于写真人真事，必须在广阔的天地中加以概括，这是毫无异议的。但是，我们却不能因此就排斥描写具有典型意义的真人真事。""'真人真事'与'典型'在原则上并不是对立的。'虚构'只是文艺创作上的一种方法，我们怎能把它和'真人真事'对立起来，任意抹杀文学创作中反映现实的一种方式呢？""当然，写'真人真事'并不等于自然主义地记录生活现象。现实生活中虽然存在着典型，但并不是所有的人和事都是典型的。其次，即使某一先进人物可以作为典型，却也不是毫无选择、毫无遗漏地描摹下来，这里仍然需要提炼。"

王道乾的《"人学"辨》发表于同期《上海文学》。王道乾写道："文学当然要描写人，这是毫无疑义的。但必须问一问：写什么人，写这样或那样的人，目的何在。文学的目的并不仅仅是写人或把人写'活'而已。文学的目的也决不是为写性格而写性格。社会主义文学要写人，'应当根据实际生活创造出各种各样的人物来，帮助群众推动历史前进'，这就是我们所主张的文学为劳动人民服务、为无产阶级政治服务。文学创作的中心问题——人物创造，是带有强烈阶级倾向性和政治性的问题。社会主义文学中所出现的人物，并不是'人性'的反映，而是反映着社会生活的本质方面和阶级斗争的发展，这是亿万人民所注目所关心的问题。"

同日，本刊编辑部的《新花含露塞上红——〈新疆兄弟民族小说选〉后记》发表于《天山》第1期。本刊编辑部写道："他们（指新疆兄弟民族作家和青年作者——编者注）的作品，大多内容真实，格调新颖，有的以情节引人入胜，展开了较广阔的生活场景和人物的性格冲突，像一卷动人的民族生活的风俗画；有的则抓住了生活中最感人的瞬间，较深入地挖掘了人物的精神世界，像一首精巧的情思饱满的抒情诗。尽管他们反映的生活面不同，构思的方式不同，却有一个基本的共同点：那就是高昂、充沛的时代激情，浓郁、鲜明的民族生活情调，刚健、清新、豪放的笔触，构成了具有独特风格的新疆兄弟民族斗争生活和建设生活的绚丽画幅。"

同日，高风的《众山拱伏主山尊——谈〈三家巷〉的民族特色》发表于《作品》1月号。高风认为："作者把你带进人物活动的特定历史环境中，使你觉得真实、亲切,既嗅到当时的时代气息,与人物在情感上的联系也比较接近。这种对当时习俗风尚的细致逼真的描写,还远不只这一处,在全书中随处可见,它衬托了小说的时代生活背景,也是有浓郁的地方色彩和民族特色。""一株大树,有主干,也需要有枝叶,干壮身粗,枝繁叶茂,才显得丰满有致。我国古代的小说,就是很注意疏密相间、有粗有细的描写。……《三家巷》对主题、人物与环境氛围,都有很恰当的照应与安排,因而增强了作品的真实感与生活气息,也形成了《三家巷》的民族风格与特色的一部分,虽然这不是主要的部分,但也同样是值得注意的。"

郭正元的《关于〈三家巷〉评价的几个问题——与王起同志商榷》发表于同期《作品》。郭正元认为:"周炳并不是一个工人阶级的典型,他的成长过程更不代表我国工人阶级的成长过程。……这样说,并不否定周炳这个形象的典型意义;相反,他代表了另一类型的革命知识分子的形象。他们出身劳动阶级,与劳动人民有天然的联系,既不是工人阶级的典型代表,也不同于一般小资产阶级知识分子的典型。正是在这个意义上,我们说《三家巷》创造了一个新的艺术形象。"

章里、易水的《美中不足的瑕疵——略谈〈三家巷〉存在的几个缺点》发表于同期《作品》。章里、易水写道:"把人物放在生活斗争中去考验,以更鲜明地揭示人物所具有的各个方面的品质与缺点;让人物在生活斗争中自己作出应有的结论,从而衬托出人物性格的发展,这原是现实主义艺术塑造人物形象的基本方法。不同的人物在不同的环境中有着自己独特的发展道路。作家可以虚构自己的人物,但在塑造人物时,必须按照人物的素质和性格的逻辑发展。只有这样,人物形象才更有说服力,作品才更能揭示现实生活的本质。"

11日 周晓的《碧海丹心 光昭日月——读长篇小说〈碧海丹心〉》发表于《文汇报》。周晓写道:"梁信同志的《碧海丹心》,真实地反映了这个举世闻名的战役(指海南岛战役——编者注)的历史面貌,塑造了几个成功的和能给读者留下印象的英雄形象。"

同日,冯牧的《初读〈创业史〉》发表于《文艺报》第1期。冯牧写道:"只有通过这种不同性格的矛盾和冲突,才能真正具体地、富有说服力地表现出斗争的全部深刻性和尖锐性来。而《创业史》的作者就主要的是通过这种方法来为我们揭示了生活的丰富内容,为我们展示了这一场决定了农民生活命运的惊心动魄的历史进程的。""《创业史》当中成功地塑造了许多人物形象。在他们当中,包括了几乎是农村里各种不同阶层和阶级地位的人物的形象;他们不仅是富有阶级特征的人,而且是富有性格和个性的人。作者就正是依靠了对于各种不同性格的人物刻划的途径来完成他的再现历史面貌和时代精神的繁重课题的。""在有些反映农村斗争生活的优秀作品里,我们往往会遇到这样一种现象:这些作品相当真实地再现了合作化运动,相当成功地刻划了一些人物;但是,在它们当中写得最生动的,都大多是属于那种反映了中农的两面性和某种落后因素的农民的形象;人们也曾努力来写好农民中先进人物的形象,但它们和上述那些形象相比,却往往相形见绌。这种现象(即使是暂时的现象)说明,对于我们某些作品,如何创造农村中的社会主义新人和描绘新事物的萌芽成长,仍然是一个亟待解决的重要课题。应当说,我们从《创业史》当中,却获得了和上述截然不同的印象。这部作品里对于落后农民和反面人物的刻划是出色的,但是,作品里对于正面人物的描绘,却焕发着更为耀目的光彩。"

冯牧认为:"《创业史》在艺术结构上和艺术技巧上是表现了作家的接近成熟的艺术风格的;在作品中,对于人物个性和心理状态的刻划入微的剖析,对于农村生活场景的优美的抒情的描绘,洋溢在字里行间的充沛的政治热情,生动而洗炼的群众化和性格化的语言,这几者紧密地交织在一起,构成了作品的浑然一体和无懈可击的细密的艺术结构。"

李何林的《十年来文学理论和批评上的一个小问题》发表于同期《文艺报》。李何林写道:"有人把文学作品分成三类:一、思想性和艺术性都高或都低的作品;二、思想性较高艺术性较低的作品;三、思想性较低艺术性较高的作品。换句话说就是:有思想性和艺术性相一致的作品,也有不相一致的作品。"但在他看来,没有思想性和艺术性不一致的作品。他认为:"蒋光慈的小说,乍看起来似乎它的艺术性比较低,思想性比较高:它的叙述语言里面表现了作者的进步的政治态度和一些进步的政治观点或政治概念;又每每通过人物的口说出了一些进步的政治思想或表达了一些进步的政治概念。但是它的形象和典型大多数都是没有个性的类型，不是有血有肉的，概念化的倾向是相当严重的，因而反映生活的深度和真实性都不够，对读者的教育作用和说服力量也不强，也就是思想性不高。只要概念化地表现一些正确的政治观点，并不等于思想性就高……蒋光慈的小说就是近于'只有正确的政治观点而没有艺术力量的'这一类，当然它多少还有一些艺术力量。它的艺术力量和它的思想性不高是相一致的。它的艺术性方面的'粗糙'和它的思想性方面的'粗糙'是相一致的。"

林默涵的《更高地举起毛泽东文艺思想的旗帜！》发表于同期《文艺报》。林默涵写道："解放以后的十年来，我们的文艺工作所以取得这样大的成绩，就是由于我们执行了党和毛泽东同志所制定的文艺方针，保卫了毛泽东文艺思想，……首先是在文艺工作者当中大多数人接受了毛主席的文艺思想。这是我们取得胜利的最根本的原因。"

林默涵认为，毛泽东发展了马克思主义文艺思想。林默涵说："毛泽东同志的《在延安文艺座谈会上的讲话》是一部最完整的马克思主义文艺思想的科学文献，它给无产阶级社会主义文学艺术的发展指出了最明确的道路，创造性地解决了马克思主义文艺思想的一系列根本问题。""第一，毛泽东同志彻底解决了文艺和革命的关系问题。""第二，毛泽东同志解决了文艺和群众的关系问题。""第三，毛泽东同志解决了艺术和生活的关系问题。""第四，毛泽东同志很好地解决了作家和群众的关系问题。""第五，毛泽东同志解决了文艺和民族文化传统的关系问题。""毛泽东同志要我们批判地学习和吸收外国的一切有用的东西，但是学习了外国的东西，必须使它同我们民族的东西相溶合，使它具有民族色彩。文学艺术和某些技术科学不同，技术科学的对象是自然规律，而文学艺术是表现人民的生活、思想和感情的，它就不可能不带民族的特色。我们的文艺必须具有自己民族的特点、民族的风格，要'标新立异'：标民族之新，立民族之异。这样才能为人民所喜爱，又为世界文化作出了我们民族的独特贡献。""全国解放以后，十年来，在新的形势和条件下，毛泽东同志又继续创造性地发展了马克思主义的文艺思想。""第一，毛泽东同志非常重视文学艺术战线上的两条道路的斗争。""第二，'百花齐放、百家争鸣'。""第三，革命的现实主义和革命的浪漫主义相结合的创作原则。"

王子野的《评刘真〈英雄的乐章〉》发表于同期《文艺报》。王子野认为，刘真的小说《英雄的乐章》"歌颂了一个在抗日战争炮火中成长起来的年青英雄"，"文章写得缠绵悱恻，感伤凄苦，作者自己也许以为很动人的吧，可是与英雄乐章的主题相距太远了"。

王子野还说："由于刘真同志只是抽象地去观察战争的'苦难'和'残酷'的一面，得出了错误的结论，这就把神圣的抗日战争和人民解放战争的积极的、正义的一面完全抹煞了。不管她主观想法怎样，这篇作品决不是歌颂革命战争，正义战争，而是宣传了悲观失望的厌战思想，宣传了资产阶级的和平主义。""刘真同志是一位年青的有才能的作家，曾经写过《春大姐》那样比较好的作品，受到人们的称赞，可是为什么经过几年以后反而写出这样错误的作品呢？……刘真同志曾写过一篇《在我们的村子里》（发表在1956年10月号《长江文艺》上），丑化了我们的农村干部，将他们描写得一团糟……这篇小说用的方法是攻其一点，不计其余，根本问题是阶级立场完全丧失，显然受了严重的修正主义思想的影响。"

昭彦的《新人风貌的写照》发表于同期《文艺报》。昭彦写道："这篇小说（指王汶石的小说《夏夜》——编者注）截取了农村生活的一个横断面，通过一对青年男女的恋爱故事，着意来写新的一代农民的精神面貌。"昭彦认为，这篇小说"在形式上虽然具有短篇小说的特点，在内容上无宁更接近于速写和散文"。

13日 王道乾的《漫谈"人情味"》发表于《文汇报》。王道乾认为："文学里面要描写人情世态，是无须争论的。这种描写是一种手段，当然不是目的。我不知别人怎样，按我的经验来说，阅读作品入神的时候，对于那种人情等等的细腻刻划，是不十分注意的，眼光也并不停留在这上头；从阅读心理上就可判明，欣赏这些细节描写是'醉翁之意不在酒'，而在于这些绘声绘色的笔墨后面的社会潮流的动态和社会生活本质意义的感受方面。"

16日 夏阳的《论文艺的政治性和艺术性——学习毛泽东同志〈在延安文艺座谈会上的讲话〉笔记》发表于《群众》第2期。夏阳认为："文艺作品要写得好，一定要从两方面去努力，一是政治方面，一是艺术方面，而首先是政治方面。我们从来不否定提高艺术性的重要意义，而且强调艺术性必须不断提高，但是必须政治挂帅，必须有鲜明的阶级立场，牢固地树立为革命、为建设、为工农兵服务的思想。""为了使文艺作品符合毛泽东同志提出的标准，使文艺作品写得好些、更好些，就一定要解决以下几个问题：第一，为什么要写文艺作品？也就是文艺工作的目的性问题。""每一篇作品，可以有其具体的目的。……都是为了革命的利益，为了达到有利于人民、有利于社会主义的目的。""第二，作品写什么内容？""我们要求作品有着对读者有益的内容，作为群众的精神食粮。""第三，作品写给什么人看？""我们的文艺，是为工农兵服务，是以工农兵为基本的读者对象，这是毫无疑问的。"

17日 王健秋的《"中间作品"的阶级性》发表于《光明日报》。王健秋认为："中间作品与阶级性问题应密切联系起来看，……承认中间作品存在，并不否定阶级性。绝对不存在没有阶级性的作品（不管是否易于辨识），但却存在着既不反动、又没有什么人民性的作品。"

20日 柯兹洛夫的《争论没有结束……》（罗晓丹译）发表于《世界文学》第1期。柯兹洛夫写道："《一寸土》的最大的优点，在于它表现了战争是人类的一件艰苦而残酷的事，要有真正铁一般的毅力、韧性和自我牺牲的精神。作品写得很生动，细节描写很细腻，使我们感到一种特殊的时代气息和色彩以及深刻的戏剧气氛。"

拉扎列夫的《我们的一寸土》（邵群华译）发表于同期《世界文学》。拉扎列夫写道："象巴克拉诺夫的新小说这类作品的出现，与其说是某种文学上的探索的成果，毋宁说是体裁、形式、风格多样化，以及日益强烈的对艺术性要求严格的自然结果，因为现在我们的文学正是在这样一种气氛里。""赤裸裸的描写战争的恐怖，表面上没有热情的描写方法，——这样说的，往往就是喜欢把苏联作家的作品看作是受'迷惘的一代'文学影响的那样一些人。"

李爽的《阴暗河流上的曙光——读〈阴暗的河流〉》发表于同期《世界文学》。李爽写道："作者阿尔弗雷陀·伐莱拉……为了使自己的作品不为故事所限，而使之带有更广的概括性，他引用了许多一般读者难以接触到的珍贵资料（包括逃出的契约工人的回忆录和警察局的报告），穿插在故事之间。这样使作品带上若干报告文学的色彩，也加强了作品的政论气氛。这个办法可以扩大读者的视野，也更容易发挥文学作为重要的认识手段的作用。"

茅盾的《契诃夫的时代意义》发表于同期《世界文学》。茅盾认为："契诃夫是个批判的现实主义作家，他善于从日常生活中间暴露资本主义社会的矛盾，并进而挖出这个制度在普通人的意识领域内扎下的毒根。""契诃夫的作品多半取材于日常生活中的琐屑事件。他的敏锐的眼光和高超的艺术才能，给这些日常生活具备了由小见大的教育意义。"

茅盾指出："学习契诃夫，而只是片面地醉心于描写身边琐事，沾沾自喜于'挖掘'平凡中的'深刻'，或者错误地把契诃夫批判旧社会的方法用来'批判'新的社会、新的人民，甚至以此作为方向，那岂不是对不起我们这伟大的时代和伟大的人民？"

21—22日 林默涵的《更高地举起毛泽东文艺思想的旗帜》发表于《人民日报》。林默涵认为："我认为革命现实主义和革命浪漫主义相结合，主要的包括三个方面：第一，要看到和反映生活中的新生的、革命的、有生命力的事物；第二，作者对这种事物要有高度的热情；第三，因此作品就能具有高度的强烈的鼓舞力量。这三者结合起来，就是革命浪漫主义的表现。根本脱离现实的空洞的幻想，是不能鼓舞人的。要掌握革命浪漫主义之所以困难，正在于它要求作家具有从生活中看到新生的、革命的、有生命力的事物的能力。""另一方面是革命浪漫主义的手法。浪漫主义的作品往往采用更多夸张，更多幻想成分，更多神话色彩等等的表现手法。但不是说只有这些才是革命浪漫主义。一个作品如果没有革命浪漫主义的精神，即使怎样夸张，用多少神话，也不算革命浪漫主义。毛泽东同志的诗词，有的有神话，有的没有神话，但每一首都充满了革命浪漫主义的精神。""要真正具有革命浪漫主义精神，最根本的问题还是要有革命的世界观，要有和革命人民的密切结合，只有这样，才能够看到人民生活中的革命浪漫主义的精神，并且把这种精神充分地体现到自己的作品中。""而要做到这样，根本的方法是学习马克思列宁主义，学习毛泽东同志的著作，同时要到群众中去，同群众结合，这两个方面缺一不可。不到群众中去是不行的。但是，只到群众中去而不学习马克思列宁主义，也是不行的，那样并不可能自然而然地产生马克思列宁主义的世界观。马克思列宁主义是一种科学。从群众的生活中可能获得某些符合马克思主义的个别观点,但不可能得到完整的马克思主义世界观。列宁、毛泽东同志与之坚决作斗争的经验主义者,就是否定理论的。我们必须学习马克思列宁主义的理论,学习毛主席的著作,不学习就可能被各种错误思想所俘虏。""总起来说,毛泽东同志对于马克思主义文艺思想多方面的重大发展,是对马克思主义思想宝库的伟大贡献,是我们发展社会主义文学艺术所必须遵循的根本原则。"

26日 黄声孝的《鼓起干劲来》发表于《文艺报》第2期。黄声孝写道:"我看到群众很喜欢民间艺术,我想我们写小说应该向说书的学习,学习他的表现方法……不过一定要注意到学习传统,只能学习它的表现方法,不能全部搬人家的。"他认为,"旧形式是可以换上新的内容的",要"学习传统形式,创造新鲜内容","用群众的语言写文章"。

吟钢的《民警岗位上的新人》发表于同期《文艺报》。吟钢认为:"《墨栗》这篇小说,在题材上是比较新鲜的。在大跃进中,各个战线上都涌现出了大量的新人,……这些新人新事扩大了我们的题材范围,丰富了我们百花盛开的文学大花园。"

昭彦的《革命春秋的序曲——喜读〈三家巷〉》发表于同期《文艺报》。昭彦认为:"《三家巷》之所以赢得广大读者的喜爱,除了它较为全面地反映出二十年代的广东社会生活和革命斗争外,应当说,主要得力于它在艺术表现手法上和语言运用上具有鲜明的民族风格和浓烈的地方色彩。……书中许多塑造人物和写景状物的技巧,都可以看得出来是师承于我国古典文学作品。如写人物,多用白描,主要是对具体对象进行直接的描绘,而较少借助于其他方面的烘托,主要是通过人物的语言行动来表现他们的性格特征,而避免采用冗长沉闷的静态心理剖析。整部小说的情节也非常紧凑,高潮紧接着高潮,矛盾孕育着矛盾,大营包小营,后浪推前浪,故事性很强,而且层次分明,很少采用倒叙。写景状物,也瑰丽可观,……不能不使我们联想到《红楼梦》中的某些篇章。而后半部对起义和战斗场面的描写,笔酣墨饱,绘声绘色,又是得益于《三国演义》和《水浒传》的笔法。""欧阳山同志继承了我国古典文学的优良传统,加以融会贯通,有所创造,有所发展,而逐渐形成一种新鲜活泼的、为老百姓所喜闻乐见的、富有民族特色的艺术风格。""《三家巷》之所以抒发着浓烈的生活气息和鲜明的地方色彩，许多细节描写逼真而有生气，好象一幅幅色彩缤纷的风俗画，和作者具有高度的驱遣语言的能力是分不开的。"

二月

1日 亦文的《喜读〈喜事〉》发表于《草原》2月号。亦文写道："作者以两位老人喜剧性的结合为主线，选取了这样一个具有典型性的生活侧面，生动地描绘了大跃进、人民公社化运动在农村所起的巨大的变化。它充溢着强烈的时代气息。""这篇小说语言精炼、风趣，结构严谨。是值得向读者推荐的一篇优秀作品。"

尹蓉的《读〈敖尔盖草原的歌声〉》发表于同期《草原》。尹蓉写道："这篇小说的构思和表现方法是比较新颖的，富于概括力。它只用了很少篇幅——两幕戏，就把主人公德力格尔一家人，也是千千万万穷苦牧民，在不同社会里的不同命运突出地写了出来。用今天幸福的生活和过去惨痛的境遇加以对照，道出新旧社会的巨大不同，以较深的形象感染了读者，热烈地歌颂了人民公社。"

翟胜健、汪德斌的《评〈谈生活真实〉——对吉雅评论乌兰巴干短篇小说的几点意见》发表于同期《草原》。翟胜健、汪德斌认为，乌兰巴干的小说"还存在着某些缺点，但总的来说，这些作品基本上是好的。它们都生动地反映了在党的民族政策的光辉照耀下，内蒙古各族人民正在满怀信心地建设着社会主义，创造自己新的幸福的生活，写出了草原上的新人的成长"。

同日，夏芒的《关于写落后人物的问题》发表于《峨眉》2月号。夏芒指出："我们并不忌讳写落后人物和落后现象。但必须明白，把落后人物和落后现象写出来，不是为了展览它，欣赏它，而是为了消灭它，通过批判去消灭它。一个作者不应该专门去寻找落后现象，或者在自己的作品中欣赏和展览落后人物。"

7日 李束为、马烽、西戎、陈志铭的《危险的道路（续昨）——评孙谦的小说的思想倾向》发表于《光明日报》。李束为、马烽、西戎、陈志铭写道："这种错误的倾向（指修正主义倾向——编者注），在他的《有这样一个女人……》这篇小说里，表现得最为突出。""这篇小说的全部中心思想，也是歪曲现实的，它起的实际效果,也是对新社会的控诉。""这篇小说还始终以资产阶级人性论来代替无产阶级的阶级论,以抽象的爱,抽象的人情,来描写爱情的曲折性,以及由此而引起的悲怨欢乐。""孙谦同志的小说,除了在上面已经分析到的,在《奇异的离婚故事》与《有这样一个女人……》中,……严重地歪曲了现实生活,和宣扬了资产阶级的人性、人情、人道主义外,在他的一系列作品中还存在着一个低沉、伤感的共同基调。""他所选择的题材,几乎全部是写家庭生活、儿女情事、悲欢离合。这些题材可说是孙谦同志十年来创作注意的中心。对一个处身在轰轰烈烈的社会主义建设,与热火朝天的群众运动中的党员作家来讲,他不能把自己的创作注意中心,放在那些伟大的有意义的题材上,而努力经心地并且用低沉的笔调去描写儿女情事的生活小事,这显然和作家的思想感情有关系。"

8日 南开大学中文系文艺评论组的《论方纪小说创作的倾向》发表于《光明日报》。南开大学中文系文艺评论组认为:"就作品所写的题材看,作者是想从正面或侧面来表现中国人民的反帝反封建的斗争,反映人民群众对旧社会、对剥削阶级的愤恨与反抗,以及他们对于自由美好的劳动生活的向往。短篇小说《张老太太》《魏妈妈》等作品,反映了日伪与国民党反动派法西斯统治的暴行,人民群众在黑暗生活中对敌人的反抗和对自由解放的追求。《老桑树底下的故事》这个中篇小说,作者描写了冀中人民在党领导下对日寇和地主的斗争,尽力地表现出当时阶级斗争与民族斗争交错进行中的残酷性和复杂性,并且在一定程度上显示出人民群众坚强不屈的革命精神。""从整个小说(指《让生活变得更美好罢》——编者注)看,方纪同志是想表现出青年男女的自由爱情和群众中封建思想以及旧风俗习惯的矛盾与冲突,是想批评群众的落后保守思想,歌颂青年的自由爱情的。可是,从整个作品的描写看来,在方纪同志的笔下,小环这个正面人物,却被写成多少带着'流气'的女孩子,只爱打闹玩乐而且还影响青年们的工作。在她身上我们看不见农村劳动妇女的优秀品质,也看不到她的阶级觉悟和在土改运动中的斗争精神,反倒是影响了土改工作。"

同日,陈青山的《农民喜欢什么样的文学作品》发表于《人民文学》2月号。陈青山写道:"农民一般是喜欢故事性强的、带戏剧性的作品。这一点可能与历史传统有关。大家都知道，中国的古典文学作品一般说故事性都较强。""斗争性浓的作品，也是农民最爱读的。""农民还喜欢有始有终的故事情节，不爱看突如其来的开头和故事情节不做圆满交代的写法。这也是一种历史习惯。我国古典文学作品，都是先提出事情发生的地点和原因，人物出场先交代身世和特征，然后才说话。""中国的文学作品首先要给中国人看，要用中国的语言。……作品里人物的语言，要表现人物性格和体现时代精神，必须注意对象的心理，如对象是农民的话，就得从农民心理出发。"

9日 南开大学中文系文艺评论组的《论方纪小说创作的倾向（续昨）》发表于《光明日报》。南开大学中文系文艺评论组认为："在方纪同志的小说中，没有表现出在长期的革命斗争中，在党的领导与教育下，群众中社会主义新人的成长，作者几乎没有创造出一个革命的英雄人物的典型形象。作者没有通过对正面人物的艺术描写，去表现人民群众在生活与革命中新的、先进的东西，本质的光明的一面。作品中所出现的主人公，几乎都不是来自群众中的和来自生活深处的典型人物，都没有体现出人民群众的革命的先进的思想感情和优秀的品格。他们几乎都不是生活和成长在革命环境中的，既有共性又有个性的人物，小说中的主人公几乎都是非典型的，不真实的，方纪同志几乎没有刻划出一个革命的典型环境中的典型性格，没有塑造出鲜明的典型形象。""因此，我们认为，不创造典型环境中的典型性格，歪曲现实，丑化群众和宣扬资产阶级个人主义思想，是方纪同志小说创作中又一种危险的严重的错误倾向。"

同日，蔡葵的《谈谈和谷岩的〈枫〉》发表于《文学知识》2月号。蔡葵认为："'枫'在小说中虽然只是以细节的形式出现，但作者正是自然而巧妙地通过对它的描写，刻划了人物性格。""作者一方面以枫这个细节描写刻划人物，另一方面又用人物的富有特征性的行动来突出其性格。""作者还善于通过看来是平淡的描写，来显示人物的英雄品质。""读着小说我们还会发现，它是一篇比较集中和精炼的作品。作者把握了人物和事件，从性格出发，从生活出发来展开情节。也许有的同志会嫌开头插入的一段性格描写过长了些，使情节发展有所停顿。然而交代这些，正是为了使下面情节的开展，显得更有生活基础。读完后细想一下，我们就会感到作者的用心。当然这并不是说作者就不可能把这些描写，处理得更为恰当和妥帖。作品简洁的特点，在它的风景描写上也可以看到。这里很少不必要的描写，只是闲闲地一句半句的勾划了一下。再如人物的对话也很精炼，而又很好地表现了人物的个性。"

易征的《读欧阳山新作〈三家巷〉》发表于同期《文学知识》。易征认为："小说在语言上的富于文采，状物传神；结构上的密而不紊，特别是风格上的注意继承我国古代和民初的白话小说的传统，也都获得了一定的成就。这方面，也是它一开始就受到读者欢迎的重要原因。"

10日 南开大学中文系文艺评论组的《论方纪小说创作的倾向（续完）》发表于《光明日报》。南开大学中文系文艺评论组认为："方纪同志的这些小说表明，作者不太关心社会上的阶级斗争和重大政治运动，反而把生活中庸俗的甚至丑恶的东西当作艺术注意的中心，满足于对生活表面现象的照相式描写。事实表明，作家所选择所描绘的，根本不是激动人心的崇高的题材。""从方纪同志的小说创作来看，因为世界观上的问题与缺陷，使作者没有能掌握先进的创作方法，没有塑造出典型环境中的典型人物，反而导致作者走上自然主义的歧路。"

11日 冯牧的《在生活的激流中前进——读李准的短篇小说》发表于《文艺报》第3期。冯牧认为："善于在农村日常生活中敏锐地发掘新事物并且热情地反映新事物在斗争当中的巩固和发展，是李准创作当中的一个最为突出最为可贵的特点。""李准不但对于新事物的成长唱出了热情的颂歌，并且对于新的人、新的性格的成长，也唱出了他的热情的颂歌。""李准所创造的正面人物形象并非个个都是深刻而丰满的，然而他们却大多数都是既具有着鲜明的思想特征又有着活跃的个性的。在这些人物身上，除了那些各自相异的人物个性（比如孟广泰的耿直刚强，韩芒种的乐观随和）以外，他们大都表现了一些共同的突出的特点，一些足以显示我国新的农民，或者说是正在无产阶级化的农民的特点。""李准是一位善于从日常生活中摄取精粹并把它们编织成娓娓动听的故事的作家，是一位善于通过日常劳动生活来反映出时代脉搏的跳动的作家。他在艺术形式上所竭力追求的，是那种异常的平易和朴素。他的有些作品的语言和结构，使人感到简直就像农民一样本色和淳朴。但他在作品中所运用的艺术手法却绝不是单调和贫乏的。尽管写的大都是农民日常生活当中所发生的事件和矛盾，但它们却常常具有着各自不同的气氛和特色。"

13日 李准的《努力学习毛泽东文艺思想》发表于《河南日报》。李准写道："随着'为什么人'的问题的解决，民族形式、民族风格的问题也就容易解决了。我在写小说时，有时感到讲这个故事，就像是对着自己在农村熟悉的一些群众、一些干部讲的。因此，所选用的语言，安排的结构，总是要考虑到群众喜闻乐见的形式。冗长的心理刻划，欧化的晦涩的语言，就要考虑少用或尽量不用。这样就在形式上更接近于中国风格，中国气魄。反之，如果在写作时没有考虑到工农兵群众，而只是为了在艺术技巧上和古人比赛，和外人比赛，让少数人去欣赏，那就不但会使形式脱离民族的风格，而且在内容上也会歪曲生活。"

20日 冯至的《学习毛泽东思想，进一步明确外国文学研究工作的方向！》发表于《世界文学》2月号。冯至写道："外国文学工作是整个文学工作的不可分割的一部分，它是为发展社会主义文学，也就是为工农兵的文学而服务的。"

戈哈的《垂死的阶级，腐朽的文学——美国的"垮掉的一代"》发表于同期《世界文学》。戈哈写道："这些作品（指反映'垮掉的一代'的作品——编者注）受到资产阶级的大捧特捧，成了美国和西欧资产阶级社会的时髦玩意儿。""'垮掉的一代'的作家们把资本主义的末日说成是全世界的末日，把资产阶级的濒近死亡说成是全人类的濒近死亡。……在他们看来，只有眼前存在的事物才把捉得住，而眼前的事物中，唯一确实存在的就是'自我'。于是他们又以自我为认识中心，一切从自我出发。资产阶级的个人主义便这样发展到了最顶点，变成了自我扩张式的唯我主义。"

俄国普列哈诺夫的《艺术与社会生活（上）》（冰夷译）发表于同期《世界文学》。普列哈诺夫写道："为艺术而艺术的倾向发生在艺术家和他们周围的社会环境之间存在着不协调的地方。""功利主义的艺术观，就是说，使艺术作品赋有对生活现象作判断的意义的倾向，以及常常随着它而来的乐于参加社会斗争的意愿，是在社会上大部分人和对艺术创作多多少少有着浓厚兴趣的人们之间存在着相互同情的时候产生和加强的。"

邹荻帆的《十月革命的颂歌——读符·维什涅夫斯基等著的〈十月〉》发

表于同期《世界文学》。邹荻帆写道:"在这些作品中,没有那种资产阶级作家巧作安排的,机关布景一样的悲欢离合的情节;没有那种苍白的、讲不完的独白;没有那种剪不断,理还乱的愁绪;一句话:是战斗的欢歌。"

21日 盛钟健、姚国华、徐佩珺、范民声的《也谈现实主义的产生和发展》发表于《光明日报》。盛钟健、姚国华、徐佩珺、范民声认为:"我们说现实主义文学在唐代已经完全成熟,并不等于说,现实主义就此停止发展了。……值得注意的是,从《水浒》中,我们已经开始看到了一些批判现实主义的因素,这种因素就是表现为对于封建制度、封建秩序进行有力的批判和大胆否定。到了十八世纪,我国的现实主义文学又到达了一个新的高峰,这个高峰的代表就是曹雪芹的《红楼梦》。在《红楼梦》中,众多的人物性格的创造和各种性格间彼此展开的复杂的矛盾冲突,充分显示出现实主义这一创作方法的无比优越性。"

三月

1日 李耀先的《评刘勇的〈两面红旗迎风飘〉》发表于《湖南文学》3月号。李耀先认为:"刘勇的小说在艺术上也具有自己的特色,他的作品的风格是朴素、健康而简练的,他在艺术手法上继承而又发展了中国古典文学,民间文学的特点,主要从人物的行动上描写人物的精神状态、性格特征,也用人物行动来开展故事和推动故事发展,结束故事。所以,他的小说很少有冗长的孤立的心理活动的描写,而是非常鲜明流畅的,读来亲切而又生动。"

5日 郑士存的《读袁静同志的〈红色交通线〉》发表于《蜜蜂》3月号。郑士存指出:"读了袁静同志的长篇小说《红色交通线》,感到她在学习、继承和发扬我国民族文学的表现手法和努力创造自己的风格上,确实下了一番工夫,也取得了一些成绩。""小说在细节的描写上,逼真、细腻;又能使细节的描写服从于人物性格和事件的发展。作者对英雄人物、苏区工农政权热烈地歌颂之后,对敌人内部的勾心斗角和卑鄙的灵魂、腐败的军纪,都做了无情的揭露。"

8日 李希凡的《在"生活的本质真实"的幌子下》发表于《人民文学》3

月号。李希凡写道:"说作品的思想性决定于'反映生活真实与否'不符合事实;说作品的艺术性完全决定于'反映生活真实与否',也同样是不符合事实。""无产阶级对于文学作品的要求,是政治标准第一、艺术标准第二。""'写真实'也好,写'生活的本质真实'也好,这都是资产阶级文学家所装的幌子,说得好一点,他们是企图用这个幌子来抹杀无产阶级的文学成就;说得坏一点,他们是想用这个幌子歪曲、诬蔑社会主义现实,替资产阶级复辟开辟道路。"

沙汀的《漫谈小说创作中的一些问题——在一个业余作者座谈会上的发言》发表于同期《人民文学》。沙汀写道:"故事情节、人物性格,是构成一篇小说的重要因素。""如果说故事产生于人物的行动,那就必然包含着事件的起因、发展和结果,包含着人与人的关系和影响,也就包含着构成作品情节和人物性格的素材。故事、人物和性格,是不可分割的。""对一篇作品说来,人物的选择是很重要的。因为,一定的主题,只有一定的人物、一定的情节才能反映得更恰当,产生更好的政治效果和艺术效果。""技巧是为内容服务的。任何高妙的技巧,只有用来正确表现先进的思想时,才对社会发生促进作用。"

同日,东小折的《读杜鹏程〈夜走灵官峡〉》发表于《文学知识》3月号。东小折认为:"有不少描写筑路工人的作品,它们在反映筑路工人忘我艰苦的劳动和高贵的精神品质时,常常是着重地描写紧张的场面、惊险的情节或震魂动魄的行动。杜鹏程的《夜走灵官峡》在构思上却具有自己的特点。它没有任何类似上面所说的描写,甚至也没有正面去表现筑路工人和他们的劳动过程,至多只是着墨不多地抹了一个淡淡的侧影。这篇作品一切都是自然的、朴素的、单纯的,然而透过这层风格的帷幔,我们同样突出地感受到了很多筑路工人的动人的优美的精神品质。"

11日 植楠的《似是而非》发表于《文艺报》第5期。植楠写道:"我们说的思想性,就是指一部作品中所体现的思想的革命性,跟它的深度和广度。我们说的艺术性,就是指这部作品体现这些思想的形象性和生动性。具有革命世界观的作家,他在作品中必然要表现先进的革命的思想,但是由于对艺术手法掌握的成熟程度不同,因此在作品中表现的艺术性当然也高低不同。我们不能因作品的思想性高,就说它的艺术性也一定高;也不能因为它艺术上还不够成熟，就否定它思想内容的先进性革命性。"

12日 其邕的《评〈英雄的乐章〉》发表于《光明日报》。其邕写道："这篇作品是用第一人称回忆的形式，来歌颂一个在革命战争中牺牲了的英雄的，这样的题材本来是可以写出真正的英雄的乐章的，但是小说所描写的内容却和它的题目适得其反，它成了女主人公清莲的失去恋人的哀歌，并且通过这一故事，作者发抒了自己对革命战争十分错误的看法，发抒了她的资产阶级腐朽的人生观、恋爱观。""我国文学史上，是有过许多描写爱情的杰出作品的。但是，它们有一个共同的特色，这就是它们都是把爱情的描写，紧紧地与当时人民的政治斗争、思想斗争结合在一起的。它们总是站在人民的一边，它们所写的爱情喜剧或悲剧，总是具有强烈的斗争精神和鲜明的倾向性的。""但是，刘真同志的《英雄的乐章》则不然，她所描写的爱情，不是贯串着革命的精神的爱情，而是与革命相矛盾的爱情。"

20日 俄国普列哈诺夫的《艺术与社会生活（中）》（冰夷译）发表于《世界文学》第3期。普列哈诺夫认为："如果浪漫主义的艺术作品由于它们的作者反对'资产者'而有过许多收获，那末从另一方面来说，它们由于这种反对实际上没有内容而受到了不少损失。""完全没有思想内容的艺术作品是没有的。……并不是任何思想都能成为艺术作品的基础的。"

26日 《高尔基论资产阶级文学遗产》发表于《文艺报》第6期。"编者按语"写道："关于资产阶级文学遗产、特别是19世纪批判的现实主义文学的阶级局限性，高尔基曾经发表过一些很好的见解；这些见解贯彻着马克思列宁主义的批判精神。""高尔基认为：'在资产阶级文化的遗产里，蜜糖和毒药是紧紧混合在一起的'；这正好说明了资产阶级文学遗产的二重性。""修正主义者和资产阶级文人们把旧时代资产阶级文学、特别是19世纪资产阶级文学中间的资产阶级民主主义、人道主义思想当做'永恒的真理'来大肆吹嘘，在青年中间造成一种迷信：似乎它们和无产阶级文学中间的社会主义、共产主义精神没有多大差别了！听听高尔基的见解，能够收到破除迷信的效果。"

方明的《中国工人阶级的革命风格——评〈乘风破浪〉》发表于同期《文艺报》。方明认为："《乘风破浪》这部小说，……比较成功地创造了象刘进春、李少祥这样的先进工人的形象。老工人刘进春和青年工人李少祥是过去时代文学创作中很少接触到的新式的英雄人物，是社会主义的建设者和革命家。作者在这两个人物身上强调地表现了工人阶级的先进品质和时代色彩。""刘进春和李少祥这两个工人的形象，表现了中国大跃进时代的工人阶级的革命风格，是富有现实意义和教育意义的形象。"

四月

1日　钟的《小小说的容量和深度》发表于《安徽文学》4月号。钟写道："小小说或者一则短短的人物速写，它的篇幅容量比较小，比一般的规模较大的作品总是显得单纯些。但是，单纯并不等于简单，短小也不等于不能包容深厚的思想内容。简明、单纯，这固然是小形式作品比较好驾驭的一面；可是，又要短，又要深，要能从小见大，从一个人物、一个场面展示出宏大的生活背景，这又是驾驭小形式比较困难的一面。短，不是写作的目的，而是艺术表现上的一个特点。要掌握住小形式，就要求作者在选材、剪裁和典型化方面，注意小形式自己的特点，使形式能够恰如其分地适应内容的需要。""从选材上说，小小说不可能攫取规模宏大的素材，做为自己要容纳的材料，而往往是截取生活中最能表现人物精神面貌的精采镜头，富有时代特征的某一个动人的生活场景；这些材料虽然不够用于写作比较长的作品，但仍然有它的重要意义。在表现方法上小小说也不可能象较大型作品那样铺排情节和开展人物行动，而是要对素材进行精心的提炼，用'借一斑略窥全豹，以一目尽传精神'的手法，抓住人物的最富有表现力的特征，很快的就把人物或事件的焦点推到读者面前。事件要单纯而集中，线索要清晰，人物的行动、对话、心理活动以及环境描写等等，都要十分简炼而又富有表现力。"

同日，姚岑的《评〈漫谈小说的含蓄〉》发表于《草原》4月号。姚岑写道："感情只能是时代的、阶级的，没有永久不变的感情，文学的内容也只能是这种感情的抒发，不能是别的。""抹煞文学作品的社会教育作用和深入生活、改造思想对提高作品质量的重要重义，只是孤立地谈'含蓄'，很显然是忽略了一个根本性的问题，即文学作品是阶级斗争的工具，是有党性和阶级性的。"

1960年

同日，樊篱的《读〈山乡巨变〉续篇》发表于《湖南文学》4月号。樊篱指出："《山乡巨变》续篇不仅在内容上有自己的特色，在艺术表现上也有自己的特色。作者综合了我国古典小说和外国小说的艺术成就，并创造性地加以发展。""在塑造人物方面，作者善于通过人物的独特的个性特征来揭示人物的阶级本质。""周立波同志在作品中所塑造的主要的艺术形象，给我们的印象十分鲜明。这是与作者的艺术表现的特点分不开的。他善于抓住人物的最突出的特点，在不同的场合，不断重复的加以表现。就这一方面来说，作者很好地继承了我国古典小说的优良传统。优秀的古典作品《水浒》中，作者对许多人物的性格的突出的特点，总是在不同的场合加以描绘，如鲁智深的路见不平、拔刀相助的特点，作者从拳打镇关西、大闹野猪林、大闹桃花山等一系列的事件中加以描绘。这样，人物的形象就浮雕似地凸现在我们面前。在'续篇'中，周立波同志继承了这一传统而创造性地加以运用。作者在刻划亭面糊的喜剧性特点、刘雨生的无私、谢庆元的自私、陈孟春的火性子时，都是这样重复地来表现。""作者在表现人物的时候，能把概括的叙述与生动的描写有机地结合起来。在概括的叙述方面，吸收了我国古典小说的表现方法，即叙述是概括的，又是具体的，通过叙述一些有典型意义的事件或细节，来突出地表现人物的性格。它给读者的印象是综合的，又是具体的。……在生动的描写方面，作者和我国许多古典作家一样，主要的是采用白描的手法。作者在白描中善于显示人物的精神世界。在这一方面，作者继承了我国古典小说的传统，也恰当地吸收了外国小说的心理分析的方法。所谓继承我国古典小说的传统，主要就是从人物的语言、动作、姿态、表情的描写来揭示人物的精神境界；所谓吸收了外国小说的常用的心理分析的方法，是用来作为揭示人物的精神境界的补充手段。……有时，人们有这样一种误解：以为作家只在进行心理分析时才需了解人物的心理活动，在描写人物的行动、动作、语言、姿态时，不需要了解人物的心理活动。这是不正确的。作家在直接剖析人物的内心境界时，需要了解人物的心理活动，在描写人物的语言、动作、姿态时，同样需要了解人物的心理活动，只有这样，才能够不仅表现人物做什么，而且表现出人物为什么这样做。同时，用人物的语言、行动、动作等来表现人物的内心，不是比心理分析的方法更容易，而是更困难。原因在于：这样作不仅要熟悉人物的心理活动，而且要能从生活中抓住表现这种心理活动的细节。周立波同志的作品中在这一方面有独到的成就，这是与他对生活的熟悉分不开的，是与他的思想修养和艺术修养分不开的。"

8日 齐思的《工人对文学作品的要求》发表于《人民文学》4月号。齐思写道："工人不仅喜欢看长篇小说和革命斗争回忆录，也爱看赵树理、周立波、马烽、李准、王汶石等描写农村生活的短篇小说。此外，孙峻青、王愿坚等写的革命斗争故事，茹志娟描写劳动妇女的短篇小说，刘白羽、魏巍写的题材新颖、及时反映现实生活的散文特写，以及描绘兄弟民族斗争生活的各种各样的作品，工人同志也都极有兴趣。""凡是有较高的思想性，表现了尖锐的矛盾斗争，深刻地揭示了生活，塑造出具有共产主义觉悟的新人物（可做自己学习榜样）的作品，他们就都感兴趣。他们还说，作品总要写得比咱水平高点才行。作品的思想性高，问题提得深，工人不见得就不懂。""在艺术表现方面，工人同志也有着一定的要求。他们说：'作品要写得短小精练，开门见山，干脆痛快。'……还有的同志说：'作品要写得有声有色、生动可讲，读完之后能"说道说道"。''故事要一环扣一环，看了让人跟着着急。''风格要平易近人。''语言要顺当利索，不要洋腔洋调看得说不得。'"

同日，吴敏之的《鲁迅的〈明天〉》发表于《文学知识》4月号。吴敏之写道："鲁迅的小说都具有丰富的艺术特色，《明天》也具有自己的特色。""特别使我们强烈地感觉到的是，小说为了着重地表现单四嫂子希望的破碎和内心的悲哀，以不少极为形象的描写来渲染这种悲剧氛围，增加着小说的感染力。""另外，我们也感觉到，《明天》写得凝练、集中，这些更是鲁迅的小说所共有的特点。"

10日 加林的《古代作品的社会意义缩小了吗？》发表于《光明日报》。加林写道："只有在今天，在党的领导下，我们批判了他们的种种谬说，充分地发掘了这部伟大作品（指《红楼梦》——编者注）反封建的民主性的内容，全面总结了其中现实主义的创作方法，才使这部伟大作品放射出它的光彩，为我们社会主义的文学创作提供了宝贵的借鉴。应该说，它的社会意义不是缩小了，而是扩大了。"

11日 江东的《匈牙利人民解放斗争的史诗——读〈祖国的光复〉》发表于《文艺报》第7期。江东写道:"匈牙利人民两次大战期间这一光荣斗争的历史,在匈牙利当代著名作家伊雷什·贝拉的三部长篇小说里得到了全面的、真实的反映。""伊雷什·贝拉在创作艺术上有着一个特点,就是在长篇作品里充分运用了写作短篇小说的手法。《祖国的光复》跟他的前两部长篇小说一样,其中的每一个章节,几乎都是一个浑然的整体,有着严谨的结构和紧凑的情节,然而它们又是不能截然分开的。""伊雷什·贝拉善于巧妙地安排他作品的线索,仿佛是一位高明的电影导演,精心编导和剪辑一部影片,既有广阔宏伟的场景,又有细致入微的刻划,相互穿插运用,因此人物的形象格外鲜明突出。他的手法明显地表现了浪漫主义手法和使形象典型化的现实主义的有机的结合,在某种程度上借用了民间轶闻和童话的浪漫色彩,又真实地反映了斗争的生活,形成了作者独特的风格。""伊雷什·贝拉创作上的这一特色,正是承继了匈牙利古典文学的传统风格,特别是承继了奠定匈牙利民族文学中短篇小说基础的古典作家约卡伊和米克沙特的文学传统。"

宋爽的《努力描绘社会主义的人物——试谈马烽同志十年来的短篇小说》发表于同期《文艺报》。宋爽写道:"马烽同志开始写出的几个短篇小说,如《村仇》《一架弹花机》《结婚》《韩梅梅》等,可以看出他有发现新事物的敏感和比较深刻的洞察力,并善于从农村生活中撷取那些萌芽性质的新生活、新人物,写出具有教育和鼓舞作用的作品,成为党的有力的宣传武器。""我们从马烽同志的《孙老大单干》《三年早知道》《饲养员赵大叔》这三个短篇小说中,又可以明显地看出他反映的新生活在扩大和深入,思想在不断提高,艺术表现技巧也渐趋于圆熟。他孜孜不倦地对各种不同类型的农民性格进行了多方面的探索,企图通过不同人物性格的描写,越来越广阔深入地反映农村生活的重大发展和变化。"

宋爽认为,马烽的小说《我的第一个上级》"构思新颖、题材剪裁得当,情节的安排也有出奇制胜、峰峦突起的精彩之处"。宋爽说:"我认为这个短篇是标志作家思想水平和艺术水平进入了一个新阶段的代表作。他开始能够站在更高的思想水平上来观察人物、概括生活,赋予人物以鲜明的个性,并使它具有一定的时代色彩和典型意义。同时，深刻的思想内容和较完美的艺术技巧也达到了有机地结合。"

16日 刘东远的《谈小小说〈取经〉的创作和修改》发表于《萌芽》第8期。刘东远写道："作为小小说，它本身就意味着人物刻划要求精炼，故事情节要求集中，尽管如此，而它的思想内容仍是非常丰富的。"

五月

1日 潘旭澜、曾华鹏的《论峻青短篇小说的艺术特色》发表于《解放军文艺》5月号。潘旭澜、曾华鹏写道："峻青在不少作品里吸收了我国古典小说中运用悬念的艺术手法。运用悬念，常常能够有效地加强故事的生动性和情节的吸引力。……悬念是那种特定的生活本身所提供的，是反映这种特定的斗争生活所需要的，因此，它使人觉得自然、合理。"

潘旭澜、曾华鹏认为："以富有表现力的、动作性很强的细节来揭示人物的内心世界的手法，是我们通常所说的'白描'的一种，这种白描的手法，在我国古典小说中是经常被采用的。显然，峻青喜欢并且比较成功地掌握了这种艺术手法。""除了白描之外，景物描写（这里说的景物，包括画面和音响）也往往成为峻青小说中揭示人物内心世界的一种方式。有时，作家笔下的景物描写，是自然景物的再现，也是人物心理活动的一种形象化。"

11日 叶圣陶的《"老牛筋"的新生》发表于《光明日报》。叶圣陶认为："这篇小说写老钮，拿画画来比，大部分用的刚劲老辣的笔法。一两笔描绘，三几句对话，老牛筋的神气就跃然纸上。""小说除了安排人物的对话、描写人物的动作和神态以外，作者还可以作种种说明。这是小说和剧本的主要区别，剧本就只有人物的对话、动作和神态。可是我有一种偏见，说明的部分越精简越好，需要说明的东西能够含蓄在人物的对话、动作或神态里更好，因为这是直接打动读者的感性，给读者的印象更深。"

同日，老舍的《天山文采——介绍〈新疆兄弟民族小说选〉》发表于《文艺报》第9期。老舍认为："它们（指该小说选里的十四篇作品——编者注）都描写了解放后的新疆景色，刻画了新社会的人物形象！……每一篇都有它独特的结构与风格,可是一致地热烈歌颂毛主席;天山虽然万壑千峰,光明可都来自太阳。""他(指祖农·哈迪尔——编者注)的塑造人物的本领和幽默的笔调都是难能可贵的。""哈萨克族作家郝斯力汗有他自己的风格。他写农民,也写牧民,不论他写什么,他总会精巧地运用民间谚语与人民的语言,使他的笔墨既自成一格,又富有民族的智慧。""柯尔克孜族作家乌·努孜别科夫的《雪山吐红日》以极少的字句写出了生活的剧变——游牧生活改为定居了!着墨不多,而力透纸背!"

15日 孙昌熙的《广阔的生活画面 众多的新人风貌——读树茂同志的〈捕鱼的人〉》发表于《海鸥》第5期。孙昌熙认为:"我们的短篇小说的特点是以简短明快的艺术形式,迅速反映社会生活中某一新的、主要的事件,从而扑捉住时代的崭新面貌、典型特征。由于它是短小精悍、意味深长的,因而它不能够象长篇或中篇那样包罗万象地对广阔生活作全面的反映。然而借一斑而窥全豹,却是它的特殊性能。而且可以以小说集的集体力量分担起了长篇或中篇的任务。……通过这个集子的集体力量,可以使人见到新时代、新社会的比较广阔的生活画面,以及在幸福生活中,继续用自己的双手和智慧创造更加美满生活的新的人物新的风貌。""本书反映了青岛地区近几年来急速发展变化着的农民、渔民和工人的生活,这是我们生活的主流,这是我们文艺反映现实的主要任务。"

20日 江东的《赶走这个魔鬼——重读〈我们心里的魔鬼〉有感》发表于《人民日报》。江东认为,土耳其进步作家萨巴哈钦·阿里的《我们心里的魔鬼》,"从形式上看,这是一部心理小说,描写了伊斯坦布尔一对青年男女悲欢离合的爱情故事"。

26日 冯牧的《新的性格在蓬勃成长——读〈李双双小传〉》发表于《文艺报》第10期。冯牧认为:"李准同志在不久前发表的小说《李双双小传》,就是对于这种正在蓬勃生长着的社会主义新人的一首昂扬响亮、优美动听的赞歌;就是对于这种闪发着共产主义光芒的崭新的精神面貌和思想性格的一幅深刻生动、唯妙唯肖的人物画像。""这篇由艺术形象构成的新人的传记,却并不只是单纯地描述了一个人物(即使是杰出的人物)一生的行状事迹,而是通过了富有魅力的描写,让读者和小说中的主人公在一起,沿着她的生活道路和前进足迹,和她一同进入到了无比丰富和美好的火热的斗争生活的深处。""李准的许多优秀的作品都显示了这样一种特点:在艺术构思上,一方面,他总是善于运用富有乡土气息和生活气息的朴素的语言,善于从日常生活当中撷取精粹并通过它们来生动地反映出人物的精神面貌和新生事物的滋生与成长;另一方面,他又善于通过复杂激烈的思想冲突来刻划人物的性格,善于使他的人物自然地置身于思想斗争和富有代表性的生活环境之中,通过这样的艺术途径使人物的性格逐渐地在作品中丰满和成熟起来。《李双双小传》也是运用了这种艺术方法来塑造人物形象的。使这篇作品更加引人瞩目的是,在《李双双小传》当中所展开的生活环境和思想冲突,比起作者过去的有些作品来是更加丰富更加繁复了。"

六月

1日 浦伯良、李履忠、朱中坚、丁泽民的《谈短篇小说的情节》发表于《安徽文学》6月号。浦伯良、李履忠、朱中坚、丁泽民认为:"情节是作品中由于人物的相互关系,所产生的生活事件的过程。文学要写人的性格,若是作品中没有人物之间相互关系,怎么能表现性格呢?性格不是抽象的东西,它是在行动和斗争中发展着的,它是在人与人的关系之中显现出来的,所以说,情节是性格发展的历史,也是展示人物性格的艺术手段。""短篇小说的情节和其他文学样式中的情节有着共同的基本原则,即对情节必须进行提炼,使之典型化。""短篇小说不可能象大型作品一样地反映一个或一群人物的整个生活经历和几代人物的生活历史,也不可能象长篇那样概括整个时代生活。短篇小说只能集中反映生活中最精采、最有本质意义的生活横断面,它截取最能表现人物精神面貌的某些情节,最有高潮性的某一时期。而这一段生活时间,应是人物精神面貌最光彩的一闪,是个性最集中表现的一霎那,是时代生活中的典型事件。因此,从事短篇小说创作时,对情节提炼是万不能忽视的。""短篇小说的写不短与情节的不集中很有关系,而情节的不集中又与过分铺排故事有关系。过分铺排故事会使人物性格迁就故事,那就不能集中精力抓住显现人物性格最光辉的一霎那来描写，其结果是篇幅拉长了，性格却不突出、不鲜明。好的情节，一方面表现了人物的性格；另一方面又能为情节发展安排下必然因素。但是，如果只注意人物性格的需要而忽略情节，就会使故事支离破碎；反之，只注意情节的需要，忽略性格的表现，则故事就会变得冗长、松弛和发生有事无人的现象。""短篇小说，由于篇幅的限制，情节的线索是不宜过多的。不过，无论怎样，一个短篇总应有一个故事情节作为情节的核心，通过核心作用把其他情节联贯起来，但是有些情节只能作简单的交代，侧面描写和通过暗场来解决。……总之，短篇小说的情节要求丰富、深刻、典型、集中，既饶有趣味，又发人深思，要达到这样的目的，情节的提炼是非常重要的。作家根据主题需要，把合理的情节组织在短篇里，必须进行充分的艺术概括，情节的提炼不仅仅使情节典型化，而且能使短篇小说主题集中，人物性格明朗，以很少的篇幅反映巨大深刻的社会内容。"

11日 北京师范学院中文系批判修正主义小组讨论、廖仲安执笔的《谈古典作品的艺术生命力与所谓'普遍人性'》发表于《文艺报》第11期。北京师范学院中文系批判修正主义小组认为："中国或外国的古典文学名著，无论是诗歌、小说、戏剧中，的确都常常写到爱情的问题。但是历来的古典文学名著（除了某些表现爱情生活片断的抒情小诗以外）写恋爱的意义往往并不在于恋爱本身，而在于它们通过恋爱所表现出来的深刻丰富的社会关系的内容。""'血性义侠'，本来是人民在自发地反对剥削压迫制度的斗争中形成的一种高尚品质和革命性的传统。这种品质和传统也主要是在人民群众中才得到真正的钦敬。""血性义侠的道德和传统，在历史上是不断继承、不断发展着的。……《水浒传》里，这种'义气'，已经成为农民起义英雄用来团结人民、教育人民共同反抗封建统治的有力武器。……但是，在《红旗谱》里，情况就大大不同了。我们在朱老忠这样的人物身上，的确可以看到一种'燕赵慷慨悲歌之士'的英雄气概，一种'血性义侠'的民族传统气息。但是，这种传统和过去的义气比较，已经起了一个质的变化，它在党的教育影响下，已经发展为无产阶级的阶级友爱精神了。"

21日 齐立东的《巴人的人道主义必须彻底批判》发表于《光明日报》。

齐立东指出："巴人在《论人情》和其他的一些文章里，对于我们今天的社会主义文学，早已公开地发表了反对的意见。他一则说这些作品'政治气味太浓，人情味太少'，再则说这些作品'不合情理，就只是唱"教条"'。……小说《红旗谱》深刻地反映了冀中平原人民特别是广大农民群众，由于党的领导与教育，由自发的、分散的阶级反抗而走向自觉的、有组织的革命斗争的过程。小说既表现出劳动农民对地主、官僚统治阶级的刻骨仇恨，也描写了劳动人民之间的深厚的阶级感情。"

26 日 黄沫的《初升的太阳照耀着我们——谈几篇反映人民公社的短篇小说》发表于《文艺报》第 12 期。黄沫认为："迅速地反映现实，一向是我们的短篇小说的战斗特色，而比起过去来，在反映生活的深度和广度上、在作品的思想性和艺术性上，都达到了一个新的高度，这不论就整个来说，或就个别作家的作品来说都是如此。譬如马烽、刘澍德、李准、王汶石、茹志鹃等同志的反映人民公社生活的作品，在他们自己的创作中就都是很突出的。""首先，在这些作品中出现的都是我们生活中崭新的人物，在他们身上具有鲜明的时代精神，焕发着共产主义的思想光彩。但是这些人物对于我们又并不是陌生的。""其次，在所有这些作品中，我们都鲜明地感觉到生活脉搏的跳动，感觉到生活在不停地向前奔跑着，差不多在每一篇短短的作品里，我们都不仅看到生活的今天和昨天，而且看到生活的明天。在这些作品中所展开的生活是广阔的、不断地发展着的，充满着蓬勃的生气。""在人物塑造上，这些作品中，差不多每一篇都创造出了鲜明、生动的人物形象。……我们的作家并不着重去描写人物的外形，但是他们通过对人物性格的生动描写和精神面貌的揭示，使我们更清楚地看见了这个人物。"

七月

1 日 辽中实的《伟大时代的赞歌——读五位工人作者的小说创作》发表于《文艺红旗》7 月号。辽中实认为："古典小说、戏曲中，在刻划人物上常常使用'亮相'的手法，让人物一出场就使人有一个鲜明的、立体的感觉。工人作品中，也继承和发展了这种传统手法，使作品的人物性格生动地突现出来。"

10日 南京大学中文系古典文学教研组的《怎样理解古代文学作品的社会意义》发表于《江海学刊》7月号。南京大学中文系古典文学教研组认为:"古代作品的社会意义包括有两层含义,一层是指它在当时的社会意义;一层是指它在今天的社会意义。这两层社会意义,是既有联系,又有区别的。为什么说这两层社会意义有联系呢?因为古代作品中有精华和糟粕两部分。""古代作品在当时的社会意义,是指它在当时的阶级斗争条件下曾经产生的作用。对于这方面,我们今天就是要用马列主义的立场和观点,用阶级分析的方法,正确指出它的作用,并给予它应有的历史地位。""所谓古代作品在今天的社会意义,就是指古代作品在今天新的革命斗争形势下对我们所能产生的作用;是我们'根据马克思主义世界观和无产阶级在其专政时代的生活和斗争的条件'(列宁语),经过批判地继承,使之为今天的社会主义建设服务的问题。一句话,就是古为今用的问题。"

同日,孟浩的《创造更高的典型——杂谈王安友小说的人物创造》发表于《山东文学》10月号。孟浩认为:"我们从这些人物身上可以看到作者一个明显的特点:王安友同志善于抓住这类人物最具有本质意义的特征,把他们放在最典型的环境中去考验人物,打开人物的内心世界。"

19日 李希凡的《长篇小说创作的新收获——读柳青的〈创业史〉第一部》发表于《人民日报》。李希凡写道:"《创业史》的成就,首先在于:深邃地、广阔地、有说服力地展示了五亿农民的历史命运和必然走向集体化的生活方向。""它只是描写了陕西终南山下一个村子土改后的农民生活,甚至只是围绕着共产党员梁生宝所领导的一个互助组的巩固和发展,展开了那激荡整个农村的新的斗争生活的场景。""《创业史》的成功,就在于它比其他作品更深刻更全面地反映了农业合作化运动中这两条道路斗争的复杂面貌。这里有和旧的阶级又开始了的新的斗争,有新的阶级分化的斗争,有新旧意识的斗争,而这一切斗争,又都交融在两条道路斗争的激流里。""《创业史》作者很善于把复杂的阶级斗争在人物精神上的反映,交融起来进行细腻的描绘和剖析,从而突出不同阶级、不同阶层甚至同一阶级、同一阶层只是遭遇不同而形成的不同性格。"

20日 张绰的《谈〈三家巷〉》发表于《光明日报》。张绰写道:"这部小说在表现手法上,可以看出作者是创造性地继承了我国古典文学作品中塑造人物和写景状物的技巧的。作者描写人物多采用白描的手法,寥寥几笔便把人物勾活了。""在结构上,作者也是采用了传统的表现手法,以人物的行动为中心开展故事情节,有头有尾,层次井然,很少采用倒叙。然而,这并不等于古板的平铺直叙,而是环环相扣,节节相连,疏密相间,故事性很强。在布局上,一个矛盾孕育着另一个矛盾,一个高潮紧接着另一个高潮,正所谓'一山自有一山高',矛盾一次又一次的向着高峰发展。""在语言的运用上,也显示出作者的老练。《三家巷》语言的最大特色,就是在普通话的描写里巧妙地吸收了广州方言,使语言更为丰富多采,跌宕多姿。《三家巷》里的方言有两类:一类是直接从群众语言中吸收的,如生草、茶居、靓女、横水渡、二厘馆、梳起、使妈、好相与等,都是广州方言中特有的词和语汇,作者用来贴切,很有风土味。另一类是方言语汇经过加工锤炼的,如横竖(横掂)、谱子(谱)、不等使的废话(不等使的话)等,这样既有鲜明的地方色彩,又能使北方的读者看懂。《三家巷》语言的另一特色,就是句子短而有力。有些句子非常含蓄,余味无穷。"

26日 《文艺报》第13、14期合刊发表社论《刻苦努力,争取文艺工作的更大胜利!》。社论认为:"我们必须采取一切办法,鼓励文艺创作的题材、体裁、形式和风格得到多样化的发展。我们提倡描写重大题材,描写群众的火热斗争;同时欢迎文艺家从各个不同的角度来反映时代,反映世界的多样性;反对创作题材上的清规戒律。""我国先进的作家艺术家们,为了更好地反映社会主义的伟大现实,表现共产主义的崇高理想,正在努力掌握革命现实主义和革命浪漫主义相结合的艺术方法,在小说、诗歌、电影、戏剧及其他艺术创作部门,开始取得显著的成效。关于这个艺术方法的科学根据和主要内容,在周扬同志的报告里有了精确的论述。报告指出:这个艺术方法把革命精神和求实精神相结合的原则运用在文学艺术上,把文学艺术中现实主义和浪漫主义这两种艺术方法辩证地统一起来,以便更有利于表现人民群众的英雄时代和英雄人物,有利于全面地吸取文学艺术遗产中一切优良传统,有利于更好地发挥作家艺术家不同的个性和风格。这个艺术方法要求作家艺术家站在共产主义思想的高度来观察现实和反映现实,同时为革命的作家艺术家开辟了最广阔的创作途径。""在创作上,'高产、优质、多品种',是我们奋斗的目标。人民需要优秀的长篇巨著,也需要新鲜活泼的短篇作品;需要高度概括现实的小说、诗歌和戏剧,也需要迅速反映现实、推动现实的报告、特写、政论和杂文,需要好的儿童文学和曲艺。"

巴金的《文学要跑在时代的前头》发表于同期《文艺报》。巴金写道:"我生在官僚地主的封建家庭里,在那个要闷死人的专制环境中整整生活了十八九年,才有机会跨出那一道包铁皮的门槛。可是后来我又钻进了小资产阶级知识分子的小圈子里面。我开始写小说的时候,我就嚷着要突围出去,要改变生活方式。成都那个封建家庭早垮了,我在上海那个小资产阶级的圈子也并非铜墙铁壁,可是我自己一直没有勇气和决心。从这个也看得出来过去的生活在我的身上日积月累地留下了许多东西。还有,我年青时候很爱读小说,古今中外的小说,好的坏的我都读过不少。我不加选择地阅读它们,并非为了学习,只是因为我从小就爱听故事。我并不想向它们学习什么,我当时也无非想满足自己的好奇心。可是结果我得到了不少的东西,因为这是各取所需,而且是不知不觉中吸取来的。那些小说的作者要不是封建文人,至少也是资产阶级的作家。我也曾隐约地感觉到这两种人在我的脑子里打架,不到多久封建文人就给赶跑了。我自己呢,我并没有打过防疫针,可以想到有多少病菌钻进了我的身体,而我又把它们带到我的文章里面。其实我不能把责任完全推给书本和作者,而且也不能说我就没有从那些小说中得过一点益处。我也曾从其中一些优秀的作品里得到了启发和鼓舞,使我更有勇气追求光明,憎恨黑暗。……但是在我自己写的许多小说中就可以找到我从别处传染来的各种各样的病菌。不用说,还有更多的发霉、发黑的东西是从我的生活里来的。虽然我并不想把任何病菌或渣滓放进我的作品里面,而且我本人也受不了它们,可是它们自己却钻到我的书里面来了。我这种说法并非卖弄玄虚,把创作说成神秘。我有过这样一种体会:作家常常在自己的作品里面生活,因此他无法在作品里装假。一个作家要不在作品里暴露自己的思想是不可能的。作家常常不由己地把自己喜欢的事情和自己习惯的想法写在小说里面;作家也常常让作品中的人物替自己讲话。而我们过去有些封建文人却走得更远，他们把自己写成能文能武、十全十美的主人公，自己在生活中想望过而做不到的事都要在小说里做到。"

杜鹏程、王汶石的《新英雄人物鼓舞着我们》发表于同期《文艺报》。杜鹏程、王汶石认为："我们要大力塑造英雄人物，塑造那种最富有革命性和战斗性的工人阶级和革命人民中的先进战士，描写他们那种藐视敌人、藐视困难、战胜敌人、战胜困难的不断革命的英雄气概，和他们的复杂丰富、艰苦卓绝、充满诗意的动人的斗争生活。""现实生活中，英雄的性格是多种多样的，英雄的生活是丰富多彩的，只有把他们放在广阔的生活场景上，才能写出富有概括意义和个性特征的崭新而深刻的时代典型来。"

柳青的《谈谈生活和创作的态度》发表于同期《文艺报》。柳青写道："时代赋予现代中国的革命作家这样光荣的任务——描写新社会的诞生和新人的成长。这是一个并不轻松的任务。必须严格地遵循毛主席的指示，全身心地长期地投入人民生活的洪流，我们创作中所遇到的思想上和艺术上的一系列问题，才有可能经过刻苦钻研，逐步地得到解决。"

邵荃麟的《在战斗中继续跃进——在中国作家协会第三次理事会（扩大）会议上的报告》发表于同期《文艺报》。邵荃麟在谈到"四年来我国文学的变化和发展"时说："最主要的一个变化，是经过反右派斗争以后文学上所出现的百花齐放的灿烂景象。……作品中普遍地表现出鲜明的革命倾向，充满着革命英雄主义和乐观主义的精神，而同时在创作风格上又各有特色，争妍竞艳。革命倾向性的一致和风格形式的多样化，是近年来我们创作上一个重大的发展。文学的风格和形式愈来愈趋向于民族化和群众化。"在"关于理想和现实相结合的问题"上，邵荃麟认为："理想与现实是一种对立的统一的关系，理想是建立于现实的基础之上，而又引导现实向前发展。艺术的真实性，正是由于它表现了现实的革命发展，表现了比实际生活更高、更强烈、更有集中性、更典型、更理想的东西，所以才能够具有鼓舞人向前的力量，才能够打动千百万读者的心灵。创作方法上的理想与现实的结合，正是为了达到这种要求。"在"关于革命英雄人物的创造问题"上，邵荃麟指出："典型人物总是代表一定的阶级倾向和时代精神的，而同时又是具有独特的鲜明个性的。""作家不仅要概括、集中英雄人物的本质特征，还必须描写出各个英雄的独特个性，典型性格必须是通过人物的鲜明个性的描写而表现，决不能用一些抽象的革命概念来代替，或者把某些性格特征从外部贴到人物身上去，也不能依靠某些人为的惊险情节来表现他们的英勇。"

周扬的《我国社会主义文学艺术的道路——1960年7月22日在中国文学艺术工作者第三次代表大会上的报告》发表于同期《文艺报》。周扬认为："百花齐放、推陈出新的方针，不但促进了旧传统的革新，而且促进了新文艺的进一步民族化。小说家在语言的运用、性格的刻划、情节结构的布局等方面，越来越多地显示了民族的风格。""在百花齐放和推陈出新的方针指导下，一方面继承和革新我国优秀文学艺术遗产，使它们成为先进的社会主义文化的一部分；另一方面使各种形式和体裁的新文艺具有更耀目的民族特色，两方面互相接近，互相结合，共同发展为多种多样的社会主义的民族新文艺。""我国文学艺术有几千年的传统，积累了丰富的创造经验，形成了自己长期流传的民族的形式和风格。革命的文艺如果不具有民族特点，不在自己民族传统的基础上创造同新内容相适应的新的民族形式，就不容易在广大群众中生根开花。文艺的民族化和群众化是互相联系而不可分的。""一切外来的艺术形式和手法移植到中国来的时候都必须加以改造、融化，使它具有民族的色彩，成为自己民族的东西。现在我国文学艺术正越来越表现出民族化、群众化的特点。文艺的民族独创性，是人民群众的创造性的集中表现，是一个时代、一个阶级的文学艺术成熟的标志。"

八月

1日 蔡肇发、张福玉的《谈谈"短"》发表于《火花》8月号。蔡肇发、张福玉认为："短篇小说和其它形式的文艺作品一样，都必须有全新的内容，但它还有一个不同于其它文学形式的最大特点，那就是要求短小精悍。""我们提倡写'短'，决不是在数量上的减少，也绝不是抛开内容而随意地缩短篇幅，如果这样简单地理解，那就大错而特错了。这里所提倡的'短'，我们认为是在质量上的凝聚。这样就要求文学作者，必须善于观察，分析研究生活，攫取现实生活中的本质东西。在题材的选择上,就必须精选最能表达革命斗争现实生活的新的人物和新的事物,集中描写和刻划,并力求紧凑和严密,使之能够在短短的篇幅中,以完整的艺术形式,表现出丰富深刻的思想内容。""当然,我们提倡写'短',并不意味着不需要长篇巨著,能够反映壮阔的时代画面的长篇巨著和伟大的史诗,并不是多而是太少了。但长篇巨著创作,需要较长时间,我们面对着的是一日千里的革命斗争生活,我们需要长篇,更需要短篇。"

肖铃的《多写"短篇"》发表于同期《火花》。肖铃认为:"多写短篇小说,这是时代的要求,也是广大工农读者的要求。""写短篇,并不意味着因为篇幅短而容易写,相反,我们要求短篇小说,无论在结构、内容、文字上,比长篇更为严格。因为一个短篇小说,在短短的几千(或万余)字内,要求通过完整的故事情节和人物形象,反映出时代的精神面貌,为读者展开一幅幅生活的图画。这样,就必须要求故事集中,结构严密,文字精炼,它决不容许有多余的笔墨,更不容许拉拉杂杂,废话连篇,而必须字斟句酌,去芜存精,写得短小精悍,作到精益求精。"

2日 马烽的《谈短篇小说的新、短、通》发表于《光明日报》。马烽写道:"所谓'新',就是要大力表现新的时代,新的生活,新的群众,积极反映生活中新生的、革命的、具有无限生命力的新事物。""'新',除了指作品的主题思想之外,作品的艺术构思,表现手法,也应当力求新颖优美。""所谓'短',就是短篇小说要名符其实,写得短小精悍。顾名思义,短篇小说就应该写得短些、精悍些。……'短',不能作简单的理解。简单是容易的,只要在数量上减少就可以了。可是,精练是不容易的,它必须是在质量上凝聚。短篇小说其所以是一种完整的独立艺术形式,就在于它能够在短短的篇幅中,以完整的艺术形式,来表现丰富深刻的思想内容。""所谓'通',就是要把作品写得通俗易懂,平易近人,尽可能的使结构顺当,脉络分明,语言能念出口,能听得懂。也就是作品要群众化。""文风上,要使群众喜闻乐见,要使群众易于接受。比如:群众喜欢简练朴素的文字,口语化、群众化的语言,我们就不应该写那些洋腔洋调、疙里疙瘩的句子;群众喜欢层次分明、结构顺当的小说,我们就不应该编造那些结构变幻莫测的文章。"

1960年

3日 沙汀的《作家的责任》发表于《人民日报》。沙汀写道:"中国革命作家的责任是什么?……通过创作,大力提高全国人民的共产主义思想觉悟和共产主义道德品质。""只要我们在创作实践中正确体现了革命的现实主义和革命的浪漫主义相结合的创作方法,这个任务是能够完成的。……这个创作方法,首先应该体现在英雄人物的塑造上。""文艺作品是党向人民群众进行社会主义、共产主义思想教育的有力武器,为了使它在广大群众中起到更大的教育和鼓舞作用,我们在创作中必须对我们所塑造的人物充分地理想化。……所谓使人物更加理想化,不过是概括现实生活中许多活人的共产主义品质,特别是强调活人性格中一些在未来将更为普遍存在的新的萌芽。即在概括现实生活的基础上加以提高。"

5日 齐登山的《新开的花朵——谈肖木的三篇作品》发表于《上海文学》8月号。齐登山认为:"肖木同志的《红色的夜》《守关》《战斗的里程》就是反映铁路工人生活的三篇较成功的作品。""肖木同志是一位新作者,他的作品充满了工人阶级的感情,散发着浓郁的生活气息。他带着铁路工人的自豪感和幸福感描写了几个生动的画面。这里有和平的日子里的激烈的阶级斗争;有大跃进中劳动竞赛的火热场面;有超轴列车与八级狂风在陡坡上的搏斗。这三篇作品,象打开了一扇生活的窗子,让我们了望到铁路工人生活的原野。""肖木同志这三篇作品成功地刻划了老一辈铁路工人的英雄形象。作者怀着深厚的敬意描写了他们,揭示了他们崇高的内心世界。……作者塑造老工人形象的特点突出地表现在三个方面。""首先,作者没有把他们写成脱离生活、脱离时代的孤立的英雄,而是写出英雄的活动、成长的特定的环境和产生英雄的时代。""第二,作者善于在平凡的劳动中表现英雄,透过生活细节的描绘,展示出老工人美好的崇高的精神世界。""第三,作者善于在矛盾的发展中,集中地有力地表现人物性格。"

6日 陈亚丁的《斥伪装的社会主义文学》发表于《光明日报》。陈亚丁指出:"这三篇作品(指《英雄的乐章》《人性》《红缨》——编者注)都是描写革命战争的,而且都塑造了作者理想的'英雄'人物。""由于在这三篇作品中,作者所歌颂的都是他们所理想的个人主义'英雄',所以也就必然产生了修正主义者在描写革命战争,塑造新英雄人物上的另一个值得引起严重注意的问题,就是把主题放在战争的残酷和个人幸福的不可调和的矛盾上,构成主人翁的无可逃避的悲剧的命运。从而向人民和军队散布对革命战争的悲观主义、感伤主义。"

26日 《文艺报》第15、16期合刊发表《中国文学艺术工作者第三次代表大会决议》。决议写道:"大会认为,我国文学艺术的首要任务:是通过各种文艺形式,提高全国人民的社会主义和共产主义的思想觉悟和道德品质,彻底肃清资产阶级的政治影响和思想影响,积极地为我国的社会主义革命和社会主义建设服务。全国文艺工作者必须加强艺术实践,努力掌握革命现实主义和革命浪漫主义相结合的艺术方法,表现我们的伟大时代,塑造这个伟大时代的英雄形象。"

九月

1日 钟源的《也谈如何写新》发表于《火花》9月号。钟源写道:"我认为要想写出新的人物性格,必须首先从新的社会矛盾中去观察和理解新的人物性格,然后又在揭示新的矛盾中把它表现出来。""短篇小说的取材是多方面的,广阔、丰富的现实生活也要求我们从各个不同的方面、各个不同的角度去选材,但是不管以什么生活为题材,以什么人物为创作对象,我们都要敏锐地观察到新的思想在这些生活领域和人物身上的影响作用,我们都要以新的观点去描写它们,只有这样,你的作品才会被新的时代精神所浸透。"

7日 易征的《周炳小论》发表于《光明日报》。易征写道:"周炳(指《三家巷》的主人公——编者注)所处的是这样一种典型环境:一方面,他作为一个小手工业者,而又经常同各行各业的工人接近,具备了工人阶级的一些基本素质,因而在不少问题上,经常和旧世界的人物及其观念发生冲突,比较容易接受革命思潮的熏染;而另一方面,他的资产阶级亲戚朋友,和资产阶级的学校教育,也时时刻刻在腐蚀和毒害着他,使得他逐渐具有了比较浓厚的知识分子气味,如要求个性解放、通过读书发展个人主义的愿望等等。这两种绝然不同的阶级意识和生活观念,严峻地考验着少年的周炳。""作家对周炳性格发展的艺术处理，看来是通过了较多方面的描绘来实现的。概括说来，可以分做两条线。一条是他和区桃、陈文婷之间的爱情关系；另一条是他在苏兆征、张太雷、周金、杨承辉等共产党员教育影响下所参加的历次革命斗争。这两条线是紧紧地扭在一起的。正因为如此，所以周炳成为了一个比较复杂的形象。"

21日 河北北京师范学院中文系四年级二大班文学评论组的《崇高的农民英雄形象——论〈红旗谱〉中的朱老忠》发表于《光明日报》。评论组指出："《红旗谱》是一部革命现实主义和革命浪漫主义相结合的精心巨著，这一特点突出而集中地表现在对朱老忠这个典型的创造上。""朱老忠对敌人的刻骨的仇恨与对阶级兄弟的深厚的挚爱，是他战斗性格的两个主要方面。""朱老忠继承了我国祖祖辈辈革命农民的传统优秀品格，既具有浓厚的传统色彩，又具有鲜明的时代特征。他是跨越两个时代交替的人物。作为一个革命农民的英雄典型，他的一生经历，既总结了过去的农民革命史，又揭示了现代，并展望了未来。朱老忠的形象创造，在我国现代文学创作中是有着典范意义和重大社会意义的。朱老忠的形象是革命现实主义与革命浪漫主义相结合的典型产物。"

26日 李希凡的《漫谈〈创业史〉的思想和艺术》发表于《文艺报》第17、18期合刊。李希凡认为："《创业史》对于农村错综复杂的阶级斗争的深刻反映，和它的艺术形象、人物性格创造上的特色是达到了相当高度的统一的。""如果说，《红旗谱》里的朱老忠的形象，是作家梁斌高度概括了历代农民反抗封建统治者的英雄品质，创造出那样一个即使在黑暗统治下也满怀斗争信心不甘屈服的老一代革命农民的典型，那么，《创业史》里的梁三老汉，则完全是背负着因袭重担的小私有者农民的一种典型。""《创业史》对于生活反映的独到的深度，不只是表现在个别性格，个别形象的创造上，更重要的是表现在《创业史》的整体的艺术形象的创造上。从上面我们谈到的这一组形象看来，它们的性格所揭示出来的社会意义，也不仅仅限于它们个别形象的阶级的实质，而是透过它们深邃地展示了农业合作化所面临的错综复杂的阶级斗争的活生生的背景。这些成功的个别形象、个别性格，只有交融在《创业史》的整体艺术形象画面里，才能充分说明它们的意义和价值，这就是《创业史》的艺术形象不同于其他作品的最显著的特点。"

李希凡写道:"从艺术表现和形象创造来看,《创业史》对于错综复杂的农村阶级斗争生活的深刻反映,以及突出人物性格的阶级生命和独特个性的艺术能力,是和作家的善于细腻地展现人物精神世界的表现方法有密切联系的。《创业史》里的许多人物性格所以能给读者留下那样强烈的印象,他们的个性所以那样鲜明,就是因为他们都有着丰富的内心生活的经历。""一个人的性格的阶级生命,在复杂的阶级斗争中,固然主要是表现在他的行动上,但创造一个现实生活中的活生生的性格,无论是他的阶级生命或个性的体现,就并不只是表现在他的表面行动或语言里,也同时表现在他的丰富的内心活动中。……把人物内心生活的丰富性和阶阶性格的鲜明性在复杂的现实斗争中有机地结合起来进行细腻地刻划和剖析,是《创业史》独创的艺术特色,也是使它的艺术形象的创造获得了极大成功的明显标志。"

李希凡还提到:"从柳青的艺术表现方法来看,作家显然是受过欧洲现实主义文学很大的影响,他在自己的创作里,继承和运用了现实主义艺术传统中有益的养分,但也应该承认,他是经过消化的继承和运用,是批判地继承和运用的。这一方面是表现在他的语言的运用和心理描绘的民族化上,另一方面也表现在他的现实主义创作渗透着革命性的特征。""说《创业史》的革命浪漫主义的色彩比较淡,也是一种并不正确的看法。""《创业史》对于现实生活的深刻描绘,交融着豪迈的、热烈的抒情基调,作者运用了现实主义文学对于生活和人物内心世界的精雕细刻的写实的手法,但却摒弃了那种旁观的冷漠的态度,作者毫不隐蔽对新事物热烈地歌颂、对旧事物猛烈地抨击的鲜明立场。这就使《创业史》对于现实生活的反映渗透着革命理想的色彩,而又表现了它的革命理想是扎根在丰厚的生活土壤里的。"

姚文元的《中国农村的社会主义革命史——读〈创业史〉》发表于同期《文艺报》。姚文元认为:"《创业史》是有它的特点的。它的特点,我以为就是深刻和扎实。""《创业史》这种扎实的风格加上细腻的艺术描写,给读者一种既浑厚又细密的感觉。""研究一下《创业史》的结构,就可以发现作者对作品中矛盾发展的安排,是经过深思熟虑的。贯穿全书的是社会主义和资本主义两条道路的斗争,但《创业史》并没有把斗争简单化,而是从社会主义革命的思想高度，深入地多方面地表现了斗争的尖锐性、复杂性和深刻性，而社会主义革命的尖锐、复杂和深刻的描写，又有力地表现了党的领导和毛泽东思想的伟大意义。作品中以三条相互交错的线索来表现了中国农村的社会主义革命。""高增富和梁生宝，是同一个阶级中两个不同个性的典型人物，是农村中社会主义力量的代表。这两个人物性格，在别的反映农村社会主义革命的作品中也屡次出现过，但是，《创业史》却塑造得更鲜明、更强烈、更准确，典型化的程度也更高。这是我认为《创业史》的特点是描写的深刻的主要根据之一。"

十月

1日 郑祖杰、张静江的《激情的河流——读刘澍德的小说〈同是门前一条河〉》发表于《边疆文艺》10月号。郑祖杰、张静江认为："刘澍德同志的短篇小说《同是门前一条河》（原载《人民文学》1959年9月号，后收入《红云集》）……这篇作品的艺术特色是多方面的，如上面略述到的情节的朴素，结构的精巧，细节描写的逼真，人物语言的个性化，富有诗意的抒情等等，此外，还应该提到作者善于把风景描写和人物思想感情的发展变化结合起来，使作品充满了耐人寻味的诗情画意，情景交融，文情并茂。"

同日，金笙的《关于作品的民族化和群众化问题》发表于《火花》10月号。金笙指出："在我们坚持通俗化方针时，文学作品的语言艺术是我们应该特别注意的问题。一部文学作品是否具有民族特色，首先要看它的语言如何。群众喜欢简洁、凝练、朴素、生动的文字，我们的文学作品就不应该写那些洋腔洋调，疙里疙瘩，诘屈聱牙，费思难解的句子。……不但如此，就是在结构上，文艺作品也应采用我国人民所喜闻乐见的形式。如果稍加注意，我们就会发现：不论在我国古典文学作品中，还是我国人民谈论某一事件时，其故事总是有头有尾，层次分明的。且不说象《水浒传》《三国演义》那样依次叙述故事或描写人物的作品了，就是故事象《红楼梦》那样错综复杂的作品，也说得清楚透彻，有条不紊。解放后，我国不少作家继承了这一优秀传统，并有了创造性的发展，运用各种不同的形式，认真反映了我国的革命的现实，达到了对生活的高度概括。束为同志的《老长工》，王汶石同志的《大木匠》，李准同志的《两代人》，三篇文章的结构是互不相同的。但结构都是那样的自然，该追叙的追叙，该直叙的直叙，给故事的叙述以极有利的条件，给读者理解作品以极大的方便。"

11日 秦牧的《晚清时期反美爱国文学的光辉——谈〈反美华工禁约文学集〉》发表于《文艺报》第19期。秦牧认为："《苦社会》是集中所收的八篇小说中最精彩的一篇。"他说："真如那篇小说的'叙言'所说的：'几于有字皆泪，有泪皆血，令人不忍卒读，而又不可不读。'以此而窥其余，可以想见书中文字激动人心的程度。"

田晨的《喜读〈黑老包〉》发表于同期《文艺报》。田晨认为："《黑老包》写的是一个老瓦工和他的徒弟参加社会主义竞赛的故事。小说写得紧凑、流畅，语言生动，富有生活气息。……这篇小说就以师徒俩的矛盾做中心，构成一个喜剧，表现出工地生活的欢腾景象和工人阶级的共产主义精神。""作者都是这样地通过人物的行动，表现出他们的性格，很少有与人物性格，与主题无关的多余的描写。"

萧村的《颂"惠嫂"》发表于同期《文艺报》。萧村写道："'托物言志'，在诗歌中是常见的笔法。《延河》7月号上发表的短篇小说《惠嫂》，也使用了这种笔法。""惠嫂性格的形成和她美好品德的闪光，不是平铺直叙地述说出来的，而是通过她和周围人们的关系、她的富有创造性的辛勤劳动和多方面的生活场景展现出来的。"

朱榕的《为"文化的主人"塑象》发表于同期《文艺报》。朱榕写道："文化革命中出现的新人新事，在我们的文学作品中也有所反映，刘勇的短篇小说《文化的主人》（《长江文艺》4月号），便是其中写得比较好的一篇。尽管这篇小说只描绘出文化革命长河中的一角，但善于从一斑窥全豹的读者，仍能从中感触到它的磅礴气势，体会到它的深刻的革命意义。"

19日 艾彤的《三支社会主义颂歌——谈周立波同志的短篇小说》发表于《光明日报》。艾彤写道："从语言和风俗习惯看来，这三篇小说（指《山那面人家》《北京来客》《下放的一夜》——编者注）写的都是湖南农村的事。""三篇小说都用了很大篇幅描写农民们闲谈。……都展示了农村的风俗与习惯，洋溢着强烈的乡土气息。在描写这些风俗习惯和刻画人物的时候，作者又给涂上一层浓厚的时代色彩,使我们透过这些土香土色的风俗习惯,又闻到了强烈的时代气息,清楚地看到农村的新变化,看到闪烁在人们身上的共产主义思想。""作者善于塑造各色各样的人物。……人物个个神采奕奕,如见其人,如闻其声。""优秀的作品,不必看人物出场,只要听听他的话,就能知道是谁来了,甚至能知道这个人的脾气怎样,爱好什么。应该由人物说的话,要给人物充分的发言权,作者不要抢着说。在周立波同志的短篇小说里,人物是充分地得到了这种权利的。尤其是《北京来客》这篇小说,对话更多,差不多从头到尾都是人物的对话。对话写得不好,就会枯燥无味,读者不爱看。读这篇小说没有这样的感觉,相反的,越读越有趣,不是感觉长了,而是感觉短了,仿佛一个个人物坐在我们的周围,我们在听着他们兴致盎然的闲谈。从他们的闲谈中,认识了他们的声容笑貌,熟悉了他们的脾气和喜爱。"

26日 黄沫的《〈耕云记〉的思想意义》发表于《文艺报》第20期。黄沫写道:"李准同志在创作上最突出的特色,是迅速反映现实斗争和热烈歌颂新生事物,他的作品经常提出生活中的新问题,作品的主人公常常是那些在生活中刚刚露面、尚未引起广泛注意的新人物。""李准同志所描写的新人物的成长过程,都不是那么一帆风顺的,他往往把人物放在尖锐的斗争中来描写,在困难中考验他们,这样的写法是符合新生事物发展的客观规律的。因为新的人总是通过斗争成长起来,总是在斗争中显现出他身上那些平时不很显著的品质,获得新品质,并在斗争中得到进一步的培养和锻炼。而新人的形象所以在文学作品中具有巨大的教育意义,并不是因为他轻易地就获得了成功和光荣,而是因为他克服了一般人所没有克服的困难、经历了一般人所没有经历的斗争,因为他在克服困难、进行斗争上给后来的人开了路、做出了榜样。只有把新人成长的逻辑充分展示出来,才能取得更大的艺术感染力和思想教育作用。我们所以反对在文学创作中把新人成长的过程简单化,理由就在这里。"

黄沫还说:"这篇小说(《耕云记》——编者注)是用第一人称写的,整个故事通过主人公的口叙述出来。由于采用了这个形式,作者就使叙述和性格描写、心理描写融合在一起,使读者从人物的口中既听到故事,又了解到她的内心活动和性格特点,人物的精神面貌就更亲切、更生动地呈现在我们的眼前,同时读起来又没有那种由于单纯的叙述或心理描写所常常引起的沉闷感；但这也是一种比较困难的手法，因为从头到尾，差不多每一句话都是对人物的内心活动和性格的描写，除非对生活非常熟悉，对人物性格的各个侧面都做到心中有数，是不大容易写得好的。李准同志这次的尝试却得到了成功。自然，这里并不是说第一人称的写法就是最好的写法，每一种写法都有它的长处和短处，这要看作者着重于表现什么而加以选择。"

十一月

1日　昆明师范学院文史系中国现代文学小组的《论刘澍德同志的小说》发表于《边疆文艺》11月号。文中指出："他（指刘澍德——编者注）常常是从人物在特定的情景中所发生的感触去进行绘声绘色的描写，……有时他是用饱蘸了浓墨的笔力去描写人物的复杂情感，有时又是要而不繁地几笔把人物勾勒出来。细致而又不失于烦琐，简练而又不失于粗糙，正看出作者艺术上的造诣。"

8日　任文的《〈耕云记〉的成就》发表于《人民文学》11月号。任文写道："作者塑造的这个新人物，不仅有着敢想敢干的特点，而且又有着埋头苦干和科学的求实精神。……这正是我们当前时代新人应有的精神品质。作者把他的主人公放在一个又一个的斗争面前，从斗争中描写她的成长过程，揭示她的全部性格。作者并不是孤立地写她一个人，还描写了她和周围的人物的关系，写出了她的生活环境，这样就更有利于全面地表现出人物的性格和时代的面貌。""这篇小说，在风格上，也和李准同志的其他成功的小说一样，是非常淳朴、自然的。……采用了第一人称的写法，这不仅对写人物是得当的，而且也使小说读起来，好象听人讲故事那样亲切。李准同志从来不静止地介绍人物，总是让人物在行动中表现出他们的性格来，让动人的生活情景，象一幅幅的画面那样展现在读者面前。这些特点更接近我国艺术的传统手法，也更容易为广大群众所接受。"

周立波的《关于民族化和群众化》发表于同期《人民文学》。周立波认为："我觉得民族化并不要求一切作品都具备一模一样的风格，形式的民族化和风格的多样化是不矛盾的。""一个作者使用的语言，首先要读起来叫人听得懂，还要准确、鲜明、简练和生动。为要这样，采用群众的口语是很要紧的。""为了使作品合群众口味,要注重情节;故事要有头有尾,上下衔接,首尾照应;善恶爱憎非常分明;人物要富于行动,尽量避免有关心理的静止的叙述;心理当写,但要使它在人物自身的行动之中透露出来。"

11日 李虹的《在练兵中写英雄本色——谈峭石的几篇小说》发表于《文艺报》第21期。李虹认为:"在这些作品中很难找到惊心动魄的故事情节,都是极其普通的训练生活。但从平凡中发现不平凡,读来使你感到亲切,耐人寻味。""峭石同志在运用战士语言方面所作的努力,是一眼就可以看得到的。除《火热的心》外,其他各篇都写得简洁明快,清新活泼;幽默而绝不油滑,风趣而绝不轻浮,具有鲜明的战士风格。……另外,由于作者比较熟练地运用了战士语言,使作品中的人物性格更加鲜明和个性化了,这点也是很容易看到的。"

马文兵的《批判地继承托尔斯泰的艺术遗产——为纪念托尔斯泰逝世五十周年而作》发表于同期《文艺报》。马文兵认为:"托尔斯泰的丰富的艺术经验和天才的艺术技巧,也有很多值得我们学习和借鉴的地方。……他既是概括时代的天才大师,又是无可比拟的心理描写的巨匠。由于托尔斯泰有着深厚的生活基础,有对各种社会生活的调查、研究体会,加以他熟练运用语言的技巧,使他特别精确地描写出各种生活场面,刻画出各种人物形象,并且通过这些深刻地表达了自己独到的感情体会。"

阎纲的《跨进了一步——读沙汀的短篇新作〈你追我赶〉》发表于同期《文艺报》。阎纲认为:"解放后沙汀同志的作品里,几乎全部是歌颂新事物新人物的,作者通过这些作品,在抗美援朝、农业合作化、反右派斗争等重大运动中,及时参加了战斗,其中不少作品是引人注意的,如《卢家秀》《风浪》《夜谈》等。这些作品中,作家保持了他二十多年形成了的风格特点,如结构的谨严,语言的精确,地方色彩的浓厚,笔法的精炼、圆熟、含蓄等等,同时也在不断地探索新的手法,来刻画新时代劳动人民的心灵。"

26日 老舍的《读〈套不住的手〉》发表于《文艺报》第22期。老舍认为:"这篇的文字极为朴素严整,不像树理同志以往的文章那么有风趣。可是,从字里行间,我还能看到他的微笑,那个最亲切可爱的微笑。""这篇作品不很长,而相当细致地描写了不少农村劳动的经验。这些经验非久住农村而又热爱耕作的人不会写出。不过，假若不拿一双手套贯串起来，恐怕就显着琐碎一些。这双手套把零散的事情联缀起来，有起有落，颇为巧妙。事情本来不相干，而设法用一条线穿上，就显出些艺术的手段。"

陆耀东的《谈农民作者申跃中的短篇小说》发表于同期《文艺报》。陆耀东写道："细心的读者，当会从反映大跃进的优秀短篇小说中，看出两种类型：一种是正面地描绘了大跃进的洪流，其中有伟大的群众性的斗争、运动场面，有千军万马排山倒海的雄姿；一种是只描写了大跃进洪流中的一个浪花，只是从大跃进的日常生活或生产斗争、阶级斗争中，选出具有典型意义的最便于表现时代精神的一瞬间、一个小场面、几个人物、一个小故事，经过巧妙的构思，侧面地显示大跃进的光辉情景，热情地歌颂新事物的萌芽。申跃中同志的小说，属于后一类。"

陆耀东认为："申跃中同志笔下的新农民，刻划得很有思想光彩，使人感到十分亲切可爱。作者往往通过一两段细节描写，就画龙点睛似的传达出人物的精神；同时，又辅之以必要的明朗的人物心情描写和一些富有个性的人物语言、外貌以及侧面描绘。""作者也很注意描写人物的心情。但这种描写，不是冗长的静止的内心剖析，而是明快的白描。"

洛思的《更多样化一些》发表于同期《文艺报》。洛思认为："近两三年来，我们的短篇小说在数量和质量上都有很大跃进，只是在题材多样化这一点上，似乎还不能完全令人满意，至少和影片比较起来，就显得有点逊色。象托儿所里的生活，就是短篇小说很少写到的。""不但托儿所，还有许多方面的生活图景，还有许多方面的先进人物形象，都落在我们的短篇小说作者的视线之外。比方说，我们没有读到一篇类似《女篮五号》《水上春秋》这样的表现运动员生活的短篇小说；我们没有读到一篇类似《今天我休息》《英雄特篇》这样的表现人民警察生活的短篇小说；我们没有读到一篇类似《女店员》这样的表现商业工作者生活的短篇小说。这里，我的意思并不是在给短篇小说指定题材，而是想说明一个事实，就是在题材的广阔性方面，我们的短篇小说不及电影，虽然比起电影来，短篇小说有更多的可能去扩大它的题材范围。"

洛思还说："自1958年以来以'小小说'的名称经常出现于各种报刊上的

特别短的短篇小说,由于它们大都出于业余作者之手,取材的多样,角度的广泛,相形之下,远远超过一般'正规'的短篇小说。例如《师徒公司》(虞建程作)写的是保全工,《敢想敢为的人》(乐天作)写的是海军后勤部的帆缆管理员,《拆庙》(朱治民作)写的是破除迷信,《新房里的歌声》(陈正华作)写的是新婚夫妇斗歌……这样的人物,这样的题材,过去在短篇小说中是很少出现的。同样是写工农兵,这些'小小说'所采取的角度也比较新颖,构思也比较奇警,不落俗套。"

30日 姚文元的《努力反映农村生活中的新事物——谈李准短篇小说的几个特点》发表于《人民日报》。姚文元认为:"李准同志创作的一个特点,就是对于新鲜事物的敏锐感觉和热烈歌颂。他所塑造的艺术形象给予读者的美感,首先就是它的新。这不是故作新奇的新,而是革命新事物的那种新鲜活泼的朝气。崭新的农村,崭新的生活,从斗争中成长起来的有着崭新的精神面貌的新人,使李准同志这一时期的作品洋溢着革命的青春气息,有一股激励人们不断前进的鼓舞力量。""像《李双双小传》,……在人物塑造上,性格更加鲜明突出,人物的精神世界在更大的斗争波涛中展开,因而英雄人物的形象更加高大,更加生龙活虎。"

十二月

8日 光群的《作家的追求——谈短篇〈你追我赶〉》发表于《人民文学》12月号。光群认为:"沙汀固有的写作风格:简练、含蓄和谨严,在这篇小说里并没有变(我们充分尊重这种风格),只是小说的色调更明朗了,叙述和描写的语言更有力了(这是同作者力求准确地表现新的时代环境气氛、新的人物分不开的),也就是说,作者在小说中对人物的表现以至通过人物的活动透露主题思想,也仍然是含蓄的,读者读这作品,如果不细心地体味,是不能得着其中的好处的。"

11日 本刊记者的《关于文学作品民族化问题——梁斌同志访问记》发表于《文艺报》第23期。本刊记者指出:"民族形式的主要问题是语言问题,其次是章法和结构。""文学语言是经过提炼加工的广大工农群众的语言。……

许多中国古典文学作品，特别是《水浒传》和其他描写农民生活的作品，都吸收了群众语言这种原料。即便是描写贵族生活的《红楼梦》和《西厢记》，也运用了大量群众语言。元曲中也运用了不少的群众语言。这些语言中的精华部分，我们今天还可以吸收。此外，工农群众的语法结构，也能使文学语言增加新鲜的特色，为广大群众乐于接受。""但是，为了适应日新月异的社会生活，我们民族语言的基本语汇虽然很少变化，但它们仍要起着新陈代谢的作用。旧的、过时的、失去了社会意义的部分，逐渐要被淘汰。同时，为了描写新的时代、新的英雄人物的精神面貌，必须吸收新的、活生生的群众语言。这是社会主义文学语言中不可缺少的部分。""以群众语言为基础，吸收古典文学及新文学中好的语言，结果，语言显得新鲜活泼，便于描写农民群众的生活，便于描写新的英雄人物和新时代的精神面貌了。"

文中还说："除了语言以外，文学作品的地方色彩，对于民族化，也是个要紧的问题。谈到这个问题，就要涉及到文学作品的内容。要使文学作品的地方色彩浓厚，首先要熟悉人物，熟悉人物性格，熟悉人物的心理状态、精神面貌，熟悉人物的感情和表达感情的方法、生活方式、动作和语言，熟悉一个地区的地理人情、风俗习惯。……风俗习惯是广大人民在长期的社会生活中形成的，风俗习惯的描写最能够使文学作品带上醇厚的民族化的味道。我从少年时候开始，最喜欢读描写各民族风俗习惯的书。每一个民族、每一个时代都会有新的风俗习惯出现。""人物性格、精神面貌、风俗习惯、地方风光，是内容，也是形式，是广义的形式，两者互相为用，相辅相成，不能截然分开，而这些内容最能够透露到形式上。"

文中最后说："表现方法、章法和结构，也是和文学作品的民族化有关系的。中国古典小说的传统表现方法，是通过人物的行动和对话来表现人物的身份、精神面貌和性格。外国小说则多用叙述和心理描写来表现人物的身份、精神面貌和性格。中国小说多用粗线条的勾勒来写人物性格。外国小说则多用工笔描写人物性格。""在目前，人们喜欢沿着事件的发展有始有终的体裁。赵树理同志谈的'扣子'，是中国古典文学的特点，在长篇创作的技法上是可以用的。从半腰里说起，不如从头说起，更合乎群众的习惯。但我觉得章回体中有些东西是多余的。在句和段的排法上,外国小说比中国小说醒目、清楚、容易读。在对话上,把'某人说'放在后面不如放在前面较合乎民族习惯一些。这些都是技术上的问题。"

冯牧的《我们的生活列车在奔驰前进——从肖木的几篇短篇小说谈起》发表于同期《文艺报》。冯牧认为:"首先,肖木的几篇作品,虽然描写的是不同的人物和情节,但它们却都是通过了不同的角度挖掘和刻划了这样一个深刻的主题思想,这就是:在社会主义建设事业的飞跃发展中,在我们的生活列车的奔驰前进中,人们的思想状态和精神面貌也在一同飞速地发展着和改变着。"

何其芳的《托尔斯泰的作品仍然活着——1960年11月15日在苏联科学院文学语言学部和高尔基世界文学研究所纪念托尔斯泰逝世五十周年的学术会议上的发言》发表于同期《文艺报》。何其芳认为:"正如《红楼梦》是我国古典小说艺术的最高峰一样,托尔斯泰的几部著名的长篇小说是欧洲古典小说艺术的最高峰。托尔斯泰在长篇小说的创作上花费了巨大的劳动。他高度发挥了长篇小说这种样式的性质和功能,使它能够充分表现广阔复杂的社会生活。他善于多方面地描绘人物的性格,特别是善于描写人物的心理活动。他深入到人物的内心,真实地描写出他们的思想活动和情绪的变化。在创作每一部长篇小说时,他都能够根据内容的需要,找到相应的完美的艺术形式。他具有惊人的组织能力。不管人物怎样众多,线索怎样纷繁,他总是安排得条理很清晰,而且总是写得情节和人物能够给人留下深刻的印象以后,才移笔去写另一个线索,因而从不显得杂乱。场景的变换和交替虽然那样多,他却剪裁衔接得那样自然,恰到好处。他的小说的结构庞大复杂,然而却是一个有机的整体。他所采用的表现手法是多种多样的,有不少新的创造。"

细言的《谈〈山乡巨变〉续篇的人物创造》发表于同期《文艺报》。细言写道:"跟上篇一样,《山乡巨变》续篇的艺术力量,也显著地表现在人物创造上。虽然在不同人物身上,作者的描写有着不同的成就;但从作者的创造人物,我们却可以发现几个共同的特点,它们有的属于思想和生活修养,有的偏于艺术技巧的范围。""在创造人物时,立波同志总是力求从阶级观点出发,一方面写出每个人物鲜明的阶级性,另方面又竭力刻划他们独特的个性。""出现在《山乡巨变》里的人物，大都具有较高的概括性。可以看得出，作者安排人物很慎重，竭力做到使自己的舞台上没有可有可无的角色。""在创造这些人物时，作者都根据他们不同的阶级地位，不同的生活环境，作了适当的概括。"

细言还说："刻划人物性格时，立波同志又总是着力于生活气氛和与人物息息相关的生活细节的描绘。他善于利用生活气氛和生活细节来衬托人物的性格，有时做到非常细致入微。""立波同志在描写人物的手法上对民族化的追求，也很明显。这个问题，又跟他的整个艺术风格有关。立波同志是一位具有独特风格的作家，《山乡巨变》更是一部作者的风格渐趋成熟的作品。风格虽然是表现特定生活内容的形式上的特点，但这一切属于形式范围以内的东西，都依附并服从于生活内容。不能把风格完全理解为作家的个性或气质的表现，它有更深远的时代精神和阶级基础的根源。""就人物的具有较高的概括性这一点说，中国古典小说的优良传统，看来对作者是有影响的。……人物的概括性高和从人物的行动、环境，以及他和社会的关系来描绘，可以说是中国古典小说一般的特色，也不止《三国志演义》是这样。中国的古典小说，不采用那种由作者出面来对人物作冗长的心理分析的方法，人物的心理活动，总是通过人物的行动和人物的语言来表达。此外，每一个章节差不多集中描写一两个人物这一点，据作者说，是受了《水浒传》和《儒林外史》的影响的；其实，在《山乡巨变》里，也采用了通过不同事件和行动，多次地反复地描写人物的性格特点的方法，刘雨生和亭面糊都属这一类，而这，也是中国古典小说的传统，例如《红楼梦》。其他如语言的个性化，口头禅和绰号的应用，都和中国古典小说的传统有关系，中国古典小说的作者都很重视语言的个性化，《水浒传》里的每个重要人物都有绰号。"

14日 冰心的《"一定要站在前面"——读茹志鹃的〈静静的产院里〉》发表于《人民日报》。冰心认为："茹志鹃是以一个新中国的新妇女的观点，来观察、研究、分析解放前后的中国妇女的。她抓住了故事里强烈而鲜明的革命性和战斗性，也不放过她观察里的每一个动人的细腻和深刻的细节。""这个短篇小说，结构是谨严的，没有一点废笔，……几个女角，她们的言谈、动作、心理活动，详略配搭得非常匀称。"

21日　钟艺的《论周炳》发表于《光明日报》。钟艺认为："一、周炳是历史的真实和艺术的真实的统一。人物性格的发展，是入情入理的。根本不存在如有些人所指责的'性格分裂'等等'严重缺陷'的问题。""二、作者牢牢地抓住了周炳这一人物形象的最本质的东西，而且在一定程度上表现了人物性格发展的规律。但是，由于作者没有更好地处理人物性格矛盾两方面的有机联系，使读者不易掌握人物性格发展的规律性。""三、作者在刻划周炳性格时，没有主观地回避他的非无产阶级的一面。尽管作者抓住了人物性格上的主要特征，却比较地缺乏艺术感染力。""四、更重要的，周炳这一特定人物，不可能成为我国民主革命时期的一代风流的代表人物，也不可能反映中国工人阶级领导的民主革命斗争的历史道路。这一艺术形象虽然也有一定的政治意义，却不可能成为一个具有重大政治意义的艺术形象。"

26日　老舍的《〈新生〉简评》发表于《文艺报》第24期。老舍写道："这篇作品的文字简洁可喜！""文艺作品，特别是短篇小说，必须讲究含蓄。……作者林斤澜同志在创作上有了进步，知道了以少胜多，给读者留下些寻味的余地来。由文艺享受上说，填鸭子的办法恐怕不尽合适。""于是，他就写出这么一篇近似报道的小说。"

伍普的《读〈桃园女儿嫁窝谷〉》发表于同期《文艺报》。伍普认为："在反映新的农村生活风貌的作品里面，其中有一些作品，它所描写的也许只不过是生活的某一侧面，但由于作者所截取的，是饱和着时代精神的生活片断，因而从中我们可以感到生活的飞跃前进的气势。《北京文艺》今年11月号登载的宗璞同志的小说《桃园女儿嫁窝谷》，就是这样的一篇作品。""小说的结构相当严谨，看来作者在编织小说的故事时，是花费了相当心力的。"

28日　王知伊的《细节描写》发表于《文汇报》。王知伊写道："文学作品在表现人物的精神面貌时，选择恰当的、适如其分的细节来加以烘托，往往有助于深化人物思想感情。成功的文学作品，都有不少这样成功的细节描写。"

1961年

一月

1日 李希凡的《谈〈西游记〉浪漫精神的时代特色》发表于《光明日报》。李希凡认为："就神魔小说这一类型作品来说，能够通过这种题材创造出伟大的艺术精品，而又超脱于神魔的'幻惑'，使其作品具有强烈的现实意义，这却只有《西游记》一部。""从《大唐三藏取经诗话》到吴承恩的《西游记》，西游故事的一个显著的演化，那就是故事的主人公逐渐由唐玄奘的身上转移到了神魔形象的孙行者的身上。……他（指吴承恩——编者注）虽然从以上演化中吸取了丰富的营养，却使这部神魔小说具有了宏伟的规模，不仅故事情节有了极其完整的发展，人物形象有了突出的典型创造，最主要的是，他使这本神魔小说具有了显著的时代的特色，使它的神话浪漫主义渗透着元明以来人民的浪漫精神，富有强烈的现实战斗意义。""尽管《西游记》作者不能冲破这种封建社会关系的规范，不能冲破封建的正统观念，但是，他的对叛逆者的热情颂歌，终究还是能激起对于斗争的联想，唤起人们对勇于斗争的英雄理想的向往。"

同日，陈松影的《在学习创作短篇小说的道路上》发表于《延河》1月号。陈松影写道："有了生活不等于说就有了作品，生活积累毕竟是一些原始的东西，如何把这些原始的东西创造成艺术形象，这就要提炼，要加工，要进行艺术构思和艰巨的创作劳动。在这方面我也遇到过一些问题。""首先是写人与写事的关系问题。究竟是因人及事呢？还是因事及人？……这几年我体会到：凡是先有人物，根据人物来结构故事的作品，就比较写得顺当一些；凡是先编故事，根据故事来安插人物的作品，就写不好。""其次是艺术构思问题。材料搞了一堆，看起来都很生动，这也想写，那也丢不下。缺乏精密的构思与严格的选择。因此作品冗长芜杂，主题不鲜明，人物不突出。写小说和整理模范材料不一样，（即是模范材料也不能面面俱到）应该抓住能表现主题，表现人物的突出事件与有社会意义的情节，兵不在多在于精。""再一个问题是写惯通讯特写的人，对短篇小说这一形式常常把握不住。写着，就把短篇小说写成了特写了。当然，这两种形式不能截然分开，但毕竟各有各的特点，短篇小说应该更集中，更概括并有典型的人物；特写有时可以不着重写人物，而短篇小说就必须有突出的人物形象；特写可以纵横挥笔，短篇小说应该截取生活的横断面等等。……作者直接出面抒发自己的观点和感情在散文特写中比较合适，在短篇小说中则一定要加以控制，让它和作品人物、内容有机结合，作者自己不能代替作品人物说话，要多给读者留些弦外之音。"

李杰的《谈短篇小说中塑造人物的体会》发表于同期《延河》。李杰认为："因为短篇小说的特点是短，又要集中地反映出时代的精神面貌来，就象医生化验血液一样，虽然只化验了一滴，却知道了整个人体的健康情况。我们塑造人物形象时，也应象医生验血一样，通过'一滴'，而看出人物的全貌。""人物是否能塑造出来，不在于是否先有故事后有故事，写的故事多或少，而在于作者脑子里是否有艺术形象。"

李杰写道："如何在短篇小说中塑造人物，根据我的体会，感到必须注意以下几点：一、要爱憎分明，作者要有鲜明的政治思想倾向性。要写英雄人物，就要全心全意真切地爱这些人，这样才能把作者的全部激情倾注在作品中。""二、要注意人物出场的描写，使人物一出场，就表现出人物的特征。象唱戏一样，人物甚至还在幕后，只唱了一句，或喊了一声，观众就知道是什么人要出场了，是旦角还是老生，是丑角还是花脸。""三、注意细节的描写。在表现人物性格特征时，细节往往是最富有表现力的。""四、用人物的动作和对话来表现人物的性格。由于人们性格不同，他们的动作说话也不同。因此，我们在小说创作中，必须选择那些最能表现人物性格的语言和动作。""五、注意景物的描写。因为典型人物总是在典型环境里活动的。""六、通过作品中的高潮，突出表现人物的性格特征。每一篇小说都要有高潮，每一个小的波浪都是人物性格的表露，而最高潮则是人物性格最突出最鲜明的表现所在。"

刘贤梓的《三点认识》发表于同期《延河》。刘贤梓写道："我觉得一篇好的短篇小说，应当'特写化'和'诗歌化'。""所谓'特写化'，就是用短篇小说这个形式反映现实生活时，必须象特写那样迅速、及时，紧密配合党的各项政治运动。但比特写要高，形象要鲜明。""所谓'诗歌化'，这里面有两层意思。第一，我们在描述英雄人物时必须饱含激情，诗化我们英雄人物的崇高精神，诗化我们的劳动美。把我们的生活，表现得处处充满诗情画意，令人神往。另一层意思是：短篇小说的语言文字和描述，必须优美、健康、朴素、明朗，就好象一首好的抒情诗。我自己愿从这方面努力。"

欧知礼的《力争在短篇小说的创作上提高一步》发表于同期《延河》。欧知礼写道："我感到主题思想经过提炼，就象是眼前有了一盏灯，安排什么情节、写什么人物，都亮得多了，心里也明白了，写起来也方便得多了。因此，我认为主题思想的提炼，是一篇作品的关键。要提炼出明确而深刻的主题思想，就必须坚决深入生活，发现众多的闪光的东西。"

潭淡的《努力的方向》发表于同期《延河》。潭淡认为："作者描写先进人物的内心世界，首先就是在揭示自己的内心世界。因此，要写好先进人物的内心世界，作者自己的内心世界必须先进，只有这样，你才能深刻了解和体现先进人物的本质。""要写好先进人物的内心世界，还必须具体地了解和熟悉众多的先进人物。""要了解先进人物的内心世界，必须善于观察先进人物，善于思考先进人物的言行和生活态度，多给先进人物的言行提问题。"

王汶石的《漫谈构思——在〈延河〉编辑部小说座谈会上的发言》发表于同期《延河》。王汶石写道："这篇作品（指《铁路工地的深夜》——编者注）的人物和故事，都是作者虚构的，然而它是在现实生活的无数事实的基础上虚构出来的，作者本人就长期生活在这种人和人的关系之中。而且，对这篇作品来说，作者还有一定的模特儿，作为虚构的蓝图，有了这样的构思，作品的主题思想、人物配置、故事轮廓、发展轨道、主要的波澜、最后的曲折、开头以及结尾，大体上就有个头绪了。有了这样鲜明的构思，作者就可以摆脱成千成百件具体事实的负担，或摆脱真人真事的表面枝节的吸引，只根据艺术构思的需要选择若干事件（在长篇里），或截取一个事件的高潮部份（在短篇里），甚至只摄取一个生活的侧面（象《铁路工地的深夜》所作的）站在思想和生活的高处，加以大胆精心的剪裁和虚构。把那些对作品构思是多余的东西，不论其多么吸引人，也下狠心毫不怜惜地削掉；把能用暗示方法解决问题部份，在行文中找适当机会随手点他几笔加以提示，其余留给读者用联想去创作和补充（这在读者来说是一种极大的享受和满足，在作者来说，则是在字里行间，大大扩充作品的容量，扩展时间空间的广度深度，增强故事背景的气氛，刻画人物，渗透思想而又使作品极度凝练的笔法）。"

王汶石还说："大家知道，作者和他的人物的关系，也是一种矛盾统一的关系；作者根据自己的艺术构思塑造着人物，但人物却对作者保持着相对的独立性；作者三番五次的进行艺术构思，修改自己的人物性格，要人物活起来，站起来，是典型，又是个性；人物性格一旦形成，一旦活起来站起来，他就要顽强地按照他的社会地位、生活环境、思想性格、个人气质来思考，说话，作事，行动，抒发内心情绪，这时候，他常常都要跟他的作者发生争执，和作者的主观随意性对抗，作者描写他，就不得不揣摸他的性子，顺着他的脾气，引导着他沿着作品的合乎生活逻辑的主题思想的虚线向结局前进。人物站起来跟作者发生争执，提醒他的作者应该怎样描写他的那种时刻，正是作者创作中最欢乐最有灵感的时刻。可是缺乏深刻艺术构思的写作，是不会尝到这种艰苦而乐滋滋的味道的。"

王汶石指出："当然不是说，艺术构思，就是要从一个人的一生经历中或一个大事件的全部过程中，只掐出其中的一小段来，只能围绕着这一小段来写。不，还有另一种情形。且不说长篇小说和长篇传记文学作品，就只说短篇小说，也有大量的短篇作品，是描写一个人的一生经历的。不唯有以一件事为中轴，穿插描写一个人的一生，也有正面描写一个人的一生的。……这样的作品，纵然其中的生活经历了几十年，一个人的一生甚至包括几代人的生活，但它实际只是从生活的发展、从纵的方面选取了全部过程的极小极小一部份。""艺术构思的目的，是在对现实生活作艺术概括的过程中，为高度的思想内容寻找尽量完美的艺术形式，把高度的思想性和尽可能高的艺术性结合起来。把政治倾向性和强大的艺术感染力结合起来，艺术构思要解决主题思想、人物性格、生活背景、矛盾冲突、事件选择、情节安排等等一系列问题；而提炼主题则是艺术构思的中心环节，是中枢神经，是从内部联系各方面的纽带。"

解军的《写〈值勤一日〉的点滴感受》发表于同期《延河》。解军认为："短篇小说，要求能因小视大，在较为短小的篇幅中展示非常丰富和生动的生活内容、矛盾和斗争，那么在选择题材时，就应该考虑到特别富于典型性、集中性的素材。一篇作品最好以一个事件为主体，而且应该以事件中的关键性问题为着笔点。总之应考虑事件的深远的社会意义。对于人物，应该以具有典型性的细节来刻画。人物性格要突出，主要是通过人物在事件中的精神品质来加以描写。严紧的把握住主题思想，不东拉西扯。"

张亲民的《必须深刻理解生活》发表于同期《延河》。张亲民认为："短篇小说，它既不比长篇巨著，又不同于一般速写；既要有动人心魄的故事情节，又需有栩栩如生的人物形象。这样才能感染读者。"

4日 柳之的《都应当有这样一双手》发表于《光明日报》。柳之指出："赵树理的新作《套不住的手》（载《人民文学》1960年11月号），通过对公社一老人陈秉正的日常劳动生活的细腻描绘，动人而深刻地写出了我国广大劳动人民的高尚品格：爱劳动，勤劳动，劳动成为生活的第一需要。"

5日 韩立森的《试谈短篇小说的人物创造》发表于《安徽文学》1月号。韩立森写道："我们知道，作家创造人物形象，不是无目的为写人而写人，而是要通过特定的人物形象来概括时代生活斗争的某一本质方面。成功的短篇小说，哪怕它只是三四千字的短篇，作家所塑的典型人物，都是具有巨大的概括性的。""下面，我想就短篇小说创造人物的某些表现手法，谈一点看法。""先谈肖象。""人物外形的描写要符合人物的身分，表现人物的性格，而不是可有可无的部分。善于刻划肖象的作家，往往都是用简炼的笔触，从外部形象揭示出人物的精神面貌，而不是孤立地描绘人物的外形和衣着、动作等。这就需要抓住外形的特征来写。""其次，短篇小说里人物的语言也要力求性格化、口语化。大家熟知：一个劳动人民和一个知识分子的语言绝不会相同，两种性格的劳动人民的语言也会有自己的特点，我们创作时就要掌握这个特点，注意性格化。""在表现人物行动上,应该让人物自己表现自己。这就要选择那些特征的、富有典型代表意义的行动,竭力抛弃那些与主题无关的属于一般琐事中的行动。这才是有生机的,有助于人物形象的创造。""中国的古典小说,无论是长篇或短篇,都十分重视从行动中来刻划人物的表现方法。它们往往都是运用很富有特征性的行动,一下子就把人物的性格本质展示在读者眼前。这种手法,比之于由作者来叙说人物是什么样的人,或者运用过多的心理分析来解剖人物,都更有说服力,也更容易为工农读者所接受。鲁迅先生和当代的许多优秀的短篇作家,都很好的继承并发展了中国古典文学的这个优良传统,在创作实践上不断地丰富了的传统的手法。为了很好的掌握小说的艺术特征和提高我们的表现能力,认真学习优秀的短篇著作,这是一件必不可少的工作。""总的说来,短篇小说在人物创造上,无论是安排事件、描写风景或交待环境,也无论是刻划心理或处理对话等等,都必须注意短篇的特点。即要求以较少的篇幅,包容较多的容量。"

同日,齐登山的《谈唐克新作品中老工人的英雄形象》发表于《上海文学》1月号。齐登山写道:"这三篇小说(指《金刚》《种子》《主人》——编者注),都作了情节的引人入胜的安排。主人公的出场,或从出场到以后的遭遇,都安排在颇为不小的矛盾,或一连串不小的矛盾之中(前者如《种子》,后者如《金刚》和《主人》),以此抓住读者的思绪,并引导他们去寻求解决。待矛盾一步步地或一个个地解开了,人物形象也就显现出来了。读者跟着作品中的人物共同经受了社会主义建设斗争的艰辛和乐趣,从而受到了共产主义的教育。""再有,作者塑造他的人物形象,他们共有的工人阶级的优秀品质和崇高理想,都是通过不同的个性特征表现出来的。""更值得指出的是作者塑造的这几个工人阶级的英雄形象,较之他过去的作品,如《古小菊和她的姐妹们》中所写的人物,理想化的成份加重了。从这几个英雄人物的活动里,不仅反映出社会主义的伟大的现实生活,也显示了共产主义的崇高理想的力量。杜师傅的发愤图强,艰苦奋斗,是为了铜,这里包含着他的共产主义的崇高理想。"

姚文元的《从阿Q到梁生宝——从文学作品中的人物看中国农民的历史道路》发表于同期《上海文学》。姚文元写道:"文学作品中的人物,总是一定社会条件下的人,总是同一定的历史条件相联系的,不从分析历史条件出发,不但不能判断人物的典型意义,也不能够判断究竟这个人物塑造得是否正确和是否符合历史真实。用形象反映现实是一切艺术共同的特点,但各个艺术领域在表现手段上又各有不同。文学区别于音乐、美术的艺术特点之一,就是文学作品能够用文字具体地描写变化着、发展着的历史过程,从历史过程中来表现人物的性格。这里指的历史过程不仅是指重大的历史事件,也包括了每个时代各个阶级生活发展和衰亡的历史。……把具体地、形象地描写历史过程这个特点发挥得最充分的是小说。……文学作品中塑造人物的性格不是浓缩在特定的一瞬间,而是展开为一个连续的过程,人物不是静止不变,而是从一出场就在行动着,只有在生活的发展中,才能够写出人物的性格。……优秀的小说中所塑造的典型人物,不管是表现他的生活的全部历史或某一个片断,都是通过生动的富有特色的性格,概括了一定历史时期内一定阶级、阶层的精神面貌和生活特点的。"

25日 张绰、易征的《论周炳形象的典型意义——与钟艺同志商榷》发表于《光明日报》。张绰、易征写道:"第一,我们认为,文学作品中典型形象的意义,首先要看这个典型是否深刻地反映了社会生活的重要特征。在《三家巷》里,周炳形象的性格冲突,在一些主要方面显然是真实地反映了二十年代的社会特征和时代精神的。""第二,评价文学作品典型形象的意义,还必须看这个典型所体现的社会理想和它是否真实地表现了历史发展的趋向。……通过周炳开始走上革命道路的描写,小说形象地表现了革命力量的成长、发展和必将取得最后胜利;也表现了资产阶级反动统治的腐朽没落和必将崩溃灭亡。这完全符合历史发展的规律。""第三,作品通过周炳这个活生生的艺术形象,反映了我国二十年代不少工人出身的知识青年在战斗中成长、觉悟的过程。""第四,周炳形象所包含的思想教育作用,也加强了这个典型的政治意义。"

同日,李希凡的《性格、情节、结构和人物的出场——谈古典小说中几个人物出场的艺术处理》发表于《人民日报》。李希凡认为:"人物出场的艺术处理,首先是关系到人物性格的表现。为了适应内容、情节的需要,人物出场的艺术处理是和突出性格特征相辅相成的。""譬如《水浒》写李逵的出场,在局势的布置上并不多,但一出场就立即进入了性格刻划,使李逵的性格取得了多方面的表现。""作者通过李逵出场描写所要达到的目的,是想概括地表现他的性格的忠直和豪爽可爱,但作者却没有正面描写他这种性格特征,反而是处处写他的'不直'。""出场人物的艺术处理,尤其是侧重在局势、氛围布置上的,是更容易揭示出作者的思想立场和感情爱憎的。""中国古典小说的人物出场,作为作家的艺术构思中的艺术处理的一种手段来看,它不仅关联着人物性格的创造、情节发展的需要,同样的,有时也关联到结构的需要。也就是说,作者通过人物出场的处理,来展开作品结构的整体安排,或者是用它的出场来牵引全体,或者是使它的出场成为作品内容的见证人。"

26日 胡万春的《给唐克新同志的一封信》发表于《文艺报》第1期。胡万春写道:"艺术技巧作为作家的劳动手段,它是为作家的思想服务的。作家不是坐在写字台旁边写作的时候才运用技巧的,从他运用共产主义的世界观认识生活开始,整个分析、研究、提炼、概括生活的过程中,直到作品构思成熟,都在运用技巧。……你创作《种子》这篇短篇小说的过程,也是这样的。你的'由表及里'的认识生活的过程,直到构思成熟为止,决定了你所运用的表现手法,决定了你怎样具体地运用技巧。因此,你在《种子》中所运用的艺术技巧,第一个特点是'由表及里'。"

胡万春还说:"有人说:'运用第一人称的表现手法,都能达到这个要求。'这是不对的。就拿你的《我的师傅》这篇短篇小说来说,你同样用的第一人称,可就是'由表'不够'及里',你的笔怎么也没有像《种子》中那样深入到王小妹的心里去。……你的《种子》的艺术特色,是与'由表及里'的观察生活、认识生活的过程相一致的。""另外,《种子》和《第一课》中某些场面描写也是很精彩的。这对于体现人物的精神面貌、展现人物性格特征,起了不小的作用。""善于抓住揭开人物精神面貌和性格特征的细节,展开来描写,这在短篇小说的创作里是很有意义的。但是,如果离开作品的主题思想和人物的思想,烦琐地来进行细节描写,这样的细节就没有什么大意义了。我觉得你所运用的细节,是为作品的主题以及表现人物内在的精神面貌服务的。"

沈澄的《〈三走严庄〉》发表于同期《文艺报》。沈澄认为:"作品(指《三走严庄》——编者注）中对于主题思想的表达，并不是依靠抽象的叙述，而是通过对收黎子这个人物及生活环境的真实、亲切的描写，表达了出来。在作品中不论是人物的一个行动或是一个场面，都写得那样情景交融，如诗如画。"

29日 林家平的《"题叙"小论》发表于《解放日报》。林家平写道："长篇《创业史》卷首冠一'题叙'，一万多字。这一万多字也真写得源远渊深、雄厚遒劲。处处见工力，时时运匠心。""作家以一连串的疑问组织成这独特的'题叙'一章。形成巨大的艺术悬念，紧紧攫取了每一个读者的心。""在'题叙'的思想内容上，我以为不仅限于描绘农民的历史命运，提出生活发展中重大而深刻的疑问，更重要的是画龙点睛的一笔：梁生宝加入中国共产党。这一饱蘸作者全部激情的一笔，在这一万多字的篇幅中具有转折性的意义。""'文贵乎气''气盛言宜'，我国古典艺术大师们说过这样的话。这话是很有分量的。一部长篇史诗，卷帙浩繁，洋洋洒洒，设若没有浩然的气势，缺乏笼罩全篇的气氛，在艺术上要算不及格。当然不同作品，'气'的表现亦不一致。有的表现为火山爆发或者金刚怒目，有的表现为委婉有致或者行云流水，而有的则兼擅阳刚阴柔之美，成为一种既雄浑遒劲又峭拔细致的气派。我以为《创业史》全书的气势就近乎后一种。而它的'题叙'则无时无地不透露此中消息。这在'题叙'的叙述、刻划等处都有明显的表现。""由于有这么一股雄厚遒劲、横绝六合的气势，所以行文运墨就龙蟠虎踞，情节发展就摇落跌宕。……在'题叙'的短短篇幅中，纵的方面就是如此此起彼落，摇曳多姿地螺旋形发展着，而在每一横的段落上头，作家又把最本质的生活写得淋漓尽致、丰富多彩，造就整个'题叙'的龙蟠虎踞和波澜起伏；而这又是与那雄浑的气势一道而来，促使文笔神完韵足、情节跌落摇宕，生成一种回肠荡气的艺术感染力量。""活生生的语言运用，加上人物性格的刻划，风俗习惯的渲染，凡此种种，都发散出渭河沿岸的泥土气息。而这诸般艺术的处理，又是继承了我国古典小说艺术的优良传统。不论地方色彩、民族传统，又是通过作家那支雄遒朴实的笔自然流露出来的。"

林家平指出："这种在整篇前冠以'楔子''扣子'或'得胜头回'的手法，几乎是我国所有白话小说的程式。自宋元话本衍至明清的短篇白话小说，无不有这一套。大抵是叙述一个或几个与正文相仿或相反的小故事以为导引。这与当时市民阶层的要求分不开。就是说是群众化的。……我国古典长篇小说必定有个综览全篇、俯瞰整体的'题叙'。而我以为《创业史》的'题叙'是在推陈出新的基础上，巧妙而有效地继承与发展了这一艺术传统的。"

二月

1日　李乡浏的《关于小说民族化》发表于《热风》2月号。李乡浏认为："《水浒》之所以为我们爱不释手，一个重要原因，在于它具有新鲜活泼的、为中国老百姓所喜闻乐见的中国作风和中国气派。从《水浒》联系到现代文学，我们很自然就想起了在民族化、群众化方面有显著成就，为广大读者爱不释手的《红旗谱》。《红旗谱》是在广阔的历史背景上，描绘冀中平原革命风暴的最初岁月的雄伟斗争的画卷。……如果说，塑造象朱老忠这样带着鲜明民族特色的英雄是创作民族化的一个重要方面，那也就可见，民族化问题首先是深入理解生活的问题，而不单单是形式问题、技巧问题。""《红旗谱》整部作品洋溢着浓郁的冀中平原生活特色和我国民族生活的特色，很大程度是由于语言上的成功。这证明了：扎根于丰富的生活土壤，熟悉、提炼并灵活地运用群众语言和民间口语，学习并继承我国古典文学语言的优秀传统，是创作民族化、群众化的重要关键。掌握群众的语言，和熟悉群众的思想感情是紧密相连的。""仅从我有限的阅读范围里，感到我省姚鼎生和张宏康的小说，在语言运用方面是有成绩的。他们共同特点是：把农民群众的语言加工提炼成为自己的文学语言。"

李乡浏还说："作家除了要发扬个人的独创性，还要致力于标民族之新、立民族之异。象我国这样具有悠久历史和丰富文艺传统伟大的民族，是应该用富有民族特色的文艺作品来丰富世界文艺宝库的，来满足我国人民群众和世界人民的精神生活需要。""在我国这样地域广大、人口众多的国家里，文艺创作的民族化，可以而且应该与表现地方色彩结合起来。"

李乡浏指出："小说的民族化，还关联到篇章结构。象《水浒》那样故事有头有尾，上下衔接照应，注重情节，善恶爱憎分明，通过人物动作和语言来表现人物的性格，没有冗长的叙述和繁琐的心理描写，真合广大人民群众的口味。这是我国传统小说的艺术表现手法。《红旗谱》在这方面也很出色。"

14日　冯健男的《谈朱老忠》发表于《文学评论》第1期。冯健男写道："朱老忠这个典型形象是现实生活中许多'因素'的高度概括和集中，而不是某一个人物的模写。这是从现实生活的深处提炼出来的，又是从革命理想的高处概括而成的。""作者是怎样塑造朱老忠这个形象的呢？""朱老忠的性格是豪迈的，行动（包括心理活动）是强烈的，作者也就给他安排了极富于戏剧性和传奇性的、有声有色的故事情节。""那末，朱老忠这个英雄人物形象是不是只是通过重大事件来表现，是不是只是通过严重的、与敌人面对面的阶级斗争来刻划的呢？不，不只是这样。……作者对这些事件和日常生活现象作了深刻动人的描写，从而有力地表现了人物的性格。当然，关于这些事件和日常生活的描写，是紧密地环绕和体现着阶级斗争和作品的主题思想的，正因为如此，才能够通过这些描写，展现人物的英雄品质和他的性格的发展趋向，为他以后坚决地英勇地投身于党所领导的对敌斗争作好了准备。"

冯健男还说："为了突出朱老忠的性格，作者往往对他的心理活动和精神面貌作了响当当、热辣辣的细节描写。""在《红旗谱》中，除了朱老忠以外，作者还创造了一系列的中国农民的形象，这些人物都有其各自的性格特色和存在的意义，同时又都是朱老忠这个主要人物的对照、陪衬和补充。""通过各方面人物对于朱老忠的态度和评价，来渲染这个主要人物存在的意义，来加强这个主要人物给人的印象，也有助于这个高大形象的树立。"

李希凡的《革命英雄典型的巡礼》发表于同期《文学评论》。李希凡认为："这个伟大的历史时代本身，就提供出了富有深刻真实性和渗透着崇高理想的英雄人物——无产阶级的英雄，他们能够从各种物质压迫和精神统治下彻底解放出来，朝着明确而真正可以实现的远大目标奋勇前进。他们结束了历史上一切英雄人物所具有的悲剧矛盾。在他们的英雄品质里，充分地体现着历史的要求和时代的精神，而且革命理想主义的耀眼光芒，是透过他们脚踏实地的战斗闪射出来的。""这样英雄的现实，这样英雄的人，当然要求我们的文学必须'用豪迈的语言，雄壮的调子，鲜明的色彩'来描绘，来歌颂！正是适应这种时代的要求同时也概括了全部文学历史的经验，毛泽东同志提倡我们的文学应当是革命的现实主义和革命的浪漫主义的结合。"

李希凡指出:"朱老忠、杨子荣、梁生宝,这是三个生活、性格完全不同的艺术形象,但是,他们却有一个共同的特点,那就是在这三个不同革命历史时期的人物身上,高扬着革命英雄主义的内容,渗透着时代的浪漫精神。尽管他们典型性格的内容有明显的不同,艺术概括的程度有深广的差异,却分明都是作家革命理想熔铸的成果。作家们在他们的形象里,高度概括了当代英雄人民奋勇前进的时代精神。使这些英雄形象的真实的性格内容,既高歌着'豪迈的语言,雄壮的调子',又显示了'鲜明的色彩',成为鼓舞和教育人民的榜样。"

李希凡还说:"从革命英雄形象的创造来看,革命现实主义和革命浪漫主义的两种精神、两种艺术方法的结合,特别突出表现在革命理想的熔铸和典型环境中的典型性格的创造上面。毛泽东同志所提出的革命现实主义和革命浪漫主义相结合的艺术方法,在文艺创作实践中的体现,并不是简单的揉合,而是彼此渗透互为一体的。艺术形象创造上的理想和现实的结合,更必须是如此。也就是说,革命理想的熔铸,并不是离开典型环境中的典型性格而进行空虚的夸张,更不是给人物性格外加上某种理想的标签,而是渗透在真实的形象创造的一切方面。"

23日 洁泯的《略谈〈三家巷〉的艺术风格》发表于《光明日报》。洁泯写道:"《三家巷》的受人喜爱,也因为有它自己的艺术风格和艺术力量。自然,与他人不同,它有着别一种特色在。这种特色,是较多地继承了中国传统小说的一些优点。""《三家巷》的文笔,大抵取法于白描,写三家巷的由来,人事变迁,阶级分化以至终于营垒分明,交代得清楚有次。……写周炳这个人物,都从情节的发展中展现他的性格。……作者绝少用心理描写和夹叙夹议等手法来写人物性格的。""作者还常用简省的笔法来交代头绪纷繁的事件,在一章中夹叙两件以上事情。""《三家巷》的人物描写的另一特色,是通过人物的'对话'来表现的。""鲜明而优美的风景画与风俗画,给《三家巷》这部小说增添了不少生意。""《三家巷》虽然以广州为背景,但是它的语言却是普通话化了的。……给任何地方的读者,都去除了语言的隔阂。"

洁泯还说:"说到这里,也就想起《三家巷》的一些短处来。例如就文学语言说罢,作者接受了中国传统文学的影响,看来,作者恐怕过多地沉醉于此,因而缺点也就在模拟的居多,有的语气,几乎就是来自《红楼梦》的,留心的读者都会看得出来。……其间,还有一个更严重的课题,就是向人民群众学习的问题,《三家巷》的语言的最大短处,就是群众语言太少了,这就相对地减少了作品的生气和艺术力量。"

26日 黄秋耘的《〈山乡巨变〉琐谈》发表于《文艺报》第2期。黄秋耘认为:"自然,《山乡巨变》的艺术成就,不仅在于它以所创造的艺术形象充实了我们的文学画廊,而且在于它以卓越的艺术经验丰富了我们的文学园地。""在《山乡巨变》中最令人击节赞赏的艺术特色,就是作者能够用寥寥几笔,就活灵活现地勾勒出一幅幅人物个性的速写画。以亭面糊为例,这位老倌子不出场则已,一出场,他的一言一笑,一举一动,无一不使他的性格焕发着奇异诡谲,丰富多采的光芒。""作者不仅善于描绘人物个性的速写画,也同样善于用寥寥几笔,勾勒出一幅幅饱含着诗情画意的风景画和风俗画,使全书抒发着浓郁的生活气息,弥漫着清新的泥土芬芳,呈现着明丽的地方色采,这是《山乡巨变》在艺术创作上另一个可贵的特色。"

黄秋耘指出:"《山乡巨变》是否有不够的地方呢?恐怕也是有的。""我觉得,主要还是'气'不够,这里所说的'气'是指作品中的时代气息而言。""在文字上,冷僻的方言用得多了一些,稍嫌驳杂;《续篇》枝蔓较多,而且不无斧凿的痕迹,不如《正篇》那样畅适自然;同时到了《续篇》,作者的生活底子就显得不是那么丰厚,个别地方甚至笔力不逮,因而在艺术的完整性上也就不免有点逊色了。""从《暴风骤雨》到《山乡巨变》,作家的艺术风格显然是有所变化的,……前者偏重于'阳刚之美',后者则偏重于'阴柔之美',这自然是可以的。"

唐弢的《艺术家和"道德家"——读〈琉森〉》发表于同期《文艺报》。唐弢认为:"艺术家的托尔斯泰表现了对于生活的非凡的敏感,这种敏感不光是由于他的创作上的现实主义,实际上还导源于他的世界观里进步的唯物主义的因素。"

三月

1日　徐荆的《谈描写的简洁和细致》发表于《热风》3月号。徐荆认为："描写的简洁和细致，在许多好的文学作品中，两者交相辉映，互为补充，取得了有机的统一，得到读者的喜爱。""首先应该知道和明确的是，一篇优秀的文学作品，所以能引人入胜，使读者受到深深的感动的，作品的思想内容好，人物性格鲜明，情节生动有趣，是其主要的因由。而描写的简洁和细致，正是使作品的生活内容和思想内容得到准确、鲜明、生动的表现。也是作者深切理解生活和熟悉生活的一种表现。离开了这个要求和认识，孤立地去谈描写的简洁和细致，是不着边际的，没有意义的。""描写的简洁和细致，在我国优秀的古典小说中，有特出的成就。它们描写人物场景，善于把粗线条的勾勒和细致的工笔画相结合。或寥寥数语，一笔传神；或着意渲染，多方烘托，细致刻划；使人物的声音笑貌与特定情景具体而清晰地展现在读者的眼前，达到了心领神会的境地。"

同日，老舍的《人物不打折扣》发表于《新港》3月号。老舍写道："不论是中篇或短篇小说，还是一出独幕剧或多幕剧，总要有个故事。人物出现在这个故事里。因为篇幅有限，故事当然不能很长，也不能很复杂。于是，出现在故事里的人物，只能够作某一些事，不会很多。这一些事只是人物生活中的一片段，不是他的全部生活。描写全部生活须写很长的长篇小说。这样，只仗着一个不很长的故事而要表现出一个或几个生龙活虎般的人物来，的确是不很容易。""怎么办呢？须从人物身上打主意。""只有我们熟悉人物的全部生活，我们才能够形象地、生动地、恰如其份地写出人物在这个小故事里作了什么和怎么作的，说了什么和怎么说的。"

老舍指出："篇幅虽短（指短篇小说——编者注），人物可不能折扣！在长篇小说里，我们可以从容地、有头有尾地叙述一个人物的全部生活。在短篇里，我们是借着一个简单的故事，生活中的一片段，表现出人物。我们若是知道一个人物的生活全部，就必能写好他的生活的一片段，使人看了相信：只有这样一个人，才会作出这样的一些事。虽然写的是一件事，可是能够反映出人物的全貌。"

26日 侯金镜的《创作个性和艺术特色——读茹志鹃小说有感》发表于《文艺报》第3期。侯金镜写道:"无论是主题思想的鲜明和艺术形式的和谐完整的程度,作者都发挥了自己的创造性,有着显著的艺术特色。这可以从三个方面来说明:第一,无论是《如愿》《春暖时节》或《静静的产院》,它们的主人公都已经被卷在生活的激流里面,大时代的变化影响了她们,推动了她们的进步。可是作者在表现她们的时候,并不是正面地描写她们的劳动或斗争,却用沸腾的生活做背景,抒写她们在家庭关系间或共同工作的伙伴间所引起的一段感情上的波澜。""第二,甲类作品(指《妯娌》《如愿》《里程》《春暖时节》《静静的产院》等小说——编者注)发挥了茹志鹃同志的一个很大的长处,就是针脚绵密、细致入微的心理刻划。她不习惯于从广度上展开对生活画面的描绘,而是向人物内心活动的纵深方面去挖掘,在读者面前展开的是主人公的精神生活的宽广世界。和当代短篇小说家来比较,她的方法和李准、王愿坚的区别极大,而和孙犁、林斤澜有某些近似。她不善于采用在强烈的行动中刻划人物的方法,而常常更多借助心理过程的变化来把握人物的性格。她结构这些作品不依靠故事,甚至也不选择强烈的情节来描写人和人的复杂关系。她的作品的情节单纯明快而且高度集中,环境描写和细节的选择都紧紧围绕着人物的心理活动和感情变化,把枝蔓尽可能删减到最小的限度。""第三个特色是属于作品的风采格调方面的。风采和格调最能显示一个作家的创作个性,同时又是一个作家(所特有的)对生活观察、摄取、剪裁和描写方式等等融合在一起的结果。既然描写生活中的重大复杂的斗争题材不是她的所长,她就选取斗争中的一朵浪花、一支插曲而由小见大,在这类素材里施展她的创作能力。而这也就影响了作品的风采和调子。豪迈奔放、粗犷不羁的色采很少,而委婉柔和细腻而优美的抒情却成为她作品的基调。在主人公们突破了自己的弱点,精神提高到一个新境界的时候,作者善于抒发她们对新生活的幸福温暖喜悦的感情;同时作者自己对人物也流露出那么多的关心和爱护,即使是指出她们的弱点的时候,也没有急于谴责,而是分析这些弱点所以产生的原因,倾听她们的心声,耐心地帮助她们。对人物感情的客观描绘和作者注入到作品里的自己的感情,两者统一起来，就形成了委婉柔和细腻优美的抒情调子。"

侯金镜还说："从题材和场景来说，重大题材、尖锐复杂的矛盾冲突和伴随着英雄行为一同出现的宏伟的斗争场面，这也是一个重要的方面，但是在家庭伦理关系的变革中，由于时代的激流波及到人物的心理而产生的感情波澜，如茹志鹃所描写的，也反映了时代在社会生活的各个侧面上发生的深刻影响。……茹志鹃作品的优美柔和的抒情调子，唤起了读者对于时代的温暖幸福喜悦的感情。这种感情既是健康的，也反映了人们多样化的感情生活的一个方面。"

专论《题材问题》发表于同期《文艺报》。文中写道："社会主义的文艺，描写了工农群众翻天复地的革命斗争，刻画了劳动人民建设新世界的英勇身手，表现了世界人民反对帝国主义的革命怒潮，歌颂了新人类征服宇宙的伟大壮举，……无产阶级的文学艺术，自然要着重表现无产阶级和劳动人民的精神面貌。不这样做，是不可想象的。但是，无产阶级在表现自己的同时，还要以革命的眼光来观察世界，以批判的态度来描写历史，以领导者的地位来关心社会上各个阶级、各种人物的动态与心理，以主人公的心情来欣赏自然界一切美好的事物。不但前人未曾见过的新时代的一切新鲜事物，都可以是今天艺术加工的对象；就是前人曾经写过的旧社会的许多题材，只要符合今天的需要，也都可以进入社会主义文学艺术的领域。""我们提倡描写重大题材，同时提倡题材多样化。""描写重大题材，指的是艺术地表现工农兵群众在革命斗争中和社会主义建设中变革旧世界、创造新生活的丰功伟绩。""提倡描写重大题材，正是要从根本上大大地扩展和充实文艺创作的题材内容；而重大题材本身又是多样化的。"

四月

1日 艾彤的《漫谈人物对话》发表于《湖南文学》4月号。艾彤写道："文学作品主要是写人。人物形象，正是通过人物的行动、思想和语言来塑造的。人是要讲话的，因此文学作品就免不了写人物的对话。""人物的对话，一般说来有两个目的性：一是交代情节，二是刻划性格。有些对话，同时具备了这两个目的；而有些对话，又不能同时具备。""交代情节的对话，要写得合情合理，自自然然。""对话不仅是为了交代情节，更重要的在刻划人物的性格。当然，任何人说话都是为了说明某一件事或某一个问题，没有一个人是想刻划自己的性格而说话的。但对作者来说，应该尽量选择那些既能交代情节又能刻划人物性格的对话。"

同日，李希凡的《典型、个性和群象》发表于《解放军文艺》4月号。李希凡认为："一个文学形象，能够成为铭刻人心的典型，当然必须对于历史、时代、阶级、集团的生活和性格的特征进行深广的概括，没有这种概括，就不能在读者中间引起同命运的共鸣的感受。""没有这种概括，人物性格就会失去社会的基础，不成其为典型。""但是，深广地概括典型性格的时代、阶级的共性的特征，这只是典型性格创造的一个方面，如果只重视了这一个方面，还不能创造出真正的典型来，即不能成为'每个人是典型，然而同时又是明确的个性'——'这一个'，也不能'创造出各种各样的人物'来。所谓'这一个'，就是说：这只能是他，不能是别人；他虽然是阶级的典型，却又有着性格鲜明的个体生命，是共性和个性的高度概括的统一体。所谓'创造出各种各样的人物'，就是说：不能创造性格雷同的人物——'群象'，而是要根据生活实际，创造出各种个性不同的典型性格。""总之，任何一个成功的典型性格，都是通过鲜明的个性体现出来的。人物形象没有鲜明的个性生命，就不成其为典型性格，也无所凭借而表现典型性格。企图用所谓群象来分解典型性格，取消典型性格的个性化的表现形式，是和马克思主义文艺学的典型论不相容的。"

同日，上官艾明的《谈短篇小说的动作描写》发表于《雨花》第4期。上官艾明认为："从许多优秀的短篇创作中，可以得出一条典型化的艺术规律，就是作者在刻划人物的时候，静止的叙述介绍，只归于辅助地位，刻划人物性格的主要艺术手段，在于从行动中来刻划人物，要表现出典型环境中的典型性格，就必须从行动中来描写人物。因为人物的行动不但受着人物性格的支配，而且受着人物的立场思想的制约，甚至反映着时代生活的某些影响。"

上官艾明指出："从行动中写人，还必须选择典型的动作的细节描写，才能突出人物性格，成为塑造人物形象的艺术手段。""动作描写要成为刻划人物性格的艺术手段，不能简单理解为技巧问题，它包括了作者的思想水平、生活素养和艺术训练,作者进行人物的动作描写,不是客观主义的拍照,它不但作为刻划人物的艺术手段,而且是议论褒贬人物的一种评价方式,受着作家的政治思想和美学观点的指导。""就是描写同一个人物的不同的动作,作者也分明给予了主观的评价的。""赵树理进行人物动作描写,多半是采取鲁迅惯用的白描手法,不多浪费一点笔墨,把人物动作的特征勾勒出来,而且在艺术处理上给予了美学的评价。……作者所描写人物的动作,不管是主要人物还是次要人物,都联系了人物的思想、年龄、生活阅历、个性特征和心理状态,以及当时的环境气氛、情节发展来进行的,因而不但构成了社会主义劳动美的图画,而且成为突出地完成人物性格刻划的手段。""运用正确、鲜明、生动的语言来进行细节描写,是通过动作描写完成性格刻划的手段的必要条件。"

上官艾明还说:"动作描写可以直接描写,也可以间接描写,可以写得粗放单纯,也可以写得细致复杂,而短篇小说的动作描写,要求高度的简洁精炼,往往带有速写的特点。但它是受人物性格的支配,根据情节的需要,和作者对于人物行动的评价来进行构思和安排的。孤立地描写动作,从局部看可能是生动的,但就刻划人物性格的整个需要来说,却是浪费笔墨。民族传统戏剧的优秀演员一举手一投足,一个身段一个眼种,都是从生活中严格地挑选和提炼出来的,是最能恰切地表达人物性格的,这种严格的艺术劳作精神,值得短篇小说的作者借鉴。"

11日 刘金的《典型化的细节描写——读新版〈战斗的青春〉札记》发表于《光明日报》。刘金认为:"《战斗的青春》的作者,十分善于运用典型化的细节描写,去揭开人物的内心世界,深化人物的性格。因此对于一个人物,有时着墨不多,却能给读者留下极为深刻的印象。"

刘金还说:"我国古典小说的名家,总是让作品中的主人公充分的行动起来,让他在行动中表现自己的性格特征和心理活动。即使偶有评述,也是画龙点睛,一语破的,决不作冗长的讲解。这个传统的艺术特点,我觉得《战斗的青春》的作者是学习了、继承了的。"

20日 刘泰隆的《多方面描写　集中地刻划——漫谈鲁迅小说特点之二》发表于《广西文艺》4月号。刘泰隆写道:"鲁迅小说的另一个主要特点,就是多方面的描写与集中的刻划相结合。""所谓多方面的描写，就是从不同的生活角度来描写。""生活是丰富多样的，人的性格也就必然表现在生活的各个方面。因此要写出人物的生动的性格，就必须通过多方面的描写。但人物的性格有主要的，次要的，又是发展的，有着逻辑关系的。所以作家在塑造人物时，多方面的描写又必须与集中的描写相结合。在塑造人物时紧紧把握人物的主导性格，鲁迅小说在这方面值得我们学习的有以下两种方法：其一，是在多方面描写之中，善于通过一种活动、一种社会联系和一种矛盾冲突，突出表现人物的性格。""其二，是在一篇小说的许多人物中着意突显一个人物，全篇的人物描写都以他为中心。这个着意突显的人物，有时着墨最多，是小说中的主角。"

26日 茅盾的《一九六〇年短篇小说漫评（待续）》发表于《文艺报》第4期。茅盾认为："《飞跃》和《李双双小传》各有不同的风格。而这不同的风格又和题材之不同有密切的关系。《飞跃》凝重而朴实，正和平沙万里、苍苍莽莽的背景相和谐，《李双双小传》玲珑明媚，正符合于公社化时期活跃愉快的农村风光。""它在土改、初级社、高级社、公社这样宽阔的背景前描绘出一个英雄人物的成长过程。这是用的'第一人称'的写法，构思新颖，结构紧凑，而且在四千字的短小篇幅中做到波澜起伏，疏密相间。""《飞跃》等三篇都是企图从人物性格发展的角度来塑造人物形象的，因而它们都写到了人物的过去和现在。它们又都以大跃进、人民公社作为背景，反映了比较复杂的斗争。""《耕云记》把第三人称的写法（这是作者的叙述和描写部份）和第一人称的写法（这是作品主角的自述部份）结合得相当巧妙，而且着意地描写了环境、渲染了气氛，其效果遂使读者如身入其境，经历了主角的奋斗过程，挫折时和她一同担忧，胜利时和她一同高兴。"

秋耘的《张与弛》发表于同期《文艺报》。秋耘认为："假如小说中段段都是高潮，那么，高潮就反而不突出了。……《红日》是一部描写惊心动魄、钢血交飞的大战役的小说，但作者常常在战斗的空隙中插入一些描写后方生活的章节，使紧张的气氛稍微松弛一下。我看，这些都不是可有可无的闲笔浪墨，没有它们穿插在其中，就显不出一张一弛、一起一伏的妙用了。弛，正是为了张。伏，正是为了起。"

五月

1日 华鹏的《短篇小说的人物出场》发表于《雨花》第5期。华鹏写道："短篇小说由于它的篇幅较小，人物活动的场地就不能不受到一定的限制，因此，短篇小说作者应该不放松任何一个刻划人物的机会，必须尽可能地使作品中的每一个艺术环节都能够为刻划人物和表现思想服务。""人物一出场就已经初步的显示出他们性格的某些特征。……他们都是在规定的情景中'带戏上场'的。他们的出场，决定着整个作品情节的发展，而且，他们一出场就为读者带来了戏剧性的悬念。……此外，我们还看到作家们在处理这几个正面人物的出场时都寄托着自己深沉的赞爱之情的。"

10日 韩尚义的《节奏——艺术的感情》发表于《文汇报》。韩尚义认为："文学艺术反映生活，艺术家要经过组织洗练再创造出艺术的动律，也就是艺术的'节奏'。……这一切都按着内容要求所采取的不同的表现手段，产生出不同的艺术节奏，有的气势磅礴，有的流利明快，有的婉约回荡，有的缠绵沉郁，它们推前接后，互相衬托，它们呼应顾盼，相映成辉。……艺术实践的经验告诉我们，写小说不能平铺直叙，一览无余。……我国许多著名的小说，传奇式戏曲中，总有迂回曲折、出奇制胜的节奏，时而奔腾如波涛，时而淅沥如细雨。""节奏的元素我想不外乎是距离、强弱、反复、曲折、缓急、间歇、变化、停顿、明暗、动静等。""节奏能增加人物和事件的气势，节奏能烘托矛盾和冲突。由于节奏的磅礴和轻灵，才激起人们心灵上的震动和激荡。"

15日 季羡林的《泰戈尔短篇小说的艺术风格》发表于《光明日报》。季羡林写道："在艺术风格方面，泰戈尔的短篇小说有许多特点。这些特点表现在什么地方呢？我觉得，这首先就表现在单纯的结构上。在他的许多短篇小说里，故事情节的开展仿佛是行云流水，舒卷自如，浑然天成，一点也看不出匠心经营的痕迹；但是给人的印象却是均衡匀称，完美无缺。""第二个特点就是形象化的语言。一般说起来，在早期的小说里，泰戈尔笔下的句子几乎都是平铺直叙的，没有过分雕饰。但是，在简单淳朴的句子堆里，说不定在什么地方会出现几句风格迥然不同的句子，在整段整篇里，显得非常别致。""第三个特点是比拟的手法。""第四个特点是情景交融的描绘。在描写风景的时候,泰戈尔不象许多小说家那样长篇大论,他只寥寥几笔,就能画出一幅栩栩如生的图画。在这一方面,泰戈尔是有独到之处的。但是,这还不够。他笔下的风景往往不是孤立地存在着的,而是与故事的情节,与主人公的心情完全相适应的。""最后一个特点就是抒情的笔调。"

20日 李传龙的《〈红楼梦〉的景物描写》发表于《光明日报》。李传龙认为:"我国古典小说《红楼梦》,不仅是一部伟大的史诗,而且还是一部生动的艺术技巧的教科书。在艺术表现上,这部作品达到了完美的高度。从艺术形象的构思、典型人物的塑造、故事情节的安排、生活细节的处理、文学语言的锤炼各方面来看,处处都闪耀着不朽的艺术光辉。而在景物描写方面,也同样具有高度的艺术成就。""《红楼梦》里面的人生关系很复杂,有太君、老爷、夫人、少爷、少妇、小姐、丫环、嬷嬷等各色各样的人物,这些人物虽然都生活在贾府,但各人又有各人特定的生活环境。作者描写各人特定的生活环境,完全避免了一般化,而尽量赋予了人物的特性。这样,作者着墨的景物画,就不是单调的风景画,而是耐人寻味的风俗画。"

李传龙还说:"现实主义文学的中心任务,就是反映人与人复杂的关系,揭示尖锐的社会矛盾。当然,景物描写一般的是烘托和表现人物的性格特征和内心世界,从而反映尖锐的社会矛盾。但是伟大的作家不限于此,伟大的作家除了用景物描写间接地反映社会矛盾以外,还能用景物描写直接地揭露社会矛盾。""在现实生活中,环境和人物是一个完整的统一体,二者是不可分割的。《红楼梦》的作者……不是孤立地描写景物,而是以人物为中心,把景物描写和人物的身分地位、思想情感、性格特征、语言行动、相互关系,紧密地联系在一起,使景物描写成为整个社会生活图画的有机组成部分。正因为如此,作者笔下的景物描写,才能帮助读者认识人物和理解生活,才能使读者获得美感享受。"

26日 《文艺报》第5期开设《批判地继承中国文艺理论遗产》专栏。"编者按"写道:"我国历代文学艺术,积累了十分丰富的创作经验,留下了很多宝贵的美学遗产和理论批评资料。如何批判地利用这份美学遗产和思想资料,加以融会贯通,推陈出新,使得我国马克思主义的文艺理论批评工作,在密切结合今天的生活实际、创作实际的同时，逐步地同我国旧时代优良的美学传统相衔接，更加表现出民族的创造性，这是很值得注意的一项重大任务。我们希望在文艺界的共同倡导下，逐渐蔚成风气，重视这份理论遗产的整理、研究和学习，从中吸取一切对我们有用的东西。"

茅盾的《一九六〇年短篇小说漫评（中）》发表于同期《文艺报》。茅盾指出："在大运动、大斗争的场面（通常所谓典型环境）中描写人物的典型性格，要使其有声有色，似乎不太困难，而在日常生活中提炼具有典型意义的事件刻划人物的典型性格，却就比较困难些。此中甘苦，作家们都有各自的体会，这里不多噜苏。六〇年的短篇小说，在这方面的成就，是相当突出的。而且这一类的作品，其取材的角度，又各自不同，真有百花齐放的盛况。"

六月

1日 王倜的《寄青年朋友——关于短篇小说的剪裁问题》发表于《火花》6月号。王倜写道："我们常常看到裁缝师为了给人们做一件合身的衣服，总是量体裁衣，把多余的布剪下来，而不是有多长的布就裁多长的衣服，那样就会可能使一个身体肥胖的人穿上身体瘦小人的衣服，一个低个子穿上高个子的衣服，很明显，这样的衣服不是太不合身了吗？写文学作品也是一样道理，不管写什么样式的文学作品，也不管长篇或短篇，都需要一番精心的剪裁，才能使人物形象突出。主题思想深刻化起来。""而短篇小说的最大特点，就是短小精悍。不可能容纳更多的内容，因此，在处理上，剪裁就成为一种必不可少的艺术手法了。""你不能把现实生活，原模原样的记录下来，必须经过仔细的选择、推敲、取舍、配置，看用那些材料能够充分地表现人物性格和主题思想，然后把那些与主题无关的和次要的材料删除掉，这就要忍痛割爱，不能认为凡是自己所喜欢的材料就不分主次的都要写进去，这样使你想表达的主题思想，就会遭到不应有的破坏。""短篇小说容量有限，但它和长篇小说一样，同样要有一个完整的结构，同样要塑造人物性格，这就要把材料选取的更准确，更精炼。"

同日，黄季耕的《略谈衬托》发表于《解放军文艺》6月号。黄季耕写道："真正优秀的文学作品，总是塑造出丰满、鲜明的人物形象。当然，高明的作家对典型环境中的典型性格，总是通过多种多样的方法来表现的，而巧妙地安排和适当地处理人物的背景和衬托，也是作者们常用的一种方法，这对突出人物形象，揭示主题思想，增加艺术效果，是有很大作用的。不论用相反的形象来反衬，或是用相似的形象来烘托，都是人们所习见的。"

黄季耕认为："借落后人物和反面形象来反衬英雄形象，也能给人以鲜明突出的印象。""在文学作品中，有时也用落后的人来烘托有思想毛病的人。""我们还常常看到在文学作品中用背景来衬托的好例子，而且同样能收到使主题鲜明，增加艺术效果的良好作用。"

于波的《洗涤窠臼》发表于同期《解放军文艺》。于波写道："创作既然称之为创作，其最可贵之处就在于独创。真正名符其实的创作，必须有作者个人新的发现，新的见解，新的创造；让人看了以后，能有新的感受，能给人以新的启示，能帮助人对生活有新的认识和理解，能使人获得新的美学享受。一部新的作品，它的思想内容，人物形象，故事情节，乃至语言风格，表现手法等等，都必须力求新颖，不仅不应和别人的作品相同，也不应有相似之处。"

左之同的《大和小，正面与侧面》发表于同期《解放军文艺》。左之同认为："我们主张题材多样化。既提倡描写重大题材，也重视小而有意义的题材，只有这样，才能广开文路，才有益于繁荣我们的文学创作。""我们常用'海洋'比喻社会生活的广阔、深厚、丰富。可是，海洋既有雄伟澎湃的巨流，也有随巨流跃起的朵朵浪花，正象我们的重大而激烈的斗争，总和日常生活不可分割地联在一起一样。大处落笔，正面描写重大而激烈的斗争，揭示出它深刻的思想意义，固然极为可贵；小处着手，侧面描写朵朵生活浪花，表现出它的思想意义，不是也很可取吗！""因此，为了反映我们光辉灿烂、丰富多采的生活，既提倡正面描写我们的重大斗争，也重视侧面描写朵朵的生活浪花，是十分必要的。"

14日 严家炎的《谈〈创业史〉中梁三老汉的形象》发表于《文学评论》第3期。严家炎认为："作品里的思想上最先进的人物，并不一定就是最成功的艺术形象。作为艺术形象，《创业史》里最成功的不是别个，而是梁三老汉。……梁三老汉虽然不属于正面英雄形象之列，但却具有巨大的社会意义和特有的艺术价值。""《创业史》塑造梁三老汉之不同凡响的地方,在于作家精细地看到了并准确地表现了另一面:由阶级地位所决定的跟党跟社会主义有着潜在的感情联系的一面。这是更重要的一面。"

20日 刘泰隆的《多方描写 注重"神似"——漫谈鲁迅小说特点之三》发表于《广西文艺》6月号。刘泰隆写道:"鲁迅小说的又一个主要特点,就是善于通过人物的外在动作描写,外貌描写,人与人之间的关系描写以及直接对人物内心活动的描写,来展示人物的性格和精神状态,以达到高度'神似'的境界。""鲁迅往往只用寥寥几笔通过人物外在动作的描写,就能够表现出人物复杂的内心活动和精神世界。""鲁迅通过人物外貌描写来表现人物精神世界的手法,其特点是很多的。这里,仅以《祝福》为例来谈谈。众所周知,鲁迅四次写到祥林嫂的外貌,每一次都有显著的变化。……鲁迅就是通过这四次对祥林嫂外貌的描写,为祥林嫂的一生性格发展和精神世界的变化绘下了一幅极为鲜明生动的画卷,使祥林嫂象一个活生生的人站立在我们读者的面前。""谈到鲁迅通过人与人之间的关系描写来表现人物的精神世界时,也许人们不会忘记《肥皂》。这一篇小说对伪道学家四铭的精神面貌的揭露,主要是通过四铭与其他人之间的关系描写来表现的。""至于鲁迅直接通过人物内心活动的描写,来表现人物的性格和精神状态的手法,在《弟兄》中表现得更为突出。""综合上面所述,可以看到,鲁迅写小说的表现手法是多种多样的。而他采用这些手法,都是为了塑造出生动完整的艺术形象,以达到高度'神似'的境界,这些,值得我们很好学习和研究。"

26日 茅盾的《一九六〇年短篇小说漫评(下)》发表于《文艺报》第6期。茅盾认为:"从艺术的构思看来,短篇小说之所以为短篇小说而不是压缩了的中篇小说,应当有其特殊的条件。字数的限制(例如说万字左右),不能算是决定性的条件。在我看来,所谓截取生活片断,从小见大、举一隅而三反,这个说法,还是不能抹杀的。如果着眼在这里,那么,在取材、布局、描写人物、安排环境等等方面,短篇小说便自有其不同于中篇之处。如果强调这一点,不算是树立清规戒律,那么,我以为《你追我赶》(沙汀,《人民文学》一九六〇年十月号)是一篇严守绳墨、无懈可击、而又不落纤巧的佳作。""由于行文应当服从故事的发展,这篇小说的调子是一泻千里,先慢后急。但是作者还能腾出一手写点生活上的细节,使得文势抑扬顿挫。"

茅盾指出:"这些新面目,我可以概括为这样五条:(一)更深一层地描写英雄人物的精神世界;(二)更熟练而且巧妙地通过人物的行动而不是依靠人物的嘴巴或者甚至作者的说教,以分析并刻划英雄人物的精神世界;(三)更多地取材于日常生活而以大运动大斗争作为背景;(四)更加注意到气氛的描写而且若干作品写气氛写得很好,超出了过去的水平;(五)更多的新体裁,这反映了作家们力求突破已有风格的水平而更提高一步,或者力求创造新的风格,换言之,即不但不同的作家们在努力于百花齐放,同一的作家亦在努力于多放几种花(要求自己能掌握一种以上的风格)。"

茅盾还说:"为了有利于有助于巩固和提高,我也打算简略地谈谈若干相当普遍的缺点:第一,有不少的作品,在描写英雄人物的共产主义思想品质的场合,还有点千篇一律,或者说,跳不出既成的框框。""第二,人物描写方面薄弱的一环,仍是党委书记、支部书记和负责领导者(例如厂长、社长)的形象不够多姿多采,而有点公式化。""第三,就作品的体裁而言,六○年的短篇小说的体裁较之过去是更为多种多样的了,然而,讽刺短篇和幽默短篇还是较少。""第四,作品的文学语言大有进步,优秀作品的文学语言都能保持准确性、鲜明性和生动性。但是,偶尔的败笔,虽优秀作品亦尚有之。"

冯其庸的《题材与思想》发表于同期《文艺报》。冯其庸写道:"社会生活是复杂的,我们时代的社会生活,尤其具有绚烂多采的特色,而文艺创作本身,也绝对地要求百花齐放,只有在题材问题上打破某些无形之中的清规戒律,鼓励作家从各个方面来深刻地反映我们的伟大时代,那么,社会主义时代我们伟大祖国宏伟壮丽的面貌,才能在无数作家各具个性的彩笔之下,得到及时的全面而丰富的反映。"

周立波的《略论题材》发表于同期《文艺报》。周立波指出:"强调熟悉人,承认观察、分析和研究人是写作的第一位条件,就必然地会引起这样的疑问:历史小说、神怪小说和童话等等,能不能写呢?既然是历史和历史人物,就都是离开了现实世界的陈迹,我们无从观察了。这也能写吗?是能写的。……

罗贯中、施耐庵、鲁迅和郭沫若都写了历史小说或剧本。但是只要仔细分析一下,你就会发现,历史作品大都具有这样的一些特征:一、生活细节比较粗略。二、一般都有书面材料作依据,但也编入了好多现实生活的情景。""社会主义的文艺应该是社会主义现实生活的一种彩色缤纷的万花筒。无论题材和风格,都不宜于加以任何的限制。"

七月

19日 蒋和森的《大与细——艺术家的观察与描写》发表于《人民日报》。蒋和森写道:"这部小说(指《红楼梦》——编者注)反映了中国末期封建社会的时代面貌,无论从它的构思、布局以及所触及的生活面来说,都是很大的。但是,当作者在进行观察和描写时,却是那样地细致从事,举凡家常絮语、穿衣吃饭等等都加以精雕细琢的刻划。看来,在这部小说里充满了所谓日常生活细节,但是由于在那些细节描写的后面,常常蕴含着深的意义或连通着广阔的社会背景,所以《红楼梦》从不使我们感到细而浅,而是感到大而深。"

蒋和森指出:"像《水浒》这样一部反映农民起义的小说,虽然是写得风雪奔会、波澜阔大,但并非用粗线条涂抹而成,却有许多下笔极细的地方。""但是,这里需要特别指出:细,只有当细的地方才能细。或者说,只有细得有意义的地方才能细。如果不加取舍、不加提炼地一味追求细,那样就会陷入琐琐屑屑的自然主义。那种作品只能在形式上或篇幅上显示其大,不能在内容上、思想风格上显示其大。""《金瓶梅》中的日常生活细节描写,……便在很多地方流入为细节而细节,以至显得琐碎繁冗,常使人失去卒读的耐心。""所以,这是很重要的一点:必须以大驭细。"

21日 陈骥的《〈沙滩上〉》发表于《文艺报》第7期。陈骥认为:"《沙滩上》是王汶石继《严重的时刻》之后,又一篇引人注意的作品。""在他擅长白描的笔下,似乎是自然勾勒的几笔,就准确动人地把他的音容举止和性格特征活现出来。"

冯牧的《〈达吉和她的父亲〉——从小说到电影》发表于同期《文艺报》。冯牧认为:"虽然这两个同名作品是出之于同一作者的手笔,但它们毕竟是两个大不相同的作品。""我所能够设想得到的第一个解释是：这种变动是出于作品的形式和体裁的具体的要求。的确，从作品容量和表现手段上来看，在电影和短篇小说之间的差异是很大的。在短篇中由于篇幅所限而未能描绘尽致的生活景象和生活细节，必须在电影中得到充实和发挥；在小说中的一些性格刻划和心理描写，在电影中可以运用某种独特的手法来加以实现和渲染；在小说中常见的那种主题和结构的极度集中和节缩，在电影中可以获得必要的扩充和发展。"

冯牧写道："我所能够设想得到的第二个解释是：作者在把小说改成电影的过程中，突然发现（不论这是出于自己的认识还是旁人的提示），他的小说已经不具备一个可以成功地改编为电影的坚实的基础了。或者换句话说，在改编过程中，人们突然从原作中发现某种根本性质的缺陷，以致为了弥补这种缺陷，不得不对于作品里的基本思想和主要内容进行一些根本性质的改造和变更。""许多人认为这是一篇诗情浓郁的激动人心的好作品，是一篇生动地反映了人民内部矛盾，真实地表现了汉彝劳动人民之间的深切的阶级友情的作品，同时也是一篇通过丰富的戏剧性冲突，揭示和歌颂了只有在劳动人民身上才具备的那种美好崇高的精神品质的作品。""这篇小说之所以受到了广大读者的喜爱，所以能够以鲜明的思想力量触动了读者的心弦，还不仅仅在于它表现了这样一个比较深刻的主题思想，同时，也还由于作品在体现这种主题思想的过程中所流涌出来的那种真实感人和令人信服的艺术感染力量。这种艺术感染力量，是通过了一个尖锐的矛盾冲突（引人入胜的故事情节只不过是表现这个矛盾冲突的手段），以及环绕着这个冲突的三个人物的性格和心理的逐渐展开而传达给读者的。"

老舍的《题材与生活》发表于同期《文艺报》。老舍指出："题材应是自己真正熟悉的材料，作家可以从各种不同的角度来阐明题材的意义，也就形成了不同的主题。""题材与作家的风格也是有关系的，熟悉了题材，才能产生风格。……题材、体裁、风格都是有关系的。因此，应当是，谁写什么合适就写什么，不要强求一律。顺水推舟才能畅快。"

田汉的《题材的处理》发表于同期《文艺报》。田汉认为："一个作品反映时代概括生活本质的深度和广度，并不太取决于题材本身，而取决于作者的世界观，取决于作者的艺术概括能力，也取决于作者的艺术技巧。不同世界观的作家，可能把同一题材处理成两个完全相反的东西。如果作者对重大题材缺乏深刻的感受和理解，艺术概括能力又差，写出来的作品仍然可能是肤浅的、概念化的、不现实的东西。同时，如果作家是站在时代的最前列的，能够掌握生活发展的规律，正确认识生活的本质，那么尽管不是太重大的题材，也可以同样表现出重大的主题，表现出生活本质的某些方面。把题材当成衡量作品的政治标准，把作品的价值高低和作品的题材重大与否等同起来，是不符合创作实际的。""生活中的典型事件、典型人物并不就等于艺术上的典型。生活中的典型性是就它的社会意义来说的，艺术上的典型却是作者把生活中的事件和人物加以艺术的概括、集中的结果。生活中的典型事件、典型人物为艺术上的典型提供了很好的蓝本和线索，但是要把这些变成艺术上的典型环境和典型性格，却需要作家突破真人真事的限制，对它作很大程度的加工。"

细言的《有关茹志鹃作品的几个问题——在一个座谈会上的发言》发表于同期《文艺报》。细言认为："有的作家，往往在他们的作品里描写那些已经定型的人物，即所谓完美的理想人物。但也有的作家，却把自己的努力放在那些正在成长或正在改造中的人物，去刻划他们的心理变化，去描绘他们精神品质的提高。茹志鹃同志就属于后一类作家。""第二个问题，即描写英雄人物和普通人物的问题。……我们不能把英雄人物和普通人物放在对立的地位。这两种人物决不是对立的。对那些出现在茹志鹃同志作品中的人物来说，尤其是如此。……在实际生活中，我们看到英雄人物都是来自普通的人，是普通的人成长、改造起来的。……作家当然应该描写他们慷慨就义和英勇牺牲的景象，但也可以描写他们为什么能够在紧要关头做出那样崇高的英勇行为，描写他们成为英雄人物的成长过程，描写他们那种英勇行为的依据。……我以为出现在茹志鹃同志作品中的有些人物，也是属于英雄人物的行列里的——至少他们有着英雄人物的品质，这种品质正在他们身上成长，使他们终究会成为英雄人物。"

细言还说："为了反映伟大的时代，我们的作家在描写重大的革命斗争和塑造高大的英雄形象时，获得了很大的成绩；但也不能否认，在有些作品里，往往把工农群众的思想感情,把英雄人物的英勇行为,描写得过分简单,使人觉得他们的精神世界未免贫乏,他们的行动也欠缺强有力的依据,很有些像无根的花木。茹志鹃同志却把劳动人民的思想感情写得既丰富,又细致。""再就以现实生活为题材的作品来说,茹志鹃同志的确没有去描写那种叱咤风云的英雄,没有去描写为堵决口或抢救国家财产而光荣牺牲的人物,也没有去多描写前进路上走在最前站的旗手;作者所采用的,又多是侧面描写的方法,企图达到'从一滴水看一个世界'的目的,缺乏波澜壮阔、急风骤雨式的事件和轰轰烈烈的劳动场面。"

细言指出:"只要我们把茹志鹃同志的作品按照写作时间的先后通读一遍,就可以明显地看出一个总的趋向——在人物上,从类型的描画到性格的刻划,作者的笔触愈来愈深入到精神世界,因而使得形象也更加生动了;在构思上,从偏重于故事的讲述到生活横断面的剖析和发掘,因而大大地提高了作品的主题思想;在表现手法上,从比较粗糙和带有斧凿的痕迹到比较细致谐和,因而增加了抒情的成分,使得艺术风格愈益成熟而鲜明。""一个作家的艺术风格,是和他从生活提炼题材以及通过题材表达思想主题有关系的。茹志鹃同志描写正在成长和改变中的性格,描写发生在人物灵魂深处的惊心动魄的场面,这就要求她在作品中作细致的心理分析,作精微的细节描写。"

夏衍的《题材、主题》发表于同期《文艺报》。夏衍认为:"提供题材线索,不等于规定主题。因为,同样的题材可以写成各种不同的作品,也可以表现各种不同的主题。这也是常常被混淆不清的问题之一。……同一题材,可以写成表现各种不同主题的作品,相同主题,也可以用各种不同的题材来表现。""作家写作品,对他所写的题材,人物,事件,必须有自己的感受。"

朱光潜的《整理我们的美学遗产,应该做些什么?》发表于同期《文艺报》。朱光潜认为:"首先应该明确的是:由于我们民族具有二三千年持续不断而且高度发展的文艺创作实践方面的传统,过去的文艺理论和美学思想是极其丰富的。""其次应该明确的是西方美学由于涉及文艺对现实的关系,文艺的社会功用以及文艺技巧修养之类带有普遍性的问题,对我们也有很多可供借鉴之处,自然,这种借鉴要和我们的具体需要和创作实践相结合,是不能去勉强硬搬形式的,纵然勉强搬过来,也决不能解决我们的问题。""在发扬我们已有的美学传统方面,首先要做的是资料的搜集和整理。""其次一项是提高的工作,就是以问题为纲,搜集一些原始资料,分类整理,追溯同一问题的不同看法在历史上的渊源和影响,作出专题论文。"

27日 范凡的《选择·加工·提炼——关于文学语言的学习札记》发表于《光明日报》。范凡写道:"文学是一种语言的艺术。优秀的文学家,莫不是最善于驾驭语言的艺术家。以《水浒》为例,这部浩大的著作,这样多的人物,写来个个生龙活虎,我们不能不赞叹它的作者施耐庵驾驭语言的艺术才华了。""随着时代的进展和广大人民群众生产斗争生活的不断丰富,生活当中的语言也更加多采。有些陈腐了的语言在生活斗争的变化中逐渐死去,某些更加适应当代生活斗争需要的新的语言在不断产生,这就为文学家选择语言开辟了更为广阔的天地。当代很多优秀的文学作品,在选择、提炼语言反映新时代的生活斗争上,就显得更加斑斓多采了。在这里,我们很自然会想到赵树理、梁斌等人的作品,他们在运用文学语言上千锤百炼的功夫,和各自独特的艺术风格,更是前所未有的。""不仅长篇巨著,不少优秀的短篇作品,在运用文学语言上,也有了丰富的收获。在这方面,我以为王汶石、李准、马烽等同志最近所写的一些作品,是值得推许的。"

刘金的《一个优秀的女共产党员——谈新版〈战斗的青春〉中的许凤〉》发表于同期《光明日报》。刘金认为:"许凤是一个性格鲜明、血肉丰满、精神境界极高的英雄形象,堪为亿万人民的表率。""她的性格也不是没有发展的。……我们只要把《谈判》、《疯狂的报复》、《转折点》等节中的许凤,和《离别》、《劫后》、《归来》等节中的许凤作一比较,就不难发现,在不到一年的短短时间里,许凤已经改变了多少,就不会说许凤的性格没有发展了。"

同日,侯金镜的《谈英雄人物的塑造》发表于《人民日报》。侯金镜写道:"有的朋友说,写英雄人物成长过程的方法不能当做唯一的方法。""会做比喻的朋友用性格历史的横断面和纵断面两种方法来说明。纵断面是方法的一种。这种方面虽不等于为英雄立传,从出生一直写到他完成丰功伟绩,但是也得溯本追源,写出英雄性格发展历史上的几个重要的阶梯。横断面就不同了,它把英雄人物已往的事迹大都舍弃了(由作者出面做简括的介绍,起一种陪衬作用的,不能计算在内),而集中描写他的某一段生活和斗争。这种方法,从表面上看,性格的历史似乎被截掉了,他的事绩成了无源之水无根之木;其实不然,性格的历史(指写得好的作品说)被压缩,更准确点说,是浓缩在横断面的年轮上,英雄性格的时代内容和历史内容仍然可以显现出来。做这比喻的朋友也说,和大树一样,一年一度生长期的历史印迹,在横断的年轮上是能够看得清清楚楚的。"

八月

1日 郑乙的《从格调谈起——漫谈〈洮儿河的姑娘〉的艺术创造》发表于《长春》8月号。郑乙写道:"《洮儿河的姑娘》是一篇新人物的赞歌。""赞歌应有自己的格调。据说,法捷耶夫在写《青年近卫军》这部长篇时,材料都搜集好了,人物的性格和情节的发展都已历历在目,可是却久久找不到他所需要的调子。可见,每篇好的作品,自有其格调;而作家不管本人是否已经意识到,在创作中他都是在找自己的调子的。从格调来说,《洮儿河的姑娘》有其自己的特点。它不慷慨激昂然而粗犷奔放;情绪并不深浓但针线绵密,读后感到轻快、健朗,有行云流水之势。故事波澜迭起的,有张有弛。""这里,还想谈谈作品中些细节的描写,也是比较有光采的。好的细节,会给作品的情节的筋络以血肉,会使人对于人物的性格和作品的思想力量更加信服。"

同日,金平的《谈短篇小说的结尾》发表于《雨花》第8期。金平写道:"单凭结尾并不能确定一篇小说的好坏,但是,一篇好的小说,又有一个好的结尾,无疑能增加它的艺术感染力。""不能把短篇小说的结尾的处理看作是单纯的技巧问题,因为它不仅和作家的艺术素养、生活经验密切相关,而且直接受着作家世界观的指导,作家对于他的人物命运、事件结局的处理,明晰地反映了作家的审美观,思想水平和对生活认识的深度、广度。""它是整个艺术构思的一部分,不可割裂的一部分,它必须是符合生活逻辑的,是人物命运的必然归宿。所以,作家倘若不是深入生活,深刻地理解生活,而是纯凭主观的想象和臆测来差遣他的人物,安排事件的结局,那么就象托尔斯泰所说的,主人公就免不了要和作家开这样那样的'玩笑',甚至于歪曲了生活的本来面目,从而导致严重的错误。"

3日 李希凡的《关于〈林海雪原〉的评价问题》发表于《北京日报》。李希凡写道:"《林海雪原》富有传奇性的革命浪漫主义的艺术特点,……这种浪漫主义的艺术特点,并不象有的同志所指责的那样,是'脱离了当时的现实情况,在军事上也是传奇式、武侠式,不真实的'。《林海雪原》对于生活、人物的反映和刻划,虽然有现实主义描写不够充分的地方,而就它的艺术形象的整体创造来看,它的富有传奇特色的革命浪漫主义基本上还是渗透在革命现实主义的描写里,而它的传奇性的色彩,归根结底,是突出了人民战士的英雄形象,描绘了人民战士的丰富多采的侦察、战斗生活。""传奇性和艺术描写上的适度的夸张,并没有损害杨子荣的性格,相反的,是烘托了它,强化了它。因为传奇性的浪漫主义色调,在这里并没有离开过在特定环境里人物性格、人物心理表现的真实刻划。……都从生活真实和性格真实里表现出了它的合理性。"

李希凡认为:"《林海雪原》是一本富有传奇特色的小说,作者所提炼的特殊的题材内容,决定着它所反映的斗争生活的容量,也决定着作品的思想艺术特点,因而评论它的时候,也就不能离开这样的作品实际做分外的要求。"

同日,《美国作家写成反映工人生活的长篇小说》发表于《光明日报》。文中指出:"美国最近出版了一部描写美国工人的生活、工作、家庭和斗争的激动人心的长篇小说《神妙的山苏花》,这是美国现代文学中值得注意的事。""这本小说描写了美国工人列奥·约梅希斯的成长过程。""小说还描写了美国普通人为两个被诬告杀人的青年黑人而进行的斗争以及黑人共产党员卡尔温·布鲁克斯和他的妻子争取建筑新住宅的斗争。"

9日 李士文的《从生活素材到艺术形象——谈〈创业史〉中的梁生宝的形象创造》发表于《人民日报》。李士文写道:"从这本书(指柳青的特写集《皇甫村的三年》——编者注)中,我看到了许多和《创业史》中相似的人物、情节和语言。无疑地,正是当时引起作者注意的事物,成了后来长篇小说的内容。这样,从特写到《创业史》的变化,便提供了一个富有兴趣的研究课题。""作者改变了原型的部分面貌,集中先进因素于一身了。作者结合现实与理想创造了新的英雄形象。……为了更集中、更强烈、更理想地体现社会主义的美好，作者让小农经济的改造问题，体现在另外的人物——例如梁三老汉等——身上了；对于梁生宝，则通过革命理想的照耀，对广阔的生活进行概括，把当代英雄的先进因素集于一身，创造出了一个比原型更典型的革命的理想人物。这样，《创业史》表现的梁生宝的成长过程，就是一个具有相当觉悟的农民党员成长为无产阶级革命的活动分子的过程，而不是一个非无产阶级分子的改造过程。"

15日 《如何正确评价文学作品？如何理解生活真实与艺术真实？——〈林海雪原〉的讨论活跃了思想提高了认识》发表于《光明日报》。文中指出："很多人认为这本小说（指《林海雪原》——编者注）具有浓厚的传奇色彩，鲜明的民族风格，强烈的生活气息。这些特点也正是它获得广大读者和具有强烈的感人力量的原因之一。作者把比较重要的人物都置身于出人意料之外的斗争尖端，用严酷的斗争考验他们，让读者在令人心悬的斗争中认识他们。这种出人意料而又合乎情理的情节安排是我国广大读者所喜闻乐见的传统手法，是雅俗共赏的。传奇性和故事的夸张并没有损害人物性格，反而起了烘托和强化的作用。……用传奇手法表现现代人物生活在小说《林海雪原》中作了成功的尝试，而不能以武侠小说的罪名加以否定。""一般读者对于杨子荣的形象没有异议。大家认为英勇、机智、忠诚的杨子荣的形象是有高度典型意义与教育意义的。……智取威虎山是全书中最富有传奇性的情节，同时也是最突出地表现了杨子荣性格的情节。所以传奇性和艺术夸张不但无损于人物性格，反而赋予人物以艺术生命。""少剑波的形象是这次争论的核心。……小说中描写这位年轻的指挥员的智慧和勇敢时，没有完全与性格表现血肉地融合起来。"

21日 本刊记者的《一次引人深思的讨论》发表于《文艺报》第8期。本刊记者写道："《羊城晚报》自今年四月起对于逢同志的长篇小说《金沙洲》展开了讨论。""归纳起来，主要的有下面两个问题：一、应该怎样理解艺术形象的典型意义；也就是艺术典型如何表现一定社会力量的本质，反映一定时代的特征。争论中实际上接触到是否'一个阶级在一个历史时期只有一个典型'的问题。""二、分析文艺作品时，是以固定的政治概念拿到复杂的文艺现象上去硬套，还是按照生活的真实，尊重艺术反映生活的特殊规律，对具体作品进行具体分析。争论的中心问题是文艺作品究竟怎样反映时代的本质和主流。"

阎纲的《二十年代的风雷——〈太阳从东方升起〉读后》发表于同期《文艺报》。阎纲认为:"作品里的人物对话,写得很有特色。在不以心理描写取胜的我国古典小说中,对话的运用和描写是个举足轻重的关节。在我国许多古代大师的笔下,有些作品仅只通过对话,便使人物顿时立体化,可谓精练之至。这是我国古典小说极高的艺术成就。《太阳从东方升起》的作者在写人物对话这方面是否有意向古典小说学习,不能断定,但是受古典小说处理对话方式的影响,是完全有可能的。"

中国作家协会广东分会理论研究组的《典型形象——熟悉的陌生人》发表于同期《文艺报》。中国作家协会广东分会理论研究组指出:"在这次讨论中,有些文章表现了这样一种倾向:即要求艺术的典型形象必须与总的时代精神相一致,与社会的、阶级的本质相一致。""典型性格是多种多样的,生活中存在着千差万别的个性,艺术上就可以产生千差万别的典型性格。既可以有完全没有缺点的理想人物,也可以有有缺点的正面人物,既可以有具有全新的思想风貌的农民党员干部的形象,也可以有正在改造、转变和成长中的农民党员干部的形象。""文学艺术总是通过个别反映一般的。所谓个别,就是具体的典型形象。只有通过具体的、个性鲜明的典型形象,才能真实地、深刻地反映社会(阶级)的本质和规律。阉割了人物的个性,人物的阶级本质也就无从表现。正是这种个性与共性矛盾统一的辩证关系,构成了人物完整的性格。""艺术典型创造的一条最基本的规律,就是要求人物的共性与个性的矛盾统一,写出典型环境中的典型性格。这并不要求作家把所有同一本质的人物性格都全部包括到一个典型中去,而只是要求作家根据主题的任务和构思的要求,选择其中最本质的、最能揭示这一人物性格的典型特征概括进去——使作品中的艺术形象成为既是最本质的、具有一定代表性的东西,又是最有个性特征的东西。"

30日 魏金枝的《略论我国短篇小说的头尾问题》发表于《文汇报》。魏金枝认为:"在短篇小说的形式方面,最被一般人所诟病的,就是它的缺头少尾,突然而来,杳然而去。因而往往以为这是从西方学来的新花样,而不合于中国人的胃口。但是,这难道真的是外来的东西么?我看未必是这样。其实,故事的无头无尾，在我们古代的神话、寓言和民间传说中，也是常有的情形。譬如神话中的'后羿射日'和'嫦娥奔月'，大抵都只取'射日'和'奔月'那一书，而不涉及其他有关的事件。譬如寓言中的'刻舟求剑'和'狐假虎威'，则更加脱略了故事的前因后果，而只留下简短的一个小情节。至于民间传说，譬如'老虎外婆''八仙过海'等等故事，也大抵是直起直落，或只一章一节，既无身世的介绍，也不前后相关连。从我国短篇小说的源流来说，这三者应该是我国短篇小说的鼻祖。但依照它们的体制来看，故事的头尾，本来不甚完整，大有来既无影去也无踪的情况。其中有些作品，甚至连人物的身份、地位、身形、面貌，也略而不谈，却能把人物的思想和性格，鲜明地反映在他们的言行中间。而这些故事，往往在老妪妇孺中传播，并没有什么难懂的问题存在。这并不是说，在短小的篇幅里，本来可以不要什么详细的描写，详细的描写，有时自然可以增加作品的力量。却只是说，人们即使在这样简短的叙写里，仍然可以懂得这些故事的寓意所在，头尾的有无，并不是什么大的问题。"

魏金枝指出："在此以外，在我们古代的经传里，也不乏这样的事例，譬如'曹刿论战'，譬如'触龙说赵太后'，虽然曹触两人的史述，更无别的资料可考，但就是单单从这一点记载里，我们仍然可以看出他们两人栩栩如生的精神面貌。假使我们把它们当作短篇历史小说来看待，也实在是两篇极好的历史小说。反之，许多只记人物履历官职的记载，虽然连篇累牍，洋洋大观，但是除可供历史家的研究考证以外，在文学上实在毫无价值可言。那么，这样的有头有尾的著作，又有什么可取之处。"

魏金枝还说："再就唐朝的传奇来说，在故事的头尾方面，虽然已经稍为完整，也往往只是稍叙人物身份，便入正文；而对于作品的结束，也不过草草交代几句而已。拿它和古代的神话、寓言以及民间传说来比较，只是体制较为庞大，情节较为曲折，所涉及的时间也较为绵长。但也并非完全如此，也有情节简单，只是抒写一朝一夕的故事的。后来'聊斋志异'等书，仍然沿袭这样的格式，并无多大的变异可言。那么，所谓头尾完备的风气，又从什么时候开头呢？以我的推断，大抵是唐代的'变文'开其端，而宋代的'评话'又扬其流。""那么，在我们'五四'以来的短篇小说中，有没有受到外来影响，而形成一种不合中国人口味的风气呢？那也是不可讳言的。不过，那只是在于把故事割裂分散，或则头尾颠倒叙述，或则从回忆中又插回忆，这便容易把读者引入迷途，既不知道故事的头尾何在，更不知道时间的先后如何。这就叫做章法不顺，交代不清，终于为广大读者所诟病。然而这也不能完全责怪外来的形式。外来的形式，一时不能为我们中国读者所接受，一方面固然由于不合于我们传统的习惯，但我们模拟外来形式的作家，仍然要负大部分的责任。责任何在？就是在应用外来形式之时，没有注意到我们传统的习惯，不能把外来形式稍稍加以变化，而使之相当接近于我们传统的形式，而更坏的是不但搬了外来的形式，而且故弄玄虚，以示新奇，这就和我们的传统习惯愈离愈远，愈不为中国读者所接受。而有些修养不够的作者，甚至不管文气的是否可以贯连，而生硬的使之贯连；不管情节的是否可以隔离，而生硬的使之隔离；这就更加加深了外来形式的毛病，也就更加为我国读者所不欢迎。"

魏金枝总结道："总之，形式是可以变化的，也应该有它的发展，这就要看故事的是长是短，情节的是复杂还是简单，人物的是多是少，时间的是否绵长或者短暂，这和文学的形式，都有密切的关系，不能一概而论。但仍有一条不能变易的原则，那就是一切要为突出主题服务，要为能够感动读者的心灵而服务。能够顺着这个原则，我们就不妨千变万化而不嫌其多变。不能顺着这条原则，则保守固然不好，多变也仍然没有好处。"

九月

1日　韩仕民的《略谈鲁迅对人物肖像的描写——学习鲁迅作品扎记》发表于《延河》9月号。韩仕民写道："描写人物肖象，实为刻划人物性格，增强作品的思想性的有力因素之一。据此又可知，衡量作品中人物肖象描写的成功与否，就看它是否有助于表露作品中人物的主要性格特征。"

韩仕民认为："鲁迅小说里的人物形象都具有鲜明的个性特征，不同阶层的人物如此，就是同阶层的人物也有各种不同。作为透露人物性格特征的因素之一的肖象描写自然也各有所异。鲁迅描写人物肖象的手法是多种多样，富有显明特色的。""鲁迅描写人物肖象时，并不是鼻、眼、耳、口、头发一齐写，而是删弃了一切不必要的地方，只选择那些足以能表现这个人物的性格特点和主要精神面貌的部分，寥寥几笔，人物就跃然纸上，给读者留下了极为深刻的印象。读者从人物的肖象上，看出了人物的内心性格特征和他的主要精神面貌。""故事情节是人物性格发展的历史，人物性格发展变化了，势必引起故事情节的变化；反之，情节的变化，也就表明人物性格有了变化。那末，作为刻划人物性格因素之一的肖象描写，也必然随之而变。""鲁迅对人物肖象的描写还往往和人物的语言、行动结合在一起。作者描写了人物的语言和行动，同时也相应地描写了和人物语言、行动有关的肖象；或是通过作品中这一人物的语言、行动介绍出另一人物的肖象。""最后要特别提出的是：鲁迅描写人物肖象，最善于描写人物的眼睛。……因为从人的眼睛里，最容易看出一个人的思想活动和他的精神面貌及性格特征。"

李健民的《漫论人物行动的描写》发表于同期《延河》。李健民写道："我国的民族传统戏剧，非常重视戏剧艺术特有的表现力。出现在舞台上的人物，活动是那样的变化多端、丰采维妙；而演员的一举手一投足，又都是从生活中严格地提炼和挑选出来的，这些行动最能传神地表达人物性格，从而产生了强烈的艺术效果。""比起戏剧来，小说自有它创造人物、反映生活的特点，但从行动中显示人物性格这一点上来说，其道理却是相通的。因为要创造出丰富多采的人物形象，就必须着力表现各自不同的性格特征，而性格之间的相互撞击，一定体现为千变万化的行动；所以，从行动中描写人物，是小说表现人物主要的方法之一。""我们说要用行动展示人物性格，这里所指的行动，必须是受人物思想意识支配的行动，必须是合乎人物性格特征的行动，也就是说，只能是他自己的行动。"

同日，上官艾明的《短篇小说的背景、场景和场面的描写》发表于《雨花》第9期。上官艾明认为："要写活人物，自然就必须让人物的行动充分地揭示自己的性格。而人物行动，总是与社会环境、自然环境，时间变换，以及和其他人物的交往发生联系的，因而作品在塑造人物的时候，就必须要描写背景、场景和场面。"

上官艾明指出："背景不但可以通过时代特征，地方色彩、特定的生活环境的描写,烘托出来,而且可以通过次要人物的活动暗示出来。""如果说背景是从远处大处落笔,来衬托人物生活环境的话,那么场景的描写,就是作者为了展开情节刻划人物截取了生活环境直接与人物活动有关的部分加以勾勒绘画。场景的描写,往往带着更浓厚的风习画的色彩,它暗示着这样的人物在这样的时间和这样的环境,必然是这样而不是那样的行动。""场景的描写,往往不是静止的,而是以主要人物作为中心,因为时间、地点、情节的变化,而逐渐一幅一幅的展现的。场景的描写,不但描绘景色,而且也描画现场、院宅、什物中和突出人物性格的有关部分,其中自然景物的描写,往往又是用来衬托人物的心理活动和思想感情的变化。""背景、场景的描写,虽然是短篇小说中不可缺少的部分,但不是主要的部分,它出现在作品里,都是描写人物的间接手段,而直接和刻划人物发生关系的是场面的描写。所谓场面,是指在特定的瞬间,人物与人物相互之间发生的关系所呈露的生活图景。"

上官艾明还说:"鲁迅对于作品中所描写的人物和生活是十分熟悉的,这就有可能使他在描写中心场面的时候,施展在有限的篇幅里描画出无限丰富的生活图景的本领。他在中心场面的描写,往往把主要人物放在中心突出的地位,让一组人物同时展开活动,并且都直接和主要人物发生交涉;他在次要人物的描写方面,往往只要寥寥三两笔,就勾勒了他的性格特征,并且善于把他在整个事件变化中的地位作用,惜墨如金地描写出来,因而能够腾出较多的笔墨来着力刻划主要人物,使场面顿然表现了活跃的、繁复的变化的和虎虎有生气的景象,并把作品所触及的矛盾纠葛集中起来,把情节按照生活逻辑发展推向高涨,因而作品的中心场面,成为最突出的表现主题和表现人物性格的部分。""场面的描写,千变万化,没有什么程式。这正因为生活是丰富多采,没有一定的模子。因而作家进行场面的描写,从来不重复一种方法。它是受题材、情节、人物性格、作家的艺术风格、美学观点、政治态度、以至艺术构思所决定的。而起决定作用的是作家的世界观和阶级立场,在一个场面的描写中,你赞成什么,反对什么,美化什么,丑化什么,不但决定了场面描写的正确性,也同样影响了场面描写的生动性。"

上官艾明总结道:"在正确的创作思想的指导下,要写好背景、场景和场面，从短篇创作开始是一条正确的途径。因为短篇小说人少事简头绪单纯，它要求各部分匀称，人物和情节有机联系，每一插曲都为整个艺术构思服务。背景、场景和场面的描写，都能够帮助开展主题和刻划人物性格。"

16日 乔山的《谈细节》发表于《光明日报》。乔山认为："古典小说中刻划人物性格的细节则更不乏其例。不仅主要人物的性格通过细节刻划……就是次要人物也是通过细节赋予个性的。""细节不仅揭示人物性格，而且展示历史背景，烘托时代气氛，显示阶级力量对比，形成人物活动的具体环境，为创造典型环境服务。周立波的《山乡巨变》续篇的开端部分，有几段细节就是为展示典型环境服务的。"

19日 黎之的《漫谈闰土形象的创造》发表于《光明日报》。黎之指出："《故乡》仅仅六千多字的一个短篇，但却倾注了作者深沉的感情，特别是对闰土的描写，每字每句都充满了同情，可以说是用作者的心来塑造这个形象的。在现代作家中，鲁迅是第一个如此热情地深刻地描写农民形象，反映农民问题的。"

20日 阿·托尔斯泰的《向工人作家谈谈我的创作经验》（程代熙译）发表于《世界文学》第8、9期合刊。阿·托尔斯泰写道："首先就是要确定一个中心，艺术家所注意的中心。艺术家——作家不可能以同样的兴趣、同样的感情、同样的激情来对待不同的人物，正如一个艺术家在一幅画面上不能有好几个中心一样。""结构，——这首先是指确定目的，确定中心人物，其次，才是确定其余的人物，他们沿着阶梯自上而下，环绕在中心人物的周围。这，就如同一座建筑物的建筑结构一样。每一幢建筑物都有其目的，有它自己的正面，正面的最高点，一定的规模及一定的形式。"

21日 中国作家协会广东分会理论研究组的《简单化的批评》发表于《文艺报》第9期。中国作家协会广东分会理论研究组认为："作家按照自己的生活体验和艺术构思，按照作品主题思想的要求，在气象万千、瑰丽多彩的社会生活中，经过选择、舍弃、强调、忽略，并经过提炼和概括，抓住被描绘人物最突出、最鲜明的特征，以具体的、感性的形式表现出来，成为活生生的、有血有肉的典型人物。典型人物没有必要也没有可能面面俱到，包罗一切。""把一般和个别混淆起来，用一般去代替个别，用规律去代替生活，不但不能正确地认识生活、理解生活,反而只会把纷纭复杂的现实生活绝对化和简单化。""《金沙洲》的作者,根据自己对于生活的观察、体验、研究和分析,从自己的生活经验中形成了作品的主题思想,着意选择了在主流冲击下的逆流顽强抵抗、而最后终于被主流所战胜的生活事件,作为整部作品的艺术构思的基础和展开矛盾冲突的主要内容,这是无可非议的。"

文中还说:"文学作品中所再现的生活内容,必须符合生活的客观规律和总的发展趋势,否则,便不能真实地反映生活。""文学艺术是通过个别的生活画面,通过各种不同的人物性格的刻划,通过他们的思想、感情、行动以及跟周围环境的关系所形成的遭遇和命运,来反映生活的本质、主流及其规律性的。这其中有差别,有曲折的过程,有各种特殊的形态。它只能以生活本身具体的、感性的形式来表现生活,而不能以抽象的观念来图解或说明生活的规律。""《金沙洲》的作者,通过各种人物(党员与群众、先进与落后、正面与反面)的艺术形象的塑造,通过这些人物之间的性格冲突,展开了党内外的两条道路的尖锐斗争,这一斗争最后以资本主义自发势力的失败而告终,显示了生活发展的必然趋势。应该说,它是体现了党的路线、政策和党的事业的胜利的。"

十月

1日 嵇文甫的《从祖国古典文学中学点语言艺术》发表于《奔流》10月号。嵇文甫认为:"文学是语言的艺术。我们运用语言文字,以表情达意,要达意达得好,表情表得妙,就必须讲究点语言艺术。这种艺术从哪里学呢?从祖国古典文学中学,就是一条很好的道路。""比如,我们常犯的毛病,不简洁,不精练,拉拉杂杂,废话连篇,不会经济使用文字,就应该好好看古人文章是怎样写法。古人是很讲究'辞约'而'义丰'的。这就是说,用少量的文辞,表达丰富的意旨。"

同日,吴小美的《论王汶石短篇小说的容量》发表于《甘肃文艺》10月号。吴小美认为:"我非常喜爱王汶石同志的短篇小说,因为作家是那样善于用诗意亲切的文笔来表达严肃的主题思想,激情的流露和冷静的叙述相补充,清新爽朗的风格和乐观向上的精神相辉映,那样含蓄而又明快地将生活中的美展现在读者面前；但最值得学习的，却是王汶石同志能在不长的篇幅中装进去坚实的容量的本领。"

同日，陈瘦竹的《鲁迅的小说——关于小说的布局》发表于《雨花》第10期。陈瘦竹写道："作家选择什么题材，首先取决于他的生活经验以及他的立场和观点。鲁迅写小说，既不歌颂母爱又不表现自我，而以'病态社会的不幸的人们'为描写对象，这并非出于偶然。作家在确定描写对象之后，要用某种体裁加以表现，还得解决所谓角度问题，即作家从什么角度来表现这一对象。同一对象，作家在表现时采取不同角度，艺术效果可能也就不一样，短篇小说容量不大，假如平铺直叙，毫无波澜，或者罗列现象，缺乏典型，就不可能充分表现内容，也就难以激动读者。小说家作为叙述人在叙述故事时，不外乎采用第一人称或第三人称的方式来进行。作家从什么角度来叙述，当然并无定格，但是我们在分析一篇具体作品时，应该研究作家所采取的角度在塑造性格和表现主题上所发生的作用。""在这些小说（指《狂人日记》《孔乙己》等小说——编者注）中，鲁迅用'我'来出面叙述，这在精练地深刻地描写性格和表现主题方面，具有极重要的作用。"

陈瘦竹指出："鲁迅选择小说题材，真是十分精当洗练，他善于采取一个人生活中若干片断，显示性格的主要特征及其发展变化，从而揭露'病态社会'的吃人本质。""我们从鲁迅采用第三人称写法的小说中，可以看到另外一种特点，一般说来，其中情节发展比较迅速，时间地点比较集中，主人公的语言动作足以完全显示性格和表现主题，无需叙述人'我'出面介绍、联系、烘托、对照以及抒情说理。"

陈瘦竹还说："在小说的布局中，同题材的选择和角度的采取有联系的，还有剪裁问题。作家根据生活材料进行艺术加工，在确定从某一角度来表现时，自然要考虑到材料的取舍增删，细节的先后详略，按照人物性格和主题思想的要求，加以剪裁，然后构成天衣无缝的形象体系。""纲领昭畅，芜秽不生，这便是剪裁的作用。鲁迅看到'中国旧戏上，没有背景'，十分赞成，就说'所以我不去描写风月，对话也决不说到一大篇。'（《我怎样做起小说来》）鲁迅小说中关于自然景色的描写，确是十分经济，如《明天》等篇中，可以说竟'没有背景',但是关于社会环境的描写,却占有极重要的地位,鲁迅并不喜欢单纯的风景画,而很重视生动的风俗画。"

11日 细言的《关于鲁迅小说的艺术技巧的札记》发表于《人民日报》。细言写道:"鲁迅认为,'要极省俭的画出一个人的特点,最好是画他的眼睛';如果去画全副的头发,'即使细得逼真,也毫无意思'。……作家在创造人物时,如果不去选择、概括人物身上最富特征的东西,却浪费笔墨于琐碎枝节,就不可能写出鲜明生动的形象。""小说的格式,指的就是它的体裁和结构。普遍的情形是,作家有了生活原料,有了人物和人物活动的事件,就得考虑怎样来安排人物、组织事件——采取怎样的体裁,运用怎样的结构。这就进入了重要的艺术构思的过程。""文学是语言的艺术,作家唯一的工具,就是他所使用的语言。所以,优秀的作家,往往是语言大师。""鲁迅是中国新文学运动以来第一个写白话小说的人,一开始就非常注意语言的锻炼,对自己提出严格的要求。……鲁迅又非常重视人民的口语,他认为要把无声的中国变为有声,就要'说现代的,自己的话;用活着的白话,将自己的思想、感情直白地说出来';他更推崇人民大众中那些'不识字的作家',认为他们的语言刚健、清新,远非士大夫们所能及;因此他就努力从人民口语中提炼自己的文学语言。"

14日 马焯荣的《论鲁迅小说的艺术特色》发表于《广西文艺》10月号。马焯荣认为:"鲁迅对于'伪君子'型的人物,基本上是采取描写两副面孔——一副假、一副真——进行对比的手法塑造起来的。虽然用同一手法塑造了一系列伪君子的形象,但鲁迅对于这一手法的运用又是最活的,富于变化的。""鲁迅塑造人物形象的另一特点,是以肖象连环画去反映人物的命运、精神、心理、个性等等的发展变化。……读者读着他的某些小说,就象翻阅着关于某一人物的影集一般。在这本影集中,按年代顺序贴着主人公的照片。我们看着这一张不同于一张的照片,就可以悟出主人公的生活道路和性格变化来。"

21日 本刊记者的《讨论〈达吉和她的父亲〉(综合报道)》发表于《文艺报》第10期。"编者按"写道:"最近文艺界展开了对《达吉和她的父亲》(从小说到电影)的讨论。北京的报刊上发表过文章,引起了读者的注意。最近《四川日报》《四川文学》上发表了一系列的文章,展开了艺术问题上生动活泼的百家争鸣。这个讨论,不仅反映了对这两个同名作品的评价上的分歧,而且涉及到文艺作品如何表现典型环境中的典型性格,如何提高作品的思想性,如何创造新英雄人物等具有普遍意义的问题,通过同志般的互相讨论、互相切磋,对这些问题求得深切的了解,这对于促进创作的繁荣和提高是很有积极意义的。"

陈默评介马识途小说《最有办法的人》的文章《〈最有办法的人〉》发表于同期《文艺报》。陈默写道:"作者根据题材和体裁的特点,进一步发挥了他的幽默和讽刺的才能,在刻划莫达志这个人物性格的时候,不论是介绍他的身世、描写他的行动,还是揭示他的内心世界,都更有意识地运用了富有风趣的语言,甚至像公鸡痛啄莫达志拇指的那个'小插曲',也为这个讽刺形象增添了喜剧色彩。我们有充分理由期待作者创作出更多更好的作品来。""在创作讽刺作品的时候,既要充分发挥夸张、嘲笑、揭露等讽刺手段的特殊性能,塑造出色彩鲜明的典型形象,又必须站稳立场,注意态度,掌握分寸,以免在讽刺生活中的某些否定事物的时候,无意间伤害了我们自己所热爱的社会主义制度。"

黄秋耘的《关于孙犁作品的片断感想》发表于同期《文艺报》。黄秋耘写道:"我觉得,孙犁的作品,虽然绝大多数都是小说,却有点近似于诗歌和音乐那样的艺术魅力,象诗歌和音乐那样的打动人心,其中有些篇章,真是可以当作抒情诗来读的,当作抒情乐曲来欣赏的。作家在艺术上所追求的,似乎是一种诗的境界,音乐的境界。""孙犁的文学语言,可以说得上是一种美的语言,它们不但能够准确地表达出作者的思想感情,描绘出鲜明的生活图景,刻划出生动的人物形象,而且还能够赋予作品以一种独特的诗意和艺术魅力。"

十一月

1日 谭国材的《谈谈细节描写》发表于《湖南文学》11月号。谭国材认为:"细节描写与典型环境、典型性格并不是互相排除的东西。相反的,典型环境和典型性格一定要借助于富有特征的细节描写才能形成。""下面举例谈谈一些成功的细节描写。""一、跟故事背景有关的细节。作者为了烘托作品的时代气氛,形成人物活动的典型环境,往往是借助于季节、景物、风俗等细节的描写。""二、跟人物思想、性格有关的细节。每个人都有每个人独特的性格。就是说,无论他的思想感情,心理状态,声音笑貌等等都有其独特的地方。我们如果抓住其某一独特之点,自然就能表现其性格的某个方面。所以,善于描写典型的伟大作家,不但会用大事件来表现人物性格,而且从不放松细节的描写。""三、跟故事情节有关的细节。有人认为细节就是情节。其实,细节和情节是有区别的。情节是构成故事的必要部分,如果缺少了,故事就衔接不起来,细节则不然,缺少了并不影响故事的连贯性。(但并不等于说可有可无)细节和情节既有区别,又有关联。它往往能帮助故事情节的发展。""四、跟人物、主题都有关的细节。有些好的细节往往一箭双雕,起到多方面的作用。"

同日,范伯群的《"填充法"与形象的捕捉——读稿随笔之三》发表于《雨花》第11期。范伯群写道:"事先想好了一个概念框子,然后靠编凑故事,把人为安排的矛盾,自我生造的情节填塞到这个框框中去,就象是解答一道'填充题'一样,这种依靠'概念填充法'构成的作品,其失败是在所难免的。""如果只对日常生活作泛泛的考察和浮光掠影的浏览,不结合时代、环境和人物去研究具体的事件和细节,就难免要'相见不相识'了。如果我们对时代精神有了深透的理解,又非常熟悉周围的环境和人物,在这个基础上,再对人与人之间的关系,对特定人物的肖象和表情、行动和姿态、语言和声调、心理和情绪作细致的观察、分析和判断,就能挖掘出它们的深刻的社会意义,认识到某个事件具有表达生活本质的深广容量,某一细节是具有本质特征的细节,而非琐碎的枝节;就能通过这些具体个别的形象去揭示出本质的一般的意义。这样就会逐渐具备敏锐地捕捉感性形象的目力和腕力,将别人或许经常看到,而又为之忽略的事物的深刻含意挖掘出来。"

杨柳的《略谈〈聊斋志异〉的短篇结构》发表于同期《雨花》。杨柳写道:"《聊斋志异》各个独立短篇具有的共同特色就是短小精悍,生动活泼。""《聊斋志异》一些主要短篇结构上具有共同的特点之一就是以人物为中心来组织题材、安排情节,这一特点甚至从篇名上也可看出来,很大部分篇幅的题目就是作品中男女主人公的名字。……《聊斋志异》每个短篇一开始就直接写人物,很少写景物;而第一个出场的人物,往往就是作品的主人公或与主人公有密切关系的人物。

行动性强，情节的开展很快，给人以简洁明了、开门见山的感觉。通过人物的行动、即主人公与周围的环境或人物发生关系来展开作品的情节，而在情节发展中展示出人物的性格。蒲松龄惯于采用的方法是主人公出场前用极简明凝炼的文字先作一番概括的介绍，这种介绍往往只用三言两语来完成，而介绍中除了交代人物的姓名、籍贯、出身外，还点明人物的性格特征或勾勒其肖像，这种介绍不但简洁，更重要的还能紧扣作品的主题思想，成为全篇情节开展的基础，或成为故事发展的线索，决不是可有可无的泛泛之辞。"

杨柳还说："在那些描写男女恋爱题材的短篇中，结构上还是具有这样一个共同特点，就是除了正面描写男主角的出场外，对女主角的形象的塑造往往借助于侧面描写的手法来完成，即通过旁人的观察、谈话来间接地刻划。""作家总是根据表现思想内容的实际需要来分配他对登场人物的描述，以及安排故事情节的发展，这样，结构就起了突出主要形象，阐明次要的作用，割弃不必要的材料，以保持作品结构的严密、内容的凝炼。《聊斋志异》在这方面的处理手法是非常高明而巧妙的。除了大多数篇幅一开始就把主人公介绍给读者外，也有若干短篇让次要人物首先登场，或次要人物与主人公同时登场。这有几种情形：（一）次要人物对主人公起引进作用。……（二）次要人物的活动构成故事情节的一部分。……（三）次要人物的出场成为情节发展的线索。"

4日 陈鸣树的《论鲁迅小说的艺术方法及其演变》发表于《上海文艺》11月号。陈鸣树认为："在创作时，鲁迅总是把自己对理想的热烈的追求和对现实的清醒的剖析，把明确的褒贬精神和鲜明的爱憎态度，把对当时生活的黑暗的冷静的批判和对历史前途的乐观主义精神，贯注在自己的作品中，贯注在自己所创造的人物形象里。""因此，在鲁迅的全部小说——《呐喊》、《彷徨》、《故事新编》中就十分鲜明地体现了这种清醒的现实主义精神和积极的理想主义精神的结合。"

7日 罗植楠的《历史小说应该提倡》发表于《光明日报》。罗植楠认为："在我国，有一个写历史小说的传统。……不同阶级的人对历史的评价是不同的，但一般说来，由于这些历史小说产生于民间，说的是所谓'野史'，因此人民性较强；且由于其内容的特点，往往有很大的感染力，对人民起过相当大的教育作用。"

21日　冯牧的《战斗和劳动的诗篇——读波列伏依的〈大后方〉》发表于《文艺报》第11期。冯牧认为:"长篇小说《大后方》,不论从作品的篇幅和规模来看,也不论从它所反映的生活场景的广阔和塑造的人物的繁多来看,我以为,都可以说是标志了作者创作生活当中的卓越的成就。""由于作者对于他所描绘的生活环境的丰富和具有高度概括性的观察,对于他所塑造的人物心灵的深入而细致的探索,由于作者的善于把人物的独特生活命运和广阔的社会生活场景自然地结合起来的巧妙艺术构思和高度艺术技巧,在作者雄浑简洁的笔下的这个小小的社会生活断面,却好像是一幅全面描绘苏联后方人民英勇斗争生活的色彩斑斓的社会生活图卷。"

楼栖的《以古为鉴,可知得失》发表于同期《文艺报》。楼栖认为:"文艺创作,反映新的现实面貌,表现新的时代精神,继承过去的优秀经验,发挥大胆的创造精神,实际成效,已相当显著。这条经验,值得我们认真吸取。"

宋爽评介周立波小说《张满贞》的文章《〈张满贞〉》发表于同期《文艺报》。宋爽写道:"歌颂新人,写出新人物的个性,写出这种个性的美和潜在的力量,引起人们一种'言有尽而意无穷'的回味,我觉得,这正是周立波同志在近来的短篇创作中所追求的一种艺术境界;而《张满贞》也正是通向这种境界的一个新的轨迹。"

谭需生的《性格冲突、思想意义及其它》发表于同期《文艺报》。谭需生认为:"作品中的矛盾冲突乃是社会生活中的矛盾关系的艺术表现,任何有典型意义的矛盾冲突的产生、发展和解决,都不能不是社会因素起作用。……可是,这里有两个问题:一、通过个别揭示一般是艺术创作的规律,因此,不仅不能把'个人命运'与'社会戏剧'对立起来,而且作家必须通过主人公的性格、遭遇和由此构成的个人之间的矛盾关系来揭示社会关系的状况,而不能对社会关系作简单的图解;二、虽然决定矛盾冲突产生、发展、解决的基本力量是社会因素,可是,作品中的矛盾冲突乃是个别人物性格矛盾的产物,因此,决定矛盾冲突产生、发展、解决的最直接的因素又是人的性格(也包括履冰同志谈到的'劳动人民的崇高品质'、'人性美与人情美')。社会因素只能首先作用于人物性格的特征和发展，作家不能抛开人物的思想感情活动直接用'社会因素'来构成冲突、发展冲突、解决冲突。""小说（指《达吉和她的父亲》——编者注）虽然存在着思想意义揭示得不够充分有力的缺陷，但却具有强烈的感人力量；电影（指《达吉和她的父亲》——编者注）虽然增添了新时代新生活的欢乐气氛、各民族大家庭的崭新面貌、大凉山区彝族同胞建设社会主义的热潮等小说所没有的内容，然而，却失去了激动人心的力量。"

辛仁评介欧阳山小说《在软席卧车里》的文章《〈在软席卧车里〉》发表于同期《文艺报》。辛仁写道："怎样看待这个短篇作品呢？可以称之为讽刺小说，也可以说它是游戏文章。"

28日 洁泯的《谈含蓄》发表于《光明日报》。洁泯认为："艺术的妙绝，常在其含蓄不露，所谓'用意十分，下语三分'者是。""历来文学大家的妙笔，常在含蓄。《红楼梦》就不必说，它写人物之深，人情之细，均自含蓄中出。《儒林外史》的满篇讽刺，满纸鞭挞，也莫不是从含蓄中体会出辛酸，从隐蔽中看出丑恶者的灵魂来的。""含蓄的笔墨，在于作家艺术家的本领。作家艺术家在作品中表现它的倾向性时，常常不在于露，而在于藏，作品的倾向要让读者自己去发掘，去领受，去寻求答案。""然而藏又并非是机械地冲淡色调，……而是为了给读者留下思索的余地。""艺术上的含蓄，是为了再现生活而并非是掩盖生活，是为了深刻地表现生活而不是生活的摄影。作家艺术家的本领，是在善于通过读者生活的感受去领略生活中的真谛，善于引出幽径，以便让读者去找到登堂入室之门。好的作品，它一定力求不在作品中说空洞无味的大道理，更不是把作者企图表现的倾向简单地显露出来，它必须要有一支含蓄的笔。晚唐的司空图曾将'不着一字，尽得风流'一语来形容含蓄的风格，看来这是'含蓄'一词的好注解。"

十二月

1日 金陵的《人物出场的艺术处理》发表于《山花》12月号。金陵写道："人物出场的艺术处理，应该说是刻划人物性格的重要的艺术手段，作者在创造人物形象时，怎样渲染气氛，把人物安排在适当的时机出场，这是艺术构思的重要内容之一。""有的时候,作家虽然不是在人物出场前安排个尖锐的矛盾斗争,使人物一出场就在斗争中游泳,但作家在人物出场前竭力渲染一种气氛,使得读者在人物出场前就得到鲜明的印象,人物一出场就更加深了读者的印象。""有的小说,在人物出场前没有安排矛盾冲突,也没有渲染什么气氛,一开始就进入了性格的刻划。一切都交融在人物性格的表现里。""自然也有这样的情况,那就是作者给自己的主人公作概括精炼的介绍,例如《阿Q正传》一类的作品,赵树理同志的小说大多是采用这种写法。这种写法妙在在人物和读者接触之前,先对作者所描写的人物有个较为概括的认识,然后再接触到人物形象。不过这种介绍要生动、风趣,要紧紧抓住读者的注意力,要能通过介绍引起读者迫切要求见到主人公的心理,象评语、鉴定之类的东西是不会引起读者的兴趣的。这就要求作者充分把握住人物的最突出的性格特征,才能作出十分概括、精炼而饶有风味的介绍。""通过'我'来介绍主人公,也是作家处理人物出场的手法之一。这样做,不但亲切、真实,而且使读者跟着作品中的'我'一样,看到了主人公之后,造成了一连串的悬念。""作家对于人物出场的艺术处理的手法是多种多样的,自然不能一一全部举例。每个作家都根据自己作品的主题,作了精心的处理,即使是同一作家的不同作品也会有不同的处理方法。"

任方桐的《红花还得绿叶衬——谈短篇小说的次要人物描写》发表于同期《山花》。任方桐写道:"不少短篇小说作家,善于通过次要人物的描写更好地揭示、烘托和突出主人公的思想和性格。""所谓次要人物(陪角),只是与主人公相对而言,并非意味着他们在作品中不重要,有无皆可。恰恰相反,他们在作品中不但非有不可,而且有其重要的作用和意义。这是由现实生活所决定的。""短篇小说的篇幅短,容量小,作者的主要精力,毫无疑问应当放在主人公的形象塑造上。但也必须了解,主人公的形象是通过一系列的情节结构逐步完整起来的,而次要人物就是构成这一系列情节结构的重要因素和不可缺少的环节。因此,不仅是没有次要人物,主人公的性格无从表现,就是次要人物写得不好,主人公的性格也展示不好。"

任方桐还说:"苏联著名短篇小说家安东诺夫曾说过这样一句话:'在艺术作品里形象是作为思想的代表出场的。'在短篇小说里也是这样。有些次要人物，就其所占的篇幅来讲是次于主人公，但就其代表的思想意义和在作品中的作用来说，却不次于主人公，甚至有的比主人公还重要。他们不仅是构成情节结构的重要因素，而且是主人公性格的形成和发展的决定关键。这类人物往往是党的领导者，有时也有工作积极、思想进步的一般干部或群众。""有些次要人物（不包括反面人物）是作为保守、狭隘、糊涂等落后思想的代表出场的。他们在作品中的作用，一方面是反映现实生活中永远存在着的先进与落后的斗争，另一方面则是为了衬托和突出主人公的先进思想品质。也就是说，通过这些落后思想的代表人物所构成的情节，让主人公的思想和性格在与他们的矛盾冲突中生动地揭示出来，而不是以作者的口吻叙述主人公如何如何。"

任方桐指出："次要人物在短篇小说中实际上是很重要的，在'形象代表思想'这个意义上，甚至可以说'每一个人物在自己的地位上都是主角'（海涅语），无所谓次要人物。因此，仅仅'适当描画几笔'是不行的，也要下工夫写好。"

同日，陈夏的《开头和结尾——读契诃夫小说札记之一》发表于《延河》11、12月号合刊。陈夏写道："一篇小说如何开头呢？这在创作上是一个很重要的环节，是一个值得深思的问题。优秀的作品，就能起势不凡：有的单刀直入、开门见山，一下子就把读者引到作品的事件中去了；有的，即使读者在不知不觉中被作者的魅力所牵引，进入作者所层层密布的艺术阵地。古人说：'一题到手。如射之有鹄，能者一箭中，不能者千万箭不能中。能之精者，正中其心；次者中其心之半；再次者，与鹄相离不远；在下焉者，则旁穿杂出，而无可捉摸焉。'契诃夫的开头，真不愧可称为能之精者，一箭正中其心的。""这里（指《苦恼》的开头——编者注），却是背景先出，接着人物出现，再接着母马出现，景、人、物互相映衬烘托，构成一幅具有深刻的现实内容的活生生的画面。景物描写，作为小说的开端，这是屡见不鲜的，但是描写上和人物感情、主题思想能血肉般地互相渗透、有机联系，却不多见。""短篇小说的收尾更不能轻待，收尾的好坏对提高和深化小说的思想意义、加强作品的感染力和艺术效果，关系极为密切。""短篇小说的收尾，必须要留下让读者去思索去体味的余地，能留下的内容越多、越长、越深、越远就越好，艺术力量就会越强。"

15日 金梅的《有趣的修改——漫谈梁生宝的出场》发表于《广西文艺》

12月号。金梅写道:"为了让人物出场得更引人入胜,性格鲜明,作家必须考虑如何布置局势,渲染氛围,安排时机,让他适时地——不早不迟——来到读者面前等等一系列问题;而出场的时候,又必须考虑怎样表现和描写他的性格,才能一下子抓住读者。为了达到这个目的,必须尽力发挥情节和章节的安排——即所谓结构艺术为作品内容,为人物形象服务的作用。"

梁唐的《如何评价艺术形象——对〈《美丽的南方》艺术浅赏〉的几点异议》发表于同期《广西文艺》。梁唐写道:"一个人物在艺术上的塑造成功与否,主要得看他在特定的场合下,他们的行动、谈吐是否是他性格所可能发生的,而不应该由作家的安排或作品结构情节需要他这样做这样说。……但是《美丽的南方》对韦廷忠这个人物的描写,无论是在哪一个阶段的描写,多是不从他的性格出发,与性格的发展相符合的,而是作家在要求他在做什么说什么。""作品的情节结构是人物性格成长的历史与展开的艺术手段。那么,衡量一部作品的情节结构的成功与否,应该看它是否完成了人物性格的刻画,各种人物在情节结构的开展中完成了它的发展历史。……在《美丽的南方》里面,整个作品的情节结构的进展,是没有很注意人物性格的发展的。"

同日,胡剑的《"风俗画"和"风景画"——谈鲁迅小说的环境描写》发表于《天山》12月号。胡剑认为:"一篇优秀的小说,往往就是一幅完整的生活图画:在人物周围,交织着一定社会阶级关系,世态习俗和自然界的景物风光。这是因为:文学是从整体上反映现实生活的。他固然以创造人物性格为主要表现手段,但在现实生活中,离开一定环境(社会和自然)的人是根本不存在的。因此,作家只有从人与社会和自然的复杂关系中,描写性格,展开情节,才能塑造出栩栩如生的人物形象,反映出生活的真实面貌。人们常把文学作品中那种生动的生活画面和优美的自然景物描写,称之为'风俗画'和'风景画'。从这个意义上说,'风俗画'和'风景画'一般地是指环境描写而言。"

胡剑指出:"环境描写是为表现性格,反映生活服务的。它的作用在于渲染气氛、映衬人物的精神状态和性格,辅助情节发展和深化主题思想。因此,在许多杰出作家的小说里,风俗画和风景画占着应有的地位。鲁迅先生的小说在这方面同样给我们提供了极为生动、丰富的范例。""极简洁的环境描写和人物性格刻划的有机结合,是鲁迅小说一个显著的艺术特色,它创造性地发展了我国古典文学的白描手法。""鲁迅小说的环境描写,常常是把'风俗'和'风景'结合起来,构成统一的艺术画面。而且,他采用的艺术手法是多种多样的。""鲁迅常常用正面烘托的手法,去描写人物周围的世态风俗和自然景物的特征,形象地点明故事发生的时间、地点和背景,造成使读者如身历其境的生活气氛,以加强作品的吸引力。"

夏定冠的《融景于情,寄情于景》发表于同期《天山》。夏定冠写道:"写诗应该情景交融,小说里的自然景物描写,也应该考虑到'景物无自生,惟情所化'。"

辛夫的《漫谈人物语言的个性化》发表于同期《天山》。辛夫写道:"独特样式的语言是形成活生生的人物的重要的有机的组成部分。因为人物的语言,无不透露着他的特殊的生活环境、生活经验、教养、心理等等。在现实生活中,没有任何两个人会说着完全相同的语言,因为没有任何两个人会有完全相同的生活经历。人的语言都是其全部生活的反映。……在文学作品里,人物既然是做为独特的个性的人而出场,那么人物就必须说着独特的语言,有着自己的特殊的语言表达方式。如果作家不能赋予人物以独特的语言,那么也就不能充分地、具体地描绘人物,就不能够创造出成功的个性化的典型。"

20日 苏联阿·卢那察尔斯基的《停滞时期的天才》(蒋路译)发表于《世界文学》第12期。阿·卢那察尔斯基写道:"有各种各样的浪漫主义,但它们的代表者往往是停滞时期的某些优秀人物。我要附带说明一下。上升的浪漫主义也是有的,可是它的精神截然不同,它同现实主义有着极其深刻的联系,实在说,它只不过是一种跃升到更大的高度并且以雄伟的力量表现出来的现实主义罢了。至于本义上的浪漫主义,即是多多少少同现实隔离着的浪漫主义,它却是停滞时期的泥沼中一朵花儿。"

21日 冰心评介管桦小说《葛梅》的文章《〈葛梅〉》发表于《文艺报》第12期。冰心指出:"写我们的新时代、新田野和新人物,是应该写得这样的秀丽,这样的豪放的!"

林志浩的《是迷惑力,还是艺术说服力?》发表于同期《文艺报》。林志浩认为："可以看出，作者（指《达吉和她的父亲》作者高缨——编者注）是被一种激情所感动的，他着意于追求紧张、强烈的戏剧冲突，希图通过人物之间的冲突来倾泻和渲染这种激情。问题是作者仿佛陷入了激情的漩涡而不能自拔，他忽视人物性格的丰富性、真实性。因此出现在作品中的人物，虽然也有感情，但天地是狭窄的，单调的，既缺乏时代的光辉，也缺乏理性的亮色。由这些人物所组成的戏剧冲突，虽然也达到了剑拔弩张的程度，但却是表面化的，缺乏深刻的内涵，缺乏真实性的基础。它可能迷惑人于片刻，却很难说服人于永久。"

秋耘评介陈翔鹤小说《陶渊明写〈挽歌〉》的文章《〈陶渊明写《挽歌》〉》发表于同期《文艺报》。秋耘写道："写历史小说，其窍门倒不在于征考文献，搜集数据，言必有据；太拘泥于史实，有时反而会将古人写得更死。更重要的是，作者要能够以今人的眼光，洞察古人的心灵，要能够跟所描写的对象'神交'，用句雅一点的话来说，也就是'心有灵犀一点通'罢。只有这样，才能真正体会到古人的情怀，揣摩到古人的心事，从而展示出古人的风貌，让古人有血有肉地再现在读者的面前。《陶渊明写〈挽歌〉》是作到了这一点的。"

魏金枝的《也来谈谈茹志鹃的小说》发表于同期《文艺报》。魏金枝认为："固然，在百花齐放的方针下，我们必须让题材多样化，使得各行各业的英雄人物，得到各自的权利，都在我们的文学作品里出现；而同时也必须让这些人物的形象，各逞其能，从各个角度出发，为社会主义事业服务。然而尽管如此，我们最后仍然必须考虑到作品在社会中发生效果的问题，也就是为社会主义服务的效果大小轻重的问题。""作为一个作家，他的选择题材，选择人物故事，甚至是选择他的细节在内，固然常常从他们的'创作思想''创作个性'和创作'才能'出发，因此不能不选择他们所喜爱的人物，以至于他们所喜爱的表现方法；然而就在这里，难道就不是也包括了这样的一个问题，就是作者必须常常在他们所熟悉的社会生活范围中去找寻这些东西，而且表现它们的么？我们总不能说，因为作家不愿或不善于表现他们所熟悉的人物故事，而去另外找寻他们所不熟悉的人物故事来写。我们也不能说，作家在作品里所展示出来的人物故事，就是作家生活面的全部；但我们总还是应该说，作家总是将他们所熟悉的人物故事展示在他们的作品里。进一步说，作家总是在他所最熟悉的生活里摄取和提炼题材，也总是在他生活中提炼那些经过深思熟虑得最周密的主题。"

谢晋的《怎样"更上一层楼"？》发表于同期《文艺报》。谢晋写道："小组里对《达吉和她的父亲》从小说到电影的改编，及由此引起的一些创作问题，展开了热烈的讨论。""电影剧本发表后，有的同志写文章赞扬道：'剧本是一篇崭新的东西'，剧本比原小说'更上一层楼'等等。但遗憾的是，我感觉到事实并非如此。""首先，单纯的提高人物的身份、品质，不等于提高了作品的思想性。""第二，电影中出现了很多外加的、与主线无关的时代背景的戏。""第三，电影剧本发表后，有的同志赞扬作者'不再醉心于作品的复杂性，不把自己的情趣放在离奇曲折的情节和难以捉摸的人物性格上'。""从小说改编为电影，可以有各种各样的解释，我们并不反对作者在原来小说的基础上加工，再创造。一篇小说也的确可以有不同的改编角度。问题是《达吉和她的父亲》现在这样的改编，既不是忠于原作，又没对原作进行新的解释，给人以启示。"

22日 蒋和森的《"必须寻找出自己来"——风格小论》发表于《人民日报》。蒋和森认为："文章的风格，正是一个人的思想个性、精神气质以及其它各方面修养的综合表现。""所谓'寻找出自己'，就是必须在作品中，用自己的构思、自己的语言、自己的表现方式去抒写经过自己的思想感情所温暖所深验过的事物，并表现出自己时代的精神；这样，作品才有自己的个性和风格，同时也才有艺术的魅力。"

23日 李希凡的《朱老忠及其伙伴们——〈红旗谱〉艺术方法的一个探索》发表于《文汇报》。李希凡写道："我们不能不由衷地佩服《红旗谱》作者驾驭革命的现实主义和革命的浪漫主义相结合的艺术创作方法的能力，他是那样巧妙而又真实地把全国革命浪潮的雄强气势和北方农民运动的汹涌澎湃的真实画面结合起来，他是那样善于运用艺术描写的力量，透过农民生活复杂而细微的面貌，一丝不苟地剖析农村阶级力量的变化，展开革命农民运动的广阔的历史形势，而又同时突出地描写了从农民心底里迸发出来的反抗的火焰，使苦难的生活，残酷的压迫，都成了激发革命运动的独具色彩的生活背景。""革命理想的熔铸和革命生活的真实概括，富有浪漫主义精神的描写和精确的生活细节的选择,奔放的热情的笔触和对于生活严峻的剖析是如此水乳交融、互为一体地表现在朱老忠典型性格的创造过程里。在这里,革命的现实主义和革命的浪漫主义可以说是达到了完满地结合,形成了统一的艺术方法,又支配了朱老忠典型性格的创造过程。""革命的现实主义必须真实地描写革命发展中的现实,革命的浪漫主义也只有在真实的生活画面里勾画着色,才能达到彼此渗透互为一体的结合。也只有这样,才符合生活的真实和生活的发展规律。《红旗谱》的杰出成就,就在于它丰富地表现了中国民主革命新旧转换期各种各样的农民性格,形象地总结了几个世代农民斗争的活的经验和教训。"

1962年

一月

1日 冯健男的《孙犁的艺术（上）——〈白洋淀纪事〉》发表于《河北文学》1月号。冯健男写道："从生活里提取'小环'，又把它们纳入由艺术花朵所编制的单纯而又完整的'小环'中，这就是《白洋淀纪事》的艺术。""在人物描写上，孙犁也是致力于'用顶简单的描写，表现出完整的形象'。用鲁迅的话说，就是'极省俭地画出一个人的特点'。孙犁正是师法鲁迅的。他用的是白描的传神手法，他摄取的是人物的'眼睛'而完全不计较其'全副的头发'。""人物的思想感情和性格，总是借行动和说话表达出来的，无论是怎样'省俭'的艺术家，也不能不写人物的行动和语言。这在孙犁的小说中，是以高度简练和明快的手法来加以表现。……孙犁不但善于写人物的动作以表现人物性格的不同的方面，而且也善于表现人物性格的发展和成长。""对话是孙犁用以刻划人物的重要手段。他的人物的对话是个性化的，生动活泼的。""在孙犁的小说中，对话不但用来突出地表现主要人物的性格和个性，还用来集中表现群众的思想和感情。""孙犁就是这样通过人物的行动和语言，富于表现力的行动和语言，来刻划人物性格的。动作不多，对话不多，可人物性格一下子就出来了，活起来了。人物的言语行动和他们所应具有的思路没有游移的迹象，和他们所处的环境适应得非常贴切，而且'常行于所当行，常止于不可不止'（苏东坡：《文说》）。这是孙犁的艺术手腕和艺术特色的重要表现。"

冯健男还说："除了人物描写以外，景物描写在孙犁小说中也是非常引人注意和惹人喜爱的。它不但是在创造环境、创造气氛中起到极为重要的作用，而且与人物描写交融成有机的整体。性格本来是要在特定的环境中成长和活动的。孙犁善于为他的典型人物创造典型环境。这个创造，往往是简练地、突出地完成了的；一经完成，就使我们身入其境，与故事中的人物同甘共苦。""孙犁描写景物的手法是多样的，不只是正面描写，有时还用从旁点染之法来使人感触到景物的特有色彩、分量和温度。……在孙犁的作品中，我们还可读到更大概括性的和行动性的景色描写。……这样的景物描写，都是非常鲜明的，打动人心的，这无不是由于作者深入他所描写的生活环境，抓住事物的特征和事物与事物之间的内部联系，并且渗透了作者自己的感情，这才能三言两语地道破其奥秘，创造其形象。"

冯健男指出："孙犁写的虽是小说，但他的小说却是诗，他的短篇小说，简直就像绝句。""为什么说他的短篇小说有如中国诗体中的绝句呢？因为他的短篇小说往往出发和完成于诗的意念，而又充满了诗情画意。""总起来说，《白洋淀纪事》里的故事是诗的小说，小说的诗。"

11日 何其芳的《〈胆剑篇〉印象》发表于《文艺报》第1期。何其芳写道："在文学里面，似乎短小的抒情诗和散文是最容易掌握的样式。它们偏于直抒胸臆或者偏于写真实的生活。小说就比较困难了。没有写过小说的人大概是不大知道虚构之难的。真实的生活本来就有它的合理性，本来就有它的发展的逻辑。至于虚构，以真实的生活为基础而又加以改变，常常会引起情节或人物性格的矛盾，常常会出现漏洞。"

柯灵的《真实、想象和虚构——艺术概括谈片之一》发表于同期《文艺报》。柯灵认为："艺术真实和生活真实并不是一回事。""第一，艺术总是千方百计地追求典型化，虽然艺术来源于生活，但生活里个别的事实，却很少带有充分的典型性。""第二，艺术容许夸张，甚至容许幻想。""为了深刻地揭示生活的矛盾，艺术家总是力求组织曲折紧张的情节，使作品里表现的生活比实际生活更强烈。""为了表达人民的愿望，艺术家有时可以跳出现实的疆界，超脱自然的规律，向幻想的世界飞升。""第三，'无巧不成书'，艺术并不排斥巧合。文学艺术作品中表现的生活，并不一定是现实中最常见的事物；但是艺术要求凌驾于事实的真实之上，因此它又要求排除偶然性，揭示生活的本质。""第四，现实主义要求严格的真实，但并不提倡依样画葫芦。""严格遵守真实性，不等于说，在生活里有什么就应该反映什么，艺术家完全有任意取舍损益的自由。""机械地理解艺术的真实性，结果只有损害艺术，同时损害真实性。至于自然主义地反映生活，津津有味地描画局部、琐屑、浮面的现象，使艺术作品变成生活的垃圾堆，那只会导致对生活的歪曲，这已经是尽人皆知的了。"

茅盾评介李满天小说《力原》的文章《〈力原〉》发表于同期《文艺报》。茅盾认为："作者（指李满天——编者注）并没把他的人物放在剧烈的斗争中。以剧烈的斗争作为背景，比较容易刻划一个人物。作者把他的人物放在日常生活中。以日常生活作为背景来刻划一个人物是比较难以着手的，然而作者做得很出色。"

宋爽的《革命性和多样性的统一》发表于同期《文艺报》。宋爽写道："我想，凡是关心创作情况的人，都不难发现，一九六一年在创作题材、体裁、风格的多样化方面，有了显著的进展。这个进展是不可以低估的，它说明百花齐放的政策激发出更多的人的创作积极性，题材、风格上的清规戒律的市场，已经大大缩小了。同时，许多具有饱满革命热情的作家力求通过多样化的题材、风格来表现我们的时代精神，这尤其是可贵的。革命性和多样性的统一，必定会促进我们社会主义文学更好地发展。"

阎纲评介费枝小说《中秋佳节》的文章《〈中秋佳节〉》发表于同期《文艺报》。阎纲认为："作者在构思故事和人物的时候，极力选取那些表现力强的情节和细节，着意加以描绘和渲染。……作者没有采取轻便易行的流水账式的写法，把全部事件的过程摊开来敷衍成文，一览无余，让人毫无回味余地。这是作者剪裁材料的工力，是艺术上的'巧'，目的在于求得描写上的简约精炼而富于表现力。""如何在结构故事和描写人物上，以简炼的笔墨表现出丰富的生活和思想内容，这是文学创作的基本功；从费枝的三篇作品看来，似乎可以这样说：作者是注意练功的。"

郑兴万的《草原风貌》发表于同期《文艺报》。郑兴万写道："玛拉沁夫的小说《在花的草原上》，则用抒情的笔调，贯注全部热情，向读者描述了长跑健将杜古尔应邀回乡参加游艺大会的故事。"

朱光潜的《但丁的〈论俗语〉》发表于同期《文艺报》。朱光潜写道："语言的问题是中世纪末期和文艺复兴时期欧洲各民族开始用近代地方语言写文学作品所面临的一个普遍的重要的问题。""我们的诗人和作家们不但要使语言更好地表达他们所创造的形象，而且还有提高民族语言的一个崇高任务。《论俗语》这部著作是可以启发我们思考一些问题的。"

二月

1日 冯健男的《孙犁的艺术（中）——〈铁木前传〉》发表于《河北文学》2月号。冯健男写道："《铁木前传》表明了孙犁在思想上和艺术上的发展。更高度的概括，更深刻的观察，更集中而迫切地提出社会问题，反映了这位作家能够适应日益广泛和深入地开展着的革命进程。""在艺术技巧和艺术风格上，作家保持了并且发展了他素有的特色和独创性。例如，在形象创造上，他仍然是坚持着他那'用顶简单的描写，表现出完整的形象'的表现方法，并且达到了更简练同时也更集中的地步。……不过，由于新的题材和新的主题的需要，也由于作家艺术表现力的增强，作家描写人物的手法也有所增益，有所丰富，例如对于人物的外形描写和心理描写，就有助于人物形象的鲜明性和深刻性。""浓重的诗意和醇厚的抒情味，鲜明的地方色彩和清新的泥土气息，在这个故事中也随时散发出来。这些特色，不但有利于这个作品的艺术风格的形成，而且有利于这个作品的思想内容的表现。"

同日，罗宪敏的《人物行动琐谈》发表于《湖南文学》2月号。罗宪敏写道："沈宗骞在《芥舟学画编》中说：'神出于形，形不开则神不现。故作者必俟其喜意流溢之时取之。……'""所以在艺术创造上则必须'神形兼备'，以'形'传'神'，透过人物自身的行动来刻划人物的性格。'神'是依附在'形'上的，'形'似了才能'神'似，'形之不足，而务肖其神明'（方熏：《山静居画论》），是只能徒劳无益的。岂止我国绘画有此传统经验！我国的古典小说，也总是特别重视生活的矛盾冲突的描写，透过人物的行动来显示人物的性格特征。""'形'的价值，贵在传'神'，人物的每一个行动，都要求通向人物的气质、性格、精神状态，同时突出的加强表现它们。""古典艺术大师们，在描写人物行动的时候,总是选择人物最具有代表性的动作,借助于它们深刻和多方面地揭示人物的心灵状态和性格特色。在这里,行动的选择就具有头等的意义了。许多成功的作品充分说明在描写人物行动时,最忌的是漫不经心,随手拈来。描写的人物行动应该是性格发展的必然要求,符合具体的规定情境,赋予人物行动以更高的任务。""给人物选择足以揭示其性格特点的最有代表性的行动,描写他'做什么'、'为什么做'和'怎样做',是不是就够了呢?还不够。还必须根据性格、行动的特点,考虑如何布局、如何运笔、如何渲染。一人一面,人各一神,即使有时行为、动作相仿,但因为表现在不同人物身上,烙印着不同的性格特色,所反映的'神'也各各迥异。要把人物行动描写的有分寸、有斤两,精练准确,逐臻妙趣,是不能以某一种法度去绳墨的。"

罗宪敏还说:"我想,首要的是给人物行动找到与之相适应的场面、情景。没有相应的场面、情景,就难于在人物行动的描写中,显示其至性至情。我国的古典艺术大师们,不仅善于给人物选择最确切的行动,而且善于立新意、创新格,根据性格特征提出人物行动特定的场面、情景。因此,即使有时描写的行动相仿,也能不落窠臼,各有丘壑、自成一格。""有了行动,有了场面,但还要有意境。为文作画都必先立意,所谓'立意新颖、意境为先'。经过妙手经营,精心构思,给人物的具体行动创造一个独特的生活意境,是形象塑造中一件很重要的事。生活意境的创造,当从性格入手,则必须寻源溯流,紧紧把握住人物的思想性格,予以渲染升华,把规定情境诗画化,由此产生艺术的美、艺术的魅力。""要把人物行动写好,还要善于用墨,傅色,或浓或淡,或深或浅,或密或疏,或刚或柔,视人物的性格特征和具体的规定情境以出之。""首先,人物的活动本来就是丰富多彩的,要创造真实生动的典型形象,揭示其丰富的内心生活,就要少而全地表现他的各种生活。""其次,是生活本身节奏的要求。生活的矛盾冲突总是有起有伏、有隐有现、有张有弛的,矛盾发展也呈现出不同的阶段(酝酿、开端、发展、高潮、解决)。为生活冲突所制约的人物行动以及思想情绪,在冲突的各个阶段就会有不同的表现和反映,有时平和舒缓,有时紧张激烈。""第三,艺术的本身规律也要求烘托、映衬,'以动衬静,以静显动','衬浅提深','刚中带柔','以色助墨光,以墨显色彩',

即我们平常所说的'红花还要绿叶扶',显红必先布绿,用绿来烘托出红的鲜明艳丽。""最后,为读者着想,也要有节奏的顿挫,让读者有舒口气的工夫,和回味联想的余裕,充分接受与理解人物的行动,假使只一味直线上升,就会弄得读者精疲力倦,绷断情绪的弦索,或者感到单调乏味,不能卒看和卒读。"

罗宪敏总结道:"因此,我们在描写人物行动时,必须疏密相间、浓淡相映、刚柔相生,以求错落有致,节奏适度,得心应手、一气呵成。象《水浒》写梁山义军的英雄行动时,根据英雄人物的性格特点和作品的主题思想,用的是大落笔的手法,但又常在大笔触中穿扦平淡的闲笔,从容不迫地描写日常生活细节,以柔来衬托刚,以细来点染粗。""人物行动,是从性格生发出来的。每个具体行动的安排,都必须服从性格的逻辑发展,相互关联,前后呼应,环环相扣,脉络贯通,构成一个不可分割的艺术整体。"

同日,胡尹强的《谈短篇小说的结尾》发表于《火花》2月号。胡尹强认为:"文学作品最基本的特征便是作者不是赤裸裸地,而是通过具体的艺术形象来表达作者的思想,作者把他的思想感情倾注在艺术形象之中。一篇作品的结尾,往往是情节的高潮,也是揭露主题思想的时候。但我们必须明白:揭露主题并非摊牌,而是启发读者去思考形象的最深的含意。因此,作者不能连汤带水的把话说尽,而要适可而止,让读者有想象的余地。所以,结尾不是一个故事单纯的尽头,而应该是人物性格或故事情节发展的一个新阶段,可以引导读者从形象中去沉思,去回味,从而领悟小说的主题思想的时候。好小说的结尾应该使读者看完小说之后,不是拍拍屁股便走,而是不自觉地进入作品的境界,沉思默想,领会作者意图,接受更多的教育。""因此,短篇小说的结尾要响亮,要含蓄,要精炼,以便给读者以深远开阔的感觉。"

胡尹强还说:"我们姑且把结尾的方式分为叙述性(或揭示性)和抒情性两种形式来谈。""所谓叙述性的结尾,就是用人物的语言行动——或和这些具有同等意义的如人物的一个表情变化,一个感觉,一个油然而生的心理活动的描述来作结尾。这种形式的特点在于精炼干脆。""在这类作品中,有的人物的这一语言行动常常是人物性格的新的揭示和发展,或者是把人物性格的某一方面强调一下,赋予它新的意义,从而突出人物形象最本质的方面,使主题思想明朗化。""在这类作品中,另外一种则是通过这一人物的语言行动,悄悄地(要读者去体会的)披露作者对人物的态度的。""抒情性的结尾大抵用写景或人物的沉思,诗意的人生哲理的探讨来作小说的结尾的。作用在于把主题思想阐发得更深更广,引导读者去沉思默想。""小说结尾处的写景总是渗透着作者或人物沉思意味的,要不,这写景就成了累赘了。作者总是让读者在他描绘的景物的特殊气氛中体会他的用意的。"

王春元的《谈短篇小说的开头》发表于同期《火花》。王春元认为:"短篇小说篇幅短,容量有限,它不容许作者用较多的笔墨去写什么闲情逸致。这就要求小说的开头处更加紧凑,象百米赛跑一样,在起跑时就要使劲。""所以短篇小说在开头时,如何布置局势,渲染气氛,牵引全体,都需要作者的匠心,才能对人物性格的创造与故事情节的开展,发挥应有的作用。""这篇作品(指马烽的短篇小说《一架弹花机》——编者注)开头的特点,是紧紧抓住主人公的性格特征,集中突出概括地加以介绍,把宋师傅的活泼、开朗、积极、乐观的方面,写得炽热,最后写他性情突然变得凶恶,因此,就很自然地起到一种引人入胜的作用,使读者不得不看下去。同时它也为情节的开展打下了良好的基础。所以,这种开门见山,在作品的开头就直接对主人公性格的刻划是值得我们学习的。"

王春元还说:"有些短篇小说的开头,为了渲染气氛,布置局势,在主人公未出场之前,首先刻划出典型环境,为人物的出场作好准备。""为了收到更好的艺术效果,作品开头的布置局势,渲染气氛的方法也各有不同。比如有的作品,在中心情节开展以前或者是主人公出场以前,先用一件与情节相近或与主人公相似的人物作为衬托,以引出主要人物的出现,或主要事件的开展。""另外,有些短篇小说的开头,也和有些长篇小说一样,开头先写一个楔子,交待一下故事的缘由或写作动机,然后转入正题,象峻青同志的《黎明的河边》(见《上海十年短篇小选》上册)的开头就是这样。"

4日 老舍的《谈叙述与描写——对北京大学中文系同学的讲话摘要》发表于《北京文艺》2月号。老舍写道:"写文章须善于叙述。不论文章大小,在动笔之前,须先决定给人家的总印象是什么。这就是说,一篇文章里以什么为主导，以便妥善安排。定好何者为主，何者为副，便不会东一句西一句，杂乱无章。""若是写风景，则与前面所说的相反，应以写景为主，写出诗情画意，而不妨于适当的地方写点实物。""是的，写实物，即以实物为主，而略加抒情的描写，使文章生动空灵一些。写诗情画意呢，要略加实物，以期虚中有实。"

老舍指出："作文章有如绘画，要先安排好，以什么为主体，以什么烘托，使它有实有虚，实而不板，虚而不空。叙述必先设计，而如何设计即看要给人家的主要印象是什么。""叙述一事一景，须知其全貌。心中无数，便写不下去。知其全貌，便写几句之后即能总结一下，使人极清楚地看到事物的本质。""我们在动笔之前，应当全盘想过，到底对我们所要写的知道多少，提得出提不出一些带总结性的句子来。""或问：叙述宜细，还是宜简？细写不算不对。但容易流于冗长。为矫此弊，细写须要拿得起，推得开。古人说，写文章要精骛八极，心游万仞。这是什么意思呢？就是作者观察事物，无微不入，而后在叙述的时候，又善于调配，使小事大事都能联系到一处，一笔写下狂风由沙漠而来，天昏地暗，一笔又写到连屋中熬着的豆汁也当中翻着白浪，而锅边上浮动着一圈黑沫。大开大合，大起大落，便不至于冗细拖拉。这就是说，叙述不怕细致，而怕不生动。在细致处，要显出才华。文笔如放风筝，要飞起来，不可爬伏在地上。要自己有想象，而且使读者的想象也活跃起来。"

老舍还说："描写也首先决定于要求什么效果，是喜剧的，还是正面的？假若是要喜剧效果，就应放手描写，夸张一些。……反之，要介绍一位正面人物或严肃的事体，则须取严肃的描写方法。语言文字是要配合文章情调的，使人发笑或肃然起敬。""在一篇小说中，有不少的人，不少的事。都要先想好：哪个人滑稽，哪个人严肃，哪件事可笑，哪件事可悲，而后依此决定，进行描写。还要看主导是什么，是喜剧，则少写悲的；是悲剧，则少写喜的。""描写人物要注意他的四围，把时间地点等跟人物合在一处。要有人，还有画面。""一篇小说中有好多人物，要分别主宾，有的细写，有的简写。虽然是简写，也要活生活现，这须用剧本中塑造人物的方法，三言五语就描画出个人物来。""在描写时，不能不设喻。但设喻必须精到。不精到，不必设喻。要切忌泛泛的比喻。生活经验不丰富，知识不广博，不易写出精采的比喻来。"

11日　本刊记者的《一九六一年长篇小说印象记》发表于《文艺报》第2期。本刊记者指出："胡正的写山西农业合作化运动开始到巩固时期农村各阶层思想动态和两条道路斗争的《汾水长流》，作为长篇来讲，它的艺术方法很值得注意。作者精于剪裁和结构，不从事件的表面过程出发，不堆砌生活细节，不滥用群众场景的描写，而是从人物性格出发，就人物的思想发展和人与人的关系来选择情节，进行故事结构。在二十万字左右的篇幅里，着重写了五、六个人物，而情节单纯（不繁琐），结构匀称（不冗长，不蔓不枝），人物性格也鲜明有力（集中描写时放得开，叙述介绍时又能收得拢）。""徐光耀的《小兵张嘎》……情节多变化，故事有趣味，而且都紧紧围绕着人物性格的成长而发展。语言活泼生动，地方色彩和生活气息都很浓郁。写新中国大学生生活的长篇小说还不多见，汉水的《勇往直前》大概是描写这方面的第一部。人物性格的深度差，但面目清晰；情节细节的描写还嫌粗略，却不啰嗦繁冗，能给人以生活实感。从作品里可以清楚地看到青年学生们积极向上、愉快蓬勃的朝气。"

丁冬记录整理的《重庆市文艺界对〈达吉和她的父亲〉的讨论》发表于同期《文艺报》。讨论的主要观点如下："一、塑造了几个性格鲜明的艺术形象；二、通过马赫尔哈和任秉清在达吉的归属问题上的由争到让，不但生动地表现了这两个劳动人民的优秀品质，而且还深刻地揭示了在新的民族关系下，一部分人的某种旧的狭隘的民族意识与正在成长的新的民族意识的矛盾，如何在新的历史条件下的必然解决，从而使小说具有了较强的思想力量；三、作者在题材的提炼上，也取得了不容忽视的成就。""关于第一点，有人对几个主要人物形象，特别是对马赫尔哈作了具体分析。发言者指出，马赫尔哈这一艺术形象之所以有血有肉，是由于作者描绘了他的精神世界的美。在这个形象身上，表现了一定历史时期中兄弟民族劳动人民某些心理特征。""关于第二点，有人认为，作者是着力表现了马赫尔哈和任秉清身上的劳动人民的人性美和人情美，这是无可非议的。但是，作者并不以此为满足。作者通过达吉的归属问题这一故事线索，概括了更为深广的社会内容。"

王力的《中国古典文论中谈到的语言形式美》发表于同期《文艺报》。王力写道："中国古典文论中谈到的语言形式美，主要是两件事：第一是对偶，第二是声律。""古典文论中谈到的语言形式美,不管是在对偶方面,或者是在声律方面,都是从多样中求整齐,从不同中求协调,让矛盾统一,形成了和谐的形式美。"

20日 李希凡的《题材思想艺术——谈谈1961年的几个短篇》发表于《人民日报》。李希凡认为:"谈到文学作品的思想性,我们往往只注意它描写了什么,告诉了人们什么,却时常忽略作者有什么独到的见地,他怎样告诉人们的。我总觉得,在文学作品里,思想和艺术是很难分家的。""人们不大喜欢那些大嚷大叫在作品里抽象地宣布作家意图的作品,也不大喜欢那些一览无余的作品。只有渗透在活跃的艺术生命里的含蓄、深沉的思想力量,才能更充分地发挥文学艺术的教育作用。我觉得在1961年的短篇小说中,《沙滩上》和《在山区收购站》,在这方面是有独创特色的。""磨炼技巧,把作品写得更能打动人心,最近几年已经逐渐成了我们文艺创作里的风气,1961年的短篇小说,在这方面也是表现了特色的。"

三月

1日 本刊记者的《短篇小说小叙》发表于《奔流》3月号。本刊记者写道:"短篇小说的作者,如何能站得更高,写得更深,使作品具有更大的感人力量和强烈的时代精神,这是漫谈中大家首先提出的一个问题。大家认为,这个问题关涉到思想、生活、艺术技巧等各个方面,但最重要、最根本的问题还是取决于作者的政治思想感情、阶级立场和所经受的生活锻炼的深度和广度。""谈到题材的选择时,大家认为,题材不论大、小、新、旧都可以写。但这之间是有轻重主次之分的。如果具体地从作者处理题材上来看,则是不以题材的大、小、新、旧来论成败,而是要看作者驾驭、提炼、处理题材的能力,要看作者的生活修养和艺术修养了。对于作者来说,还是写自己所熟悉的好。""短篇小说怎样才能写得新,写得短,写得引人入胜?参加漫谈的同志对此畅谈了许多意见。大家认为,只有作者对生活懂得多,理解得深,能在思想、生活、知识或艺术美感等各方面给读者以新的东西,作品才能写得新,写得不落俗套。"

文中还说:"怎样使短篇小说写得短呢?大家认为,应该多读些古今中外的优秀短篇名著。如鲁迅、契诃夫的许多作品，可做为学习和研究的范例。短篇小说的作者，应该在短篇小说的开头、结尾、故事剪裁上下些苦功夫，探索出一些艺术规律来。""要想把作品写得引人入胜，大家认为，必须精心安排故事，严密结构。故事的描写要出人意外，又自然合理。最好能把作品中的事件冲突与性格冲突结合起来，相辅相成地来刻画人物和叙述故事，这样，作品就写得紧凑，矛盾冲突也尖锐，集中，能扣紧读者的心弦。"

同日，冯健男的《孙犁的艺术（下）——〈风云初记〉》发表于《河北文学》3月号。冯健男写道："首先，孙犁不是版画家，而是水彩画家；他的武器不是坚硬的冰冷的刻刀，而是流利的热情的彩笔。……孙犁除了写篇幅很短的短篇小说以外，还写章节很短的中篇小说和长篇小说；他的中篇小说和长篇小说所展现的生活图景和所开创的艺术境界，当然也是不能不与他的水彩画的笔法和简练的表现方法相适应的。这种情况，在《铁木前传》中体现出来了，在《风云初记》中也体现出来了。""这里（指《风云初记》——编者注）所反映的就是这样的伟大的斗争生活。在我们面前展开的，又是清晰的、明净的水彩画。不过，我们这次观赏的不是一张一张的单幅画，而是一套连环画。如果说，在《白洋淀纪事》的许多各自独立的水彩画里，作者反映了抗日战争时期的生活的片断和小节，那末，在《风云初记》这一套连环的水彩画里，作者是意欲反映它的全貌了。"

冯健男还说："写'底子不正'的人物，又是孙犁之所擅长，他们的存在和发展，总是那样的富有特征，而作家对于他们描画，也总是那样明显和突出地运用了他的极为'省俭'的、白描的而又是水彩的笔法。《风云初记》里的这一流人物，和这位作家其他作品中的邪门左道的人物比较起来，具有更明显、更浓重的政治色彩。俗儿和高疤的故事情节是很吸引人的，也是较完整的，适应了现实生活和人物性格的发展，表现了作家提炼、组织和概括生活的本领和才能。"

冯健男指出："重大的政治斗争和军事斗争的题材，用铺张的、详尽的表现方法，用压缩的、简练的表现方法，都是可以达到完美的艺术境界的。举例来说，托尔斯泰的《战争与和平》，普希金的《上尉的儿女》，就是以两种不同的途径和方式创造的两种不同的、但都是完美的艺术品。""孙犁同志特别喜爱《上尉的女儿》这部诗人所写的小说，这又是很有意味的一件事情。普希金的这部小说反映了俄国农民暴动的军事斗争和政治斗争，他给我们叙述的故事，他给我们描绘的画面，是如何地别出心裁而又生动活泼呵！又是如何地适应了他那诗意的情怀和简练的表现手法呵！""孙犁的《风云初记》也是一部用压缩的方法和短小的章节来反映重大的政治斗争和军事斗争生活的小说。"

远千里的《短篇小说的地位》发表于同期《河北文学》。远千里写道："在我们中国，短篇小说更有自己可贵的传统。不但有为数更多的笔记体小说，而且像《今古奇观》里所收的那些短篇，……不但具备中国所独有的艺术风格，为广大人民所喜见乐闻，即与世界著名短篇小说相比，也都达到了高度完美的程度。中国人民对这些故事的熟悉情形，也绝不下于《红楼梦》和《水浒传》。""五四时期和抗日战争时期，短篇小说又有一个新的发展。大概也因为这种形式，非常适合于战斗化的要求，被看成为反帝国主义、反封建主义和进行民族自卫战争的匕首。""在抗日战争时期，在那紧张的战斗的年月里，我们就曾经提倡过多用轻骑短刃的形式。其中包括独幕剧、活报剧、短篇小说、文艺通讯等。因为短小的作品，更能迅速的反映当时的斗争生活。对作者来说，这种短小的形式，也比较便于驾驭。对读者来说，能够有充裕时间读长篇小说的毕竟只是少数，但是随时随地的可以读些短篇。即在目前，这种状况，也还没有基本上的改变。"

同日，阿华的《漫谈鲁迅短篇小说中传统手法的运用》发表于《延河》3月号。阿华写道："'虚实相生'是我国传统的表现手法之一。……我国古典小说中，有'闲话少说，书归正传'或'有话则长，无话即短'等的说法。……鲁迅的短篇小说中，我认为对'虚'与'实'的分寸是掌握得十分到家的，在'无话即短'的地方，往往用简短的叙述，概括交代；在'有话则长'的地方，则着力铺开描写，务求生动而且真切。真正做到了'芜秽不生，纲领昭畅'。""鲁迅作品中的人物虽不多，背景也简单，却不使人有干瘪单薄之感。""细节和道具在艺术作品中是不可缺少的，成功的作品中都少不了细节和道具的创造性运用。……鲁迅作品中也常运用这种成功的细节和道具。"

阿华还说："鲁迅很多小说中的很多地方，我觉得就是在'言情'与'写景'中，创造了一种诗情画意，达到了'言有尽而意无穷'的境界。"

柳青的《关于〈创业史〉复读者的两封信》发表于同期《延河》。柳青认为："作家无论在生活实践中对象化，还是在艺术创造中对象化，都是毛泽东同志所说的熟悉和懂得'描写对象'的问题。这是艺术的核心问题，很难拿月进度和年进度来计算。比较起来说，深入生活还是容易的，愉快的；而从生活里钻出来又进入特定人物的精神状态，就更困难、更艰苦了。"

王富礼的《杂谈"细节"》发表于同期《延河》。王富礼认为："细节描写不只对直接表现人物性格具有重要的意义，任何一部文艺作品，无论是生活矛盾的揭示，故事情节的开展，环境景物的描绘，无一不需要具体的细节描写。因为文艺是生活的形象的反映，它必须以具体的感性的形象诉诸读者。当然，文艺并不就等于生活，它应该比生活更集中，更概括、更典型；对生活所提供的无比丰富的素材，要进行选择提炼。但即使如此，它仍然必须是具体的；而要具体，就不能没有细节描写。正是在这种意义上，我们不妨说：没有细节，就没有形象，从而也就没有艺术。""为了使细节真正发挥作用，必须选择那些最足以表现特定人物性格的细节。使读者通过这样的细节，不只看到人物的外部特征，而且看到人物的内心世界、精神面貌。""除了选择什么样的细节之外，把一个细节放在什么地方，也很重要。只有把最好的细节，安排在最合适的地方，才能发挥最大的作用。很多好作品往往在情节发展处于关键或转折的地方放置着最生动最能揭示生活意义的细节。因为在这样的时候，最利于表现一个人物的性格。"

中流、忆苑的《艺术作品中暗示、烘托的手法》发表于同期《延河》。中流、忆苑认为："一个艺术家或一个作家，不但要从正面创造人物形象、描写环境气氛，同时还要善于运用暗示和烘托的手法。""现实中有许多抽象的东西本来很难描绘出具体的形象，但却可以通过暗示或烘托的手法把它们展示出来。""采用暗示和烘托的手法，有时能使作品写得更含蓄些。当然这并不是说正面描写就不能写得含蓄。……暗示和烘托与正面描写都能创造人物形象和环境气氛，但在一些特殊的情况下，暗示和烘托却能负担起其他手法所不能负担的任务。……相反地，用暗示、烘托表现不出的东西，用其他的手法却能表现得很好。而且在一般的作品中，往往总是将各种表现手法兼采并用的。"

2日 阎纲的《共产党人的"正气歌"——长篇小说〈红岩〉的思想力量和艺术特色》发表于《人民日报》。阎纲指出："它没有把最容易追求离奇的情节惊险化，没有把最特殊、最尖锐的斗争一般化，没有把人物神化或丑化。它忠实于生活真实的描写，忠实于人物形象以及人物与环境关系的真实描写，把这作为自己作品的命意和艺术创造的基础和出发点。……《红岩》里描写的生活和人物，原来在作者的心里就是活生生的，因而才可能有作品里一系列的具体描写：具体的环境、具体的人物、具体的关系与具体的矛盾。最后，用具体的斗争方式解决了集中营里具体的（一连串的、大大小小的、此时此刻的）冲突，既不同于战场、工厂、学校，又不同于其它时刻、其它地方的集中营。这样，我们从《红岩》里看到了一幅又一幅生动而可信的图景。"

阎纲还说："作品这一切深刻动人的描写，是现实主义的胜利，也是浪漫主义的胜利。作者罗广斌、杨益言同志，就是当时集中营里切身的受害者，他们实际的斗争，细致的观察，真实丰富的生活素材，从长期艰苦斗争中磨练出来的对反动派刻骨的仇恨，对患难与共的烈士们深切的痛悼，以及作者向四川青年关于集中营烈士英勇斗争数百次的发言报告、革命回忆录的写作和创作小说时反复的构思修改，都早已为他们刻划人物性格和选择情节细节，提供了丰富大量的实生活的宝贵素材，为作者自己写作时的思想和情绪，作了必要的准备，从而也为作品的旋律酝酿好激越慷慨、深沉悲壮的基调。正因为这一切都是从实际生活出发的，从作者的真情实感出发的，所以细节描写、人物描写不但真实，而且作者的风格和气质能够和人物的风格和气质协调地揉合在一起。从作品中可以感触到作者内心无法抑制的激动，或者说简直看见了作者。思想上和艺术上的成就，将会使小说《红岩》很快在读者中流传开来。这是部艺术品，更是部进行革命传统教育的有力工具。"

5日 肖祖灏的《人物形象的塑造——谈刘澍德近作三篇》发表于《边疆文艺》3月号。肖祖灏认为："刘澍德同志是以刻意塑造形象为人们所称道的作者之一。他的每一篇作品中都塑造了几个比较生动的人物形象，对于作者塑造人物的艺术成就作一个全面的探讨，是自己力不从心的事情，这里只打算谈谈《目标——正前方》、《新居》、《甸海春秋》等三篇作品中塑造形象方面的一些特点。""在叙事作品中，人物形象的塑造关系着作品反映现实生活的深度和广度，关系着艺术陶冶力量的强或弱。因此，优秀的文学作品总是通过性格的描写，使作品中的主要人物鲜明地站立在读者的面前，让读者深切地感受着作者所要传达给我们的思想和感情。这样，人物形象塑造的成败，便成为我们批评一篇作品得失的标准之一；而作者怎样地进入性格的刻划，也便成为我们研究一篇作品艺术特点的内容之一。""刘澍德同志是牢牢地把握住叙事作品反映生活的这一基本特征来进行创作的，他没有离开性格的描绘去单纯地追求故事的生动性，他总是力求使自己认识了的现实内容和要传达给读者的思想，通过不同性格的刻划使它们统一起来，让'这一个'向读者说话，让'这一个'的感情去影响读者。""要做到使人物个性化的语言、外貌特征和行动统一为一个整体，关键既在于作者对人物精神世界的把握，同时，还在于对于人物活动的特定环境的把握。因此，我们完全有理由要求作者通过现实生活中人物之间的真实关系的描写去揭示人物生活的环境，并且借助情节的发展去展开生活冲突，使人物性格在社会关系的真实描写中获得生命。刘澍德同志的三篇近作中都侧重于一两个主要人物的刻划，而且都把他们安排在相互纠葛的关系里。"

8日 艾彤的《茹志鹃小说里妇女形象的塑造》发表于《光明日报》。艾彤认为："茹志鹃塑造妇女形象，最突出的一个方法便是心理刻划。""茹志鹃的心理刻划一般采用两种描写方法，即人物回忆和作者交代。采用第三人称和采用第一人称的人物回忆不同，它往往和作者交代有机地融合在一起，成为一种又似人物回忆又似作者交代的心理刻划方法。具体地说，就是在写人物的回忆时，很少用人物自己的话来回忆，而是用作者的插叙。用作者插叙人物的回忆，不受人物的思想的限制，而能充分地叙述人物可能的回忆，然而不一定就回忆事情的原本经过。"

艾彤还说："茹志鹃同志的小说确实没有曲折复杂的故事情节，只着力从生活中某一横断面去发掘，然而由于她所描写的大多是来自旧社会的正在改造着的人物，从他们的新旧社会和新旧思想的对比的回忆和作者的交代中，写出了他们的过去和现在；把过去和现在的事联结起来，便构成曲折复杂的故事情节。人物的心理刻划就在这样曲折复杂的故事情节中展开，人物性格也就在这样曲折复杂的故事情节中得到形成和发展。""她的小说所抒写的，多是家庭关系间或与伙伴们在共同工作之间所引起的一些感情上的波澜，缺乏惊心动魄的生活场面和尖锐复杂的矛盾冲突，人物所处的环境比较静止。""许多同志都谈到过，茹志鹃的小说有一个很有特色的艺术风格，就是作品里洋溢着浓郁的抒情气氛，有着委婉柔和细腻优美的抒情调子。"

11日 侯金镜的《从〈在烈火中永生〉到〈红岩〉》发表于《文艺报》第3期。侯金镜认为："《在烈火中永生》和《红岩》不是袖珍本与扩充本的关系。在两种不同的文学体裁中，作者们致力的目标不同：前者是对经过挑选了的史实的忠实纪述，又倾注了作者们的浓郁感情；后者对人物事件都经过一番艺术的想像、提炼、概括的功夫，作者们企图达到的是另一个目的——完成一幅革命英雄们崇高的精神世界的图画。""作者没有停留在感人的场面、惊心动魄的情节的描写、组织和安排上，而把历史背景、生活场景都展开得很广阔。""人物、事件的发展和历史背景、生活场景多方面的展开，力求作品达到深度和广度的统一，将作品组成一个深厚、丰富又谐和完整的艺术整体。对我们当前长篇小说创作来说，还是一个很值得研究探讨的问题。《红岩》在这方面还不能说提供了多么丰富的经验，可是至少有一点是值得注意的，它的历史背景和生活场景的烘托和展开，在很多地方不是孤立的叙述和交代，而是和人物的行动（情节）、心理状态比较紧密地胶合着；对生活各个侧面的描写，都和监狱斗争的故事主体相联系，又为这主体而存在、而服务。也就是上面提到的，人物的命运和历史命运的变化息息相通。"

侯金镜写道："共产主义的品格在生活和斗争里不是抽象、刻版化的。在特定的斗争环境里，有它不同的特殊表现，而且，只要是真实，又经过了艺术概括的，那么，它就能够发生普遍的教育意义。在《红岩》里面，我所感觉到最突出的思想有两点。""其一，是在艰苦环境（残酷的斗争）中人们的坚定、自我牺牲精神和革命乐观主义（对于理想和民主革命胜利的坚强信念）的高度融合。""其二，勇敢和坚定又通过烈士们的智慧和灵活的策略性表现出来。""《在烈火中永生》和《红岩》，它们的体裁各有不同，各有千秋。但是《红岩》从广度上展开，在典型环境上做了很大的努力，成为重庆山城拂晓时期的历史图画；又从深度上挖掘，成为共产主义者的最美丽的、极为震撼人心的灵魂世界的图画。"

李希凡的《一部冲击、涤荡灵魂的好作品》发表于同期《文艺报》。李希凡认为："它（指《红岩》——编者注）和一般长篇小说比较起来，就有一些不同的特点。譬如说，作为一部长篇小说，人们一般总是要求它有贯串到底的中心人物，而《红岩》却不是这样，许云峰、江姐的形象，虽然有一些用笔集中的地方，看来也还不能构成所谓中心人物的条件。此外，长篇小说似乎也应当多方面地写出人物性格的发展，在《红岩》里，却除去刘思扬的形象稍有发展描写，对于众多的人物作者并没有在这方面多用笔力。……《红岩》是按照它的内容的需要，采取它特有的艺术手法和艺术形式的。""它不专注于几个人物的塑造，而是广泛地开掘了在各种残酷考验里的革命者的崇高的灵魂世界。……然而，作者对于这种典型的精神状态的挖掘，又并不一般化。即使是对于每个斗争生活的细节，我们也依然可以看出，作者很善于概括、选择最富有个性特征的事物，鲜明、简炼地勾画出不同的生活场景、不同的人物性格，从而反映出这场灵魂决战的尖锐、复杂的面貌。""为了充分地揭示各种各样人物的灵魂世界，作者是适应着特定的斗争生活内容、情节内容、环境需要，而采取了多种多样的艺术手法。其中进行了很高的艺术概括的富有个性化的行动和对话，是最有力的手法之一。"

李希凡总结道："总之，《红岩》虽是这样一本描写灵魂战争的小说，在内心世界的描写上，却是有丰富多彩的特点的。它不仅运用了文学上的艺术手法，而且采取了戏剧和电影的不少艺术手法（当然也有运用得不好的地方），氛围的烘托，场景的安排，特别是广阔的时代背景的着色，都是很富有独创性的。"

罗荪的《最生动的共产主义教科书》发表于同期《文艺报》。罗荪写道："作者（指《红岩》作者——编者注）把他的笔触深深地进入到革命者的和反革命者的内心世界，并且把它们放在一场极其残酷的、尖锐的斗争中，这样就使作品的艺术形象更突出、更鲜明地矗立在我们的面前。这正是小说取得成功的关键。""首先,我觉得这本书的人物写得好,写得很深,很有感染力量。""作者的笔锋是十分生动的,很善于用气氛来烘托人物性格、刻划心理状态。在不少地方运用眼睛抒写主人公的精神世界。""小说对于特务叛徒的描写,一点也没有简单化,把笔触深入到敌人的灵魂深处。""其次,《红岩》的艺术结构是成功的,整个布局章法都很严密,情节的安排,人物的出场,气氛的烘托,环境的描绘,都安排得十分妥帖,而且又都是为艺术形象服务的。""小说不少地方出现奇峰突起的惊人之笔,常常是出人意料之外,但细细寻味又在合乎情理之中。""最后,还想讲一点关于贯串全书的强烈的革命乐观主义精神。这种革命乐观主义精神,正是革命者一切行动的力量的源泉。"

王朝闻的《战斗性的心理描写》发表于同期《文艺报》。王朝闻写道:"革命者崇高的精神世界,反革命者丑恶的精神世界,在这一部史诗般的长篇小说(指《红岩》——编者注)中得到了深刻的反映。不论是革命者的坚定、乐观和机警,不论是反革命者的恐惧、狡猾和残暴,表现在小说的心理过程的描写中,微妙得很,深刻得很,动人得很。""人的精神面貌应当在行动中显示出来;这个说法并不错,但也不能绝对化。不消说,人的行动不是一种孤立的现象,行动的根据是人的内心状态,描写行动可以表现内心状态。但是内心状态本身的直接描写,也可以表现人的品质。对于小说家或其他艺术家说来,它是可以体会的,对读者和观众说来,它也是可以直接观照的。正因为感到人的行动还不足以充分体现人的精神面貌,所以主要依靠行动描写的戏剧,有时也要运用具有内心动作的独白。小说《红岩》里,有不少内心描写是深刻的。……符合人物性格和处境的特性的心理描写,不仅具体刻划了在残酷斗争中受锻炼的英雄的成长过程,不仅直接描写了革命者伟大的共产主义胸怀,不仅不能看成是为了增加小说的吸引力或满足审美需要的手段,而且它就是从生活的另一侧面入手,歌颂了革命者的英雄主义和乐观主义,成为构成作品的教育作用的必要因素。"

王子野的《震撼心灵的最强音》发表于同期《文艺报》。王子野写道:"一张内容复杂的主题画总会有远景,有近景,有浓抹,有淡描,如果都是一种笔法,那就变成图案画了。文学作品也相类似。《红岩》的作者注意了这点,所以他不是一味的细描,而是有工笔,也有粗笔,有明写,也有暗写,有起笔,也有伏笔，手法的变化多样是艺术创作的重要因素。当然如果只在手法技巧上玩花样，那就决不能写成好的作品。《红岩》的作者决没有陷入为技巧而技巧的泥坑，他们非常忠实于生活的真实，书中所有的人物性格、心理特征、故事情节都是从具体的实际斗争环境出发，不是凭空虚构的，所以才能真实生动地反映出这场斗争的复杂性、丰富性和多样性。多样性中又有统一性，这就是一切为了主题思想服务：颂扬大无畏的牺牲精神和对革命胜利的坚定不移的信念。"

张铁弦的《来自底层的英雄——狄普短篇小说读后》发表于同期《文艺报》。张铁弦写道："在《阿姨》这个短篇里，作者使用了素描的手法，来刻划这位心地善良、热爱生活的老妇人。作者在这儿并未采用浓郁的笔调去描述这段令人酸鼻的故事，而是细腻地、深刻地揭示了主人公的内心世界。我们觉得狄普这个散文式的短篇写的很成功，它不仅是一帧动人的素描，而且可以当作一幅辛辣的讽刺画来鉴赏。""第三个短篇《伙伴》在这本集子里占着重要的地位。按其内容和结构来讲，可称为《在咖啡店里》的姊妹篇。不过，两篇之间却有显著的不同，主要是在人物塑造和情节发展方面。在艺术手法上，《伙伴》这个短篇有其特异之处，就是，作者已不仅是事件的转述者，而且是实际的参加者了。"

24日 王维玲的《〈红岩〉的写作和特色（上）》发表于《光明日报》。王维玲认为："《红岩》的情节像是层峰叠浪一样，一波未平，一波又起，无比纷繁。然而所有这些情节，又都不是孤立的，都是有助于人物性格的发展，都是与整个作品矛盾冲突的展开紧密相连的！""将复杂而庞大的生活内容，与众多的人物形象，有机地结构在一起，前后勾连，互相呼应，而没有一点臃肿、庞杂、游离的痕迹，这是《红岩》艺术结构上显著的特点。作者在解决这个问题上常常借助于人物形象'联结'的帮助，而达到结构上的完整性。……情节有了发展，人物的性格也有了发展，整个作品的矛盾冲突也一步紧似一步地走向高潮。"

27日 王维玲的《〈红岩〉的写作和特色（下）》发表于《光明日报》。王维玲认为："含蓄，是《红岩》艺术手法上一个显著的特点。《红岩》中的人物塑造，情节发展都不是立竿见影，一览无余的，而是极有含蓄，内涵极大。""小说在人物塑造上,常常一句话容量很大,含意很深,使人永怀难忘。""通过人物的行动,人物的对话,人物的小动作,来描绘人物的音容笑貌,来渲染人物的风度,来显示人物的性格特征,这是《红岩》在人物塑造上运用最普遍的手法。"

四月

1日 贾锡海的《也论含蓄》发表于《奔流》4月号。贾锡海写道:"含蓄,它是长于启发人的想象,从而使形象内容更加丰富的一种艺术表现方式。正由于它能启发人深思和联想,从想象中补充形象的内容,所以更能收到艺术效果。""含蓄呢?它的重要特点之一则是:表现什么,却不把它直接地摆出来,给人留下想象的余地。""我认为,一个作品,既可以用含蓄的手法写,也可以用直叙的手法写。还可以这样:有些部分写得含蓄些,有些部分就直陈其事。总之,根据作品内容的需要,作者爱怎么写就怎么写。但是,要在直叙之中就有含蓄,这都是很为难的。"

王朴的《含蓄者何》发表于同期《奔流》。王朴认为:"关于含蓄一词,我觉得作为一种增加作品艺术效果,增加作品容量的表现手段来理解为较好。""但是文艺现象是复杂的,文艺作品是多种多样的,它们可以从多样途径达到预期的艺术效果,不一定非含蓄不可。有一些不能归于含蓄的直抒胸臆的,或是直接状物写景的作品,也同样有着高大的形象,与至深的感人力量。"

小萍的《烘云托月》发表于同期《奔流》。小萍写道:"'烘云托月',原是指一种绘画的艺术技巧,是一种以此显彼、通过侧面渲染而使主体得到鲜明而突出的表现的手法,这是一种巧妙的艺术间接描写方法。""这种描写方法并不只限于绘画,在各种文艺形式的作品中,都被广泛地运用着。有些文艺作品在描写表现人物时,因为巧于运用这种'曲笔侧写'的手法,收到了极为动人的艺术效果。""譬如,有些作品在描写某一人物时,并不去作直接描绘,而是通过和这个人物相联系的其他人物来表现,借衬托、暗示、对话、其他人物的交待和反应,这个人物给予其他人物的印象和影响,来侧面表现,来'烘云托月'。""当然,我这样说并没有贬低'直接描写'的意思,因为直接描写与间接描写是各有其优点，彼此都不能代替的。有些高明的作家则是善于把这二者相结合起来描写表现人物，有时对人物作直接描写后，再来一个精彩的'烘云托月'，侧面点上一两笔，于是收到了相辅相成、相得益彰的艺术效果，显得更妙了。""有些作品在刻画人物的内心世界，描写人物的某种感情状态时，并不去作直接的抽象叙述，而是着力于描写人物所处的环境，渲染成一种气氛，借有形的景物来衬托出人物的心理状态，使人物的感情透过侧面的景物映照，得到不言而喻的表现，这也正是'烘云托月'的手法。""通过景物的烘托来表现人物的感情和性格，在我国优秀的古典文学作品中，例子俯拾皆是。"

小萍指出："'烘云托月'式的手法运用可以有两种情况：一是通过其他人物来烘托主要人物，一是通过景物描写来烘托所要表现的人物。但总的说来，都是通过事物之间彼此的联系与制约来表现的，都是'众星捧月'，通过一般客体来突出表现主体的。这里被用来作为'衬托物'的人物或景物，实际上成为了所描写主体的有机组成部分，使两者之间，取得了和谐的结合与巧妙的适应。""这种'烘云托月'式的侧面间接描写手法的运用，丰富了艺术的表现技巧，可以用来补助直接描写的不足，有效地表现人物和服务主题，增强作品的感染力量。我们进行创作时，是否也可以使用这种艺术技巧呢？我想：是可以尝试尝试的。"

晓昧、秋声的《我们理解的含蓄》发表于同期《奔流》。晓昧、秋声认为："含蓄作为创造形象传神达意的艺术表现手法之一，完全是从现实中来的。它和其他艺术表现方法组成一起，成为艺术典型化的特征，成为艺术之所以称为艺术的本质。""马克思提倡的'莎士比亚化'的内容是指的什么呢？仅仅指含蓄么？不！它起码包括典型创造、情节提炼、场面安排和语言形象四方面内容。……场面安排和情节提炼就仅仅是含蓄么？也不尽然。这里有情节的密度，细节的描写，戏剧效果的悬念或巧……当然也包括含蓄啰。"

赵玉堂的《对含蓄的一点浅见》发表于同期《奔流》。赵玉堂写道："《奔流》一九六一年第十二期上，李丹同志所写的《开门见山与峰回路转》一文，说明了一切文学艺术品的表现手法均得由题材、内容决定；含蓄和开门见山、直叙胸臆，这两种写作手法各有千秋。这点我是同意的。但，李丹同志不敢承认：'一件艺术品如无含蓄,则一览无余,值不得你去回味的。'这就值得考虑了。""含蓄不仅仅是写作手法之一,通常还是指文学艺术品有无余味不尽之处和耐人寻思的地方。李丹同志的文章没有注意这一点,而混淆了含蓄的双重性,因而否认了含蓄对文学作品的重要性。这是不能令人信服的。""无穷的回味就是含蓄;含蓄的反义词则是一览无余,而不该是指开门见山直叙胸臆这种写作手法。基于这种认识,所以我认为'一件艺术品如无含蓄,则一览无余,值不得你去回味的'。这种说法还是正确的,能够揭示出一定的美学特征。"

赵玉堂还说:"但,作为写作手法之一的含蓄来说,我又和李丹同志的意见相同。从文学史上来看优秀的值得回味的艺术作品,是否都是采用含蓄的手法呢?《三国演义》《水浒》《创业史》是大家所公认的优秀作品,显然,不一定都采用含蓄的手法。……相反,却有不少人用含蓄的表现手法,写出了一些一览无余,值不得你去回味的作品。""我认为作为表现手法的含蓄和开门见山没有什么高下之分,用此法也不一定写出的作品就一定高明。但,作为艺术作品应有回味的含蓄却是每篇作品所少不了的,不这样就不算是好作品。"

同日,高风的《英雄人物与艺术规律》发表于《甘肃文艺》4月号。高风认为:"在文学创作中,单纯强调现实依据,忽略了对理想的追求,不按照一定的理想创造比现实生活更高、更强烈、更集中和更典型、更理想的人物形象,就有可能陷入鼠目寸光的自然主义。然而,如果不恰当的强调理想化和提高人物的精神境界,无视现实生活中人物性格千差万别的存在,绝不就是革命浪漫主义。必须看到文艺创作中现实与理想,现实性和可能性之间的区别与有机联系,在塑造人物形象时,既要着力描写现实性的一面,又带有可能性的特点,使现实因素与理想因素统一在完整的人物形象之中。片面的以缺少时代精神或人物精神境界不高为理由而贬低某些典型形象的意义,或者脱离人物实际要求每个典型在反映时代精神方面都达到同样的深度与高度,其结果就排斥了除理想人物以外的其它典型的存在。事实上,人物绝不就是时代精神的直接化身,每个人物只能以自己的性格间接反映一定时代的某些方面的特征。即使是我们时代先进的英雄人物,也不可能在一切方面都集中的体现了时代精神。因此,不能认为只有最充分地体现了无产阶级革命精神的理想人物才是典型人物。典型人物与理想人物是不能混同的。理想人物可能成为典型人物，但典型人物并不都是理想人物。归根到底，决定人物是否典型以及典型化程度的基本要求是艺术概括的深度、广度及生动的程度，而不是人物自身思想品质、精神境界的高低。""现实与理想的因素，体现在对人物的创造上，是在人物性格中结合起来的，它必须在人物性格中溶化，符合人物性格发展的逻辑。只有这样，形象才是鲜明的，有血有肉的。"

同日，金梅的《关于"小中见大"的一点理解》发表于《河北文学》4月号。金梅写道："'小'中见到的这个'大'字，从作家积累生活，获得对社会有较全面的认识这一点来说，它是来自对每一个微小事物的观察、研究、综合的结果。但是当作家向生活中取材、并要识别每一个个别事物的意义的时候，他就得有比对这个具体事物更广大的社会生活的认识、理解和概括；没有这种认识、理解和概括，就没有'小'中见到的这个'大'。""所谓'小中见大'，一方面是指作家在观察、研究、分析生活时，能从平凡的人和事中，识出它不平凡的意义来，这首先需要有博大精深的胸怀和眼力。也就是说，要努力获得对社会的比较全面的认识。另一方面是指：艺术是通过个别的、具体的形象来表现一定的思想和意义的；因为短篇小说又往往是在平凡、微小的事件中表达巨大的意义的，所以说它是'小中见大'的。这个'小'，就是'大'在一定程度上的表现。为了使这个'小'中表现出更大的意义来，一方面需要作家深入到每一个哪怕是最微小的事件中去，识别它的意义；另一方面，又要要求作家去观察、研究更多的事物，才能在一个具体的形象里概括进更深广的意义来，形象也就更丰富充实。这就要求我们的作家需要有博大精深的认识、胸怀、思想、经验和眼力；而在我们今天，尤其重要的是高度的马克思列宁主义——毛泽东思想的水平。"

李满天的《"短"字当头》发表于同期《河北文学》。李满天认为："从字面看，既名曰短篇小说，第一总是小说，要有小说的特点，这无需多说；第二呢，就在这个'短'字上，所谓短篇当然是对长篇而言，长篇小说与短篇小说自然有很多共同的东西，如都是通过形象的生活概括，都要塑造人物，都要有情节，都有细节描写，都要求生动感人，作者又都应具备三个条件——政治思想、生活、写作技巧，创作方法上也没有什么不同。所不同者就在这个'短'字上，短当然不仅意味着篇幅的长短，字数的多少，主要是……是什么呢？文学作品，无论写得多么长，多么丰满，所谓概括了一个时代吧，却无论如何也不可能把那一个时代的一切都写了进去，即使写的是一个方面，也不可能把一个方面都写全，总是一个横断面或纵断面，总是因小见大，由局部以见全部的。短篇小说当然更受着这种制约。不过一般地看来，短篇较之长篇，在生活场景的广阔，情节的错综交叉，人物的众多，等等方面，总是有所不同的。"

远千里的《怎样才能写得短》发表于同期《河北文学》。远千里写道："写作短篇小说，首先不必有过大的企图。不能设想，在一个短篇里能够描绘出一个社会面貌的缩影。即便写一个人物，也不必要都给他来个新旧生活对比。老是尽量去写一个人的经历，就容易不分主次，胡子眉毛一把抓。""短篇小说所写的事件，应该尽量少些。""短篇小说里的人物，也要尽量少写一些。""我看写短篇小说，还可以学习一下独幕剧的表现方法。对人物、事件的描写，要求更加单纯和高度的集中。我们的传统戏曲里面单折戏，也可供借鉴。""但是，小说究竟是小说，不必受舞台、表演的限制，形式更自由的多。一个短篇，也仍然可以表现一个人的一生。……问题在于如何抓住一两个重要情节，突出的描写。"

同日，李旦初的《"繁"与"简"》发表于《湖南文学》4月号。李旦初写道："'繁'与'简'这两种似乎对立的现象，在艺术创作中同时并存着。""'简'，就是要求艺术的形象单纯、情节凝炼、结构紧凑、语言精约（文学）、表演简洁（戏剧）、笔墨经济（绘画）以及适当的轻描淡写、必要的省略删削等等。……虽惜墨如金，寥寥数笔，却能简而不陋，简中见繁，把对象描绘得形神兼备，栩栩如生；有时省掉事物无关紧要的部分，却能使形象达到更高的真实；并诱导欣赏者势所必趋地联想起没有直接出现于画面而和画面上的形象有密切联系的东西。……艺术形象的单纯、洗炼，艺术表现的简洁、省略与艺术内容的充实、丰赡、深刻完全一致，而与单调、简陋、贫乏、空疏等等毫无共同之处。""'繁'，就是艺术家在创作中准确地抓住最能表现人物性格和主题思想的地方，或最影响故事发展的关键，或最能体现事物本质的细节，以浓郁的色调，铺华布采，用生花的妙笔，精描细绘，以至多番渲染，反复吟咏，从而使自己的创作意图表现得更鲜明、更突出。……艺术表现的繁复、细腻，也与艺术内容的充实、丰瞻、深刻完全一致，而与烦琐、累赘、堆砌、痈肿、拖沓、芜秽等等毫无共同之处。""这样看来，'繁'与'简'在艺术创作中并不是对立的，它们在作家为了塑造生动丰满激动人心的艺术形象、真实而深刻地反映现实生活、明确而突出地表现主题思想这个目的上统一起来了，殊途而同归，相反而相成。""我国古代杰出的艺术大师们，尽管有的长于大刀阔斧地描绘挥斥风雷的宏伟斗争（如《三国演义》《水浒传》的作者），有的善于精雕细琢地刻画花前月下的日常生活（如《红楼梦》的作者），但他们的笔墨都是有繁有简，时详时略，有精有粗，或虚或实；善于在无关紧要处轻描淡写、一笔带过，而在最关紧要处浓妆艳饰，多方铺张，达到'略而不可益'、'繁而不可删'（刘勰），既不因简约省略而使内容空洞贫乏、结构无迹可求，也不因繁复详尽而使内容烦琐芜秽、结构拖沓松弛；更善于有意识地详此略彼，虚中见实，使作品浓淡相宜，疏密得体，变化无穷而纲领昭析，摇曳多姿而主干突出。这种宝贵的技巧很值得今天的作家们借鉴。"

同日，林芜斯的《寄青年朋友——谈小说创作中常见的两个问题》发表于《火花》4月号。林芜斯认为："文学作品是把矛盾集中在人物身上，通过艺术形象来反映生活。文学作品之所以为文学作品，就是能给读者以具体生动的实感，是靠形象去感染人、说服人，没有了形象，作品的思想性就成了纯粹的科学理论。""文艺是将思维逻辑通过形象表现出来，达到形象化，使人在自觉和不自觉中受到教育。它不是直接介绍经验和推广技术的说明书，也不是化装讲演。"

林芜斯谈到小说创作中的两个问题。他说："一、关于形象地反映生活。""作者再现他所见到的情景时，并不是简单的照象，而是要有所选择，再度创造本质的富有特征的东西，把生活的真实提炼为艺术的真实。这样才能在读者头脑中引起相适应的感觉和概念。""作者在反映生活的时候，不应该简单地抄袭和再现某些非特征的个别事件，而应该在每一个社会历史现象中找出它的意义，找出它和类似现象所具有的那种共同的东西，要达到这一切，就必须借助于创作的想象、虚构，这些都是形象地反映生活的必要条件。""二、关于深刻地描写人物性格。""作者在情节中,要找到更适合于表现性格的典型环境,使这些性格互相对立,人物马上就动作起来、活动起来了。这也是个人所熟知的道理。因为人物的性格是人与人之间的关系显现出来的,是通过行动表现出来的,而人物又不得不在一定的环境中活动,所以作品中也必须写到环境(社会环境,自然环境)。""至于深刻地描写人物性格和塑造典型人物,古今中外的优秀作家,给我们提供了不少的范例,我们应很好地学习他们的经验。曹雪芹在《红楼梦》里写了那么多的妇女,但各有各的特色,果戈里在《死魂灵》中写了五个地主,其性格也互不相同,一人一个样子。《水浒传》中的鲁智深、武松、李逵,尽管三人出身相近,性情都粗暴,但他们的性格也迥然不同,我省作家马烽、束为、西戎也都写了个参加农业社的中农形象(赵满囤、田木瓜、王仁厚),而性格亦有所异,这样的例子也是不胜枚举。我们虽然不能机械地按照几个条条去刻画人物性格,但是人物性格的塑造本身要求我们描写人物的肖象,表现人物的特征,他的个性化的言谈,他的行动和心理活动,以及周围环境和各种各样使得性格个性化的生活细节等。"

同日,金陵的《短篇小说的结尾》发表于《山花》4月号。金陵写道:"古人特别强调结尾应如撞钟,清音有余,要求有弦外之音,给欣赏者无限广阔的想象的天地。古有画龙点睛的说法,说明画龙技法的高明,可以到最后一点睛龙就会飞走的地步,但不也说明了结尾'点睛'一笔,是整个'画龙'过程中极重要的部分吗?""小说结尾的重要,也是同样的道理。阿·托尔斯泰就曾经说过:'结尾——是问题中最难的一个。'因为一个好的结尾会在读者面前展示一个无比广阔的艺术天地,让读者的想象自由驰骋,引起读者回味,使作品的主题思想得到更有力的发挥。""结尾要清音有余,有弦外之音,留给读者咀嚼回味的余地,这就要求结得精,结得巧,结得含蓄,发人深思。""从小说的艺术结构看,一般是经过开端,展开了矛盾冲突,达到高潮,到结尾是矛盾的解决,所以结尾往往是皆大欢喜。""有的作品把主要的情节通过回忆来表现,这样,结尾和开头联系更紧。它可以先直接描写目前的真实场面,以此和对往昔的回忆对照,收较强的艺术效果。""抒情和说理的结尾,一般适宜于第一人称写的小说。其艺术效果同样是显著的。""结尾是各种各样的,内容不同，构思不同，结尾也会不同，这是很自然的。好的结尾，不是首尾照应，就是全篇思想的概括；不是寓意深长，给读者留下充分发挥想象的线索，就是直抒胸臆，引导读者去感受作品深刻的主题思想……总之，结尾是十分重要和十分困难的工作，有成就的作家往往在这上面付出艰苦的艺术劳动。"

同日，阿·托尔斯泰的《什么是小小说》（程代熙译）发表于《新港》4月号。阿·托尔斯泰写道："小小说，高尔基叫它'小小的短篇'，契诃夫称它是'只包括开头和结尾的短小的小说'。小小说，本属短篇小说，所以又有小小说的名称，一个原因是由于它的篇幅特别短小，一般几百字、千把字，最多二千字，报刊登载只有巴掌大一片，读起来只要五分钟到十分钟就够了；另一个重要的缘故在于表现方法有别于其它小说之处。小小说的表现方法，比之短篇小说，内容上更为集中、人物更少、故事更单纯。它往往只通过截取生活中最精彩的一瞬间、一片断、一插曲、一个场景、一两个人物加以描写，揭示社会生活的本质。""小小说是一种轻便的文艺武器，它能起到迅速反映社会的发展变化，触及人们的心灵，探求生活中遇到的各种新问题的作用。无论描绘新生活的斑斓，还是反映曾经发生过的历史火花，尤其是祖国全面开创社会主义现代化建设的新局面中，波澜壮阔、丰富多彩的生活涌现出来的新人物、新思想、新风格，需要文艺加以表现，小小说自有它的方便之处。同时，因它形式短小，情节单纯，内容涉及面窄，概括和组织莫说同长篇小说相比，就是与短篇相比，也要容易一些。"

11日 方成评介鄂华小说《艺术的控诉》的文章《〈艺术的控诉〉》发表于《文艺报》第4期。方成认为："鄂华同志的讽刺小说《艺术的控诉》，是一篇讽刺现代资产阶级所谓'超现代画派'的小说。""关于讽刺艺术，我们祖先给我们留下了丰富的遗产，像小说《儒林外史》《官场现形记》，戏剧《连升店》《葛麻》《祭头币》等等，以及许多曲艺传统节目，至今还带着迷人的魅力。然而怎样继承这些优秀传统，表现现代题材和国际性的题材，暴露资本主义社会，暴露敌人，为社会主义、共产主义事业服务，对我们还是一个新课题。""现在，鄂华同志又以另一种文艺形式作出了可喜的成绩，这是可贺的。创作题材的扩大，不仅扩大了生活反映面，并丰富了作品的体裁、形式和风格，扩展了创作的道路，为人民群众提供了更丰盛的精神食粮。"

李厚基的《重话马赫及其它》发表于同期《文艺报》。李厚基写道:"这篇小说(指《达吉和她的父亲》——编者注)与其他小说不一样,它是以日记体的形式写的,因而构成形象的方式是有所不同的,它以第一人称口吻来叙述,一切仿佛都是亲身耳闻目睹,写得娓娓动听。同时更容易表示自己褒贬、爱憎的态度,便于作细腻的心理剖析,因此这种小说更富有抒情性。它的一部分思想力量和艺术感染力量,来自这方面,这是谁都可以感觉得到的。惟其如此,这篇小说是采用了一些非形象描写的手段。作品后半部分不完全是在矛盾冲突中来刻划人物的神情、动作、内心活动,而是过多地借助于第三者的叙述,这就削弱了形象的力量。""这些形象还不能圆满地完成作者所赋予他们冲突的任务,不完全能体现出作者在其他方面所力图表现的思想意义和社会意义。尽管马赫等人的思想行动是合于情理的,是可以说明他们的时代、环境、经历和遭遇的,因而也就有一定的典型性,但就其丰富、深厚和概括的程度来看,离开艺术形象创造的较高标准——典型,恐怕还有一定的距离。这种不足与缺陷,一方面可能是作者为这种文学样式所囿,视野受到了限制;一方面也可能是艺术构思还不够精到,刻划人物还不十分圆熟。这自然不是人为地给人物加添一些觉悟、移植一些新品质可以完成的。"

林亚光的《与履冰同志商榷》发表于同期《文艺报》。林亚光认为:"履冰同志的论点,是经不起典型创造的复杂性的考验的,而且,正是他的那种见解,导向对小说《达吉和她的父亲》中性格冲突的简单化的否定。""性格冲突的完整描写,应当包括冲突的根据(基础)和冲突从发生、发展、激化到解决的全部过程。履冰同志则是从小说中两个父亲性格冲突的基础开始,就给予否定和怀疑的。"

欧阳文彬的《跨上一个新的阶梯——谈唐克新的短篇小说》发表于同期《文艺报》。欧阳文彬写道:"不少作家都谈到过,作品中的人物活了起来,会按照自己的性格发展而独立行动,甚至会做出作家事先未曾料及的事情来。这其实也没有什么神秘,而只是联想的另一种表现。尽管在事先没有想到,当故事进行到某种特定情境时,作家根据自己对人物的了解,推测出人物当时当地必然会产生某种反应，采取某种行动，就在情节中作了补充。这不但不违背生活的真实，反而能使人物性格更明确，更突出，因而也更真实，更典型。""文学作品的情节到底不同于日常生活。特别是短篇小说，要在短小的篇幅里容纳深远的含意，要通过一个横断面来反映全局，通过一滴水来看太阳，对于结构和布局必须格外讲究。""形式总是为内容服务的。而短篇小说，不管它表达的思想高度如何，结构都应当精炼，情节都应当集中。"

温小钰、汪浙成评介敖德斯尔小说《水晶宫》的文章《〈水晶宫〉》发表于同期《文艺报》。温小钰、汪浙成认为："选择比较典型的细节，通过富有特色的环境描写，来塑造蒙族人民的新人形象，是敖德斯尔近年来短篇小说创作追求的艺术目标，《水晶宫》，可以说是通向这种艺术目标的一个新的轨迹。""敖德斯尔的小说富有地方色彩，读过他的作品的人，都会感受到蒙古草原所特有的生活气息。这一特点在《水晶宫》里是更加显著、更加浓重了。"

阎纲的《〈汾水长流〉的人物和结构》发表于同期《文艺报》。阎纲写道："作者在创作他的长篇的时候，把牢了几个主要人物的性格，把牢了他们之间的关系以及他们之间已经发生和可能发生的性格冲突。这种性格冲突的结果就有了'戏'、有了情节。然后在这个扎实的基础上，作者去精选和结构作品的人物和故事。""人物都处于人与人复杂关系之中，因而个人的思想行径往往受社会关系的影响，它自己反过来又影响社会关系，形成一套连锁性的反应、推进这种关系向前发展。这是生活的辩证法。作者若能既概括又具体地体现这个规律，不仅能使他的作品更真实，而且能使作品更集中更精炼。""作者尽量以较少的事件情节表现内容丰富的人物性格。他不孤立地使用事件情节，一个事件情节的安排，主要为表现这一个人的性格特点，但作者总要找寻它与四面八方的联系，总要把它当成一面镜子，让尽可能多的人在它身上映现出性格的影像和折光；还要用它作为前一事件的对应或者后一事件发展的草蛇灰线，作到一箭双雕、数雕的妙用。"

28日 江弓的《艾芜的〈南行记〉续篇》发表于《人民日报》。江弓认为，艾芜的《南行记》续篇之《玛米》"塑造了一个美丽善良的傣族姑娘的形象，写出她那值得人们同情的遭遇。艾芜同志那善于描写环境、风景的艺术修养和清新朴质的文字风格,在这篇新作里都有鲜明的表现"。

五月

1日　吴国钦的《情景篇》发表于《安徽文学》第3期。吴国钦写道:"我国古代美学遗产中关于'情景交融'的理论,所包含的内容是异常丰富的,它深刻地揭示了情景之间的辩证关系。'情生于景,景生于情;情景相生,自成声律。'(黄图珌《看山阁集闲笔》)说明了情景乃是相辅相成的,思想感情因借助自然景物而得到表现,自然景物也因为融合了人的感情而活龙活现。"

23日　《文艺报》第5、6期合刊发表社论《文艺队伍的团结、锻炼和提高——纪念毛泽东同志〈在延安文艺座谈会上的讲话〉发表二十周年》。社论指出:"文学艺术应当努力创造出具有强大的思想力量和艺术力量、能够打动千百万人心的好作品,用爱国主义精神和国际主义精神,用社会主义、共产主义精神教育人民,特别是教育青年一代,帮助人民群众和广大青年摆脱旧社会遗留下来的各种落后思想,形成新的性格、新的道德、新的风尚;同时运用多种多样的题材、风格和表现手法,反映生活的多样性,满足群众精神生活上的多种需要;总之,要用高质量、多品种的精神产品,更好地为广大人民、为社会主义建设事业服务。""如何正确地反映社会主义社会的人民内部矛盾,达到政治性和真实性的一致,在这个问题上,需要今天的作家艺术家进行创造性的探索。"

荒煤的《关于创造人物的几个问题——〈在延安文艺座谈会上的讲话〉学习笔记》发表于同期《文艺报》。荒煤认为:"电影艺术和小说、戏剧一样,不论其表现手段有什么不同,只能通过活生生的人,有血有肉的个性,通过人和人之间的斗争来反映生活的矛盾。就是说,要把'日常的现象集中起来,把其中的矛盾和斗争典型化',就必须在冲突中表现性格。""性格和冲突,这是文艺反映生活的内在逻辑和发展规律的一把钥匙。正确地解决了这二者之间的复杂的辩证关系,就掌握了文艺反映生活的特征。""为了揭示生活的本质而展开尖锐复杂的冲突,多方面地表现人物的性格,文学艺术作品必须描写人物的遭遇和命运。""文学艺术要创造生动鲜明的性格,重要的是,'不仅表现在他做的什么,而且表现在他怎么样做'。""表现一个人物的性格,表现他'怎么样做',是一个细致的、复杂的、艰巨的工作。但是,要创造性格就必须这样来表现。人物性格本身就是一个完整的丰富的精神世界,他有自己的世界观、道德标准、思想感情、心理状态、行动的准则、活动能力,以至独特的趣味、爱好等等。"

李准的《更深刻地熟悉生活——纪念毛主席〈在延安文艺座谈会上的讲话〉发表二十周年》发表于同期《文艺报》。李准认为:"一个作者只有在思想感情上和群众打成一片时,才能发现蕴蓄在劳动群众身上的坚强意志和崇高品质。""其次,是对生活的'观察、体验、研究、分析'。……对于生活,既不能浮光掠影,也不能囫囵吞枣。这里所说的观察、体验、研究、分析,就是要加强对生活的调查研究。""写一部小说也好,一个剧本也好,作者应该在事前明确地考虑到:读者读了这个作品后,要使他们得到一点什么思想,什么启发,要有一个贯穿全篇的'灵魂'。而这个'灵魂',却不能靠自己坐在屋子里空想,而是要靠对所反映生活的深思熟虑,分析研究,靠以马克思列宁主义的观点和生活现象反复结合,从中提炼出自己所要紧紧把握的思想来,才能使自己感受得深刻,使主题这个'灵魂'能够依附在活跃的形象身上。""文学是反映生活,是通过形象来表达思想的,因此对人物的特定环境、历史因缘,就需要作全面的了解。"

欧阳山的《生活无边——纪念〈在延安文艺座谈会上的讲话〉发表二十周年》发表于同期《文艺报》。欧阳山写道:"创作固然不能单靠深入生活、改造思想;作家深入生活,把思想改造好了,固然不一定就能写出好东西来;但是作家如果不深入生活,不改造思想,却绝对写不出好东西来,甚至根本就写不出东西来。"

魏巍的《生活再深些,站得再高些》发表于同期《文艺报》。魏巍写道:"我觉得,我们每个作者起码要熟悉几十几百个活人,熟悉他们的出身、历史、思想、性格以及一切细微末节。只有这样,才能给自己的创作提供雄厚的基础。再加上我们的思想改造不断进展,艺术水平不断提高,也就不难创造出各种各样的英雄人物和各种各样的典型人物,为我们的教育目的服务。""一个作者,当你研究生活的时候,要有最大的老实,而当你结构作品的时候,却又要有最大的'不老实'。我的意思是说:当你研究人、研究生活的时候,没有许多扎扎实实的工作，就不可能对复杂的生活情状有广泛深刻的认识，既然首先没有生活的真实，也就谈不到什么艺术的真实；而当你进入艺术加工的时候，却又需要摆脱一人一事的局限，让艺术的畅想飞翔起来，这样才能充分做到艺术作品的生动和鲜明。"

26日　浩然的《给周立波同志的信》发表于《中国青年报》。浩然写道："我觉得构成一个作家结实的生活基础，有两个重要因素：一是童年生活；二是不是以文学家的姿态去采集，而是以一个普通劳动者或工作者在活动中自然而然获得的生活经验和教训。""有了生活，要使这生活变成真正的艺术品，还要有认识、鉴别的能力，这种能力不仅包括正确的思想和立场，还要有真正的艺术家的眼光和手段，要有高超的表现生活的能力。"

六月

1日　颜慧云的《疾风知劲草——谈〈三国演义〉对败军之将艺术形象的创造》发表于《奔流》6月号。颜慧云写道："它（指《三国演义》——编者注）有很多地方描写了战争，写了不少军事人物，创造出了几个很成功的败军之将的形象。可以说，而善于在战争失败中揭示人物性格，创造艺术形象，这是它在艺术表现方法方面一个很大的特色。"

同日，邱惠连的《短篇小说的含蓄》发表于《河北文学》6月号。邱惠连认为："艺术永远没有必要也不可能把无限浩繁的现实生活用画面全部呈现在读者面前，艺术对现实生活的认识作用，永远只能是通过个别表现一般达到的。短篇小说篇幅短小，描绘生活就会受到更多的限制。这就更需要它通过局部展现一般，更需要讲究含蓄。自然，含蓄不是短篇小说所独有，但短篇小说形式短小，充分发挥这一表现手法的特长，在短小的形式中努力表现更多的内容，加大作品的容量，提高作品的质量，就更为必要。""含蓄提倡以少胜多，但也不是越少越好。'深文隐蔚，余味曲包'（《文心雕龙》）和穷情写物、详切的描写并不矛盾。'善藏者未始不善于露，善露者未始不善于藏'，含蓄和详切表面看来是对立的，而实际则是相辅相成、互相补充、互相依存的。"

24日　异安的《秦牧新作长篇小说〈愤怒的海〉已在〈羊城晚报〉连载》

发表于《光明日报》。异安写道:"作家秦牧最近创作的长篇小说《愤怒的海》,已在《羊城晚报》副刊《花地》上连载。这是一部历史演义体的小说,它描绘了十九世纪末叶,我国流落在古巴的侨工,和古巴人民一起抗击西班牙殖民主义者,屡建功勋的故事。它歌颂了中古人民的悠久深厚的传统友谊,也联系到当前反对美帝国主义的斗争。在已经发表的头几章中,作品表现了当年大批华工出洋的国内背景。"

七月

1日 金平的《结尾的艺术——短篇小说学习笔记》发表于《安徽文学》第4期。金平认为:"短篇小说的特点是篇幅短,要在极短的篇幅中着力塑造一个或两个人物形象,作家必须抓住作品中的一切环节,为刻划性格、塑造典型的人物形象服务。结尾,是尤其重要的一环,决不能轻易放过。""自然,塑造典型的人物形象,并非文学创作的最终目的,它只是一种手段,借此表达主题思想,达到教育读者的目的。我们看到,有的作家,往往在作品的结尾来一个画龙点睛,三言两语道破题旨,而这三言两语,又往往是热情洋溢,充满哲理意味的,它饱含了作家深沉的思想,是作家长期在生活的矿藏里开采、提炼出来的思想的珍珠,一下托到你眼前,闪闪发光,照人心目。""如所周知,比起现实生活的丰富性来,文学作品中反映的不过是'一毛一鼻',十分有限的。尤其是短篇小说,充其量不过写了生活大海中的一个浪头、一朵浪花,因而它的结尾,应该这样,无有'结尾感',可让人感到'没有完'。也就是说,它应该让人感到作品中反映的事件有独立性,可是和千千万万其他事件紧紧相连。""作为反映生活的短篇小说,它的结尾,应该同它本身一样,千紫万红,气象万千。但是有一条,结尾必须是'真诚'的,必须为作品的总任务,为刻划性格、表达主题思想服务,这是共同的规律。"

同日,叶鹏的《说含蓄》发表于《奔流》7月号。叶鹏写道:"含蓄是艺术概括、典型化这些艺术的基本规律的一种手法,一种反映生活的能力,一种创造形象的手段。但是,决不等于艺术概括的典型化,更不是作家观点和倾向的隐蔽。尽管在文字上隐去本事这一点,在形式上和譬喻、借代、映衬、双关、省略等相似，但决不是表现相近事物之间的类比的譬喻，和以桂华代明月，以章台代杨柳的借代，也不是一箭双雕，一词复意的双关，更不是语言上的省略。""我们传统的文艺理论，是把含蓄作为一种品格的，也就是形成作家风格的一个内容。独特的风格是由作家本身的素质（他的立场观点、传统教养、社会理想和美学理想）、作品的题材以及作者特有的艺术表现手法和审美能力造成的。因此，作为艺术手法和审美形式的含蓄，必然影响着作家风格的形成。""含蓄有好作品，不含蓄，汪洋奔放也有好作品。""从艺术欣赏的角度来看，含蓄所造成的丰富的艺术境界，倒有点接近我们传统美学中所说的意境，但是，却不能在这两者之间划上一个等号。意境是艺术创造和艺术欣赏的最高境界，在有限的造型中，展开无限的表现，是一座雕塑、一幅画、一首诗、一曲乐章、一幕剧、一部小说，呈现在人们意想中的完美的图景，把艺术认识和艺术欣赏的极致赋予读者。而造成意境的一个源头，却是作为艺术手法之一的含蓄。含蓄是触发和保证意境呈现的一个有效的手段。没有手法上的含蓄，也就很难引起人们浮想联翩，很难有意境的丰满和广阔。意境是整体的，但是含蓄毕竟是局部的。意境是整个艺术形象激发的，而含蓄则往往只是展开在个别字句、个别章节中的言外之旨。""含蓄提供的艺术欣赏的内容和意味，则和意境相似，同样以激发人们的联想见长，以读者的联想来丰富、补充、发展作家创造的形象。"

同日，李希凡的《开掘灵魂世界的艺术——漫话〈红岩〉之二》发表于《新港》7月号。李希凡指出："新时代的人物的内心生活，有着较之旧时代更远为丰富、新鲜的内容，值得作家去探索和开掘。所以问题不在于能不能写，而在于是否写得真实。被称为'人学'的文学，被誉为'心灵巨匠'、'灵魂工程师'的文学家，必须探索新的人物的心灵秘密，描绘新的人物的丰富的内心生活，才能创造出血肉丰满的艺术形象，真实地、深刻地反映新的人物的崇高的精神世界。"

3日 叶耘的《〈遥远的戈壁〉》发表于《人民日报》。叶耘写道："《遥远的戈壁》这本小说集记录了内蒙古人民在战争年代和社会主义建设中所走过的光辉里程。可以看出：作者从早期比较着重于情节的编排，逐渐走向着力于人物形象的塑造，所概括的生活内容逐渐深化；同时，在继承蒙古民族的和民间的文学传统方面，也作了努力。"

11日 冯牧的《略谈文学上的"反面教员"》发表于《文艺报》第7期。冯牧写道："在作品（指《红岩》——编者注）里，作者始终如一地遵循着严谨的现实主义途径，常常是把他的人物置身在激烈的斗争漩涡之中。"

冯牧认为："对于敌人的真实而深刻的描写，可以大大增强我们的文学作品对于广大读者的教育作用和认识作用。优秀的作家总是力图使自己的作品具有深刻的教育作用和认识作用的。以革命斗争历史为题材的文学作品的力量，常常是通过对艰巨的斗争生活和革命英雄的光辉性格的描写，以崇高的革命思想和美好的生活境界来提高和丰富人们的精神世界。但是，崇高的美好的事物，总是要和丑恶的黑暗的事物'相比较而存在，相斗争而发展'的。真正的英雄性格，往往是在和丑恶的对手进行短兵相接的斗争时，才会闪现出耀目的异彩。在这个意义上来说，对于正面人物的塑造和对于反面形象的刻划，往往会成为一个不可分割的完整的主题的两个方面。"

高缨的《关于〈达吉和她的父亲〉的创作过程》发表于同期《文艺报》。高缨指出："我要写的是民族团结的主题。我需要作品的人物和故事适合于主题要求，也即是需要作品中的人物为主题服务。""小说总是要有故事的。一个故事，总是需要有一根纽带。"

李希凡的《是提高还是"拔高"？——读〈达吉和她的父亲〉及其讨论》发表于同期《文艺报》。李希凡认为："所谓作品的主题、题材、典型环境中的典型性格、时代精神，都不是抽象的，而应该有它们具体的生活内容，并且恰恰是透过对具体的生活的活生生的描绘，表现出作者敏锐地发掘问题、揭示真实的思想才能和艺术才能。即使从作家的艺术构思的源流来讲，它们也只能是作为整体从深刻激发过作家艺术想像的具体生活中概括、摄取来的，而不是各种生活印象的任意拼凑。假使作家可以随意改变自己作品的主题、题材、性格和时代精神的'思想基础''时代背景'，那就很难创造出血肉饱满的艺术形象。当然，这并不是说，一个作家不能不断地发展自己的艺术构思，更深刻地提炼作品的主题，或者通过更深广的生活概括，使作品的情节和形象更加典型化。""人物的心灵世界，生活的矛盾冲突，都千丝万缕、毫无矫饰地联系着那'规定情景'里的具体生活,使人们感到,这些性格,这些心灵活动,这些生活冲突,都是作者所提炼的这特定历史题材的血肉内容,它们自然地生长在作者的构思里,作者是在深切生活感受的激情里萌发出这些艺术形象的生命的。作品的主题思想也像血脉一样贯串在艺术形象的生命里,多方面地显示了它的时代意义。"

秦牧的《艺术魅力和文笔情趣》发表于同期《文艺报》。秦牧写道:"文学不但应该以崇高的先进的思想教育人、影响人,概括集中地描绘生活的真实,也还有给人以丰富知识和美的享受的作用。"

魏金枝的《为〈沙桂英〉辩护》发表于同期《文艺报》。魏金枝认为:"我和某些同志的看法正好相反,他们说《沙桂英》松散,我却觉得非常紧凑。……《沙桂英》这篇作品的格局,颇像雕刻品中的胸像,左、右、下三边,都斧削得非常干净,毫无拖泥带水的感觉。……凡是对于主题发生积极作用的,即使是闲笔,他就必然要写,反之,对于主题已经不能发生积极作用的,他就毅然割爱而不写,这正符合于我们文艺创作上所公认的为主题服务的原则。""凡是赞成现实主义的作家和评论家,凡是承认矛盾永远存在的人,凡是知道正反面人物都可以作为教材的人,照理都不应该再发生人物高不高的疑问。但是在实际工作中,我们有些同志,总是从主观出发,希望在作品中不出现精神状态低下的人物,只希望出现英雄,而且是完整的英雄,而且个个都是英雄。这种心意固然是好的,但也确实违反了客观现实的规律。"

吴伯箫评介艾芜小说《野牛寨》的文章《〈野牛寨〉》发表于同期《文艺报》。吴伯箫写道:"现在读《野牛寨》有些不同,第一个印象就是清新的,深刻的。小说里虽然写了剥削阶级的腐朽生活,写了劳动妇女过去的悲惨命运,写了连绵的霪雨、闷人的马店;但是写得更鲜明的却是绿叶茂密的树林,缓缓流动的江水,竹篱茅舍,芭蕉,棕榈,肥猪,鸡群。"

八月

1日 金陵的《谈心理描写》发表于《奔流》8月号。金陵写道:"文学作品中的一切动作、姿态、言谈举止、外貌、服装的描写,都是为刻划人物的性格显示人物的内在的精神面貌的。判断一部作品的人物刻划是否成功，主要的就是要看作者是否能通过人物的动作和外形特征的描写来揭示人物的性格和精神世界的秘密。因此，深入地细致地探索和通过各种方式来揭露不同人物的内在的精神世界的秘密，就成了作家的一个重要的任务，人物的心理描写也就成了每个作家所十分注意的问题了。""从行动中描写人物的心理，让行动代替心灵说话，这是心理描写的重要的方法。""通过人物的虚幻的变态的感觉来表现人物的特殊的内心世界，所取得的艺术效果也是相当好的。""梦幻的形式也是表现人物的心理的一种方法。""有的时候，只是把人物的思想呈现在读者面前，也能出色地完成心理描写的任务。""作家深入到人物的内心世界，细致入微地进行人物的内心世界的分析，也是心理描写的一种方法。使用这种方法时，有的采用人物的内心的独白。""还有的作者往往是用自己的语言来分析与解剖人物的心理活动，一层一层，紧扣着读者的注意力。""从肖象的变化上来描写人物的心理面貌也是作家运用的方法。""心理描写的出色与否主要关键还在于作家有没有深入到人物的内心世界，有没有钻到人物的心灵里去。"

2—16日 中国作家协会在辽宁大连举行农村题材短篇小说创作座谈会（即"大连会议"）。会议由作协副主席、党组书记邵荃麟主持。赵树理、周立波、束为（李束为）、康濯、李准、西戎、李满天、马加、韶华、方冰、刘澍德、侯金镜、陈笑雨、胡采等16位作家和评论家参加会议，茅盾、周扬到会并发表讲话。会议就如何反映人民内部矛盾及短篇小说创作中的各方面问题进行探讨。邵荃麟在发言中主张现实主义要深化，扩大创作题材，要重视对中间人物的描写，塑造各种人物。

4日 张广桢的《漫谈林斤澜小说的语言特色》发表于《北京文艺》8月号。张广桢写道："林斤澜同志的语言受到不少人称赞。这不仅因为它简短、挺拔、节奏鲜明，更重要的是因为它富有表现力。""林斤澜小说中的人物语言往往能用几句话甚至几个字，就能入情入理地揭示出人物的性格、心理。""林斤澜同志的叙述语言也很好，新鲜独创，写景物、写场面，有声有色，给人以十分深刻的印象。作者有不少小说取材自山区和边疆生活，人们不会忘怀这些有独特风味的景物描写。对此，本文不想多谈。下面想着重谈谈作者在描写场面时所表现的语言技巧。""节奏鲜明，比喻新鲜而确切；全用口语白描，不同人物同中有异的雀跃情态，欢乐亢奋的气氛，却都跃然纸上；每个字每句话都是那样有精神，象春雨洗过的青枝绿叶一样，读了真令人神爽情朗。"

张广桢还说："富有抒情气息也是林斤澜同志作品语言的一个特色，它为作品增添了诗意。""加强作品抒情色彩的基本准则，即要紧紧扣住情节的开展和人物的刻划（特别是主要人物的刻划）。否则，它的作用将大大降低，在结构上也会显得松散游离。当然，由于具体情况的不同，具体表现形式将是丰富多样的。林斤澜同志小说中的抒情基本上做到了多样性的统一。有时表现为作者或人物内心感受的直接倾诉，有时和叙述描写交织在一起；有时主要体现在写景之中，有时主要体现在人物、场面的描写之中；有时主要体现在作品的开头与结尾，有时主要体现在作品的中间部分。而在更多的作品里，这几种情况又互相补充共同存在。但不管哪种情况，这些抒情的语言总的说来都是比较自然的，和人物的处境、心理状态相一致，直接间接有助于人物内心世界的揭示，情节的展开、作品主题的进一步深化。"

张广桢认为："林斤澜同志的部分小说中还有比较浓郁的风趣和幽默感。这主要是由作品的内容（新生活新人物）和作者的性格所决定的，但也反映了作者的语言特色。更确切地说，他们互相间的关系是这样的。作者幽默乐观的性格，使作者经常带着微笑观察现实生活，特别注意捕捉与表现现实生活中富有情趣的事物，而有情趣的事物又反过来进一步激发了作者的风趣与幽默感。主客观的水乳交融便使这种健康的风趣和幽默感流荡于整个作品之中。这种内容上的特点必然反映到语言运用上来，要求语言形式更具有喜剧性，以轻松活泼的形式表达严肃的内容。林斤澜同志在这方面是作了自觉的努力的。"

11日　冯文元的《典型与"代表"应当统一》发表于《文艺报》第8期。冯文元写道："典型创造是概括化和个性化同时并进，艺术上的代表性和艺术上的个性是可以统一的。真正的艺术典型只能是代表性和个性的完美统一。"

侯金镜的《短篇小说琐谈——在河北省短篇小说座谈上的发言》发表于同期《文艺报》。侯金镜写道："因为形式上的短小轻便，我们生活中发生的各种问题，就能很快或比较快地在短篇中得到反映，众多的反映生活各个侧面的短篇，就汇合起来帮助读者从各方面认识今天的生活。长篇便于从更宽广的范围去反映生活，它所反映的是历史图画，时代生活的各个方面，人物性格的历史发展，因此需要等待事件过去一个时期再回头来写，写作的时间也需要更多；短篇不同，它所反映的是生活的片断，也不一定需要写人物性格的历史发展，生活中所发生的各种事件，能够迅速地得到反映。""短篇也要达到自己的深度和广度（概括力强，引起读者丰富的联想），但是因为篇幅容量的缘故，不能把生活铺开，从多方面加以描写，更要因小见大，更要成为在狭小镜框子里的生活图画。其次，无论长篇短篇当然都贵在制造，在思想内容和方法上因袭别人既成的东西，不能成为真正的好作品。短篇在这方面似乎更值得注意，方法要新，立意更要新：发现生活里面的新的因素、新的人、新的思想感情。""作品里的情节和人物是二位一体，两者不可分离。因为人物的性格，要从人物的行动（情节）和人与人的关系的行动（情节）表现出来（当然，这里所说的行动也包含人物的心理活动在内）。不过，也有这样的作品，它们并不侧重描写性格，而故事的典型性很强。"

王元让的《关于"熟悉的陌生人"》发表于同期《文艺报》。王元让写道："艺术不是某种概念的简单图解，也不是对于现实生活无动于衷的机械摹写；它总是以现实生活中具体、生动、富有特征而紧扣作家心弦的现象作为艺术概括的起点的。所以，面对丰富多彩的社会现实，对于一个真正的艺术家来说，都有他自己的感受、理解和发现，都有他自己的艺术概括和艺术加工的方法。"

徐逸评介王愿坚小说《征途上》的文章《〈征途上〉》发表于同期《文艺报》。徐逸写道："王愿坚一向着眼于逝去的生活对现实的启示，以发掘革命先烈和前辈留给我们的精神财富，表现生活里壮美的事物，作为自己艺术探求的目标。因而他的许多成功的作品，都具有激励人心的精神力量，和强烈的现实教育意义。在《征途上》这篇小说里，他又为读者展示了红军长征途中一个动人的生活片断。""作者不以炫耀罕见的故事吸引读者，也不把记述历史当作自己的任务，而是选取具有表现力的情节和细节，捕捉人物性格闪光的瞬间，以浓烈的色彩描绘英雄的性格，揭示人物崇高的精神世界。"

张立云评介官伟勤小说《机场上的故事》的文章《〈机场上的故事〉》发表于同期《文艺报》。张立云写道:"这篇小说重在通过人物内心描写,来展现人物的精神面貌。"

12日 李希凡的《一本洋溢着政治热情的小说——读柯切托夫的〈叶尔绍夫兄弟〉》发表于《人民日报》。李希凡写道:"这部小说渗透着强烈的政论性的内容。"

本月

苏联卢那察尔斯基的《查尔斯·狄更斯》(蒋路译)发表于《世界文学》8月号。卢那察尔斯基写道:"狄更斯不是单纯地创造典型,换句话说,他不是单纯地创造某个代表着一种普遍的性格的中间形象,同时象每一位艺术家通常所做的那样,给这个概括性的、有特征意义的代表人物添上某些具体的、能赋予生命力的特点。"

九月

1日 李冬生的《漫话凝炼》发表于《安徽文学》第5期。李冬生写道:"凝炼,是短篇小说的特色,是做短篇小说必须把握的个中三昧。""我理解,凝是指内容的高度的概括和集中,炼是指结构和语言的单纯和洗炼。短篇小说应该达到象鲁迅所说的那样:'借一斑略知全豹,以一目尽传精神。'""通过个别反应一般是艺术的特点和规律。个别表现在文艺作品中,就是具体的典型形象。和中篇小说或长篇小说一样,短篇小说也是写人,写人的活动,通过事件(矛盾和冲突)刻划人物,通过人物的行动来阐明主题,也就是通过艺术形象感染读者,起到潜移默化的作用。""短小精悍是短篇小说的特点,它不可能象长篇小说或中篇小说那样放开来写,它不能对人物内心活动作细致的剖析,也不能对景物作详尽的描绘,哪怕是一个多余的语句,对它都是有害的。因此,主题就要更集中,形象就要更鲜明,结构就要更严谨。作者在选择细节进行具体描写的时候,必须服从主题和人物的需要,好象画龙,必须着力于点睛,而不能本末倒置,用心去描绘龙的鳞甲。"

吕美生的《略谈短篇之短》发表于同期《安徽文学》。吕美生认为:"短篇之短,绝不是长中篇的压缩,它所截取的、所描绘的应当是现实生活当中,最有深刻意义,最能体现时代特征并具有独立审美价值的生活片段。""读者透过这样一些看来很平凡而具体的生活事件,却可以窥见这个时代生活的意义。对于这样一种短篇小说,我们可以称之为凝炼。""短篇小说顾名思义要短,但要短而深,短而实,短而精,而切记短而浅,短而空,短而乱。……作品的真正凝炼,并不仅限于只是属于形式方面的艺术技巧问题,而是应当如鲁迅所说包括'内容的充实和技巧的上达'两方面。在我看来,所谓凝,就是指作品是否凝聚了深远而广阔的社会生活内容;所谓炼,则是从纷纭复杂的生活场景中提炼出精萃,象从牛奶中提取奶油,使之更纯、更浓、更有营养。"

祁小林的《短篇议谈三题》发表于同期《安徽文学》。祁小林写道:"我以为,短篇小说之所以名之曰短篇小说,恐怕主要是依据它的篇幅短小而言的。篇幅短小,反映的生活的广阔程度,当然不能象长篇一样包罗万象。但是,篇幅短小,却也正是它的特点。它可以通过生活的一个横断面,更精炼、更集中、更概括的反映现实生活中的一些本质方面,通过点滴的生活,揭示出时代的本质,生活的真理。""表现思想的深刻性和反映生活的容量,是短篇作者应十分注意的课题。二者是紧密相关,并且是相辅相成的。""短篇小说不是反映生活的全貌,而是截取生活的横断面。这道理是谁都懂的。懂了这点也还是不够的。当你截取了生活的横断面之后,对于这一个'断面',仍然需要一番概括、集中的功夫的。其实,任何一种形式的文艺作品,反映的总都是'断面'或某一侧面、某一方面。长篇也不能例外,总不可能把生活的一切都搬到作品中来的。我强调短篇应该更集中概括,这是与长篇作品相对而言的。与长篇相比较,我以为短篇作品因受篇幅短小这一特点所限,更应该十分注意剪裁:主题单纯明快,情节简洁,不要过分庞杂,枝蔓不清。围绕着一个中心主线,深入下去,生发开来。鲁迅先生说:'开掘要深,选材要严',也是这个道理。挖掘生活的内蕴时,要深刻,深思熟虑;动笔时要精益求精,不要把什么材料都写上,而应拣其主要的,与主题有关的,应舍得割爱。"

祁小林还说:"青年作者海涛,在他近来的短篇中,以他那富于淮北地方特色的群众化语言,受到读者公正的好评。他所运用的语言,为他的作品增色不少。他的语言的特点是:一、在刻划人物性格时,使用恰当的群众语言,不仅读来朗朗上口,给人以美的感受,而且能很形象的促成人物性格的形成;二、帮助情节的发展,使得作品更简洁、干净,却又能生动、丰彩。""三、他的语言增加了作品的情趣,读来颇有韵味。"

祁小林认为:"所谓含蓄,就全篇来说,是能拨动读者心灵中的'弦',让读者激起心灵中的共鸣,给读者以思索的余地,即所谓留有余地,有回旋。全篇中的每一段,每一节甚至每一句,作者都应该注意不宜太板太平直。全篇的躯体是由每句这个小细胞组成的。"

沈明德的《蠡测短篇小说的凝炼》发表于同期《安徽文学》。沈明德写道:"凝炼问题在艺术创作中是普遍存在的,并非短篇小说独有。契诃夫说,简洁是才能的姊妹。可见,任何一种体裁的作品都要求创作者具有简洁凝炼的才能。从艺术原则的高度上看,凝炼是要求艺术作品集中地典型地反映生活,达到一以当十的境界;与此相适应追求深刻丰富的内容和尽可能完美的艺术形式的统一。对于每一种文学体裁,这都是理想。当然,短篇小说篇幅短小,拖沓啰嗦就会使内容贫乏以至于无。凝炼问题在短篇小说的创作中显得尤其尖锐。""短篇小说的重要任务是通过人物形象的描写和塑造去反映生活,获得一定的思想教育意义。因此,如何达到凝炼(一以当十,言简意赅),我认为首要的是采取怎样的艺术手段,使人物迅速显露性格的基本特征。""短篇小说应该选择、创造一个或不多的几个生活片段,使人物性格的基本特征能够得到迅速而完满的表现。短篇小说作者经常寻求这样的特殊的生活片断。""需要说明一点。选择和创造一个或不多的几个特殊的生活片断,这些生活片断并不一定具有爆发性的冲突或剧烈的转折——当然也可以是这样的生活片断。由于对生活具有多方面细致而深刻的观察,作家也可能在表面看来平淡无奇的日常生活中迅速而充分地展示人物的性格,表现了比较丰富的思想内容。"

沈明德还说:"只有当作品保持着完整的感性素质,而又同时包含了丰富的现实生活的本质的内容,使欣赏者见一悟十,回味无穷,遐想联翩,才真正是艺术的凝炼。基于这样的认识,我想简要地谈谈短篇小说创作中两个具体问题。""一是人称的问题。现在看来用第一人称写的短篇小说的数量是比较多的。这种艺术手段当然是无可非议的,它本身具有很多长处,譬如情节的开展比较自由,第一人称'我'可以越过时间、空间,把自己的回忆和耳闻目睹的现实自由地连结起来,同时可以把作者的感悟渗透到叙述中去,使作品响彻一种抒情的调子。鲁迅的《祝福》就是运用第一人称的卓越的例证。然而,应该说明,只有在一定的条件下,这种手法的运用才会是有助于艺术的凝炼的。人物本身必须充分地行动起来,给欣赏者留下具体的难忘的印象。第一人称'我'的叙述应该更加照亮人物的行动,而不能用'我'的叙述代替人物的行动。""二是作者的议论的问题。在短篇小说中作者能否发议论呢,议论会妨害作品的凝炼吗?固然,恩格斯指出过:'倾向应当是不要特别地说出,而要让它自己从场面和情节中流露出来……'作者的议论时常鲜明直率地表现出倾向性来。但是,对于恩格斯的话我们的理解不能绝对化,不能一般地反对作者的议论。问题就在于议论应该建立在形象的具体描写的基础上(没有代替形象的具体描写),而又成为具体描写的一个重要的补充,使形象的意义更其深刻化、丰富化;不仅不妨害而且加强了艺术的凝炼。"

同日,阳升的《鲁迅小说中的景物描写》发表于《火花》9月号。阳升写道:"文学作品的中心是社会生活中各种类型的人物。作家为了描述丰富多彩的生活画面,塑造血肉丰满的人物形象,常常借助于景物描写,把人物活动的环境如实地描绘出来,给人一种身临其境的感觉。鲁迅先生最善于运用这种手法,抓取现象的特征,在人物出场之前,寥寥几笔,为人物的活动安排一个场所。""景物描写所给人的感受也并不完全是愉快的。随着作品不同内容的要求,鲁迅先生对于环境的描写往往进行不同色彩的渲染,给故事造成一个相应的气氛;以不同的情调影响读者的心理,使之和作者的思想感情发生共鸣;或者因而扩大读者感情的幅度与作者的思想倾向统一起来。"

阳升认为:"鲁迅先生还极善于创造性地运用和发挥我国古典文学传统中景物描写的衬托作用。""鲁迅小说中的衬托大致有两种。一种可以叫做同向衬托:景物描写与人物的情绪、人物的活动相一致,并且紧紧地联系在一起,相互为用,相得益彰;另一种可以叫做反向衬托:景物的色彩恰好与故事的情调相反,以强烈的对比,增强作品的表现力量。""鲁迅小说中的景物描写并不是可有可无的'小摆设'。它是服从于作者的创作意图而形成的作品的有机构成部分。它是为作品的中心内容服务的。由于这样,作者对景物的描写就不是自然主义的兼容并包;而是在坚实的现实生活的基础上取精用宏,严格选择、高度概括、精心提炼。这样,景物在作品中,已不是纯粹的'自然',而是倾注了作者的思想感情,为作者服务的工具了。这样,客观的自然景物就与作者主观的愿望取得了和谐的完美的统一。""在描写手法上,鲁迅先生最显著的特点是多样灵活。他以现实主义的态度客观地对待周围的自然景物;并且按着自己的需要,采取不同的方式熔铸在自己的作品中。有些,他以静态的描写,粗线条地勾勒出人物活动的环境,起了烘托作用;如《药》《故乡》《风波》等;有些,他把人物的活动与自然景物的描写交织在一起,并与人物不同的体验紧密地联系起来;在动态中使形象逐步趋于完整。《阿Q正传》中的某些片断的描写就是这样。"

阳升总结道:"总的来看,鲁迅先生小说中的景物描写也如他的整个作品一样,文字洗练而隽永,色彩朴实而清新,风格浑厚而俊逸,手法多样而灵活。寄博大思想于笔下,寓深沉感情于景中,达到了情被景牵、情景交融的地步。既描绘了祖国河山的壮丽,给人以美感的享受;又深化了作品的主题思想,增强了作品的感染力量。这些都是值得我们研究和学习的。"

11日 沐阳的《从邵顺宝、梁三老汉所想到的……》发表于《文艺报》第9期。沐阳认为:"创造出丰满的体现无产阶级理想的、与一切旧的传统观念彻底决裂的英雄典型,给人们树立典范,这是我们责无旁贷的任务;创造出集中一切传统陋习、落后意识于一身的反面人物,以为警戒,自然也有着重要的社会意义。此外,像《创业史》《沙桂英》那样,在创造新英雄人物的同时,把生活中大量存在的处于中间状态的多种多样的人物,真实地描绘出来,在这种真实的描绘中自然地流露出作家的评价,帮助群众更全面地认识生活,从而得到思想上的启发,这也是不可忽略的。"

钟本康评介姚鼎生小说《土地诗篇》的文章《〈土地诗篇〉》发表于同期《文艺报》。钟本康写道:"姚鼎生同志的长篇小说《土地诗篇》,……就其取材的新颖，人物面貌的清晰，反映生活的深度来看，都显露出独特的色彩。"

29日 赵树理的《与读者谈〈三里湾〉》发表于《光明日报》。赵树理写道："《三里湾》说的是我国在农业合作化初期（1952年）山区农村一些人的表现。书中说到的人虽然不一定是真名实姓，不过都是我当时在农村常碰到的。其中我赞成的人，我就把他们说得好一点；我不赞成的人，我就把他们说得坏一点。作者的目的是要争取读者的同情的。"

本月

瑞士弗里德利希·杜伦马特的中篇小说《抛锚》（书肆译）发表于《世界文学》9月号。书肆在后记中写道："在艺术手法上，他最喜欢的是悲喜剧，他还时常由喜剧的构思出发来表现现代人的精神面貌，说明一些严肃的道德问题。他认为'喜剧是戏剧的一种方法，甚至可以说是一种科学的方法'，他就用这种方法来剖析人类的本性，因此在杜伦马特的作品中常可以看到强烈的讽刺与夸张。在谈到自己作品的特点时，作者说，'要是你懂得"怪诞"（Grotesque）的意义，就能更好地了解我。但在这里必须分辨清楚的是：我不象一个喜欢引起恐怖或奇特之感的浪漫主义者那样的怪诞，而是亚里士多芬或斯威夫特式的怪诞。'"

十月

1日 蓝翎的《蒸笼里的艺术——关于形式与风格的断想》发表于《奔流》10月号。蓝翎认为："我觉得任何艺术形式美的形成，其重要的因素之一是对题材的熟悉和把握，只有在这一条件下，才能避免脱离题材的内在要求而单纯追求形式新奇的偏向，才能避免在借鉴的过程中单纯模仿和'削足适履'的偏向，同时也只有在这一条件下，才能真正通过探索追求到与题材相适应的新奇形式，才能真正借鉴来所最需要而有利的东西。""从最根本的意义讲当然是题材（内容）决定形式，但是题材（内容）并不会带来现成的形式，因此形式的选择、创造就显得很重要了，否则只要找到好题材（内容）形式就可轻而易举地解决了。事实并非如此。某种题材由于它在历史的或现实的生活中比另一题材有优越的条件，因此在客观上比另一题材会产生优越的思想效果，但是决不要从题材的思想效果的比较中产生一种错觉,即用题材的优越性掩饰或代替了形式美应有的地位和作用。"

同日,康濯的《试论近年间的短篇小说——在河北省短篇小说座谈会上的发言》发表于《河北文学》10月号。康濯认为:"并不是说写长篇就会丝毫脱离现实,脱离时代。文学和现实、和时代的关系,并不一般地决定于这种那种样式的差异。不过特殊地说,短篇小说在一定意义上也确是最富于现实性、时代性的文学样式之一,是我们文学阵地上一支最富于战斗性的前哨和尖兵。""短篇小说在所有的文学样式当中,比较起来更适于迅速反映当前的生活,特别是更适于通过短短的篇幅,以高度集中的人物形象,与社会斗争中突发的火花和焦点一般的情节,深刻表现出重大的或比较重大的主题思想;因而这既是一种轻型的武器,又可能比一般的轻型武器获致更为强烈的效果。正是在这种意义上,短篇小说足以担当起最富于现实性、时代性、战斗性的文学样式。历史上许多短篇杰作之所以永远流传,也正是由于它们通过高度集中的形象,深刻表现了同现实生活和时代要求的特出而鲜明的战斗关系。"

同日,王以平的《巧合——短篇小说学习手记之一》发表于《湖南文学》10月号。王以平写道:"'巧合'是一种习惯的说法,其实,也就是通过事件的偶然性来反映生活的必然性。""在我国丰富的文学遗产当中,运用这种巧合的艺术手法,是屡见不鲜的,在戏曲艺术中是这样,在短篇小说这个领域里也是这样。我国的短篇小说,从前人的'志怪',唐代的'传奇',到宋元话本和'拟话本'。就普遍地运用了这种手法。《拍案惊奇》、《今古奇观》、《聊斋志异》的作者,干脆在书名上标出了'奇'、'异'等字样,虽然,这些书里面包括的短篇小说,不一定都是奇异的,但有不少篇章运用了巧合这种手法。""在我们的社会主义文学领域内,抒情性的短篇小说大大地发展起来,强调了表现人物的思想感情,强调刻划个性,而追求情节故事的曲折复杂,却是十分罕见的事了。"

王以平认为:"文学作品中的偶然性,必须反映出社会生活发展的必然性,而社会生活的必然趋势,可以通过偶然性的巧合来表现,偶然性和必然性是结合在一起的。也就是说:'出乎意料之外,在乎情理之中'。能够透过一个偶然性事件,叫读者看到一幅广阔的社会背景,这样的作品,就有着深厚的思想内容。""创作还是要从生活出发,继承前人的表现艺术,可以使一个作者较迅速、较熟练地把生活反映出来,可以更集中,更典型化,不至于头绪纷纭、人物羼杂。巧合这种艺术手法,就是使人物贯串,首尾衔接的好办法,它适合于短篇小说的短小精悍、不蔓不枝、用墨经济、举一反三的特点。"

同日,胡尹强的《关于心理描写》发表于《火花》10月号。胡尹强写道:"在一篇文学作品中,人物形象的生动与否,决定着作品的成败。创造人物形象的重要途径当然是描写人物的肖象、声音、动貌和叙述人物的言语行动,但这还是不够的,因为有时人们心里想的不能或不想表现在他的言语行动中;更何况有的人心里想的和他言语行动并不一致,甚至完全矛盾,或者行为前后似乎矛盾;但这一切却都通过他特有的心理过程统一了起来。作家描写到他笔下人物处在这样的情况下时,如不揭示人物的心理状态、心理过程,便不能深刻地刻划人物性格。"

胡尹强认为:"描写人物在言语行动中没有表现出来,而产生在心里的无声的语言,没有动作的内心活动,是刻划人物性格的重要的艺术手段。作家要创造一个有深刻的社会意义的典型形象,反映社会复杂的意识形态上的斗争,心理描写实在是不可忽视的。俄罗斯伟大的批评家车尔尼雪夫斯基把心理描写叫做心灵辩证法,道理就在这里。""技巧娴熟的小说家常常巧妙地把人物心里无声的语言不加引号、不加任何解析,引进或溶和到叙述人的语言中去,成为叙述人的语言的一个变调。这样,不单可以丰富叙述人的语言,使之活泼多样,不时带有不同人物特有的感情色调。而且,在这样的心理描写中,我们不仅可以看到人物想什么,通过人物特有的语调,我们还可以想象到他是怎样想以及想这一切时的神情动态。"

胡尹强还说:"人物心里无声的语言是第一人称的,而叙述人的语言却是第三人称的,在叙述人的语言中引进人物心里无声的语言,有时不免产生人称上的矛盾。这时,作家可以把人物心里无声的语言的人称略加变化,使之和叙述人语言的人称相一致。""但有时,人物处在一种更复杂的心理状态下。这时,他不可能用自己的语言把自己的心理表白出来,就是说,在他心里闪过的无声语言是不成文的,或混乱如麻,或恍惚如梦,或淡如轻烟,或强烈如狂风暴雨,用人物自己的语言,无论如何也说不清。这时,作家便用叙述人的语言对人物这时的心理进行解剖。在技巧娴熟的小说家,尽管用的不是人物的语言,但从这心理描写的特殊的语言气氛中,我们一样能感觉到人物的神情动态。"

同日,蹇先艾的《漫谈几位新人的新作》发表于《山花》10月号。蹇先艾写道:"《山寨棋风》是一幅美丽的、民族色采很浓的风俗画,也是一篇富有诗意的散文。""这篇小说的对话是相当简练的。虽然对话是刻划人物性格和阐明主题思想的方法之一;但是作者却用了更多行动来描写人物,没有某些短篇'夸夸其淡'的毛病。"

金梅的《鲁迅小说的结构艺术——读书札记》发表于同期《山花》。金梅认为:"作品的结构总是首先取决于作品内容的需要的,作品的结构本身就是思想的表现。""采取这样或那样的方式结构故事、组织情节,不是作家主观的任意使然,而是为了更好地表达作品的主题思想。鲁迅从来不从固定的结构方式出发而削足适履,他总是从主题思想的需要出发来精心组织作品的情节的,因而他的作品的结构形式又是多种多样的。""鲁迅对旧中国社会的状貌有全面而深入的研究,发现了交织其间的种种矛盾和斗争,从而也就获得了构成作品情节的丰厚基础。鲁迅怎样把这些矛盾斗争组织和安排在作品里面的呢?""个人行动跟社会环境的矛盾斗争构成情节发展的基础,如《孔乙己》《明天》《阿Q正传》《祝福》《离婚》等。这类作品在结构上的最大特点是:集中刻划一个人的种种行动,而这些人又往往是势单力弱的,跟他(她)作对的却是整个凶恶的社会,犹如泰山压卵之势,到头来,他们不得不被压得粉碎(即使作过种种反抗,也无济于事);而作品的情节也正是建立在这些人的被凶恶的社会压榨、奚落和排挤上面,作品的主题思想、人物的性格和命运,也正是存在于这种'压榨'、'奚落'和'排挤'里面。""个人两种矛盾行动的交叉,即鲁迅所说的'后台的面目自然跟前台的不同'(《马上支日记》)的那些人的矛盾行动构成作品情节发展的基础。这些人在前台总是虚伪正经,在后台却丑态百出;作品的主题、人物的性格正是在前后台的矛盾交叉点上显示出来的。作者总是让这些人物戴着假面具先在人前尽情表演,等他一回到家里,只几笔漫画化的勾勒,他们就原形毕露,显尽丑态。这种作品大凡是讽刺味极浓的,作者在这里极尽谐谑嘲笑的能事,如《高老夫子》《肥皂》和《弟兄》等。""两种人物行动的交叉,如《故乡》《药》等。可以明显地看出,它们的情节往往是由代表着两种社会意义的人的行动结构起来的;这两种行动交叉组织,相互作用,最后归结到一个焦点上,既揭示了性格,也展现了主题。"

同日,茅盾的《读书杂记》发表于《鸭绿江》10月号。茅盾写道:"《交通站的故事》(作者峻青——编者注)……可谓大型之短篇。其所以长,和作者说故事式第一人称的写法有关。""正因为全篇有波澜,故而不觉其冗长;正因为全篇有意地安排好时而沉着、时而激昂的节奏,故而事情虽不复杂,读来却不感单调,反而使人有层峦叠嶂、深密曲折之感。""《山鹰》(作者峻青——编者注)……也是一篇讲故事式的第一人称的小说,长万七千字。故事也不复杂,但因主角的性格写得非常鲜明,又加以常常用有声有色的自然环境的描写来配合故事的发展,所以处处引人入胜。""作者的文字,流利而华瞻。此与说故事式的第一人称体裁,恰好相配。""《旷野上》(作者管桦——编者注)……也用心描写了自然环境,努力使自然环境的描写配合着故事的发展,借以加强气氛。"

11日 曹与美的《"朴素最美"小议》发表于《文艺报》第10期。曹与美认为:"如果说文学作品应当先求内容充实感人,不要矫揉做作,玩弄词藻,这当然是对的。……但是如果以为随随便便写下去,不讲究表达形式,不讲究修辞,就叫做朴素,那实际上是对朴素的作践。""美的形态是多种多样的。平易朴实、明净自然是美的,雍容瑰丽、色彩斑斓也是美的。我们看到,文学作品中有写得'朴实'的,也有写得'瑰丽'的,各有各的特色和优点,实在不能扬此抑彼,只认定一种是美的,不承认还有其他美的形态。"

沐阳的《漫评〈红光普照大地〉》发表于同期《文艺报》。沐阳写道:"生活气息浓厚,人物真实生动,人与人的关系写得自然和谐,蕴涵着一股向前跃动的气势,是对于光明灿烂的社会主义事业伟大前途的一首动人的颂歌。"

沐阳认为:"在生活中,人的思想往往由于个性不同,化为不同的感情、心理状态,并以特殊的方式表达出来;艺术创作似不能忽略这点。有一种误解,仿佛一提心理描写，就是指欧洲小说家习用的心理分析手法，其实，手法多种多样，我国的古典小说，心理描写丰富，而手法是我国读者喜闻乐见的。写行动，同样可以显示心理。"

冉淮舟评介刘真小说《弟弟》的文章《〈弟弟〉》发表于同期《文艺报》。冉淮舟写道："短篇《弟弟》给我的第一个印象是：感情充沛。那种洋溢在作品中的革命激情，作者描写生活和刻画人物时所流露的深情，正是构成革命文学作品感染力量的重要因素。作者很注意用她那种宛如泉水在浅滩上涓涓流动的清新的语言，用细腻的笔触，用波澜起伏的情节来打动读者。这里，强烈的感情，借用第一人称的'我'来直接抒发，又凭借故事情节的进展和人物性格的刻划来烘托，这种作者的抒情和形象的描绘融汇在一起，形成了一种委婉柔和、明快优美的抒情气氛。……作者描绘生活的抒情笔调，有助于形象的刻划，创造了一种富有诗情的艺术境界，把我们带进作品所描写的生活境界里，去接近和结识作者所刻划的人物。"

宋爽的《为农村新人塑像》发表于同期《文艺报》。宋爽写道："力求透过农村日常生活中人与人之间的矛盾冲突，揭示出农村生活的本质和主流，表现出新人所以成为新人的不同性格的力量和精神境界的美。""满腔热情地歌颂社会主义新人和英雄人物，运用各种不同的艺术手法，从不同的生活侧面，多方面地探索、表现新人富有时代精神的各种性格、品德和气质，是当前一些严肃的作家所努力追求的目标。"

徐逸评介张忠运小说《老事务长》的文章《〈老事务长〉》发表于同期《文艺报》。徐逸写道："《老事务长》，以第一人称的'我'回忆一位战友的方式，为我们讲述了一个老事务长刘永良的故事。作者仿佛朴素地叙述一件曾经深深激动过他的事情，自然地倾吐着他的感受；在编织故事的时候，好像没有经过任何的修饰，只根据人物的几场质朴无华的行动描写，就塑造了一个无产阶级革命战士的生动形象。"

阎纲、沈思的《绘声绘色的〈大波〉》发表于同期《文艺报》。阎纲、沈思写道："严格的现实主义的真实性，是这部作品突出的艺术成就。其次，像对重大事件和人物的侧面衬托、在繁锣密鼓之中尚能腾出手来描摹几幅可人的风俗画，语言的生动、准确、富于浓烈的时代色彩等等，也是作品的特色。"

赵树理的《与读者谈〈三里湾〉》发表于同期《文艺报》。赵树理认为："小说是说'人'的书，《三里湾》也是如此。《三里湾》说的是我国在农业合作化初期（1952年）山区农村一些人的表现。""小说的主要作用不在于帮助读者分析各种人的思想，而在于带领读者在感情上拥护其中应该拥护的人、反对其中应该反对的人。"

28日 姚文元的《生气勃勃的农村图画——谈浩然近年来的短篇小说》发表于《人民日报》。姚文元写道："在塑造人物上，总是个性化和典型化相统一的。同样个性生动而独具风格的人物，经过创造比较深刻地概括了一定社会内容的人物，较之社会内容浮浅（这儿不去说那种歪曲现实的作品）或者只是抽象地、表面地照本实录式地描写了某种外部特征的人物，有更大的认识意义，更长久的生命力。""迄今为止，反映社会主义改造过程中的中国农村的小说，就深刻性来说，《创业史》还是最杰出的一部，它广阔地、准确地描写了农村中各阶级之间极为复杂的矛盾，塑造了从梁生宝、梁三老汉到姚士杰等一系列具有不同典型意义的人物，信服地使人感到社会主义道路是农民走向共同富裕唯一正确的道路。"

十一月

1日 方铭的《短篇小说细节的提炼》发表于《安徽文学》第5期。方铭认为："艺术的细节的描绘，是作家再现生活的重要手段，如果我们把一篇小说比作为丰富多彩的生活图画，那么细节描写，是构成这幅图画的最基本的色调，没有具体的生动的细节描写，就不可能成为一部艺术形象十分丰富、真实的作品。""如何提炼细节？首要的，就是作者要深入生活，在生活的海洋里拾取珍珠，来编织美丽的艺术珠冠。严格地说，短篇小说是具体细微的生活面，而细节就是它的组成细胞，不熟悉生活、不理解生活，是很难提炼出好的艺术细节的。""再说，提炼细节要注意细节的真实性。""当然说提炼细节要求真实，但并不意味着否定使用艺术手法，问题是要合情合理，如巴尔扎克所说：小说是要说'庄严的谎话'。""任何艺术，都不能说明一切，也不必说明一切，而短篇小说正是这样。在提炼细节时，更应注意到艺术创造上的这个特点。因此，从这个意义上说，选择细节要'一以当十'，运用画龙点睛之笔。""除了选择细节之外，还要注意细节的安排。应当注意在情节发展处于关键或转折的地方，放置最生动、最能揭示生活意义的细节。'行于所当行，止于所当止'，安排细节要有整体观点。"

刘金的《读短篇随想》发表于同期《安徽文学》。刘金写道："短篇小说之所以为短篇小说，究竟是以内容的比较单纯和形式的短小精悍为其特征的。因此，终究应该力求集中、精炼，在题材所允许的范围内，尽可能的以少胜多，写得短些。写得短些，主要的不是为了节省纸张和读者的时间，而是为了内容的扎实，形式的精巧，意味的醇厚。"

同日，戴宏法的《"直""露"的一点理解》发表于《草原》11月号。戴宏法写道："我认为直露曲隐是不同的艺术表现形式，它们为作品的主题和内容服务。""曲直隐露必须适应内容的实际需要，不能不看对象，一律要求任何作品都写得曲折、隐藏。""现实生活是丰富多彩的，艺术表现形式也应该力求多样化。是的，曲和隐作品以波浪荡漾、山峰重迭见长，然而，直和露的作品确也以单刀直入，一气呵成见称；一个是丘壑纵横，千回百转，有着阴柔之秀，一个是长江黄河，一泻千里，有着阳刚之美。"

同日，金梅的《漫谈鲁迅小说的结构艺术——读书扎记》（续完）发表于《山花》11月号。金梅写道："短篇小说往往是通过一、二个社会的横断面来反映社会生活、刻划人物性格、表现主题思想的。就是所谓纵断面的写法，实际上也就是几个横断面的有机连缀，因为短篇小说的这个'纵'，不可能是象长篇小说那样的'社会发展史'，而只能选取每一阶段上的最典型的场境，加以集中刻划、描绘，然后找出其中的连贯，再组织起来的。（其实长篇小说也无不如此，只是在'面'上更宽广一些就是了。）那么为了更好地达到这个目的，我们就要煞费苦心地去选择、组织和布置象鲁迅小说中那样的最典型的场境。而且，这也是把短篇小说写得更简炼、更紧凑、更短小的一个重要方面。""也由于短篇小说的篇幅有限，不可能有更多的闲笔，这就要求在一开始就抓住主题，布置局势，渲染气氛，确立全篇的韵律，一气呵成，紧紧地扣住读者的心弦，而最后又能别开生面，回味无穷。鲁迅小说的结构艺术的高超，在这里也表现了出来。他的小说的开头和结尾多种多样：或开门见山，议论风生；或语重心长，令人难忘；或多方设关，疑团徐散；或突如其来，戛然而止……而每一种形式都收到了确立全篇的韵律和令人从头再读的艺术效果。""以情景交融的画面开头，把读者引入特定的气氛中，而随后，这种气氛贯串全篇，如《故乡》和《祝福》等。""用人物的行动或对话（包括心理活动）来开端小说故事情节的……用'动态'来开端的这些作品，开门见山，简炼明快，全篇的节奏都比较活跃诙谐，有的还很热闹。这类作品还有一个特点：人物活动在时代生活的一个横断面里，全篇也大都是人物的活动，很少有作者的单纯叙述、交代。而作为开头的这些行动或对话，往往摆出了各种人物相互之间的关系，或各自的地位。""用交代笔法来开头的，如《狂人日记》《孔乙己》《阿Q正传》和《孤独者》等，以叙述为主，兼带描写，反映的生活面较广，人物的历程也较长，大部分是写他们的一生的。"

金梅还说："但是一篇好作品在巧妙的开始以后，还要有生动的结束。在古典文艺理论中把一部好作品的结构归结为'凤头、猪肚、豹尾'；'凤头'难买，'豹尾'价高，可见结尾同样是十分重要的。鲁迅的小说，不仅开头好，中间好，而且结尾也好，善始善终，实在难能可贵。他的小说的结尾收到了两种艺术效果：既概括了全篇，又能令人想开去。这些结尾无不切合每篇的具体内容和情调色彩。""以富有号召力的议论来收束全篇。""而在那些更富抒情味、或感情色彩较浓的作品里，鲁迅往往是用凄凉的风景画来作结的；心情不愉快，景色又怎么会美呢？如《药》《在酒楼上》和《祝福》等。《故乡》的结尾的阴凄气氛，正是为了加强全篇的悲剧情调。""以人物的行动或对话（包括心理活动）作结，保持了全篇的热烈跳动的节奏的一致性（这些作品的开头，也往往是人物的行动或对话，前后连贯、呼应）。这种结尾，又往往带有讽刺的意味。"

10日 崔左夫的《短篇小说的特点及其他》发表于《东海》第11期。崔左夫写道："关于短篇小说的特点是否可以这样说：它长于反映历史和现实生活中的某个插曲某个横断面，并且以轻快、迅速、深刻兼有而为人们所注重。展示生活中的某个顷瞬间的事件，从而小题大做，借以让人们借一斑略知全豹，以一目尽传精神,这本来是短篇小说的特殊职能。……当然,我们大致上认定了短篇的这样一个特点之后,绝不应该认为短篇就不能容纳重大的生活内容,而只能反映内容贫乏思想浅显的东西;也不应该认为短篇只能够描写某个插曲、某个片断或者是某个单调的情节。""下面我们来探讨在短篇小说创作当中应当注意点什么。""写自己最熟悉的生活,摄取自己长于表现的题材,运用自己得心应手的表现方法,大约可以看作是我们初学写作者的'入门'之途,第二步路程则是应该把自己熟悉的东西反映得深刻一些,题材选取得严一些,表现方法上应该力求'把场面交代清楚,把登场人物写得生动活泼,言语要确切而优美'。"

崔左夫还说:"在短篇小说的创作实践中,我以为除了应该注意发掘生活的涵义并学会塑造人物等等本领之外,还应该特别研究一下短篇小说的情节和结构问题。短篇小说的作者不应当只注意描写主人公的内心生活,而忽略了情节在短篇小说中的作用,因为短篇的篇幅不容许你从容地让人物自由地独白(或者是旁叙),那么让主人公的思想和行动生活在情节之中就成为较理想的手段了。所以应该把情节看做是短篇小说的基本要素之一。猎取到一个美好的情节,人物就会写得生动,作品的主题意义也就能很好的直接或间接地表现出来。其次应该注意到结构问题,结构就是把短篇作品组织成一个统一的整体。……我们初学写作的人,在结构这一门功课上,第一步应该尽量使故事的发展前后勾联,疏密相间;在摸到了它的基本窍门之后,则应该学会运用变化错综的手法,避免平铺直叙。……我还感到目前在结构作品中最困难的是一个故事的密度问题,比方如何使故事发展得疏密相间,而不让人家读到同样密度的东西;又如何使次要的人物在作品中不占据很大的密度;以及为主要人物所设计的最大密度究属放在何处适当等等。所有这些问题,在文学理论书架上是一时找不到圆满答案的,这就逼着我们要采取自学的道路——多研读一些古典和当代的短篇名著,就能获益不浅。"

钦文的《略说短篇小说》发表于同期《东海》。钦文写道:"短篇小说需要'单纯化',就是一篇之中,只写一个主要人物,一个事件,经历的时间很短,地方很小,陪衬的人物也很少。但单纯不等于单调,应详则详,应略则略,要写得内容丰富,表现手法多样化,富创造性;所谓短小精悍,是饱和的,句子很紧凑，个个字象弹出去的皮球那样有力量。""写长篇小说、中篇小说，可以把人物一个个地单独详细介绍出来，分头说明白了以后才汇合起来描写。一个长篇小说，不妨写上二三十万字，甚至百万字，尽可以从从容容地塑造人物，一个个地塑造出许多人物来，也可以写上许多自然现象，作为衬托的背景。写短篇小说可没有这样的余暇，一开头就得抓紧，一刻也不能放松，事事都要紧紧围绕主题，一点也不能乱写。刻划人物外貌，固然只能扼要地着重写嘴脸；就是嘴脸，也只能把关系密切的穿插写一部分，不能嘴眼鼻子样样都提到。无论故事的情节，人物的形象、性格，都要为着表达主题的方便，多方分割开来穿插着写，使之成为一个密切结合的有机体。"

钦文还说："小说，无论长篇、中篇，都要比一般散文写得具体，总得'描写'多于'述说'。短篇小说对于这一点的要求更加高，更要注意'具象化'。每一件事情，用述说交代几句话就行，描写起来可要用不少的字句。可是短篇小说总得注重描写，自然这是指重要的地方，因此不重要的地方就得尽量去掉，或者只用简单的几句话来说明。""'断片的描写'，是写短篇小说的一个重要方式，往往故事发生在很短的时间内，在很小的地方，只由少数人进行。可是实际上也可以提到许多于别的时间、在别的地方、由别的人物所经历的事情，这就是从对话、从事物某一点的说明和从人物的回忆中表达出来，仍然可以把事件的前因后果表达清楚，只是形式上象个生活的断面。"

同日，丁采的《漫谈黄飞卿的短篇小说》发表于《广西文艺》11月号。丁采写道："黄飞卿在创作道路的探索中，已经开始形成了自己独有的一些特点。""首先，黄飞卿作品的着眼点，大多数在于选择和提炼农村中的新人物，并集中刻划他们的性格，让其闪露新思想的亮光，从而塑造社会主义崭新人物的形象。这和其他一些作品相比较，我觉得他更善于从日常生活和普通人的身上，反映出农村生活的动向。他根据自己在农村生活中的亲切体会，寻找构成作品的材料，抉择所描写的对象，从侧面去反映现实生活，并且采取截取生活横断面的方法，集中在一二个事件里，着力刻划一两个人物的性格，表现主题思想，以达到'通过一滴水看一个世界'的目的。从他发表的作品看来，这种努力是颇有成效的。""其次，正由于他的作品是从各个侧面反映了农村日新月异的面貌和不断涌现的新人新事,流露出农村新生活情调,因此一般都具有较为浓厚的生活气息。同时,小说结合地方风俗的生动描绘,也加深了生活的色调。""最后,黄飞卿在语言的运用方面,带有比较浓厚的口语化色彩,富于地方特点。读着他的小说,自然而然地便进入作品人物的具体环境之中,感受到特定地区的风土人情、生活情调。"

11日　冯健男的《草原的花——读〈花的草原〉》发表于《文艺报》第11期。冯健男写道:"玛拉沁夫……往往着力在创造人物,探索和揭示了人物的内心世界,也因此,他才得以清晰地勾勒出草原人民生活的'轮廓'。""作者通过对于人物内心世界的探索和揭示,表现了草原人民的风貌、命运和道路。""作者不但运用比喻来写事写景,有时还运用比喻来写人。……在玛拉沁夫的作品中,比喻的运用不但和作者的创作个性有关,也和民族风格有关。我们知道,在内蒙古人民的语言中,特别在民歌中,是经常有比喻在起作用的。在玛拉沁夫小说的对话中也往往反映了这一点。"

冯健男认为:"读玛拉沁夫的小说,有时令人感到是在读抒情诗。可以说,以上所谈到的他的创作的一些特色,给他的作品带来了诗意,但归根结蒂,这个诗的感情是由作者的政治热情和创作激情所决定的。"

欧阳文彬的《把战歌唱得更嘹亮——读峻青的短篇小说》发表于同期《文艺报》。欧阳文彬认为:"峻青在艺术构思方面显然下过苦功,他的每一篇作品,都显得结构完整、脉络分明、情节紧凑、引人入胜。""通过对一颦一笑、一言一动的描写,举重若轻的揭示人物精神品质的美,是峻青常用的手法。""有时候,故事正在进行,峻青突然摄取某个场景,把它固定下来,像一幅油画。……景因人而有了生命,情因景而愈显深湛。""峻青喜欢向读者介绍英雄人物的出身和历史。""峻青还喜欢写景,尤其喜欢写胶东的风光。""峻青也直抒胸臆,用自己的感受和议论来打动读者。""有时候,峻青索性调动所有的人员,以至动物、植物,一同来讴歌他的英雄。""一般地说,故事性强的作品往往比较缺少抒情性,抒情性强的作品往往比较缺少故事性。而峻青两者兼备。"

严家炎的《〈多浪河边〉读后》发表于同期《文艺报》。严家炎写道:"真正显示了哈得尔的反抗性的,并非作品中某些由作者出场所作的一般化的平面的介绍，也不是借哈得尔口头的宣讲，而是人物本身作出的具有独特方式的一些行为。……可喜的是，我们还从人物的行动中多少看到了性格的发展。"

张铁弦的《圣地亚哥的英雄谱——谈古巴革命小说〈贝尔蒂雄166〉》发表于同期《文艺报》。张铁弦写道："这部小说在艺术处理上，也显出一些特色。当你阅读这部作品的时候，首先会感到它的风格朴素，语言简洁，虽然场面众多，却剪裁得当。作者在人物的描写和故事的穿插上，既使用了省略的笔法，同时也有细致的铺叙。当你了解了故事的全貌，并且知道这仅仅是发生在一个英雄城市一昼夜之间的事件，那末，就会感到，这部作品在结构和手法上，具有电影艺术的某些效果。"

十二月

1日 公盾的《〈水浒〉的语言艺术》发表于《解放军文艺》12月号。公盾写道："一切文学作品都要通过语言来刻划形象，反映现实生活。我国古典伟大作品《水浒》，正是由于以优美生动的民族语言作为作品思想的衣裳，深刻地反映了北宋末年的社会制度和阶级斗争，真实地描绘出人物的音容、笑貌及其精神世界，从而使这部小说五六百年以来得以在我国广大人民中间广泛流传，为人们所热烈喜爱。""作品中的人物语言是否写得恰如其分，这对于艺术地描写典型人物，是有着极重要的作用的。""《水浒》里义结同心叱咤风云的梁山泊一百单八将，由于阶级出身、生活经历、文化教养等方面的差异，他们的生活习惯、心理、行为等方面有着千差万别之分。《水浒》通过不同的人物语言，烘托出了这些江湖好汉的不同性格。"

公盾指出："《水浒》人物语言的主要特点就是性格化。""《水浒》以贴切的恰如其分的人物语言，来加深对作品人物独特性格的描画。""《水浒》常常在相同的场合通过各不相同的人物语言，描绘出那些江湖好汉不同的性格。""由于《水浒》作者对自己所描写的人物非常熟悉，爱憎极其鲜明，因此他常常以富有独特感情色彩的最精辟的人物语言，深刻地揭示了那些英雄人物性格的内在真实。""《水浒》是把梁山泊好汉放在当时社会现实生活斗争中来写的，在这里，特定人物性格不是固定不变，而是随着斗争的深入而不断发展变化着的；特定人物的语言的内容、方式、口吻，不是一成不变，而是随着人物性格的发展，显得不一样的。""《水浒》不但主要人物的语言写得好，同时，它也以丰富多姿、唯妙唯肖的人物语言，逼真地刻划出了书中所描写的那些次要人物的面貌。"

公盾还说："任何文学作品都不能以连篇累牍的人物对话连缀而成，必须通过作者的叙述语言使作品中的人物事件、场面转换、时间场景变化、气氛的渲染和烘托，与作品中的人物语言和谐一致地构成一幅完整的图画。""《水浒》不但人物语言写得出色，作者的叙述语言也写得出色。""《水浒》的作者叙述语言特征之一，就是善于挑选能够传神的确切的字眼，绘声绘色、洞幽烛微地表现书中人物的神采风貌。""文字紧凑、句法精练是《水浒》的作者叙述语言的另一个特色。""《水浒》的作者的叙述语言的又一个特色就是形象化。作者擅长用生动明确的语言把人物的情态、生活的现象逼真地表现出来。作者的叙述语言并不是平铺直叙，而是通过具体形象来描写的艺术语言。其中无论对人物性格的刻划，对社会环境和自然景物的描绘，都是具体而生动地显示出它们的风貌，给人们思想上和情感上以深刻鲜明的感受。""《水浒》形象化的叙述语言中常常极其生动地写出了声音和色彩。""在《水浒》里，作者的叙述语言跟人物语言紧密地结合在一起，使之桴鼓相应、水乳相融。作者的叙述语言居于积极主导的位置，它描写人物、评价人物的行为，叙述事件的进展，衬托出了作品人物的背景图画，使人物语言从属于它而成为不可分割的统一体。离开了作者的叙述语言，人物语言就显得孤零零，贫弱无力；离开了人物语言，就会使作品显得枯燥单调，缺乏生动性。""《水浒》作者对于当代人民的语言知识是极其精通的。《水浒》的人物语言和作者的叙述语言中，有不少是成功地运用了民间成语、谚语、歇后语。""《水浒》里充满生活气息的新鲜、活泼、生动的语言，是从民间口语中来的，但它们又都经过作家的挑选、洗炼和加工，丢掉了那些粗糙、芜杂的不健康的东西，吸取了那些合理的积极的东西，成为经过作家改造了的全民性的语言。正因为如此，它就为这部古典作品披上了语言艺术的新装，从而使这部小说几百年来更能够为广大地区的人民所理解和热烈地喜爱。"

6日 高歌今的《群众中涌现出的新人物——评方之的小说〈出山〉》发表于《光明日报》。高歌今认为："这篇小说在艺术表现上是朴实、凝练、自然、生动的。它的故事主要在家庭范围内展开的，生活气息很浓，然而写的又不是一般家庭琐事，而是有重大社会意义的事件。因为《出山》的矛盾特殊性质，所以解决的方式主要表现为人物的内心斗争。因之小说的心理描写很出色，常常是变化多姿，言简意深。……总的来说，小说《出山》，无论在主题思想、选材角度、人物创造上，都有不少新颖独创的地方。它是我们迫切期望的反映当前农村火热斗争的一篇出色作品。"

11日 黎之的《创造我们时代的英雄形象——评〈从邵顺宝、梁三老汉所想到的……〉》发表于《文艺报》第12期。黎之写道："有人认为，今天在现实生活中没有落后的现象或落后的人物，即使是有也是极个别的，不是生活的主流和本质，个别的落后人物很快的就会改变成为先进的人物。文学艺术应该反映生活的主流和本质，那么今天只能写先进的人物。而对创造先进的人物又提出了一些刻板的要求。""强调创造中间人物形象的同志们都一再说明，在现实生活中中间状态的人物是大量存在的，因此在文学艺术中也应该是着重描写的。当然，在我们生活中还有不少处于中间状态的人物，这些人物是值得描写的；但是，这并不等于说只有大量存在的事物才值得大量地描写。作家不仅要善于从大量存在的事物中发现典型创造典型，还必须善于在萌芽状态的事物中发现和创造典型。""文学中中间状态的人物的形象刻划得深刻，可以对现实生活里的中间状态的人物起教育作用，但是，同样真实而深刻的英雄人物的形象，不是更可以教育他们，带动这些中间状态的人们前进吗？""艺术典型确实应该多样，我们艺苑中的人物不应该是千人一面的。但是，不能认为，只有多写所谓中间人物，才是解决艺术典型的多样化问题的最好途径。文学艺术可以而且应当描写各个阶级、阶层，各种类型、职业的人物，其中有先进人物，有中间状态的人物，也有落后的人物，而英雄人物的塑造也应该是多样化的，因为英雄行为，英雄性格是多样的、丰富的。……我们在强调艺术典型多样化的时候，不要忘了强调英雄人物典型的多样化。"

培之的《关于"实地调查"》发表于同期《文艺报》。培之认为："文学作品中所描写的人物和事件，对生活来说是不是真实的呢？是真实的。但是，这种真实，如毛主席所说的是比普通的实际生活更高，更典型，更理想，更有集中性。"

王佐良的《稻草人的黄昏——再谈艾略特与英美现代派》发表于同期《文艺报》。王佐良写道："进入二十世纪，在欧洲几个大国里，在许多艺术部门逐渐出现了一些新奇的流派和技巧特点：绘画里的抽象派，音乐里的反协调主义，雕刻里的反现实主义，诗歌里的未来主义，小说里的意识之流，戏剧里的表现主义等等，到了二十年代形成了有社会影响的现代主义潮流，其共同的特点是：反对古典文艺传统，在题材和技巧上力求新奇，在精神上则带有歇斯底里的疯狂性质，企图发掘的不是外面的客观世界，而是作家自己的贫乏的内心；排斥批判现实主义，认为它呆板、单调、机械；他们的真正上帝是佛洛依德，他们所追求的是梦境和神话。""总的说来，现代派是颓废、反动的文艺流派，由于斗争的激化，有的现代派人走得更右，成为法西斯分子；但也有人转向左翼，脱离现代派，成为进步文学界的一员。"

20日 王佐良的《狄更斯的特点及其他》发表于《光明日报》。王佐良认为："原来他（指狄更斯——编者注）写得比较松散。……在后期的一系列小说里，他更是刻意求工，竭力追求结构的完整，同时他又努力约束了自己的感情，对周围人物和所处社会有了更加清醒的看法，在认识和表现上都比以前深刻起来。""然而另一方面，他又最奇幻、最夸张，在渲染、烘托上最走极端。他运用语言又是莎士比亚式的，即力求生动，力求强调，而不受语法等惯例的束缚。他是散文家，但有的时候他几乎将小说当作诗来写。他特别擅长创造气氛。在他的小说里，气氛不是点缀，也不仅仅是背景，而是小说结构里的重要组成部分，往往既是象征，又是实体。""真实的细节与诗样的气氛的混合，具体情节与深远的社会意义的混合，幽默、风趣与悲剧性的基本人生处境的混合——正是这一切使狄更斯的作品丰富厚实，而且充满了戏剧性。他的小说开始时动作不快，篇幅奇长，但这是当时许多别人的小说共有的情况，而只要人们有点耐心，很快就会进入一个充满了紧张冲突的世界。他不仅擅长于正面写善恶之争，而且以抑恶扬善为快，非将坏人完全揭穿，他是不肯放下笔的。他的小说几乎无例外地都以大揭穿大暴露为全书高潮。"

　　同日，周谷城的《艺术创作的历史地位》发表于《新建设》第12期。周谷城认为："历史的过程就是斗争的过程。艺术创作之所以有意义，就只因为在这过程中发生了作用。倘在这过程中不发生任何作用，将没有艺术创作的意义可言。斗争过程有种种不同：如人类的征服自然，被压迫阶级的打倒压迫阶级，都是斗争过程。在任何一种斗争过程中，艺术创作可以发生作用。我们若依其作用的性质而言，可以勉强分为较大的三项：一曰填补不足，二曰纠正错误，三曰发扬优点。如防洪水，除猛兽，驱蛇龙，是对自然的斗争，都需要勇敢机智；打倒贪官、污吏、土豪、劣绅，是对压迫阶级的斗争，也都需要勇敢机智。我们所有英雄的诗歌，复杂的故事，精细的雕刻，多能描绘勇敢机智，促使斗志昂扬，是即艺术作品发挥填补不足的作用处。反动势力统治人民的封建时代，农民因被土豪劣绅蹂躏，常直接起来打击豪绅，推翻官府；正义、公道，从而得到伸张。所有民间流传的故事，表演的各种戏剧，多能反映类此的事实。是即艺术作品发挥纠正错误的作用处。至于生活相当圆满，问题矛盾不易爆发，斗争一时进入隐而不显的时候，常有艺术作品从正面描写生活圆满，心情舒畅，使圆满者更圆满，舒畅者更舒畅。是即艺术作品发挥发扬优点的作用处。旧话有曰，'充实之谓美'，亦即填补不足的意思；有曰'锦上添花'，亦即发扬优点的意思；有曰'绳牵纠谬'，亦即纠正错误的意思。有不足，要填补；有错误，要纠正；有优点，要发扬。艺术作品于此，都能发挥作用。"

　　周谷城强调："真正的艺术作品，不是以理服人的，而是以情感人的。以情感人，被感动者全人格受到震动，而不自知其所以然。如读一首好诗，看一幅好画，常常拍案叫绝，曰好、好、好；然而说不出所以好的理由来，是即全人格受到震动的明证，颇近乎一般所谓直觉。被理说服者，可以参加对自然的斗争或对阶级的斗争，推着历史前进；被情感动者，更可以参加对自然的斗争或对阶级的斗争，推着历史前进。历史前进云云，即斗争过程中的矛盾一次又一次的获得解决，无差别的境界一次一次的获得接近。无差别的境界是可以接近或达到的，却是不可以久留的。因之艺术的源泉可以无穷，艺术的历史作用亦将无限发展。是曰艺术创作的历史地位。"

1963年

一月

　　1日　敏泽的《丰收的一年——简评1962年〈河北文学〉的短篇小说》发表于《河北文学》1月号。敏泽写道："在他（指张庆田——编者注）最近的作品中（包括他的评书《吴哑叭记》和特写《庄稼人》等），除了过去已有的优点外，在艺术表现上，显得更加坚实、质朴和深沉了。在艺术形式上，运用民族形式（评书）的尝试也是有成就的。这一点在作者最近的一篇较好的短篇《涌泉记》（载《河北日报》1962年12月2日）中，表现得十分清楚。整个作品以叙述为主，写得简洁而又质朴，也比较地浑厚。""值得特别一提的是，在反映农村生活中的孙犁的《女保管》（载2月号）。孙犁在近年来身体多病的情况下，仍然积极地从事创作劳动，这首先是值得十分欣喜的。在这一短篇中，表现着孙犁的一贯风格，善于运用白描的艺术手法，以极省的笔墨，画龙点睛地写出了一个立场坚定，是非分明，在平凡中表现着不平凡的贫雇农妇女的形象。孙犁的短篇并不是以情节取胜的，《女保管》几乎也没有什么大的情节，但在对那些看来琐细、平凡的生活现象的选择和表现上，却见出了作者深深的功力。"

　　同日，冯牧的《战士生活的真实写照——和一位战士作者谈峭石的短篇小说》发表于《解放军文艺》1月号。冯牧写道："峭石同志的短篇小说集《沸腾的军营》，这本有趣的书，想必你已经读过了。""这些作品的题材和主题，从表面上看来都有相似之处，可是由于作者能够努力通过不同的思想角度和不同的生活细节来描写他的人物和故事，因而使得它们仍然各自具有一定程度的感人力量。""峭石同志的创作所显示出来的一个值得注意的特点，是他能够在讲述他的故事的过程中，相当重视对于人物的思想特征的描绘；虽然在这方面他并不是总是获得成功的。……当我读着这些作品时,凡是那些作者比较着力地描绘了人物的精神世界和性格特征的,都是比较能打动我的作品;反之,凡是那些性格描述得模糊和雷同的作品,就不能给人留下多么深刻的印象。"

10日 朱虹的《法国新小说派"新"在哪里?》发表于《光明日报》。朱虹认为:"从新小说派的创作理论来着,这个流派全力反对的是在小说中表现人、表现社会的人,而竭力要把小说变成为对物件的光彩、色彩的说明和对物件的度量、位置的图解。""在这些小说里,几乎都是一些谋害、凶杀、奸淫的情节。故事和事件都脱离社会背景和社会现实生活,而人物又是一些精神状态不正常的梦游者和幻想者。……由此,便暴露出新小说派强调描写人和物的客观状态那种理论的本质,暴露出新小说派提出标新立异的新理论,其意图完全在于使文学不去反映社会现实生活、反映人与人之间的社会关系以及描写处于一定社会关系中的人物性格,而使文学走上脱离社会现实生活、排斥社会现实生活内容的反动道路。不仅如此,而且新小说派总是从人物主观所见的印象去描写现实世界,他们在尊重人物的客观状态的借口下,描写人物的种种零星的对于现实的映象、纷乱的幻觉和毫不连贯的潜意识,企图以此来构成他们心目中的客观世界的图景;然而主观精神对客观现实的零碎印象,即使不是对客观现实的歪曲,也只是客观现实的某些现象的反映。""因此,我们说,新小说派并不新,只不过是当代西欧资产阶级文学腐朽性的一次恶性表现。"

同日,李准的《情节、性格和语言——在旅大市业余作者座谈会上的讲话》发表于《鸭绿江》1月号。李准写道:"在作品里,一个细节、一个情节、一场戏对表现人物性格都是同等重要的。一个细节虽是一刹那,但有时更为重要。它在揭示人物性格特征的作用上,有时是和一个情节、一场戏肩负着同样的作用。……读者在作品里熟悉理解一个人物是不知不觉的,而真实的生动的细节,是突出人物形象的一个有力手段。""注意了细节描写,人物就容易有立体感。""文章要简炼,但不等于简陋,单纯不等于简单。""所谓表现人物的复杂性,就是从多方面挖掘,挖掘的越深,人物的立体感也越强。""写人物,一般是作家介绍;再者是通过人物自己的语言和动作。语言很重要,要严格的性格化,什么样人讲什么样话。《红楼梦》里写了那么多同类人物,他们又是有差别的,讲的话绝不一样。运用群众语言要自然、要贴切。……我们应该向生活学习,向群众语言学习,向中外古典文学中的精华学习,学习他们用最简练的语言和动作表现人物的性格和特征。"

茅盾的《读书杂记(二)》发表于同期《鸭绿江》。茅盾认为:"把人物放在热闹的故事中,从而刻画了他们的性格,这是作者(指王汶石——编者注)擅长的手法,在本篇(指小说《沙滩上》——编者注),作者换了手法,获得了可喜的成功。""本篇的结构,层次分明。人物上场时先来几句外形描写,上场人物是一个一个的上来,并且在他上场之前作一伏笔,——这一些笔法,都叫我们想到我们的古典作品;可喜者,运用这些传统的技法尚不见生硬。""对话有个性,这本是作者的特点,而自然环境的描写也颇有气魄。"

11日 艾芜的《生活基地的深入和扩大》发表于《文艺报》第1期。艾芜认为故乡是"题材的丰富来源"。他说:"但我并不认为只从故乡取得题材,就能使我满足,还想安排新的故乡。……人在剧烈斗争的生活中,必然会在精神上引起变化,产生新的精神特点,成为新的人。我们从事文学的,正是要追求这样的新人,让新人活在作品里面去。"

柯灵的《给人物以生命——艺术概括谈片之二》发表于同期《文艺报》。柯灵认为:"人物的创造需要概括。概括越高,典型意义越大。但典型形象是以鲜明的个性为灵魂的,没有个性,也就无所谓典型。""作家艺术家所赖以概括的,只能是鲜活具体的感性材料,而不是图解任何抽象的概念。……有个性,也就有生命;无个性,也就无生命。"

柯灵还说:"深刻的个性,总是带着典型的意义。……成功的典型形象,总是有着鲜明的个性,是不可代替的'这一个',同时又有着极大的普遍性。……现代修正主义者抽掉人物的阶级性,或者故意贬低人物的精神状态,用虚伪的感情渲染抽象的爱,抽象的恨;或者说什么善中有恶,恶中有善,用以混淆阶级的界限,正面人物与反面人物的界限。腐朽的资产阶级作家热衷于描写怪僻的性情,刻划变态心理,宣传淫虐、抢劫和残杀。这不但是对个性的污蔑,对生活的歪曲,而且也必然毁坏了艺术。""孤立的性格不成其为性格,只有把人物牵引在一定的关系里,互相磨擦、比较,才能出现不同的个性。……没有性格的冲突是虚假的冲突，不通过尖锐深刻的矛盾，性格与性格之间的相生相克，不可能有真正的个性。"

李准的《关于"源泉"的体会》发表于同期《文艺报》。李准认为："有的同志说我吸收力强一点，在写人物上容易借鉴和汲取古典和其他文学作品上的形象。这一点我也可能同意过。但是我仔细想了想，这不完全对：我总结对照想了一下，我学习写出的一些人物，真正能看到点人物影子的，都是我在群众生活中最熟悉的，也是我在生活中感受最深刻的。特别是写今天的新人物，如果不深入到生活中去，不深入到群众斗争实际中去，单凭想像和模仿，是决定创造不出新人物的。""其次，关于故事情节和语言，我觉得也要坚持相信群众生活这个最丰富的源泉。我认识不少所谓会'编故事'的朋友，但是在谈论作品中，真正能引人入胜的情节和脱尽窠臼的故事，还是来自现实生活。借鉴古典文学作品是必须的。但是如果迷信地以为读了莎士比亚的几十个故事，就可以把一切生活运用得如捏泥丸，这对自己也是非常有害的。语言更是如此。毛主席多次教导我们要学习群众丰富生动的语言，并且把它提到很重要的地位。对群众的语言，首先当然是要懂，但还要爱，也就是要承认最丰富最生动的语言，还是在群众中。"

刘金的《〈归家〉——一部富有特色的新作》发表于同期《文艺报》。刘金认为："作家势必要以作品的全部艺术形象来回答读者所关切的问题。刘澍德同志没有把生活简单化，也没有把人物的性格和关系简单化。相反地，他总是把自己的笔尖探入人物的内心世界，作深入细致的挖掘。""修正主义者不喜欢我们社会里生长起来的新英雄人物，不喜欢这种闪耀着共产主义光辉的典型形象，而叫嚷每一个人都有缺点和毛病，每一个人的心灵深处都隐藏着光明和黑暗的斗争。他们要求这种'内心的复杂性'，其目的，就是要歪曲和抹杀我们时代的新英雄人物，在他们脸上抹灰。《归家》所描绘的人物性格和相互关系的复杂情况完全不是这样。"

刘金指出："《归家》在艺术表现上是含蓄的。它不给你一览无余的方便。它的每个人物、每个情节、乃至某些语句，都经得起细细的咀嚼和玩味。如果不怕乱用术语的话，那么我要说，这部小说中的潜台词是异常丰富的。"

1963年

二月

1日　苏鸿昌的《谈马识途的讽刺小说》发表于《四川文学》2月号。苏鸿昌写道："马识途同志从一九六一年九月以来，已先后发表了三篇短篇讽刺小说（指《最有办法的人》《挑女婿》《两个第一》——编者注）。这三篇作品无论在思想上艺术上，都取得了一定的成就，尤其在如何运用讽刺文学的形式来反映人民内部矛盾的问题上，能够给我们一些启示，是我们文艺百花园中几朵别具特色的鲜花。""马识途同志的这三篇小说之所以是优秀的讽刺文学作品，还在于它们表现出了作家相当高的讽刺、幽默的才能和讽刺文学的一些基本特征。""首先，作家的革命理想和对于现实生活的热情，不是表现在对作品中的英雄人物或正面主人公形象的塑造和歌颂上，而是通过对生活中丑恶的资产阶级思想行为的揭露，以及对社会生活中一些与社会主义原则格格不入的现象的严格批判表现出来的。从作品中看得出来，作家的全部注意力，都是集中在揭露、突出、抨击资产阶级的丑恶的思想行径上的；甚至对我们的某些不失为好同志的一些见惯不惊的缺点也不放过，而能站在较高的党性的立场，以极为锐敏的观察力，将这些缺点突出出来，向读者暴露它与社会主义生活原则的矛盾，从而引起人们注意克服这些缺点。""其次，作者成功地使用了嘲笑这一为讽刺文学所特有的艺术手段，来加强作品的抨击力量。作家没有人为地从偶然的误会和巧合中来制造笑料，而是处处从人物所装作的外貌、人们对他们的印象与他们的丑恶品质之间的矛盾，以及这些被讽刺的人物所企图达到的目的，与生活本身逻辑发展的结果的矛盾，来使笑突然发生。""第三，作者懂得讽刺作品的语言，是文学语言的一种特殊形式，这三篇作品的叙述语言是犀利有力的。作家大量地、成功地使用了讽刺语（即反语）。"

同日，卜林扉的《鲁迅小说的讽刺艺术——鲁迅小说艺术谈之一》发表于《新港》2月号。卜林扉写道："讽刺的任务总是在于揭示生活中否定的事物，但是对否定事物的揭示可以有各种不同的方法，很多作品尽管也深刻揭示了否定的事物，人们却并不称它为讽刺作品。那么究竟什么才是讽刺呢？讽刺应该是揭示出否定事物的喜剧性矛盾，通过嘲笑否定事物来完成自己的任务。……至于某些正面事物表现出来的喜剧性矛盾，也并不属于讽刺的范围，而是属于幽默或抒情的范围，所以说，只有对否定事物喜剧性矛盾的揭示，这才是讽刺的任务。""鲁迅的少数几篇小说，由于着力描写反面人物污秽的生活和丑恶的内心，在作品中就只是进行猛烈的讽刺和鞭挞，《肥皂》是一个显著的例子，这跟他其余的小说比较起来，也许是可以称为'纯粹的'讽刺作品的。""在鲁迅大部分的小说中，讽刺的笔触往往与抒情的调子融合在一起，两种不同的色彩，两种迥异的音调，相互映衬和对照，就使反映在作品中的现实生活显得分外鲜明。""鲁迅小说讽刺艺术的三个主要方面：对否定的人物，进行愤怒的讽刺和鞭挞；对在某些方面可以肯定的或者令人同情的人物，批判他们身上否定的因素，将讽刺和抒情交织在一起，刻划他们复杂的精神面貌；对肯定的人物，用讽刺黑暗的环境和否定的人物，来衬托他们美好的品质，映照他们悲剧的道路。"

黄秋耘的《一部诗的小说——漫谈〈风云初记〉的艺术特色》发表于同期《新港》。黄秋耘写道："一部《风云初记》，几乎可以当作一篇带有强烈的抒情成分的诗歌来读。是的，它有故事情节，有人物形象，有细节描写，这一切都符合长篇小说的条件。但是它同时又具有诗的意境，诗的气氛，诗的情调，诗的韵味。把浓郁的，令人神往的诗情和真实的人物性格的刻划结合起来，把诗歌和小说结合起来，这恐怕是《风云初记》一个最显著的艺术特色。我们甚至可以大胆地设想，在某种意义上，孙犁同志是采用写诗的方法来写这部小说的。他是一个善于创造意境和情调的抒情艺术家，是一个诗人型和音乐家型的小说家。""《风云初记》是具备了诗歌的特质的，因为它的抒情成分十分强烈。作为长篇小说，它似乎并不以情节曲折丰富见长，不以结构谨严精密取胜，对生活图景和人物性格也不一定都作精确细致的刻划，却更着重于描写人物在某一种感情状态支配下内心世界强烈的颤动，或者微妙的荡漾，借以引起读者的共鸣同感。这些描写往往是带着抒情诗的韵味的。""诗贵精炼，尤贵含蓄。精炼和含蓄，也是《风云初记》另一个鲜明的特色。""《风云初记》（特别是第三集）的笔墨容量是相当大的，作者把众多的人物、广阔的生活图景、纷纭复杂的情节压缩凝聚在比较简短的篇幅中。从一个人物到另一个人物，从一个生活横断面到另一个生活横断面,作者的描写往往是采取'跳跃式'的笔法,虽然有贯串全书的主题和主线,并不显得骈枝夹杂,但毕竟有点象连续性的短篇。长篇小说采用这种写法,固然有它的方便之处,那就是可繁可简,能略能详,在形式上相当自由,不必为了考虑结构的匀称,布局的整齐,情节的安排,波澜的起伏,而有时不得不多转一些弯儿,多费一些笔墨。不过,我们有些读者似乎还不大习惯于这种诗歌式或散文式的小说。他们阅读长篇小说,总是喜欢选择那些有开有合、有始有终、富于故事性、对每个人物最后的命运都有个交代的。"

黄秋耘还说:"在当代的小说家中,孙犁同志是比较喜欢用'曲笔'的一个。他很注意含蓄,尽可能做到'言有尽而意无穷',让读者有回味寻思的余地,而不是由作者把什么话都说尽。"

黄秋耘指出:"'尺有所短,寸有所长',每一种艺术风格都有它的长处,同时也有它的难于突破的局限。用做诗的方法来做小说,比较便于发挥作者的抒情能力,比较擅长于描绘生活长河中的一朵浪花,时代激流中的一片微澜,或是心灵世界中的一星爝火,因而比较适用于短篇和中篇。若是在长篇小说中,要对人物性格进行更完整更深刻的刻划,对时代风貌进行更高度的艺术概括,采用这种艺术方法恐怕就难免会遇到一定的困难。《风云初记》的艺术感染力量很强,它从各个方面、各个角度反映了抗战初期冀中军民的斗争生活,构成一定历史阶段的时代风貌的画卷。书中一些主要人物(例如春儿和芒种)的性格特征大都相当鲜明,他们的性格的形成、发展和变化过程也是合情合理的。不过作为典型性格来要求,则还有一定的距离。人物站出来了,可是看来还挖得不够深,写得不够细,这大概是由于作品的抒情成分超过了精雕细琢的刻划所致罢。"

11日 侯金镜的《几点感触和几点提议——从一个调查引起的》发表于《文艺报》第2期。侯金镜认为:"短篇小说形式轻便,易于更迅速地从多方面反映当前的现实生活,也就能比较直接地影响读者的思想和工作。"

黄沫评介刘真小说《长长的流水》的文章《〈长长的流水〉》发表于同期《文艺报》。黄沫认为:"这篇作品写得亲切、自然,带有浓郁的抒情色彩,特别是人物之间的感情，表现得很亲切、细腻。"

黄秋耘的《初读〈苦斗〉》发表于同期《文艺报》。黄秋耘写道："作品虽然较少正面摹描风云变幻的壮丽景色，却通过许多像风俗画般的细致的社会生活画面的描绘，表现出当时阶级斗争和阶级关系的态势。""一个人物性格的形成、发展和变化过程，一定要符合他自身的逻辑，符合客观现实的规律。不管作家的思想水平和精神境界高出于书中的正面人物多少倍，他也没有权利代替书中的正面人物去思索，去感受，去做这样或那样的事情。""在作品的艺术色彩、文学语言和故事情节的穿插安排上，《苦斗》也和《三家巷》一样，体现着民族化、群众化的特色。""情节的丰富性和生动性，是《苦斗》的一个主要的艺术特色。我国的古典长篇小说，大都以此见长，这恐怕和它们来源于民间艺人的说话艺术有关。这种艺术特色，是适合我国大多数读者的口味的。《苦斗》的情节非常紧凑，故事性很强。……我们许多古典小说的故事性很强，以丰富生动的情节抓住读者的心。但除了几部第一流作品外，不少作品中的人物都还缺乏立体感。有些外国小说着重刻划人物，但又缺乏故事性。这两者确是各有所短。记得《红旗谱》的作者梁斌同志曾经说过，他在创作中要追求一种'比西洋小说写法略粗一些，但比中国的一般小说要细一些'的写法。我以为这句话很值得引起注意。""在《苦斗》中最令人击节赞赏的是，有些人物活动和生活环境的细节描写，……虽然大都采用白描手法，不加镂饰，却写得逼真鲜活，简洁而富于行动性，真可谓'以一目传尽精神'。""作者好用方言谚语，旨在加浓地方色彩，适应群众的趣味。"

肖典耳的《"因小"不忘"及大"》发表于同期《文艺报》。肖典耳认为："那些似乎微不足道的日常生活的描写，使我们感到：时代面貌正在显现，社会冲突正在展开，人物性格渐渐清晰起来，令人关切的问题正在酝酿和提出。"

中国作家协会创作研究室整理的《记一次"关于小说在农村"的调查》发表于同期《文艺报》。文中写道："战斗性、鼓舞性强，而人物形象又鲜明生动的作品，在广大社员中，总是能得到强烈的反响，这是在调查中给我们的突出的印象。""具有浓郁的抒情气息和地方特色的作品，如孙犁的《白洋淀纪事》也同样为他们所喜爱。"

三月

5日 潘旭澜的《实里见虚》发表于《新疆文学》3月号。潘旭澜写道:"在文艺作品中,常常可以看到,以虚写来表现人物的形貌、自然景物和生活场面这些看得见摸得着的具体事物,从而给读者留有余地,充分地调动读者的想象,为读者的再创造提供广阔的天地。但是,我们在不少文艺作品中又看到了与此不同的另一种情况:通过具体的、可以感触的事物,来表现存在于人们视觉触觉以外的现象,譬如声音、气势、氛围以及思想感情。""《老残游记》……不是模仿《琵琶行》以及别的一些相类似的作品,以声音来譬喻、描写声音,而是可以看见、触及的事物来譬喻、描写声音,也就是说,把音乐物质化、造型化,把时间的、作用于听觉的现象通过空间的、作用于视觉的形象来表现。读者通过这视觉形象,能够在自己的想象中'听到'王小玉的高扬宛转的歌声,领略她的歌唱艺术所创造的美妙、令人陶醉的境界。"

潘旭澜指出:"人的思想感情,也同样可以借助于具体的视觉形象来突出和表现。""把生活中视觉、触觉以外的现象在文艺作品中转化为具体的可以感触的事物的形象,是要便于读者把这具体的、可感触的事物的形象与自身的生活知识、经验、感受联系起来,借助于联想、想象,更好地体味作家所要表现的情景、打开人物的内在世界。因此,这具体可以感触的事物的形象,就必须既足以表达作家的感受、认识、理解,又能诱导读者按照一定的指引去进行再创造。"

10日 茅盾的《〈渴〉及其它》发表于《鸭绿江》3月号。茅盾写道:"《渴》……是一篇很难确定属于哪个体裁(短篇小说抑报告文学)的作品,但无疑地这是集子(指韶华的小说集《巨人的故事》——编者注)里最好的短篇作品(不满万字)之一。""写工地上抢救的紧张场面的作品,我们有许多,也都写得有声有色,但是,从'渴'字上着手描绘,以我之孤陋寡闻,除了此篇,却还没有读过第二篇。……章法变化,然而毫无矫揉造作的痕迹。""作者既写全景、又写局部,既有远镜头、又有近镜头、也有特写,多么错综变换。""但是,斗争虽这样紧张,全篇笔调却始终明快而诙谐,不给读者任何咬紧牙关拼命的印象。"

11日 陈言评介韩映山小说《日常生活》的文章《〈日常生活〉》发表于《文艺报》第3期。陈言认为:"作者的笔并没有停留在性格的这一面上。因为即便是在日常生活中,也并不是一切都那么风平浪静的,这里也会掀起一些小小的矛盾,小小的争吵,也会在善良的老大娘的心中引起不快、烦恼,甚至一缕悲伤。于是,作者在农村的社会生活的场景里,让我们看见了这个形象的更为丰满、更富有社会内容的情感面貌。""在这篇小说中,我们也又一次地看到,作者善于通过细腻的细节描写,表达出一种浓淡适度的气氛和情绪,使得通篇小说洋溢着一种农村生活的明朗、温暖、柔和的色调;有时,作者也在叙述中,插上几句风趣的玩笑,或来上一段小小的幽默的插曲,更使得作品增添了几分情趣,把环境烘托得也更为真切了,这些,都和作者敏锐的艺术感受能力是分不开的。"

钱谷融的《管窥蠡测——人物创造探秘》发表于同期《文艺报》。钱谷融认为:"典型不但须是最具体的个人,而且须是某一特定时期下的最具体的个人;就是说,它既要有个人的具体性,又要有时代环境的具体性。""人和环境之间的联系,本是一种必然的有机的联系。在什么样的环境下,就会有什么样的人;而从一定的人的身上,也可以看出他周围的一定的时代环境来。……性格是受环境的包围和驱使的,只有在一定的环境的包围和驱使下,才会形成一定的性格,才能作出一定的行动;而作品的思想倾向,则是必须'从场面和情节中流露出来',必须从人物的具体活动中表现出来的。所以他决不丢开环绕人物和驱使人物活动的环境而孤立地要求人物的性格应该如何如何,也决不脱离作品中的人物的具体活动,脱离作品所描绘的具体的场面和情节,而抽象地要求作品应该有怎样怎样的思想倾向。"

钱谷融还说:"我们把恩格斯所说的'典型环境'规定为一定历史时期的社会生活和阶级关系的总形势,这当然是不错的。但对于从事文艺创作的人来说,问题是在于如何使这个总形势成为驱使你的人物活动的具体的积极的因素,要在这个总形势与人物的个性之间建立起一种交互影响、彼此渗透的关系;而不能使它们各自孤立,两相游离。""在文艺创作中,人物与环境之间的关系,确实是个关键性的问题。一个作家的艺术匠心的高下，创造人物形象的才能的大小，在我看来，主要就要看他所创造的人物的个性与其周围环境融合到何种程度而定。""能不能写出既具有不可重复的个人特色，又具有广泛的社会意义的典型人物来的关键，就在于能不能真实地、具体地写出人物与环境之间的深刻的、有机的联系来；就在于能不能使他笔下的人物与其周围的环境处在一种相互依存、相互影响的统一而不可分割的关系中。""在文艺作品中，每一个具体的个性，必有他具体的不同于任何其他人的环境与社会关系，而作家就要善于为他的人物找到这种独特的、与他的个性互相制约、互相影响、经常纽结在一起而不可分割的环境和社会关系。""把一桩本来是极平常的、常常会发生的事件，在特定的情势、特定的场合下，转变成一桩突出的、非常的事件，以便更充分地揭示人物性格的才能，是许多天才作家所同具的；特别是《红楼梦》的作者曹雪芹，更擅长于此。""当然，的确也有一些作家是善于把他们的人物放在一种极端紧张、尖锐而又复杂的矛盾斗争中来刻划的。这些作家常常使他们的人物遭遇到一些最意外的、但同时又几乎是不可避免的事件，常常使他们的人物在一种对那人物来说是最难应付的场合下出现。这种场合是最能够表现出人物的性格、品质以及他的智慧才能来的。……这种把人物放在一种意外的、最难应付的场合下来刻划的办法，除了能十分鲜明地突出他的性格、品质以及智慧才能以外，还有一个好处，就是故事情节非常生动紧张，具有很大的吸引人的魅力。我国的许多古典小说，如《水浒》《三国演义》等，就是如此。在现代小说中，则《林海雪原》和《红岩》是颇能继承这个传统的。""可见，不论是普通的寻常事件，还是突出的非常事件，不论是把人物放在日常的平静的情势下，还是放在意外的危急的情势下，都是可以表现人物的性格的。问题是在于这样的事件、这样的情势，是否与你所要刻划的人物的性格相适合，在于你是否能使两者融合在一起并发生相互映衬、相得益彰的作用。"

叶克的《从农村中的"讲小说"谈起》发表于同期《文艺报》。叶克认为："大概因为是'讲'的关系吧，我国传统小说的开头，总是不能无头无脑地来一段风景描写或人物对话的。要有对话就得先有人物，有了人物就得先介绍人物的姓甚名谁、家住那里。……章回小说里章回的安排也是颇费匠心的，每个章回都必须有它的斗争焦点，并不是任意分割开来的。回目就是这一章故事情节的概括，对读者或听众也不是多余的东西。""这种传统的小说的表现形式，训练和培养了我国的观众和读者，使他们形成了一种与之相适应的艺术欣赏习惯。这种习惯是在我国长期的历史中形成的，具有浓厚的民族特色，在我国人民中有深远影响和广泛的群众基础，不是一下子可能改变得了的。""当作家进行创作的时候，希望在写法上多多考虑一下群众的艺术欣赏习惯，使我们的现代小说更民族化和群众化，以求得充分发挥它们的社会主义思想教育的作用。"

31日　裴显生、张超的《论周立波的短篇小说》发表于《南京大学学报（人文科学）》第1期。裴显生、张超写道："读着立波同志这些小巧玲珑的短篇，犹如步入秀丽的园林，令人流连忘返。作品把我们带到诗的境界，让我们一方面感到生活的甜美，同时，也看到祖国农村的巨大变革。虽然，在这里并没有写变革的完整过程，也没有写最激烈、最尖锐的斗争场面，只是写了日常生活的若干片断，但我们仍能从中看到现实生活的种种侧影，听到祖国农村飞跃前进的足音。""立波同志这一组短篇所包含的思想意义与历史内容是深广的，它们别致地刻画着集体化道路在中国农民心理中变化发展的鲜明轨迹，是标志着中国农村历史前进的里程碑。""它们大多没有完整的故事情节的展开，而是直接用典型的细节描写来刻画人物表现主题的。硬要在这里找故事情节的开端、发展、高潮、结局，常常会失之于牵强。""他把广博的风土人情知识、方言土语知识和对祖国南方自然景色细致观察的成果，巧妙地编织在一起，使作品洋溢着浓厚的生活气息，表现出鲜明的地方色彩。""除了风土人情、自然景色的描写外，立波同志所使用的语言，也是加浓地方色彩和民族特色的一个重要的因素。作者熟悉湖南农民的口语，因而在作品中，不仅人物语言随时喷发着乡土气，由于摹拟得逼真，因而活灵活现，达到了高度的个性化；就是在作者的叙述语言里，也吸取了农民口语的精华，朴素、生动、富有感情色彩和生活气息。"

四月

1日　金陵的《说"疏"与"密"——短篇小说阅读札记》发表于《安徽文学》

第 4 期。金陵写道："短篇小说要有起伏，要能跌宕生姿，要如大海扬波，一波三折，就需要讲究结构艺术，茅盾同志的《一九六〇年短篇小说漫评》，花了很多篇幅分析短篇小说的结构艺术，这不是没有道理的。这对提高短篇小说的艺术水平，无疑会有很大的作用。""短篇小说的结构艺术，这是一个比较复杂的问题，这里面有很多东西可以探索。我想主要的，恐怕是故事情节的密度问题。""和绘画一样，短篇小说有的细针密缕，有的大刀阔斧；从结构上看，有的严谨，有的跌宕，有的奇诡，等等不一。而这些都与浓与淡、密与疏有着密切的关系。""作者挥洒自如，疏密相间，一步一步把小说（指《民兵营长》——编者注）推向高潮；剪裁离合是那么胸有成竹，一波未平，一波又起，波澜起伏地把小说送向顶点。使作品在短短的几小时内，既展示了辽阔的社会背景，又塑造了光辉的人物形象，可见作者在艺术构思上的功力"。"方之的《出山》同样有这个特点，但是属另种情况。""读完全篇，你就会清楚地看到作者在艺术构思方面的匠心。你看他，步步紧逼，后浪压前浪似的把文章推向高峰，又用波俏的笔调作结，余意不尽；曲折写来，一环套一环的表现主旨，疏密相间，发人深思。""以上两例虽不完全说明所有小说在结构上的特点，但足以说明疏密的结构问题是短篇小说中的重要问题。好的小说必须张弛适中，疏密相间，波澜起伏，绚丽多彩。假使老是用一个调调儿来写，短篇小说就会显得呆板。"

同日，丁尔纲的《关于民族性格与人民性格》发表于《草原》4月号。丁尔纲写道："我认为，首先，民族性格在作品的一切人物身上都能体现出来；其次，作家在作品中流露的创作个性，也同样能体现出民族性格。二者都是不可忽视的。"

11 日 徐逸评介慕湘小说《晋阳秋》的文章《〈晋阳秋〉》发表于《文艺报》第 4 期。徐逸写道："《晋阳秋》在广阔的幅度里，反映了抗日战争初期处于前哨阵地的山西各派政治力量尖锐而复杂的斗争。""情节生动，故事性强，是《晋阳秋》的一个显著特点。但是在繁锣密鼓之间，作者往往也腾出手来，勾画出当地风光和当时社会风习的一些画面。"

20 日 李希凡的《召唤着新人的诞生——读高尔基早期作品的一点感想》发表于《世界文学》第 4 期。李希凡认为："高尔基创作中的这种浪漫主义精神，是继承了俄国文学中的积极浪漫主义的传统，但又显然和它们有所不同，即高尔基创作中的浪漫主义，深深地植根于人民的革命精神的土壤，和俄国正在酝酿着的革命风暴有着血肉的关系。它虽然有时也是通过过去的童话、传记的形式表现出来，但却燃烧着革命人民现实生活中理想的火焰。""即使在高尔基初期创作，他的富有浪漫色彩的英雄理想，也绝不是个人主义者的英雄，而是象征着人民或渗透着为人民服务、有着崇高目标的英雄。"

28日　项鲁天的《〈三国演义〉表现艺术一斑——"温酒斩华雄"具体分析》发表于《光明日报》。项鲁天认为："像'温酒斩华雄'这样气势雄浑、跌宕生姿的出色情节描写，在《三国演义》里是并不少见的。《三国演义》里有许多这样的情节，它几乎一下子就完全驾驭了读者的注意力，借助于事件的严重性、冲突的紧张性和不断增长的尖锐性，迫使读者在感受中不能有一点点停息，来不及去想一想事情将怎样发展，怎样了局。它的一切组成部分和细微末节，都具有严格的相应性，使人找不出牵强、斧凿的痕迹。这样的情节，更显然以其高度简洁、练达的叙述技巧取胜。在这里，看不到优美的文词，细腻的刻划，详尽的铺饰。周围的环境和人物复杂的内心世界，都被压缩为精练恰到的人物语言、姿态和行动，几乎完全按照生活的样式再现出来。这样的情节，就其语言的精练，冲突的引人入胜，和几乎完全从人物的行动中揭示环境和性格这些特点来说，非常接近于戏剧。而这是中国许多古典小说所具有的特色，尤其是《三国演义》的特色。这种特色不妨抽象为这样一个概念：情节的高度戏剧性。"

五月

10日　吕洪年的《为小小说喝彩》发表于《东海》第5期。吕洪年写道："小小说，这种最初出现在群众运动高潮中的文学样式，曾经以它特有的异彩，吸引过广大读者。在大跃进以后的这几年中，它并没有消声匿迹，而是更为熟练地被广大业余作者掌握了。我在最近几期的《东海》上，十分欣喜地读到《桃园里》、《新轿车没有开出》、《队里的甫春伯》等几篇小小说，很有些感触。""这几篇小小说有一个共同的特色，就是在单纯的情节中能集中地揭示人物的内心世界和精神面貌的某一特征。虽然篇幅短小，却使人感到隽永而不平淡，深刻而不浅薄。陈忠来的《桃园里》（今年一月号），就是这样的一篇。""陈济的《新轿车没有开出》（今年二月号）也以相似的手法来开展故事、表现主题，但它比《桃园里》写得细致。""小小说的情节虽然单纯，但只要有巧妙的构思，也可以把人物的思想性格富有特征性地表现出来。纪牢的《队里的甫春伯》（今年二月号）这一篇，字数不满两千，写的不过一、二个场景，一、二个人物，但是作者表现与刻划人物，还是这样从容不迫，恰到好处。""小小说，是工农兵群众易于理解、乐于接受的形式。我们应该为它喝采，并且更好地运用它为工农兵服务。"

11日 本刊记者的《更好地利用广播为农民服务——河北省饶阳县、晋县收听文学广播情况的见闻札记》发表于《文艺报》第5期。本刊记者认为："短篇小说这一文学形式，便于迅速和多方面地反映当前现实生活，因而也就比较能直接影响读者、听众的思想、生活和劳动，并且有利于结合农村的社会主义教育工作。""在思想内容方面，欢迎反映社会主义建设事业和革命斗争中的英雄模范人物和动人事迹。""在艺术表现手法方面，一般说来，大部分农民喜欢开门见山、有头有尾、情节生动、布局精巧的艺术结构。""农民还喜欢内容扎实、人物形象生动和生活气息浓厚的广播小说。""在作品的语言方面，要群众化，生动易懂，并富有文学色彩。如果反映的是农村生活，那么描写农民中的各种人物的时候，就要使各种人物讲符合自己性格的语言，对阶级不分、老少不分、人人一个腔的语言不喜欢；写景状物，也要表现出农民的感情和欣赏趣味，但不宜太长太多。""在艺术风格方面，比较普遍欢迎的是明快、有风趣和喜剧色彩较强烈的艺术风格；或者能够表现出中国作风、中国气派的其它风格的作品。"

欧阳文彬的《漫谈谢璞的作品》发表于同期《文艺报》。欧阳文彬认为："谢璞的作品，往往没有惊心动魄的场面，有时甚至连个可供讲述的故事都没有。看似随手拈来，实则涉笔成趣。平凡的劳动，普通的事件，到他手里都添上一层我们时代特有的色泽，成了揭示人物精神世界的材料。"

孙曦的《农民爱听故事》发表于同期《文艺报》。孙曦认为："我们的很多小说、特别是短篇，看起来有人，有一两个情节，但没有个完整的故事，不好说，也不受听，更不容易记住；加上语言的'洋腔'，读起来不那么带劲。所以农民们就不喜欢。为什么赵树理的《李有才板话》《小二黑结婚》《三里湾》和马烽的《三年早知道》，李准的《李双双小传》就受到农民的欢迎呢？我看，除了一些别的原因以外，这些作品的故事性强，是个关键问题。""我们的文艺创作，必须朝着民族化群众化的方向继续努力。故事情节丰富，应该是民族化、群众化的特点之一。我国自古以来就有'说书'的好传统，很多古典小说都是从'话本'演变而来。所以，我们要继承这个民族传统，充分发挥它的作用。"

赵少侯的《法国的"新小说派"》发表于同期《文艺报》。赵少侯写道："为了具体了解这一流派的特点和作风，特别是'新现实主义'的真相，我读了他们几部书。仅仅从这几部书里，大约可以看出这样一些特点。""首先使人注意的是几乎每部小说的故事都非常简单而平淡无奇，用几句话就可以交代清楚。""其次是有意不按照时间的次序，不受地点的限制，把故事叙述得杂乱无章。主要的方法是把人物的行动和思想，回忆和梦境，作者的叙述和人物的独白都纠缠在一起。常常第一句是交代人物在行动，紧跟着就是这个人物的内心的想法或者是多少年前的回忆。作者并不说明这是实际行动，那是回忆中的行动，那是空想中的行动。一切都要读者自己猜，自己寻找。""第三是对自然景物和环境、实物的描写特别琐碎冗长。……对自然景物和环境、实物的描写是只为了描写，与故事并没有多大关系。""从上面所述的一切，可以看出'新小说派'之'新'是特别突出地表现在技巧上。他们所谓的最适于反映新现实的技巧，总的说来不外乎下列两点：（一）彻底摒弃旧小说的手法而代之以电影中的某些手法。（二）用日常闲聊天时东拉西扯的，没有逻辑性的，不合语法的口语来替代精炼的纯洁的文字。"

赵少侯认为："'新小说派'的'新现实主义'并不能正确地全面地反映现实，相反地歪曲了、肢解了现实。他们处理人物时首先对人物活动于其中的社会绝口不提，也不管人物的性格如何，这就使得人物的活动和事件的发生都变成孤立的、偶然的、不可解释的，甚至于荒谬的现象。其次是把人的实际活动和内在活动机械地分隔开来。要末把人的活动只限于心理活动，一味地描写下意识的或半意识的缥缈恍惚的、倏起倏灭的思想片断；要末无视人的动机，把人的一切活动描写成自发的、毫无目的的活动。总之他们所反映的现实是并不符合实际生活的现实。""他们尽管十分注意技巧的革新,认为他们的革新可以反映愈来愈复杂的生活,可是结果恰恰相反。我们知道只有把日常的生活的现象集中起来,突出其中的矛盾和斗争,并且把人物性格典型化,才能把现实正确地、艺术地反映出来。但是他们首先把'典型环境,典型性格'这一现实主义重要创作方法列为禁条。他们认为那是把外在具体世界'人化'了,歪曲现实了。他们所描写的人物和叙述的事件于是变成不可理解的人物,不可理解的事件。我们生活中有许多无所为的活动和谈话,但在这些活动和谈话之外,总是有一些有所为的活动和谈话的。但'新小说'所加意刻划的却正是前者而不是后者,美其名曰'未经人化的赤裸裸的现实'。因此我们读了他们的作品后,往往对人物和故事马上忘得一干二净,毫无印象和回味。"

钟本康的《风格独特的〈风云初记〉》发表于同期《文艺报》。钟本康认为:"《风云初记》刻划形象的手法,显示了作者一贯的艺术风格。他不完全借助人物重大的行动和肖象的描绘,而善于用抒情的笔调、诗意的遐想、从容自若的态度,通过家常说话、生活琐事细腻入微地勾勒出人物的性格,而又与抗日斗争的脉搏息息相通。有时,作者又能抓住人物最有典型意义的特征,用一句话、一个动作表现出来,寥寥数笔,就能挖到人物心灵的深处,使之生气盎然,呼之欲出。""《风云初记》有很浓郁的抒情味,给人以丰富的美感享受。人们好把诗情画意连起来说,这部小说所写的景物,都有动人的画意。……作者善于把写景和抒情有机地结合起来,或缘情布景,或触景生情,使情和景和谐地统一起来,情景相生,情景交融,产生强烈的艺术魅力。……作者总是把人物的活动放在诗的境界之中,并把蕴藏在人物心灵中的微妙的诗意委婉地揭示出来。""我觉得孙犁同志不是把自己的诗情加到所描写的人物中去,而是把自己的诗情融化在人物之中,好象这些人物本身就是饶有诗情的抒情诗人。""孙犁同志好像是有意识地想把散文的章法、诗的意境巧妙地运用到小说中去。……整部作品似乎摆脱一切拘束,常常是一个细节、一次回忆、一番抒情、一处景色、一段对话、一场斗争,写来都是触手而发,左右逢源。""语言渗透了作者的诗情,使之有诗一样的抒情味;而长短句的交互,整散句的错落,又构成有音乐一样的旋律美，成为整部作品艺术风格的重要因素。"

20日 李芒的《霜多正次的冲绳三部曲及其他》发表于《世界文学》第5期。李芒认为："藏原惟人在论到《冲绳岛》时指出，这部'杰出的长篇'使人感到在这位作家的'灵魂深处有一种同这斗争血肉相连的激情。它有力地展示了冲绳岛上发生的事情'，'全面地、系统地描写了冲绳的悲剧'。""如果说，在《冲绳岛》里，作者对于人物的描写还'不够细致'的话，那么，我们看到，通过《守礼之民》这部主要以报告文学体裁创作的作品和一些短篇作品，进展到这部《榕树》，已有明显的提高。"

22日 《全国文联三届全国委员会二次扩大会议讨论当前文学艺术的战斗任务　加强革命文艺战线　反对现代修正主义》发表于《人民日报》。文中指出："文艺是和千千万万群众相联系的事业，是阶级斗争的武器，我们应当把文艺的教育作用放在第一位。……提倡作家、艺术家努力掌握革命现实主义和革命浪漫主义相结合的创作方法，要求文艺作品具有革命的丰富的思想内容，至于题材、体裁、形式、风格，则应当多种多样。……鼓励作家、艺术家为了表现新的内容，努力去探索和创造能为广大人民群众所接受和喜爱的新的形式。"

六月

4日 秦榛的《文学中的肖象描写》发表于《北京文艺》6月号。秦榛写道："文学作品不同于'剪影'，绘画和其它造型艺术，人物形象不是直接展示出来的。它是通过文字的叙述和描绘，引起读者的想象，在读者的脑海里树立起来的。一个文学形象在读者脑海里树立起来，当然主要靠作者对人物的性格的刻划，靠作者对人物的动作，语言等等的具体描绘，但是，对人物的外形肖象描绘也很重要，因为性格和外形是有密切的关系的，人物的性格、气质，必然地也会在外形上、动作上有所表露。具体而鲜明地描绘出人物的肖象，有助于读者理解和把握住人物的性格，有助于读者具体而准确地'看'到你所描绘的人物。"

11日 方明的《张嘎的形象》发表于《文艺报》第6期。方明认为："作者写出了张嘎这个人物性格中的矛盾的统一，写出了一个淘气而又可爱的，一个有着孩子的想象、情感和趣味的人物形象，这是艺术创作上的一个可喜的成功。""《小兵张嘎》这个中篇,实际上是被'枪'这条线索贯穿起来的。通过枪,几乎构成了小说的大部分的情节和故事,通过枪表现了人物的内心世界,通过枪也表现了人物的成长。这是一个很有独创性的艺术构思。"

冯牧的《战士作家张勤和他的创作》发表于同期《文艺报》。冯牧认为:"这是一些用真正的战士情感和战士语言写成的作品;这是一些以对于战士生活的了若指掌般的熟悉和深切的理解而写成的作品。……他的作品,贯串着一种质朴的士兵的风格。""作者在进行艺术构思的时候,始终是遵循着以人物的思想性格为中心的创作准则。他的一些作品,虽然也大都不乏生动的情节,但更重要的却是以人物描写见长,而不是以情节曲折取胜。""他的作品,是那些默默地从事着伟大革命事业的雷锋式的战士的淳朴的赞歌。"

石泉、陈骢、阎纲、刘啸的《介绍一些短篇小说新作者》发表于同期《文艺报》。石泉、陈骢、阎纲、刘啸认为:"不满足于生活现象的描写,他(指郭澄清——编者注)十分注意观察、研究社会主义新人的成长及其与周围人物的关系,力图透过人与人之间的关系,揭示出具有普遍意义的社会内容,并反映出较强烈的时代色彩。""李钧龙在他的作品中不但用富有特色的语言、景物,为自己的作品添上民族的色调,而且致力于不同民族心理和性格的挖掘和表现,并且取得了一定的成绩。"

14日 严家炎的《关于梁生宝形象》发表于《文学评论》第3期。严家炎写道:"艺术典型之所以为典型,不仅在于深广的社会内容,同时在于丰富的性格特征,在于宏深的思想意义和丰满的艺术形象的统一,否则它就无法根本区别于概念化的人物。而作为艺术形象,《创业史》中真正成功地把精神状态从发展中显现得那么惟妙惟肖、令人禁不住要拍案叫绝的,我以为应该是梁三老汉而不是别人。《创业史》本身的最大成就,恐怕也还是在它所独有的反映土改后农村生活和斗争的深度和广度方面,虽然它在塑造革命农民形象上比同类题材作品也有着突出的进展。至于梁生宝形象,尽管作家着力去表现他的精神面貌,而且部分章节写得相当感人(主要是这样几个部分,即:生宝买稻种和分稻种,处理同继父的关系,从山里回家时通过韩培生眼睛看到的生宝的形象,吸收白占魁入组的前前后后),但由于不少地方把人物精神面貌的刻画限于平面描述,因而作为一个整体，还没有充分以其形象的高大丰满和内容的深厚而令人深深激动和久久不忘。跟梁三老汉、甚至跟高增福相比，梁生宝的形象倒是在不少地方显出了自己的弱点和破绽的。""作家在塑造梁生宝形象方面似乎并不是时刻都紧紧抓住人物的性格和气质特点的。为了显示人物的高大、成熟、有理想，作品中大量写了他这样的理念活动：从原则出发，由理念指导一切。但如果仔细推敲，这些理念活动又很难说都是当时条件下人物性格的必然表现。""应当说明，我不是说不要写人物的理念活动和政治眼光。既然理念活动在人们实际生活中必不可少，文学中反对写它将是十分荒谬的。具体到梁生宝这个未来的合作社重要领导干部身上，理念活动和政治上一定程度的成熟都是必须加以表现的。但是，第一，理念活动不是以革命理想主义方法塑造人物的主要标志；人物要高大、有理想，并不意味着必须大量地写他的理念活动。第二，更重要的，写理念活动应该有助于揭示人物思想性格的深度，它必须是个性化的，符合于人物的性格、身份、思想、文化等条件的，最好是富于动作性的。如果没有这两条，那么，本意要通过理念活动来把人物写得高大的，结果却很可能是写得苍白而显得缺少立体感了。""按照我的也许是极为机械的理解，革命现实主义与革命浪漫主义的结合，在小说、戏剧领域中有一个很重要的要求，就是要作家在矛盾冲突——当然不是人为地故意制造出来的矛盾冲突——中写出英雄人物性格化的行动和内心生活，展示其革命理想光辉照耀下的崇高的灵魂美。"

严家炎最后总结道："把以上意见归纳起来，梁生宝形象的艺术塑造也许可以说是'三多三不足'：写理念活动多，性格刻划不足（政治上成熟的程度更有点离开人物的实际条件）；外围烘托多，放在冲突中表现不足；抒情议论多，客观描绘不足。'三多'未必是弱点（有时还是长处），'三不足'却是艺术上的瑕疵。"

20 日 柳鸣九、朱虹的《法国"新小说派"剖视》发表于《世界文学》第6期。柳鸣九、朱虹认为："新小说派作家认为，西欧现实主义传统已经落后于时代，不能满足于表现现代生活的需要，萨洛特这样说：'古典小说关于外在世界的图景已经用处不大，在新技术运用的条件下而变得苛求的眼光前，这种小说已经不能把日常生活和历史的真实事件表现得令人信服和使人满意了。'

有的还干脆说，现实主义小说从来就没有描绘出世界的真实图景，而现实主义作家，不仅没有教人认识什么，而且还制造了一团混乱。""过去现实主义小说塑造人物的传统和方法都被排斥，作家只要把人写得象物一样，人成为一种简单的存在。关于文学表现生活的深度问题，新小说派的理论家把它叫作一个'神话'，说是作家在描绘生活时强加给读者的一种主观认识，它'起到一种陷阱的作用'。""新小说派作品歪曲现实的特点，不仅表现在繁琐的自然主义的描写上，而且也表现在恣意地颠倒时间、混淆空间、大胆地歪曲现实生活存在的形式上。而这又是通过描写人物的主观印象和感受而实现的。新小说派根据他们表现物、描写物的表象的要求，把眼睛称为'特权器官'。他们往往只通过作品中人物的眼睛来看世界。"

七月

20日 侯金镜的《读新人新作八篇》发表于《人民文学》7、8月号合刊。侯金镜认为："短篇小说的民族化群众化和长篇小说有所不同。短篇遇到的困难更多些。长篇小说可以很注意情节故事，让它有头有尾、线索分明，在叙述描写上为了适应传统的阅读习惯，可以铺张繁缛些。短篇小说这样做就很难，第一是篇幅不能长，只能在精炼简括中求明快、造起伏，啰嗦冗长的短篇命定了不能与中长篇争一长短；第二，今天的生活比古代要复杂得多、发展变化要快得多，用传统的短篇小说的方法来表达今天的社会生活就很不够用，一定要借用外来的样式和方法，而这借用又不能一下子全盘为读者对象所接受。赵树理同志的短篇是以传统方法为基础又吸收和融化了五四以来的某些新手法，但能做到他那样是极不容易的。""在短篇小说方面的民族化群众化不要像对长篇小说那样机械要求，全盘套用，不要轻视五四传统。太难做到的不要太着急。譬如要求短篇小说一定能读也能讲说，其实中国古典长篇小说也不是翻开书本就能开讲的，总得经过艺人重新编过才行。譬如一定要求短篇小说有个有头有尾的故事，草蛇灰线，伏脉千里。这样，没有丰富经验的作者写来，势必冗长啰嗦。目前可以做到的，我想大约有三方面：一是注意研究民族心理、研究伦理关系和人与人的关系中的民族特点，使民族的特点和社会主义新生活、新人的思想作风气派统一起来。当前短篇小说有这问题，因为在有些方法上要学欧洲小说，同时也就在写男女青年和干部、写新式的家庭关系的时候，把欧洲或其他社会主义国家的人们的动作、习惯也带到我们的作品里来，这就影响了作品的真实性和本民族的生活色调。""二是适当注意情节的组织，故事性要强些。情节的曲折起伏要做到长篇那样很困难，短篇更重要的方法是剪裁得当，还要含蓄而有余味，不能一览无余，这是鲁迅先生一再强调过的。不注意故事性不行，但也不能为了故事性而忘掉了剪裁，忘掉了哪些该突出，哪些该省略，哪些地方该含蓄。""三是语言一定要群众化。衣服是劳动人民的，感情是小资产阶级的当然大谬，而生活是劳动人民的，语言是城市知识分子的也很糟糕。这就要注意劳动人民所特有的辞汇、新鲜活泼的语法和语言形象力之丰富和节奏感之鲜明。"

21日 泰犁的《文艺创作要反映生活中的矛盾和斗争》发表于《人民日报》。泰犁认为："在我们的文艺创作中也还有一些内容肤浅的作品。这些作品没有认真地通过把'矛盾和斗争典型化'的途径去表现生活。……这些作品也有人物和故事，但人物往往不是矛盾双方的有代表性的分子，故事也往往不是矛盾斗争的逻辑发展，因而人物的典型性不强。""我们的文艺应该以歌颂新社会的光明为主。"

泰犁还说："文艺要表现新事物，也需要通过矛盾斗争，让新旧两种事物交锋。经过交锋，对新事物的歌颂既歌颂得最有力，对旧事物的批判也批判得最有力。""文艺作品要创造成功的英雄形象，也需要把他放到斗争的风暴、斗争的漩涡里去，让他在大风大浪里经受考验。困难愈大，阻力愈顽强，矛盾愈复杂，斗争愈尖锐，就愈能突出英雄的本色，英雄的大无畏的革命精神和不屈不挠的战斗意志。《红岩》里的许云峰、江姐等坚贞不屈的英雄形象，就是在同反动势力的激烈、复杂、严酷无情的斗争中树立起来的。《红旗谱》里的朱老忠，《林海雪原》里的杨子荣，《创业史》里的梁生宝，《董存瑞》里的董存瑞，也都是在尖锐的斗争中成长为出色的英雄人物。""我们的一些反映社会主义革命和社会主义建设时期人民内部矛盾的成功的作品，其达到成功的一条最根本的原因就在于作家成功地运用了阶级观点和阶级分析的方法。"

29日 曾文渊、吴立昌、戴厚英的《〈归家〉主要人物形象评析——兼谈人物精神面貌的丰富性复杂性问题》发表于《文汇报》。曾文渊、吴立昌、戴厚英写道："从作品看来,作者对于菊英和朱彦这两个人物的塑造是经过精心设计的:一方面写他们在爱情纠葛中表现出来的不同性格,另方面写他们参与周围的阶级斗争和农业科学试验,以求较全面地显示他们的精神风貌。"

曾文渊、吴立昌、戴厚英认为:"作家也只有把人物放在重大斗争的漩涡里,才能深刻地、充分地揭示人物丰富复杂的精神面貌。"

八月

1日 柳青的《提出几个问题来讨论》发表于《延河》8月号。柳青写道："我根本没有一点意思把梁生宝描写为锋芒毕露的英雄。他不是英雄父亲生出来的英雄儿子,也不是尼采的'超人'。他的行动第一要受客观历史具体条件的限制;第二要合乎革命发展的需要;第三要反映出所代表的阶级的本性,就是无产阶级先锋队成员的性格特征。简单的一句话来说,我要把梁生宝描写为党的忠实儿子。我以为这是当代英雄最基本、最有普遍性的性格特征。"

同日,段熙仲的《笔记小说中的几个镜头》发表于《雨花》第8期。段熙仲写道:"'小说'一词,它是植根于祖国学术园地,土生土长的有其源远流长的发展过程的,直到唐宋,它的内涵才和今天文学领域中的小说,比较接近。神话、传说、历史故事、特别是民间口头创作,都和它有血缘关系。演变到六朝时期,出现了江河分道的两大类型,神怪小说和佚事小说,其共同点是都用着笔记形式。……传奇的故事情节以虚构为主,而笔记小说则大部分是真人真事。""笔记小说的刻划人物性格跟现代小说的塑造人物形象颇为不同,也比较不易于着笔。因此,它限于篇幅短小,又系真人真事,不能达到典型化的程度,但人物性格既然有可记处,而且文学又为此而作,……这并非易事。它要求准确地抓住某一足以生动鲜明地表现这一性格的生活细节、态度等等。着墨不多,两三行字,传神阿堵不容许过多的细致工夫,其难一。笔记作者对人物性格的敏锐观察力,从一颦一笑中理解更大部分的精神面貌,其难二。虽可夸张,却不能逾分;未便虚构,但不妨串联,斟酌去取,煞费苦心,其难三。"

3日 周英的《〈三侠五义〉有人民性吗？》发表于《光明日报》。周英写道："我认为《三侠五义》宣扬的主要思想是封建思想，所谓'正义'乃是封建的'正义'。在清末封建社会即将崩溃的时候，宣扬这种思想只能是反动的，而不可能有什么人民性。"

10日 陈朝红的《在矛盾斗争的焦点上写人物——读〈鱼鹰来归〉》发表于《光明日报》。陈朝红认为："《鱼鹰来归》在表现形式和描写手法上，也给人以耳目一新之感。作者采用了评话的形式，故事有头有尾、层次清楚、线索单纯，事件集中，语言生动流畅，通俗易懂，对偶排比句子和群众口语的运用相当熟练。全篇之中，充满着生活气息，渗透着诗情画意，可以使人一口气顺畅地读完。我想，如果让评书艺人加以讲述，可能会更有声有色，受到群众欢迎。"

11日 陈言的《真实的和造作的——谈谈〈高空婚礼〉》发表于《文艺报》第7、8期合刊。陈言认为："短篇小说由于它的艺术形式的特点，更要求用巧妙、简练的描写和剪裁，来有力地吸引读者，以达到深刻、动人的效果。一篇短篇小说，绝不排斥'意外性'，也不排斥某种看来出乎常情的描写，甚至有经验的短篇小说大师，还常常是十分善于'出奇制胜'的能手。但是，从一些优秀的作品中，我们可以看到，所有这些艺术上创新的追求，从来都没有也不能离开思想上的追求，从来没有也不能离开对于主题的深刻开掘和人物性格的深化。""离开对于现实生活的深入观察，离开对于性格丰富的精神世界的探索，而去追求'独特'、'离奇'，不从大量的、丰富的素材和印象的积累中，来提炼情节，而求助于某种人为的、表面的'趣味'、'热闹'，其效果往往适得其反，即所谓'装点者外腴而中枯故也'。"

陈言还说："不是认为作品中的人物都要板起脸来说话，也不是说作品中不能有幽默、风趣、戏谑的场面，在文学作品中并没有这样的禁忌。但是作为陶冶和教育人民的有力武器的文学作品，在任何时候，作品的基调、作者的审美倾向都应该是健康的、优美的；对于一切庸俗的、低级的趣味，恶俗的情调，也是采取批判态度的。这就要求作者对美与丑、庸俗与高尚具有敏锐辨别的审美力，具有艺术描写上的分寸感。"

冯牧的《谈高缨反映农村生活的近作》发表于同期《文艺报》。冯牧认为："竭力通过各种人物的精神世界和各种生活侧面，从不同的角度反映出那推动社会生活前进的斗争主流。""他不但善于通过一些细部和侧面让我们看到生活的整体，通过一些日常生活中的矛盾和斗争让我们摸到时代的脉搏，而且还善于运用富有诗意的描绘、通过比较深刻的人物刻划，在作品中体现出一些可以发人深思的主题思想来。""他在反映和揭示出生活的矛盾和斗争的同时，常常是能够通过人物形象的塑造和社会背景与生活环境的刻划，准确地有力地表现出那足以显示我们时代精神面貌的正面力量和先进力量来。""高缨同志在创作上所进行的艺术形式上的群众化、民族化的探求，也是很值得注意的。……在他的一篇最近的作品《鱼鹰来归》里，他直接地运用了中国传统的话本小说的描写手法，这种努力是达到了一定效果和值得称道的。……在其他一些作品里，使人感受得较深的一点是：他在运用富有地方特色的语言来描人状物方面，是付出了辛勤的劳动的。作者善于用具有个性特征、色彩浓郁同时又不过分生僻的地方语言来刻划人物，使他笔下的许多人物，在性格、心理和生活习惯方面，都常常具有浓郁的民族特色和地方特色，读起来使人感到自然而亲切。"

14日 樊骏、吴子敏的《〈归家〉的思想倾向和艺术倾向》发表于《文学评论》第4期。樊骏、吴子敏写道："我们觉得，这部作品在艺术倾向上也存在一些问题。""在这些情节的发展中，作者还安排了许多悬念。整个爱情纠葛本身，就是一个最大的悬念——菊英和朱彦究竟能否和好如初：这在作品一开始就提了出来，一直到结束时还不是十分明确。大量地运用悬念，正是这部作品在艺术上吸引了一些读者的主要原因。所谓悬念，是指将矛盾冲突揭示出来，而暂时不加以解决，或者预先暗示某种矛盾冲突的即将发生，却又不立刻作进一步的描绘的一种艺术处理方法。任何矛盾冲突，都有一个从酝酿、到发生、到结束的发展过程；我们的日常生活中，充满了这样那样悬而未决的事情。只是在文学作品中，经过作家的艺术加工，这些情况显得格外尖锐突出，能够激发起我们急于了解后果的好奇心理，从而达到了吸引读者迫切地读下去的艺术效果。所以，这在文学创作中是可以经常遇到的。我国古典小说每一回最后所谓'欲知后事如何，且听下回分解'，就是最常见的例子。""事实上，如果悬念没有真正的生活矛盾作为核心，主要依靠技巧，尽管也可能吸引读者于一时，但随着情节的发展，一直到它的真相大白，就只能给人留下失望。"

樊骏、吴子敏还说："情节是性格的历史，人物性格都有其来自生活的客观内容。《归家》在人物形象的塑造中，不是按照人物性格的内在逻辑发展来安排情节，而是让一些主观虚构的情节破坏了性格发展的内在逻辑。""我们认为《归家》的艺术构思，存在着脱离生活真实、只凭主观臆造的倾向，并且表现出一些很不健康的艺术趣味。""我们的作家描写劳动人民，应该刻画他们的丰富的内心世界。作为人类物质文明和精神文明的创造者和主人，劳动人民的精神活动从来都是丰富的、多种多样的。在今天，由于在政治上、经济上得到了解放，又在党的领导下经历了种种斗争和锻炼，接受了党的教育，他们的精神领域是更为宽广了。充分描写他们的内心世界，使塑造出来的劳动人民的形象更加丰满、更有光辉和深度，正是社会主义文学的一个重要任务。但是，这里所谓的丰富性、多样性，只能是劳动人民本身的东西，必须符合于他们的阶级特点。"此外，樊骏、吴子敏认为："我们所要求的情节的曲折复杂性，只能是从现实生活的矛盾斗争中提炼出来的，必须符合生活的真实。"

九月

5日 冯健男的《再谈梁生宝》发表于《上海文学》9月号。冯健男写道："我认为，梁生宝形象的出现，有助于我们思考和理解文学创作中的一些重大的和迫切的问题，主要地说来，就是：我们的社会主义文学如何表现党的领导的问题；如何达到矛盾和斗争典型化和人物性格、特别是新英雄性格典型化的问题；如何体现革命现实主义和革命浪漫主义相结合的艺术方法问题。""我认为，《创业史》这样把党的领导作用结合着新英雄形象的塑造来表现，正是这部小说的新成就，为表现党的领导、也为塑造新英雄形象提供了新经验。""我认为，自延安文艺座谈会以来，就'典型化'的方法的运用和已经达到的'典型化'高度来说，《创业史》的作者的创作活动和小说《创业史》第一部的成就，是有'典型'的意义的。这部小说确实是比较令人满意地把矛盾和斗争典型化了，也正是因此，梁生宝以及其他一些人物的艺术形象才具有典型意义。""矛盾斗争的典型化和英雄性格的典型化是有着内在的、必然的联系的。必须通过矛盾和斗争的描写来表现英雄人物，这一点认识，我们一般是达到了的；就创作实践来说，却还是一个重要的和艰巨的课题。梁生宝的艺术形象正是我们的创作实践给这个重要课题交出的一份令人满意的卷子。"

21日　袁玉伯评介刘祖培小说《对手之间》的文章《〈对手之间〉》发表于《文艺报》第9期。袁玉伯写道："作者选择了若干典型的情节和富有情趣的细节，编织成了一个生动的故事。一些平凡的生活，在作者的笔下却变得波澜起伏，跌宕有致，写起来那样从容。""作者所塑造的姚大冷的形象，是有代表性的，他是部队千百万战士的缩影，我们从他身上可以看到广大战士的共同品质。"

30日　梁斌的《〈红旗谱〉续篇〈播火记〉后记》发表于《文汇报》。梁斌写道："根据我个人的体会，写作初稿时要一气呵成。这时，心如平原走马，笔足墨饱，气运横生，必至淋漓尽致而后快。但是，下笔以前，要有足够的酝酿；腹稿时期，要尽可能把有关人物性格的事情多想想，这涉及到人物的环境、思想、精神面貌、生活方式，涉及到他们的嗜好、习惯和语言。这时开始想象这篇文章的规模——主题和故事。想到的动人的情节，壮丽的场面，幽美的画面，光芒闪烁，会照耀着你的眼睛，这些都是施展主题思想的手段，它们时时刻刻在冲动作者的创作欲。这是非常宝贵的，要加意保护，使她成长壮大。她会推动你，把想到的东西，更进一步发展完善，细致入微，直到鼓励你拿起笔来。""要安排好哪一章里写进什么事件，什么人物，什么景物。考虑到哪一个人物怎样出场，通过什么事件，什么细节，去发展他的个性。要写事件，就要考虑到发生的年代和时间。是在一章里写几个事件，还是一个事件写上几章，事件与事件之间，要有机的联系。""提纲一般的从两个方面开始考虑：一方面是以人物为中心，主要人物和次要人物。人物的历史、命运、阶级、文化政治水平、人与人的关系。有的人物虽然出场很少，只露一下面，也要给读者以不能遗忘的印象。另一方面，是以故事、情节为中心，这部书有几件大事，几件小事。大事件要占用多少章节，怎样开始，怎样结束。小事件在一章里写几件，是侧面写还是正面写，也要考虑周到。"

十月

1日 王尔龄的《小说的"说"》发表于《长春》10月号。王尔龄认为："外国的小说，确有'无故事可言'者，但也不尽然。契诃夫可说是短篇小说的大师了吧，却也有为数不算少的作品，是有引人入胜的故事，且有头有尾的。但更重要的是，我们应当尊重民族传统、群众习惯。工农兵群众，特别是农民，是很爱好有情有节、故事性强（当然也必须人物形象鲜明）的小说的。在农村里，对小说不仅要求可读，而且要求可听。""故事性强，决不应当诟病。当然，以情节取胜，不足为训，但这是指情节掩没了人物而言，否则，情节本身无可非议（这里都是撇开内容坏的小说来说的）。我国古代的许多优秀小说，都因为主题和人物形象鲜明，情节生动，可读可听，而为人喜爱，《水浒》《三国》固是如此，《红楼梦》虽不如它们热闹，但也可讲可读。赵树理同志的小说，是从群众中来、到群众中去的，它们之所以能到群众中'去'，原因之一就是考虑群众欣赏习惯，用群众喜见乐闻的形式来写的。""小说，应当提倡'说'。"

5日 吴杰中、高云的《关于新人形象的典型化——与严家炎同志商榷》发表于《上海文学》10月号。吴杰中、高云认为："积极浪漫主义者善于塑造理想化的人物，但是，他们常常离开现实的可能性，在正面人物身上集中了全部优点和理想的成份，使之变成不可企及的'超人'；批判现实主义作家的笔下也常常出现一些正面形象，这些人物是按照现实原来的样子塑造的，充分遵循了生活的逻辑，但是，却往往又缺乏理想的光彩和激动人心的力量。革命现实主义与革命浪漫主义相结合的创作方法则要求理想与现实的统一：既来源于生活，不脱离现实的生活，而又'比普通的实际生活更高，更强烈，更有集中性，更典型，更理想，因此就更带普遍性'。根据这一原则所塑造出来的英雄形象，既非脱离现实的'超人'，也非拘泥于现实的缺乏光彩的人；他是现实的英雄，但又比现实中一般的先进人物具有更高、更强烈的理想光彩。""典型化过程中的概括和提高，也不应该离开原有的基础，不能违背生活发展的可能性。""人物的先进思想和行为是应该紧紧跟本身的个性特征相结合的，我们反对'把个人作为时代精神的单纯号筒'。概括化与个性化同时进行，这是典型化的基本规律；但是，它的具体途径却是多种多样的，因此，人物性格特点的形成也就各不相同。"

吴杰中、高云写道："在典型创造中，应该通过什么艺术手段来表现新人形象的思想光辉呢？""通过矛盾冲突来揭示人物性格，这是艺术创作的普遍规律，它是为生活的辩证法则所决定的。在生活中，'正确的东西总是在同错误的东西作斗争的过程中发展起来的。真的、善的、美的东西总是在同假的、恶的、丑的东西相比较而存在，相斗争而发展的'。革命文艺的任务就是将这种矛盾冲突加以集中和典型化，并且通过人物的性格冲突表现出来。"

吴杰中、高云指出："矛盾冲突是表现人物性格、揭示人物精神世界的手段，离开了它，人物是活不起来的。但为了更全面更细致地表现人物的精神世界，作家在安排矛盾冲突的同时，也常常借助于其他艺术手段，比如心理描写。心理描写并非西洋小说所专有，这在以白描手法见长的中国小说中也是常见的。特别是在评话里，这种分析性的心理描写就更多。……柳青在《创业史》的创作中，也同样运用了这一艺术手法，并在分析议论中带上强烈的抒情色彩。这些议论和抒情，有时如说书中的插白，有时如电影中的画外音，对英雄人物的思想行为起着一种渲染和赞扬的作用。作者这种强烈的感情，往往深深地打动读者的心弦，使他们不能不跟着走。只要这种抒情议论不是外加的，而是从矛盾斗争中迸发出来的，那么，这也未始不可以用来作为表现革命精神的一种手法。"

12日 茅盾的《短篇创作三题——答青年作者问》发表于《人民文学》10月号。茅盾认为："为什么短篇写不短呢？一方面是技巧问题，不该写的写了。另一方面更重要的还是思想方法问题（怎样观察生活，分析生活，怎样由小见大，看到片段与全局的联系，从生活的现象看到本质）。看生活要看全面，但在短篇里就不能全面地写。构思的时候，一方面要从历史的发展理解生活现象的本质，一方面又要从全面截出能表现全面的、关键性的、总的趋向的一段。""短篇和中篇的界限不是很严格的。一般地说，短篇只截取生活中的一个片段或横断面来显示生活的意义。它往往只有一个主人公，一条线索；往往只写几个小时或几天之内集中发生的事，但应该使读者看了以后可以联想到更远更多的事。假定短篇的'规格'大抵如此的话，那么：一、短篇的情节可以不像中篇那么曲折；

二、短篇的矛盾冲突可以不像中篇那么复杂；三、短篇的人物个性可以不像中篇那样有发展；四、短篇所表现的片段和全局有内在的联系，可以通过它看到生活的历史和发展的趋势；这样，就需要短篇作者善于概括生活，找到那个最能表现全局的片段。"

茅盾指出："以上各点做到了，也不一定就能短。还要善于剪裁。有几种情况：一、写人物的过去往往要回叙一番，回叙多了，又得平衡，写写现在。这样一来，无形中就拉长了。也有的采取分散来写的办法，这里点几句，那里点几句，这样可以稍短一点，但也不一定能完全解决问题；二、作品里免不了要有陪衬人物，陪衬人物多几个，可以使作品热闹一些，环境显得不那么单调，像生活本身一样多彩。但这也就多费了笔墨。好的短篇，采取的办法是让每一个陪衬人物都和主人公直接发生关系，和故事的发展直接发生关系；三、为了使人物性格突出，有时不能不用细节描写，而且还要写写环境，这也容易长。解决办法是要通过细节描写来表现个性，避免那些与表现个性无关的细节描写。"

茅盾还说："民族形式不光指结构方式，更主要的还是文学语言。中国小说在结构、语言上都讲究简炼。这一点应该学习。但不一定都在形式上复古。……我们应该消化前人的一切表现形式，变为自己的东西，不是硬搬或光从形式上学。就如学作旧体诗，学好了，有意思，学不好，就只剩形式了。""古典作品写人物有很多方法，主要方法之一是通过动作和环境来写。""古典作家既善于表现热烈紧张的场面，也善于表现幽雅恬静的场面。"

11日 黄沫的《把革命的火把传下去——谈〈路考〉和〈家庭问题〉》发表于《文艺报》第10期。黄沫认为："《路考》结构紧凑，总共只写了三个场面，在这三个场面里，作者写出了父子矛盾的发生、发展和解决。由于情节集中，就避免了许多不必要的叙述和多余的描写，使作品显得干净利索；由于笔墨集中，就能够把人物的性格刻划得相当鲜明。作者能够把人物、故事、主题思想通过三个场面，有层次地表现出来，在构思上是相当巧妙的。在表现手法上，作者常常通过对人物行动的简洁而准确的描写，把内心活动揭示出来，而不直接去描写人物的内心活动，避免了累赘和沉闷，并取得生动的艺术效果。作品的语言也很好，有些段落几乎纯是用对话写的，这些对话个性鲜明，动作性强，生动传神。作者还长于运用富有戏剧性的表现手法,使人物的行动、情节的发展,既在情理之中,又出意料之外,取得了引人入胜的艺术效果。""《家庭问题》从一个工人家庭的日常生活中揭开两种思想的矛盾冲突,所取的角度是新鲜的。作者用帽子作'眼',展开情节,通过父子三人前前后后对这顶帽子不同的态度,表现出人物的思想感情,在构思上也很巧妙。"

十一月

10日 宋爽的《走艰苦而光荣的道路——谈青年作者李惠文的七篇作品》发表于《人民日报》。宋爽指出:"他(指李惠文——编者注)总是以饱满的政治热情,把自己的创作任务同现实生活的需要结合起来,使自己的作品成为帮助人们认识生活、推动生活向前发展的工具,为了达到这个目的,他以严峻的创作态度和辛勤的努力,力图透过对新生活、新人物的描写,揭示农村生活中有意义的矛盾,并以幽默风趣的艺术手法,给以细致的剖析和生动的回答。"

12日 冰心的《〈红楼梦〉写作技巧一斑》发表于《人民文学》11月号。冰心写道:"《红楼梦》的故事,虽然都是取材于作者耳闻目睹的真实生活,但若没有经过作者一番精心结构,它是不可能成为一部完整的、生动逼真而又波澜起伏的文学作品的。脂砚斋的批语中还有'无缝机关'、'多才笔墨'、'十年辛苦不寻常'等,也是指作者的写作技巧说的。""其实,就是光谈《红楼梦》的技巧,也是书不胜书,除了全文加批之外,几乎无法细谈。而且种种手法,也不是没有交叉的,现在姑且拈出'两山对峙'一条,来谈谈我的体会。""在作者笔下,钗黛这两位姑娘,常常是被人相提并论,加以评比的。""若是把林黛玉的行止和交游孤立来看,还不大显出她的'乖僻',但是一和宝钗的对衬起来,就显得宝钗像一颗满盘旋转的如意珠一般!"

周立波的《读"红"琐记——为纪念曹雪芹逝世二百年而作》发表于同期《人民文学》。周立波写道:"他(指曹雪芹——编者注)继承和发扬了中国文学的悠长的、优秀的传统,笔情恣肆,变幻无穷。每状一人,叙一事,他又总是一字不苟地务求写得鲜明、生动和深刻"。"《红楼梦》里出现了几百个人物,一个个栩栩有生气,又都具有自己独特的性格。前八十回的每一个人物在任何场合，纵令是在简短的几句对话里，或是细微的一个动作上，他们的性格的特征始终都是一致的。""性格特征的始终一致是刻化人物、塑造典型的要领之一。"

26日　秋耘评介李纳小说《明净的水》的文章《〈明净的水〉》发表于《文艺报》第11期。秋耘认为："就拿短篇小说来说，写得干净利落，精细而不流于繁冗，明丽而不流于雕琢，这就不是每一个作者都能做到的。《明净的水》（作者李纳——编者注）中的多数篇章，倒是达到了这样的艺术境界的。""于明丽的文字之中激荡着一种深厚的阶级感情，体现着一种强烈的革命精神。"

韦君宜的《介绍新人新作〈玉泉喷绿〉》发表于同期《文艺报》。韦君宜认为："这部小说（《玉泉喷绿》——编者注）难得的是它由生活中出来的那朴实真切的形象，因而有着比较强的感染力和说服力。""全书的笔墨是干净利落的，看得出作者在文学语言的民族风格上用过功夫。用的生动朴素的农民口语，但也并不是那么'地方化'，'土'得让外地人读不下去。不只写对话，就是叙述故事，写景，也都用这样的语言。""我们读着这小说，大致可以感觉得出作者受赵树理同志的影响较深。看来他是在学习赵树理的风格。反正，他是在走这一条路子——民族化的，朴素的，幽默的，与'欧化风格'大相径庭的一条路子。他这第一部作品自然还没有赵树理作品那样的纯熟、简洁和含蓄的幽默。"

同期《文艺报》封底推介中国作家协会农村读物工作委员会编的《短篇小说》。推介文写道："在编选时特别注意适合农村读者的口味和欣赏习惯，选入的作品大都是在语言、情节和描写方法上具有民族化、群众化的特色。装帧和插图也力求大方、精美。"

十二月

10日　黄伊的《园丁和幼苗——读〈军队的女儿〉》发表于《光明日报》。黄伊认为："《军队的女儿》不但创造出了两个有积极的教育意义的艺术形象，而且在写法上有一些可取之处。比如关于景物描写，就作到了情景相融。""在描写海英与疾病作斗争时，作者所采取的手法也是多种多样的。海英的病假若完全正面地描写它，不但容易显得单调，而且读起来会索然无味。作者用了多种多样的手法，有时候用海英给母亲的书信侧面地写；有时候写海英的心理活动；有时候从同院的病员的眼中，看海英与疾病作斗争的英勇精神；有时正面写海英接受治疗时所表现出来的无比毅力。作者用明朗的色彩来写海英的疾病，写海英的乐观主义精神，写海英勇敢地迎接疾病的考验，这样写是符合海英这个人物性格的，同时，也使这部作品在艺术上显出了一些特色。"

11日　胡德培评介王愿坚小说《理财》的文章《〈理财〉》发表于《文艺报》第12期。胡德培认为："王愿坚善于把人物放在艰险、困难的环境中，去捕捉人物思想品质上闪现出的光华。《理财》依然用这种方法，创造了老胡这个英雄形象。""善于以精炼而又富于表现力的情节和细节去刻划人物，是《理财》在艺术上的特色。"

同期《文艺报》封底推介赵树理的《下乡集》。推介文写道："本书收作者近十余年来的短篇创作共八篇。它们自各个不同的角度，深刻而生动地展现了解放战争时期及社会主义建设时期我国农村丰富多彩的生活图景；通过形形色色的人物形象，真切而细致地反映了农村新旧思想和两条道路的尖锐斗争。作者特有的表现手法与鲜明的民族风格则为广大读者所熟悉和热爱的。"

1964年

一月

11日 艾克恩评介胡万春小说《内部问题》的文章《〈内部问题〉》发表于《文艺报》第1期。艾克恩认为:"一篇作品,写出了两种人物对同一事物的两种不同态度,不一定就能深刻。这篇作品所以写得深刻,是因为作者透过这种不同的人物和不同的态度,发掘出它普遍的思想意义和内在的感人力量。"

冯健男的《赵树理创作的民族风格——从〈下乡集〉说起》发表于同期《文艺报》。冯健男认为:"文艺创作愈是深刻地反映了人民群众的现实斗争生活,愈是明确地体现了民族化和群众化的要求,就愈是受到群众的欢迎和赞扬——赵树理的作品,就正是因此拥有众多的农村读者的。""民族的精神面貌和生活面貌的真实的深刻的反映,是文学的民族风格的首要的和根本的问题。赵树理的小说正是以中国农民和中国农村的真实描状取胜,而民俗的表现,在他的小说中是极为突出的,在他的小说的民族风格的创造中起到重要的和显著的作用。……但赵树理并不是为写民俗而写民俗,民间习俗是通过他所反映的生活和他所创造的形象自然而然地表现出来的,可以说,离开了他的生活图画和人物形象就无所谓民俗,反过来说,离开了民俗,赵树理也就难以说他的故事和创造他的形象。……民俗对于赵树理小说生活化、形象化、群众化、民族化的作用是显著而重大的。""赵树理的文风和文体,是真正民族化和群众化的新创造。"

冯健男指出:"语言是文学的第一要素。一个民族的群众语言总是具有鲜明的民族特征和大众风格的。赵树理的文学语言是经过锤炼加工的汉族人民大众的口语,他的作品的民族性和群众性,首先是通过他的语言表现出来。""赵树理说起话来，随时随地都照顾到并符合于农民说话的习惯。从语气到语法，都是群众'化'了的。""叙述的语言是这样合乎民族心理和群众习惯，人物的说话和对话，在赵树理写来，就更能作到如闻其声，如见其人。""赵树理的幽默和风趣固然从他的故事情节中表现出来，但也是经常从他的语言中流露出来的。""赵树理的文学语言达到了通俗化和艺术化的结合，口头语和书面语的统一，具有华北农村群众语言的特色而又为全国人民所喜闻和共赏。他也采用方言、土语、谚语，也采用古老的和新生的成语、词汇，但他采用它们只是为了增加自己的文学语言的通俗化和艺术化，促进口头语和书面语的统一，有助于而不是妨碍了他的故事的广泛流传。""在写法方面，或者说在形式方面，赵树理也是从照顾群众的'习惯'出发，继承了民间文艺的传统并予以创造性的溶化、革新和发展。……就小说来说，中国小说和西洋小说的区别，首先就在于我们是采取讲故事的方式，这样，讲故事的人和听故事的人可以'不站在定点上'，而他们是采取照相的方式，照相机和被拍照的人都得'站在一定之处'，不得交头接耳左顾右盼。根据赵树理的体会，中国民间文艺传统的写法上的特点是：一、'叙述和描写的关系'：不是'把叙述故事融化在描写情景中'，而是'把描写情景融化在叙述故事中'；二、'从头说起，接上去说'：因为农村读者'要求故事连贯到底，中间不要跳得接不上气'；三、'用保留故事中的种种关节来吸引读者'；四、'粗细问题'：该细致的地方细写，不必细写的地方略写，'细致的作用在于给人以真实感'，'但为了少割裂故事的进展，为了使读者于尽可能短的时间内读完'，略写也是必要的。"

冯健男还说："这里所说的'讲故事'，并不是平常所说的'故事性'或'故事情节'，这是西洋小说也必须有的，但把'讲故事'作为行文和结构的方法却是中国小说的传统，其特点就在于鲁迅所说的'不站在定点上'，说书的人可以自由自在地讲得天花乱坠，头头是道。""把上述的四点要求融会贯通入故事的有机体中，是一种矛盾的统一。要细写，又要略写（旧小说中的所谓'有话则长，无话即短'）；要'从头说起，接上去说'，又要'花开两朵，各表一枝'；要使故事进展得快，'使读者于尽可能短的时间以内读完'，又要设关卡，打埋伏，'用保留故事中的种种关节来吸引读者'。这都是矛盾，这些矛盾必须在发展中统一起来。这是需要有高度的技巧才能作到恰到好处的。这些矛盾，概括起来说，就是强烈曲折的情节和清楚明白的交代之间的矛盾，它们是应该和可能统一起来的。除此以外，或者说驾乎这之上，还有一种矛盾，那就是动听的故事和严肃的主题之间的矛盾（为了吸引读者和招徕听众而牺牲严肃的主题的事是常有的），这种矛盾也应该和可能统一起来。中国传统小说中的优秀者都达到了这一点。赵树理的小说也大多达到了这一点。"

冯健男最后说："中国小说在描写人物方面用'白描'之法，主要是通过人物说话和行动来表现人物的性格，很少作静止的孤立的冗长的心理描写和环境描写，这也是由'讲故事'的方法和风格所决定的。'照相'是静止的，可以孤立的，可以一处一处地拍照的，而'讲故事'却必须不断发展。赵树理的人物描写正是白描，正是在故事发展中表现。""故事引起故事，大故事套小故事，这也是中国小说中常有的情况。赵树理的小说也常有这个特点，不但长篇小说如此，短篇小说也如此。""说中国的形式方便些，自由些，这丝毫也不意味着：说书人可以信口开河，说到哪里算哪里，爱怎么说就怎么说。恰恰相反，设关卡，打埋伏，处处有关联，事事有交代，故事中有故事，这都需要有周密的心计，严谨的结构。于严谨中求自由，于自由中见严谨，是中国文艺的特色，也是小说技法之所长。"

阎纲评介梁斌小说《播火记》的文章《〈播火记〉》发表于同期《文艺报》。阎纲写道："《播火记》是中国农民阶级向反动统治阶级勇猛冲锋、浴血战斗的激越悲壮的颂歌。""梁斌同志那样地热爱自己的家乡，那样热爱农民阶级威武雄壮的革命斗争，他的这种深沉真挚的感情，都充分地渗进作品的每一个细胞之中。加上他的语言那么通俗、有劲，富于表现力，就使我们读这部作品时，受到感染而又觉得分外亲切。这些地方，很显然的，都是由于发扬了《红旗谱》式的民族气派、民族风格的结果。在这方面，梁斌同志的创造是卓有成效的。"

12日 马焯荣的《看湘中风物人情——漫谈谢璞的作品》发表于《光明日报》。马焯荣写道："《二月兰》和《喜乐的山窝》都是描述城市知识青年下乡参加农业劳动的作品。《二月兰》无疑是作者近几年来创作上可喜的收获。……作者以合情合理的情节和含蓄有致的笔墨，描述了兰表妹的这段思想感情的历程。""《喜乐的山窝》所表现的,则是城市知识青年首先对大办农业的巨大意义有了理性的认识,然后全心全意奔赴农村,为大办农业贡献自己的青春和智慧。""而《五月之夜》则是一幅人物众多、气氛浓郁的风俗画。""谢璞的短篇小说充满抒情气息。作者在作品中或直接现身说法以抒情,或借人物的语言以抒情,或借景物描写以抒情,或从叙事中抒情。在处理题材的手法上,谢璞喜欢从生活的一个侧面入手,……来描绘社会面貌,反映时代精神和刻划人物性格;而往往把严峻的斗争作为故事情节的副线或背景,在作品中若隐若现地展开。"

徐佩珺的《谈鸳鸯蝴蝶派小说》发表于同期《光明日报》。徐佩珺写道:"对鸳鸯蝴蝶派的理解通常有广狭二义:广义的说法认为当时的言情、艳情、哀情、娼门、黑幕、侦探、武侠、神怪、滑稽、宫闱等等小说,都应该属于鸳鸯蝴蝶派,因为这些作品都反映了游戏的消遣的趣味主义文学观。狭义的说法则认为仅指言情、艳情、哀情小说以至娼门小说,因为那些作品常常描写才子佳人的故事,离不开'卅六鸳鸯同命鸟,一双蝴蝶可怜虫'的范围。""鸳鸯蝴蝶派接受了资产阶级玩世纵欲的颓废思想,继承了封建社会'吟风弄月、文人风流'的恶习,以游戏为文章,通过作品散布低级趣味,把人生当作游戏、玩弄、笑谑的资料。""在他们的小说中,充斥着庸俗而又腐朽的思想;他们所描写的人物,总是'翩翩公子','绝色佳人'。他们所叙述的故事总是男女双方一见钟情、中途分拆、最后团圆或殉情,所刻画的形象总是千人一面,千口一词。""鸳鸯蝴蝶派中有一部分作品是把封建伦理观点羼杂在资产阶级恋爱自由的思想里,这些小说里的人物虽也谈情说爱,追求所谓美满婚姻,但却严格地遵循着封建礼教,不敢越雷池一步。"

杨嘉、何芷、曾敏之、卢荻的《跃进欣看四季花——读长篇小说〈香飘四季〉》发表于同期《光明日报》。杨嘉、何芷、曾敏之、卢荻认为:"陈残云同志的《香飘四季》是一部反映大跃进年代风貌的长篇小说。作品歌颂了人民公社这面红旗,描写了人民群众自力更生、发奋图强的革命精神和干劲,反映了阶级斗争的复杂性。这是大跃进农村的一幅图画。""作者描绘当年农村中的大跃进风貌,并没有采取表面的手法,而是通过活生生的形象,用真挚的感情、朴素的笔墨、乐观的精神、风趣的语言,来着意刻划集体农民在这个新的阶段艰苦创业所获得的新成就。""就《香飘四季》的艺术构思看来,作者是以大跃进为纲,以生产斗争和阶级斗争为纬,而从这两种交织着的斗争中,又特别以阶级斗争为脉络去表现新人物的成长和他们所获得的成就。""作者塑造各种人物,用笔细致;他对于农民群众的生活、嗜好、心理特征和习俗风尚等等,比较熟悉。善于运用典型性的情节,借以反映人物性格和他们之间的关系。""陈残云同志的作品的语言特点是:艺术地运用广东语言,经过加工提炼,从而表达出新的概念,并带上鲜明的地方色彩。有些人物的语言是性格化的。作品的群众化,不仅题材、主题思想要来自群众,而且语言、情调也是要来自群众的。"

同日,侯金镜的《让短篇小说在农村扎根落户——农村读物丛书短篇小说集介绍和杂感》发表于《人民日报》。侯金镜写道:"短篇比起长篇来,自有其所'短',不过短篇也有长篇所不能代替的所'长'。""短篇反映生活最迅速,现实性也强,当前农村工作的任务是怎样执行的,具体政策是怎样贯彻的,农村生产和生活面貌正在发生怎样的新变化,新人、新思想、新风气又在怎样不断的日新月异的生长和发展,这一些只有短篇(报告文学、散文、短诗也在内)才能够马上反映出来,让读者看到、感受到。……还有一个社会主义文学在农村占领阵地的问题。……长篇小说打先锋,走在前面已经占领了一部分阵地,但战果仍急待巩固和扩大。这就需要短篇也参加进来和长篇小说并肩作战,一起来挤垮封建主义、资本主义的小说,并且取而代之。"

15日 茅盾的《举一个例子》发表于《萌芽》第1期。茅盾认为,《迎接朝霞》的作者崔璇在选材、人物形象塑造和环境描写这三个方面都做得十分好。茅盾指出:"这篇小说(指《迎接朝霞》——编者注)的故事是有普遍性的。""这篇小说实质上是第一人称的写法,但形式上是第三人称。""看了《迎接朝霞》,有助于年青的朋友们在描写环境方面提高技巧。"

26日 马奇的《关于〈史学与美学〉——评周谷城先生的美学思想》发表于《光明日报》。马奇写道:"周先生的社会历史观点是抽象的、形式主义的、形而上学的、唯心主义的。""周先生对于艺术问题的论述,就是建立在如上那种社会历史的观点的基础之上的。""情感在艺术中是重要的,但艺术中主要的东西并不都是艺术的源泉,比如典型是艺术创作中主要的东西,但决不是艺术的源泉。""真正的、优秀的艺术主要的不是靠抽象议论,而是对于实际生活事实的具体的生动的形象的以及典型的描绘。但是这绝不等于单单表达了艺术家的情感,同时也必需和不可免地表达了艺术家的思想、观点、意见。什么事情触动了艺术家的情感,不能不与艺术家世界观、立场、思想以及生活经验、艺术素养相关联。""对艺术的社会作用问题,必须作具体的阶级的分析。"

30日　《文汇报》发表社论《大力提倡讲革命故事》。社论指出:"开展讲革命故事活动,对于当前农村工作来说,……至少有如下五方面的作用:第一,起了占领思想阵地的作用。""第二,有力地配合了党在农村的各项政治任务和生产斗争,宣传了政策,发动了群众,促进了集体生产的发展,发挥了文艺轻骑兵的作用。""第三,丰富了农民的业余文化生活。""第四,推动了其他方面农村文化工作的开展。""第五,对故事员来说,宣传社会主义思想,对农民进行阶级教育,也是对自己的一种锻炼和提高。"

二月

1日　王若麟的《短篇"故事性"点滴——读书札记一则》发表于《安徽文学》第2期。王若麟写道:"作品应该有故事性,最好能把读者带着走。""老作家赵树理就有这么个本事,他是编故事的能手。他在写故事时,有一个特点,就是:连。一个故事首尾一贯,头绪清晰,连成一气。无论是看是读,都好接受,不感到乱。他的方法,我以为是先介绍人物,然后展开矛盾。这样写的好处是人物的来历、性格,读者的心里先有了个'底',到展开矛盾时,就会用这个'底'来推测故事的进展。使得作者的创造与读者的体味融合起来,看起来听起来有'主心骨',不致于模糊不清。"

王若麟还说:"赵树理的作品在写故事上的另一个特点是:顺。读这位作家的作品,会感到清清楚楚,明明白白,没有疙瘩,没有生硬勉强的地方。往往写得单纯而流畅。这表现出作者修养的深厚与写作的功力。'顺'和作品的结构安排有关系,也与语言表达分不开。""我认为作者的第三个特点是:大故事套小故事,介绍人物也用故事。'不宜栽种''米烂了'是过去的人物经历,

'恩典恩典''命相不对'是现在人物的话柄；它们同样显示了人物性格的某一侧面。""当然想写好故事，颇费思索，得讲求技法。我以为故事性的这个'性'，在很大程度上，有赖于是否引人入胜。如果作品根本没什么'胜'，就谈不到'引'。但有了'胜'，还得会'引'，使故事步步发展，层层深入，把读者紧紧吸引住，从而导入胜境。"

同日，侯金镜的《让短篇小说在农村扎根落户》发表于《河北文学》第6期。侯金镜写道："总括起来说，在编选《农村读物丛书》的时候，首先注意到的是：农村正在进行以阶级教育为纲的社会主义教育运动，编书人想使这几本集子成为配合这一运动的形象化的、生动的读物。又为了使它们流传得更远些，又特别注意到农村读者的口味、爱好和欣赏习惯，努力做到使选入的作品在思想感情、语言和故事情节的安排上具有民族化、群众化的特点。""短篇创作怎样更鲜明地抓住农村社会主义生活（当然也包括整个社会生活）中的重大问题，做准确、有力又有鼓舞力量的描写，能够打动农村读者的心；语言、结构方法，和叙述描写方法更进一步民族化、群众化，能够启发农村读者更大的兴趣，吸引他们，使他们读来更入迷。要做到这两点，当然还需要我们的短篇小说家继续做很大的努力。"

4日 之青的《浇花续篇——新人新作选评之二》发表于《北京文学》2月号。之青认为："选取重大的题材，通过尖锐的斗争，创造叱咤风云的英雄人物，表现宏达的主题，是时代向文学艺术提出的历史使命。与此同时，从我们丰富多彩的日常生活中，随时随地留心日新月异的各种变化，发展各种各样的新人新事，敏锐地抓住其中的一个生活火花，深入地开掘事物的思想意义和人物的精神面貌，用相应的文学艺术形式，迅速地把它们反映出来，从各个方面来弹奏社会主义乐章，汇成我们伟大时代的交响乐，也是文学艺术创作上一个经常性的任务。"

11日 王笠耘的《欢送〈短篇小说〉下乡》发表于《文艺报》第2期。王笠耘写道："所选作品不仅革命性、战斗性强，同时也都具有强烈的艺术魅力，特别是在艺术风格上大都具备民族化和群众化的特色，适合于农民欣赏的口味。""这三本《短篇小说》的内容是丰富扎实的。它们反映了从土地革命战争直到现在这三十多年来中国人民在党的领导下所走过的光辉里程，对今天的农村读者具有丰富的现实教育意义。""《短篇小说》集里的有些作品，深刻而动人地反映了新民主主义革命时期中国农村尖锐剧烈的阶级斗争。""《短篇小说》集里的另一些作品，突出地表现了社会主义革命开始以后，作为推动农村生活前进的主要动力之一的社会主义和自发的资本主义倾向两条道路斗争这一主题。""在《短篇小说》集的许多作品中，还塑造了一些从农村阶级斗争、生产斗争的激流中涌现出来的社会主义新人的艺术形象。""在这三本《短篇小说》选集中，还选入了一些以批判宗法制度及封建迷信的旧影响和宣扬新的社会风尚为内容的作品。"

魏金枝的《别具一格的一个短篇集——读〈山区收购站〉》发表于同期《文艺报》。魏金枝认为："在作者的这个集子里，有些作品简直是没有什么故事结构的，即使有，也只是极小的一个故事核心。然而作者却能把这个极小的故事核心，和围绕着它的广大环境融和起来，成为一个完整的社会环境，并从这个社会环境中，透露出时代的特色。"

25日　龙世辉的《有益的探索——略谈小说〈玉泉喷绿〉的语言》发表于《光明日报》。龙世辉写道："这部小说，写的是农业合作化初期社会主义和资本主义两条道路的斗争。它没有紧张惊险的情节，没有重大的事件，而是用生动、朴素、幽默的语言，塑造出鲜明、亲切的人物形象，表现出农民的新思想、新品德，娓娓动听地叙述着那些既有趣又有思想意义的故事。"

杨扬的《社会主义闯将在成长——读胡万春的中篇小说〈内部问题〉》发表于同期《光明日报》。杨扬认为："《内部问题》的形象展开鲜明而有力，不仅在于它从生动的人物关系提出了这种还要长期存在的复杂的阶级斗争，这也还在于它写出了社会主义革命大大深入了的时代特点，写出了以王刚、方书记为主的社会主义力量的磅礴气势。"

三月

11日　陈言的《漫评林斤澜的创作及有关评论》发表于《文艺报》第3期。陈言认为："林斤澜同志有一种相当出色的艺术才能，那就是：形象的感受力很强，对于生活现象有很敏锐、很细致的观察和捕捉能力,有时生活中的某一点感受便成了他创作的契机。他善于把生活中一闪而过的生动现象,用浓郁的色调、跳荡的感情表现出来。""这些作品一般没有情节严密的故事,也没有对于人物形象的精细描写,涉及到矛盾时,往往也不作大的展开,作者在这些作品中,往往只是把某些曾经特别打动了自己,给自己感受特别强烈的场景,人物侧影,新的生活情趣勾画出来,从而通过这些侧面点染出生活不断变化、不断发展着的新气象。""但是,在这类作品中,总的说来,又反映着作者的局限的方面。比较明显的是:作者从小处落墨,往往局限于这个小处,即局限于自己的感受和印象上,而未能从社会关系和人物精神面貌变化的内涵意义上,去把握、透察现象的社会内容,因此作品的构思立意,有时失于浮面,有时失于空泛。作者笔下的描写虽然生动具体,概括却不足,未能达到'以小见大、以少胜多'的深度和丰满。""正是由于作者没有努力地从自己的题材中,从人物性格发展的逻辑中,去追求'巨大的思想深度和意识到的历史内容',没有深刻地去研究和掌握社会关系的变化,大斗争,大变动的历史风暴,对人物性格、心理、情绪以及人与人的关系会发生什么影响;因此作者就不能从人物心理、性格的变化和发展中写出社会、斗争的变化来。而实际上,就作者所涉及到的题材范围来说,就作为社会关系的总和的人来说,这种影响虽然会以各种不同的形态表现出来,但这种影响乃是一种必然。看不到这种必然就不可能进行概括和典型化。"

  陈言指出:"所谓忽视思想内容,过分追求形式,还只是一种表现出来的现象。实际上,完全不反映思想内容的艺术作品是不存在的,即令是纯粹形式主义的作品,它也不过是以一种特有的方式表达了某种思想罢了。""作者为了追求所谓形式的独特几乎既不考虑这样结构,这样表现是否能反映现实生活,是否能鲜明地表现主题,也不考虑这是否合乎揭示生活内容的逻辑,只是热衷地为新奇而新奇、为独特而独特,热衷地渲染所谓的'气氛'、'情调',把这一切当作了文学创作的目的。这岂不是舍本而逐末吗?"

  谭霈生的《进攻的性格——读中篇小说〈黑凤〉》发表于同期《文艺报》。谭霈生认为:"人的性格是在一定的社会关系中形成发展起来的,通过复杂的关系才能写出丰满的性格。然而，社会关系本身又是多样的，它有时表现为不同阶级、不同社会力量之间尖锐、激烈的对抗性的矛盾，这种矛盾关系往往会把人物带进激流的漩涡，让人物性格的火花在浪涛的冲击下迸发出来；有时，它又以同志、朋友、亲人之间在劳动、生活中构成的复杂微妙的关系表现出来，在这种关系中，虽然看不到汹涌澎湃的波涛，然而，每一个细波也可以反射出性格的光影。王汶石同志在《黑凤》中，是在大炼钢铁的群众运动这样一个宏伟的背景下，抓住了在劳动、生活、工作中同志、朋友、亲人之间的复杂微妙的关系，通过这种关系，从多方面细腻入微而又热情洋溢地来描绘黑凤的性格，来展现她的成长过程的。"

同期《文艺报》封底推介邹荻帆的《大风歌》。推介文写道："作品以饱含深情和诗意的文笔，深入地探索了几个主要人物的内心活动，热烈地歌颂了三面红旗的正确与伟大；是对党和人民群众改造世界的崇高理想和宏伟气魄的一首赞歌。"

16日　邓牛顿、吴立昌、何士雄的《梁生宝形象评价中的几个问题》发表于《文汇报》。邓牛顿、吴立昌、何士雄写道："对作品中英雄人物性格的理解，要求我们紧紧把握住他的时代的和阶级的特征，从发展的而不是静止的角度去认识人物在生活中所发生的变化，细致地去分析那促使英雄人物性格形成的社会历史条件。""我们的文艺作品，在塑造我们时代的英雄形象的时候，只有通过社会复杂的矛盾冲突，才能很好地揭示出英雄的性格特征。"

四月

1日　王一善的《最根本的问题》发表于《山花》4月号。王一善写道："我们说，群众化的问题，固然涉及到文学形式、文学语言的通俗化以及写作技巧问题，但是，任何一个文学工作者决不能因此而忽略了作家的思想感情、立场观点这一根本问题。……可以肯定地说，要解决文学作品（短篇小说亦不例外）群众化的问题，文学工作者的思想感情、立场观点是一个根本问题。"

张耀辉的《我也来谈谈短篇小说的故事和语言》发表于同期《山花》。张耀辉写道："先谈故事情节。我同意吴彰铃同志的意见，故事要一个高潮接一个高潮，一个波澜接一个波澜，一波未平，一波又起，峰回路转，跌宕起伏，要'故事性强，有曲折生动的故事情节'，但除此而外，我还想补充以下几点：一是故事最好单线条发展，要尽量避免头绪纷繁，叫人摸不着头脑。二是故事最好顺序发展，有头有尾，插叙的手法可以用一些，但倒叙的手法要少用，切忌使用电影中的蒙太奇手法，跳来跳去，使人觉得眼花缭乱，不知去向。三是情节的进展要迅速一些。据说从前有位说书先生，说一个小姐下楼，就用了三天时间，这样农民群众一定会厌烦。如果在短篇小说中写上一大段房间布置、人物的生活习惯等无关大体的文字，我想也不会受到农民的欢迎。还有，我们主张短篇小说的故事情节要生动曲折，引人入胜，但这并不是要求作者一味地去追求离奇的情节，以至背离了生活的真实与人物性格的发展逻辑。""再说语言。文学是语言的艺术，为了把短篇小说写得更为生动引人，易为群众接受，作者在语言上，认真下一番功夫，是很必要的。对短篇小说的语言，我有以下几点意见。""第一，要通俗化、口语化。在这一点上，一些新编的故事与中国古典短篇小说，值得我们学习。这些作品是用提炼过的口头语言写成的，它们朴实无华，明白畅达，没有堆砌雕琢，没有故作深奥的'含蓄'，它们散发着泥土气息的芬芳，读起来顺口流畅，似行云流水，没有疙疙瘩瘩的毛病，因此能讲能读，两者兼备。""第二，简练、形象、生动。讲的小说，要使群众听得懂，记得牢，因此，语言必须简短有力，那些欧化的长句子要尽量不用。为了使语言更加形象、生动，便于群众的记忆，可以有选择地穿插一些民谣、谚语、韵语、歇后语等等。""第三，幽默、风趣。劳动人民从来就是乐观的，从他们的语言中，充满了幽默与风趣。幽默风趣的语言，可以消除他们的疲劳，增添他们的生活乐趣，嘲弄敌人的丑态，增加故事的魅力。我们在写短篇小说的时候，如果在语言的幽默风趣上面下点功夫，肯定会得到群众的喜爱。"

5日 李镜如的《赵树理作品的语言》发表于《朔方》第4期。李镜如认为："他的文学语言，是真正人民大众的语言。从词汇到语法、到说话的口气、腔调，都是民族化、群众化的。而且化得那么彻底，化得那么自然，以致达到了和人民群众（特别是农民）说话的习惯完全一致。""作品中，人物的说话、对话，是群众化的。""关于人物的说话、对话，有些作家也能做到群众化，合乎群众运用语言的习惯。而赵树理同志,却能做到连叙述和描写所用的语言,也都是群众化的。""其次,赵树理作品的语言质朴无华、简洁生动,富有很强的表现力。""赵树理作品的语言,是经过艺术提炼的'农民的语言',带着农民的质朴。……他致力于挖掘群众语言的内在美,用以凸现人物的思想性格,和心理状态。而不追求精工华美的形容词之类,来装饰作品、炫耀自己。他在语言的朴素,色调的明快上,给我们留下了不事雕琢、如出自然的深刻印象。""赵树理同志又是怎样加工、锤炼群众语言,使它具有极强的表现力呢?""一方面,他对群众的丰富的语言,进行严格地选择、加工,使它高度的个性化,并熟练地用它来塑造鲜明、生动的性格。""另一方面,使语言和人物的行动紧密地结合起来。语言表现行动,行动凝成语言。通过语言,表现出人物强烈的情绪和欲望、人物特定的心理状态。""最后,赵树理作品的语言幽默,富有浓厚的生活情趣,这也是发扬了中国劳动人民口头语言固有的特色。""赵树理作品的语言的幽默感,主要是由于作品的主人公(主要是农民)能够一针见血地识破敌对事物的本质,并且从自己的观察、认识、表现事物的角度出发,生动地把它表现出来。使读者充分体会到人民群众的聪明、智慧,和他们对旧事物仇恨、蔑视的态度。""赵树理语言的幽默感,还表现在善于运用一些令人解颐发笑的妙语上。"

11日 刘绶松的《树立马克思列宁主义的批判旗帜——谈文学遗产的批判与继承》发表于《文艺报》第4期。刘绶松认为:"批判的现实主义作品反映和宣扬的主要是资产阶级个人主义和人道主义思想,它们的内容几乎毫无例外地都是描写主人公通过个人奋斗的道路来追求个人的幸福。"

15日 峻青的《创作二题》发表于《萌芽》第4期,峻青认为:"在创作过程中,技巧不是没有作用的,但重要的问题还是主题思想问题。而主题思想又是和作者的阶级觉悟、思想水平分不开的。因此,提炼主题思想的过程,也就是检验我们政治思想水平的过程。"

峻青还说:"说到写人物,一个很重要的课题摆在我们面前,那就是我们必须努力塑造出富有我们时代特征的英雄人物来。""在人物的描写方面,还有个重要的问题,这就是人物的共性和个性的问题。共性寓于个性之中,无个性即无共性。""至于情节，我认为是和人物形象分不开的。我们写作的时候，当人物形象酝酿成熟了，情节也就自然地来了。"

17日 王永昌的《艺术的真实和历史的真实——鲁迅作品阅读札记》发表于《人民日报》。王永昌写道："鲁迅说过：'我的取材，多采自病态社会的不幸的人们中，意思是在揭出病苦，引起疗救的注意。'但是鲁迅同时又这样说过：'艺术的真实非即历史上的真实，我们是听到过的，因为后者须有其事，而创作则可以缀合，抒写，只要逼真，不必实有其事也。'作为艺术形象的祥林嫂，她是旧社会中千千万万受苦受难妇女的典型，自不必说。即使这个故事中以第一人称出现的'我'，也并非就是鲁迅自己，这是作者为了'缀合，抒写'，为了'逼真'，而采用的一种艺术手法。"

五月

1日 裴子的《民族形式的推陈出新》发表于《山花》5月号。裴子写道："要使今天的短篇小说的表现形式适合于群众的欣赏习惯，做到作品表现形式的群众化，对我国小说的传统形式，包括表现手段和表现方法，需要加以继承。但是民族形式不是一成不变的，社会向前发展了，反映社会生活的作品的民族形式，也要相应地有所变化。所以，民族形式虽不能也不可能抛掉历史的因素，但是它却要求我们在批判地继承传统的同时必须有新的发展和创造。""目前，许多作者都在创作实践中寻求为广大群众所喜闻乐见的形式，这是很可喜的，也出现了不少这方面的好作品，象高缨的《鱼鹰来归》，王杏元的《铁笔御史》等，都可以说是比较成功的作品。《鱼鹰来归》和《铁笔御史》这两个短篇小说，结构都很紧凑，情节发展，有起有伏，故事完整，而且语言清新、活泼，描人状物简洁、明了，读后使人感到很亲切。""《鱼鹰来归》前面加了个噱头，看来很近于评语，它对安宁河畔早春的描写，对生产队长王自明的叙述，都看得出作者是有意在学习我国古典小说的笔调，或者可以这样说，作者基本上是采取了旧的形式装上新的内容，但显然又没有局限于旧的形式。""《铁笔御史》在人物的塑造上，对传统的表现手法，也是既有所继承，也有所发展的。""短篇小说的篇幅短小，它要求集中刻画作品中的主要人物，有生动的故事情节，结构紧凑，首尾互相呼应，语言要求准确生动、简练有力。在这些方面，《鱼鹰来归》和《铁笔御史》有它们成功的地方，表明了作者是既能学习继承我国古典小说的艺术传统，又能根据作品所反映的新的生活内容，在形式上进行新的尝试和探索的。"

裴子总结道："总之，学习和继承古典文学传统，不能因袭模仿，那是走回头路，是一种舍本逐末的作法，我们不应该加以提倡。当然，象有的作者，看不起传统的东西，不愿意在形式上向古典小说学习，只喜欢采取外国小说那种跳跃、反复的结构形式和欧化的语言，那是更不符合今天广大群众的欣赏习惯，不容易为群众所理解，因而也是更难获得群众的欢迎的。"

魏村的《为"龙门阵"鼓掌》发表于同期《山花》。魏村写道："在这一期《山花》上，新辟了一个'龙门阵'的栏目，里面发表了四篇反映我们社会主义时代的新故事，一篇回忆劳动人民在旧社会受苦的故事。这些'龙门阵'，既有细节，又有人物，并且特别注意到便于口头讲述，可以说是一种能讲的小说。""故事要为社会主义革命和社会主义建设服务，就得讲究内容。……如今编故事，主要就是要歌颂这些新人新事。这一点是很重要的，不然就不能很好地发挥它的战斗作用。当然，除此之外，还可以编传统教育的革命斗争故事，阶级教育的忆苦思甜故事，和用新观点编写的历史故事，这些都是对人民有好处的。可是，最直接最有力为当前斗争服务的，仍然是反映当前阶级斗争、生产斗争、科学实验的新故事。"

张德林的《谈谈短篇小说的特点与故事情节》发表于同期《山花》。张德林写道："什么是短篇小说的特点呢？首先，短篇小说的生活容量一般说比较小，不象长篇小说那样可以描写一个完整的历史时期，它常常以高度集中的形式，'截取生活的一个横断面'，加以典型地概括。其次，它的篇幅比较短小，不可能容纳过多的人物，场景不宜太多，也不能过分拖长人物活动的时间；它必须在有限的篇幅内揭示人物的精神面貌和作品的主题思想。因之，我们可以这样说：短小精悍、凝练集中、性格丰满、语言个性化，是一切优秀的短篇小说的最突出的特点，也是这一体裁本身的艺术特征的重要标志。"

张德林还说："正因为短篇小说的特点是'借一斑略知全豹，以一目尽传精神'，它的故事情节就必须高度集中，张耀辉同志要求短篇小说的故事'一个高潮接一个高潮，一个波澜接一个波澜，一波未平，一波又起，峰回路转，跌宕起伏'，愿望固然是好的，可惜这一要求只是对某些中篇或长篇小说（如《林海雪原》那样的生活题材的作品）才是恰当的，而对以凝练集中为主的短篇小说来说，显然是不尽切合实际的了。诚然，好的短篇小说故事应该完整，有头有尾，也就是说要有开端、发展、高潮、转折、结尾等形式（鲁迅的全部小说，赵树理、王汶石、茹志鹃、马烽等人的大部分小说，都找得出这样明显的情节发展的线索），不过严格地说，真正符合短篇小说这一体裁要求的，在故事情节的发展线索中，高潮只有一个，而不是'一个接一个'。"

张德林认为："'单线发展'固然是短篇小说情节结构的形式之一，但也不能说，好的符合群众化原则的短篇小说都必定是'单线发展'的。采取怎样的形式，仍然离不开作品的内容。"

12日　《人民文学》5月号《新花集》专栏"编者的话"写道："这里发表的五篇小说，它们所描写的生活虽然各不相同，题材和人物性格也是各种各样，然而从这些作品中间，我们却可以感受到一种共同的东西，这就是在当前新形势下我国劳动人民那种新的精神面貌和道德力量。……一般说来，这几篇小说所描写的，并不是什么惊心动魄的故事，却是从平凡的劳动生活中间显示出毛泽东时代人们的那种崇高的道德品质和精神力量。""这几篇小说的作者在人物描写方法上，都努力注意到从行动和状势中去刻划性格；既不是凭借抽象的说教，也不是凭借单纯的心理描写，更多是通过生活和周围的人物眼里来烘托出主人公的性格。……短篇小说应当写得简练集中，避免枝蔓过多。高尔基曾经要求青年作者要写得简洁、生动和通顺。"

六月

1日　忻才良的《小说的"说"》发表于《安徽文学》第6期。忻才良认为："近代所谓小说，是指一种以叙述故事、塑造人物形象为主的文学体裁。事有本末，人物形象，不能象旱荒年月的苞米楼一样——空的。而要通过环境描写、人物刻划、情节铺陈等等；这就要叙述。惟有这样'说'了，才能更好地、更广泛地'教育人民',更有力地打击敌人。可见,小说的'说'是异常重要的。""世上没有不'说'的小说,可是有'说'得不好的小说:故事性不强,文字优美得文绉绉。""有心的作家都是以口代耳的,十分重视小说的口语化(当然,没有故事而去追求口语,那是不行的)。""在当代,要求大量作品下农村,与群众相联系,小说的'说'就显得更为重要了。这不仅仅是语言的问题,形式的问题,而是关系到文艺群众化,怎样为工农兵服务的大问题。""我们必须把无产阶级国际主义的内容和民族形式紧密地结合起来,而不是分离开来。小说的'说'在这方面是大有用武之地的。""无论是句法句式,修辞,语调节奏乃至称呼、绰号等等,无一不体现了汉语的特色。我想,古代作品如《水浒》《红楼梦》脍炙人口,它们的语言具有鲜明的民族风格、能讲易听,口语化,也不能不说是一个重要的原因。""就目前的作品看小说的'说',总的讲说的太少,有的说得很多却不好:繁杂拖沓,堆砌词藻。所以也要注重'说'的艺术,贯彻'少而精'的原则;这点上应该向老舍、茅盾、赵树理、周立波、梁斌学习。"

4日 曹与美的《我们需要能说能讲的小说》发表于《北方文学》6月号。曹与美写道:"叙述和描写,在散文的叙事作品中,特别是在小说中,应用得很广。它们和人物的语言——对话有机地结合在一起,使人物形象更鲜明、生动和突出;不但能显示出作者的思想倾向,而且能显示出作者的艺术风格,艺术风格不同的作家,常常采取不同的方式来作叙述和描写。""大家熟悉的赵树理同志,显然是一位具有鲜明的民族风格的作家。当然,赵树理同志的作品的民族风格,首先表现在对民族的精神面貌和生活面貌真实而深刻的揭示上;同时也从他的语言形式,对叙述和描写的关系的处理上表现出来。在叙述和描写的关系上,有的作者喜欢对环境、人物作多方面的独立的描写,运用所谓美丽的辞藻,形象的句子;作品中的叙述,只不过是为了说明、交代和联系某些情节而出现。赵树理同志不这样。在他的作品里,你简直很难找出跟人物、事件游离的、冗长的环境描写、性格剖析和内心独白;但是,他的作品却又像磁石一般地吸引着你,征服着你,使你非一口气读下去不可。赵树理同志处理叙述和描写的关系,继承了,并且创造性地溶化了中国民间文艺传统的写法,用他自己的话来说,就是:不是'把叙述故事融化在描写情景中';而是'把描写情景融化在叙述故事中'（见《〈三里湾〉写作前后》）。""把叙述故事融化在描写情景中的写法，大抵说来，不便于、不易于'讲'，不便于、不易于'说'，因为情景的多方面、独立地描写，常常割裂故事的进展；把描写情景融化在叙述故事中的写法，由于没有脱离故事的情景描写，便于'讲'，易于'说'。而小说能'讲'，能'说'，这正是中国小说的传统之一。"

曹与美指出："所谓把描写情景融化在叙述故事中的方法，就是讲故事的方法，就是在故事的发展中表现人物性格和情景，不论人物、风景都不作单独的、冗长的描写，特别是不作与人物行动无关的描写，而是从故事的进展中，从人物的眼睛、说话和行动中，把人物的性格写得活灵活现，跃然纸上，'这正如传神的写意画，并不画须眉，并不写上名字，不过寥寥几笔，而神情毕肖，只要见过被画者的人，一看就知道是谁'（借用鲁迅语）。""不妨以赵树理同志的作品为例。比如，赵树理很少在人物一登场时，就先向读者作一番详尽的介绍，孤立而静止地描写他的面貌、身世和性格。他总是在人物所参与的事件的开展中，在决定人物命运的斗争中，适应事件或斗争的需要，逐步展现出他的过去和现状，外形和灵魂。他把这一切有机地揉合在一起，使之成为一个统一体。""当然，在赵树理的小说里，把描写情景融化在叙述故事中，虽然主要是通过人物的行动和对话来写，但丝毫不排斥必要的环境描写和人物性格的剖析。"

曹与美还说："现在广大农村正开展'讲小说'的活动，如何把小说写得便于'讲'，易于'说'，使人容易看，喜欢看，是值得我们作者思索的问题。一篇小说是否能'说'、能'讲'，这自然首先是语言问题，但同时也是采取怎样的写法的问题。'把描写情景融化在叙述故事之中'，这是好的写法之一。当然，优秀的小说不一定都是采取这个写法的，可以根据作家的风格等情况而采取多种多样的写法。但是，既然这个写法便于群众'讲'、'说'，为群众所喜爱，那末，我们更多地注意、研究和提倡，也是必须的了。"

同日，江明的《可贵的尝试——读〈两个名人〉有感》发表于《湖南文学》第6期。江明写道："文学作品民族化、群众化主要是真实地反映人民群众的精神面貌和生活习俗，而大众化的语言和喜闻乐见的表现形式，又是实现文学民族化、群众化重要的途径。《两个名人》反映的是目前农村里集体主义和个人主义两种思想的斗争、歌颂新人新思想的严肃主题,作者从实际生活中提炼出了朴实真切的情节,围绕着对人物性格的描写,在纯朴的诙谐和健康的嘲笑中,散发着浓厚的泥土气息,读来亲切有趣,也感到很真实。""高尔基说过,语言是文学的第一要素,一个作品的民族化、群众化特征,总是通过作品的语言表现出来。可以看得出来,《两个名人》的作者采用了经过锤炼加工的人民大众的口语,干净利落,富于表现力和说服力。无论叙述故事或表现人物,都是直白、明快的说话。""再说表现形式,作者采用的也是我国民间文艺的传统手法。在表现人物和叙述故事时,很少有静止的、孤立的心理描写和脱离性格的环境渲染,故事一贯到底,中间很少有接不上气的地方。为了加强读者对人物的印象,小说在没有开始叙述主要故事之前,就通过类似古典戏曲中的'亮相',把主要人物的性格特征,分别地向读者作了概括性的介绍,让读者在没有读到主要故事就被生动的人物性格所吸住,急于想看下去,而在故事开展之后,便通过'白描',让人物自己在行动和说话中来表现性格。"

同日,吴中杰、高云的《谈梁生宝形象的创造》发表于《文学评论》第3期。吴中杰、高云认为:"艺术形象可以有一个基本原型,但单靠这个原型一般是创造不出成功的形象来的。即使是真人真事的特写,作家也有必要对同类人物进行相当的了解,才有可能写好这个人物的形象。而创造一个典型人物,则更需要有深厚的生活基础。""在遵循着共同的典型化规律的基础上,作家对于生活原型的性格和经历可以有许多不同的处理方法。一种情况是把几个原型的情节揉合在一起,服从新的性格发展的需要而加以生发和改造。在这里,各个生活原型仅只为艺术形象的创造提供了一个方面的材料。另一种情况,则是从某一个原型出发,而对他的活动作了很大的改变,重新组织了作品新的情节。还有一种情况,则是较多地保留了某一个基本原型的情节,但仍'杂取种种人',加以生发和改造。我们以为《创业史》第一部中的梁生宝形象就是以后一种方法创造成的。"

吴中杰、高云还说:"在《创业史》里,特别引人注意的,还在于大量地运用了心理描写来开掘人物性格。这是丰富人物、刻划新人形象的又一重要艺术手段。""文艺作品不是生活中重大事件的单纯记录,对英雄人物的描写也不在于先进事迹的大量罗列。作品反映生活的深度、人物造型的高度,主要是由对人物精神世界开掘的程度来决定的。有些作品材料庞杂、情节繁复,在英雄人物身上罗列了许多先进事迹,让事件淹没了人物,性格表现不出来。这才是'欲显高大而反失之平面。'""在艺术上,丰富与庞杂是应该区别开来的,单纯也不等于单调或单薄。我国古典艺术一向讲究以少胜多,讲究质实明快。应该说,《创业史》是很好地体现了这一原则的。"

杨绛的《堂吉诃德和〈堂吉诃德〉》发表于同期《文学评论》。杨绛写道:"我们似乎应当把理想人物和理想化的人物加以区别。理想人物是体现作者理想的正面人物;理想化的人物是用理想化的手法所描写的人物。理想化,就是趋向某种理想而不趋向现实。理想人物不一定是理想化的人物;理想化的人物亦不一定是理想人物。堂吉诃德不是作者的理想人物,他是一个理想化的人物,而且是一个夸张式的理想化人物。"

张钟的《梁生宝形象的性格内容与艺术表现——与严家炎同志商榷》发表于同期《文学评论》。张钟写道:"社会主义新英雄人物在思想内容和性格力量上,对历史来说,都是一个新的存在。如果说古代的性格描绘对我们是不够用的,那么对于社会主义新英雄人物的性格描绘,就要靠社会主义文学的独创性来解决。这是一条艰苦的然而是最壮丽的探索和创造的道路。柳青同志在这条道路上迈出了可贵的一步,虽然不能说已经完美无缺,但是柳青同志所塑造的梁生宝形象,首先在于他从社会主义革命的高度准确地把握和深刻地揭示了这一英雄人物性格的时代特点,并且从他的行动中描绘得那样的鲜明和突出,成为一个具体的存在,所以这是一个具有巨大力量的性格。""《创业史》在梁生宝形象的艺术表现上,通过对环绕人物的社会关系的深刻揭示,使这个人物扎根在蛤蟆滩的现实土壤中,使他的思想和性格跟社会主义革命精神联系在一起,作家把梁生宝性格的基本特点贯彻在对他的整个艺术表现中,努力揭示他的新品质,也就是说,对这一性格的艺术表现中,始终渗透着作家意识到的历史内容和性格内容。这一特点从梁生宝的艺术表现中可以很清楚的感觉出来。"

11日 茅盾的《读陆文夫的作品》发表于《文艺报》第6期。茅盾认为:"陆文夫的创作态度是严肃的。他努力要从生活的各个角度去挖掘具有典型意义的新人新事,而且努力要用生动多彩的笔墨来歌颂这些新人新事。他在故事结构、人物塑造、文学语言这三方面,都煞费苦心。""作者颇善于用小动作刻画人物的性格,也善于用前后呼应等方法构成层次井然,步步入胜的布局。""他的文学修养有相当好的基础,他懂得如何剪裁素材、如何概括生活经验而作艺术的加工;他善于布局、渲染气氛;他知道怎样刻画人物。他已经会了这些写作的基本功,所欠缺的是更广泛、更深入的生活经验——阶级斗争和生产斗争的经验。"

14日　《文汇报》发表以群的回答读者的《浅谈新故事》,以群认为,新故事的特点"首先就在于它是新的",新故事与新小说的区别应当"从它的传播方式,从它如何为群众服务、如何被群众接受的方式来着眼"。

15日　魏金枝的《对于十篇小小说的一些看法》发表于《萌芽》第6期。魏金枝认为:"象《列车道上》的骆师傅,《十二朝酒》的邵阿弟,从人物性格的刻划上来说,都如实地写出了他们的精神面貌,叫人一接触到他们,两种不同的好恶之感,便油然而生。特别值得提一提的,是这两篇作品的故事结构,都干净利落地安排在某一事件之内,不再牵拉到这一事件的范围以外去,这就叫人可以从一斑看到人物精神的全貌。……因此,从这两篇小小说的例子来看,可见小小说的第一个要件,是要在小小的篇幅里,写得结实饱满,第二个要件,要在小小的篇幅里,写得丰富多采,这才能更加突出地表现出这种体裁的特点。""除此以外的四篇作品,譬如《金霞和她的少先队》,《一只螺丝钉》和《我家来了个大学生》,在故事的叙述上,自然也可以说是比较完整的。这里所说的故事的完整,当然也就包含着完成了作者所预定的主题思想的表达任务。然而十分明显,在故事的叙述上,却并不生动,特别是人物的性格不够鲜明,因此感人的力量也就不强。"

七月

1日　曹与美的《从古典小说看小说的故事性》发表于《山花》7月号。曹与美写道:"故事的说法有点类似说书,但用的全是方言和农民的口语,内容则多取材于现在流行的新小说。一位故事员对我说：'农民非常喜欢听故事，一篇小说受不受农民的欢迎，除了一些别的原因以外，故事性强不强，是个关键问题。'""故事性强是吸引人的。《水浒传》和《三国演义》那样为人们津津乐道，故事性强不是一个重要原因吗？""当然，优秀的小说作品不一定都是故事性强的。但是，既称小说，恐怕离不开故事。在小说里，塑造形象，刻划性格，非得从人物的行事中表现不可。这人物的行事，便是他所演出的故事。有的作者往往于一两个情节中揭示出人物的性格，虽然不大注意于作品的故事性，却也能使人看出人物的精神面貌，这本领无疑是高的。然而，这样的作品，由于只有一两个情节，没有个完整的故事，或者由于多是些内心描写，动作感不强，往往不易于上口讲，讲起来也不大受听。它在群众中的影响作用自然要受到一些限制。""在表现人物性格、塑造形象的时候，决不能离开故事，而在编演故事的时候，也决不能离开人物形象和性格。故事是连结形象和性格的桥梁，是塑造形象和揭示性格的手段。"

曹与美还说："那末，究竟什么是小说的故事性呢？有人谓指题材，有人谓指情节。这样理解，虽不失宏旨，却嫌不够准确。我以为，亚里斯多德在《诗学》中对故事性所作的解释于我们有帮助。他说，所谓故事性就是'对动作中人的模仿'。这句话至少含有两层意思：一是说表现'人'；二是说表现'动作'中的人。人物鲜明的贯串的动作，便形成了作品的故事。人物鲜明的、贯串的动作强，那么作品的故事性强，反之，人物缺乏鲜明的、贯串的动作，那么作品的故事性就淡薄了。""一般地说，人物的动作性强，作品的故事性便强。置人物于行动中，一波未平，一波又起，高潮接着高潮，易于产生强大的吸引力。""小说的故事性不是作品的梗概，而是指——我不知道应该用怎样概括的术语，姑且这样说吧：人物在特定的场合和事件中的动作性和性格间的冲击。"

9日 蔡葵的《周炳形象及其他——关于〈三家巷〉和〈苦斗〉的评价问题》发表于《羊城晚报》。蔡葵认为："革命的历史要求我们的作家以鲜明的阶级立场和满腔的政治热情，描绘风起云涌的革命斗争，表现光辉的灿烂的英雄儿女，反映蓬勃向上的时代精神。作家的创作只有深广地概括了革命的现实，创造出丰姿多彩的风流人物，才能更好地启发和教育人民，才能有力地促进和推动人民的斗争。如果我们从这样的角度来衡量和评价《三家巷》和《苦斗》，我们就可以明显地看出它们的不足，就可以明显地看出作者并没有真正把握他所要反映的历史生活的本质，而对于自己过去所熟悉的小资产阶级知识分子又缺乏有力的批判。结果就使作品不能很好地在读者群众中进行正确的思想教育。"

18日　《关于艺术创作问题讨论的概述》发表于《人民日报》。文中写道："一年多来，在我国文学艺术界中有一场颇为热烈的学术讨论。这场讨论是从一九六二年第十二期《新建设》上发表了周谷城的《艺术创作的历史地位》一文以后展开的。周谷城在这篇文章中对艺术创作的一系列重大问题提出了自己的看法。这篇文章的观点引起了艺术理论、美学以至哲学研究者的广泛注意，许多人反对周谷城在《艺术创作的历史地位》一文中的观点，并就周谷城近几年所写的有关文章中的一些看法展开讨论。几乎在每篇重要批评文章发表以后，周谷城都写了答辩、反驳文章，坚持自己的观点。""这是一场涉及文艺理论问题的重大讨论。文艺工作者应当关心它，因为文艺工作者应当懂得一点文艺理论，否则会迷失方向。其它工作岗位上的同志们，也应当尽可能地理解一点这个问题，以利于开阔视界，提高认识。"

八月

1日　魏南的《漫谈赵树理创作的民族化群众化风格》发表于《长春》第8期。魏南认为："赵树理作品的语言，见不到拗口蹩脚的知识分子腔，也没有扁担句子的洋派头，而是清一色的群众口语，纯朴的中国式的短句子；不但写人、人物对话用口语，就是写景、抒情和叙事也是用口语。他所使用的口语，是现代人活的口语，是从群众生活语言中轻过提炼、选择、加工、创造的文学语言，也就是极为朴实、简洁、幽默、准确、生动、活泼、形象的民族化、大众化的语言。""除了语言之外，结构故事和刻划人物的方法也包括在作品形式之内。""在人物创造方面，赵树理也有许多特点。如在《李有才板话》中，成功地发展了我国古典小说中刻划人物的传统手法，为我们塑造了正面和反面、先进和落后，各种各样的人物。古典小说中描写人物的传统手法，主要是采用简洁精炼的白描手法，着重写人物的行动和富有个性化的语言，来表现人物的性格。……此外，像直接交代人物身分和画龙点睛等手法的运用也是很出色的。"

同日，蒋成瑀的《组织故事的艺术——读赵树理小说札记》发表于《山花》8月号。蒋成瑀认为："在长期的艺术实践中，赵树理同志已经形成了自己独有的一套组织故事的艺术。""第一是顺当。""二是在讲故事的时候，插入快板和顺口溜，使叙述的故事，有停顿，有声色，变得曲折有趣。""第三是情趣。"

7日 王绍玺的《略论塑造当代英雄人物形象的几个问题——与周谷城、金为民、李云初商榷》发表于《解放日报》。王绍玺认为："周谷城的'汇合论'，不但在理论上是错误的，而且对文艺工作的实践是非常有害的。""周谷城和金为民、李云初对时代精神的错误论断，必然导致对塑造新英雄人物形象问题的错误看法。""只有努力塑造好高大理想的英雄人物形象，才能真正表现我们的时代，才是真正的历史主义。金为民、李云初反对塑造高大理想化的新英雄人物形象的论断，才是不折不扣的反历史主义。"

13日 文彦理的《决不能这样来塑造新英雄人物！——批判金为民、李云初的错误观点》发表于《天津日报》。文彦理主要谈了三个内容："'充分体现时代精神'会不会'拔高历史和当代英雄形象'的问题"；"金为民等要求刻画的那种'广泛存在的'、'普通常见的、平凡的人之常情'，也是一种抽象的人性论的提法"；"我们还要剖析一下所谓'不是革命、先进的，可也并非就是不革命、反革命的精神因素'到底何所指的问题。"

14日 严家炎的《梁生宝形象和新英雄人物创造问题》发表于《文学评论》第4期。严家炎认为："新英雄人物的创造，是社会主义文学的一项具有重大意义的任务，它直接关系到文学能否更好地完成以共产主义精神教育人民、促进人们思想革命化的使命。……梁生宝是近几年长篇小说中出现的有显著成就的社会主义新农民形象，具体探讨有关它的一些经验，更能直接有助于社会主义革命时期新人形象的创造。""创造新英雄人物形象要不要在现实基础上加以提高？对这个问题，我以为必须给予完全肯定的回答。社会主义文学的根本任务和两结合的艺术方法，都要求我们塑造的新英雄人物能够强烈地体现无产阶级和革命人民大无畏的彻底革命的时代精神，给读者以共产主义思想教育和巨大鼓舞，这就不仅需要对生活素材作概括、集中、提炼，而且需要循着现实生活和人物性格的逻辑去提高，充分显示出人物的理想主义光彩。这完全不是什么'拔高'。"

严家炎指出："新英雄人物的塑造可以提高和需要提高，这自然并不是说提高可以无规律地随意进行。主观任意、随心所欲的'提高'，是会破坏艺术的规律，招致创作的失败的。包括梁生宝形象在内的许多新英雄人物塑造的成功方面的经验都证明了：提高，而又不脱离基础，这是不容忽视的规律。扩大开来说，这实际上也就是要求：在革命现实主义与革命浪漫主义相结合这个艺术方法所包含的两个对立面之中，革命浪漫主义的主导不应脱离革命现实主义的基础。""那么，所谓'不脱离基础'，又该作怎样的理解呢？我以为，这里包含着两层意思：第一，人物形象的提高不违反生活可能性。……第二，提高必须在广泛概括生活原型及其同类人的基础上，严格遵循人物思想性格的逻辑，不但符合人物的气质、个性，而且成为性格发展的一种必然要求，达到'非如此不可'的地步。"

严家炎还说："艺术冲突应该在概括生活的基础上力求集中、尖锐，但它的形式多种多样，它的途径十分宽广。把艺术冲突仅仅划分为面对面和非面对面的两种，然后说某种只适合于过去、某种才适合于今天，这样做的本意是想探讨艺术规律在新的社会主义时代的发展和演变，但由于理解得过于狭窄，脱离了生活，反而可能不利于文艺的发展。"

25日　应怀祖、向潜的《典型形象如何反映时代精神》发表于《光明日报》。应怀祖、向潜认为："在社会主义时代，作家只有掌握了无产阶级世界观，才能在他们所塑造的典型形象中体现时代精神。无产阶级的文学艺术家，由于思想、观点、感情、理想与时代精神相一致，所以能在自己所塑造的正面典型中，直接体现时代精神，也能在凝结作家评价的反面典型中，间接体现时代精神。"

庄犁的《时代精神与英雄人物——与刘保端商榷》发表于同期《光明日报》。庄犁认为："文艺作品要反映时代精神，就应该表现我们时代的英雄人物，如果抽空了阶级内容，说什么'描写一般的、普普通通的人'，或者是笼统地说反映了各个阶级、阶层的思想、感情、要求和愿望，就是表现了时代精神，都是十分错误的。"

九月

1日 丁尔纲的《结尾小议》发表于《草原》9月号。丁尔纲写道:"成功的结尾总是与主题思想紧密相关,并受主题制约的。这是一种规律性现象。但是这里还有另一种规律性现象:杰出的作家,其作品的结尾又总是和他的创作个性、艺术风格相一致的。""叶圣陶短篇小说的结尾主要有以下五种类型:第一类,用警句式的话作结。……第二类,用人物的典型行动作结。……第三类是以人物的内心感受作结。……第四类是以人物的有分量的话作结。……第五类是以一段含有深意的写景作结。""叶圣陶小说的结尾远不只这几类,这只是比较常见的几种罢了。但已经体现出结尾的多样性。这多种多样的结尾不但简括有力,而且体现了他的创作个性和风格特色:讽刺性和冷静客观的描写;倾向性从'冷谛'的描写中隐隐透出,而结尾则在戛然而止中求得回荡不绝的音响,收到画龙点睛的功效;虽指不出前途,但讽刺批判却是比较深刻的。"

5日 萧枫的《塑造英雄人物一感——读书札记》发表于《人民日报》。萧枫认为:"《红岩》是以对英雄人物成功的心理刻划见长,……它向读者打开了英雄人物的精神世界,而且常常是把读者直接带进英雄人物的精神世界。""《红岩》的作者,并不回避写革命者的牺牲,而且写了许多各式各样的牺牲,但没有一点悲伤之感。整个作品有着高昂的战斗激情,洋溢着革命乐观主义的激情。"

25日 陈鸣树、方胜、孙雪吟的《时代精神与文学典型——与周谷城、金为民、李云初论辩》发表于《收获》第5期。陈鸣树、方胜、孙雪吟认为,"时代精神只能是成为时代中心、决定着时代主要内容、时代发展方向的先进阶级的精神在社会实践和意识形态中的集中体现","任何时代的文学典型,都是阶级的典型,都是一定阶级(或阶层)在一定历史条件下的阶级本质的艺术概括","时代精神与文学典型的问题,具有强烈的阶级性和倾向性。但是,周谷城和金为民、李云初关于这一问题的论述,却抽去了其中的阶级内容,表现为一种超阶级的时代精神与文学典型论"。

30日 艾克恩的《为革命英雄唱赞歌——喜读"四好连队、五好战士、新人新事"征文》发表于《文艺报》第8、9期合刊。艾克恩认为:"从征文小说就可以看出，虽然有些小说的故事比较简单，描写也还不够充分，但由于作者有着饱满的政治热情、高度的革命精神和深厚的生活基础，因此，他们笔下的人物，往往写得生龙活虎，活灵活现；描绘的情景，一般都能做到生动逼真；使用的语言，也是豪放有力，当当发响。"

本刊编辑部的《关于"写中间人物"的材料》发表于同期《文艺报》。本刊编辑部写道："邵荃麟同志特别不赞成创造新时代英雄人物的完美形象，认为这是'一个阶级一个典型'的'教条主义'、'机械论'在作祟。他说：'写英雄人物不是必须有缺点，而是必须有发展过程，应该写他的发展过程；如果只写他完美无缺，也就成了一个阶级一个典型的理论了。……作家对此要顶风。在多种多样的人物中，还是要写英雄人物，但英雄人物也不是一种，而是多种多样的。打破这些简单化、教条主义、机械论，会使我们的创作更为发展。'……又说：'"拔高"就是一个阶级一个典型，脱离现实，拔出来离开泥土。提高还是要讲的，提高无非是概括，无非是典型化，把平平常常的东西集中起来。'""同时，邵荃麟同志主张描写人民群众思想改造的'苦难的历程'。他说：'思想意识的改造是艰巨的，甚至是痛苦的过程。知识分子从旧到新，是"苦难的历程"。'""同'写中间人物'的主张相联系，邵荃麟同志主张描写'平平凡凡'、'从一粒米看大千世界'。"

本刊编辑部的《"写中间人物"是资产阶级的文学主张》发表于同期《文艺报》。本刊编辑部认为："创造工农兵群众的英雄形象，这是无产阶级的主张，它保证我们的文学沿着工农兵方向前进。'写中间人物'，这是资产阶级的主张，它引导我们的文学走向资产阶级的歧途。这两种主张是不可调和的。""（邵荃麟）无非是要把'写中间人物'推到文艺创作的最主要、最中心的地位，这就势必要把创造英雄人物的任务，从最主要、最中心的地位上排挤下来。""文艺创作要把现实生活中的矛盾斗争典型化，就要创造各种各样的人物，自然也包括群众中介乎先进与落后之间的、暂时居于中间状态的人物。所以，问题不在于能不能写中间状态的人物；这类人物在文艺作品中经常出现，今后也会不断地出现。现在的问题是：邵荃麟同志创造了一个'中间人物'的特殊概念，提出了一套'写中间人物'的理论主张，用来同社会主义文艺创作的最主要、最中心的任务——创造英雄人物的任务相抗衡。这就是当前争论的焦点。"

文中还说:"在我们的时代,英雄人物的活动天地是无限广阔的,作家描写英雄人物的可能性也是无穷无尽的。同样是大公无私,敢想敢干,同样是共产主义风格,在各行各业的每一个具体人物身上的具体表现,是千差万别的。社会主义、共产主义的英雄主义,是文艺史上从来没有接触过的伟大主题,从事社会主义文艺创作的一切有志之士,纵使竭毕生的精力,也是写不完、画不完、唱不完的。至于那些不好不坏的'中间人物',那些动摇的人,多余的人,自私的人,渺小的人,阴暗的人,内心分裂的人,则是几百年来资产阶级作家们早已写烂了的,是文学史上的陈腔滥调。""提倡人物多样化,必须有一个前提,就是要保证英雄人物的描写居于优先的、主导的地位。热情地歌颂工农兵群众的英雄人物,是社会主义新文艺区别于资产阶级旧文艺的最主要、最显著的特色之一。取消了这个特色,就是取消了社会主义新文艺本身。""提倡'写中间人物',提倡'现实主义深化',实质上就是提倡作家不去写先进人物,不去歌颂人民的革命精神,鼓舞人民前进;而是提倡作家热衷于写落后,写动摇,宣扬或者'暴露'人民的'缺点',引导人民向后退。"

十月

1日 于波的《一场原则性的争论——就塑造英雄形象问题驳金为民》发表于《解放军文艺》10月号。于波写道:"他(指金为民——编者注)完全颠倒了英雄和'非英雄'的道德标准,把真正的革命英雄人物当成了'非英雄',把地地道道、不折不扣的'非英雄'当成了革命英雄。""他排除了革命英雄人物在文学艺术作品中所应当占有的主人公地位,取消了社会主义文学艺术塑造革命英雄形象的重要使命。""他以中间人物、落后人物,以充满资产阶级、小资产阶级陈腐思想的'非英雄'人物,冒充和代替文学艺术作品中的革命英雄人物。"

十一月

1日 贾文昭的《李准塑造新人物形象的若干特色》发表于《奔流》11月

号。贾文昭写道:"读过李准作品的人都会看到,李准在塑造新人物形象的时候,经常采用这样的手法,就是把新人物放到矛盾斗争中进行刻划。他的一些成功的或比较的成功的新人物形象,几乎都是在矛盾斗争中树立起来的。新人物形象的光辉,新人物性格的丰富特征,几乎都是通过矛盾斗争迸发出来,显露出来的。""善于描写新人物的成长过程,善于使新人物内心世界的丰富性与其主导性格一致。""在新人物性格里体现时代精神,让新人物性格的真实性与理想性完美地统一。"

17日 陈德湘的《我们不要所谓"中间人物"》发表于《人民日报》。陈德湘认为:"什么样的人物,最能'帮助群众推动历史的前进'呢?自然首先是充满了革命英雄主义精神的人物。""应当承认,这类人物(指中间人物——编者注)在我国现阶段是有的。在文学作品中也不是完全不能描写这类人物。正如《文艺报》编辑部的文章所说:'正确地描写群众中不自觉、半自觉的人物的改造过程,也是需要的,凡是写得好的,也会产生良好的教育作用。'""可是,邵荃麟等人的意见,却不是这样的,他们不是提倡写中间人物的改造过程,而是提倡歌颂他们的消极和阴暗面。请问,作家创造出这种人物,如何能'帮助群众推动历史的前进'呢?"

傅用霖的《英雄人物写多了吗?》发表于同期《人民日报》。傅用霖认为:"我们的工人也是有缺点的,有些人……或者有落后的思想,或者保留着小资产阶级的思想,或者受了资产阶级思想的腐蚀,但这些人毕竟是少数,而绝不是'芸芸众生'的大多数。我们的作家也应该描写他们,但绝不是单纯为了描写他们身上'旧的东西',或者什么'精神负担';我们的作家应该描写他们在生产斗争中改造自己或正在改造自己的改造过程,而绝不是单纯为了描写他们'阴暗的心理',或者什么'苦难的历程'。"

叶维四、朱金才的《沿着什么样的方向和道路"深化"》发表于同期《人民日报》。叶维四、朱金才写道:"作家要善于根据整个阶级的发展情况描写在发展中新生的东西,善于发现不仅对于今天有一般意义的东西,而且要善于用发展的观点看现在,也就是说,现实主义的典型化原则,必须包含理想主义的成分。""反对一味歌颂各种各样的'小人物'而'并不歌颂倔强的、叱咤风云的和革命的无产者'。"

28日 关德保的《我们不同意邵荃麟同志的意见》发表于《文艺报》第10期。关德保写道："我们坚决不能同意邵荃麟同志的意见。邵荃麟同志说，现实生活中'中间人物'占大多数，我们的文学应该大力去写这种人。这是对我们工人和其他劳动人民的歪曲和污蔑，是要把社会主义文学引到资本主义道路上去。"

金蔚然的《哪来"芸芸众生"？》发表于同期《文艺报》。金蔚然认为："'写中间人物'的倡导者们由于不能正确地看待人民群众，看不到大量的'好人'，于是提出了应该多写'从大量中概括出来的''中间人物'的谬论，从而也就歪曲了英雄人物的本质。他们把英雄人物孤立起来，看成是脱离了群众的'超人'。"

钱光培的《"现实主义深化"是资产阶级现实主义的复活》发表于同期《文艺报》。钱光培认为："第一，他们提倡作品反映'大量存在'的事物，其实，也就是反对我们的作品反映新生事物。""第二，他们提倡作品的主人公和重要人物要是'中间人物'，亦即'小人物'和'芸芸众生'，其实，也就是反对我们的文学作品塑造英雄人物。""第三，他们提倡作家可以只提出问题，而不解决问题，不表示鲜明的态度，其实，也就是要想取消我们文学的党性、革命性和战斗性，反对在文学中宣传共产主义的理想。""第四，他们提倡'从一粒米看大千世界'，其实，也就是要反对我们描写具有重大意义的题材。"

吴泰昌的《〈对手〉写了什么样的"英雄"》发表于同期《文艺报》。吴泰昌认为："小说作者有意无意地附和'写中间人物'的主张，着意去挖掘先进人物身上的'旧的东西'——个人主义的'矛盾性格'、'阴暗心理'，结果把英雄模范人物写成了不好不坏，具有资产阶级、小资产阶级思想感情的'中间人物'。""从小说所刻划的这些人物身上，丝毫也看不到我们的时代精神。我们可以说，小说《对手》，是'写中间人物'的资产阶级文学主张在创作上的又一个例证。"

佐平的《小资产阶级的自我表现——关于〈三家巷〉〈苦斗〉的讨论综述》发表于同期《文艺报》。佐平认为："在文学作品中，作家总是努力通过人物形象，尤其是正面英雄人物形象，来表达自己的态度、宣扬自己的理想和主张的。所以，人物形象问题，始终是文艺思想斗争领域里的一个中心问题。""周炳是一个十足的没有得到改造的小资产阶级分子，作者凭借这个形象，在散播形形色色的资产阶级思想感情的毒素。""许多读者认为，从总的方面说来，《三家巷》和《苦斗》与其说是反映了二十年代'中国革命形势的来龙去脉'，还不如说是写出了一群以周炳为中心的'才子佳人'的恋爱传奇。""《三家巷》和《苦斗》可以说是'合二为一'论和'时代精神汇合论'在文学创作上的一个生动的标本。"

十二月

15日 郝传之、吕明的《"中间人物"不能培养出革命接班人》发表于《人民日报》。郝传之、吕明认为："塑造出更完美更多的先进人物的光辉形象，这是革命的需要，人民的要求。""而提倡写'中间人物'，以'中间人物'教育'中间人物'，'从一粒米看大千世界'，提倡文学创作描写'平平凡凡'的事物的人，其目的不是在于反映我们的时代，我们的人民，而是企图通过'中间人物'的描写，抽掉社会主义文学的阶级性、战斗性和现实性，通过'中间人物'向广大的劳动人民散布资产阶级、小资产阶级的思想。"

17日 郭志刚的《这是对农民的荒谬看法——评邵荃麟同志"写中间人物"的理论》发表于《人民日报》。郭志刚认为："只有从社会生活中经过高度提炼概括出来的艺术的美，才是更带普遍性的东西。这种美，体现在英雄人物身上，是无产阶级和一切被剥削、被压迫者的阶级品质的美。"

19日 王旭东的《人民战士不同意"写中间人物"》发表于《人民日报》。王旭东认为："社会主义革命文艺创造的根本任务，在于努力创造工农兵英雄形象，使工农兵革命形象在文艺中大放光彩。"

26日 天鹰的《论"写中间人物"主张的实质》发表于《光明日报》。天鹰的文章的主要内容是："'写中间人物'论是怎样和塑造英雄人物相抗衡的"；"'写中间人物'论者要求写英雄人物身上的'旧的东西''阴暗心理'，从而否定英雄人物"；"他们提倡写资产阶级、小资产阶级的'英雄'来取代无产阶级的英雄，从而在根本上排除无产阶级英雄人物的塑造"；"'写中间人物'论与哲学上的'合二为一'论、美学上的'汇合论'是一脉相通的，都是一定时期的资产阶级社会思潮"。

27日 雷声宏的《这是与文艺的工农兵方向唱反调——评邵荃麟同志"写中间人物"的文学主张》发表于《人民日报》。雷声宏写道:"按照党和毛泽东同志所提出的文艺方针,我们的作家应该积极地去描写工农兵的生活和斗争,表达工农兵的思想感情,塑造我们时代的工农兵英雄形象。""从文艺的基本原则来说,革命的文艺工作者,主要的应该写什么,决不能由主观愿望来决定,而应该从客观现实出发,扎根于人民群众的生活之中,以人民生活为创作的源泉。""工农兵是人民群众中的绝大多数。表现人民的生活和斗争,就应当主要是表现工农兵的生活和斗争。"

1965年

一月

4日 王主玉的《评长篇小说〈艳阳天〉》发表于《北京文艺》1月号。王主玉写道:"书中的主人公萧长春,是作者满腔热忱塑造的英雄人物。他敢于斗争、敢于胜利,是贫农、下中农的典型形象。作者从各个方面,如对工作、劳动、爱情,和对家庭的态度来刻划萧长春的性格,但主要是把他放在矛盾斗争中来表现,因此,人物的性格鲜明突出,形象丰满充实。""塑造我们时代的英雄人物,写出他们的丰满形象、典型性格,不能只追求外表特征写得生动可爱,而必须充分揭示出人物的思想光辉,他的整个内在精神气质、整个性格的鲜明的阶级性,才会有深刻的感染力量。作者刻划萧长春这样一个年轻的基层干部,正是从他的贫农的阶级本质入手的,因而他最可爱、最感人的地方,也正在这里。"

王主玉认为:"《艳阳天》是一部革命旗帜鲜明、具有艺术特色的作品。它的主调高昂欢快,构思新颖别致,所描绘的生活和斗争,可以说是一曲社会主义的颂歌、一幅阶级斗争的图卷。作品自始至终,洋溢着革命的激情,充满着蓬勃的朝气,使人感受到浓郁的生活气息和强烈的时代气息。对于人物的刻划,作品也有它的独到之处。我们看到书中的人物形象,不论是先进的、后进的或反动的,作者都把他们放在矛盾斗争中来表现,并根据人物不同的阶级出身、社会关系、生活阅历,从各个角度去描绘人物形象、塑造人物性格。这样,人物就显得丰满充实,性格鲜明;既能触及到人物思想感情深处的变化过程,也便于反映矛盾斗争的深度和广度。有些人物虽然着墨不多,但因为能抓住表现他们个性特征的细节来写,所以也能给读者留下较深的印象。"

8日 卜林扉的《从对〈创业史〉的评论批判邵荃麟同志"写中间人物"

的理论》发表于《光明日报》。卜林扉认为："作家着力地描绘出梁生宝的精神面貌，剖析着梁生宝的心理活动，用高昂的情调和细腻的笔触，写出了一个真实可信的、光彩照人的新英雄人物形象。""梁三老汉并不是《创业史》中最主要的人物，《创业史》最主要的篇章是写出了以梁生宝为首的一批贫下中农，写出了他们欢欣鼓舞地沿着社会主义道路奋勇迈进。《创业史》比较深刻地写出了广大农民走向社会主义的幸福道路，是一首欢乐的颂歌，而决不是像邵荃麟所宣扬的那种在社会主义道路上踯躅的'痛苦'的悲歌。"

12日 王朝闻的《怎样看待艺术的社会作用？——驳周谷城的谬论》发表于《人民日报》。王朝闻认为："艺术的社会作用决定于作品的思想内容，所以说思想是艺术的灵魂。革命艺术所表现的思想，应当是从人民群众的革命实践中来的，应当是由感性认识到理性认识的飞跃，应当是经得起再实践的证明和考验的。它应当反映客观世界的本质和规律，符合无产阶级的革命利益，表现革命阶级的思想感情，而不是主观随意性的产物，也不是周谷城所说的什么'自我与客观相违'，'心身不能统一'，'痛苦难安'的情感状态的表现。"

同日，《人民文学》1月号发表《除旧布新——编者的话》。编者写道："要清除一切与我们社会主义时代和工农兵群众的要求不相适应的旧东西；而大力提倡为社会主义服务为工农兵群众服务的新东西。"

30日 钱光培的《怎样看待〈在软席卧车里〉这篇小说》发表于《文艺报》第1期。钱光培认为："这篇小说……是在契诃夫的小说的影响下写成的，在写法上也没有跳出契诃夫的框子。"

项红的《我们和康濯同志的根本分歧——评〈试论近年间的短篇小说〉一文》发表于同期《文艺报》。项红指出，康濯主张"用'娱乐性'的题材，去代替具有'重大的战斗意义'的文学题材"。项红写道："在小说、诗歌、电影、戏剧、散文、特写等各种体裁的文学作品中，某些单纯给人以知识性教育的短章，或带有一定娱乐性的轻松的小品，是可以允许占有一定地位的，但是，它们不是我们所提倡的，因而不能够成为文学中的主流，不能成为革命文学家所着力发展的方向。"

二月

12日 《"大写社会主义新英雄"征文启事》发布于《人民文学》2月号。启事写道:"一九六五年就要到来了,这新的一年,将是国际国内革命形势继续高涨的一年。为了贯彻执行党的文艺为工农兵、为社会主义革命和建设服务的方针,充分发挥文艺的战斗作用,促进无产阶级文学新生力量的迅速成长,我们决定举办一个以大写社会主义时代兴无灭资斗争,大写社会主义时代新英雄人物为内容的群众性的征文活动。征文的题目是'大写社会主义新英雄'。我们热烈地欢迎你们——活跃在全国各地各种实际工作岗位上的同志们,踊跃参加;用你们的笔,把在各个战线上涌现出来的千千万万个工农兵英雄人物,把他们在阶级斗争、生产斗争和科学实验三项伟大革命运动中光辉的斗争历程和精神面貌,通过鲜明的艺术形象,生动地描绘出来,写成短篇小说、报告文学(包括特写、速写等)、故事、剧本、诗歌、曲艺等各种形式的文学作品,寄给我们。我们热望在同志们的帮助下,使得我们的刊物能够及时地反映我国社会主义革命和建设的火热斗争,把各个战线上的英雄故事广为传播,在广大读者中间起到振奋人心、鼓舞斗志的作用。我们也热望各地文化、文艺领导部门,文艺团体、文艺刊物和群众业余文艺组织,给予大力支持和帮助。"

14日 乔象锺的《宣扬封建士大夫思想的小说〈广陵散〉》发表于《文学评论》第1期。乔象锺认为:"小说《广陵散》所宣扬的'叛逆精神'和与之相关联的'不堪流俗'、'不生悔吝之心',要求个人的极端自由,以至生活上的颓废放纵等,在今天都是十分错误的思想。""我们应该大写工农兵,大写工农兵中的英雄人物,大写革命的现代题材。这是我们的主导的方面,这是我们的方向。在坚持这个方向的前提下,我们并不是就根本不可以适当地写一些历史题材。问题在于我们要以无产阶级的立场、观点来选择历史题材,选择那些有利于表现我们今天的思想的题材,有利于我们从其中可以汲取斗争的智慧和经验的题材。"

余冠英的《一篇有害的小说——〈陶渊明写挽歌〉》发表于同期《文学评论》。余冠英写道:"文艺作品,不论是从历史传说取材还是从现实生活取材,一旦创造出来,发表出来,它就要在社会上起一定的作用,宣扬一定的思想感情。不论作者料到还是不曾料到，愿意或是不愿意，它总要为一定的阶级服务。所谓'为历史而历史'只是骗人的鬼话。今人写古代题材总归是为今人服务，而不可能是为古人服务的。写古代题材的作品，它的用处并不象一些人所想象的，只是介绍历史知识和引起读者对历史的兴趣。它虽然不能和写现代无产阶级英雄人物的作品相提并论，却也应该把鼓舞人民教育人民作为它的主要任务。如果从无产阶级政治利益出发，用批判的态度分析历史传说，从历史传说里挖掘出有思想光辉的东西，加以突出，赋以新生命，创造出能够鼓舞、启发人民的人物形象来，那就是有现实意义和体现时代精神的好作品，能够为革命服务。这样古为今用的作品才是人民所需要的。象《陶渊明写挽歌》这样的小说，无异没落阶级心声的播音器，只能得到对社会主义不满的分子的共鸣。"

16日　颜默的《为谁写挽歌？——评历史小说〈广陵散〉和〈陶渊明写《挽歌》〉》发表于《文艺报》第2期。颜默写道："对于两篇小说中那些描绘文人日常生活的细节，我们不能不加以注意研究。这方面的描写几乎完全是出自作者自由驰骋的想象，因此，也就更真实地流露出作者对封建文人隐逸生活、享乐趣味的无限向往，对封建社会生活方式，对宗法制家庭的伦理关系的衷心赞美。"

赵锦良的《邵荃麟同志为什么反对写理想的英雄人物》发表于同期《文艺报》。赵锦良认为："革命的文艺要反映革命的现实生活，并通过对现实的描绘表现出伟大的革命理想。革命的作家要歌颂革命的英雄人物，并通过对英雄人物的歌颂来反映我们的时代精神。既然现实生活中存在着符合或接近我们时代理想的英雄人物，作家为什么不能写呢？……歌颂他们，就是歌颂我们伟大的时代，就是歌颂社会主义和共产主义，就是歌颂无产阶级和劳动人民群众。他们虽然是今天的少数，但必然会很快成为明天的多数。"

佐平的《贫下中农喜读〈艳阳天〉》发表于同期《文艺报》。佐平认为："通过对东山坞一系列矛盾冲突的描写，《艳阳天》相当生动地反映了社会主义革命和建设时期农村阶级斗争的风貌，塑造了社会主义新人的形象，表现了贫农下中农对党、对社会主义的深厚感情。"

18日　《文艺战线上的一场大是大非之争——各地作协分会和文艺单位召

开座谈会批判"写中间人物"论》发表于《人民日报》。文中写道:"只有塑造出高大的无产阶级英雄形象,文艺才能充分反映无产阶级的革命精神,才能用社会主义、共产主义思想教育人民,从而更好地为社会主义政治、经济服务。但是'写中间人物'论者,却提倡文艺作品描写大量的徘徊在社会主义道路和资本主义道路之间的'中间人物',这就抽去了马克思列宁主义美学和社会主义文学的核心。"

21日 吕德申的《"中间人物"和典型问题——驳邵荃麟同志"写中间人物"的文学主张》发表于《人民日报》。吕德申认为:"代表时代主流和前进方向的工农兵英雄人物,必须在社会主义文艺作品中占据主导的地位,必须大写特写;他们既然是时代的主人,也就应该成为文艺作品中的主人。其他的人物,只能处于从属的、次要的地位。这个原则是由社会主义文艺的根本性质和任务所决定的,因而也是不可动摇的。我们需要人物的多样化,但我们不能离开这个前提来讲多样化。"

三月

5日 欧阳文彬的《新的人物·新的思想·新的风格——介绍1964年〈萌芽〉的五个短篇小说》发表于《萌芽》第3期。欧阳文彬写道:"短篇小说是一种富于战斗性的文学形式。它不但便于较迅速地反映现实生活,而且便于初学者磨练写作能力。因为习作短篇可以训练用最经济的材料,在尽可能短小的篇幅内,有效地刻画人物和表达主题。""这里提及的几篇小说(指照日格巴图的《草原骑兵》、徐锦珊的《早春》、杨清广的《农场新苗》——编者注)……写出了人物全新的思想、风格,因而是符合生活的真实,而又具有鼓舞作用的。""青年作者中间,也有选择老一辈先进人物作为小说主人公的,例如孔凤的《老一号》(六月号)。这篇作品为我们塑造了一号船老大王阿虎的生动形象。""作者比较喜欢在行动中刻画人物,比较善于捕捉具有特征的形象。"

10日 蔡羽的《让英雄人物更好地占据文学作品的中心地位》发表于《北方文学》3月号。蔡羽写道:"工农兵是时代的主人。工农兵英雄形象是时代精神的体现者。我们的文艺要真实地反映我们的伟大时代,我们的文艺要真正发扬阶级斗争武器的强大火力,就必须创造更多的光彩夺目的新英雄人物;必须让新英雄人物在我们的作品中、银幕上、舞台上,占据最中心、最重要的位置!这是时代对于我们文学的要求,也是对于我们每一个革命作家的要求。"

马树生的《就塑造工农兵英雄形象问题跟邵荃麟同志辩论》发表于同期《北方文学》。马树生写道:"从一九六〇年冬天以来,邵荃麟同志曾多次反对无产阶级文艺塑造当代的工农兵的英雄形象,硬要把所谓的'中间人物'塞给读者。为此,他一方面杜撰出种种理由,为'写中间人物'寻找'理论'根据;另一方面,则竭力贬低新英雄人物的重要性,把它说得一无是处,他丝毫也不考虑广大的工农兵读者对革命文艺的如饥似渴的要求和优秀的革命文艺作品在人民群众中间的深广影响。"

同日,高昂的《我们需要光辉的英雄形象》发表于《山东文学》3月号。高昂写道:"塑造我们时代的英雄人物的典型形象,成为社会主义文学的首要任务。而邵荃麟同志却有意夸大了'中间人物'的教育作用,主张通过'中间人物'来教育'中间人物'。这种论点是极端荒谬的。"

12日 《"大写社会主义新英雄"征文通讯》发表于《人民文学》3月号。文中写道:"我们从今年一月发起的《大写社会主义新英雄》的征文活动,得到了各个工作岗位上广大工农兵业余作者同志们广泛热烈的响应。从海南岛、湛江、西双版纳和福建前线,到拉萨、乌鲁木齐、内蒙草原、兴安岭和北大荒,从工厂、矿山、人民公社和国防、交通运输、商业、林业、地质勘探、文教……各条战线上,每天都有大量的应征稿件,涌到编辑部来。这些稿件,都是以火一样的热情,歌颂、描绘我们社会主义新时代的新人新事新思想。作品里充满革命精神,热气腾腾。有些作者还在来信中,针锋相对地提出,要以大写社会主义时代的新英雄,来驳斥'写中间人物'的主张,表示要用他们的作品'兴无灭资',横扫那些资产阶级、封建阶级的坏思想。正如一封来信所说:《大写社会主义新英雄》这个征文题目是深入人心的。它能够深入到工人、农民、解放军战士和每一个热爱祖国社会主义革命事业的人们心中去。"

25日 丁川的《透视"矛盾往往集中在中间人物身上"一说的实质》发表于《收获》第2期。丁川认为:"在肯定塑造工农兵的英雄人物是社会主义文学的首要任务这一前提下，当然也不排斥对于某些暂时处于中间状态的人物的描写，但这种描写心须是正确的，这类人物的地位也心须摆正。""我们肯定某些正确地描写暂时处于中间状态的人物的作品，决不等于把这种人物推置到文学作品的主要地位上来，更不等于大力鼓吹和提倡写这种人物。我们应该首先肯定，描写这种人物必须有利于歌颂新思想、刻划新人物，有利于烘托和突出英雄人物和先进人物。因此，这与邵荃麟同志所提倡的'写中间人物'是完全不同的两回事。"

28日 范子保、赵锦良、王先霈的《怎样评论梁三老汉、亭面糊、严志和》发表于《文艺报》第3期。范子保、赵锦良、王先霈认为："我们的文学要正确地反映我们的时代，要正确地描写出新时代的农民，就必须根据革命的现实，创造出一种和过去所有文学中的农民形象不同的全新的革命农民形象来。在这方面，《红旗谱》和《创业史》的出现是值得我们高兴的。朱老忠和梁生宝正是这种全新的革命农民形象。这些形象的出现，标志着我们社会主义文学的一大进展，标志着我们文学的新成就。它们真正体现了我们文学的革命性质，真正表现了我们文学的时代的和阶级的独创性。""文艺创作的实践表明，只有大力歌颂新人物，创造新形象，才能打开新的广阔的艺术天地，发掘以前文艺从来没有发掘过的内容，把文艺推向前进；反之，如果把主要兴趣放在落后农民身上，放在他们消极落后的方面，尽管可能在性格描写的技巧上，写得比较圆熟，但终究不可能鲜明、深刻地反映出我们时代的本质。"

高长福、仝玲、张玉勉、韩忠勤、侯耀仲的《我们喜爱〈新人小说选〉》发表于同期《文艺报》。高长福、仝玲、张玉勉、韩忠勤、侯耀仲写道，《新人小说选》呈现的是"人民解放军革命精神的颂歌"、"工人阶级豪迈风格的写照"，也"歌唱农村新人新事"。

金亮的《闪光的〈刀尖〉》发表于同期《文艺报》。金亮认为："林雨同志的新作《刀尖》（载《解放军文艺》一九六五年一月号），是一篇思想深刻，构思新颖的短篇小说。篇幅不长，集中写了三个战士。在这三个人物中，又重点写炊事员刘明远。通过对三个人物的描写，作品揭示了一个四好连队的精神面貌，歌颂了一种可贵的革命品质，这就是闪闪发光的'刀尖'精神。"

陆贵山的《新人·新作·新方法》发表于同期《文艺报》。陆贵山认为:"征文中的许多作品(除上面分析的以外,据我看到的还有《刀尖》《"吹破天"》等),都不同程度地运用了革命现实主义和革命浪漫主义相结合的艺术方法,成功地创造了体现我们时代精神的英雄人物。这些英雄人物既深深地扎根在现实生活的土壤里,又是我们时代的理想人物,是带动群众推动历史前进的先进力量。以革命的理想主义和革命的英雄主义为主导,以实干精神为基础,两者的高度结合,正是他们共同的性格特征。"

税海涛的《有所突破,有所前进》发表于同期《文艺报》。税海涛以为:"从征文小说的成功经验看来,要把革命英雄人物这种勤于实践、勇于斗争的实干精神,在文学作品里比较集中、生动地反映出来,就必须把英雄人物置身于一场尖锐的矛盾斗争中,而且还应当使英雄人物居于矛盾斗争中的主导方面。""读征文小说,还突出地感到,作品中英雄人物身上的集体主义光芒正越来越鲜亮夺目。社会主义时代的英雄是集体主义的英雄。它与过去各个时代的一切英雄豪杰,都有着质的区别。因此要准确地把握当代英雄的本质,首先就需要正确理解和正确处理个人与集体、英雄与群众之间的相互关系。""《刀尖》等优秀作品,在这方面能够有所突破,有所前进,除了思想认识、生活积累等方面的原因之外,我感到在艺术处理上也有着可喜的成就。它们着重从人物性格的刻划入手,在不同人物性格的冲突中,因势利导地展开情节,塑造人物,点明主题。这些成就都是值得认真研究和总结的。"

四月

1日 李培坤的《新的生活,新的人物——〈延河〉六四年以来"新人集"试评》发表于《延河》4月号。李培坤认为:"《延河》在一九六四年三月号、七八月号、十月号、十二月号和今年二月号,共刊出了五期'新人集'。""这五期'新人集'共二十一篇,写了工厂工人生活、农村生活、儿童生活和旅店服务员的生活等,反映的生活面相当宽阔,有助于读者了解各个方面的斗争生活,开拓眼界。虽然这些作品,还不很成熟,不很深刻,但是他们却以新的题材、新的生活、新的思想、新的人物,引人注意。新,这是'新人集'一个引人注目的特色。""'新人集'的又一特点,是对社会主义新人物的热情讴歌。大写新人新事,用最大激情去赞颂崭新的人物,描绘新的道德品质的成长,这是'新人集'的显著成绩。"

14日 程满麟的《我们喜欢这样的新故事》发表于《文学评论》第2期。程满麟写道:"工人们最喜欢的是反映他们自己在三大革命运动中所表现出来的那种不畏艰险和困难、充满革命英雄主义的故事,尤其是在他们周围所发生的故事。""若干老工人忆苦思甜的故事,职工们也是喜欢听的。然而这样的故事目前写的不多,特别是有分量的、具有生动的故事情节、有正反两方面人物、能揭示先进英雄人物内心世界的故事还不够多。"

贾文昭的评论《创造光辉灿烂的新英雄形象——驳邵荃麟同志的"写中间人物"理论》发表于同期《文学评论》。贾文昭认为,文艺应该"歌颂新的时代,歌颂劳动人民","用新英雄人物的光辉形象教育群众,为社会主义政治和经济基础服务",并断言"创造新英雄人物是一条宽广的道路"。贾文昭还说:"邵荃麟同志所指引的这条旧现实主义的、创造'中间人物'的道路,不是一条反映现实的正路,而是一条歪曲现实的歧路;不是一条社会主义文艺的路,而是一条修正主义文艺的路。"

五月

8日 秦犁的《不要否定有缺点的好作品》发表于《人民日报》。秦犁认为,小说《惠嫂》表现的是"在社会主义建设中应该具有勇于战胜困难的思想。作品写昆仑草不过用来作为表现主题思想的一种艺术象征物和手段"。

10日 李基凯的《关于怎样写中间状态人物问题——用〈不能走那条路〉〈年青的一代〉〈千万不要忘记〉的成功经验驳"写中间人物"论》发表于《文艺报》第4期。李基凯认为:"小说《不能走那条路》,用生动的艺术形象真实地反映了当时农村中两种思想、两条道路斗争这一严峻现实,提出并且回答了解放后的农民不能再走资本主义那条老路、必须走社会主义的康庄大道这样一个重大的社会问题。""我们的主张是:必须首先大力描写先进人物,让他们在文艺作品中占主导地位,在他们身上体现出无产阶级改造现实的伟大力量和革命理想的光辉。在这个前提下,正确地描写中间状态的人物和其他各种各样的人物,是可以的，需要的。我们的文艺应当创造出各种各样的人物。就是把中间状态的人物作为作品的主角来写，也未尝不可；如果这种作品能够正确地反映阶级斗争，提出重大的、有意义的社会问题的话。"

六月

7日 田疆的《〈新人小说选〉的几个特色》发表于《人民日报》。田疆指出："这部小说集是以迅速反映我国当前广大工农兵斗争生活而为人称赞的。""第一，作者探及社会生活的深处，本质地表现了中国人民强大的精神力量。""第二，新人们在自己描绘的绚丽彩卷上，满怀热情地致力刻划完美的英雄形象，但对英雄人物在前进中的缺点也作了正确的描写。""第三，在艺术构思上，这些作品也独具特色。有的作品善于抓住富有象征意义，而又发人深思的事物来开展故事情节。"

12日 刘国华的《为革命而写作》发表于《人民文学》6月号。刘国华认为："树立了为革命而写作的思想之后，在考虑作品的主题思想上，在选材上，剪裁上都会比较明确掌握，每一个情节和细节的选择，人物所说的每一句话，都是从为革命的主题思想服务上着眼，象聚光灯似的，把焦点集中在这个唯一的目的上，这样写起来就比较得心应手，改起来也就比较容易。"

《"大写社会主义新英雄"征文通讯》发表于同期《人民文学》。文中写道："本刊发起的《大写社会主义新英雄》征文，得到全国各地的业余作者，特别是广大青年业余作者的热烈响应。他们不仅寄来作品，而且还把自己在生活实践和创作实践中的心得体会写了出来。这里发表的就是三位青年作者的通讯。他们在文章中都谈了自己在创作实践中，学习毛主席思想的心得。本期我们发表了林微润、屈兴歧两位同志的散文作品，读者可以参看。我们希望读者、作者同志们，把你们在大写社会主义新英雄创作实践中的心得体会，写出来寄给我们，我们准备陆续刊登这类通讯。"

七月

11日 马振方的《试论〈聊斋志异〉的精华与糟粕》发表于《光明日报》。

马振方写道:"蒲松龄对黑暗现实的不满,对苦难人民的同情,以及其他进步思想,多是通过狐鬼故事书写出来的……都是非常快人心意的艺术处理。它们充分发挥、显示了神话题材的长处、作用和力量,闪耀着夺人眼目的积极浪漫主义的光辉。"

12日 王家斌的《征文习作心得》刊登于《人民文学》7月号。王家斌指出:"要想创造出英雄形象写出有分量的作品,最重要的就是听毛主席的话,改造自己的世界观,这是最基本的一条。"

25日 赵隆勷的《重评司汤达的〈红与黑〉》发表于《光明日报》。赵隆勷写道:"在《红与黑》中,司汤达反映了贵族同资产阶级之间、自由党人同极端保皇党人之间为了争权夺利而进行的勾心斗角,这只是统治阶级内部的矛盾;作者也极力刻划了一个小资产阶级知识分子、个人野心家同统治阶级的矛盾。这个矛盾,并不是当时的主要矛盾。所以,决不能如有一些人所说的那样,认为这本书'全面地、深刻地揭露了那个时代的阶级斗争和阶级矛盾'。"

赵隆勷认为:"司汤达对小资产阶级知识分子所受的压抑,有切肤之痛,要表现它,要反映它;而对于复辟王朝广大人民群众所受的痛苦,不管多么深,多么大,却不亲切、没有什么表现。在和人民有些关系的地方,如写到农民出身的神学院学生时,却表现出轻蔑态度来,对脱离人民,孤芳自赏的小资产阶级知识分子于连却极力加以美化,使之成为'反抗英雄'。""对于像《红与黑》这样的资产阶级文学作品中所存在的资产阶级的、小资产阶级的、个人主义的、享乐至上、荒淫腐朽的种种思想应当给予彻底批判。"

八月

1日 郑言的《努力塑造社会主义新英雄形象》发表于《长春》第4期。郑言写道:"我想着重谈一谈塑造英雄人物形象的问题。这个问题,你在选择题材的时候就会碰到的。因为题材包含着三个基本要素,即人物、事件和环境,这三个基本要素当中,人物是主体,事件是由于人物的活动而产生出来的,环境则是人物存在和活动的依据。也就是说,人物是最基本的东西。人物在文学作品中占着极重要的地位。文学作品是通过形象来反映现实的,也就是通过人物形象来反映现实,感染和教育读者,帮助群众认识现实,进而改造现实,推动历史前进。所以,写好人物是我们创作中的一个极重要的问题。""我们应该积极去表现工农兵,尤其是他们当中的先进人物和英雄人物,努力塑造社会主义的新英雄形象,这是我们文艺的方向、文艺的性质和文艺的战斗任务所要求的。""思想品质是人物的灵魂,不写出英难人物的精神面貌是树立不起英雄人物的,即使是树立起来了,也会缺少思想深度,对人教育意义不大。""当然,也不是说我们要让英雄模范人物在作品里硬说自己的先进思想和品质,英雄模范人物的先进思想和品质主要还是要通过人物自己的行动表现出来的。""要通过英雄人物自己的行动来表现英雄人物,你就得按照生活原来的面目,把英雄人物放到具有深刻意义、最能突出英雄人物思想品质的矛盾冲突里去描写。""当然,在描写矛盾冲突的时候,注意正确地处理英雄模范人物和群众以及环境的关系是必要的。"

14日 范之麟的《试谈〈艳阳天〉的思想艺术特色》发表于《文学评论》第4期。范之麟写道:"《艳阳天》虽然只是描写了一个小村子东山坞,在这个村子里,作者却让我们看到了农村中各种各样人物的精神风貌。人物形象的丰富多采也是这部作品的一个特色。""作品里的人物并不一定越多越好。人物多而写得一般化,还不如集中力量只写出一两个有典型性的人物来。但象《艳阳天》这样,人物写得多而却又大都写得真实、生动、有个性,也有利于表现丰富的生活和复杂的斗争。""作者不是仅仅粗线条地勾勒人物的轮廓,而是从多方面对人物性格进行比较细致的刻划。人物刻划得比较细致,是《艳阳天》艺术表现上一个显著的特点。""首先,作者很注意刻划人物的思想动态和心理特征。""其次,作者善于通过类似讲故事的形式,娓娓动听地介绍人物的独特经历,使我们了解形成人物性格的一些历史因素。""再次,作者也注意用环境和背景的细节描写来烘托人物特点。""《艳阳天》的语言也有特点。它写得干净,生动,富于形象性,有北京郊区的地方色彩。这是和作品的生活内容以及作品的清新、明朗的风格和谐一致的。"

吴子敏、蔡葵的《评〈风雷〉》发表于同期《文学评论》。吴子敏、蔡葵写道:"关于《风雷》的艺术描写,我们也讲一点不成熟的看法。小说反映的是曲折复杂的斗争和错综的阶级关系，展开的是相当广阔的生活画面，我们觉得它的情节结构基本上能和它们相适应，能把它们组织起来，其中有些情节写得生动，有吸引力。在人物刻划上也有不少成功的地方。……此外，小说有生活气息，表现了一定的地方色彩，描绘了一些淮北农村生活的图景。这些都是小说值得肯定的艺术成就。"

22日　赵恒昌的《评〈悲惨世界〉中一个艺术细节》发表于《光明日报》。赵恒昌认为："主教的一套银质餐具，虽则只是《悲惨世界》的一个艺术细节，但是这个费过相当推敲和琢磨的细节，对《悲惨世界》这部小说的基本思想，却具有艺术提要的性质，雨果的人性论、阶级调和、社会乌托邦等资产阶级的基本思想观点，在这个颇具哲理性的细节中，得到了集中的艺术概括，揭开这个细节的奥秘，将有助于识破雨果及其《悲惨世界》所宣扬的人道主义思想的资产阶级实质。"

27日　《一代新人在成长——〈新人新作选〉序言》发表于《文艺报》第8期。"编者按"写道："这些作品，热情地歌颂了社会主义时代的新人物，新思想，生动地反映了中国人民新的生活面貌和精神面貌。"

正文写道："在作品的群众化和民族化上，许多作品都是有所革新，有所突破的。很多作品都显示了一种共同的趋向，这就是和广大群众的口头文学进一步结合的趋向。"

匡满的《及时反映农村的新面貌——从〈一匹马〉谈起》发表于同期《文艺报》。满匡指出："如何迅速而及时地为我国广大农村的英雄人物塑象，反映我们时代高昂的革命精神，以达到用共产主义思想教育人民的目的，这个任务，在今天更加迫切地摆在广大文学工作者面前。"

九月

25日　胡绪曾的《一部富有教育意义的小说——〈风雷〉读后感》发表于《文艺报》第9期。胡绪曾指出："小说真实地反映了我国农业合作化运动中社会主义和资本主义两条道路的斗争，写出了农村生活中错综复杂、曲折尖锐的阶级斗争。"

十月

14日 韩瑞亭的《向新的"大关"突进——谈林雨的短篇小说》发表于《文学评论》第5期。韩瑞亭写道："林雨是位肯用脑子的作者，这不但表现在他对作品的思想意义勤于作反复深入的思索，也表现于他在人物刻划、艺术结构等方面刻意作新颖的追求。林雨在刻划人物时显得比较有办法，他所写的一些人物，不论是比较成功的还是尚欠丰满的，一般都能给人以鲜明生动的印象。他善于从人物性格出发，选取富于性格特征的行动、语言来表现人物，往往三笔两笔就勾勒出人物的轮廓，再经反复落墨，使人物脱颖而出。""林雨在作品的结构和情节安排上避免平板、杂沓，力求新颖、简洁，读他的作品时有新鲜感和耐人咀嚼之处。""林雨作品的语言，刚健、爽利，有表现力。他从部队生活中吸取了养分，也从我国传统小说中学到了一些长处，因而有助于形成他刻划人物、描写事件的简洁明快的特色。他的某些语言还有幽默、哲理的味道，耐人咀嚼，使人读后感到意味深长。"

陆荣椿的《时代需要这样"开顶风船的角色"》发表于同期《文学评论》。陆荣椿写道："这篇小说（《开顶风船的角色》——编者注）在艺术构思上，有它的特色。作者选择了适合于突出主题的表现形式，使情节发展不是平铺直叙，而是层层扣紧，很吸引人。""小说的又一个艺术特色是，作者善于抓住和通过一些非常鲜明、典型的细节行动，来表现人物形象的性格、思想和气质。""小说在运用语言上也是比较成功的，朴素、精炼、含蓄、形象，善于围绕性格的刻划来运用。……这种用十分简洁、洗炼的语言来刻划人物，烘托环境气氛的笔法，是比较吸引读者的。看来，它同我国优秀古典小说里刻划人物的某些手法有相似之处，当然，它又有作者按照人物性格和情节的需要来运用语言的特点，说明作者在语言上是下过锤炼功夫的。"

19日 郭朝绪的《为无产阶级革命英雄塑像——读长篇小说〈欧阳海之歌〉》发表于《光明日报》。郭朝绪指出："一、《欧阳海之歌》给反映社会主义时代部队的斗争生活打开了一条广阔的道路。""二、成功地塑造出了社会主义时代部队的新英雄形象，这是创作上又一个重要的收获。""《欧阳海之歌》

不仅刻画了英雄的性格,对欧阳海英雄性格的形成和发展也写得合情合理、深刻自然。""在这部长篇小说中,有些人物,作者虽然着墨不多,但能通过精选的情节和细节,较鲜明、准确地勾画出他们的精神面貌。""三、在处理真人真事同艺术加工的关系方面,给了我们宝贵的启示。""《欧阳海之歌》是在真实材料的基础上进行艺术创造的。欧阳海的故事基本上也是按照实际生活的进程和顺序来安排的。但是,这部小说又不能算是英雄生平事迹的记录,而是一部艺术品。""《欧阳海之歌》的典型环境是社会主义时代部队的连队生活。欧阳海所在的连队完全如实地搬进作品不一定是典型的,这里需要充分运用艺术典型化的创造方法,大胆地进行艺术创造。为了这种创造的方便,作者除了欧阳海之外,其他人物都没有用真名实姓。并且把有关的人物事件组成一个有机的整体。"

30日 范子保的《谈〈风雷〉对农村阶级斗争的描写》发表于《文艺报》第10期。范子保认为:"《风雷》在表现社会主义过渡时期错综复杂的阶级斗争中,真实可信地显示了革命力量的无穷生命力,揭示出革命力量必然战胜反革命力量,社会主义必然战胜资本主义这一历史发展的必然趋势。因此,尽管作品中描写了现实生活的矛盾斗争,描写了个别干部的错误和问题,但是整个作品的主题思想和作者的观点是鲜明的,使人在读了作品之后,对于农村社会主义革命前途充满了信心和希望。"

李希凡的《艺术的鼓舞力量从哪里来——谈部队短篇小说革命现实主义和革命浪漫主义相结合的创作方法的新成就》发表于同期《文艺报》。李希凡指出:"这些短篇小说并不回避矛盾斗争。尖锐的思想冲突,往往展现在无产阶级意识与非无产阶级意识、先进与落后的矛盾中。象《五十大关》《沉船礁》《高山峻岭》《接旗》《提前量》《高高的天线杆》《迎春曲》,都接触了不同的矛盾,而且正是通过矛盾冲突展现了英雄人物的革命精神和革命性格。"

十一月

10日 细流的《小谈细节的选择》发表于《星火》11月号。细流写道:"在创作过程中,细节的选择是很重要的。选择得当,就能生动鲜明地表现人物性格,增强艺术感染力；反之，则不仅无助于人物形象的刻划，而且会起到模糊主题思想的反作用。"

12日 刘白羽的《写在两篇短篇小说前面》发表于《人民文学》11月号。刘白羽认为："朴素，真实，生动（指刘柏生的小说——编者注），可喜之处是他没有象有些作者那样，总以欣赏落后的态度，从农民身上找些笑料。……贫下中农在社会主义社会里成了主人公，在社会主义文学作品中也展现出英雄本色。""文学不再是少数'精神贵族'的产品，而从坚实的农民手下产生。"

16日 李希凡的《历史的要求　历史的权利——从部队优秀短篇小说看社会主义文艺英雄形象的创造》发表于《人民日报》。"编者按"写道："这些新人新作，尽管还带有新生事物某些难免的缺点，但是，他们以一批光采熠熠的工农兵英雄形象，有力地回答了'写中间人物'之类的错误理论，说明为什么必须是工农兵英雄人物而不是'中间人物'占据社会主义文艺的主导地位；为什么写工农兵英雄人物的创作'路子'是'宽'了而不是'窄'了；能不能以及如何反映大量的人民内部矛盾；要革命的现实主义与革命的浪漫主义相结合的创作方法还是要'现实主义深化'，等等。这些新人的创作，已经并将继续对社会主义文艺事业以及文艺领域中的两条道路斗争作出贡献。"

25日 欧阳文彬的《紧跟着时代的脚步前进》发表于《收获》第6期。欧阳文彬写道："我们还看到，业余作者们写出来的作品，除了思想内容同是反映重大题材、歌颂英雄人物之外，表现手法却是丰富多样的。例如胡宝华，比较注意故事性。不知道是因为他读过较多民间小说，还是因为他熟悉劳动人民的欣赏习惯，也许两者都有关系，使他的作品生动风趣，便于讲述，容易为工人群众所接受。他笔下的英雄人物，往往显露出劳动人民特有的智慧，从最早出现的王跃开始，到计谋多端的毛丫头，有求必应的'神仙爷'，巧破双关的霞辉，神通广大的'魔术家'，都是新时代的诸葛亮。"

26日 杨锡根、姚栋新、黄庭槐、王丕莱的《革命第一　人民第一——小说〈夜宿落凤寨〉读后》发表于《人民日报》。杨锡根、姚栋新、黄庭槐、王丕莱认为："作者在表现女主人公这种新思想、新风尚时，是通过家庭关系来表现的。这种写法，不仅写出了女支书的崇高思想品质，也写出了新型的家庭关系。"

伊仁发、王文松、于时仲的《高山大洋隔不断阶级情——读〈锤与狮〉》发表于同期《人民日报》。伊仁发、王文松、于时仲认为:"这篇小说比较成功地运用了革命现实主义和革命浪漫主义相结合的创作方法,因而加强了作品雄浑豪迈的基调。"

30日　王朝闻的《改造别人,也改造自己——读〈政治连长〉》发表于《文艺报》第11期。王朝闻写道:"不论是《政治连长》还是《刀尖》,也不论是《五十大关》还是《最后一小时》,我觉得我所读过的林雨的所有的短篇,都有这样一个可贵的特点和优点:作为政治工作的小说的写作,在表现新事物与旧事物的对立过程中,不忽视对于不良倾向的批判。"

十二月

1日　缪俊杰的《更好地反映当前农村的火热斗争——从青年作者几个短篇小说谈谈反映人民内部矛盾问题》发表于《人民日报》。缪俊杰认为:"不转变的或转变得不彻底的落后人物,在生活中也是存在的,文学作品也完全可以写,但必须在充分表现正面人物、正面力量的前提下去描写他们,而且不管转变也好,不转变也好,都必须鲜明有力地批判错误思想,宣传正确思想,充分显示社会主义思想的胜利。"

4日　胡宝华的《毛主席著作是指路灯》发表于《人民日报》。胡宝华认为:"必须艰苦地深入到生活中去,去观察、体验、研究、分析一切人、一切事,透过生活的表象,去寻找事物的内部联系,把平常的生活现象加以典型化,由此写成文艺作品,去推动人民前进。"

12日　《继续举办"大写社会主义新英雄"征文启事》刊登于《人民文学》12月号。启事写道:"《人民文学》举办'大写社会主义新英雄'征文以来,得到全国各地各个战线上的同志们,和投身在我国社会主义革命、社会主义建设火热斗争中的广大青年业余作者们的热烈响应,纷纷来信表示支持,踊跃投寄稿件。从今年一月到目前为止,我们已经收到一万六千多件应征作品,其中一部分已经陆续在刊物上发表了。这些作品,热情地歌颂了我们伟大时代的工农兵英雄人物形象,生动地反映了我国社会主义革命和建设的火热斗争,受到广大读者的欢迎。""伟大的一九六六年就要到来了。一九六六年是我国发展国民经济第三个五年计划的头一年,我国人民在共产党和毛主席的领导下,正高举毛泽东思想红旗,以艰苦奋斗、奋发图强的豪迈气概,从事改天换地、推动历史前进的英勇斗争。在这一伟大斗争中,必将会涌现更多的英雄人物,出现更多的英雄业绩。业余文学创作者也会更加精神奋发,不但写出更多,而且应该写出比今年更好的作品。各地读者和业余作者建议,把征文运动继续开展起来。为了迎接这一新的形势,我们决定把'大写社会主义英雄'征文更好地办下去。""我们恳切地希望一九六五年参加征文的同志,继续成为今后征文活动的骨干,并热烈欢迎更多的活跃在各种实际工作岗位上的广大业余作者同志们,拿起笔来,踊跃参加征文活动。把千千万万个工农兵英雄人物,特别要把在学习雷锋、王杰的革命精神,在贯彻大寨精神、大庆精神之下,广大劳动人民在为实现第三个五年计划,在阶级斗争、生产斗争、科学实验三大革命运动中的斗争历程和精神面貌,通过鲜明的艺术形象,生动地描绘出来;写成短篇小说、报告文学(包括特写、速写等)、故事、剧本、诗歌、曲艺各种形式的文学作品,寄给我们。我们也希望各地文化、文艺领导部门、文艺团体、文艺刊物和业余文艺组织,给予大力支持和帮助。"

14日 欧阳文彬的《歌赞社会主义时代的先进工人——读几篇反映工业题材的新人小说》发表于《人民日报》。欧阳文彬认为:"以无产阶级思想为指导的社会主义文艺,理应大力歌颂本阶级的先进人物;而工人阶级的先进人物形象,必将更多地由工人作者塑造出来。""要表现这样的先进人物,必须通过平凡的日常劳动场景,揭示人物崇高的思想品质,抒发无产阶级的壮志豪情。"

19日 陈推之的《〈西游记〉小议》发表于《光明日报》。陈推之写道:"我们认为《西游记》在我国古典文学中是一部具有民主性精华的优秀的浪漫主义小说。""《西游记》改变了原来故事传说的中心人物,冲淡了它的宗教色彩。但是原来的故事情节仍然保留着一个轮廓,原来浓厚的宗教色彩并没有冲洗净尽,所以它在宣传因果报应、宿命论等迷信思想方面,仍然是比较严重的。"

23日 郭朝绪的《热情反映工业战线的斗争——谈几个工业题材的短篇小

说》发表于《光明日报》。郭朝绪写道："收集在《新人新作选》中的《万紫千红总是春》《淬了火的人》《红姑》《目标》等短篇小说，……是今年以来工业题材创作的重要收获。""《万紫千红总是春》等四个短篇小说，都成功地塑造了工人阶级的英雄形象。……这几个短篇小说的作者，善于从当前工业战线的斗争生活中选取题材，处理题材，把英雄人物写得性格鲜明，各自别开生面，而又能异曲同工。"

1966年

一月

1日 以群的《共产主义英雄的颂歌——喜读〈欧阳海之歌〉》发表于《解放军文艺》第1期。以群写道:"这部作品的最主要的成就之一,是创造了在我国社会主义革命的新的历史时期中,人民军队里的一个新型战士欧阳海的光辉形象。""欧阳海这个典型的英雄形象塑造的成功,也给我们文艺工作者在以真人真事为基础来创造文学上的典型形象提供了宝贵的实际经验,它启发我们:只要真正深入地掌握了实际生活的素材,以真人真事为基础来创造文学的典型,不仅是可能的,而且还有足供我们驰骋的广阔天地。""总之,小说《欧阳海之歌》由于塑造了以欧阳海为中心的一系列英雄人物的形象,生动地描绘了他们的生活和斗争,确实不愧为一部团结人民,教育人民,鼓舞革命人民的斗志,进行兴无灭资斗争的优秀的社会主义文学作品。"

9日 金敬迈的《欧阳海之歌》发表于《人民日报》。"编者按"写道:"这是一本好小说。它是近年来我国文学工作者进一步革命化、贯彻执行毛泽东文艺路线所取得的新成果之一。这本小说成功地塑造了一个雷锋式的共产主义新人的典型。通过欧阳海这个英雄人物的成长过程,小说生动地展现了我国人民,特别是伟大的中国人民解放军高举毛泽东思想红旗的龙腾虎跃的生活面貌和精神面貌,较深刻地概括了我们时代的千百万革命战士的思想品质和性格特征。"

12日 《〈沸腾的群山〉再现了战争年代的矿山生活和斗争》发表于《光明日报》。文中指出:"小说从大处着墨,围绕恢复矿山生产的斗争过程,展开了比较广阔的描写,突出地表现了无产阶级和资产阶级两条道路的尖锐斗争。""这部出自业余作者李云德之手的长篇,以饱满的革命激情,鲜明的时代特色，浓郁的生活气息和生动的人物形象，再现了战争年代的矿山生活，反映了毛泽东思想在工业战线上的伟大胜利。"

13日 郭朝绪的《深刻揭示英雄性格的成长——推荐长篇小说〈欧阳海之歌〉》发表于《光明日报》。郭朝绪写道："《欧阳海之歌》为什么具有如此深刻的思想力量和艺术力量呢？我以为，关键在于作者成功地塑造了欧阳海这个革命英雄的光辉形象，并且令人信服地深刻揭示了这个共产主义新人的成长过程。""小说的艺术构思体现了现实生活的特点，是把社会主义部队当作一座毛泽东思想的大熔炉来描写的。"

16日 文宣的《战斗的渔家儿女——简介〈渔岛怒潮〉》发表于《人民日报》。文宣写道："作品着力刻划了这三个人物，全书故事性较强，海滨风貌也较为鲜明，具有一定的特色。"

18日 阎纲的《当代英雄的典型形象——谈长篇小说〈欧阳海之歌〉的英雄人物》发表于《人民日报》。阎纲指出："《欧阳海之歌》最宝贵的成就，是它在真人真事的基础上，满腔热忱地歌颂了一位共产主义战士的一生；用典型化的情节和炽烈的语言，相当突出地塑造了欧阳海这样一个以毛泽东思想武装起来的、一心一意为革命、一不怕苦、二不怕死的雷锋、王杰式的英雄人物典型。欧阳海的光辉形象，反映了伟大的毛泽东时代的精神面貌。"

24日 《〈大江风雷〉再现了新四军的斗争事迹》发表于《光明日报》。文中写道："长篇小说《大江风雷》（艾煊著）就是写新四军领导人民群众开展抗敌斗争的故事。""本书塑造了坚强不屈的英雄形象和不同性格的正面人物。小说文笔细腻，具有生活气息。"

25日 复钟文、陆士杰的《一部值得注意的好长篇——谈〈绿竹村风云〉的思想、艺术特色》发表于《收获》第1期。复钟文、陆士杰认为："作品（《绿竹村风云》——编者注）主要是通过人民内部矛盾的描写来反映社会主义革命时期的阶级斗争，并在矛盾斗争的揭示、发展和不断解决中，塑造了英雄形象。""《绿竹村风云》不仅在思想内容上有特色，还需要指出的是小说在民族化、大众化方面也取得了比较显著的成就。……在人物塑造和情节安排上，作者继承了我国古典白话小说和民间口头文艺的一些优良传统。人物出场，寥寥几笔介绍，一下子就把人物的容貌性格勾画出来；叙述故事有头有尾，而且几乎每一章都是一个独立的篇章，但和其他章节又有着紧密的联系；特别是作者提炼加工了潮汕乡土语言，不仅准确、鲜明、生动，而且富有浓厚的地方色彩。这些都构成了小说令人耳目一新的艺术风格。"

27日 白晓朗、刘书林的《光采照人的英雄形象》发表于《文艺报》第1期。白晓朗、刘书林写道："作者（指长篇小说《欧阳海之歌》作者金敬迈——编者注）紧紧抓住了毛泽东思想对英雄人物成长的决定作用这一线索，生动地描绘了欧阳海学毛主席著作、用毛主席著作的过程。这就使得欧阳海这一形象表达了我们时代精神的光辉，也使得欧阳海这一形象获得了深刻的现实意义和强烈的鼓舞力量。作者在这一方面下的功夫是值得我们重视的，对于我们如何塑造毛泽东时代英雄人物的形象也是很有借鉴意义的。"

雷声宏、侯聚元的《〈东风化雨〉是一部宣扬阶级投降主义的小说》发表于同期《文艺报》。雷声宏、侯聚元指出："社会主义文学是为无产阶级政治服务、为社会主义经济基础服务的文学。它在着重描写社会主义时代新人新事、塑造无产阶级英雄形象的同时，也需要描写无产阶级的对立面——资产阶级。这种描写，应当是站在无产阶级立场，运用阶级分析的方法，揭露资产阶级的剥削本质和资本主义的罪恶，对广大读者特别是青年一代进行兴无灭资的阶级教育。这也是我们社会主义文学义不容辞的光荣任务。""社会主义文艺是可以而且应当描写资产阶级的，是可以表现资产阶级在民主革命时期的两面性的特点的。但是，作者必须站在无产阶级立场来描写。描写的目的是为了兴无灭资。象《东风化雨》的作者，表面上对资产阶级批判几句，实际上对资产阶级倾注了满腔的同情，以资产阶级的痛苦为痛苦，以资产阶级的欢乐为欢乐，这种作品，绝不可能为无产阶级的政治斗争服务，而只能成为有助于资产阶级进行'和平演变'的工具。"

李锦荣的《虚心向劳动群众学习》发表于同期《文艺报》。李锦荣写道："一、做故事员，必须思想革命化，带着强烈的阶级感情，学习和热爱先进人物，才能讲好、编好革命故事。""二、讲革命故事要紧密配合各个时期党的政治任务和中心工作，才能充分发挥它的战斗作用。""三、要讲好革命故事，就要听毛主席的话，虚心向群众学习。"

李希凡的《社会主义时代精神的最强音》发表于同期《文艺报》。李希凡认为："鲁牛子、刘明远等红光闪耀的英雄形象，以他们永不满足、永不懈怠、敢于斗争、敢于胜利的光芒四射的精神品质，显示了用毛泽东思想武装起来的一代新人的革命豪情。但是，短篇小说毕竟还有它体裁容量的限制，固然从一斑可窥全豹，但全豹终究不是一斑，人们并不由于已经有了'闪光的核心'，而不要求长篇巨制。在这种意义上，《欧阳海之歌》的出现，可以看作是长篇小说对于新的时代要求的第一次有力的回答。""由于烈士欧阳海本身就是一个活生生的典型人物，他的出现，就是时代精神哺育的伟大成果。但是，即使是这样，能够透过生活中的典型人物，深刻地把握住它和伟大时代的本质联系，从时代生活激流深处开掘出它的典型意义，并能在艺术上丰满地塑造它的形象，这也必须有作者对生活的熟悉，对革命的深切感情，对时代和英雄人物深刻的认识、理解和高度概括的能力。《欧阳海之歌》的成就，也恰恰是在这方面显示了它的独创的思想特色和艺术特色。"

《推荐长篇小说〈欧阳海之歌〉》发表于同期《文艺报》。文中写道："《欧阳海之歌》是在真人真事的基础上创作成功的一部优秀的长篇小说。这部作品以豪迈雄壮的调子和热情洋溢的语言，真实而动人地歌颂了伟大战士革命的一生，塑造出一位当代青年革命英雄的崇高形象，反映了伟大时代的时代精神。这是一代共产主义新人的颂歌，也是我国人民革命精神的颂歌，毛泽东思想的颂歌。""《欧阳海之歌》在塑造社会主义时代英雄人物方面，在运用革命现实主义和革命浪漫主义相结合的创作方法方面，都为我们提供了新的经验；在对真人真事如何进行艺术概括方面，也进行了一些新的探索。""《欧阳海之歌》是文化革命进程中的产物，是我国社会主义文学创作在长篇小说方面的一个重要的新收获。"

周扬的《高举毛泽东思想红旗，做又会劳动又会创作的文艺战士——一九六五年十一月二十九日在全国青年业余文学创作积极分子大会上的讲话》发表于同期《文艺报》。周扬指出："写英雄人物，这几年有了一些比较好的作品，特别是写部队生活的，引起了人们的重视。象《开顶风船的角色》、《政治连长》这样的短篇，鲜明地塑造了解放军里面以毛泽东思想武装起来的先进战士的形象，深刻地体现了人的因素第一这个伟大的真理。""英雄人物，是我们作品中的正面形象。我们要写正面，也要写反面。正面是同反面相比较而存在，相斗争而发展的。我们的文艺当然不能只写英雄人物，也不能孤立地去写他们，而应当把英雄人物放在围绕着他的各种矛盾和斗争中去表现。英雄是在斗争中成长起来的，他的高贵品质也只有在斗争中才能显现出来。""我们文艺作品的主要内容，就是写社会主义，写英雄人物，但是作品的形式和风格，却要多样化。多样化，离开了为工农兵、为社会主义服务的方向，就要滑到资产阶级的邪道去。在坚决为工农兵、为社会主义的前提下，形式、风格就愈多样化愈好。……我们的文艺工作者应当努力去探索和创造群众所喜欢的文艺形式，口头的也好，文字的也好，只要群众欢迎，我们就要加以提倡、推广。比如讲故事，这种口头文学，就是群众喜欢的形式，我们就应当加以提倡、推广。在这方面，要打破清规戒律，突破各种框框。我们在文艺上要有标新立异的勇气；要标社会主义之新，立无产阶级之异。新的革命内容，需要新的形式和风格。有了正确的政治内容，又有引人入胜的艺术形式，我们的文艺就能更好地发挥教育和影响千百万人民的作用。"

同期《文艺报》开设《讲革命故事，做红色宣传员》专栏。"编者按"写道："革命故事，是工农兵群众应三大革命运动的需要而创造出来的一种新的文学样式。它是宣传毛泽东思想的有力工具，是进行兴无灭资斗争、占领思想文化阵地的锐利武器。它的形式灵活、轻便，为工农兵所喜闻乐见，也便于为工农兵群众自己掌握。"

二月

13日 李永先的《〈官场现形记〉的谴责与揭露有进步意义》发表于《光明日报》。李永先认为："小说谴责了帝王将相，反映了改良派与顽固派的矛盾。""小说继承了现实主义传统，揭露了封建统治阶级的罪恶。""作者大胆地无情地揭露了当时帝王将相等封建统治者的愚昧龌龊、贪污腐化的丑态和屈膝求安、媚外卖国的罪行；也揭露了他们对人民作威作福、残酷剥削、疯狂屠杀的罪恶。"

15日 张弛的《英雄主义的光辉——读长篇小说〈破晓记〉》发表于《光明日报》。张弛写道:"长篇小说《破晓记》(李晓明、韩安庆作)写的是解放战争时期人民解放军向大别山进军中一支游击队的故事。……有人曾认为文学作品不应以情节的曲折取胜,其实这是一种偏见。情节的曲折与否,来源于阶级斗争和现实生活的曲折与否。革命的发展不是直线的,革命战争的发展、胜利,也不是直线的;小说中写革命斗争的曲折情节,正是革命斗争本身曲折地发展的如实反映。看来,读者喜爱看革命作品中曲折的情节,不平凡的故事,不能说是出于好奇,重要的恐怕还是出于这样一种愿望:从里面可以看到阶级斗争生动和丰富的深刻内容。"

22日 《人民日报》发表社论《文艺工作者,到农村去锻炼!》。社论指出:"目前,全国大约有十六万文艺工作者下农村、下厂矿、下连队。这支文艺大军,跟工农兵同吃、同住、同劳动,为工农兵服务,在阶级斗争、生产斗争和科学实验三大革命运动中锻炼自己,改造自己。这是解放以来规模最大、影响最深的一次社会主义文化大进军。"

社论认为:"文艺为无产阶级政治服务,为工农兵服务,为社会主义经济基础服务,这是毛泽东同志提出的最正确、最彻底的无产阶级文化革命的路线。"

社论强调:"过去,有些文艺工作者也下过乡,也到过农村。可是,他们往往只是为了'体验'生活,为了收集素材。……今天到农村去的革命文艺工作者,应该把深入生活、努力学习、参加斗争、改造自己放在第一位。"

27日 刘天野的《社会主义时代的英雄赞歌——读〈欧阳海之歌〉》发表于《光明日报》。刘天野认为:"这部小说,是继《红旗谱》《青春之歌》《红岩》《创业史》等优秀作品之后,又一部杰出的作品。如果说,《红旗谱》《青春之歌》《红岩》等作品描写了中国民主革命时期在党领导下的工农和革命知识分子所进行的翻天覆地的斗争,《创业史》描写了中国农民所经历的合作化道路,那末,《欧阳海之歌》描写的是社会主义时代涌现的雷锋、欧阳海、王杰一辈在苦水里生在甜水里长的年轻士兵的赞歌,是毛泽东思想所哺育的一代新人的赞歌。"

同日,《陈毅、陶铸同志在接见〈欧阳海之歌〉作者时谈社会主义文学创作的一些重要问题》发表于《人民日报》。陈毅指出，《欧阳海之歌》是一部很吸引人的好小说，是建国以来由我们党培养起来的作家写社会主义时代的一部好作品。可以说，这是一部带有划时代意义的作品，是我们文学创作史上的一块新的里程碑。陈毅说，这部小说成功地塑造了一个在毛泽东思想教导下，提高了阶级觉悟，完全没有个人主义，见义勇为，什么都无所畏惧的英雄形象。作者写出了我们时代英雄的特点。欧阳海周围的人物也都写得很好。陈毅强调，我们的作家，在大力反映社会主义时代的同时，如何概括地为我们每一个历史时期写史诗，也是义不容辞的责任。陈毅还要求作家们的作品要用准确、生动、简洁、泼辣、通俗的语言来表达我们所需要表达的东西。

陶铸指出，《欧阳海之歌》一出版就受到读者热烈欢迎，受到党和各方面非常的重视，这说明它是一部很成功的作品，是一部有时代意义的作品，也说明了社会主义文学有着不可想象的广阔的天地。陶铸认为，《欧阳海之歌》成功地写出了社会主义时代英雄人物不图名，不图利，不怕苦，不怕死，一心为革命，一心为人民的高贵品质。在社会主义革命和社会主义建设时期，我们非常需要这样的英雄人物作榜样。

同日，冯牧的《文学创作突出政治的优秀范例——从〈欧阳海之歌〉的成就谈"三过硬"问题》发表于《文艺报》第2期。冯牧认为："《欧阳海之歌》是一部突出政治的作品，我们无论在作品的主题思想上或者在作品的人物形象上，都时时可以看到毛泽东思想的闪光。但是，这部作品又是一部充满了强烈的生活色彩的作品。在这部作品里，从时代背景到生活环境，从生活细节到人物形象，从阶级斗争到生产斗争，都是被描述得既富有时代特色、又具有生活气息的。作者在这方面的成就，除了政治思想的因素外，我们只能够从生活过硬——深入工农兵生活过硬这一点来获得解答。""《欧阳海之歌》所以能够具有强烈的思想感染力量，所以能够塑造出共产主义战士欧阳海这样的光辉典型形象，是和作者在艺术技巧和艺术风格上的勇于突破、勇于创新的革命精神分不开的。可以说，作者在《欧阳海之歌》当中，不但创造了新的人物，新的主题，而且也创造了新的形式，新的风格。作者创造了一种类似共产主义英雄史诗的文学形式，创造了一种类似无产阶级革命颂歌的艺术风格。这种以真人真事为基础而又具有高度概括性和典型性的文学形式,看来,是能够广阔地深刻地反映我们国家的英雄辈出、奇迹频传的伟大革命时代的。这种朴素的、扎实的、感情充沛、非常政治化的艺术风格,看来,是能够鲜明地确切地表达出我们时代的高昂的革命英雄主义气概和革命乐观主义精神的。""无论在人物性格的描写上还是在生活细节的刻划上,无论在结构的安排上还是在语言的运用上,作者都有着一种不受任何旧时代艺术技巧的束缚的独创精神,一种敢于破旧立新和推陈出新,敢于走自己的路的革命精神。"

刘白羽的《用毛泽东思想指挥我们的笔》发表于同期《文艺报》。刘白羽写道:"最近出现的短篇小说《开顶风船的角色》《政治连长》,特别是长篇小说《欧阳海之歌》,它们受到广大群众的热烈欢迎,在部队和广大青年当中被当作教材和课本,就是因为它们是形象化地传播毛泽东思想的作品。它们写出了用毛泽东思想武装起来的一代新的英雄。因此,它们不同于以往的作品,它们是真正无产阶级革命文学作品,它们的出现,标志着我国文学进入了真正无产阶级社会主义文学的新阶段。"

三月

1日 金敬迈的《〈欧阳海之歌〉的酝酿和创作》发表于《人民日报》。金敬迈认为,创作过程的第一步是"学习英雄","欧阳海生前的战友向我介绍了他的数以百计的生动的事迹"。第二步是"理解英雄","应当把欧阳海写成阶级的化身;应当在小说中体现强烈的时代精神;通过欧阳海的成长充分写出毛泽东思想的威力"。第三步是"表现英雄",首先是"真人真事与艺术加工的问题","同志们向我讲述了他的一百多个故事,小说中只选用了六十多个"。其次是"如何写英雄人物的成长问题","写英雄人物就要写他是怎样参加兴无灭资的斗争的,既写他参加社会的兴无灭资的斗争,改造客观世界;也要写他在自己头脑中进行兴无灭资的斗争,改造主观世界。……写英雄不是目的,写英雄是为了更好地歌颂我们伟大的时代,伟大的党,所以在小说的前半部坚持了写欧阳海的成长"。第三是"如何写出英雄人物的思想高度,也就是如何塑造社会主义时代的新英雄的问题"。第四是"关于提高技巧的问题","这部作品中的一些情节安排,以至于不少语言,都是从生活中,从群众中得来的。写出来以后再拿去由群众鉴定,哪些章节他们爱听,哪些他们不爱听,哪些人物、语言他们说象,哪些说不象,我都一一记了下来,经过修改,加工,再念给他们听"。最后是"核实和提高的问题"。

9日 彭立勋的《努力塑造革命新一代的光辉形象》发表于《人民日报》。彭立勋指出:"运用文艺的形式,塑造当代各类先进青年的光辉形象,把他们生气蓬勃的精神面貌刻划出来,把他们积极的创造力量表现出来,为同时代的广大青年树立学习的榜样,这是我们文艺创作的一个重要任务。"

宋建元的《正是山花烂漫时——喜读〈三月清明〉》发表于同期《人民日报》。宋建元认为:"这篇作品主要是描写连清搞科学实验的。但是作者没有过多地写这个实验失败成功的一般过程,特别是技术过程,而是提炼、选择人物在实验中最富有典型意义的行为,由此来展示人物精神世界,丰富和深化人物的性格特征。"

11日 《文艺报》第3期开设《文艺创作反映阶级斗争问题探讨》专栏。"编者按"写道:"作为'无产阶级整个革命事业的一部分'、'服从党在一定革命时期内所规定的革命任务'的文学艺术,要突出政治,就应以阶级斗争为纲,作为自己工作的出发点。""关于反映这方面生活的作品,近几年来已出现了一些优秀之作,取得了可贵的成就,但是还需要做进一步的努力。这两篇文章(黎生的《希望有更多反映农村阶级斗争的好作品》和缪俊杰的《通过阶级斗争塑造英雄人物》——编者注)的作者,对于文艺创作反映阶级斗争的成就和问题初步提出了他们的见解。"

黎生的《希望有更多反映农村阶级斗争的好作品》发表于同期《文艺报》。黎生认为:"一些反映社会主义时期阶级斗争、两条道路斗争以及意识形态上两种思想斗争的作品,取得了相当的成就。它们比较注意了反映当前国内阶级斗争、两条道路斗争的新形式、新特点,回答了现实生活中群众所关心和注意的重大问题。通过作品所反映的矛盾冲突,刻划了一些先进人物和英雄人物,表现了当前的时代精神。这些作品有的是涉及了工农业战线上的重大斗争,有的则是把日常的生活现象集中起来,把其中的矛盾冲突典型化,并把这些矛盾冲突的阶级斗争的实质揭示出来,使读者和观众受到深刻的阶级教育。"

徐惟诚的《社会主义时代青年的光辉榜样》发表于同期《文艺报》。徐惟诚认为："《欧阳海之歌》描写了社会主义革命接班人的成长，这是具有重大战略意义的主题。""《欧阳海之歌》的出现，还说明在写真人真事的基础上写出文艺作品，是今天文学创作很好的一条路子。"

同期《文艺报》封底推介浩然的长篇小说《艳阳天》。推介文写道："作品以饱满的革命热情，塑造了闪烁着社会主义思想光辉的英雄群象，着重地刻划了年轻的党支部书记萧长春的成长，再现了我国社会主义改造时期的农村生活，反映了毛泽东思想红旗在农业战线上的无比威力。"

26日 刘白羽的《〈欧阳海之歌〉是共产主义的战歌》发表于《人民日报》。刘白羽写道："《欧阳海之歌》的出现，是毛泽东思想在文艺战线上的巨大胜利。它说明无产阶级革命文学，正排挞一切，锋利前进。它是一座新的里程碑，标志着我国社会主义文学进入一个新的历史阶段。""我们衡量任何一部文学作品，看它是否达到这个时代的高峰，首先不是看它有多少离奇的情节，美丽的词藻，首先看它是否达到这个时代的新的思想的高峰。我们的时代是无产阶级革命的时代，我们的英雄是社会主义、共产主义的英雄。欧阳海这个人物的典型意义，就在于他是具有我们时代最先进最革命的思想，闪烁着毛泽东思想光辉的新人，因而他是我们的时代精华，他是我们的当代英雄，他是我们的学习典范。""作者以鲜明的形象化手法反映了人的精神变化，从始至终，紧紧抓住思想斗争、思想成长这根红线，一步比一步紧，一步比一步严，一步比一步高，构成书中人与人的关系，构成书中的情节冲突，构成书中的主题思想，可以说，一步比一步深刻，一步比一步动人心弦，而每一动人心弦之处，也就是对读者教益最深之处。""《欧阳海之歌》的艺术特色，就在于把无产阶级斗争的哲学和革命的诗意紧密结合起来。因此，我说这部书是一部难得的、有着《国际歌》传统风格的书，它闪烁着革命思想的闪光，也闪烁着革命艺术的闪光。……正是革命现实主义与革命浪漫主义相结合的创作方法，使得《欧阳海之歌》成为一部艺术色彩绚烂、清新明丽的书。有的章节是优美的抒情诗，有的章节是色泽鲜明的油画，有的章节是雄伟的颂歌，而更重要的，贯穿全局，是一部充满豪迈的语言，鲜明的色彩，雄壮的格调，非常革命化、战斗化的书。因此不论怎样变化，甚至在一个细节中，作者笔锋里也常常含蓄着、蕴藏着非常动人的深厚的阶级感情和崇高的革命理想。"

四月

18日 《解放军报》发表社论《高举毛泽东思想伟大红旗，积极参加社会主义文化大革命》。社论指出："十六年来，文化战线上存在着尖锐的阶级斗争。"社论认为："创造社会主义的新文艺，要搞出好的样板来，领导同志要亲自抓。""我们要敢于标新立异，就是标社会主义之新，立无产阶级之异。努力塑造用毛泽东思想武装起来的工农兵的英雄人物，是社会主义文艺的根本任务。""要进行社会主义文化革命，创造出社会主义的新文艺，必须解放思想，破除迷信。""在文艺工作中，不论是领导人员，还是创作人员，都要实行民主集中制，提倡'群言堂'，反对'一言堂'。要走群众路线，把好突出政治的关。""要提倡革命的战斗的群众性的文艺批评。""用毛泽东思想重新教育文艺干部，重新组织文艺队伍。"

20日 杜埃的《评〈绿竹村风云〉》发表于《文艺报》第4期。杜埃认为："他（指《绿竹村风云》作者王杏元——编者注）能够用简练的笔墨，勾画出人物的性格特征，随着故事情节的发展，人物相继出现，且每个人物都有自己的一部小传，这小传既符合人物的个性，又与主题联成一气。""加上人物在事件过程的思想状态，举止行动，人物形象就鲜明地浮现在读者的眼前。可以想见，这种艺术手法，是吸取了中国古典小说的表现手法加以改造而成的。"

23日 郭沫若的《毛泽东时代的英雄史诗——就〈欧阳海之歌〉答〈文艺报〉编者问》发表于《光明日报》。郭沫若认为："欧阳海是个不折不扣的共产主义战士，是社会主义时代的典型的英雄人物，是活学活用毛主席著作、用字当头、活字作准的好样板。""这部小说在艺术上继承了中国古典小说的某些优秀传统，但是它又打破了陈旧的框框，有所突破、有所创新，真正做到了文艺革命化，创造了一种新风格。你看它，每一章有个中心，能自成段落，情节的组织很能引人入胜，章与章之间，也能产生'且听下回分解'的吸引力量；文字简练，结构巧妙，不讲废话，没有那种拖拖沓沓、平铺直叙、漫无头绪的烦琐描写。

这显然是继承了一些我国古典小说的优秀传统。同时，作者也吸收了戏剧创作的某些表现方法。""从写作手法而言，这部作品不是拘泥于某时某地的'小真实'，而是将现实生活加以集中、概括、提炼和美化。所谓美化，就是有根据的夸大，就是按照生活本质揭示出生活发展的必然。""美化有两种形式：（一）锦上添花式的美化：如欧阳海本来对毛主席著作学习得很好，把黄祖示学毛主席著作的精神和方法概括在欧阳海身上，这就不但更真实，而且更高大。（二）雪中送炭式的美化：把欧阳嵩、傅春芝从错误的道路中拉回来，把薛新文加以提高，可以说是着手成春。这不仅符合现实生活的发展规律，而且能长自己的志气，灭敌人的威风，使作品更具有深刻的教育意义。"

五月

4日　《解放军报》发表社论《千万不要忘记阶级斗争》。社论指出："当前在文化战线上开展的大论战，绝不仅仅是几篇文章、几个剧本、几部电影的问题，也不仅仅是什么学术之争，而是一场十分尖锐的阶级斗争，是一场捍卫毛泽东思想的大是大非的斗争，是意识形态领域中无产阶级和资产阶级谁战胜谁的激烈而又长期的斗争。我们必须在学术界、教育界、新闻界、文艺界以及其他各种文化界中，大兴无产阶级思想，大灭资产阶级思想。"

19日　安慰的《象欧阳海那样学习毛主席著作——〈欧阳海之歌〉学习札记》发表于《光明日报》。安慰写道："小说《欧阳海之歌》的思想艺术成就是多方面的，我以为最可喜的成就之一，就是它真实生动地描写了欧阳海是如何活学活用毛主席著作。在这里，学习毛主席著作不是一个孤立的情节，也不是一条单独的线索，它贯穿在全书之中，贯穿在人物成长的整个过程之中，是人物成长道路上的一条红线，是人物思想性格中的一个强音，是人物形象血肉不可分离的一个有机方面。可以说，这部小说是一部毛泽东思想的颂歌。"

20日　杨广辉的《〈文艺报〉专论〈题材问题〉必须彻底批判》发表于《文艺报》第5期。"编者按"指出："本刊在一九六一年三月号发表的专论《题材问题》，是一株反党反社会主义的毒草，它系统地宣传了资产阶级、现代修正主义的文艺思想。"杨广辉认为："作者要选择题材，必须投入阶级斗争、生产斗争和科学实验三大革命运动中去,以一个普通劳动者的身份,用无产阶级的立场、观点和方法去体验、分析社会上的各种现象和一切人。"

22日 江东阳的《论晚清"谴责小说"中的揭露和谴责》发表于《光明日报》。江东阳写道:"在文学上,作为主流的一方面是号召人民参加革命的资产阶级革命小说。而另一方面也产生了以《官场现形记》《二十年目睹之怪现状》《老残游记》和《孽海花》为代表的,以揭露和谴责所谓社会黑暗为主的小说。这后者在文学史上通称为'谴责小说'。这些小说在对所谓社会黑暗的揭露与谴责上,表现着这样几个特点:一、揭露和谴责官场黑暗等一类社会现象,回避社会的主要矛盾。晚清'谴责小说'曾经接触到了较广的社会生活面,而以对官场的揭露和谴责为最突出。""除了官场问题以外,晚清'谴责小说'中还曾揭露过其他一些社会现象,例如教育陈腐,工业不振,迷信鬼神,人心诈伪,以至鸦片、缠足等,小说作者们认为这些就是中国进步的大害,贫弱的根源。""二、在揭露、谴责官场的同时,诋毁人民,诋毁资产阶级民主革命派。在这些作品中,人民往往被描写为浑浑噩噩不可教育的顽固乡愚。""三、在揭露某些社会现象的同时,提出了解决社会矛盾的改良主义方案,宣扬了一种落后、反动的社会政治理想。这些小说表现了一个共同的倾向,即认为社会虽然腐败,但却不必进行根本性的变革,而只能采用进化的办法、铁杵磨成针的精神,一样一样地改良。""这些小说中的揭露和谴责就都表现了极为严重的不彻底性和虚伪性,都集中在官场弊端一类现象或非根本性问题,而回避了封建制度这一主要问题。""在对帝国主义的态度上,一部分'谴责小说'完全采取歌颂美化的态度。另一部分则由于它们的作者既惧怕帝国主义的军事武力,而又艳羡其所谓文明,所以只能是有某种淡淡的揭露,而却又有浓浓的美化,有微弱的怨愤之感,而却又有强烈的亲近羡慕之情。"

31日 王维玲的《毛泽东时代的英雄颂歌——〈欧阳海之歌〉的思想成就和艺术成就》发表于《光明日报》。王维玲认为:"这部小说里,自始至终贯穿着无产阶级最深厚、最强烈的阶级感情,最鲜明的阶级爱憎。这根红线带动着小说中一系列情节,成了这部小说的灵魂。""作者塑造的欧阳海,是一个完全、彻底、全心全意为人民服务的艺术典型。""作者塑造的欧阳海,还是一个时时、处处、事事突出政治的艺术典型。"

六月

8日 《红旗》第8期发表社论《无产阶级文化大革命万岁》。社论指出："无产阶级文化革命，就是要解决无产阶级和资产阶级之间在意识形态方面'谁胜谁负'的问题"。这是一个长期的、艰巨的、贯串在一切工作中的历史任务。"社论认为："在文艺界，资产阶级代表人物极力宣扬对抗毛主席文艺路线的一整套修正主义文艺路线，卖力地宣扬他们的所谓三十年代传统。'写真实'论，'现实主义广阔的道路'论，'现实主义深化'论，反'题材决定'论，'中间人物'论，反'火药味'论，'时代精神汇合'论，'离经叛道'论，等等，就是他们的代表性论点。"

七月

1日 红旗杂志编辑部的《无产阶级文化大革命的指南针——重新发表〈在延安文艺座谈会上的讲话〉按语》发表于《红旗》第9期。"按语"写道："最近几个月，以毛泽东同志为首的党中央发动和领导的无产阶级文化大革命，揭开了建国十六年来文艺界黑线统治的盖子，把一批又一批的牛鬼蛇神暴露在光天化日之下，对他们展开了声势浩大的批判和斗争。这场无产阶级文化大革命，是捍卫毛泽东思想的大是大非的斗争，是无产阶级和资产阶级的极其激烈、极其尖锐、极其深刻的阶级斗争，是关系到我们党和国家命运和前途的头等大事。""《讲话》是指南针。""《讲话》是照妖镜。""《讲话》是进军号。"

1967年

一月

25日 《解放军报》发表社论《人民解放军坚决支持无产阶级革命派》。社论认为:"我国无产阶级文化大革命进入了一个新阶段。这个新阶段的主要的斗争任务,就是无产阶级革命派大联合,集中力量,向党内一小撮走资本主义道路的当权派和极少数坚持资产阶级反动路线的顽固分子夺权。""人民解放军必须坚决支持和援助无产阶级革命派。"

四月

12日 江青在中央军委扩大会议上作题为《为人民立新功》的讲话。她在谈到文艺问题时,对新中国成立至"文革"开始的十七年文艺进行了总结:"这十七年来,文艺方面,也有好的或者比较好的反映工农兵的作品;但是,大量的是名、洋、古的东西,或者是被歪曲了的工农兵形象。至于教育,那几乎全是他们的那一套,又增加了苏修的一套。所以我们在文学艺术界,培养出一些小'老艺人';在教育方面,培养出一些完全脱离工农兵,脱离无产阶级政治和脱离生产的知识分子,比过去还多了。"

江青还说:"这个文教战线,今后得要很好地抓,抓在我们自己手上。要大胆地选用革命小将。"

五月

22日 《光明日报》选载金敬迈的长篇小说《欧阳海之歌》。"编者按"写道:

"长篇小说《欧阳海之歌》,是一部闪耀着毛泽东思想灿烂光辉的优秀作品。"

25—28日 《人民日报》连续发表毛泽东关于文学艺术问题的"五个文件":《看了〈逼上梁山〉以后写给延安平剧院的信》(1944年1月9日)、《应当重视电影〈武训传〉的讨论》(1951年5月20日)、《关于红楼梦研究问题的信》(1954年10月16日)、《关于文学艺术的两个批示》(1963年12月12日的批示、1964年6月27日的批示)。

27日 毛泽东的《关于红楼梦研究问题的信》(一九五四年十月十六日)发表于《光明日报》。毛泽东在信中写道:"驳俞平伯的两篇文章附上,请一阅。这是三十多年以来向所谓《红楼梦》研究权威作家的错误观点的第一次认真的开火。作者是两个青年团员。他们起初写信给《文艺报》,请问可不可以批评俞平伯,被置之不理。他们不得已写信给他们的母校——山东大学的老师,获得了支持,并在该校刊物《文史哲》上登出了他们的文章驳《红楼梦简论》。问题又回到北京,有人要求将此文在《人民日报》上转载,以期引起争论,展开批评,又被某些人以种种理由(主要是'小人物的文章','党报不是自由辩论的场所')给以反对,不能实现;结果成立妥协,被允许在《文艺报》转载此文。嗣后,《光明日报》的《文学遗产》栏又发表了这两个青年的驳俞平伯《红楼梦研究》一书的文章。看样子,这个反对在古典文学领域毒害青年三十余年的胡适派资产阶级唯心论的斗争,也许可以开展起来了。事情是两个'小人物'做起来的,而'大人物'往往不注意,并往往加以阻拦,他们同资产阶级作家在唯心论方面讲统一战线,甘心作资产阶级的俘虏,这同影片《清宫秘史》和《武训传》放映时候的情形几乎是相同的。被人称为爱国主义影片而实际是卖国主义影片的《清宫秘史》,在全国放映之后,至今没有被批判。《武训传》虽然批判了,却至今没有引出教训,又出现了容忍俞平伯唯心论和阻拦'小人物'的很有生气的批判文章的奇怪事情,这是值得我们注意的。""俞平伯这一类资产阶级知识分子,当然是应当对他们采取团结态度的,但应当批判他们的毒害青年的错误思想,不应当对他们投降。"

29日 《林彪同志给中央军委常委的信》(1963年3月22日)和《林彪同志委托江青同志召开的部队文艺工作座谈会纪要》公开发表在《人民日报》上。

"九一三"事件后,后者改称《部队文艺工作座谈会纪要》。

31日 《人民日报》发表社论《革命文艺的优秀样板》。社论说:"为了纪念毛主席《在延安文艺座谈会上的讲话》发表二十五周年,首都舞台上正在上演八个革命样板戏:京剧《智取威虎山》、《海港》、《红灯记》、《沙家浜》、《奇袭白虎团》,芭蕾舞剧《红色娘子军》、《白毛女》,交响音乐《沙家浜》。""这八个革命样板戏,突出地宣传了光焰无际的毛泽东思想,突出地歌颂了历史主人翁工农兵。它贯串着毛主席的为工农兵服务、为无产阶级政治服务的革命文艺路线,体现了'百花齐放''推陈出新''古为今用''洋为中用'的正确方针,做到了'革命的政治内容和尽可能完美的艺术形式的统一',成为'团结人民、教育人民、打击敌人、消灭敌人的有力的武器'。"

六月

1日 《毛主席关于文学艺术的五个文件》在首都发行。

七月

17日 《人民日报》在题为《中央直属文艺系统革命派高举毛泽东思想的革命批判旗帜,联合起来向文艺黑线总后台及其代理人发起总攻击》的长篇报道中,集中公开点名批判陆定一、周扬、林默涵、夏衍、齐燕铭、田汉、阳翰笙、萧望东、陈荒煤、张致祥、邵荃麟等人,将他们定性为"文艺界党内最大的一小撮走资本主义道路的当权派"。

八月

5日 《人民日报》全文发表毛泽东1966年8月5日写的《炮打司令部(我的一张大字报)》。

十月

22日 师红游的《揭穿肖洛霍夫的反革命真面目》发表于《人民日报》。

"编者按"写道:"外国修正主义文艺的中心是苏修文艺。肖洛霍夫、西蒙诺夫、爱伦堡、特瓦尔多夫斯基之流,特别是苏修文艺鼻祖肖洛霍夫的一些作品,流毒很大。"

十一月

11日 李庆的《富农代理人布哈林的辩护士——评〈被开垦的处女地〉》发表于《人民日报》。李庆认为,"斯大林与布哈林的斗争,是两个阶级、两条道路、两条路线的斗争",而小说《被开垦的处女地》的作者、苏联作家肖洛霍夫"扮演了布哈林的辩护士的可耻角色"。

22日 向东辉、范道底的《肖洛霍夫的爱和恨——评〈被开垦的处女地〉》发表于《人民日报》。文章批评肖洛霍夫的小说有"丑化贫农""美化富农"的倾向。

十二月

11日 忠延兵的《十月革命的旗帜是不可战胜的——斥爱伦堡的〈人·岁月·生活〉》发表于《人民日报》。忠延兵批判苏联作家爱伦堡的回忆录《人·岁月·生活》,他认为:"这部鸡零狗碎又臭又长的大毒草,侈谈从二月革命到卫国战争前夕的一些历史事件和历史人物。爱伦堡这样做,为的是借助死人攻击十月革命的道路,召唤亡灵参与他们复辟资本主义的'战斗'。"

1968年

二月

26日　解胜文的《修正主义战争文学的一面黑旗——评西蒙诺夫的〈日日夜夜〉》发表于《光明日报》。解胜文认为:"几十年来,他专写描写战争的作品,一贯贩卖修正主义战争观,什么战争是'流血和可怕的事情',战争'给一切人民带来了死亡和痛苦',战争是'人类命运的中断',等等。""西蒙诺夫狂热宣扬追求'个人幸福'是天经地义,人所共之;鼓吹'个人幸福'与战争的对立,要末获得'幸福',要末'毁灭一切',号召人们为'个人'幸福而奋斗。他的《日日夜夜》就是这种资产阶级的腐朽人生哲学的艺术体现。这本破书归纳了三个'兵士真理':一曰:最'幸福'的是爱情。二曰:最'要紧'的是活命。三曰:最'可怕'的是战争。"

七月

8日　安学江的《彻底砸烂中国赫鲁晓夫篡党复辟的黑碑——批判陈登科的反动小说〈风雷〉》发表于《人民日报》。"编者按"写道:"《风雷》这株反党反社会主义的大毒草,是在中国赫鲁晓夫亲自授意下炮制出笼的。它披着'写农业合作化'的外衣,大刮反革命黑'风',大打资本主义妖'雷'。"

10日　安徽省批判反动小说《风雷》战斗组的《反动小说〈风雷〉出笼前后》发表于《人民日报》。安徽省批判反动小说《风雷》战斗组写道:"从《寻父记》到《风雷》,……从一九六二年的右倾走到了一九六四年的形'左'实右。"

八月

23日 卫东鹰、忠东鹰的《反动小说〈红日〉为谁招魂立传？》发表于《文汇报》。卫东鹰、忠东鹰认为，小说《红日》"大肆诋毁毛主席的无产阶级建军路线，恶毒攻击伟大的中国人民解放军，赤裸裸地为蒋家王朝树碑立传"。

十月

15日 丁学雷的《迎接无产阶级革命文艺新时代的到来》发表于《人民日报》。丁学雷写道："空前伟大的无产阶级文化大革命必将产生空前伟大的革命艺术。""钢琴伴唱《红灯记》和革命油画《毛主席去安源》的胜利诞生，和八个革命样板戏一样，都是毛主席革命文艺路线的伟大胜利，是毛主席'古为今用，洋为中用'文艺方针的伟大胜利。"丁学雷认为，"必须根据无产阶级的政治内容和塑造工农兵英雄人物的需要"来改造"各种艺术形式和艺术特色"，强调"政治从来是统帅艺术的。艺术观就是世界观在文学艺术领域内的反映"。

十二月

22日 《人民日报》发表毛泽东关于"知识青年到农村去，接受贫下中农的再教育"的指示，随即在全国掀起了知识青年上山下乡的热潮。

1969年

二月

10日　解胜文的《人民战争的伟大旗帜是不可战胜的》发表于《人民日报》。解胜文认为："《战斗的青春》极力渲染战争的残酷、恐怖和苦难。孙振笔下的抗日战争，是一幅阴暗的图画。……其目的就是要渲染战争的残酷、恐怖和灾难，长敌人的志气，灭人民的威风。"

七月

11日　丁学雷的《为刘少奇复辟资本主义鸣锣开道的大毒草——评〈上海的早晨〉》发表于《人民日报》。丁学雷称："反动小说《上海的早晨》（以下简称《早晨》），就是一株狂热鼓吹刘少奇反革命修正主义路线、为刘少奇复辟资本主义鸣锣开道的大毒草。""以社会主义革命时期的民族资产阶级为题材的《早晨》，通过对三个不同类型资本家的刻画，打出了一块'新民主主义社会中的资产阶级'的招牌，玩弄了一套'伟大的历史性变化'的把戏，抛出了一个'根本不能算资产阶级'的工商界'败类'。小说对资产阶级的这种描写，同毛主席的科学分析是完全背道而驰的。"

九月

10日　《文汇报》发表社论《深入开展对修正主义文艺的批判》。社论指出："我们必须进一步深入开展对修正主义文艺的批判斗争。要深入批判修正主义的文艺思想及其代表性论点，深入批判那些对青少年危害最大、影响最深的毒草小说和毒草戏剧、电影作品。""有的同志认为'文艺批判是文艺界的事'。这种看法对吗？不对。对修正主义文艺的抵制和批判，绝对不应只是文艺战线的任务，而应是广大工农兵、红卫兵、革命干部和革命知识分子共同的战斗任务。"

1970年

一月

17日 文彤的《评周扬反动的"全民文艺"论》发表于《北京日报》。文彤认为，资产阶级的特点就是，"为了达到自己的利益，不得不把自己的利益说成社会一切成员的公共利益，抽象地讲，就是赋予自己的利益以普遍形式，把它们描写成唯一合理的和公认的思想"。

21日 冀红文的《评为王明路线招魂的反动作品〈红旗谱〉〈播火记〉》发表于《河北日报》。冀红文认为，梁斌小说中的两个主要人物贾湘农和朱老忠，"一主一奴，一唱一和，一个'吉星'、一个'天神'，两具僵尸，一个目的，就是为王明错误路线扬幡招魂，妄想使叛徒王明在政治舞台上死灰复燃"。

四月

10日 尚巍文的《为资本主义鸣锣开道的"文艺复兴"》发表于《文汇报》。尚巍文认为，"文艺复兴"不过是14—16世纪欧洲资产阶级思想、文化运动，其核心思想"人文主义"就是"人道主义"，只是为了给资产阶级上台在舆论上造势。

1971年

三月

18日 《无产阶级专政胜利万岁——纪念巴黎公社一百周年》发表于《人民日报》。文章强调了无产阶级专政下的继续革命的重要性，把"文化大革命"看成是巴黎公社原则的继承者。

七月

3日 中国共产党广西壮族自治区委员会写作组的《坚持无产阶级文学的党性原则——批判"四条汉子"反对党的领导鼓吹"创作自由"的反革命口号》发表于《人民日报》。中国共产党广西壮族自治区委员会写作组认为："认真学习列宁《党的组织和党的文学》这一光辉著作，对于彻底批判刘少奇及其在文艺界的代理人周扬等'四条汉子'鼓吹的'创作自由'，……具有十分重要的现实意义。"

九月

25日 罗思鼎的《学习鲁迅批判孔家店的彻底革命精神——纪念伟大的革命家、思想家、文学家鲁迅诞生九十周年》发表于《人民日报》。罗思鼎指出："鲁迅对中国旧传统思想的顽固堡垒孔家店进行了长期的、持久的、顽强的战斗，为无产阶级新文化立下了伟大的功勋。……鲁迅在革命大批判的战场上，冲锋陷阵，所向披靡，坚韧地反抗着、呼啸着前进！这种无产阶级的彻底革命精神，至今还激励着我们战斗。"

十二月

10日 宇文平的《批判"写真实论"》发表于《人民日报》。宇文平认为："'写真实论'是刘少奇反革命修正主义文艺黑线的代表性论点之一。长期以来，周扬、夏衍、田汉、阳翰笙等'四条汉子'，挥舞着'写真实论'的破旗，极力在文艺与生活的关系问题上制造混乱，反对用马克思主义的认识论来观察、反映社会生活，反对马克思主义的世界观对文艺创作的指导，妄图用超阶级的'真实性'反对无产阶级文艺的政治性。"

1972年

二月（本月）

上海县《虹南作战史》写作组的《虹南作战史》由上海人民出版社出版。后记写道："经过无产阶级文化大革命的今天，我们贫下中农拿起笔来，掌握文权，歌颂工农兵，是得到各方面的亲切关怀和大力支持的；共产主义大协作，是社会主义制度优越性的一种表现，我们在写本书的过程中，对此深有体会。"

三月

18日 方泽生的《还要努力作战——评〈虹南作战史〉中的洪雷生形象》发表于《文汇报》。方泽生写道："洪雷生是在农业合作化运动中涌现出来的大批群众领袖人物的一个艺术典型。这个英雄形象所以引人注目，在于人物形象里如作者所说的'注入了某些新的因素'，即从社会主义社会中两条路线斗争的高度来塑造这个英雄形象，表现出了时代的风貌，反映了农业合作化运动这场斗争的本质，概括了从贫下中农中间成长起来的无产阶级英雄形象的特点。""从两条路线斗争的高度来塑造英雄形象，深化作品主题，是无产阶级文化大革命的伟大胜利给文艺创作提出的要求。经过无产阶级文化大革命的战斗洗礼和思想与政治路线方面的教育，使我们深刻地懂得了中国革命的胜利曾经经历了那样多的艰难险阻，懂得了只有毛主席的革命路线，才是夺取革命胜利的唯一正确的路线。……农业合作化运动的全过程，就是毛主席的革命路线战胜反革命修正主义路线的过程。……只有从路线斗争的高度来指导文艺创作，塑造英雄形象，才能使英雄形象闪耀着时代的光芒，具有更深刻的现实教育意义。

这正是《虹南作战史》的作者努力追求的目标，也是小说取得的新的成绩。"

六月

6日 李坚的《南海前哨英雄谱——评长篇小说〈牛田洋〉》发表于《文汇报》。李坚写道："社会主义文艺创作的实践证明：文艺作品的思想高度取决于作品中人物的思想高度。塑造无产阶级英雄形象，是社会主义文艺创作的根本任务。工农兵是三大革命运动的主力军，现实斗争中涌现出来的无数工农兵英雄人物体现了广大群众的意志和智慧，文艺创作如果不反映工农兵的斗争生活，不塑造无产阶级的代表人物，那就必然会导致对现实生活的彻底歪曲！早在三十年前，毛主席在《讲话》中，就曾严厉地批判了那些自称'不歌功颂德'的资产阶级作家，一针见血地指出：'你是资产阶级文艺家，你就不歌颂无产阶级而歌颂资产阶级；你是无产阶级文艺家，你就不歌颂资产阶级而歌颂无产阶级和劳动人民：二者必居其一。'"

李坚认为："长篇小说容量大，多写一些英雄人物，原是无可厚非的。但是，根据革命样板戏向我们提供的无产阶级文艺的创作原则，在英雄人物中必须突出主要英雄人物，因为主要英雄人物是无产阶级理想和意志的最集中的代表。《牛田洋》在这方面却是不够的，小说中主要英雄人物与其他人物相比，某些地方作者似有平均用力的倾向。有些一般正面人物，如副营长李一民，这个形象本身比较软弱，花的笔墨却多了一点。"

1973年

二月

27日 陕西省出版局召开"三史"、小说、连环画业余作者创作座谈会,柳青在会上发表讲话。柳青检讨了自己对创作者的"三个学校"(生活的学校、政治的学校、艺术的学校)问题理解上的偏差,同时指出:"人物是你小说构思的中心,也是结构的轴承。没有人是不行的。……我们要逐步做到让故事为人物服务。以人物为转移。作品不是故事发展的过程,不是事件的发展过程,不是工作和生产过程,而是人物发展的过程,是人物思想感情的变化过程,是作品中要胜利的人物和要失败的人物他们的关系的变化过程。写失败人物由有影响变成没有影响的人物,退出这个位置,让成功的人物占据这个位置。《创业史》简单地说,就是写新旧事物的矛盾。"

本月

济南钢铁厂工人评论组的《革命路线指航程——试谈短篇小说集〈支部书记〉的人物塑造》发表于《山东文艺》试刊第4期。济南钢铁厂工人评论组认为:"多方面地揭示英雄人物的精神境界,是塑造英雄人物的一个重要手段。人物的言论、行动可以展示人物的精神境界,然而根据小说的特点,通过充分描写英雄人物的心理活动来展示英雄人物的精神境界,也会起到很好的效果。如《支部书记》对英雄人物的心理活动的刻画就比较细致。作者描写杨春野在交班的支委扩大会上,首先感到的是'自己肩上的担子不是轻了,而是更重了','作为一个交班人,对支部的大印将落在一个什么样的人手中'负有严峻的责任。他凝视着一棵新嫁接活了的桃树'多情地深思，久久地出神'。他对新支书的发言，没有鼓掌，也没有向新支书表示祝贺；而是语重心长地要求新支书：'不应当以完成前任所想到的来要求自己'，应该'有更高的理想，更好的规划，更大的气魄，更快的行动'，象经过嫁接的桃树那样'结出"更大、更肥、更好吃"的果子来'。着墨不多，便把一个对党忠心耿耿、对革命事业具有高度责任感的老支书的形象，立了出来。作品所以能收到这样的效果，这是与作者注意了揭示英雄人物的精神境界分不开的。"

三月

10日　马联玉的《社会主义道路金光灿烂——评长篇小说〈金光大道〉第一部》发表于《北京文艺》第2期。马联玉认为："浩然的作品是以清新的生活气息而受人注意的。在《金光大道》中，作者有一种新的尝试，就是通过描绘一定的场景或细节，对读者进行象征性的启示，引人联想。象小说中的《拆墙》、《萌芽》、《板斧篇》等等，就是这种具有浓郁的政治抒情诗色彩的章节。《萌芽》一章，写芳草地诞生了第一个互助组，大泉、铁汉帮助刘祥不误农时抢种麦子，妇女们来到无人料理的刘家院子洗衣服、搞卫生，于是，在这个只有两个病人和三个孩子的翻身农民家里又一次恢复了欢乐。"

十月

16日　常峰的《塑造具有鲜明时代特色的工人阶级英雄形象——读〈特别观众〉想到的》发表于《学习与批判》第2期。常峰认为："《特别观众》特别感人的地方，在于成功地塑造了一个具有鲜明时代特色的工人阶级的英雄形象。""小说的主人公季长春是这样一个人：他是为战斗而生存的，活着就要为共产主义英勇战斗。'无论革命的浪涛把他推到哪里，他都知道怎样寻找自己的哨位，怎样寻找进攻的目标。'一句话，李长春是一个具有高度的工人阶级革命自觉性的人。""但是，这些难道就是《特别观众》特别的地方吗？不。如果作者只是停留在这样一般地介绍或描绘上面，那么季长春的形象便丝毫没有什么'特别'之处了。革命的自觉性，这是觉悟了的工人阶级的一般属性；

在不同的革命发展阶段和不同的历史时期，这种革命自觉性又必然带有鲜明的时代特点。艺术概括的历史深度，不能满足于写出革命工人阶级的一般属性，重要的是要通过丰富而深刻的艺术形象揭示出工人阶级的革命精神在不同革命时期的历史内容和时代特色。例如，五十年代时，曾有一些短篇小说，较多地反映了工人群众怀着强烈的翻身感，遵照党的过渡时期总路线，积极参加三大改造运动的情况，就应该说是表现了当时的工人阶级革命自觉性的。一九五八年开始的大跃进期间，又有一些工业题材的短篇小说，表现了我国工人阶级坚决贯彻'鼓足干劲，力争上游，多快好省地建设社会主义'总路线的精神风貌。自然也是反映了工人阶级革命自觉性的。季长春这个形象的可贵之处在于，他不再是按照五十年代或六十年代的标准，而是'按七十年代的先进标准要求自己'的。他的革命自觉性和进攻精神，都带着'七十年代'的深刻印记。瞧，有多新鲜，一个普通的无线电工人，竟在看革命样板戏《智取威虎山》的时候，发现了'敌情'，找到了'进攻的目标'！"

1974年

二月（本月）

高昆山的《努力突现无产阶级专政下继续革命的伟大主题——试谈无产阶级文化大革命后长篇小说创作的收获》发表于《辽宁大学学报》第1期。高昆山写道："充分肯定这些新创作的长篇小说所取得的新收获的同时，也应当实事求是地指出这些作品的缺点和不足。""首先，在人物刻划上有简单化苗头。一部概括生活幅度比较大的长篇小说，总是要在突出主要英雄人物之外，刻划许多不同类型的人物，如英雄群象、转化人物和反面人物等。这些人物在作品中的地位和作用表现得恰当与否，将直接影响着作品主题的深化和主要英雄人物的塑造。""其次，在结构上有些作品不够严谨，有些松散拖沓。……作品结构上的松散拖沓，不单是选材不当、开掘不深的技巧问题，也反映了作者在创作上有贪大求全的偏向。鲁迅先生说：'选材要严，开掘要深，不可将一点琐屑的没有意思的事故便填成一篇，以创作丰富自乐。'（《二心集·关于小说题材的通信》，《鲁迅全集》第四卷第293页）这段话对提高创作质量，使作品更加精益求精是很有教益的。""再次，作者在作品中发议论问题。这是当前文艺创作中一个值得商榷的问题。恩格斯说：'我认为倾向应当从场面和情节中自然而然地流露出来，而不应当特别把它指点出来。'（《马克思恩格斯选集》第四卷第437页）为了增加作品的战斗性，作者在作品适当的地方，画龙点睛地加进一些恰如其分的议论是可以的，但是，过多的'特别'地用作者的议论来表现作品的倾向性，就会减弱作品的艺术效果。"

四月

20日 上海市金山县文化馆的《继续普及 努力提高——革命故事创作漫谈》发表于《朝霞》第4期。上海市金山县文化馆认为："故事离不开人物。故事中的人物是不是一定要真人真事？源于生活，高于生活，这是文艺和生活的辩证关系。故事既是一种文艺形式，就不能受真人真事的限制。有些革命故事在创作初期，往往是把现实斗争中涌现出来的新人、新事、新思想及时编成故事，在群众中起到了一定的鼓动和教育作用。但作为文艺创作，应该在加工修改的过程中，逐步地摆脱真人真事的局限性，把现实生活中许多英雄人物的优秀品质和动人事迹，加以集中概括和典型化。故事《海滨新一代》最早是根据本地广大社员在抗旱斗争中，战胜盐碱回升的灾害，夺取农业丰收的事迹编写的。故事中的人物、情节都局限于真人真事，并且只反映了人同自然界的斗争，作品感染力也就不强。后来，故事员边讲演，边调查，看到了本大队和兄弟大队在战胜盐碱回升斗争中，充满着两种思想、两条道路的激烈斗争，于是他努力把这种矛盾斗争集中起来，加以典型化，在两种思想的对立斗争中，着力塑造了青年妇女新干部张春英的英雄形象，歌颂了青年干部朝气蓬勃、敢于斗争的革命精神。认为故事只有写本地区、本单位的真人真事才能教育人，这种认识是片面的。故事中的人物和事件，虽然都是以现实生活中的原料为依据，但故事作品应该'比普通的实际生活更高，更强烈，更有集中性，更典型，更理想，因此就更带普遍性'，从而能在群众中起更大的教育作用。"

五月

20日 任犊的《热情歌颂新的人物新的世界——提倡更多地创作反映文化大革命的文艺作品》发表于《朝霞》第5期。任犊认为："要突破真人真事的局限。毛主席在《讲话》中提出著名的五个'更'的原则，这是对马克思主义美学原理的高度概括。在这方面，革命样板戏提供了特别宝贵的经验，尤其值得我们在创作反映文化大革命文艺作品中学习、运用。局限于真人真事，就不能发挥文艺的创造力，就不能充分展示英雄人物崇高的革命精神境界。因为是真人真事，即使稍加创造,稍作理想化,就容易失真,在现实生活中反而会引起不好的作用,这对反映文化大革命的文艺作品来说更应当十分注意。我们要大力歌颂的是这一次在我们党的历史上已经发生、并将继续发生深远影响的政治大革命,是我们伟大的党和伟大领袖毛主席,是整个无产阶级和亿万革命人民,而不是其他某个具体人物、具体事件。在创作中,要努力把生活的真实和艺术的真实结合起来,把历史的具体性和文艺的创造性统一起来。同反映其他革命题材的文艺作品一样,反映文化大革命的文艺作品中的英雄人物,应当是文化大革命涌现出来的英雄人物的典型,作品中所赖以塑造形象的故事情节,也不是现实生活的实际或照抄,对它们妄加猜测、张冠李戴,是同文艺创作的典型化原则相违背的。"

六月

15日 初澜的《塑造无产阶级英雄典型是社会主义文艺的根本任务》发表于《人民日报》。初澜认为:"'共性,即包含于一切个性之中,无个性即无共性'。革命样板戏中的英雄典型,是从实际生活中概括出来的,他们集中地表现了无产阶级的'最有远见,大公无私,最富于革命的彻底性'的优秀品质。但是,由于每个人的生活道路、具体经历和斗争环境的不同,他们又各有其独特的、鲜明的个性。革命样板戏从实际生活出发,经过高度的艺术概括,深刻地展现了特定环境中的特定性格。"

20日 任犊的《燃烧着战斗豪情的作品——〈农场的春天〉代序》发表于《朝霞》第6期。任犊认为:"艺术的多样性来自于生活的多样性。真正根植于革命斗争实践中的作品,必然是百花齐放、绚丽多姿的。这是因为,我们生活的本质和主流,我们的时代精神是明确而单纯的,但却是通过千差万别的具体矛盾来表现的。'无个性即无共性',那些不从实际出发而从概念出发的作品之所以没有生命力,就由于它们既然取消了矛盾的特殊性、多样性,因此也就随之而无法表现矛盾的普遍性,无法表现生活的本质。这本集子中有好几篇小说都是反映农场阶级斗争的,但对立面的安排却很不一样。……对立面如此不同,矛盾冲突的内容和方式自然也就千差万别,而把它们合起来看,也就从各个侧面生动地反映了阶级斗争尖锐复杂这么一个普遍规律。这就是从特殊见到了一般。再以正面人物来说，他们可以有同样的理想，同样的襟怀，同样的抱负，但就象生活中一样，又各自有着各自的特点。"

七月

18日 方进的《要塑造典型，不要受真人真事局限》发表于《人民日报》。方进认为："文艺创作如果受真人真事的局限，就违反典型化的原则，不能从广度和深度的结合上对生活进行集中概括，因而不利于表现作品的革命主题，不利于塑造无产阶级高大丰满的英雄形象。以长篇小说《艳阳天》为例，萧长春这一英雄典型，是作者浩然根据现实生活中的大量素材、大量先进人物集中概括的。但作者在写另一部长篇小说《金光大道》的第一稿时，由于被真人真事框住，就觉得十分受局限，甚至到了写不下去的地步。这正反两方面的经验，使作者得出了文艺创作决不能局限于写真人真事的结论。以后，即使在生活中做一些笔记，他也注意摆脱'纯客观记录'的方法，不但记下此时此地亲眼见到的人和事，而且记下自己对他们的感情、理解和评价，甚至把联想到的材料也溶汇到里边。浩然同志在创作实践中的这些实际感受，正是文艺创作要塑造典型这一规律性的反映。""革命文艺不是生活现象的简单复制，它必须对生活的本质及其发展规律作出能动的反映，'根据实际生活创造出各种各样的人物来，帮助群众推动历史的前进'。现实斗争生活中的工农兵英雄人物，是我们学习的榜样。那么，为什么根据实际生活去塑造艺术典型，又要避免直接去表现真人真事呢？这是由于文艺创作典型化原则的要求，同时也由于实际生活中的真人真事本身就有其局限性，即使是一些先进人物的先进事迹，也会受当时当地的事实局限和所处环境条件的局限。突破真人真事的局限，就可以从许许多多工农兵英雄人物的身上进行典型概括，塑造出高大丰满、光彩照人的无产阶级英雄形象；又从每一作品中所塑造的主要英雄人物身上，集中反映出我们这个英雄辈出的伟大时代。从李玉和到柯湘这一系列无产阶级英雄典型的光辉形象，就体现了这种个性与共性、特殊性与普遍性、艺术性与政治性的高度统一。这是任何受真人真事局限的作品都无法企及的成就，是毛主席所阐明的典型化原则的胜利。"

20日 范中柳的《通过个别反映一般——从短篇小说〈追图〉谈起》发表于《朝霞》第7期。范中柳写道："生活中的个别并不等于文艺作品中的典型。列宁说得好：'任何一般只是大致地包括一切个别事物。任何个别都不能完全地包括在一般之中。'既然这样，要创造典型，我们就要进行分析、选择、提炼，力求准确地、深刻地通过个别反映生活的本质，反映时代精神，反映斗争的普遍规律。绚烂多采的革命样板戏从各个不同的角度和途径表现了中国革命的普遍规律，就是最好的例子。那种只讲特殊性不讲普遍性的'恶劣的个性化'的倾向，是我们永远要反对的。在这里，是否有坚定的无产阶级党性立场和马克思主义的世界观，是决定性因素。抓住个别现象故意夸大，否定事物的本质，或者干脆把反映矛盾普遍性即共同性的革命原则斥之为'公式化'、'概念化'，这历来是资产阶级和修正主义者向无产阶级进攻的惯伎。在文艺作品反映文化大革命的过程中也必然会遇到这方面的斗争。"

十月

14日 初澜的《把生活中的矛盾和斗争典型化——学习毛主席关于文艺创作典型化原则的体会》发表于《人民日报》。初澜写道："毛主席关于典型化的论述，是和那种'唯情节论'相对立的。革命文艺把生活中的矛盾和斗争典型化的过程，也就是情节提炼的过程。我们要求情节的典型性，因为不典型的情节，不可能表现典型环境中的典型人物。我们也要求情节的生动性和丰富性，因为情节的简单枯燥，平铺直叙，同样是妨碍我们塑造工农兵的英雄形象的。但与此同时，我们也要反对那种为情节而情节的'唯情节论'。在情节和人物的关系方面，情节是为塑造人物服务的，因此，情节的安排要有利于塑造主要英雄人物。我们把生活中的矛盾和斗争典型化，也是为了在这种矛盾和斗争的风口浪尖上去塑造工农兵的英雄形象。决不能'为冲突而冲突'、'为情节而情节'。"

初澜认为："目前在有的文艺作品中，作者的注意力不是集中在塑造工农兵英雄形象这个中心课题上，而是孤立地追求情节的惊险和新奇，甚至不顾环境的规定性,不顾生活本身的逻辑,随心所欲,有时弄得神乎其神,玄而又玄。情节的虚假、不可信,首先受到损害的是英雄人物的形象。这种违背典型化原则的作品,有一种哗众取宠之心,但结果却适得其反,只会受到革命群众的抵制和批评。"

20日 周林发、忻才良、郑楚华、江有祺的《努力反映工人阶级焕然一新的精神面貌——读几篇工业题材小说》发表于《朝霞》第10期。周林发、忻才良、郑楚华、江有祺认为:"要'高度概括',就要正确处理人与物的关系。过去工业题材的短篇创作,常常给人以沉闷之感,主要原因是陷于过多的技术细节的描写、繁琐的技术过程的介绍,湮没了人物的思想性格。须知人们阅读文艺作品,不是寻找技术参考资料,所以介绍先进技术之类是不受人欢迎的。创作必须突破技术过程的束缚,集中力量描写人与人之间的阶级关系和矛盾冲突,努力刻画英雄人物的精神面貌。但是不是生产技术问题就一点都要不得了呢?也不是。有一点人与物的矛盾,有一点生产技术的描写,也是可以的,甚至是必要的。因为人与人的矛盾不是凭空产生的,在工业题材中,物或技术问题,往往是人与人之间矛盾的'媒介',而'媒介'是不能缺少的;有的时候,物的因素可以促进人与人之间矛盾的激化或转化。因而必须具体分析,不能一概否定。在我们的一些作品中,有时技术细节或技术语言还太多,作者唯恐读者看不懂,必要道其详,结果往往弄巧成拙,吃力不讨好;当然,我们也不是主张要回避技术问题或有关细节描写,完全回避了,会使作品干瘪,缺少必要的生活气息。问题是这些描写不仅不能掩盖英雄人物的形象,而且必须为塑造英雄形象服务。"

十二月

12日 辛文彤的《社会主义历史潮流不可阻挡——评长篇小说〈金光大道〉第一、二部》发表于《光明日报》。辛文彤认为:"《金光大道》在描写路线斗争时,注意从世界观的高度去开掘人物形象的思想深度,这也是一条值得重视的经验。小说中的梁海山、田雨、高大泉有一个共同的特点,就是他们自觉地把毛主席关于无产阶级专政下继续革命的理论用于实践,用于改造客观世界和主观世界。例如，对于高大泉形象的刻划，作者不仅表现了他在进行生产资料所有制的社会主义革命时冲锋陷阵的性格侧面，同时着重表现了他在与旧的传统观念决裂时的高度自觉性。作者精心安排了高大泉去北京火车站参加社会主义工业劳动、接受工人阶级崇高思想教育的情节，安排了高大泉直接从罗旭光、梁海山那里学习马克思主义的立场、观点、方法的情节；同时，设置了高二林与高大泉分家的矛盾和斗争，来表现高大泉'挖私有制根子，掰私有观念芽子'的彻底革命精神，从而揭示了高大泉坚决贯彻党的正确路线的思想基础。高大泉身上那种与旧的传统观念实行决裂的革命精神，正是在党的正确路线指引下，在社会主义革命中涌现出来的革命农民典型的最本质特征。"

1975年

二月（本月）

　　谭国兴、松鹰的《不尽长江滚滚来》发表于《四川文艺》第2期。谭国兴、松鹰写道："读着这部小说（指长篇小说《春潮急》——编者注），我们仿佛被带进那如火如荼的合作化年代。那充满水烟、旱烟气味的热烈的会场，激动人心的讨论、辩论，那一清早就响彻全村的广播，黑夜中突然燃烧起来的火树……所有这一切，都历历在目，它引起我们的回忆，唤起我们的想象，它使我们就象身临其境一样地看到旧的东西在死亡，但尚未绝迹，新的东西在成长，却又相当艰苦。这就是生活气息，一种能够把读者引入其境的强大的艺术力量。这里，首先是它的带着个性特征和地方色彩的语言，其次是鲜明的时代气息和浓郁的地方风土人情；此外，还有情节的真实和细节描写的生动等等。这里，我们不去一项项分析它的成功和不足，只想谈谈它的语言风格。""《春潮急》的语言是带着作者的个人风格和地方色彩的。而这两者又完全是结合在一起的。是什么样的风格呢？有人说，它用了大量川西北农民的土语、歇后语；有人说，它有四川农民一些特别的修辞方法。是的，特别在人物对话方面，显得很突出，生色不少。然而我们认为这都不是主要的，主要的是它表现了四川人民语言那种含蓄、机灵、幽默、讽刺的艺术力量。在人物的对话和作者的叙述中有不少的地方都显露出这种特色。"

三月

　　20日　黄泊的《写短篇小说要学习革命样板戏的经验》发表于《福建文

艺》第2期。黄泊认为："短篇小说创作必须学习运用革命样板戏的创作经验，是一个十分重要的问题。前不久，我想通过实践来探讨一下，学习写了一个短篇小说。我设计了一个故事，写了几个人物，安排了矛盾冲突，也想突出主要英雄人物，但结果是平均使用力量，不善于刻划主要英雄人物的主要侧面；注意到描写的广度，却揭示不出其思想深度；靠英雄人物发一些空泛的议论并借别人之口讲出一些'幕后的英雄行为'，人物形象比较概念化，缺乏感人的思想和艺术力量。这篇小说没写成功，毛病不少，但我也从失败中汲取了一些经验。""短篇小说篇幅较小，不可能象中、长篇小说或大型戏剧那样反映比较广阔、复杂的生活内容，而要十分讲究提炼集中。选材时，要能截取富有典型意义的生活片断，抓住矛盾冲突的焦点，概括地有层次地展开描写；而在塑造主要英雄人物形象时，要很注意通过矛盾斗争刻划好他的性格主要侧面，做到重要的地方充分展开，'泼墨如云'，次要的地方，尽量简炼，'惜墨如金'。只有这样，才能写得短小精悍而有思想深度，有较好的思想性艺术性。"

联明的《典型化还是雷同化》发表于同期《福建文艺》。联明认为："典型化还是雷同化，关键不在于艺术技巧，而在于对待马列主义和对待生活的态度。从实际生活出发，还是从抽象的概念出发，这是典型化与雷同化两条截然不同的认识路线。关在屋子里瞎编瞎想，或是找别人的作品生搬模仿，或是对抽象的概念进行图解，这虽然是一条省事、省力的创作路子，但却是没有艺术效果的。而真正典型化形象的产生，却应当以马列主义、毛泽东思想为指针，以长期地无条件地全心全意地深入工农兵斗争生活为基础，以了解人、熟悉人作为第一位的工作。只有扎根在三大革命的肥沃土壤中，才能感受到生活的生动性丰富性，找到反映生活的新角度。而在用马列主义理论对素材进行分析、概括的过程中，又需调动丰富的生活经验进行创造性的想象、联想和构思，使艺术形象烂熟于心，呼之欲出，而后描绘出来，才能栩栩如生。样板戏剧组在典型化上的成就，首先就是由于他们坚持深入生活，观察研究、体验分析矛盾斗争的一般性和特殊性，而后进入创作过程。反之，如果认识肤浅皮相，接触生活又浮光掠影，那就很难避免创作上的一般化雷同化。"

五月

10日 浩然的《学习典型化原则札记》发表于《天津文艺》第3期。浩然写道:"我个人觉得,作者在搞创作的时候,不是从现实生活中直接吸取素材,而是只关在屋里模仿、想象和编排,这是造成作品'不真实'、'不典型'的一个重要原因。文艺创作典型化,是源于生活,高于生活的。离开了"源",离开了对生动丰富的社会生活的了解和熟悉,提炼、概括又从何谈起呢?长期地、无条件地深入火热的革命斗争生活,是我们能不能坚持文艺创作典型化原则的一个关键问题。""另外,作者在表面上也到生活中去了,但是,自己对要写的作品缺乏明确而又正确的指导思想,对生活自然主义地反映,或采取'猎奇'的态度,也会造成作品'不真实'、'不典型'的状况。我们应当努力把生活现象中能够充分反映本质的'突出'的东西,跟偶然的、非本质的'特殊'的东西区别开来;概括艺术典型的原料,要大量地吸收前者,而尽力地摒弃后者。"

浩然还说:"典型化的根本任务,就是把社会生活中的'矛盾'和'斗争'典型化。唯有典型化了的'矛盾'和'斗争',才是造成文学作品或艺术作品的基本内容。""我觉得,一个写作者对这个问题做到真正的理解和接受,又确信不疑地加以坚持,是能不能写出革命文艺作品的根本条件。""把日常生活中的矛盾和斗争典型化,其前提是作者能够抓住生活中的矛盾和斗争的原始材料,而后再进行艺术的取舍、提炼、概括等等加工和制作,使它源于生活,又高于生活。这就要求作者首先得承认我们生活中存在着矛盾和斗争,并且善于在日常生活中发现和把握这些矛盾和斗争。"

刘品青的《新人物新世界的赞歌——谈蒋子龙的短篇小说》发表于同期《天津文艺》。刘品青写道:"按照社会主义时期阶级斗争的规律和特点组织尖锐激烈的矛盾冲突,并把英雄形象置于矛盾冲突的主导地位来塑造,是表现新人物新世界的根本途径。社会主义社会是刚刚从旧社会脱胎出来的,不可避免地还带着旧社会遗留下来的痕迹。这是由资本主义向共产主义转变的过渡时代,因而也是革命的时代,斗争的时代。只有表现尖锐激烈的矛盾冲突,才能深刻地反映我们的时代，塑造出具有无产阶级专政下继续革命精神的高大英雄形象。……如果没有这尖锐的斗争，没有英雄人物的主动进攻的行动，要塑造具有时代精神的英雄典型，要展现出他们崇高、丰富的思想性格，是不可能的。"

刘品青认为："近几年来，蒋子龙同志在创作上取得了比较显著的成绩，但也存在着不足之处。通观起来，他的作品在展开矛盾、激化矛盾上较好，而在解决矛盾上还没有写得更好。有的作品中的矛盾斗争转化太快，有的转化不完全合乎阶级斗争的规律和人物性格发展的逻辑。这在一定程度上影响了人物形象的进一步开掘。另外，作者笔下的人物形象和性格出现了较多的重复，这反映了他生活的局限性。要进一步提高创作质量，除了进一步提高思想认识之外，还要开阔眼界，加强和扩大生活积累。只有思想新，认识深，生活基础厚，才能使表现的人物新，世界新，思想深。"

九月

20 日 习之、耀华的《欢迎"短"篇小说》发表于《福建文艺》第5期。习之、耀华认为："短篇小说要求高度突出中心人物和事件，正如鲁迅先生所说'中国旧戏上，没有背景，新年卖给孩子看的花纸上，只有主要的几个人……所以我不去描写风月，对话也决不说到一大篇'，我们有些短篇小说，人物太多，情节过于复杂，线索不够单纯，写起来，当然短不了。短篇小说要求反映生活的横断面。即使某些作品带有'纵'的性质，但这'纵'，也是由有限的两三个横断面组成的。因此，作者必须从纷纭复杂的生活中，根据特定的主题，选择并着重描写最富有典型意义的一两个横断面，一两个场景，以至一两个瞬间，从而揭示出人物思想性格的某一个方面，生活本质的某一个方面，达到'借一斑略知全豹，以一目尽传精神'的目的。"

同日，任犊的《论任树英形象的典型性》发表于《朝霞》第2期。任犊认为："作者在塑造任树英的典型形象时，既是把她放在她周围活动着的人物的相互关系之中，又没有平均使用力量，而是紧紧抓住了任树英与胡政民这对矛盾。她与作品中其他人物在性格上的矛盾冲突，既为这对基本矛盾所制约，又为这对矛盾的展开和深化服务。作品中从不同的角度来突出任树英的性格,但由于作者抓住了人物性格中的'核心唱段',也就是在阶级斗争、路线斗争的各种复杂关系之中出人物性格,因此,这些不同的侧面非但没有人为地贴上去的感觉,而是与'核心唱段'融为一体,使它更为丰富、更加深刻。"

1976年

一月

19日　金学迅的《支持新事物　描绘新一代——略谈几部反映知识青年上山下乡的长篇小说》发表于《光明日报》。金学迅写道："近几年来已经出现了一批反映知识青年上山下乡的长篇小说，如《征途》、《草原新牧民》、《剑河浪》、《铁旋风》（第一部）等就是其中影响较大并受到读者欢迎的作品。这些作品描绘和歌颂了青年一代为建设新生活，把自己壮丽的青春献给祖国，豪迈地战斗在边疆、农村、草原，并在三大革命运动中锻炼成长的崭新风貌。这样的文学作品不仅直接参加了当前保卫文化大革命成果、发展社会主义新生事物的斗争，而且也为文学创作开辟了一个崭新的领域。"

20日　北京汽车制造厂工人文艺评论组的《把社会主义文艺创作搞上去》发表于《人民文学》第1期。北京汽车制造厂工人文艺评论组指出："广大文艺工作者要象大寨人那样，拿出一股劲头儿，大讲革命，大干革命；大讲社会主义，大干社会主义，向革命样板戏学习，用浓笔酣墨描绘无产阶级革命的宏伟图景，塑造无产阶级的英雄典型。"

编辑部的《致读者》发表于同期《人民文学》。编辑部写道："《人民文学》要坚决贯彻执行党的'百花齐放，百家争鸣'，'古为今用'，'洋为中用'，'推陈出新'等一系列方针政策，坚持革命现实主义和革命浪漫主义相结合的创作方法。要努力反映社会主义革命和建设的题材，也重视反映革命历史题材，鼓励一切创社会主义之新、立无产阶级之异的艺术实践；坚持'革命的政治内容和尽可能完美的艺术形式的统一'；提倡'艺术上不同的形式和风格可以自由发展'，批判地继承民族形式，使作品为广大群众所喜闻乐见。"

陕西省文艺创研室的《陕西省召开短篇小说创作座谈会》发表于同期《人民文学》。陕西省文艺创研室写道："大家进一步明确了文艺要为巩固无产阶级专政而战斗。当前,文学创作要紧密配合普及大寨县的革命运动贡献力量。""大家表示：一定要学好马列著作，认真改造世界观，以党的基本路线为指针，深入火热斗争生活，学习革命样板戏的创作经验，创作出为巩固无产阶级专政而战斗的好作品。"

31日　斯浩的《在阶级斗争中塑造无产阶级的英雄形象——读长篇小说〈春潮急〉》发表于《光明日报》。斯浩写道："长篇小说《春潮急》（上海人民出版社出版，克非著），是反映我国农村在农业合作化道路上两个阶级、两条路线斗争的作品。作者以党的基本路线为指导，从现实的阶级斗争生活出发，组织作品的矛盾冲突，成功地塑造了李克这一无产阶级的英雄形象。""小说紧紧扣住李克同新生富农李春山的斗争，是具有一定深度的，但是却忽视了阶级斗争的广度。反映城乡资本主义勾结的窑场斗争，由于李克没有卷入斗争的漩涡中心，因此，使情节游离于李克和李春山矛盾的主线之外，对李克形象的塑造就没有起到多大的作用。另外，小说揭露阶级敌人的凶恶、狡诈的一面多了些，而对他们虚弱的本质则揭露得不够，这就直接影响到李克形象的塑造，也使小说的气氛显得有些沉重。"

二月

20日　辛文彤的《要重视反映无产阶级同走资派的斗争——谈近年来工人作者创作的几个短篇小说》发表于《人民文学》第2期。辛文彤认为："文艺是社会生活的反映。然而革命文艺一经产生，就会给现实斗争以巨大的反作用。近几年来，在革命样板戏创作经验的鼓舞下，短篇小说创作在反映和歌颂文化大革命、批林批孔运动，批判形形色色走资派的斗争中，作出了自己的贡献，发挥了应有的战斗作用。"

21日　王尊政、倪振良的《一场惊心动魄的阶级搏斗——谈长篇小说〈前夕〉的主题思想》发表于《光明日报》。王尊政、倪振良认为："《前夕》的主题思想主要是通过小说描绘的反潮流战士方壮涛和走资派陈文海的矛盾冲突表现出来的。""《前夕》写的是教育战线的斗争生活,但作者没有把矛盾冲突局限在教育问题上,而是把它和坚持还是篡改党的基本路线的斗争直接联系起来,这样,就大大深化了小说的主题思想,增强了小说的现实意义。"

三月

6日 纪戈的《农业学大寨的战歌 文化大革命的赞歌——谈谈反映农业学大寨运动的三部长篇小说》发表于《光明日报》。纪戈写道:"《克孜勒山下》(人民文学出版社出版)、《分界线》(上海人民出版社出版)、《奴隶的女儿》(内蒙人民出版社出版),强烈地感受到,这三部新作象初春一样富有朝气,令人鼓舞。""从人物形象塑造上看,这三部小说都是把在无产阶级文化大革命中、农业学大寨运动中涌现出来的青年新干部、新党员作为自己的主人公的,努力刻画他们的英雄形象;同时,也塑造了众多的老一辈、中一辈党的干部和贫下中农的形象,比较全面地反映了老、中、青三结合这一社会主义新生事物的生命力。"

20日 毕方的《时刻不忘党的基本路线》发表于《人民文学》第3期。毕方写道:"在塑造洪长岭这个主要英雄人物(指长篇小说《千重浪》中的人物——编者注)时,我们学习革命样板戏的经验,在注意从若干个侧面烘托他的同时,着重从一、二个方面深入下去。""力图使英雄人物有一定的思想深度,避免简单化。""处处以主要英雄人物为中心。""处处围绕社会主义与资本主义这一根本矛盾来作文章。"

刘殿义的《重读〈暴风雨〉》发表于同期《人民文学》。刘殿义认为:"整个作品围绕着两个阶级、两条路线的矛盾斗争,做了多层次、多回合、多波澜的安排。并随着斗争情节的进展,使矛盾冲突逐渐激化。"

文旭的《为与走资派斗争的英雄人物塑像》发表于同期《人民文学》。文旭认为:"《无畏》等短篇小说,正是在尖锐激烈的矛盾斗争中突出刻划了英雄人物这种敢于反潮流的大无畏精神。"

27日 郑楚华、江有祺、裴学坤的《走资派还在走 无产阶级要战斗——读三部工业题材的中、长篇小说》发表于《光明日报》。郑楚华、江有祺、裴学坤认为:"长篇小说《大海铺路》、《飞雪迎春》和中篇小说《大梁》这三部工业题材的小说,从不同的侧面努力描写文化大革命取得伟大胜利以后,无产阶级坚持继续革命和资产阶级及其在党内的代理人搞复辟倒退的激烈斗争,反映了文化大革命的继续和深入。"

四月

20日 金学迅的《鲁迅小说——反复辟的生动教材》发表于《人民文学》第4期。金学迅认为:"鲁迅以他的小说创作启示我们:要在无产阶级革命'新世纪的曙光'照耀之下,遵奉无产阶级'革命的前驱者的命令',从社会的基本矛盾和革命的基本任务出发,围绕现实中前进与倒退、革命与复辟的斗争,观察生活,概括生活,摄取题材,提炼主题,刻画、塑造人物典型。"

24日 陆贵山的《走资派的一面镜子——谈〈金光大道〉中的张金发》发表于《光明日报》。陆贵山认为:"《金光大道》为社会主义文艺如何刻画反衬英雄人物的走资派形象,提供了有益的经验。""小说始终突出表现英雄人物高大泉的主导作用,把他和走资派张金发的斗争作为矛盾冲突的主线,融汇、贯穿、带动其他的矛盾斗争,从广度和深度的结合上展示英雄人物高大泉同党内走资派作斗争的战斗风貌。""作品坚持以正压邪、以邪衬正的原则,始终让走资派张金发作为英雄人物高大泉的反衬。""揭示走资派产生的社会根源,可以成为高大泉所活动的典型环境的重要组成部分,便于充分、深刻地揭示高大泉这个英雄人物的典型性格。应当说,在这样的典型环境里刻画无产阶级专政条件下的英雄人物,将有利于展示闪耀着强烈时代精神的典型性格。"

五月

29日 言午的《红卫兵运动的颂歌——谈姚真的几篇作品》发表于《光明日报》。言午写道:"姚真的小说《红卫兵战旗》、《青春领》(与林正义合写)、《峥嵘岁月》,散文《笔》等(均见《朝霞》月刊或丛刊),正是反映了人们这种美好的愿望,对这个崭新的题材进行了较好的表现,取得了可喜的成绩。"

六月

12日 翟大炳、高树榕的《继续革命 反对倒退——读鲁迅的几篇描写知识分子的小说》发表于《光明日报》。翟大炳、高树榕认为："鲁迅所写的关于知识分子问题的小说，其中最有代表性的是《在酒楼上》（一九二四年二月），《孤独者》（一九二五年十月），《伤逝》（一九二五年十月）。""在这些小说里，鲁迅以生动的艺术形象告诉我们：在革命的进程中，在激烈的阶级分化中，知识分子倒退是没有出路的。这几个人最后的结局就给当时知识分子提供了一面认识自己的镜子。"

20日 马联玉的《准确表现社会主义时期的阶级关系——评〈金光大道〉的思想特色》发表于《人民文学》第6期。马联玉写道："《金光大道》准确地把握住民主革命胜利以后，农村主要阶级关系的变化，展开了社会主义革命的新篇章。""《金光大道》的思想成就在于，不仅对建国之初的农村阶级关系做了一般性的描绘，而且紧紧抓住了以高大泉为代表的无产阶级力量同以张金发为代表的资本主义势力的矛盾，作为全书主线，在一定的深度上，反映了特定历史条件下农村阶级斗争生活的本质。"

26日 齐思、晓黎的《评〈无畏〉和〈严峻的日子〉》发表于《光明日报》。齐思、晓黎写道："这是短篇小说《无畏》（作者陈忠实，载《人民文学》第三期）和《严峻的日子》（作者伍兵，载《北京文艺》第六期）为我们描绘的两幅难忘的战斗画面。这两篇小说都直接取材于反击右倾翻案风的伟大斗争。……都迅速地及时地反映了正在轰轰烈烈进行的现实政治斗争，触及了斗争的本质，塑造了具有鲜明特征的无产阶级英雄形象，给人以强烈的感染和鼓舞。"

八月

7日 陈鸿祥的《叱咤风云的一代新人——评长篇小说〈我们这一代〉》发表于《光明日报》。陈鸿祥写道："《我们这一代》比较生动地描写了无产阶级英雄人物敢于同走资派对着干，同修正主义路线对着干。而且较好地描写英雄人物善于从路线上去识别走资派搞修正主义的政治本质。"

刘祯祥的《喜读〈胜利进行曲〉》发表于同期《光明日报》。刘祯祥认为："小说通过对卫铁山和吴守田这两个民主革命中的'战友'，进入社会主义革命后走上不同道路的矛盾和斗争的描写，从一个侧面展现了社会主义时期阶级关系的新变化，反映了无产阶级同走资派的激烈斗争。"

1977年

一月

15日 曾范的《论假洋鬼子——读〈阿Q正传〉札记》发表于《光明日报》。曾范写道："在鲁迅小说的人物画廊里,作者以鲜明的色彩和简洁的线条所勾勒的假洋鬼子的艺术形象,给读者的印象是极其深刻的。假洋鬼子是《阿Q正传》中的一个次要人物,作者只不过用了两千字左右的篇幅来描写他的三次出场,然而由于这个形象概括了深广的社会内容,至今依然焕发着经久不衰的艺术光彩。"

二月

20日 盛祖宏的《为工业学大庆擂战鼓》发表于《人民文学》第2期。盛祖宏写道："面对如此热气腾腾的大好局面,我们文艺工作者应该怎么办?我们应该象《大庆战歌》摄制组那样,遵循毛主席关于文艺为工农兵服务、为社会主义服务、为无产阶级政治服务的教导,紧密配合工业学大庆运动的开展,深入到火热的斗争生活中去,运用各种文艺形式,满腔热情地讴歌大庆和大庆式企业,讴歌王铁人式的英雄,为工业学大庆运动大造革命舆论,大唱革命赞歌,大鼓革命干劲,大长革命志气,让大庆红旗插遍祖国城乡。"

三月

20日 解胜文的《"三突出"是修正主义文艺的创作原则》发表于《人民文学》第3期。解胜文写道："在一个作品里,可以突出写政治上成熟的工农兵英雄人物,歌颂他们崇高的共产主义精神境界,也可以突出写在马克思列宁主义,毛泽东思想哺育下不断成长的英雄人物。在一些特定的情况下,比如为了使英雄人物的斗争得以充分展开,或是在一些其他艺术形式里,也可以突出写一、两个反面人物,以暴露'危害人民群众的黑暗势力',陪衬光明,显示无产阶级专政的无比威力。在一部长篇作品里,可以突出一个英雄人物,也可以突出几个英雄人物。至于在作品的形式、风格方面,我们的党和人民历来鼓励作者们大胆革新、勇于创造,而且可以标新立异,不希望那种刻板单调的东西。只有这样,才能促成社会主义文艺园地百花齐放,万紫千红。如果强制推行一种表现手法、一种形式、一种风格,禁止其它的手法、形式和风格,势必造成作品思想内容的简单、僵化,艺术上的单调、千篇一律,造成文艺的冷落、萧条,最后走进死胡同。"

本月

秦牧的《辩证地探讨和处理文学艺术的问题——学习〈论十大关系〉的体会和感想》发表于《广东文艺》第3期。秦牧认为:第一,就"思想、生活和艺术技巧的关系","思想领先,但不注意生活实践不行,光有生活实践而没有马克思主义,毛泽东思想指引不行,有思想、生活而没有艺术技巧也不行,技巧受思想和生活制约,但也有它的相对独立性";第二,关于"反对修正主义文艺路线和正确评价作品的关系","修正主义文艺路线必须反对,但是却不能把修正主义文艺路线猖獗时期的文艺统统或基本上都算做是那条路线的产物";第三,关于"当代题材和历史题材的关系","当代革命斗争题材应该占压倒的地位,但历史题材也应该有它一定的位置";第四,关于"以基本路线为纲统帅文艺创作和表现各种主题作品的关系","我们的文艺作品都应该以阶级斗争为纲","但也不能因此完全排斥不是直接写阶级斗争,但却宣扬了共产主义劳动、宣传了辩证唯物主义思想、宣传了无产阶级的阶级友爱一类作品(不是长篇巨著而是一般短小的作品)的存在";第五,关于"革命现实主义和革命浪漫主义的关系","如果不是充分容许理想、幻想、在现实主义基础上的大胆虚构、强烈抒情、独特个性的发挥,'两结合'的创作方法也就很难有驰骋的余地";第六,关于"本国文学作品和外国文学作品的关系","书店里外国文艺作品译本寥若晨星,我们不相信这是一种正常的现象";第七,"塑造无产阶级英雄人物的作品,自然应该占压倒多数",但是,以鞭挞反面人物为主题的漫画、讽刺小品,也应该也占有它的一席地位;第八,对待敌人,应该有猛烈尖锐、粉碎性、打击性的批判,对于一些虽然是属于人民内部,但在某些方面颇多地体现资产阶级观点的人,也应该有比较严峻的批评,但对于存在一般缺点错误的作品,我们应该提倡同志式的与人为善的批评;第九,关于"革命文艺的党性原则和文娱作用的关系","革命文艺既具有积极的思想教育意义,其中的部分又兼具有文娱作用"。

四月

15日 边平枢的《彻底批判所谓"真人真事论"》发表于《河北文艺》第4期。边平枢写道:"文艺作品是根据实际生活创作出来的,是文艺工作者在社会实践的基础上,熟悉了各种各样的人物,研究了一切生动的生活形式和斗争形式,然后把日常的生活现象加以集中概括,把其中的矛盾斗争典型化,创造出来的。因此,文艺作品中的人物、事件是实际生活中的人物和事件的集中概括。"

20日 萧殷的《是"革命英雄",还是内奸典型?》发表于《人民文学》第4期。萧殷写道:"我们要高举毛泽东文艺思想的旗帜,重新学习《在延安文艺座谈会上的讲话》,重温毛主席关于英维形象的教导,这对我们今后深入生活、改造世界观和发展创作,创造出'更高,更强烈,更有集中性,更典型,更理想,因此就更带普遍性'的无产阶级英雄形象,都有重大的政治历史意义。"

姚雪垠的《谈〈李自成〉的创作》发表于同期《人民文学》。姚雪垠写道:"一部长篇历史小说的主题思想不是产生于作者有了写作动念之后的凭空构思,而是产生于他对历史作了认真的研究之后。只有经过对历史作了比较广泛和比较深入的分析研究,才能理解历史问题的全貌、内容和本质,以及历史运动的规律,从而能够比较正确地反映历史事变,写出来历史的经验教训,塑造好历史人物。""任何一个小说作者,他对自己所写的英雄人物和故事情节不感动,不充满激情,他的笔墨不可能深深地打动读者的心弦,唤起强烈共鸣。我在写《李自成》第一卷和第二卷的过程中,常常被自己构思的情节感动得热泪纵横和哽咽,迫使我不得不停下笔来,等心情稍微平静之后再继续往下写。"

姚雪垠还说:"就历史题材说,首先要解决'古为今用'的问题。""围绕着李自成的革命经历,我力争对于每个重要的历史问题都本着实事求是的态度进行科学研究,做到心中有数,然后在写作小说时跳出历史,努力争取正确地处理历史科学和小说艺术的关系。"

姚雪垠认为:"采用传说和虚构情节,必须是在对历史作了科学研究之后,而且要遵守两个原则:第一,这样的情节在历史上虽非实有的,却是可能的,而且通过传说和虚构的情节能够更集中、概括和生动地反映历史的真实形势;第二,在艺术处理方面必须严格遵守革命现实主义与革命浪漫主义相结合的创作方法。虽是虚构的故事情节,却不能忽略细节描写的真实性。虚构的情节必须是在当时的历史条件是可能产生的,合乎情理的。任何情节倘若放在当时历史条件下经不住推敲,它的艺术效果就会减弱,或者完全丧失,甚至引起相反的效果。"

六月

25日 茅盾的《关于长篇小说〈李自成〉的通信——致姚雪垠》发表于《光明日报》。茅盾写道:"第一卷中写战争不落《三国演义》等书的旧套,是合乎当时客观现实的艺术加工,这是此书的独创特点。""人物描写,在义军方面,李自成思想之逐渐进步,是结合事变来表现而不是作抽象的叙述,这是主要的成功的一点;张献忠的性格也写得有声有色,而仍然还他个本色,自是低于李自成的人物。""此书对话,或文或白,或文白参半,都是就具体事物、具体人物,仔细下笔的;这不仅做的合情合理,多样化,而且加浓了其时其事的氛围气,比之死板板非用口语到底者,实在好得多。"

茅盾还谈到《李自成》第二卷《商洛壮歌》:"整个单元十五章,大起大落,波澜壮阔,有波谲云诡之妙;而节奏变化,时而金戈铁马,雷震霆击,时而凤管鸾弦,光风霁月;紧张杀伐之际,又常插入抒情短曲,虽着墨其少而摇曳多姿。开头两章为此后十一章惊涛骇浪文字徐徐展开全貌,有山雨欲来风满楼之势。

最后两章则为结束本单元,开拓以下单元,行文如曼歌缓舞,余韵绕梁,耐人寻味。"

七月

9日 倪墨炎的《略论鲁迅的小说〈风波〉——兼评"四人帮"对鲁迅作品的歪曲和糟蹋》发表于《光明日报》。倪墨炎写道:"在'五四'运动前后,鲁迅写了一系列小说,通过艺术形象总结了辛亥革命的历史经验和教训。《风波》是其中的一篇。""通过这篇小说,鲁迅向我们揭示了阶级斗争的长期性和复杂性。"

阎纲的《威武雄壮的战争活剧——评长篇小说〈昨天的战争〉》发表于同期《光明日报》。阎纲写道:"环境和人物构成了长篇小说创作的重要的描写对象。环境和人物的关系,是对立的统一的关系,二者相互作用的结果,能够写出一个历史的真实画面。《昨天的战争》在把环境和人物典型化时,采用的不是'人与其事俱来,亦与其去俱讫'的人物接力式方法,也不采用几个主要人物轮番塑造或齐头并进的方法;而是以主要人物周天雷一以贯之,始终居于斗争的中心。""总之,在环境和人物的描写上,《昨天的战争》取得了可喜的成绩。"

15日 郑笃的《从〈吕梁英雄传〉重新出版所想到的》发表于《汾水》第4期。郑笃写道:"这本书中所运用的语言,完全是朴素的,生动的,并且是经过了艺术加工的群众语言;作者所塑造的英雄人物,都具有高度爱国主义,都具有一不怕苦、二不怕死的革命英雄气概和共产主义远大理想,同时也具有鲜明的各不相同的性格。"

同日,秋耘的《关于文学特点的通信》发表于《人民文学》第7期。秋耘写道:"文学创作的特点,其实并不神秘,伟大的革命导师列宁曾经有过一段精辟而明确的论断:'在小说里全部的关键在于个别的环节,在于分析这些典型的性格和心理。'这就是说,小说创作(自然也适用于多数文艺形式的创作)的主要特点,就在于通过个别去反映一般,通过'真实地再现典型环境中的典型人物',对社会生活进行高度的概括。通过一个或几个典型的人物或事件去反映客观世界的一部分真面目,这就是文学的功能。""有些初学写作者认为,只要有故事情节就有文学作品了,这样的认识是不正确的,至少是不全面的。光有故事情节,还不足以构成文学作品。……你不是说,人家说你的作品只能算是新闻报道式的文字,而并非文学作品么?其毛病就在于:一、只注意写'事'不注意写'人';二、在写'事'中,又只会叙述,而不会描写。这么一来,写出来的就不是文学作品了。""文学作品主要是写人的,而不是写阿猫或者阿狗的(童话和寓言也写阿猫、阿狗和别的动物,但已经把它们拟人化了,因此写的也还是人)。还要补充说一句,所谓人,指的是具有各种不同阶级属性的人,而不是抽象的人,更不是所谓具有'共同人性'的人。当然,文学主要要写人,也并不排斥写别的东西,比方写自然风景,写生活的某一个场面,某一个事件,借以抒发作者的感情,是完全可以的。各种文学作品塑造艺术形象的材料和手段不完全一样,因而艺术形象的构成和特点也不尽相同。但,就用语言来塑造艺术形象这一点来说,可以说是文学创作的共同特点。"

本月

刘庆章的《环境、性格、情节和场面——学习马、恩典型化理论的笔记》发表于《甘肃文艺》第3期。刘庆章写道:"环境指形成人物性格和驱使人物行动的一切客观条件的总和,包括自然环境和社会环境,主要的有决定意义的是社会环境。在作品中,社会环境不是抽象存在的。对于作品的主要人物,他周围的人物及其所代表的社会意义,就是他的环境。对于其他任何一个人物,其周围的人物也是他的环境。……典型人物必须是典型环境中的典型人物,环境不典型,人物也就失去了典型意义;另一方面,典型环境又是由典型人物及其关系体现出来的。因之,作品对人物和人物关系的描写,应该是一定时代阶级关系的本质规律的艺术概括。""作品中的人物应当是一定阶级、阶层、集团的人们的共同性的概括;但是同时,又不应当由于概括某种范围的人们的共同性而失去个性。应该通过'这个'特殊性格,深刻体现一定时代、一定阶级、阶层人的共同性,达到共性个性的统一。""在社会生活中,同一阶级、阶层的人们处于共同的阶级地位,具有共同的阶级属性,这是他们的共性。然而,由于各自经历、教养、职业、气质的不同,由于各自所处的具体环境即各自活动的时间、地点、条件的不同,他们共同的阶级本质在不同人身上,必然有不同的具体体现,这就是他们之间赖以区别的个性。""在文学作品中,只有通过精确的个性刻划,人物的阶级本质才能得到生动而深刻的体现,人物才能成为共性和个性统一的典型形象。""在作品(叙事作品)中,人物性格(特别是主要人物性格)的形成和发展是展示作品主题思想的主线。人物性格的矛盾冲突构成情节。情节是展示人物性格的手段,是某种性格成长和构成的历史。场面则是情节的基本单位,是作品中被处理在一定时间、一定地点里的人物活动。通过源于生活、高于生活的生动、丰富、典型的情节、场面,才能在行动中揭示人物的性格,鲜明、有力地展现作品的主题思想。我国的古典小说和鲁迅的小说都很少在人物刚一登场时,就先向读者作一番详尽的介绍,孤立、静止地说明他们的身世和性格,而总是在人物所参与的事件的开展中,在决定人物命运的斗争中,主要通过人物自己的言行,逐渐展示出人物的性格。这些艺术经验和马、恩的上述要求是完全一致的。"

八月

6日 郭超的《红泉花呀英雄的花——读长篇小说〈阿力玛斯之歌〉》发表于《光明日报》。郭超认为:"小说作者通过展示六十年代初我国三年困难时期牧业战线上惊心动魄的阶级斗争,以细腻抒情的笔调,富有民族特色的语言,描绘了阿力玛斯草原牧民英勇豪迈的性格。"

20日 孙犁的《关于短篇小说》发表于《人民文学》第8期。孙犁写道:"文章的长短,并不决定文章的优劣。短篇小说,虽说短字当头,也没人说过,究竟应该限制在多少字以下。但是,同样的内容,用更短的篇幅,能表现得很好很有力量,这却是艺术能力的问题。凡是艺术,都是讲求这一点的。熟练的画家,几笔就能勾出人的形体,而没有经验的人,涂抹满纸,还是不象。""中国文学的传统,文章讲究短小。这是一个很好的传统。""短小精悍是文学艺术的一种高度境界。""就我看过的一些稿子来说,有些短篇所以写得太长,还因为作者生活的缺少,包括对生活认识不足,理解不深。这种写作,多从概念出发,而不是从生活出发;是把概念错当成创作的源泉。从概念出发,概念是空的，因此它也是无止境的，大概念之下又包括很多小概念。要把概念写完全，照顾周到，自圆其说，文章就不能不长了。""从概念出发，强拉硬扯，编造故事互相'观摩'，互相'促进'，神乎其神，而侈言'高于生活'，这就是当前有些作品千篇一律凌乱冗长的重要原因。""关于短篇小说，曾有很多定义，什么生活的横断面呀，采取最精采的一瞬间呀，掐头去尾呀，故事性强呀，只可参考，不可全信。因为有的短篇小说，写纵断面也很好。中国流传下来的短篇小说，大都有头有尾。契诃夫的很多小说，故事性并不强，但都是好的短篇小说。""短篇小说是文学作品里的一种形式，它的基本规律和其它文学形式完全相同。生活、思想、语言的艺术综合，缺一不可，哪一方面的修养欠缺，也会影响小说的艺术成就。"

九月

15日　艾斐的《成长中的英雄不能写吗？》发表于《汾水》第5期。艾斐写道："革命文艺描写人民群众的改造和英雄人物的成长过程，就是坚持马克思主义的认识论，坚持唯物论的反映论；就是坚信人民群众是历史的创造者，是真正的英雄。""当然，我们从生活出发，按照典型化的原则去描写成长中的英雄人物，决不意味着轻视和排斥塑造比较成熟的无产阶级英雄典型。因为这类典型身上集中地体现着无产阶级的意志、要求、愿望、理想、崇高的精神世界。但是成熟的英雄典型与成长中的英雄人物，并不是对立的，而是两者相辅相成，合为完璧，共同组成了无产阶级英雄的艺术画廊。"

同日，冯健男的《关于创造典型》发表于《河北文艺》第9期。冯健男认为："文艺要创造出'各种各样的人物'，就是说，要创造出如实际生活中所有的各个阶级的各种类型的人物的形象，各种各样的好人和坏人；同时也是说，要创造出各具不同个性的有血有肉的活生生的人物。当然，要写出社会上的各种各样的人物来，这是就整个文学艺术说的，不能要求每一个作品（特别是短小作品）都必须有各种类型、各种性格的人物。典型创造的意义，就在于从个别表现一般，通过鲜明的个性描写塑造出一定的阶级和倾向的代表人物来。""在文学艺术中，典型创造是和现实主义密切关联的；甚至可以说，典型化的方法，就是现实主义的方法。……现实主义的基本要求，就是用典型化的方法对现实生活作真实的描写。但现实生活是变化的、发展的，文学艺术中的现实主义也就不应该只是现实生活的机械的复写，而必须是现实生活的能动的反映。"

十月

4日 文化部理论组的《坚持"百花齐放、百家争鸣"的方针——纪念伟大的领袖和导师毛主席逝世一周年》发表于《人民日报》。文化部理论组认为："实行'百花齐放、百家争鸣'的方针，就是在思想文化领域坚持唯物辩证法的对立统一规律，在斗争中发展社会主义文艺。""实行'百花齐放、百家争鸣'的方针，就是在思想文化领域贯彻党的群众路线，调动文化工作中的一切积极因素。""在文艺创作领域，'四人帮'对抗毛主席的'为工农兵而创作，为工农兵所利用'的原则，大搞反革命阴谋文艺。""他们打击年老一代的革命文艺工作者，也打击年青一代的革命文艺工作者。"

文化部理论组指出，调整党的文艺政策，"就是拨乱反正；就是彻底批判'四人帮'的反革命修正主义路线，澄清他们在思想、理论、路线、方针、政策上所制造的一系列混乱。"

文化部理论组还说："在深入工农兵、为工农兵服务的基础上，要充分发挥文艺工作者在艺术上的独创性，发展题材、体裁、形式、风格多样化的丰富多采的社会主义文艺创作。……我们的作品可以写敌我矛盾，也可以写人民内部矛盾。""我们首先要大力塑造工农兵英雄人物形象，也要塑造各种各样的人物典型，先进的、落后的、中间状态的、反动的，都可以写。"

15日 张炯的《重评〈创业史〉的艺术特色》发表于《光明日报》。张炯认为："《创业史》中的梁生宝是从深受旧社会压迫和剥削的普通贫农，经过党的教育、斗争的锻炼和群众的帮助，才逐渐成长起来的社会主义新人。作者满怀革命的激情，热烈歌颂这个人物，在他身上处处闪耀着作者革命理想的光芒。但是人物的理想化却丝毫也没有损害他的真实性。""这部小说中出现的人物有正面的，也有反面的，还有正在转变过程中的。作者从自己的理想爱憎出发，或歌颂，或鞭挞，或同情中寓有批评，或批评中又有所肯定。但又十分注意同中见异，根据不同人物的生活经历和社会地位的具体特点，突出了人物的特性。"

20日 吴调公的《如闻其声，如见其人——谈谈人物语言的个性化》发表于《江苏文艺》第10期。吴调公写道："文学作品中的人物，应该是打上了阶级烙印的活生生的个性，他的语言也应该是个性化的语言，而不应该是作者本人语言的'传声筒'。""个性化的语言，是符合人物的阶级本性和性格特色的语言。使读者一看对话，就好象见到栩栩如生的讲话人，也就是'如闻其声，如见其人'。""怎样才能写出这样的语言？你问得好。我想，鲜明的对比是揭示人物个性化的一种手法，正如恩格斯所说：'把各个人物用更加对立的方式彼此区别得更加鲜明些。'""语言的个性对比，是突出人物性格的好办法。特别是围绕着一个富有深刻意义的中心事件，让不同阶级立场，或同一阶级而性格不同的人来'表态'，来行动，让读者因'声'见'人'。但这种对比，切忌追求表面，停留在肖象、表情、姿态的对比上，应该从语言中体现出驱遣人物行动的思想根源。""最后，要使人物语言个性化，还得掌握人物性格的发展变化，也就是说要注意'人'变'声'变。"

同日，陈丹晨的《人民有权利享受真正的艺术——读〈青春之歌〉等重版书随感》发表于《人民文学》第10期。陈丹晨写道："《青春之歌》等小说正是这种属于人民的优秀作品。它们表现了可歌可泣的人民革命斗争生活，反映了人民群众的思想和感情，理想和愿望。"

王朝闻的《凤姐的个性与共性》发表于同期《人民文学》。王朝闻写道："《红楼梦》写人物个性的卓越成就，还表现在没有把个性的一贯性当成固定不变的东西，而是从人物性格的发展和变化中去描写，因而所写的人物个性既有继承关系的独特性，也有历史过程的独特性。关于个性与共性的关系的反映，《红楼梦》堪称典范性的作品。凤姐等人的个性体现着和他们所隶属的阶级的其他人物基本上一致的共性。因而凤姐既是特定矛盾关系中的个人，又是没落地主阶级和倾向的代表。恩格斯称赞小说《旧和新》对文人、官僚和优伶之类的人物的塑造，指出它'对于这两种环境里的人物，我认为您都用您平素的鲜明的个性描写手法给刻画出来了；每个人都是典型，但同时又是一定的单个人，正如老黑格尔所说的，是一个'这个'，而且应当是如此。'用马克思主义关于个性与共性的关系的理论来衡量,凤姐这个封建末世的贾府中的当权人物,在写法上很值得称赞。""《红楼梦》那既细致又洗练的笔墨,不只是能写出这一个人与另一个人的差别,而且还写出了某一个人自身在不同情势之下的差别。这对于把个性只当作这个人物与另一个人物的差别的看法,对于忽视性格的历史的发展,把某一个人物的性格写成固定不变的写法,很有参考价值。"

29日 冯春的《一部反映奴隶起义的优秀作品——评〈斯巴达克思〉》发表于《光明日报》。冯春写道:"《斯巴达克思》叙述了古代这一奴隶起义从发生到失败的全过程。作者以其犀利的笔触无情地揭露了以独裁者苏拉为代表的奴隶主阶级对罗马奴隶的残暴统治。""总的说来,小说作者采用了浪漫主义的手法,从多方面塑造了斯巴达克思这个奴隶阶级的英雄人物,使他达到相当完美的程度。作者对于奴隶起义的描写,也是符合历史真实的。他完全用同情和歌颂的态度来反映这次伟大的历史事件,因此使《斯巴达克思》这部长篇历史小说成了一部反映奴隶起义的优秀作品。它有助于我们认识古代奴隶社会的状况,了解奴隶们是怎样推动历史前进的;同时,这部小说在艺术上也有许多值得我们借鉴的地方。"

十一月

19日《人民日报》发表本报评论员文章《充分发挥短篇小说的战斗作用》。本报评论员认为:"短篇小说是最能迅速反映现实斗争、鼓舞人民群众斗志、为无产阶级政治服务的文学样式之一。它具有短小精悍、简洁灵活、便于从一个侧面或者一个片断,以小见大的特点。"

同日,周铮的《在斗争的烈火中千锤百炼——略谈〈钢铁是怎样炼成的〉》发表于《光明日报》。周铮认为:"这部作品的中心人物形象保尔·柯察金是一个苏联革命年代的青年的英雄典型。他热爱祖国,忠于党,为无产阶级的利益英勇奋斗,具有坚强的革命意志和崇高的道德品质。""在小说中,保尔的阶级立场鲜明,革命意志坚强。他忘我地工作是为了无产阶级的利益,他坚韧不拔地战斗是为了消灭人剥削人的资本主义制度。"

20日 李准的《短篇小说的人物塑造及其它》发表于《人民文学》第11期。

李准写道:"我们主张创作要从生活出发,并不是赞成对生活自然主义的描写。作品总是要反映思想的,作者塑造人物典型化的程度,取决于作者的思想高度和对社会生活认识的深刻概括。"

关于题材问题,李准认为:"我们的文艺作品不仅应该反映当前现实斗争,也要反映革命历史题材,科学方面、教育方面的题材,也应该大力提倡。"

关于人物塑造问题,李准认为:"作为一个无产阶级作家,仅仅观察和研究人的一般的阶级属性,是非常不够的,他还要更深刻地研究一个阶级内的各个人物各自的特点和差别,以及形成这些差别的社会根源和烙印。人物个性的深度表现了作家对现实中人物研究的深度。"

关于细节问题,李准指出:"没有细节就不可能有艺术作品。真实的细节描写是塑造人物、达到典型化的重要手段。作家的责任就是把生活中的人物,集中、概括起来,造成艺术的典型。"

马烽的《到火热的斗争中去》发表于同期《人民文学》。马烽写道:"文艺工作者下农村,不仅要了解农村的现在,也还要了解农村的过去;不仅要了解生产过程、民情风俗、生活习惯、语言词汇等等,而且更重要的是要了解人。因为文艺创作最重要的是要创造人物,通过栩栩如生的人物去表现主题思想。……但重点还是要去了解那些先进人物,因为他们才是现代中国农民以及农村干部的真正代表,也是我们文艺作品应该描写的主要对象。不仅是要深入了解一个这样的人物,而是要了解很多个,这才有可能集中、概括,去创造文艺作品中的典型人物。如果只了解一个,这也就谈不上什么集中、概括了。"

茅盾的《老兵的希望》发表于同期《人民文学》。"编者按"写道:"短篇小说创作怎样更好地实现工农兵方向下的百花齐放,反映当前抓纲治国的现实斗争?怎样清除'四人帮'的流毒和影响,提高短篇小说的思想艺术质量,逐步繁荣文学创作,活跃文学评论?为了贯彻落实华主席在党的十一大政治报告中向文艺战线提出的战斗任务,本刊最近在北京召开有老、中、青作家和评论家二十多人参加的短篇小说创作座谈会,就上述问题交换了意见。"

茅盾说:"有些同志说,《李自成》第一部写得好,第二部差一点。有的同志认为整个风格、人物描写,太近旧小说了。而与此相反,有人认为太现代化了,即认为人物对话、人物的思想发展,太现代化了,李自成本人如此,高夫人也是如此。相反的意见很多,可惜没有争鸣。我希望这些同志发表文章。""最近十年也有些短篇,但有越来越长的趋势。在座的同志如沙汀、刘白羽、王愿坚、李准,都是写短篇的,你们的作品,不是那么长的嘛!"

王朝闻的《谈谈短篇小说的艺术风格》发表于同期《人民文学》。王朝闻写道:"无产阶级的短篇小说,有一致的政治倾向,有共同的生活内容和思想内容。但这一切,只能通过作家和作品的独特性体现出来。""构成风格的独创性,条件是多方面的。生活本身是丰富多采的,生活为独特形式的风格提供了构成因素;何况作者可以从不同角度去反映它的某一侧面。适当强调独特风格,不是闹独立性,它为多方面地再现生活所需要。……短篇小说的风格的多样性,好比是条条道路通天安门的。只要我们的立场、观点、方法正确,何必把每个作家搞成一样的高矮肥瘦,一样的声容笑貌。"

25日 《坚决推倒、彻底批判"文艺黑线专政论"——本报编辑部邀请文艺界人士举行座谈会》发表于《人民日报》。"编者按"指出:"所谓'黑线专政'论,是'四人帮'反党集团反对毛主席革命路线、颠覆无产阶级专政的一把刀子。"该报还在第二版发表茅盾的讲话《贯彻"双百"方针,砸碎精神枷锁》和刘白羽的讲话《从"文艺黑线专政"到阴谋文艺》。茅盾在讲话中提到:"首先要坚持贯彻百花齐放、百家争鸣。换言之,也就是要做到题材的多样化,以及体裁和风格方面的多样化。"

26日 沙汀的《短篇小说琐见》发表于《光明日报》。沙汀写道:"鲁迅的《孔乙己》这篇三四千字的短篇,在表现手法上就有很多值得我们学习的地方。由于鲁迅对现实生活观察、了解得深透,对封建主义怀有极大的憎恨和彻底的民主革命精神,文章尽管只写了一个人物和一群酒客以及咸亨酒店的老板和小伙计,故事也很寻常、简单,但却深刻揭露了清王朝文化专制主义的弊害——科举制度。""《标准》(《人民文学》一九七七年第七期)这篇短篇小说,是王愿坚同志的新作,是在新的时代成长起来的作家的作品。它简洁地叙述了红军通过草地时缺吃少穿的艰苦生活和红军克服这些困难的英雄气概。"

十二月

3日 张韧的《谈〈山呼海啸〉的人物形象塑造》发表于《光明日报》。张韧写道："《山呼海啸》塑造了华师桓、凌雪春、苏志毅、凌少辉等几个主要的无产阶级英雄形象。作者在刻画这几个主要人物时，没有为了'突出'哪一个'英雄'去主观'设置矛盾冲突'，而是从生活实际出发去描写创造典型环境，在军事、政治、经济和统战的各个战线的错综复杂的尖锐冲突中，细致入微地刻画每个英雄人物的性格特征。""小说并不是对生活原型的简单临摹和记叙，而是把它概括、提炼，使之典型化。作者在高度概括战火纷飞年代英雄人物的共同特征的同时，紧紧把握住每个人物的不同经历和不同社会地位，重笔雕刻了他们迥然不同的个性特征。……小说对反面人物的描写也是如此。……由于每个人物在构成特定时代阶级关系中各具不同的社会典型意义，这就真实地反映了生活本身的丰富性，为这部长篇小说带来新鲜、生动的色彩。"

17日 周林发、蔡国琪的《崎岖的道路　光辉的前程——重读〈青春之歌〉》发表于《光明日报》。周林发、蔡国琪认为："《青春之歌》的莫大成功，就在于它正确地，历史地，具体地再现了这一时期的社会生活面貌，揭示了在阶级矛盾，民族矛盾空前剧烈之际，知识分子的日益觉醒和迅速分化，热情地歌颂了党领导的波澜壮阔的青年革命运动。"

20日 陈骏涛的《题材是广阔的》发表于《人民文学》第12期。陈骏涛写道："文艺的题材领域应当是广阔的，而不能是狭窄的。……当然，这决不是说，任何琐碎的生活现象都可以成为文艺作品的题材。一个真正对人民负责的作家，应当选择那些对社会主义革命和建设有利的题材。""对于短篇小说这样的文学样式来说，更不应该把题材的范围限制得很狭窄。短篇小说大多是截取生活的片断来反映生活的，它不象长篇小说那样可以有头有尾地描绘生活的长河。……在短篇小说中，要想正面地表现某些重大的斗争，几乎是做不到的。它只能从某一个生活的侧面、某一个生活的片断来反映社会的斗争。这样，它的取材的范围就较之长篇小说有更大的自由、更为广阔：从社会的重大事件到日常的生活和工作，工农商学兵，各行各业，各个部门，甚至各个角落，都有短篇小说的题材。短篇小说的题材不怕'小',关键是在于要'即小见大',这就要看作家的思想水平和观察生活、表现生活的工力了。"

沙汀的《短篇小说我见》发表于同期《人民文学》。沙汀写道:"说起小说,一般都会一来就问:'写的什么故事?'但是,什么叫做故事呢?……故事就是人物的行动。因此,我们可以说塑造人物是创作的首要任务。""我以为小说之分为长篇、中篇和短篇,主要的差异并不在于字数,而在于表现方法。那么,作为短篇小说创作的特点是什么呢?……从小见大,以部分暗示全体;从一个或一些生活侧面来反映当代的主要矛盾斗争,反映我们国家的整个形势。因为归根到底,我觉得写小说也就是写社会。""创造人物是创作的首要问题,写小说也就是写社会,这同我对恩格斯提出的典型人物和典型环境的理解有关。人物和环境总是分不开的。""一篇作品是否能使读者激动,的确是个问题。因为阅读当中或阅读之后竟然激动起来,这说明作品或多或少起到了帮助群众推动历史前进的作用。但是,要使群众激动,却不一定要堆砌豪言壮语,而在于作品的主题是与亿万群众关心的重大问题有关,与整个阶级斗争形势有关;也在于故事、情节的安排,亦即构思是否恰当。当然,还有叙述、描写是否合乎实际,也值得注意,因为只有合乎实际的叙述、描写,才能令人信服。"

孙犁的《关于中篇小说——读〈阿Q正传〉》发表于同期《人民文学》。孙犁写道:"中篇小说不能是短篇小说的拉长,当然也不能是长篇小说的纲要。它区别于短篇小说之处为:一、中篇小说应该极力创造典型人物。短篇小说的人物,当然也要求典型化,但因为篇幅短小,有时以所刻划的现实,所发挥的思想,所含蕴的感情,把作品充实起来,提高起来。中篇小说,对于主题思想发挥,有更广阔的天地;在艺术结构上,有更大的回旋余地;更有可能从容不迫地进行抒写。""二、中篇小说要向读者展示一个较完整的历史面貌,短篇小说,有时却不可能。有较完整的历史背景,才能映托出较完整的典型性格。""三、中篇小说有可能塑造较多的人物,作品中的主要人物的活动,必然要和社会上的多种人物发生关联。……这些人物,不只和主要人物息息相关,也和作品的主题思想血肉相连,这样才能突出典型。没有孤立的典型人物,他必须置身于典型环境之中,置身于一定的社会关系之中。""小说中的主要人物和次要人物，是就其在作品中的地位而言。""四、中篇小说，有较多的情节变化。""中篇小说的情节，由主要人物作为线索，一直贯穿下来。情节就是故事，故事是为完成主角的性格服务的，为充分表现主题思想服务的。情节在小说中并不是无足轻重的，是很重要的，但不应该是生编硬造的。情节在写作时有机地自然地形成，有时甚至作者预先都没有想到。情节就是主要人物的思想行为的发展，不能预先安排情节的空架子，拉着主角去走一走过场。情节是前进的车所留下的辙，是人物行进的脚印。""五、中篇小说的写作手法要单纯明朗。鲁迅写这篇小说，纯用白描手法。鲁迅惯用这种手法，完成极其绚烂的艺术作品。什么叫白描？白描也可称素描，即用单纯的艺术手法进行描绘，单纯包括言语简练，笔触准确有力，干净利索，独特漂亮等等艺术的功力。"

王愿坚的《新一点，深一点》发表于同期《人民文学》。王愿坚写道："我喜欢读那种写得新一点的、深一点的。每逢从作品里看到了新的生活面貌，结识了新的人物，窥见了生活里蕴蓄的思想，领悟到深一层的道理，就获得阅读的满足。或者作品写的是常见的生活内容，由于选材精严，剪裁得当，角度新颖，构思巧妙，也使人觉着有新意、有深度。这样的作品，让人看着新，想得深，哪怕只是新了一点点、深了一点点，也使人得到思想启示和艺术感受，于是，就感奋，就思索，就去学习揣摩。而那些一般化的、平庸肤浅的东西，看过之后，书本一合，就淡忘了。""不新，不深，是短篇小说的大病。我们必须治好它。而且要通过深入揭批'四人帮'流布的病毒，力求根治。""我们的短篇小说，不是消极地反映生活，而是要积极能动地反映生活。应当在深入生活中，认真观察，分析研究，力求看得和想得深一些，透过表面的生活现象，开掘出生活的内涵，得到蕴蓄在生活里的哲理，看到生活里的诗。""要作品新一点、深一点，还得写得新、写得深。我们追求的是高度的思想性和尽可能完美的艺术形式的统一。思想和形象结合得越好，越紧密，作品就越好看。但是，这个结合，是在短篇小说这个体裁里去实现的，因此，应当研究这一特定的艺术形式、艺术手段所特有的技巧和表现方法。"

周立波的《关于小说创作的一些问题》发表于同期《人民文学》。周立波指出："任何艺术形式都有它的局限性，都有它的长处和短处。例如叙事诗和小说，便于描述人的行动，长于叙述和描写变化着的人和事，短于静止的刻划。静物写生是造型艺术擅长的作业。因此，小说主要地要写人的行动，要以动写静，要选取人物的一个或几个或几十个关键性的行动或动作，来塑造人物的形象。""用人们的行动和动作，用环境的反映来描绘静态的'美'和生活的'真'，以宣扬当时的'善'，我们祖国的文学宝库里充满了这类珍奇的宝石。""对话属于人的行动的一部分；'言者心之声'，对话最能表现人们的心理，也是一个刻划人物的有力的手段。""行动写得深刻而生动，又遵循着生活的逻辑，对话符合各色人物的阶级地位和性格特点，故事和情节也就形成了。……我们也可以这样说：故事情节是人物在典型环境里的合乎他们的阶级地位和性格特点的言行的连续。""小说，特别是较长的短篇和长篇小说，要使人看得下去，要有魅惑力，应该在结构上尽量地避开平铺直叙；不要一直紧到底，通篇都是战斗的高潮；应该有紧有松，有起有落。故事得有曲折，文字贵有波澜。"

1978年

一月

11日 邵焱、刘希亮的《科普园地新花开——喜读科学小说〈"北京人"的故事〉》发表于《光明日报》。邵焱、刘希亮认为："《"北京人"的故事》所揭示的科学内容，大都以地下发掘出来的文化遗存做依据。然而，作者并没有为此所局限，在时间、地点、事物等方面又都有虚构的成分。以科学事实作为情节虚构的依据，以情节的虚构作为科学事实的补充，把一门老老实实的学问，写得活灵活现，这是本书的一个特色。"

20日 运生的《长篇小说的新收获——粉碎"四人帮"一年来长篇小说巡礼》发表于《人民文学》第1期。运生写道："作者（指柳青——编者注）刻画梁生宝，完全蔑视'三突出'之类的禁忌，始终不渝地坚持从生活实际出发，坚持在群众斗争中写人物。""在艺术上，作者十分重视人物关系和人物心理的描写，生动、深刻，一扫概念化的弊端，向读者打开一幅栩栩如生的时代画图。""这部小说（指姚雪垠的《李自成》——编者注）在反映明末封建主义社会，歌颂李自成领导的农民起义方面卓见功效。……书中描写的场景规模大，人物多，斗争错综复杂，情节生动，使人目不暇给，饶有兴味。但作者写来却很从容，有条不紊。""冯苓植的《阿力玛斯之歌》，以蒙古民族特有的风物吸引着读者。……作者很注意用形象说话，大量运用了蒙古族人民群众中充满智慧的生活语言，读起来十分生动。""管桦的《将军河》第一部是描写华北地区人民英勇抗日的长篇小说。""唐兀双、谢金雄合写的《闹海记》（上），……作品的语言和画面有地方色彩。克扬的《夺刀》，是作者继《连心锁》之后的又一部长篇，它描写了鲁南、淮北军民粉碎蒋介石内战阴谋的一场斗争。"

运生认为："长篇小说的写作是一种很艰苦的创造性劳动，它对于作者在政治思想、生活积累、艺术水平、典型化的程度等多方面提出的要求比较严格，惟其如此，真正优秀的长篇小说才有社会百科全书的美誉。"

21日 杨树茂的《谈〈荷花淀〉的人物语言》发表于《光明日报》。杨树茂认为："作品的强烈艺术感染力是与作者工力深厚的语言技巧很有关的。且不说那诗一般的描绘，画一般的境界，小说尤其善于运用简练的对话揭示人物复杂的心理，把事情写得真真切切。""作者并没有把人物的可贵精神付诸一些高谈阔论、华而不实的词句，而是从令人可信的具体生活实际出发，用朴实无华的口语，把这一切写得有血有肉，贴切逼真，使人对这些正在从事斗争的英雄的敬慕之心，油然而生。"

二月

18日 刘蓓蓓的《我们欢迎这样的〈班主任〉》发表于《光明日报》。刘蓓蓓认为："《班主任》仅仅反映了一所普通中学日常生活的片断，描绘的人物不过是'平平常常'、'默默无闻'的人民教师、班主任张俊石，数学教师尹达磊和几个初三年级的学生。……作者正是通过对平凡的生活的描写反映了不平凡的斗争，把对'四人帮'的影响绝不能低估的问题通过生动的艺术形象尖锐地展现在我们面前。""《班主任》的作者十分巧妙地利用《牛虻》这部书无情地、有力地鞭挞了'四人帮'的法西斯文化专制主义。""《班主任》没有直接暴露、讽刺'四人帮'在他们横行时期的罪恶，而是通过大胆、尖锐地反映'四人帮'散布的毒菌在他们垮台后如何继续毒害着人们的心灵，无情地揭露和鞭挞了'四人帮'。因而使小说具有更为深刻的现实意义和强烈的战斗性。""小说的结尾没有出现谢惠敏和宋宝琦朝着理想的方向转化完毕的'皆大欢喜'的场面，这是含蓄的，不落俗套的。"

赵恒昌的《谈谈巴尔扎克的〈人间喜剧〉》发表于同期《光明日报》。赵恒昌说："巴尔扎克的小说总汇《人间喜剧》，是十九世纪法国批判现实主义文学的一部巨著。它以雄劲有力的笔触、卷帙浩繁的篇幅，淋漓尽致地揭露批判了资本主义社会的丑恶内幕。它集中地体现了法国批判现实主义文学达到高峰时期的成就和特点,也反映了这种文学不可避免的思想艺术局限,因而成为欧洲批判现实主义文学的主要代表作品。""这部作品总集围绕着资本主义社会金钱高于一切、支配一切、主宰一切这个中心主题,通过大量真实的艺术细节,众多生动鲜明的典型人物形象,用编年史的方法,从经济、政治、文化、家庭、婚姻等各个方面,深刻广泛地描写了从波旁复辟王朝到七月王朝这二十多年间的法国社会生活,真实地反映了资产阶级战胜封建残余势力,资本主义关系代替封建关系的历史。"

20日 黄毓璜的《关于艺术细节》发表于《人民文学》第2期。黄毓璜认为:"细节,是文艺作品中刻划人物、展开情节、构成环境的最基本的组成单位。""细节以真实为其灵魂。""细节描写推进了情节的发展,启开了人物的心扉,深刻有力地表现了作品主题的战斗性。""细节描写没有什么固定的程式。生活的丰富性、生动性决定了细节描写的斑驳多采、绚丽多姿,决定了细节描写方式的千变万化、各具春秋。"

林默涵的《关于题材》发表于同期《人民文学》。林默涵认为:"文学作品的题材来源于现实生活。""但是,仅仅题材大小,并不能决定作品的好坏。决定作品好坏的,还有更重要的因素,那就是思想的进步与深刻和艺术的精致与完美。"

楼栖的《漫谈细节的真实》发表于同期《人民文学》。楼栖认为:"作品的情节,要有一系列的细节来充实它、丰富它。情节是作品的骨骼,细节是作品的血肉,倾向是作品的灵魂。""优秀作家所描绘的细节,不是生活素材的随意堆砌,而是根据深化主题、刻划人物性格的需要,进行认真选择、提炼、加工的。因此,某些关键性的细节,也要进行典型化。""艺术真实必须来源于生活真实,但它可以比生活真实更高、更强烈、更典型、更理想。"

本月

艾芜的《谈短篇小说》发表于《四川文艺》2月号。艾芜认为:"短篇小说,可以写人的某一天的生活,或者一两个钟头的事情,但也可以写很长时期的经历,甚至写一生的历史,完全不受短篇小说形式的拘束。可是最重要的一点,就是要把人的活生生的经历,有选择地、有计划地、绘声绘影地再现出来,使读者亲临其境,如见其人,发生极大的兴趣,引起强烈的感受,由此得到教育。"

艾芜指出:"我们在生活中,怎样才能熟悉人了解人呢?我以为首先必须要用马克思列宁主义的立场观点去认识他的阶级特征和个性特点。""其次还要研究同他有关系的人。""第三,一个人从小到大直到老,是一个长长的生活过程,有着不少的变化,我们应当研究这个富有变化的生动的过程,才能了解这个人物独特的生活道路及其思想感情的变化。""第四,一个人的头脑,原来象一张白纸,但社会上各种各样的矛盾,都会反映到他的脑子里,引起斗争,形成他的思想,甚至见之行动。""第五,我们还要用特殊的方法来研究,即在分析研究人物时,要注意着重在其生活中的某一重要之点上。""我们文艺工作者,并不是对一切偶然发生的事件,都要进行研究,而是对重要的偶然事件,即是对社会有重大意义的偶然事件,才去研究。认真研究下去,就可以找出社会生活的某些客观规律,即生活的逻辑,可以找出偶然的事件中包含的必然性。"

艾芜还说:"关于如何写好短篇小说,那是没有什么固定的方法的。从写作经验来看,应该精读一些好的短篇小说,再三再四地分析研究,别人是怎样写人物个性的,怎样写对话,怎样布置情节,怎样描写风景……都可以作为借鉴。这里我单单讲讲如何写得动人的问题。……我们要使作品动人,就得把人物写得可敬可爱,成为读者最关心的亲人和朋友。同时作者自己也要热忱地关心自己的人物,不能冷淡。""但有一点要注意,有的人为了把作品中的人物,写得十分可敬可爱,不惜把世界上最美好的理想、最使人赞美的品德,全部堆集在人物身上,而不顾人物本身性格发展的逻辑,也不管现实社会中有没有这样的人物,这种作法就不好了。……这里要避免过分理想化的缺点,就要着重地描写人物的个性;要写得人物有个性,就要研究人物的各种区别。"

三月

10日 梁仲华的《就〈取经〉谈"风派"人物的刻画》发表于《北京文艺》第3期。梁仲华认为:"《取经》以浓郁的乡土气息,生动活泼的语言,简捷明快的笔调,引人入胜的新颖结构,展开几个富有时代特点的生活画面,在塑造李黑牛这个英雄人物的同时,刻划了一个栩栩如生,富有个性特征的'风派'人物形象——王清智。"

四月

15日 叶子铭的《三十年代初期中国社会的画卷——重读茅盾的〈子夜〉》发表于《光明日报》。叶子铭认为:"它可以帮助今天的读者认识大革命失败后中国民族资产阶级的两重性及其历史命运,认识三十年代初期中国社会的半殖民地半封建性质。《子夜》的可贵之处在于,作者是力图用马克思主义的阶级观点,通过对三十年代初期民族资产阶级的生动的艺术描写,来批判当时托派与资产阶级政客的谬论。也就是说,作者是把自己的创作实践同当时的现实斗争紧密地联系起来的。在这方面,《子夜》可以说是难得的一部成功的作品。""《子夜》在一定程度上给我们提供了一幅三十年代初期中国社会的画卷。作者不仅善于从主要情节的发展中,多方面地展示社会生活,而且擅长于通过大事件中的某些小插曲、小镜头,淋漓尽致地揭示资产阶级社会的人与人之间的金钱关系,揭示国民党统治下黑暗的一角,如土财主冯云卿出卖女儿的色相和曾家驹的国民党党证的描写等。"

同日,艾斐的《应当理直气壮地描写成长中的英雄》发表于《河北文艺》第4期。艾斐认为:"我们所说的描写'成熟'的、'完美'的无产阶级英雄,必须有一个前提,就是从生活出发,从生活升华,从工农兵火热的斗争生活中按照典型化的原则来描写、来塑造。这样的英雄人物,虽然在作品中一出现就是'成熟'的、'完美'的,但因为他是从生活中经过集中概括而创造的,富于生活真实感,所以就使人觉得在他的'成熟'和'完美'中仍然潜在着充满矛盾和斗争的成长过程,只是作家在写入作品时舍弃了他的'成长'部分,而截取了他的'成熟'、'完美'部分。所以,尽管他一出现在作品中就是成熟的,完美的,但却是真实的,可信的,栩栩如生、有血有肉。而决不是天外飞来的'好汉',先天生就的'超人',凭空拔高的'英雄'。与革命文艺相反,'四人帮'笔下的英雄一出场,就是压在群众头顶上的'霸主',就是高悬在空中的梁上君子,就是先知先觉的'超人'和一贯正确的'圣贤'。"

20日 孙犁的《关于长篇小说》发表于《人民文学》第4期。孙犁认为："小说的结构是上层建筑,它的基础是作品所反映的现实生活,人物的典型性格。在典型环境和典型人物的矛盾、斗争、演进中,出现小说的结构。因此,长篇小说的结构,并非出现于作者的凭空幻想之中,而是现实生活在作者头脑中的反映,是经过作者思考后,所采取的表现现实生活的组织手段。""小说的结构,也可以叫做布局。它大致可以分为三部分,即总纲、分目和结局。古人创作小说,是很重视结构的。结构的形成是以主题思想为指导的。""写小说应该是因人设事(情节),反过来,又可以见景生情(新的情节),这样循环往复,就成布局,就成结构。""写作长篇最容易遇到的问题是:中间枝蔓太多,前后衔接不紧,写到后来,象漫步田野,没有归宿;或作重点结束,则很多人物下落不明;或强作高潮,许多小流难以收拢;或因生活不足,越写越给人以空洞散漫之感;或才思虚弱,结尾已成强弩之末,力不从心。甚至结尾平淡,无从回味;或见识卑下,流于庸俗。""至于中间布局,并无成法。参照各家,略如绘画。当浓淡相间,疏密有致。一张一弛,哀乐调剂。人事景物,适当穿插。不故作强音,不虚张声势。不作海外奇谈,不架空中阁楼。故事发展,以自然为准则,人物形成,以现实为根据。放眼远大,而不忽视细节之精密;注意大者,而不对小者掉以轻心。脚踏在地上,稳步前进,步步为营,写几章就回头看看,然后找准方位,继上征途。写完之后,再加调整。"

22日 王世德的《生动的情节和鲜明的形象——漫谈〈红岩〉的人物塑造》发表于《光明日报》。王世德认为:"《红岩》中这些鲜明丰满的、有血有肉的英雄人物形象,就是和生动丰富的情节结合在一起的。表现人物性格的情节越丰富生动,人物就能塑造得越加鲜明丰满。例如许云峰的形象就是通过许多扣人心弦的情节完成的:发现书店问题,部署撤退;在茶楼迎向甫志高,掩护李敬原;在敌人'宴会'上粉碎敌人阴谋;在狱中挖地道而把生的希望留给同志;以及赴刑场前反问徐鹏飞'此刻的心情'等等,在这一系列情节中铸成了许云峰完整的、饱和着血肉的典型形象。""《红岩》在刻划英雄的个性方面,避免了两种错误的倾向:一方面,不是把个性'消融到原则里','为了观念的东西而忘掉现实主义的东西','把个人变成时代精神的传声筒',而是让英雄的个性和革命品质通过情节生动地自然地表现出来;另一方面,又正确地反对了'恶劣的个性化',即离开一定的阶级关系,烦琐地描写人物偶然的、非本质的、没有社会意义的、细屑的个性特征。"

25日 茅盾的《关于长篇历史小说〈李自成〉》发表于《文学评论》第2期。茅盾写道:"历史小说《李自成》基本上是根据历史事实写作的。但既然是小说,免不了有虚构;《李自成》的虚构部分,却并非主观臆造,而是在当时历史条件下可能发生的合情合理的虚构。"

29日 郭志刚的《谈孙犁的〈白洋淀纪事〉》发表于《光明日报》。郭志刚认为:"《白洋淀纪事》里的五十四篇小说和散文,大多数都没有紧张的戏剧性冲突和曲折的故事情节,它们就象白洋淀里的荷花和冀中平原上的庄稼那样,以清香、美丽的花实和新鲜、活脱的气息吸引着读者。可以说,这是一部以生活见长的作品。"

五月

11日 本报特约评论员的《实践是检验真理的唯一标准》发表于《光明日报》。评论员写道:"实践不仅是检验真理的标准,而且是唯一的标准。""马克思主义之所以被承认为真理,正是千百万群众长期实践证实的结果。""毛泽东思想是马克思列宁主义普遍真理与革命具体实践相结合的产物。""客观世界是不断发展的,实践是不断发展的。新事物新问题层出不穷,这就需要在马克思主义一般原理指导下研究新事物、新问题,不断作出新的概括,把理论推向前进。这些新的理论概括是否正确由什么来检验呢?只能用实践来检验。""社会主义对于我们来说,有许多地方还是未被认识的必然王国。我们要完成这个伟大的任务,面临着许多新的问题,需要我们去认识,去研究,躺在马列主义毛泽东思想的现成条文上,甚至拿现成的公式去限制、宰割、裁剪无限丰富的飞速发展的革命实践,这种态度是错误的。我们要有共产党人的责任心和胆略,勇于研究生动的实际生活,研究现实的确切事实,研究新的实践中提出的新问题。只有这样,才是对待马克思主义的正确态度,才能够逐步地由必然王国向自由王国前进,顺利地进行新的伟大的长征。"

14日 辛未艾的《如何看待十九世纪外国文学》发表于《文汇报》。辛未艾认为："文学艺术是复杂的现象。无产阶级文艺自然是在无产阶级登上历史舞台后才出现的，但我们既然是马克思主义者，我们对过去时代一切文艺作品和它们的作者就应该采取阶级分析、历史分析的态度。决不能认为，在十九世纪以及这以前的世代里，就没有任何反映劳动人民的要求和愿望的作品。""过去时代的文艺，是过去时代的诗人和文艺家们根据他们在当时的生活环境、时代环境里所看到、所感受到的一切，通过典型化的方法加以再现出来的。每个时代都有每个时代的特殊的生活事件，因此，每个时代的文艺应该都有它有别于未来的、无可替代的特殊内容。""当然，由于作家的历史局限性和阶级局限性，这些作品无疑存在着不同程度的缺点和问题。我们在继承和借鉴中，必须采取批判的态度：取其精华，弃其糟粕。……在毛主席的'古为今用'、'洋为中用'原则的指引下，按照批判地继承的精神，重新进行外国文学名著的介绍工作。"

21日 黄镇的《迎接社会主义文化建设的新高潮》发表于《人民日报》。黄镇写道："当前文艺创作和文化事业还远远跟不上形势发展的需要。……文艺作品缺少的状况，还需要进一步努力改变。""文艺创作的题材要多样化，而以现代革命题材为主。要增加作品的数量，又要提高作品的质量。人民群众需要更多具有高度思想性和艺术性的优秀的文艺作品。""要搞好文艺创作，必须坚持毛主席指引的文艺工作者和工农兵相结合的道路，鼓励创作人员长期投入火热的斗争生活中去，以工农兵的斗争生活为源泉，以无产阶级世界观为指导，创作出革命的政治内容和尽可能完美的艺术形式相统一的革命文艺作品。在深入生活、为工农兵服务的前提下，发挥作家的艺术独创性，提倡形式、风格的多样化，要提倡革命的现实主义和革命的浪漫主义相结合的创作方法。""坚决落实毛主席的'百花齐放，百家争鸣'的方针。""对于文艺作品不要求全责备，只要政治上符合六条政治标准，艺术上有一定水平，就可以发表或演出。""对于文化遗产，要坚持批判继承，推陈出新，古为今用，洋为中用的方针。"

本月

柳青的《生活是创作的基础——在〈延河〉编辑部召开的短篇小说创作座谈会上的发言（录音）》发表于《延河》第5期。柳青认为："通常，作品有三种情况，反映了作者的功夫大小。""一种呢，就是写得深刻不深刻。矛盾冲突概括得深刻不深刻；矛盾冲突是不是反映了事物的本质，人物是不是写出了思想、性格、品质，而且，使这两方面融合得非常和谐，使读者非常的信服。信服啊！""第二种情况呢，就是说，作品的内容也没有错误，但是，是平庸的。矛盾冲突概括得浮浅；人物没有写出思想，性格，品质，而且还有概念化的毛病。这样，使得作品不能够感动读者，不吸引人。""第三种情况，就是说，作品写得虚假。矛盾冲突概括得不真实，给人看了以后，不能信服，总觉得生活里面不是这个样子。因此，作品写得再华丽，用的语言，甚至于是激昂慷慨，但是不能感动读者。""上面说的这三种情况，就是我们现在所看到的作品里面表现出来的。"

六月

16日　《文汇报》开辟《关于题材多样化问题的讨论（一）》专栏，发表柯灵的《首先强调什么？》、宋大雷的《题材问题需要讨论一下》、沙叶新的《题材也要不拘一格》、陈伯吹的《题材问题的管见》等四篇文章。"编者按"指出："文艺作品的题材问题，被'四人帮'弄得十分混乱。他们为了推行文化专制主义，借口批判'反"题材决定"论'，强行取消了文艺作品的题材多样化，把革命文艺弄到百花凋零的地步。为了繁荣文艺创作，使我们的文艺更好地担当起社会主义革命和社会主义建设新时期的光荣任务，有必要从理论、路线上澄清是非，肃清流毒，拨乱反正。我们的讨论，就是为了这个目的。""学术理论的探讨，必须遵循'百花齐放，百家争鸣'的正确方针。在揭批'四人帮'的共同前提下，我们提倡人民内部的自由讨论，容许发表不同意见，容许批评和反批评，以利于学术文化的繁荣和发展。"

柯灵写道："在文艺创作的题材问题上，当前首先应当强调什么？——强调多样化，还是强调重大题材？""我的想法是首先强调多样化。理由如下：一、'四人帮'实行文化专制主义，疯狂反对毛主席'百花齐放，百家争鸣'的方针。提倡题材多样化，目的就是为了正本清源，拨乱反正，肃清'四人帮'的流毒，贯彻毛主席的文艺方针。二、题材多样化，包括重大题材在内。题材多样化并不排除重大题材，不应该把它们对立起来。"

陈伯吹提出："在这上面，要有两点论：文学创作选取题材是一面，怎样剪裁、构思、写作是又一面。为高尔基所赞赏并支持的《教育诗篇》的作者马卡连柯曾经这么说：问题不在于写什么样的题材，而在于什么样的写法。这话对于文学创作及其题材来说是颇有启发的。"

25日 陈宝云的《关于短篇小说的主要人物》发表于《文学评论》第3期。陈宝云写道："作家选择什么样的人物做作品的主要人物，也应该有广阔的天地。……这各种各样的人物，既包括同一阶级各种不同性格、不同思想觉悟的人，更包括各个不同阶级、不同阶层、不同政治态度的人；既有先进的，也有中间的、落后的，也有反动的；有正面人物，也有反面人物等等。这各种各样的人物，作者都有权利选他们做作品的主要人物。……不论从反映现实生活的需要来说，还是从满足人民对文艺的要求来说，短篇小说的主要人物都需要多样化。""我们主张短篇小说主要人物的各种各样，也主要是要求短篇小说题材的多样化，要从各个不同的侧面，各种不同的角度和描写各种人物去反映生活的丰富性和多样性。"

陈宝云还说："这里有些被'四人帮'搞乱了的是非问题需要加以澄清。""一是把歌颂光明等同于歌颂英雄人物，认为歌颂光明为主，就是以英雄人物为作品的主要人物，否则就不是歌颂光明为主。这是很不对的。……当然我们应当提倡在短篇小说中写英雄人物，但是不能规定一个短篇小说中必须写英雄人物。……其实，歌颂光明为主与作品的英雄人物是可以有联系也可以分开的，尤其是短篇小说，可以写英雄人物以歌颂光明，也可以并无英雄人物但也歌颂了光明。""二是把作品的主要人物等同于作者所歌颂的人物，认为主要人物就是作者所歌颂的人物。这也是很荒谬的。……其实，作品的主要人物与作者所歌颂的人物，这是两个有着不同的内涵和外延的概念。作品的主要人物是作者所歌颂的人物，也可以是其他人物；作者所歌颂的人物，可以是作品的主要人物，也可以是次要人物。""三是把作品的主要人物混同于时代的主人，认为谁做作品的主要人物，就是谁'主宰世界'，就是谁实行专政。……真是荒谬绝伦而又荒唐透顶！作品的主要人物与时代的主人，前者是指作品主要描写的人物，后者是指推动历史前进、决定时代命运、代表时代发展方向的人，在今天就是指无产阶级，指工农兵，指革命人民群众。两个完全不同的概念，怎么可以混同呢？"

吴强的《谈〈红日〉的创作体会》发表于同期《文学评论》。吴强写道："小说《红日》取材于战争史实，小说故事发展的脉络，小说所表现的战役经过，当时敌我双方的大体部署和整个战争形势，是与史实基本符合的，但它们具体故事情节和故事中的人物活动，则是作者虚构的。当然，那是根据我所经历过的客观实际生活虚构的。这是大家知道的，文学艺术创作不是照象，不是记录客观生活的原形原状，但它必定要以客观存在着的真实生活作为依据，去进行艺术创造。"

七月

5日 李剑的《怒放吧，红蕾！——读描写地质斗争生活的长篇小说〈朱蕾〉》发表于《河北文艺》第7期。李剑写道："这部小说在艺术上，写人物，如同不同的蓓蕾，各具特色，个性鲜明。情节安排上有干有枝，既有自始至终的爱情线索，又有不断插入的新奇故事，虽没有千军万马奔腾，但却有高山瀑布飞流。文字秀美，语言简洁，太行山的风物都是从主人公的眼中望出的，因而不论是一山一水，还是一草一木，都流露着人物的思想感情。特别是在爱情的描写上，别具一格，既不象公子小姐的矫揉造作，又没有小资产阶级的缠绵悱恻。""《朱蕾》的题材是重大的。他打破了'四人帮'设下重重路障的'禁区'，不但直接讴歌了'十七年'，而且高举双手欢呼被'四人帮'斥为'臭老九'的革命的知识分子在科研战线取得的重大成就。"

7日 罗守让的《理直气壮地提倡写重大题材》发表于《文汇报》。罗守让写道："虽然题材大小并不能完全决定作品的好坏和优劣，但是，题材无疑地仍然是和一部作品反映生活的深度和广度相联系着的。正像现实生活中的巨大事件常常牵动着亿万人的心一样,描写重大题材的文艺作品——如果这种描写是成功的话——是更能发挥它的作用和影响的。""还应看到,强调写重大题材,可以更好地使文艺为当前的三大革命运动服务。重大题材,特别是现实的重大题材,直接地表现出我们现在所进行的重大斗争,表现出八亿人民在华主席领导下进行的浩浩荡荡的新长征,表现出我们时代的风貌,正是革命文艺的极其重要的任务。"

15日　巴金的《迎接社会主义文艺的春天》发表于《文艺报》第1期。巴金写道:"要繁荣社会主义文艺创作,当前一个重要的课题,就是要大力表现新时期中的新的题材、新的主题、新的人物。我们主张题材多样化,但同时又主张应该以反映现实斗争的题材为主。"

本刊记者的《团结战斗　高声猛进——记中国文联第三届全委会第三次扩大会议》发表于同期《文艺报》。本刊记者写道:"大家一致认为,作家艺术家们要深刻地理解当前的社会主义革命和社会主义建设新时期的伟大现实,用更多更好的作品出色地反映我国三大革命运动的新成就,反映我国各条战线人民群众抓纲治国、努力建设社会主义现代化强国的革命精神和豪迈气概,反映伟大领袖和导师毛主席、敬爱的周总理、朱委员长等老一辈无产阶级革命家的光辉业绩和人民革命斗争的战斗历程,用以鼓舞人民群众向着更宏伟的目标迈进。""我们对于阶级斗争也许还有一定的生活经验,但在生产斗争,科学实验方面,我们的知识和生活,除少数人外,几乎可以说知道的不多,或者很少,也就是说我们缺乏这方面的生活体验。我们的文艺要反映出典型环境中的典型人物。可是今后二十二年中,手脑并用的劳动英雄,他们改造社会,改造自然的雄心壮志,他们的广阔的视野,他们的激情、思维、想象力、语汇、表达方式,不但会不同于'五四'时代的英雄人物,而且也会不同于五六十年代的英雄人物。"

编辑部的《致读者》发表于同期《文艺报》。编辑部写道:"促进社会主义文艺创作的繁荣,大力支持各种题材、各种体裁、各种风格的社会主义香花,是我们的光荣任务。"

周扬的《在斗争中学习》发表于同期《文艺报》。周扬写道:"对于社会主义的文艺创作来说,我们今天最重要的主题,还是表现社会主义新时期的工农兵群众的英雄形象,他们中间出现了象大庆人、大寨人那样的千千万万的新式人物,急待我们的作家去表现。我们还要表现社会主义新时期的革命知识分子,特别是科技工作者和教育工作者,他们是和体力劳动者并肩前进的脑力劳动者,他们的劳动应当受到尊重。我们的作品过去很少写他们,一写他们就往往是戴着眼镜,书生气十足,对他们多少带些讽刺的意味,虽然是善意的讽刺,而没有足够地写出他们在社会主义建设中的积极作用和他们对我们祖国的重大功绩。在最近一年多来的作品中,开始出现科学技术工作者的积极的形象,这是可喜的,也是和我国实现四个现代化的需要相适应的。"

八月

15日 蔡葵推介冯骥才、李定兴小说《义和拳》的文章《〈义和拳〉》发表于《文艺报》第2期。蔡葵写道:"小说以'天下第一团'为中心,通过一些战斗场面的描写,歌颂了他们为保卫天津、与入侵的沙俄等八国联军浴血奋战的英雄气概。反映的内容比较集中,描写的时间也只有半年光景,但却完整地表现了天津义和团运动的兴衰始末,和它气势磅礴、雄浑壮观的历史面貌。""它没有过多客观的叙述,也较少作者主观的议论,主要是通过人物的行动来展开情节和显示性格,明显地继承了古典小说的传统。作品的语言简短有力,色彩强烈,很少冗长乏味的对话,与紧张战斗的内容相协调。"

洁泯的《革命的现实主义力量——读近来的若干短篇小说》发表于同期《文艺报》。洁泯写道:"我们文艺的革命现实主义精神,将因'四人帮'的被粉碎而重振旗鼓。革命的文艺正如爝火之不熄,它的旺盛的生命力是不可限量的。四凶破灭,硝烟甫息,革命文艺的新芽俏枝,就随之破土而出了。以短篇小说来说,近来就有不少茁秀的佳作出现,足以引起人们的兴趣。""这些短篇的题材,大致都同反对'四人帮'的斗争有关。但不论是人物与故事,并无什么雷同的地方,因为它们来自生活的不同方面,反映着绚丽斑斓的众多的生活面;不消说,也就饱含着极浓的生活气息。""大家所熟知的《班主任》,它揭示的主题是深刻的。教育下一代,挽救已经堕入深渊中去的青少年,这个现实课题,有着很大的社会吸引力。""作者刘心武的另一篇小说是《没有讲完的课》，它表现了和'四人帮'帮派体系的直接斗争。""一些现实生活中的新主题和新题材，常常需要作家在艺术上不断地探索才能丰满起来的。……我们的短篇小说作者，在反映多样的题材方面，展示了丰富多彩的斗争画面，描绘了我们曾经熟悉的但是比之生活更集中、更强烈、更典型的人物。"

刘白羽的《创作与生活》发表于同期《文艺报》。刘白羽写道："我认为一个真正的作家首先是通过形象思维观察生活，而后又通过形象思维反映生活的。一个作家、艺术家对人、对社会、对大自然的熟知，都是由无数鲜明形象凝聚而成的，这是艺术创作的根本特征。当然，形象思维并不排斥逻辑思维，而且往往是同时涌现的，但作家赋予一个思想以一定形象。……思想是通过艺术形象表达出来的。""主题来自生活。主题绝不是坐在书斋里想出来的抽象概念，它是从丰富的生活中反复思索、反复追求而获得的一种思想，所以叫主题思想。而这种思想在艺术家头脑中是通过一定艺术形象出现的。这从生活中发掘出来的思想，是哲理，是诗。"

若湘的《关于题材问题的一种独特论点》发表于同期《文艺报》。若湘写道："有一批作品，以它们的新的人物、新的主题、新的生活境界和新的艺术特色，从不同的角度和范围反映了我国英雄人民在社会主义革命和建设当中的壮丽多彩的斗争生活。我们的作家、艺术家在反映实现新时期的总任务的伟大斗争方面，在反映社会主义时期尖锐而复杂的路线斗争(特别是粉碎'四人帮'的斗争)方面，都取得了初步的、但决不可以低估的成绩和经验。这方面，我们只要提到如象《丹心谱》《哥德巴赫猜想》《班主任》《奇异的书简》《走在战争前面》等这样一些作品的名字就可以说明问题了。"

宋爽推介周立波小说《湘江一夜》的文章《〈湘江一夜〉》发表于同期《文艺报》。宋爽写道："立波同志严格遵守寓思想于形象之中的艺术法则，总是通过人物形象的生动描写，来显示它的时代的思想内容。""《湘江一夜》在艺术构思、人物塑造、细节描写、语言特色诸方面，有许多可喜的独到之处。"

吴组缃的《谈〈水浒〉》发表于同期《文艺报》。"编者按"写道："对于中国古代长篇小说《水浒》，长期以来一直存在着许多不同看法。前几年，

'四人帮'利用评论《水浒》，大搞篡党夺权的阴谋，制造了严重的混乱。因此，如何正确评价《水浒》，是广大读者和文学史研究工作者所关心的问题。吴组缃同志在这篇文章中提出了自己的一些看法，现发表于此，供读者参阅。"

吴组缃写道："《水浒传》是我国古代，也是世界文学罕有的一部描写农民革命斗争的长篇小说。它的产生，跟我国文学史上许多家喻户晓、为人民喜爱的名著一样，是有进步思想的文人作者采取民间流传的群众创作，加工再创作而成的。""这其中，插手传闻传说，就是一个方面：'正史'、'野史'以及各种私家笔记，所记关于宋江三十六人受招安、征方腊的事，就由原来远未实现的主观愿望，俨然变成'真人真事'了。""利用当时受群众欢迎的所谓'瓦舍技艺'的'说话'，进行反动政策的宣传，是另一个重要的方面。""利用流行的画象题赞的方式来进行宣传提倡，是又一个方面。"

吴组缃认为："作者在深厚的民间创作基础上所取得的作品内容和艺术方法上的成就，在当时是具有划时代意义的创新。它的要点在于他能以当时被压迫人民的观点与要求来评价人物，并且还能以朴素唯物论和辩证法观察现实，分析问题。就前一点说，封建时代作品能以被压迫人民的观点来处理、评价人物，不止在《水浒传》以前是罕见的，即在《水浒传》以后也是少有的。……再就后一点说，在古代小说发展史上，《水浒传》使我国中世纪源于民间的英雄传奇式的作品，在现实主义艺术方法上异军突起，造诣很深，成就惊人！什么叫做现实主义创作方法？我的一孔之见，就是作者在观察现实、塑造人物时，能够符合唯物论辩证法。生活里，本有朴素唯物辩证法，作者在生活实践中，如能逐步掌握，他的观察现实就能符合客观实际，塑造人物就能栩栩如生，真实动人。除此之外，当然还需要相当的文化知识，从前人的经验中获得借鉴与启发。……《水浒传》借鉴了古代史传文学的经验，在艺术概括方面，接受了古代史传文学的传统，看来确是事实。我国古代史传文学跟我国的小说属于不同的体系，不能混为一谈。但它们是以写人物为主，跟此后以记事为主的史书不同。它们在写人物方面的成就给予后世小说作品以巨大影响，应该说就是从《水浒传》开始的。"

以洪的《是"暴露文学"吗？》发表于同期《文艺报》。以洪写道："《班主任》和《哥德巴赫猜想》究竟是'暴露文学'还是革命文学？""这两篇作品，通过对第十一次路线斗争的描写，歌颂了抓纲治国的大好形势，塑造了象陈景润、张俊石这样深刻感人的新人形象，大大激励了人们的革命斗志。这样的作品，怎么能叫'暴露文学'呢？""对于人民群众，《班主任》和《哥德巴赫猜想》则完全是'站在人民的立场上，用保护人民、教育人民的满腔热情来说话'的。"

同期《文艺报》发表丹的《〈文汇报〉讨论文艺创作的题材问题》。文中引用有些同志的主张："我们还是要提倡和鼓励作家写重大题材，因为它能够更广泛更深刻地反映社会生活，有更大的教育意义，能够更好地为工农兵服务。"

文中还写道："有些文章认为，现在首先应该强调题材多样化。……'无论是现代革命题材，反映三大革命运动的题材，历史题材和其他题材，本身也都需要多样化，避免少样化'。""只有'现代革命题材'，'直接反映人民群众的生活和矛盾，回答现实生活的问题，才能同人民群众保持密切的联系'。"

22日 文美惠的《塞万提斯的〈堂吉诃德〉》发表于《光明日报》。文美惠认为："这部小说深刻地反映了十六七世纪西班牙的封建社会，塑造了堂吉诃德和桑丘·潘沙这对骑士和侍从的典型形象。""作者采用了滑稽、夸张的艺术表现手法，利用一连串喜剧性的情节，突出堂吉诃德身上这些性格特色，造成了强烈的艺术效果。这是堂吉诃德这个典型形象的主要性格特征。"

同日，《文汇报》开设的《文艺评论》专栏以"评小说《伤痕》——来稿摘登"为题，发表十篇读者来稿，引发对这篇作品的讨论。陈思和在他的来稿《艺术地再现生活的真实》中写道："《伤痕》摈弃了概念化的陈词滥调，它没有回避现实生活中的人物与事件，而是抓住了'生活本身的样板'中某一方面，不加掩饰地把它表现出来。""王晓华……这一悲剧性的遭遇以及在主人公心理上相应产生的变化，都真实地反映了'四人帮'横行时遭受迫害的要求上进的青年人的精神状态。""对一个新时代的青年来说，精神上最痛苦的就是想革命而硬被人拒之于门外，想生活得有意义而反被生活所鄙弃。作者抓住了这样的情节来揭露'四人帮'的罪恶，是真实而深刻的。""这儿，我们不难看出，王晓华这个人物是典型的。"

25日 姚雪垠的《关于〈李自成〉的书简》发表于《文学评论》第4期。

姚雪垠写道："在中国古典文学范围内，我虽然也吸收了不少营养，但毕竟还浅。……以小说论，我没有研究过《红楼梦》，读得也不熟，但它在创作上对我的启发较大；《三国演义》和《水浒》对我也有帮助。我青年时期很喜欢屈原的作品，那种天上地下，色采变化之丰富，对我写《李自成》颇有启示。杜甫的一丝不苟，刻苦、谨严作风，对我颇有教育。""写长篇小说，英雄人物应如何出场，《三国演义》这地方颇值得学习。""关于写历史长篇小说，除内容方面的问题之外，我也在实践中探索一些艺术上的问题，包括如何追求语言的丰富多采，写人物和场景如何将现实主义手法与浪漫主义手法并用；细节的描写应如何穿插变化，铺垫和埋伏，有虚有实；各种人物应如何搭配；各单元应如何大开大阖，大起大落，有张有弛、忽断忽续、波诡云谲……等等。我没有研究过艺术理论，可以说缺乏起码的常识。我把以上各种要在创作实践中探索的技巧问题统目之为'长篇小说的美学问题'。""我认为，写历史小说也同别种题材的文艺创作一样，各个作家可以采用不同的艺术方法，通过不同的途径，形成自己独特的艺术风格。我写历史小说与四十年代以来一些历史剧作家的写作道路就不相同，主张也不同。我觉得历史研究应该是历史小说的创作基础。""在我看来，历史小说应该是历史科学与小说艺术的有机结合。所谓古为今用，应该是在作品中深刻地反映历史运动的规律，以历史的经验教训启发和教育今人，以历史上的英雄人物鼓舞和鞭策人们前进，而决不应该是随随便便地脱离历史客观实际，不顾历史运动的规律，断章取义，以古喻今，牵强附会，借题发挥。写历史小说，研究历史是第一步，小说构思是第二步，完成艺术表现——找到最好的艺术表现手段是第三步。第一步是基础，第二、三步是从前者发展的。第二、三步本来可作一步看，但我这么分开，是强调到第三步才算真正进入创作实践。""我和专门历史学家在对待历史研究上也有不同的地方。以历史学家来说，他们所注目的往往偏在一个方面，例如研究经济史，政治史，军事史，可以不研究某一历史时代的典章制度、文物、风俗、习惯、服饰、用具……等方面的知识。而一个专精一方面的历史学家，也确实不需要那么多与专题无关的知识。但我必须对各方面的知识都有所涉猎，甚至加以认真研究，不然就没法写出来逼真的历史生活。"

九月

15日 徐迟的《文艺与"现代化"》发表于《文艺报》第3期。徐迟认为:"反映我国'四个现代化'的文艺,已经跟'四个现代化'本身一样提到了日程上来,是新课题。我们的文学艺术家虽然还不怎么懂得'四个现代化',特别不怎么懂得科学技术,却是完全能够懂得现代化农民、现代化工人、现代化士兵,以及现代化科学家和技术人员的七窍玲珑的心灵,以及他们的悲欢离合、喜怒哀乐之情的。文艺家是能够为'四个现代化',为科学家技术人员服务的,为科技所武装了的工农兵服务的。"

叶圣陶的《我听了〈第一个回合〉》发表于同期《文艺报》。叶圣陶认为:"先是觉得这部小说听起来顺耳,能听懂,就每天按时听下去。听起来顺耳,有广播员的功劳,他念得好,抑扬顿挫,象通常说话那样生动流畅。这也要作者写得好才行。如果句子别别扭扭,就不会顺广播员的口,听众听起来也不会顺耳。能听懂,由于作者很少用冷僻的和生造的词儿。把句子写得跟说话一样,少用或者不用冷僻的和生造的词儿,说起来平常,要做到可不容易。""小说总是写人物的,写人物的思想怎么发展,怎么转变,怎么从一个高度上升到另一个高度。写人物,写人物的思想,靠抽象的概括是不行的,必须随着情节的发展,写人物的语言、行动、神态和表情——凡是足以表现人物当时的思想的语言、行动、神态和表情。这样,小说才能使读的人,包括我这样听的人,象当时在场一样看到这些人物,并且透过他们的外表体会到他们的内心活动。"

朱寨的《对生活的思考——读刘心武的〈班主任〉等四篇小说》发表于同期《文艺报》。朱寨认为:"《班主任》中的宋宝琦、谢惠敏这两个形象,都是'四人帮'封建法西斯文化专制主义摧残下产生的'畸形儿'。这两个形象,概括了深刻的社会内容,具有普遍的意义。""从题材上看,作者着眼于那些在生活中具有重大意义而又尖锐迫切的问题,并对这些问题提出自己的剖析判断,提出自己独到的见解。在艺术处理上,作者善于通过日常生活事件,……进行结构,展开描写,不追求外部结构的安排和华丽的描绘,而倾力于向事件内部作纵深的开掘和刻划。他描写的人物也多是一些如同生活在我们身边的普通人，……通过这些普通人物形象的刻划，展现出各种不同类型的精神世界以及灵魂搏斗的内在历程。……刘心武同志很注意生活细节的描写和人物语言的锤炼，特别是注意通过某些细节和人物的炼语表现深刻的思想涵义，往往起到画龙点睛、照亮全篇的作用。……他的作品富于哲理性，人物形象有思想深度，结构既撒得开又收得拢，朴素缜密，浑然一体。"

19日 沈天佑的《〈红楼梦〉的主题思想和爱情婚姻的悲剧》发表于《光明日报》。沈天佑认为："《红楼梦》作为一部伟大的古典小说，它深刻的思想意义在于通过以贾府为代表的四大家族由盛而衰过程的描写，真实而深刻地表现了封建末世尖锐的阶级斗争和封建统治阶级内部错综复杂的矛盾，揭示了封建制度必然灭亡的历史趋势。""《红楼梦》上述深刻的反封建的主题思想，是充分运用形象思维，通过对封建末世广阔的社会生活描写来表现的。小说有部分篇幅直接描写了当时社会上的阶级斗争和统治阶级内部的复杂矛盾，描写了贾府这个贵族大家庭的腐朽没落。但是如果从作品的整个描写作全面分析，不能不承认《红楼梦》的作者所精心构思并花去大量篇幅进行深入细致描写的却是围绕着小说中心人物贾宝玉、林黛玉、薛宝钗所展开的爱情婚姻悲剧，这个悲剧在《红楼梦》庞大的艺术结构中，占有中心地位，它是贯串小说始终的一条基本线索。""《红楼梦》里描写的宝黛爱情是建立在相互了解和思想一致的基础上的，把他俩紧紧联系在一起的是反封建的叛逆思想，因此这是叛逆者之间的爱情。""《红楼梦》这部古典巨著的一个鲜明特色，正在于小说以这个爱情悲剧为它的中心结构，写出了以贾府为首的四大家族的必然灭亡，为气息奄奄的封建制度敲响了丧钟！"

20日 杨治经、王敬文的《漫谈短篇小说的艺术风格》发表于《哈尔滨文艺》第9期。杨治经、王敬文写道："艺术风格是作家创作个性的自然流露，在文艺发展史上，优秀的作家创作，总是具有与众不同的独特风格。""艺术风格的形成，是作家在创作上臻于成熟的一个重要标志。一种风格的形成，既有它复杂的、多方面的原因，但也不是神秘的、不可理解的。概括地说来，它是受社会的和个人的、客观的和主观的两个方面的因素所决定的。……而正是这主客观两方面的原因所决定，使得作家在具体创作时，在题材选取、主题提炼、人物塑造、情节结构和语言运用等方面出现了差异，这些差异的总和，就构成了不同作家的不同的艺术风格。"

22日 《人民群众是文艺作品最有权威的评定者》发表于《光明日报》。文中认为："《班主任》在实际生活中的客观效果证明：这篇小说是以震撼人心的力量，激励着人们正视现实，去深刻认识'四人帮'对我们青年一代的惊人毒害；鼓动着人们去揭露、批判、肃清'四人帮'在教育战线上的流毒，为革命下一代的健康成长而斗争。既然作品不是虚假地粉饰现实，而是真实地深刻地反映了现实；既然作品不是使读者消沉下去，而是使读者振奋起来；既然作品是揭露了'四人帮'的罪恶，歌颂了无产阶级的英雄人物，因此，决不能说《班主任》是什么'批判现实主义'作品、'暴露文学'"。

29日 肖地的《一篇值得重视的好作品——谈〈伤痕〉》发表于《光明日报》。肖地认为："《伤痕》的可贵，是它没有按照现成的公式生编硬造。它老老实实地从现实生活出发，从早几年曾经大量存在的生活现象里，选择、提炼、概括了作品的主要故事情节和人物，尽可能象生活本来面目那样来描绘，来表现。它坚持了革命现实主义原则，不回避生活本身所提出的问题的尖锐性，大胆地揭露了'四人帮'猖獗时期社会上确实存在的某些阴暗面。小说所写的'四人帮'对革命干部的诬陷、迫害，'血统论'对知识青年的打击、摧残，假左真右的反革命修正主义路线对人们心灵的腐蚀、毒害，是不少人曾经身受，而在深入揭批'四人帮'斗争中广大群众迫切关心的问题。""《伤痕》之所以引起了读者广泛的反响，也是由于它在创作上冲破了某些曾经被认为的禁区。这种突破，至少有三个方面：一是大胆地揭露了无产阶级文化大革命期间由于'四人帮'所造成的某些社会阴暗面；二是大胆地让王晓华这样一个既不是英雄、又不是敌人，而是受'四人帮'摧残、令人同情的'中间'人物，做了作品的主人公；三是大胆地写了一个社会主义时期的悲剧。"

十月

15日 本刊记者的《短篇小说的新气象、新突破——记本刊在北京召开的短篇小说座谈会》发表于《文艺报》第4期。"编者按"写道："以《班主任》

为代表的一批以揭露'四人帮'给人民内部造成的严重内伤为内容的作品，提出并回答了千百万人民群众所关心的社会问题，初步改变了小说创作题材单调的局面，在读者中引起了强烈的反响，受到热烈欢迎。""这类作品的出现，向文艺评论工作提出了一些值得探讨的问题，如文艺与生活的关系、歌颂与暴露、人物与环境的典型化、社会主义时代能不能写悲剧等问题。"

正文写道："为四个现代化服务的、深刻反映矛盾的、题材多样化的新时期的文学可能由此开始，由揭批'四人帮'和着重反映'受了伤的一代'的问题开始。""文艺作品反映生活的重点可以有所不同，但不论着重表现人民群众对'四人帮'的仇恨，还是着重表现人民群众为实现四个现代化的忘我劳动，都是为实现新时期的总任务服务的。""生活是文艺的泉源，文艺创作必须从生活出发，我们的文艺作品应该是革命的现实主义和革命的浪漫主义相结合的。参加座谈的同志一致指出，这一批短篇小说可贵的地方，在于力求从生活出发，恢复了革命现实主义的传统。""我们主张革命的现实主义与革命的浪漫主义相结合，那就要既正视现实，又有理想，充满信心，能够透过现象看到光明、希望，有鲜明的爱与憎。""陈荒煤同志说，革命的现实主义和革命的浪漫主义相结合的创作方法，不仅要求提出问题，而且要求解决问题；不仅要悲愤，而且更要感奋。但不必采取加一个光明尾巴的做法。""作者写的是生活的一个片断，看到的是生活的整体，是完整的生活。如何从片断中至少暗示出广阔的社会面，这是很值得探讨的。"

本刊记者的《解放思想，冲破禁区，繁荣短篇小说创作——记本刊在上海召开的短篇小说座谈会》发表于同期《文艺报》。本刊记者写道："这些作品中所塑造的人物形象有的很富有时代气息，具有较高的典型意义。""文学是反映生活的，既然现实生活中有悲剧，文学作品就可以写悲剧。""悲剧是可以写的。写悲剧，也应该是歌颂革命、歌颂党的。利用写悲剧来攻击社会主义、攻击党，就应该反对。""应该强调革命现实主义与革命浪漫主义相结合的创作方法。"

丹晨的《文艺与泪水》发表于同期《文艺报》。丹晨认为："既然文艺作品的主要描写对象是具体的、活生生的、有血有肉的人，社会的人，阶级的人，生活在自然和社会之中、特定的历史条件下的人，那么，就应该通过人与人之间、各阶级之间的相互关系，及其在自然、社会中的活动的描写，反映出人物的真实的、具体的思想感情及其个性特点。阶级性就是寓于这个具体人的具体生活、行动、思想感情之中体现出来。"

丁元昌评介奚青小说《朱蕾》的文章《〈朱蕾〉》发表于同期《文艺报》。丁元昌写道："《朱蕾》之所以得到读者的欢迎，除了语言简洁，文字优美，人物鲜明，生活气息浓郁，向人们展现了一幅丰富多彩的地质生活画卷之外，还因为它冲破了'四人帮'文化专制主义所设下的种种禁区，给人以面目一新的感觉。""朱蕾和肖聪的爱情纠葛贯穿于作品的始终。小说对他们的爱情描写别具一格。作品没有单纯地写爱情，而是通过爱情描写，表现了深刻的思想内容。"

李健吾的《巴尔扎克的世界观问题》发表于同期《文艺报》。李健吾写道："生活之于人，就是取得这种正确反映的辩证能力的过程。它对正确反映所观察的资本主义社会起着一种以典型细节、典型人物和典型环境在艺术上全面感染读者的批判作用。"

谢本张评介童恩正小说《珊瑚岛上的死光》的文章《〈珊瑚岛上的死光〉》发表于同期《文艺报》。谢本张认为："一部优秀的科学幻想小说，不但以曲折神奇的故事引人入胜，而且给人以一定的科学知识，有助于开阔人们的眼界，丰富人们的想象力，具有一种独特的认识和启示作用。""一部好的科学幻想小说，不但要以一定的科学知识为依据，而且不能脱离和违背社会生活的真实。也像一切文学艺术作品一样，科学幻想小说是正确地还是歪曲地反映社会生活（当然，这种反映是通过特殊的方式），决定着作品的政治倾向和思想意义。……把科学幻想与社会现实巧妙而紧密地结合在一起，是《珊瑚岛上的死光》的一个突出的特点和优点。"

周力军的《希望作家们写出青年们心里的话》发表于同期《文艺报》。周力军写道："小说《爱情的位置》则在广大青年面前提出了怎样对待爱情及爱情应占据什么样的位置等问题。大胆地将过去被有人认为'龌龊'的爱情问题公开加以描写，给了这个多年来'躲躲闪闪'的人之常情以新的生命。"

25日 西来、蔡葵的《艺术家的责任和勇气——从〈班主任〉谈起》发表于《文学评论》第5期。西来、蔡葵写道:"刘心武同志塑造了谢惠敏这个形象,起了震聋发聩的作用。在我国文学创作中,出现这样的艺术典型,还是第一次,具有着深刻的社会意义。谢惠敏身上的愚昧和教条,是'四人帮'整个政治路线和思想路线的产物。"

十一月

15日 《文艺报》第5期开设《坚持实践第一 发扬艺术民主》栏目。"编者按"写道:"实践是检验真理的唯一标准问题的讨论不仅在思想、哲学战线,也在文艺战线引起了强烈的反响。"茅盾的《作家如何理解实践是检验真理的唯一标准》写道:"文艺作品要起着团结人民、教育人民、打击敌人、消灭敌人的作用。文艺作品是用形象地反映社会现实之典型环境中的典型人物的方式,来完成它的团结人民、教育人民、打击敌人、消灭敌人的任务的。因此,这个任务之完成得好或不好,就取决于作品所反映的社会现实是不是正确的客观的社会现实。""虽说好的文艺作品不仅帮助读者或观众认识现在,也指引他们展望未来,但这未来是指共产主义的远景而不是具体的事物和问题,那是不可能预知的。文艺作品在其公之于世的历史阶段,既然发生过巨大的教育作用,那么,作为这一历史阶段的上层建筑的组成部分,它就有其历史价值,就会被人所欣赏喜爱,不承认这一点,那就是历史虚无主义而不是历史唯物主义了。"

陈登科的《忆念赵树理同志》发表于同期《文艺报》。陈登科写道:"第一部小说叫《杜大嫂》,是写洪泽湖边一支游击队,在敌后坚持斗争的故事。在当时,我既不知什么叫小说,我也无意写小说,只是将我自己在洪泽湖边打游击时,耳闻目睹的一个一个对敌斗争的故事,略加概括与提炼,汇编成一个大的更为完整的故事。后来人们都称它为小说,既然称它为小说,我就写小说呗,便又写了第二部小说《活人塘》。但是,我仍不知'小说'这个名称是什么意思。""赵树理同志……又给我写了一封长信,他说:'我读了你的小说之后,觉着内容充实,语言生动,乡土气很浓,但是,书中人物还欠精雕细刻,在艺术结构上也不够完整,希你能在它出版之前,再做一次必要的修改,地方土语,以少为好……。'……

在写的时候,要有话则长,无话则短,切不可无话找话,拉得太长。在语言上,要说能上口,听能入耳,切不可学洋……"

林志浩评介严家其小说《宗教·理性·实践》的文章《〈宗教·理性·实践〉》发表于同期《文艺报》。林志浩认为:"自然,反映认识论在三个时代的发展,这本来是哲学的课题,要把它形象化,决非易事。它不仅要求作者富有幻想,而且要求他善于运用鲜明的形象和生动的语言。就幻想这一点说,它是新鲜、独创、颇具吸引力的。就形象性说,我以为这样的题材,宜于采用和穿插小故事,让小故事来显示哲理,而不宜于过多地直接诉之于理。"

邹荻帆的《生活之歌——读贾平凹的短篇小说》发表于同期《文艺报》。邹荻帆写道:"那些来自生活的,又经过精心剪裁与构思,用生动活泼的富有泥土气息的语言,又是用较短篇幅集中表现人物和主题的作品,却是难能可贵的。""不能要求短篇小说都写人物思想在起变化,以及革命思想成长的过程。短篇小说完全可以截取人物成长中的一个发光的'折子',或一个侧面来表现人物。""《帮活》(《安徽文艺》一九七七年十月)等篇,都可以见到作者不但有较丰富的生活素材,而且进行过精心剪裁与构思。作为短篇,不可能一一交代小说中人物的政治经历与生活经历,甚至连音容笑貌年龄也都略去,但这样人物的出现,即便场面不多,作者的心底都应有他们的'履历表'。""小说中表现作者的思想感情要隐蔽些,要从人物活动的情节中自自然然流露出来。""作者的另一个长处是,语言比较生动活泼,既富有生活气息,也比较能以简洁的语言勾画出人物的形象和环境的特色。"

20 日 严家炎的《〈李自成〉初探》发表于《北京大学学报》第 3 期。严家炎写道:"把历史本身的真实面貌弄清楚,找出经验和规律性的东西,这是创作历史小说的前提和基础。但光有这一方面,还不能构成为历史小说。历史小说不同于历史著作,它毕竟是文艺作品。历史上的事件和人物虽然可以为小说提供一个骨架,但要使作品真正有血有肉,要构成引人入胜的故事情节,生动丰满的艺术形象,就必须在历史真事的基础上进行艺术虚构。没有虚构就没有历史小说。……历史小说是历史科学和小说艺术的有机结合。只有经过以历史生活为基础的艺术创造和艺术虚构,才能更集中、更典型、更生动、更深刻地再现历史生活。小说《李自成》之所以那样吸引人,正是因为作者在明末农民起义历史的基础上运用各种史料,调动一切能够调动的直接、间接的生活经验,进行了精心的创造,出色的虚构。""小说《李自成》怎样以历史真人真事为骨架进行艺术虚构?方式之一,就是从小说艺术的需要出发,对历史素材作适当的集中、概括、提炼以至夸张,以便更生动、更鲜明地再现历史的本质真实。""《李自成》艺术虚构的另一方式,是利用一些传说来丰富小说的情节和人物。所谓传说,既是历史上经过众人之口转辗相传的故事,本身就已经有了不同程度的虚构成分,而且往往带有较多的传奇色彩。在历史小说创作中,如果有选择地加以采用并作进一步的加工,对于丰富作品的故事内容,塑造某些有浪漫主义色彩的人物形象,加强小说的艺术表现力,都会有相当的好处。""《李自成》艺术虚构的又一方式,是根据史书上一些极简单的记载,顺着事件和人物性格的逻辑生发开去,展开合理想象,构思出当时历史条件下可能有的动人情节。这恐怕是《李自成》艺术虚构中一种最主要的方式。"

严家炎认为:"艺术想象和虚构绝不是凭空杜撰。《李自成》一、二卷的艺术虚构之所以异常真实、生动、成功,就因为作者正确地解决了历史科学和小说艺术的关系,就因为这种虚构不但以历史上真的人物和事件为骨架,而且十分注意符合历史生活的情理。"

十二月

15日 管见的《也说公式化》发表于《文艺报》第6期。管见写道:"去年以来,刊物上发表了不少反映同'四人帮'斗争题材的短篇小说。读后确实颇受教益……我从有些小说中似乎又看到了一种公式……""故事情节也大同小异。""这些象是从一个模子里倒出来的作品,看了其中的一篇,便知其它;看了开头,便知结尾。"

陆柱国的《东方巨人的颂歌》发表于同期《文艺报》。陆柱国写道:"《东方》概括了抗美援朝战争的全部过程,但作者的笔锋,并没有停留在过程上,而是着重刻画那个时代独特的精神面貌,复杂的阶级关系,绚丽的斗争生活,丰满的人物形象。""《东方》的最大成功,在于它塑造出了一个个活生生的人。""《东方》塑造了一个站起来了的东方巨人。这个巨人是捍卫东方和平、世界和平的伟大象征,是各式各样帝国主义推行其侵略政策的无法逾越的一大障碍。"

苏中的《漫谈文艺的真实性》发表于同期《文艺报》。苏中写道:"一切优秀的文艺作品,其所以能够发生强大的教育作用、认识作用、美感作用,首先是因为它们运用艺术形象手段,真实地展现了特定历史时期的生活和斗争,发掘了生活中蕴藏的真理,提炼了生活的美,才能对人发生深刻的影响。""艺术真实既不是存在于生活真实之外,也不是位于生活真实之上,而是从生活真实里提炼出来的典型化了的东西。"

王春元的《浅谈〈东方〉英雄人物的个性化》发表于同期《文艺报》。王春元写道:"《东方》中的英雄性格并不是时代精神的号筒,某种抽象概念或理想的图解说明,而是一个个活的血肉之躯。各个英雄性格之中,除了共性的因素之外,同时还具有千差万别的个性特征。前者使人感到英雄人物身上有时代的脉搏在跳动,后者使人看到英雄性格的无限丰富性和生动性。但,只有二者的有机统一,才能有艺术真实,才能有真正的活的艺术形象。因此,在塑造英雄人物的过程中,在对现实生活,特别是对史诗般的革命题材进行艺术概括的过程中,人物的个性化问题经常是一个重要问题。"

王春元认为:"《东方》的作者不仅在巨大的事件和巨大的冲突中成功地把握了英雄人物的个性刻划,而且善于在日常生活的细节描写中突出英雄人物的个性特征。""一般说来,作者塑造形象,不大采用静态的肖像描写的方法。他笔下的不少人物,包括英雄人物,差不多都是从生活的动态中截取若干个有内在联系的片断,然后迅速抓住人物在行动中的某些细节特征,运用精炼的简朴的语言,不消几笔,人物的声容笑貌便跃然纸上了。"

王西彦的《生活真实和艺术生命》发表于同期《文艺报》。王西彦写道:"按照恩格斯所说的'现实主义的意思是,除细节的真实外,还要真实地再现典型环境中的典型人物'的名言,现实主义的作品,不仅要求生活细节描写的真实性,更要求社会环境和人物性格的真实性。"

韦君宜的《活生生的英雄形象》发表于同期《文艺报》。韦君宜写道:"英雄到底得怎么写?我觉得这里面存在着我们究竟怎样对待艺术作品的一个根本问题。如果承认作品中的人物是从生活中出来的，英雄也是人物里的一部分，那么他在生活中该怎么就得怎么，他的思想境界觉悟如何，品质风格如何，都得通过他在生活中各个侧面的表现由读者来给他评定。人物的思想境界是高是低总得通过他的各种活动形象地表现出来，不能靠本人自封。那么，爱情，这种最容易触动人们灵魂的感情活动，它为什么不能表现出人们的思想境界呢？""人总是有性格，有成长过程，遇事会有思想感情活动的。有的人物的成长过程就是他之所以成为'这一个'人物的性格一部分。"

吴振录的《革命战争题材的新成就》发表于同期《文艺报》。吴振录写道："社会上的阶级斗争不可避免地会反映到党内来，军内来。文学应当正视现实，客观地、历史地反映现实，也完全应该大胆地描写这些矛盾斗争。"

同期《文艺报》开设《〈东方〉五人谈》栏目。刘剑青的《东方革命人民的历史画卷》写道："作者敢于蔑视一切反马克思主义的文艺谬论，勇于尊重现实的发展规律，按照生活的本来面貌，进行艺术上的提炼加工、集中概括，真切动人地描绘出'典型环境中的典型人物'，成为一部色彩斑斓的东方革命人民的历史画卷。""我们常说，衡量一部长篇的优劣，一个很重要的标志，就是看它能否利用一个人的成长道路，概括地反映出一个时代，表现出强烈的时代精神。我觉得《东方》在攀登这个艺术之峰的努力中，取得了显著的艺术成就。"

1979年

一月

3日 《政治局委员、中央秘书长、中宣部长胡耀邦对文艺界提出热情希望：祖国奔向四化的时代列车开动了 文艺界要大胆唱出最强劲进行曲》发表于《文汇报》。胡耀邦说："我们伟大祖国奔向四个现代化的时代列车，现在已经开动了！党的三中全会公报，就是这列列车启动的汽笛声。""在这个列车启动的关键时刻，请同志们尽情地大胆地唱出奔向四个现代化的最强劲的进行曲，请同志们用你们手里的琴弦拨出时代的最强音！"

10日 张英伦的《〈茶花女〉是一本什么样的书？》发表于《光明日报》。张英伦认为："《茶花女》通过玛格丽特置身的巴黎社交界，对七月王朝'上流社会'的腐败作了典型的写照。""《茶花女》不仅暴露了资产阶级风尚的丑恶，而且谴责了资产阶级道德的虚伪。"

同日，弋人的《短篇小说"别是一家"》发表于《山花》第2期。弋人认为："短篇小说不光是篇幅短而已。它从取材、立意、构思，到剪裁、行文，都有自己的特点。它'别是一家'。它最大的特点是精悍，'借一斑略知全豹，以一目尽传精神'（鲁迅语），因而它常用横断面的写法，或采取侧面的表现。""总之，一篇优秀的短篇小说，往往以其立意的新颖，眼光的犀利，构思的独到，剪裁的巧妙，语言的隽永，而使人觉得篇幅小而容量大，耐咀嚼，有余味；甚至感到'齿颊生甘'，得到阅读其他体裁的作品所得不到的艺术享受。"

12日 《陈毅同志谈文艺创作和批评》发表于《文艺报》第1期。编者写道："一九五二年六月十日，陈毅同志在南京给部队文艺工作者作了一次讲话，针对当时部队文艺创作和文艺批评中存在的问题，提出了一系列中肯的意见；

在陈毅同志逝世七周年之际，重读这篇讲话，对我们仍很有启发。特摘要发表于此。"

陈毅说："写人民军队什么是最重要的呢？最重要的是正确处理矛盾，表现矛盾，解决矛盾。""有种种矛盾，但主要的矛盾，是阶级的矛盾。一切矛盾必需从属于这个矛盾，围绕这个矛盾，这是总的矛盾。""正确的方法是要抓住阶级矛盾，抓住点的矛盾，从阶级矛盾出发，从对敌斗争出发，写人民内部的复杂曲折的矛盾，写人物内心的矛盾。""人民内部的矛盾，也有主要的，次要的。主要的矛盾，是个人与集体的矛盾，党性与个性的矛盾。一个作品，写出了这种矛盾，把个人与集体结合了的，那就是好作品。""我们反对个人主义，但不否认个性。连个性都否认了，人就不存在了。"

雷达学的《谱写新长征的英雄乐章——几篇写向现代化进军的短篇小说读后》发表于同期《文艺报》。雷达学认为："作者们不但写出了很多深刻反映人民群众与'四人帮'斗争的扣人心弦的作品，而且也已经开始把注意力更多地放到分析和研究新时期的特点和新人的思想性格上。象《香水月季》、《锁王传略》、《面对祖国大地》、《上铺与下铺》、《三个李》、《宝贝》等等，就是侧重反映向现代化进军的作品。""从这些作品里，我们强烈感受到人民群众实现四个现代化的热烈心情和一种争分夺秒的紧迫感。这正是我国人民精神面貌的反映。""在这新长征的伟大时代，人民期待我们写出无愧于这个时代的崭新作品；与人民的需要相比，我们的创作还远远没有跟上。象发扬民主、健全法制、整顿领导班子、改进领导作风、改善企业管理、改革生产方式……这样一些重大的社会变革，都还没有得到深刻的艺术反映。"

刘建军的《真挚的感情 动人的描绘——读莫伸的短篇小说》发表于同期《文艺报》。刘建军认为："莫伸选择了为人民歌唱的道路，他努力把自己真切体验到的人民群众的思想感情，真实地表现在作品中，这就使他的作品具有感情真挚的特点。""莫伸创作的另一个特色，是富有生活气息和完整的故事性。他善于捕捉大家习以为常的不太注意的日常生活现象，把它们集中起来，组织起来，表现生活中的矛盾冲突。"

刘梦溪的《题材问题与社会主义文艺的性质——重议"写十三年"问题》

发表于同期《文艺报》。刘梦溪认为："决定文艺性质的关键在于作家和艺术家的头脑，即他们的思想、感情、观点，代表那个阶级的利益，反映那个阶级的理想、愿望和要求，他们所写的作品为那个阶级服务。""文艺作品的题材，是经过作家和艺术家融会、提炼过的社会生活。作家选择什么样的社会生活作为作品的题材，写什么，不写什么，以及如何从选定的题材中开掘、深化主题，都是由作家的阶级立场和世界观决定的。题材本身虽然不是无关紧要，但它并不能决定作品的好坏、主题的深浅、意义的大小。同一题材，由于作家的立场和世界观不同，表现的主题思想可以完全不同，甚至相反。"

刘梦溪还说："我们说文艺的性质是由作家的立场和世界观决定的，题材不起决定作用，并不是说题材与题材之间毫无差别。就文艺作品发挥教育作用和反映生活的广度与深度而言，不同的题材是有差别的。一般地说，描写生活中影响历史进程的重大事件，反映工农兵为变革现实开展的三大革命运动，总比捕捉一些身边琐事更有意义；描写现实斗争总比到遥远的历史陈迹中去取材，对人民群众的教育作用更直接。因此，我们既反对题材决定论，也反对题材无差别论，主张在坚持题材多样化的同时，鼓励作家和艺术家敢于和善于描写生活中的重大事件，提倡文艺创作以反映现代革命题材为主，及时回答千百万群众最关心的问题。""对于历史题材和其他题材，我们也必须给予足够的重视。"

祈宣的《加快落实政策的步伐，彻底解放文艺的生产力——本刊和〈文学评论〉召开的文艺作品落实政策座谈会简记》发表于同期《文艺报》。祈宣认为："杜鹏程同志的长篇小说《保卫延安》，是一部表现人民解放战争的优秀作品……在小说中塑造老一代无产阶级革命家的完整形象，是从这部作品开始的。""李建彤同志的《刘志丹》，是描写陕甘宁革命根据地斗争生活，歌颂革命先烈刘志丹同志光辉业绩的长篇小说。……在报刊上屡受批判的作品如赵树理的《三里湾》、《锻炼锻炼》，周立波的《山乡巨变》，马忆湘的《朝阳花》，刘澍德的《归家》、《老牛筋》，西戎的《赖大嫂》，汉水的《勇往直前》，以及刘宾雁的《在桥梁工地上》，王蒙的《组织部新来的年青人》等，都应重新得到肯定的评价。"

闻山的《投降的是宋江，不是〈水浒〉》发表于同期《文艺报》。"编者按"写道:"如何评价《水浒》这部著名的古典小说,目前学术界尚有不同意见。本刊第二期发表吴组缃同志《谈〈水浒〉》一文后,收到一些持异议的来稿。下面选发一篇,以期对促进这个问题的讨论有所帮助。"

闻山认为:"一般来说,中国古代小说 戏剧里骂奸臣,就是骂昏君。《水浒》的作者是骂昏君的,不过,他不能赤裸裸地骂,那样很容易掉脑袋,就如同曹雪芹写《红楼梦》,得用'真事隐'的笔法。但我们只要稍加注意,就会发现施耐庵骂昏君骂得非常艺术,非常高明。他用一种隐而并不晦的手法,相当强烈地表现了他的政治观点,但又叫封建统治者抓他不住。"

吴对树菜长篇小说《姑苏春》的评介(无题)发表于同期《文艺报》。吴写道:"作品故事内容是描写抗日战争后期,我新四军军医周益在地下党领导下,以博爱医院医生身份为掩护,跟日寇、汉奸、奸商进行斗争,胜利完成了为解放区运输药品和护送伤员的任务。"

谢冕评介肖平小说《墓场与鲜花》的文章《〈墓场与鲜花〉》发表于同期《文艺报》。谢冕写道:"《墓场与鲜花》反映的生活,是文化革命大动荡年代的一个侧影。""墓场和鲜花是鲁迅在他的小剧《过客》中涵意深刻的两个比喻,作者借用来构思他的小说,它如神奇的针线,把一对男女青年的血泪生活缝缀成一篇佳妙的文字。"

学对贺政民长篇小说《黄河儿女》的评介(无题)发表于同期《文艺报》。学认为:"这是作者继《玉泉喷绿》之后的第二部描写鄂尔多斯高原农村生活的长篇小说。它以一九六二年暂时困难时期为时代背景,描写了黄河岸边杨柳大队两个阶级、两条道路、两条路线的激烈斗争。通过生动的故事情节和人物,幽默风趣的语言,反映了那个时代的变化,展现了以王春山等为代表的英雄黄河儿女的战斗生活画卷。"

15日 朱宝真的《使人物多样化的主张——"谈写中间人物"》发表于《汾水》第1期。朱宝真认为:"我们提倡写英雄人物,并不反对写中间状态的人物、落后人物,甚至反面人物。这是由于现实生活本身所决定的。因为在实际生活中不仅有英雄人物,也确实存在着处于中间状态的人物,还有落后人物和反动人物。各种人物又是相互依存,相互制约的。真的、善的、美的,与假的、恶的、丑的，只能是比较而存在，相斗争而发展。作为观念形态的文艺作品应当把实际生活中的矛盾斗争典型化，创造出各种各样人物来帮助群众前进。写英雄人物是应该提倡的，写中间状态的人物、落后人物也是无可非议的。""一部作品如果光写所谓的'英雄人物'，不但谈不上反映什么生活中的矛盾，也是很难构成作品的。'英雄人物'如果离开了中间状态人物、落后人物与反面人物，也就失去了光彩，没有什么英雄行为可言。""我们写中间状态的人物与落后人物，绝不是为了取代英雄人物，而是通过这些人物的进步、转变来显示我们社会主义制度的无比优越性，表现我们党和革命人民改造旧世界的巨大力量。"

朱宝真指出："革命文艺是社会生活在革命作家头脑中反映的产物。作品中的人物，并不是现实生活中人物的简单再现，它包含着作家的美学理想和美学评价。某个人物是这样而不是那样，是作家深入生活，根据现实生活逻辑典型化的结果。一部作品有无中间状态的人物或中间状态的人物处于什么地位，这要看作家通过生活所选择的题材和表现主题思想的需要。'写中间人物'就会排挤英雄云云，这是典型的机械论。如果在具体创作过程中遵循着这条路走下去，只能走进唯心主义形而上学的死胡同。'四人帮'搞'主题先行'，提倡从概念出发，定出一号人物和二号人物，确立'突出'、'陪衬'的关系，老实说乃是以这一'理论'为前导的。"

同日，荒煤的《篇短意深　气象一新》发表于《收获》第1期。荒煤写道："短篇小说，终究只能从一个角度，一个侧面，反映生活的一个片断，不能创造很多人物，即使是描写一个人物，也不可能表现他在全部斗争中的各种思想情感。它所反映的斗争有很大的局限性。""因此，评价一篇短篇小说，要实事求是，不能有过高过多的要求，特别是不能要求每一个短篇都是表现了这个时代的站在斗争前列、最典型的人物。即使是《班主任》已经描写了一个普通的又是先进的人民教师张俊石的英雄形象，但这个形象也不能概括教育战线上在长达十年中进行过各种方式斗争的教师形象。'典型'是一个生动的、具体的综合和概括，但绝不是公式和模式。"

荒煤认为："这些短篇小说都不同程度地创造了各种人物。但应该承认有的作品还是不大注意性格的描写。特别是在短篇小说中，不善于用简练的笔法，通过人物自己的行动与动作、自己的语言（都是反映人物内心活动的）来显示性格的特征。其实这是短篇小说最主要的方法。""现在还应该强调，短篇小说，终究要短——自然，我们现在某些短篇实在太长了，应该要求写得更短一点，更精炼一点。但不论怎样短，还是要求写人，创造人物，是一个有感情、有性格的人。不能老是停留在'讲故事'的阶段，读完之后，对人物毫无印象。既短，又要写出人物来，这就是短篇小说的难处和难度。不克服这个难度，就不能提高作品的思想性与艺术性。"

荒煤指出："这些短篇小说有一个共同的特点，文学语言比较生动，不是'语言无味'。有些作品看出来，作者力图使作品口语化，不仅在人物的对话方面，并且也尽量用口语来表现人物的心理、思想感情和进行场景的描写。这种努力是应该支持与肯定的。""这几篇作品的口语化还有一个原因，大都是用我字来叙述故事的，'我'就是作品中的一个重要人物。通过我字来叙述我所看到的经历的一切，表达我的观感，我的思想感情。这个方法有好处，只要表现恰当，容易使读者感到亲切自然，容易看到人物的内心活动。'我'和读者的心是交流的、相通的——似乎是作者坦然地向读者打开了心灵上的窗子，在向读者交心。""但是，有一个应该注意的问题：这个'我'，终究是一个特定的人物。'我'有我的性格、个性、工作生活中习惯、爱好、趣味，我的世界观、人生观、心理、思想、感情、语言的特点，我看到听到的一切，都只能按照'我'而不是任何别一个人的感受来加以观察和判断的。简单讲，要合乎'我'这个人物的身份。"

20日 萧殷的《关于典型环境中的典型人物》发表于《人民文学》第1期。萧殷写道："现在有些作品，特别是在编辑部里看到的一些作品，常常只看见描写事件，却不注意对酿成事件的特定环境的描写；只见作者着力去描绘悲剧的惨状，却不去深刻地、真实地把悲剧产生的特定势力通过对坏人的社会关系的描写表现出来，这类作品留给读者的印象，其情节是够曲折的，但却使人觉得内容肤浅，仿佛没有接触到社会的矛盾，更没有通过对支配事件的当事人及其社会关系的描写，深一层地把影响这事件发生、发展的某种社会势力揭示出来。因而，就不可能反映出事件的实质，也不可能揭示出事件本身所固有的社会意义。"

本月

艾斐的《细节的"升华"》发表于《长春》1月号。艾斐认为:"细节描写,是现实主义艺术的主要组成部分。""作为作品的细胞——细节描写只有和作品的整体血肉交融地连在一起的时候,它才能在突现人物性格、深化主题思想、渲染环境气氛等方面,发挥一以当十的作用。"

艾斐指出:"由于典型环境不能与作品中的典型性格分离开,因此,环境方面的细节描写又总是和典型性格有着直接或间接的联系的。所谓直接联系,就是环境的细节描写,能直接突现人物性格;所谓间接联系,就是这种细节描写,适合作品情节的发展趋势,造成某种气氛,衬托人物的思想情绪。"

郁源的《生活、思想、主题、题材——重读〈不能走那条路〉》发表于《武汉文艺》第1期。郁源写道:"《不能走那条路》的创作过程,很好地说明了生活、思想、主题、题材之间的关系。""李准在确定这个作品主题的时候,人物的影子已经在他脑子里活动了。作者根据对生活的认识和表现主题的需要,选择素材,并且对它进行加工和艺术概括,于是就构成了《不能走那条路》中具体的人物、情节和细节,形成了具体的题材。……《不能走那条路》对人物、情节和细节作出的具体描写所构成的题材,鲜明地体现了作者对生活的认识与态度,不但为作品的主题所统帅,而且只有由这种描写所构成的特定题材才能深刻地表现这一特定的主题。"

郁源指出:"在题材问题上比较流行的一种观点,是把生活素材视为作品的题材。这种观点只强调了它们之间互相联系的一面,而忽视了它们之间的区别。生活素材是纯客观的存在,而题材却已经是生活存在和作家思想认识之间主客观的统一。所谓'同一题材可以写出绝然相反主题的作品'的说法,就是由上述对题材的片面理解而来的。其实,思想性绝然相反的作品,它们的题材绝对不会相同。……这是因为主题是蕴含在作品所取的题材之中的,题材对于主题具有规定性。相同题材可以写出思想性相反的作品的说法,表面看来是强调了作家世界观的重要性,而实际上恰恰是把作品的主题视为游离于题材之外,变成可以由作者随意加进去的一种东西。""再就是文艺创作包括题材在内,要多样化,要百花齐放,当然应以现代革命题材为主,注意写重大题材。但对什么是重大题材,同样也有一种颇为流行的观点。这种观点认为,重大题材就是写重大政治事件。这一观点与前面提到的把题材与素材等同的观点是相联系而派生出来的。对重大题材的这种理解,不但限制了重大题材的百花齐放,严重地束缚了作家的手脚和创作积极性,而且导致了文艺创作上极不正常的现象,生活中发生了某一政治事件,于是作者云集,那种题材撞车,千篇一律应时应节的应景文学应运而生。这仍然是'题材决定'论的一种变种。生活中发生的重大政治事件,无疑应当属于重大题材之列,因为它包含有重大的社会内容和深刻的历史意义。但是重大题材的范围要宽广得多。《不能走那条路》的创作就说明了这一点。小说写的无疑是从生活中来的重大题材,但一个要卖地,一个要买地,无论如何也不能算作是重大政治事件。然而李准同志从如此普通的生活事件中却发现了它所具有的深刻社会意义。……题材是否重大,不在于事件的大小,而在于题材所包含的主题意义的大小。凡是能够从中提出重大社会问题、具有深刻历史内容的题材,都是重大题材。"

二月

12日 本刊特约评论员的《文艺为实现四个现代化服务》发表于《文艺报》第2期。本刊特约评论员指出:"'写真实'是一切进步文艺、包括无产阶级文艺的根本原则。文艺的任务,就是以自己的独特方式正确地反映社会现实,感染人们的思想和情绪,推动他们改造现实的活动。所谓正确的反映,也就是对生活素材进行去伪存真的改造,用艺术典型化的方法,揭示各种社会关系的本质和历史变动的基本趋向。""无论是歌颂老一代无产阶级革命家还是群众的英雄,都应当努力描写他们作为群众的一员,怎样集中群众的智慧、才能、理想、巨大的创造力和美好的品格,描写他们改造和提高自己的过程。只有这样,他们的形象才是真实的,才具有深刻的典型性和示范作用。"

何西来、田中木的《革命变革时期的文学——谈一九七八年的短篇小说创作》发表于同期《文艺报》。何西来、田中木写道:"一九七八年是短篇小说创作丰收的一年,出现了一批在社会上引起巨大反响的好作品。这些作品带有革命变革时期艺术创作常有的特点：探索、思考、追求，对旧事物作无情的揭露和批判，从各种社会力量的结合与冲突中揭示历史运动的趋势。""揭露'四人帮'的暴政，以及在这种暴政之下，人们的相互关系和人们的精神生活所出现的各种怵目惊心的不正常状态，提出尖锐迫切的现实问题，显示因受戕害而造成的不同形态的社会痼疾和内伤，大声疾呼，引起疗救的注意，是一九七八年短篇小说创作在内容上的主要特点。刘心武的作品比较集中地反映了这一特点。"

何西来、田中木还说："一九七八年短篇小说的一个重要成就，就是一扫瞒和骗的恶浊空气，坚持从生活出发，使一些长期在理论上纠缠不清的问题，如现实主义问题、写真实问题、悲剧问题等，从实践上有所突破，得到了一定程度的解决。""以《伤痕》等为代表的作品，可以说是由千家万户的血泪凝结成的艺术之花。不错，这些作品描写了我国社会主义在这一个逸出常轨的历史阶段上人民群众所遭受的苦难，反映了社会生活的一个重要的方面，这个方面是阴暗的，令人窒息的，甚至可以说是黑暗的。但是它是客观事实。冤案、株连、悲剧在一九七八年短篇小说中得到比较充分的反映，是一大收获，说明了艺术创作突破了长期以来的禁区，因此，是一种前进的运动，不是倒退。""短篇小说创作的中心问题，是写好人物。作者所要表现的主题，所要表达的思想和感情，都要通过栩栩如生的人物形象流露出来。按照毛泽东同志的创作思想，就是要写好'各种各样的人物'，而不是只许写某一种超凡入圣的人物，如'四人帮'的'三突出'所要求的那样。"

宋遂良的《秀丽的楠竹和挺拔的白杨——漫谈周立波和柳青的艺术风格》发表于同期《文艺报》。宋遂良写道："我们读《创业史》的时候，总会觉得这位给我们讲故事的作者，象一位热情的政治评论家、时事观察家，有时又象一位权威的历史学家。他以革命的眼光观察世界，以批判的态度描绘历史，以领导者的地位来关心社会上各个阶级、各种人物的动态与心理，以主人公的心情欣赏自然界一切美好的东西。""这种强烈而鲜明的政治色彩，就成为柳青艺术风格中一个最显著的特色。柳青笔下的人物，没有一个不是生活在一种尖锐敏感的政治斗争环境里，有着鲜明的阶级倾向性。""然而我们读《山乡巨变》时却另有一种体会。立波同志好象一位忠厚热情、土生土长的农村干部、一位热爱农民、很有学问的乡村小学教员那样，熟知本乡本土的风土人情，能够胸有成竹、绘声绘色地描述我们这个时代农村中的新生活、新人物。他又善于把这种新生活同醇郁的乡土气息、质朴的民间美德，和诗情画意的劳动揉合在一起，创造一种优美的意境，抒发一种邈远而高尚的情怀，引起读者对生活的热爱，对未来的追求，并给他们一种精神上的舒阔和美感，培养他们健康的情操和丰富美好的内心世界。""柳青刻划人物、描写事件，又总喜欢选择那些最富有时代色彩和政治意义的情节，笔酣墨饱地从正面、从高处加以铺陈，力求把它说深说透，说得打动人！""如果说柳青多用直接抒情，立波则多用间接烘托；一个重主观色彩，一个重客观描述，一个比较热情，一个比较文静，一个直率，一个含蓄。""和柳青不同，立波对于一些重大事件和环境、人物的描写，常常是通过一些极平凡的情节，用烘托、反衬的手法，让读者从那已经得知的内容，和作家渲染的特定气氛中，沿着一定的思路去发挥想象，去把握那更深一层的含意。他使用语言从不肯过火，似乎对于读者的理解力和自己的文字表达力有着特别的自信。"

《北京业余作者座谈文艺如何为社会主义现代化服务》发表于同期《文艺报》。文中写道："文艺在反映社会主义现代化建设中，必须'歌咏新事物，鞭扫旧风流'。既要歌颂在实现四个现代化中涌现出来的具有共产主义思想的新人新事，歌颂体现着新的人与人之间关系的新风尚新面貌，也要鞭挞和揭露生活中阻碍我们前进的旧事物、旧思想、旧作风，如危害革命事业的官僚主义，破坏社会主义民主与法制的独断专行，脱离群众不按客观规律办事的'长官意志'等等。"

20日 严家炎的《〈李自成〉初探（续）》发表于《北京大学学报》第1期。严家炎写道："《李自成》一、二卷中，尽管有些重要的历史人物尚未登场（要到三、四卷中才陆续出场）但有名姓、有活动的人物已有二百多个，成功地塑造了的人物形象也已有几十个。这些形象各自具有不同的思想意义，个性相当鲜明生动。其中一部分人物还概括了比较深广的社会内容，富有艺术生命力，完全可以当之无愧地称为艺术典型。""从艺术上说，李自成形象的塑造，贯穿着两个显著的特点：一是把人物放在斗争的急风暴雨、惊涛骇浪中，通过大起大伏、尖锐激烈的矛盾冲突来刻划人物性格,既突出他作为杰出的农民领袖的高贵品质和卓越才能,又合理地写了他在风浪中经受磨炼、逐渐成熟的过程。""贯穿在李自成形象塑造中的另一特点,是准确地选取一系列经过提炼的富有表现力的典型情节。""《李自成》艺术结构的一个显著特色,是在情节内容多线条的复式发展中做到了主次分明,虚实得体,统筹兼顾,繁而不乱。""《李自成》一书怎样能够在线索繁多的情况下,做到统筹兼顾、繁而不乱呢?除了抓紧主线以外,作者还采取了一种很灵巧出色的结构方法:不仅将全书分成许多章,而且将若干章捆扎在一起组成单元,每一卷都能构成大大小小的若干单元。……这种结构方式既有继承,又有创新,而且是兼学中外,不拘一格,确实称得上是一种创造。这种具体的结构方式,也就带来了《李自成》艺术结构上的另一个重要特色:大开大合,有张有弛,舒卷自如,活泼多姿,极尽波谲云诡之妙。""同一单元之内,也常常有张有弛,富于变化。""《李自成》艺术结构上的又一特色,是浓淡相间,疏密映衬,首尾照应,均衡对称,有建筑艺术的美。作品的大起大落,与布局的细针密线得到了很好的结合。全书和各卷的设计都注意了首尾呼应,前后匀称。"

严家炎认为:"《李自成》的作者在小说的民族风格、民族气派问题上,曾作过长期的探索,并在写这部小说的过程中将其心得体会作了出色的运用。我们读《李自成》,尽管它写的是三百年前的事情,但确实感到很亲切,因为,作品的内容既洋溢着民族历史生活的浓郁气息,而作品的表现方式和语言艺术又使我们感到那么习惯,那么熟悉,那么和谐。作者用富有民族特色的文学语言和本民族传统的艺术手法,描写出丰富多采的我们民族的历史生活画面,因而使作品具有鲜明的民族风格和民族气派。""此外,《李自成》还吸取我国章回小说的长处,注意留下艺术悬念,而抛弃了它某些千篇一律、形式主义的东西。《李自成》没有搞章回体,没有'欲知后事如何,且听下回分解'这类套语,但书中的悬念却远比一些章回小说要强烈。这正说明作者创造性地运用了这一传统手法,也是这部小说篇幅虽长却能始终紧紧吸引住读者的一个重要原因。"

张钟的《小说创作的新开拓——评刘心武的短篇小说近作》发表于同期《北

京大学学报》。张钟写道："刘心武的小说，不但提出现实中的紧迫问题，而且通篇都跳动着时代的激情，响彻着历史的召唤，催人在深思中唤发起革命的责任感，这就使刘心武的小说具有积极的现实意义。""塑造各种各样的典型环境中的典型人物，这是小说创作的中心课题。因为只有通过典型人物，才能更深刻地反映社会现实。典型环境并不只产生一种典型人物，就象在共同的社会生活中会产生不同的阶级，在同一个阶级中会产生各种各样的人物一样。刘心武同志的小说，在典型人物的创造上开拓了新领域。他以他所塑造的一组独具特点的典型人物，一扫'三突出'之类的妖风迷雾，给社会主义文学画廊增添了新的人物形象。"

张钟认为："刘心武在他的小说中，着力刻画了一组青年一代中思想精神上受了严重伤害的人物典型。""敢于正视现实，敢于面对尖锐的社会问题，以他深沉的思索，力图回答问题并展示矛盾发展的前景。这是刘心武短篇小说的一个显著特点。""刘心武的小说，通篇都渗透革命乐观主义的精神。这就使他的小说虽然揭示了现实中的问题，但并不引人消沉悲观。作者始终以积极的态度寻求问题的答案，并且通过小说中的正面人物，主导矛盾冲突的解决方向，令人信服地展示了光明的前景。""刘心武的小说，不是停留在人物外在的言行上，而是在人物的精神世界里发掘，把思想上的波澜与事件的矛盾冲突的发展紧紧结合在一起，这就使人物的心理活动有了动因。"

同日，梅绍武的《当代美国文学一瞥》发表于《光明日报》。梅绍武认为："近十年来，还出现了两种新的趋势：一种是由汤姆·沃尔弗、杜鲁门·卡波特和诺曼·梅勒所开创的'非虚构性小说'（或译'记录小说'），就是以小说叙述方式来报道时事。它力图用一种"新型新闻学"的形式取代现实主义小说，出现了一种自白和自传体的趋向，表明作家在社会中的作用起了变化，从局外人转为投入社会中具有倾向性的、事件目击的证人。小说与非小说的界限消逝了。……另一种趋势是有一批作家如唐纳德·巴赛尔玛、罗勃特·库威尔、威廉·加斯和罗纳德·苏伯尼克，则转向为艺术而艺术的创作道路，他们大都受乔埃斯等现代派、法国艾伦·罗伯—格里叶的'新小说'派和当代欧洲实验派作家的影响，作品冗长乏味而晦涩难懂。""值得特别一提的是当代美国文学中出现了许多富有才华的女作家,诸如艾琳·格拉斯格罗、凯瑟琳·安·泡特、尤道拉·威尔蒂、玛丽·麦卡锡、卡尔逊·麦克库勒斯、弗兰奈瑞·奥康纳和乔艾斯·卡罗尔·奥茨。其中奥茨是位年轻的多产作家,每年都有小说或诗集出版。她的小说《奇境》(一九七一年)写的是一个孤儿奋斗成为高级知识分子的过程和两代人之间的矛盾,《他们》(一九六九年)反映了底特律的工人生活状况,都具有现实主义色彩,从一个侧面描绘了当代美国社会的真实面貌。"

同日,丹晨的《表现思想解放的时代》发表于《人民文学》第2期。丹晨认为:"我们的文艺不仅要大力描绘新生活的图画,也还要努力反映曾经发生过的可歌可泣的历史一页。不论是正面的辉煌,还是反面的灰暗的,都将是我们前进道路上的借鉴。文艺作品总是要艺术地再现社会生活,因此常常可以起到形象的历史教科书的作用,使人们借此认识社会,认识历史。文艺是以人为描写对象的,文艺作品描写过去的历史的时候,尤其要表现人民群众在社会发展历史上的功绩,要满腔热情地歌颂代表人民利益的英雄人物的功绩。但是,在作品中,不管是什么样身份的人物,都是生活在现实中的活生生的有血有肉的人,富有自己感情、性格的人,而不是超凡绝尘的'神'。"

25日 狄遐水的《写"中间人物"主张的再评价》发表于《文学评论》第1期。狄遐水写道:"邵荃麟同志这一被概括为写'中间人物'的主张,就其实质来说,是提倡创作上人物多样化的主张。""提倡人物多样化,不仅在邵荃麟同志提出的当时有积极意义,而且这个问题也是涉及文学艺术根本规律的一个问题,对于今天如何发展我们社会主义的文艺,仍然有重要的意义。""过去一些优秀的作品所以能给人以深刻的认识作用,常常是由于它们不仅成功地描写了本阶级的某一种人物,而且也由于它们比较广泛地写出了多种多样的人物,通过多种多样的人物形象,使社会生活中错综复杂的矛盾得到比较充分、比较广阔的反映。例如我国古典小说《水浒》、《红楼梦》以及莎士比亚、巴尔扎克、托尔斯泰的一些作品,就都是如此。"

狄遐水还说:"应该承认,我们在很长一段时间内,在要不要人物多样化的问题上被一种片面狭隘的观点束缚着。往往把提倡塑造无产阶级英雄人物与广泛地描写社会生活中多种多样人物对立起来,往往认为二者不能并重,不能同时提倡，往往认为坚持和保卫社会主义文艺的方向和阶级性质，只能强调写无产阶级英雄人物，除此之外，都是异端。其实，从文学发展上来说，任何一种文学，如果它只能描写和表现本阶级的人物，而不能描写和表现更广泛的人物时，它的成就总是有限的。只有当它不仅善于描写和表现本阶级人物，歌颂本阶级的英雄，而且能够广泛而深刻地描写和表现各个阶级、各种人物，使整个社会生活的丰富复杂面貌通过各种各样的人物尽可能充分地在艺术上再现出来，才是这一阶级文学发展得比较成熟的标志。无产阶级文艺更应该是这样。""文艺上的题材、人物多样化，归根结蒂是社会生活内容的多样性的反映。文艺上对题材、人物多样化的要求，也就是对文艺反映生活的多样性的要求。对于社会主义文艺，提倡多样化，不应该只从消极意义上去理解，好象只能在不妨碍发挥其革命作用的前提下，适当允许，作为调剂；好象社会主义文艺发挥革命作用只能靠写英雄人物。应该充分认识到，提倡多样化的积极意义，正是为了加强社会主义文艺的革命作用，为了促进社会主义文艺的健康发展。""提倡人物多样化，当然不能仅归结为提倡写'中间人物'，但提倡写'中间人物'至少是实现人物多样化的一种具体化的意见。针对当时对'中间人物'描写重视不够的情况，这一意见更有积极作用，完全应该肯定和支持。"

本月

赵宝康、王我的《读长篇小说〈高山春水〉》发表于《长春》2月号。赵宝康、王我认为："一部文学作品的生活气息、地方特色，一般地说来自两个方面，一是作品所反映的生活内容，一是作品的语言。《高山春水》使用的语言，比较丰富，富有东北农村语言的特色，读来感到亲切，仿佛有一般松江两岸农村的泥土芳香扑鼻而来。作品用较朴素、生动的语言所描绘的东北农村的地理人情、风俗习惯、节令景色以及有些人物的个性化语言，都比较成功，是作者长期深入农村生活积累提炼的结晶。"

三月

12日　丹晨的《评大连会议和"中间人物"论》发表于《文艺报》第3期。

丹晨认为："大连会议不是反党反社会主义的黑会，而是一次革命文学工作者研究文学创作如何积极为无产阶级政治服务的会议。""'中间人物'论、'现实主义深化'论不是修正主义、资产阶级的黑理论，而是文艺工作者对文艺创作的一种正当的探讨。"

胡德培评介吴有恒小说《北山记》的文章《〈北山记〉》发表于同期《文艺报》。胡德培认为："作家怀着对牺牲的战友的深切怀念，对当年艰苦斗争的真挚情意进行铺写，而又常常将自己置身于人物和情节的发展之中，运用具有特色的语言，直接站出来抒情论事，仿佛与读者面对面的交谈。""小说巧妙地运用了艺术创作的规律，以具体表现一般，以个别表现全体，抓住了富有典型意义的事件和人物。""这部艺术品的思想意义，不是通过空洞而生硬的说教，而是通过鲜明生动的艺术形象和典型情节表现出来的。"

石泉的《正确对待生活　正确反映生活——人民文学出版社部分中长篇小说作者座谈会侧记》发表于同期《文艺报》。石泉认为："作家对生活中的矛盾，生活中的问题，应有明确的态度。他不回避生活中的问题，就不能不干预生活。但作品干预生活，在于人物塑造，是通过人物的思想、行动、性格、情操去影响读者。人物性格描写得越明朗、越生动、越突出，就越能影响读者，它干预生活的能力就越大。"

屠岸的《土地一样质朴的风格——读沙汀同志的新作〈青枫坡〉》发表于同期《文艺报》。屠岸认为："沙汀同志擅长的是白描手法。这部小说，乍一看来，味道有点淡。但如果你继续看下去，你就会发觉，它是淡中有味。""作者写人物，不作繁琐的心理描写，不用冗长的外形刻划。简练的笔触，却能使人物栩栩如生。""作者完全按照生活的逻辑，按照人物的思想和性格逻辑来发展故事。""白描手法的一个显著特点是多用人物自己的语言来刻划人物。这也是我国古典小说的特点之一。作者善于选择富有特征的语言来赋予他的人物。"

阎纲评介左建明小说《阴影》的文章《〈阴影〉》发表于同期《文艺报》。阎纲认为："作者是会写短篇的。他在五千多字的狭小镜框里，镶嵌进一幅视野开阔的图画——一九七六年春我国真实社会的一角。情节和情绪处理得很有层次，步步深入，曲折有致，读来引人入胜。作者对主人公的正面描写，尽量在传神处下笔，不写则已，写则动情。作者刻意塑造第一人称'我'的形象，特别注意写'我'的眼睛。通过'我'的眼睛这一镜头，步步跟踪主人公的声容笑貌，生动自然、顺理成章，从侧面成功地实现了主要人物的塑造。心理描写和地方色彩的点染都较好；'阴影'的烘托也很用了点心思。"

20日 冯立三的《文学中的思考——谈〈爱情的位置〉兼与李慰饴同志商榷》发表于《光明日报》。冯立三认为："孟小羽是刘心武创造的一个有着丰富的思想内涵并且充满内心矛盾的典型形象。……孟小羽的矛盾的性格反映了'四人帮'这股邪恶势力怎样荼毒了我们的社会，怎样威逼着人们放弃对于真理的信仰和对于任何美好事物的追求。孟小羽的矛盾的性格反映着生活现象的矛盾。这种在性格的矛盾中塑造人物的现实主义创作方法，被'四人帮'摒弃了，刘心武用自己的创作实践复活了它，这是作者的功绩。""与现实生活相呼应，孟小羽的性格是矛盾的，又是统一的。这是禁锢中的思考，疑惑中的决断，彷徨中的追求，黑暗中的光明。她的疑惑和彷徨，探索和追求，从一个侧面反映着十几年来一代青年思想的发展历程。"

本月

本刊评论员的《关于所谓"写中间人物"问题——为大连小说会议的再辩白》发表于《鸭绿江》第3期。本刊评论员写道："在《'现实主义深化'是正确的文学主张》一文中，我们对'现实主义深化'讲了点意见，这里，我们想就所谓'写中间人物'问题提点看法，以作为对那篇文章的补充，也为大连小说会议再作一点辩白。"

四月

12日 草明的《给张洁同志的信——关于〈从森林里来的孩子〉》发表于《文艺报》第4期。草明写道："没有豪言壮语，没有高谈阔论，只是通过人物形象的描写，通过人物行动的描写，深深打动读者的心灵。可贵之处也在这里。"

程代熙的《文艺必须真实地反映生活——读书札记》发表于同期《文艺报》。程代熙写道："艺术真实并不排斥艺术虚构。""真实地反映生活，这是文艺创作的基本原则。""除细节的真实外,还要真实地再现典型环境中的典型人物。""'典型环境'就是作品中作为时代背景真实地反映出来的社会生活的本来的面貌。至于作品中的人物,尤其是主人公生活及展开行动的各种场所,即小环境,就是作为'典型环境'的具体写照。""每个人身上都包含着某一类人或某一些人共有的东西(典型),而这些人身上共有的东西在作品中是通过每一个具体的人(个性)表现出来的。所以在人物形象的塑造上,典型化是与个性化相关联而存在的。二者相辅相成,互为表里。"

冯牧的《文学创作上的丰硕成果——从群众评选活动谈短篇小说的新成就》发表于同期《文艺报》。冯牧写道:"已经入选的这些作品,无论以它们反映的生活和题材的绚丽多彩和丰富多样而言,无论以它们表现的思想主旨的深刻感人和富有教益而言,也无论以它们描绘的人物和情节的生动鲜明和栩栩如生而言,把它们称为我们社会主义文学创作的难能可贵的丰硕成果,我想并不含有丝毫溢美之词。""这些作品在扩展文艺创作题材方面,为我们开拓了广阔的、通向一个崭新的生活世界的道路。"

缪俊杰的《从奴隶到战士——谈梁信笔下几个英雄人物的塑造》发表于同期《文艺报》。缪俊杰写道:"通过人物独特的命运,概括出时代和阶级的风貌,这是梁信塑造英雄人物的一个主要的特色。无产阶级英雄人物的巨大社会意义,在于他把历史、现实和理想的各种因素统一为有机的整体,表现出时代的精神和社会的面貌。""文艺作品中人物的典型性,首先在于它的真实性。一个具有典型意义的艺术形象,必须是通过它反映出社会生活的本质真实。""典型人物的巨大认识作用、教育作用和美感意义,是通过形象来体现的。具有巨大艺术力量的典型人物都不是'时代精神的单纯号筒',而是活生生的独特的个性。""作家忠于革命现实主义的艺术原则,真正做到了他自己所要求的真实地、历史地、具体地去反映生活和塑造人物。"

王子野的《一个封建叛逆女性的颂歌——喜读新编昆曲〈晴雯〉》发表于同期《文艺报》。王子野写道:"《红楼梦》写人物是很有分寸感的,处处留余地,很含蓄。例如贾政、王夫人、宝钗、袭人这些封建代表人物,表面上个个道貌岸然,雍容华贵,满口仁义道德,一肚子男盗女娼。然而作者并不直接去点明,而是通过迂回曲折的笔法去暗示读者,引起读者去思考,带几分猜谜的味道,越猜越想猜,非猜清楚不可。曹雪芹笔下的这些人物初初一面觉得还不错,前前后后联起来一想就感到不对头,越想越坏。""既然是艺术,就不能不讲含蓄、分寸感、留有余地。否则就不能收到感人的效果。我国的文学艺术史上历来都有讲究含蓄的好传统。"

20日 草明的《可喜的收获》发表于《人民文学》第4期。草明认为:"《顶凌下种》反映的是老农把'四人帮'的以什么'教育辩论'来破坏春耕生产的阴谋顶住了。这里写农民的斗争不是靠豪言壮语,而是靠描写人物的形象和描写人物的一步深似一步的行动,使人物跃然于纸上的。""《从森林里来的孩子》也是一篇朴素感人的作品,它也不依赖通常的豪言壮语或高谈阔论去表达作者的思想;而是通过代表高尚的精神境界的人物行动的描写去塑造人物。"

冯牧的《短篇小说——文学创作的突击队》发表于同期《人民文学》。冯牧认为:"我们的短篇小说创作历来有着站在时代前列、也站在整个文艺战线前列的优良传统。""我们的作者们(我主要指的是那些在文学事业上开始起步的青年作者们),已经自觉地意识到了这一点:创造真实的典型的人物形象,描绘活生生的、有血有肉的英雄形象和形形色色的人物形象,才可能赋予作品以强烈的有说服性的生命力量。"

荒煤的《衷心的祝贺》发表于同期《人民文学》。荒煤认为:"短篇小说的创作,绝不象某些人认为的,只是一种'小玩意'。它在反映时代的脉搏,在其思想内容的战斗性,在创作各种典型人物,在歌颂新人新事,感染读者的能力等各个方面,都会产生较高思想性与艺术性的作品,甚至不朽的杰作。新作家的诞生、成长,往往是从创作短篇小说开始的。一个伟大的作家,他的才能或成就也往往是开始于短篇小说的创作,甚至是终生以写短篇小说为主的。而整个文学创作的繁荣,也往往首先在短篇小说方面表现出来,就因为短篇小说确实短小精悍,比较容易掌握,能够较快地反映现实。"

唐弢的《短篇小说的结构》发表于同期《人民文学》。唐弢认为:"有的短篇小说在结构上不大注意短篇的艺术法则,不仅因为太长,也还因为太露。和盘托出,一泻无余,这是中篇或者长篇的写法。中国传统的小说,……短篇总是以最凝练的艺术结构,表现最精采的生活片断,耐人寻味,发人深思。……虽然结构的安排必须胸有全貌,但作品着重表现的只是其中的一部分,即使长篇巨著,也不可能画出整个的人生。每一个题材,每一个主题,作者顶多写出其中的七分或八分,而将三分或二分留给读者去吟味,去咀嚼,去联想,这几乎是艺术的共同的规律。至于短篇小说,作者就应当写得更少一些,让读者想得更多一些。""短篇小说的结构,决不是一个无足轻重的问题。说豆棚瓜架,搭起来就行,那是一种极大的误解。材料的取舍,生活的剪裁,人物的塑造,场面的安排,直到一个新的生命——作品胚胎的诞生,都和艺术结构有关。结构的形成需要经过艰苦的劳动,经过独特的艺术构思。"

同日,本刊评论员的《为文艺正名——驳"文艺是阶级斗争的工具"说》发表于《上海文学》4月号。文章梳理了"文艺是阶级斗争的工具"这个口号形成和流传的过程,并分析了其产生的社会历史根源。本刊评论员认为:"我们的文艺要真正打碎'四人帮'的精神枷锁。'解'而得'放',迅速改变现状,满足群众的需要,就必须对'文艺是阶级斗争的工具'这个口号进行拨乱反正的工作。""'文艺是阶级斗争的工具'这个提法,如果仅仅限制在指某一部分文艺作品(对象)所具有的某一种社会功能这个范围内,那么,它是合理的。如果把对象扩大,说全部文艺作品都是阶级斗争的工具,说文艺作品的全部功能就是阶级斗争的工具,那么,原来合理就成了歪理。""只有把文艺与生活的关系作为首先的和基本的关系来考察的文艺观,才是唯物主义的文艺观。"

本月

袁可嘉的《结构主义文学理论述评》发表于《世界文学》第2期。袁可嘉写道:"在小说理论方面,英国著名批评家诺斯洛普·弗拉亥在《批评的解剖》(1958)中提出了'模式系统'的说法。他以小说中主人公力量与其它人物和环境的力量相比,得出以下五种模式:神话:作品中主人公的力量绝对地超过其它人物和环境的力量;罗曼司:作品中主人公的力量相对地超过其它人物和环境的力量;现实主义小说:作品中主人公的力量相对地超过其它人物,但不超过环境的力量;自然主义小说:作品中主人公的力量并不超过其它人物和环境;嘲弄性小说:作品中主人公的力量次于其它人物和环境,如当代描写虚无主义的反小说。""另一位美国批评家罗伯特·史柯尔斯(Robert Scholes)在《文学结构主义》(1974)中提出了一个更为细致的小说模式理论。他认为一切小说都可以按虚构世界与经验世界之间三种可能的关系而分属于三种主要模式:浪漫小说——虚构世界胜过经验世界;历史小说——虚构世界相当于经验世界;讽刺小说——虚构世界不如经验世界。在这三大模式之间又有四种介乎中间的模式,列表如下:讽刺小说——流浪汉小说——喜剧小说——历史小说——抒情小说——悲剧小说——浪漫小说。"

吴庆先的《反面人物塑造小议》发表于《鸭绿江》第4期。吴庆先认为:"文艺作品不仅应该塑造好正面人物和英雄人物,也应该刻画好他们的对立面——反面人物。""反面人物和正面人物一样,是一定阶级力量的代表。反面典型人物,应既有他那一类人的共性,又有他自己的独特个性。古今优秀的文艺作品,除了成功地塑造了正面典型以外,也塑造了一些生动的、具有深刻社会内容的反面典型。""为把反面人物写得深刻些,就要从'四人帮'的'三突出'等创作模式中彻底解放出来,摒弃创作上的公式化、概念化,认真深入生活,敢于探索新路。在研究正面人物、英雄人物的同时,也下力量研究反面人物,以及形成这一人物特性的家庭、社会、历史原因,然后通过艺术手段把它再现出来,塑造出比较生动的、富有认识意义和教育意义的反面人物形象。"

李小巴的《从五六年何直的文章谈起》发表于《延河》第4期。"编者按"写道:"本刊这一期特发表李小巴同志的《从五六年何直的文章谈起》一文,意图在于借用当年的讨论做引子,结合今天的文学实际,开展新的讨论,明辨是非,活跃学术空气,并以此推动我们今天文学创作事业和文学评论工作的繁荣和发展。恳切地希望文艺界的同志们和广大读者,积极参加到这一讨论中来,对《现实主义——广阔的道路》和《从五六年何直的文章谈起》,都可以提出自己不同的意见和看法。"

李小巴指出:"任何一种违反文学艺术本身的特殊规律与性能的要求和作法,都等于最后把文学艺术驱赶到狭窄的死胡同里。事实同样证明,一切急于想使文学艺术能最直接、最简单、最便当、最功利地为某一时期的政治中心任务和某一具体的政治斗争与宣传需要服务（有些人往往这样偏狭地理解政治以及政治与文艺的关系）的想法，其效果往往适得其反。""现实生活是广阔的，现实主义道路也应是广阔的，而用以反映我们国家这个变革时期的丰富多采的生活的创作方法以及文学流派风格等也应是多种多样的。"

五月

12日 本刊评论员的《坚持文艺的社会主义方向，为完成新时期的伟大任务而奋斗——纪念"五四"运动六十周年》发表于《文艺报》第5期。本刊评论员认为："现在，我们正在伟大的新长征路上奋勇前进，我们一定要更加百倍努力，热情描写一切有利于社会主义事业发展的新的人物新的斗争，歌颂人民对于光明的顽强执着的追求；同时，也要无情地揭露鞭打那些破坏社会主义事业的敌人。……当然，无论歌颂也好，暴露也好，都应以广大人民群众的根本利益为转移。"

梁鲁评介邓友梅小说《话说陶然亭》的文章《〈话说陶然亭〉》发表于同期《文艺报》。梁鲁写道："全文结构紧凑自然，曲折有致。""几次读这篇小说，总不禁要联想起吴敬梓《儒林外史》的第五十五回来。……《话说陶然亭》的构思行文，在这一方面，风味仿佛似之。不过吴敬梓的那一回情调是消极，淡泊，孤芳自赏，自得其乐，与世无争的，读后总使人感到淡淡的哀愁。而《话说陶然亭》，情调却是积极，高昂，深沉，有力的，给予人的是高尚的情操和奋发的意志。"

孙达佑评介张弦小说《记忆》的文章《〈记忆〉》发表于同期《文艺报》。孙达佑写道："小说不算长，大约九千字左右，但是描绘了几个意味深长的生活片断，尤其匠心独运的是把方丽茹和秦慕平两人的不幸联系在一起，比较深刻地反映了人物精神面貌在文化大革命前后的变化，艺术结构上是很成功的。小说所以感人的另外一个原因，是作者大胆地把自己对生活的评价和感受艺术地表现出来，作品中饱蕴着作者的真情，有力地感染了读者。"

吴泰昌的《忆"五四"，访叶老》发表于同期《文艺报》。吴泰昌写道："写小说不是写日记，不是写新闻报道，如果说小说中的某人就是谁，小说中的细节都跟当时的情景一模一样，那就不对了。""有的研究者认为这是一部自传体小说，叶老不同意这种意见。我不止一次听他说过，《倪焕之》描写的内容是有生活依据的，但决不是他个人生活经历的实录，是艺术创作，而不是日记。"

叶子铭、易水的《从"五四"以后文学流派的形成和发展想到的》发表于同期《文艺报》。叶子铭、易水写道："被称为'人生派'的文学研究会的创作，大多取材于中下层社会的生活，着重描写小资产阶级知识分子、小市民以及底层群众的平凡生活和苦闷心理，暴露社会的黑暗，探索人生的问题，注重对社会现实作客观而细致的描写。而被称为浪漫派或'艺术派'的创造社，在选材上则具有神话传奇的色彩和异国情调，强调'表现自我'，蔑视传统，追求创造，注重内心的刻划和主观情绪的自然抒发，具有火山爆发式的热烈感情和浪漫主义的色彩。这两大派都受外国文学的影响。"

15日 叶渭渠、唐月梅的《当前日本文学浅谈》发表于《光明日报》。叶渭渠、唐月梅认为："日本推理小说领域，自从松本清张登上文坛，突破了本格派、变格派推理小说的侦探模式，给推理小说带上了现实主义的色彩，开辟了新的道路——社会派推理小说。其特色是，运用逻辑推理的手法，探索和追究案件的社会原因，来揭示社会矛盾和斗争。松本清张的《日本的黑雾》、《深层海流》、《现代官僚论》等作品，是暴露在美国占领日本时期，日美当局制造的种种案件的黑幕；水上勉的《花的墓碑》反映美国占领日本社会带来的混乱，都是具有时代特色的代表作。""作为日本纯文学派主体的私小说（即我的小说，或心境小说）的传统，是描写自己的身边琐事。'内向文学'这股潮流，更加助长了这种倾向，它的社会性显得越来越淡薄了。""一些作家，特别是年轻作家，不满和厌倦这种'内向文学'的沉闷状态，认为如果文学不在内容上，特别是不在形式上不时出奇翻新，就会'枯萎衰竭'，于是他们主张打破日本文学的既成传统，从自我的立场出发，追求'精神自由'和'个性解放'，以至'性的彻底解放'，用'非理性'的形式主义的创作方法，来表露自我虐待，虚无的绝望和反常的心理。""近期另一个不容忽视的倾向，就是'末日文学'的再度兴盛。这同资产阶级由于危机而引起的恐慌、危机感以及'末日思潮'的影响是分不开的。……它们大都以幻想的形式，把当前资本主义世界的种种社会现象、自然现象，以至所谓'未来的热核战争'，加以渲染或夸大，描绘成人类局部或全部毁灭，暴露了资产阶级的挣扎和没落心理。"

30日 施竹筠的《不平凡的旅行——读儒勒·凡尔纳的三部曲》发表于《光明日报》。施竹筠认为："有些评论家指责凡尔纳不尊重科学，说'林肯岛上的动植物，几乎是全世界动植物的大杂烩'。凡尔纳笔下的林肯岛确实象个世界博物馆，形形色色的动植物，应有尽有。这并不是由于他的粗心大意。林肯岛实际上是凡尔纳理想中的世界缩影。在这里，人人平等，互相尊重，不同类型的人都可以充分发挥才能，为大家服务，脑力劳动和体力劳动的差别已经消灭。作者把这个神秘的岛屿命名为林肯岛，意味也很深长。这部作品是凡尔纳空想社会主义思想的生动体现。"

本月

冬林的《主人公说的"话"》发表于《长春》5月号。冬林写道："最近读了老作家马烽的小说集《我的第一个上级》，感到确实是一次艺术享受。这里，我想谈谈读了《临时收购员》这篇小说的一点体会。""这篇作品主人公说的'话'，不同于一般小说，其特点就是少而精。数了一下，小说主人公共说了十句话，最多的一句只有十三个字，并且有三个半句。""一篇作品，'话'与人物性格关系极大。只要你酝酿成熟了，那你就按主人公的个性去写好了，让他在典型环境中活起来，说自然、朴素的话。这些话伴随着主人公的心理、动作和表情涌流出来。这一点，有些作者却不注意。他们作品中的主人公讲起话来没完没了，而且放到谁头上都可以。所以，马烽同志的经验，值得我们学习。"

六月

12日 本刊评论员的《广开文路　大有作为》发表于《文艺报》第6期。本刊评论员认为："对于全党工作的着重点转移到社会主义现代化建设上来这样一个伟大的历史性转变，文艺工作应该如何跟上形势，如何解决面临的许多新课题，还需要我们花很大力气去进行实事求是的探索、研究和解决，而不能固步自封、墨守成规，甚至自觉或不自觉地画地为牢，成为文艺为四个现代化服务的阻力。""我们正处在一个伟大的历史性转变时期，生活中不断涌现新的情况、新的问题，只有深入到实际斗争中去，才能不断丰富自己，使自己的思想适应客观形势的变化，使自己的作品达到应有的深度和广度。""我们要正视现实，勇于探索，勇于反映社会主义革命和社会主义建设的现实斗争生活。这是我们文艺创作的第一个主题。""与此同时，我们倡导题材、风格、体裁的多样化。这是因为客观世界的历史和现实本身是极其丰富和多样的，作家艺术家又各自有着不同的个性、才能、风格和手法的特点，他们所熟悉的生活知识方面也不尽相同，因此，不能也不应该强求一律。""通过文艺形式，用历史上的深刻动人的故事，杰出人物的事迹，使我们干部、人民从中得到有益的借鉴，丰富我们的智慧和精神境界，恰恰是发展社会主义文化的一个不可缺少的重要组成部分。这就是为社会主义服务，这就是古为今用。"

本刊记者的《作家在新长征中》发表于同期《文艺报》。本刊记者写道："他（指《红旗谱》作者梁斌——编者注）说写《红旗谱》时费力很大，没有出书就病倒了。写《红旗谱》，在创作方法上是社会主义现实主义起作用，当然也有浪漫主义，塑造典型的本身就包含着浪漫主义、幻想和理想。""创作《翻身记事》时，是有意地采用白描的手法。白描手法的好处，是可以使作品更加简练，它是民族形式方面开拓的一种新方法。""梁斌同志认为，由于文学的传统不同，所以，西洋小说多用描写完成人物性格的塑造；中国的小说则多用人物的行动完成人物性格的塑造，这与我国宋元以来讲史的话本和艺人的说书活动有关系。"

钱谷融的《文艺创作的生命与动力》发表于同期《文艺报》。钱谷融写道："科学告诉我们，要认识一个事物，重要的是要抓住它的本质，不能只停留在表面现象上。这是一个有普遍意义的原则，在文艺领域里，在人物形象的塑造上，当然也要遵循这个原则。可是，要把握事物的本质，决不能离开事物的现象，只有通过事物的现象，通过事物的外在表现，我们才能够去把握事物的内在本质，去认识事物的客观意义。本质和现象是紧紧联系在一起，统一而不可分的。""艺术形象之所以能够使我们觉得真、觉得活，所以能够具有感染人的力量，正是靠着作家艺术家的思想感情的孕育。正是作家艺术家用自己的整个心灵，给了他所创造的形象以生命，以感染人的力量的。许多伟大的作品之所以往往带有作者的自叙传的性质，其故也就在此。""作家为了使他的作品能够更深刻、更全面地反映现实，是应该不断地对他的题材，对他作品中的故事情节进行提炼的。而且这种提炼工作，做得愈深入、愈细致，愈好。……作家提炼他的题材，提炼他的故事情节，其实也就是提炼他对生活的认识，提炼他对人物性格的理解。一句话，也就是提炼他自己的思想感情。所以，决不应该撇开作家的思想感情，特别是撇开他对作品主人公的审美感情，而单纯从典型性的要求去谈题材和故事情节的提炼。""总之，艺术离不开感情。在艺术领域里所出现的，被作为艺术对象来加以描写的事物，在艺术家的心目中，都是有生命的，都是要激起人们的一定的爱憎感情的。"

阎纲的《谈长篇小说的创作》发表于同期《文艺报》。阎纲写道："在整个文学创作中，比起诗歌、报告文学、散文和短篇小说来，长篇小说是明显地落后了。其它的文学形式，先后不同程度地冲破了禁区，解放了思想，开拓了题材，正视了现实，恢复了生活的真实，博得读者一片赞扬声。长篇小说，相形见绌了。""长篇小说的规模可以十分巨大，容量可以非常丰富；它在表现力和影响的强烈深刻方面，几乎是一种无可比拟的艺术样式。因此，一部堪称史诗的长篇小说能够反映一个时代，'汇集'社会的'全部历史'。……历来的优秀的长篇小说，不仅从属于政治、服务于政治，而且必然地产生巨大影响于政治。长篇小说不应该消极地'等政策'、'写政策'，成为政治的单纯的号筒，而应该成为政治的触角、能动的喉舌。"

阎纲认为："长篇小说是时代的镜子，革命的史诗，民族文化的结晶，民族心理的一面窗户。长篇小说人物多，事件多，线索复杂，规模宏大，要求有很高的艺术的典型性，要求长期生活的积累，大量丰富的知识和见闻，成吨成吨的语言矿藏和类似于指挥千军万马的将军那样的提挈能力。它是一座庞大的建筑物，光是大厦的结构，如安排人物间的关系，部署事件的交插，埋藏伏线以及前后呼应等等，既严密而又毫无人工气，就足以耗尽作者的全部智力。""要提高艺术质量，一个重要的问题是人物的塑造。在所有的文学体裁中，首推长篇小说对人物的塑造要求最严、最高。人物塑造如何，决定长篇小说的艺术水平的粗细、文野、优劣、成败。没有艺术人物，就没有艺术情节；离开艺术人物和艺术情节，无所谓小说创作。……在人物塑造方面，目前的长篇小说，甚至可以说已经落在了短篇小说的后头。""长篇小说较为宽阔的天地,给予人物塑造以更多的便利条件。我们不能要求每一篇短篇小说都塑造出一个典型人物,但应该要求每部长篇塑造出不止一个典型人物。""真实性是现实主义典型化的基础;现实主义人物的典型化,根于作家对于生活中实际人物的观察和熟悉。……古典长篇小说大师,无一例外地羞于根据一个模特儿摹拟'典型',总是集中很多生活真人的特征'拼凑'典型。人物的真实性正是由此而来。""人物要写得真实,必须象生活中的人物一样,表现他们性格的复杂性和流动性。"

赵丹的《题材禁区要打破》发表于同期《文艺报》。赵丹写道:"我赞成题材无禁区。并希望在中国这一伟大的第三次思想解放运动中,迅速地、真正地、长期地、较彻底地贯彻'百花齐放、百家争鸣'的正确方针。"

20日 建安的《漫谈科学幻想小说》发表于《人民文学》第6期。建安认为:"回顾科学幻想小说诞生的情况,可以使我们清楚地了解:科学幻想小说的产生、成长,是同科学技术的飞速发展分不开的,是同向群众普及科学知识的社会需要分不开的。科学幻想小说从诞生之日起,就一身而兼二任:既是文艺作品,又是科普读物。科学和文艺的'基因',使科学幻想小说成为具有独特风格的异花奇葩。文艺性,要求科学幻想小说要在读者面前展示出在典型环境中活动的艺术形象;科学性,则要求作者所幻想的环境、事件,必须建筑在一定的科学原理之上。科学幻想小说要求文艺性、科学性并重。但是,在实际上,二者并重是很难掌握得好的,常常会出现畸轻畸重的偏颇。如果我们的科学幻想小说的作者能够克服这种偏颇,科学幻想小说的质量无疑能进一步提高。"

建安指出:"从这些年来我国出版,发表的中外科学幻想小说可以看出,凡是没有着力写人,而是刻意叙事的作品,都是生命短促、容易过时的。反之,凡是重视人物形象的塑造、典型环境的描绘的科学幻想小说,总是历久不衰、具有吸引人的魅力。由此可见,形象的塑造,在科学幻想小说中,同样是极为重要的。科学幻想小说中人物形象单薄,除了作者重视不够之外,还有一个原因就是作者的生活积累不足。科学幻想小说,虽是幻想,但它所揭示的思想、所描绘的人物,仍然是现实生活在奇幻的背景上的投影,同现实生活有着极为密切的关系。为了写好科学幻想小说中的人物,作者必须深入生活、熟悉生活,从现实生活的调色板上去寻找绚丽的色彩,涂抹在科学幻想小说的画幅上。"

楼栖的《应当幻想》发表于同期《人民文学》。楼栖认为:"神话和幻想小说,属于浪漫主义作品。浪漫主义偏重于理想。理想和幻想往往互相交织,它们是孪生兄弟,都是来自生活。""神话式的幻想,只是浪漫主义的一种表现方式。其它表现历史题材或现实题材的浪漫主义作品,着重于揭示人物的理想、激情及其反抗性格,其中虽没有或者极少幻想成分,也是属于浪漫主义。有的作品是现实主义中具有浪漫主义因素。具体作品表现不同,不能一概而论。浪漫主义的创作倾向,源远流长,后来形成一种创作方法。它的主要特征着重于把现实的矛盾和斗争理想化。它是作家从理想出发认识现实,塑造形象反映现实的一种创作原则。现实主义却着重于把现实的矛盾和斗争典型化。两者显然是有所不同的。"

楼栖还说:"刘勰把作家的艺术构思称为'神思',对后代的文艺创作起了很大的促进作用。作家描绘人物,我国的传统手法是白描,其要点就在于传神。讽刺漫画,寥寥几笔,神气活现。论肖像,颇似哈哈镜中的尊容;看神气,却是画龙点睛之笔。"

本月

李海宽的《短篇小说的情节小议》发表于《长春》6月号。李海宽认为:"短篇小说的情节是千变万化的,短篇小说都有自己的特殊情节。这特殊的情节取决于作品的题材,主题和作者独具的艺术技巧。如此说来是否意味着短篇小说的情节就无规律可循了呢?不是。共性总是寓于个性之中。一般地说,优秀的短篇小说其情节大都具有奇、巧、新的特色。""所谓奇,并不是脱离实际的离奇怪诞,而是既奇异莫测,又切中情理。""短篇小说篇幅短小,情节也不复杂。要在有限的篇幅内刻划人物,揭示主题,不可不讲究用笔经济。情节安排上恰当地运用巧合,可算做一种行之有效的经济之笔。""有些短篇小说的情节既不奇,也不巧,但由于情节安排新颖,主题深刻,同样能够打动人心,让人回味。"

卢湘的《"现实主义深化"漫议》发表于同期《长春》。卢湘认为:"首先,现实主义要深化,就要研究艺术的真实性问题。因为,离开了真实就没有了现实主义。""其次,现实主义的深化,也离不开对生活本质的描写。非本质的真实,是自然主义的真实。""再次,生活本质在艺术作品中的体现,不是用抽象的哲学概念的方式,作家必须把一切认识与体验,具现在作品中的典型环境与典型性格中。所以,现实主义怎样深化,又不能不直接牵涉到对典型环境中的典型性格的理解。所谓典型环境是指能真实体现出时代某些本质特征的社会环境;典型是指生动的个性,体现着某些历史本质的人物形象。""总之,典型环境对于每一个人都是十分具体的,错综复杂的。每一个人也都反映着它所处环境的某一方面本质。现实主义的艺术和它的典型性,是不能用一个模式去套的。把典型环境与性格理解成为单一的、僵死的,这只会导致公式化,概念化,雷同化。"

郑翔的《从"以不言言之"谈起》发表于同期《长春》。郑翔写道:"最近读清人刘熙载的《艺概》很受启发。《艺概》是一部评论文艺的书,里面有很多独到的见解。刘熙载写道:'词之妙莫妙于以不言言之,非不言也,寄言也。'所谓'以不言言之',我理解说的就是作品的艺术性的问题,就是作品的思想(主题)如何用艺术手法表达的问题。刘熙载主张文学作品之妙,要妙在作品不直言作者意图,而是以'不言'的方式体现。""要作到'以不言言之',就要运用艺术手段,就是'非不言也,寄言也'。……小说则通过人物性格的变化、故事情节的发展,来达到以浅言深、以曲言直的目的。在小说创作中最忌作者的大段议论。你只要把故事写好,把人物写好,大可不必担心读者不理解你的意图。"

郑翔还说:"在这里,我还想推崇赵树理驾驭艺术手段的能力。他写的小说就好象给群众说评书,讲故事。小说多是'开板就讲',一下子就把读者带进故事的环境里去,读者简直就得和小说里的人物一起活动才行。""小说,则要想方设法用人物的对话或作者的议论,来道出它的宏旨。文艺作品是艺术创造。文艺作品的思想性要通过艺术手法来表达。"

胡德培的《气氛的渲染与艺术的魅力——〈李自成〉艺术谈》发表于《春风文艺丛刊》第1期。胡德培写道:"《李自成》在气氛的渲染上,一个明显的特色是：善于在纷纭复杂的各种事件和矛盾中捕捉主要矛盾，善于在事件和人物轻重关系的处理中突出主要人物形象的刻画。这是《李自成》获得强烈的艺术魅力的一个重要原因。""为了表现出这个艺术描写中的主要矛盾，作家花了很多的篇幅，用了很大的功夫，来集中、突出地表现它。为了集中、突出地表现这个主要矛盾，小说在环境、气氛的渲染上，施用浓墨重彩，造成了艺术上的一种紧张气氛。""为了促成艺术发展上的紧张气氛，作品先是远远地将危机隐伏起来，缓缓地为形势发展作点铺垫，或者可以说，在一定意义上，是欲显故隐，欲张故弛。小说第二卷前五章约七万字的篇幅，在对主要矛盾的气氛渲染上，就是采取的这种办法。""《李自成》在气氛的渲染中，又一个明显的特色是：善于根据事件和人物的不同特点，运用多种多样的艺术表现手法去进行铺写。这是《李自成》获得强烈的艺术魅力的另一个重要原因。""为了使作品产生强烈的艺术感染力和吸引力，在上述种种不同的情况下，小说往往根据不同矛盾的需要和情节的发展，在气氛的渲染上还采取了大小与远近等种种不同的艺术手段。""总之，由于小说根据历史生活的真实面貌和艺术描写的客观需要，对于情节发展中气氛的渲染等方面，运用了以上种种不同的艺术处理和安排，使作品色彩斑斓，变化多样，这更增强了它吸引人和感染人的艺术魅力。"

茅盾的《茅盾同志在中、长篇小说座谈会上的讲话》发表于同期《春风文艺丛刊》。茅盾写道："首先讲题材的问题。""我想在题材问题上，应该是什么都可以写。现实生活中有些不好的东西，我们自然可以写，目的是暴露它，指出来让大家注意它，改革它。如果意图如此，那么作品中暴露即使多了一点，也还是可以的。……你这个作品对人民有利还是有害，发表后要看群众的反响。如果主观意图是要否定我们这个社会的，因此专门找黑暗面写，那么这篇作品即使掩饰得多么巧妙，也逃不了群众的眼睛，我们相信群众的眼力。如果主观意图并不是否定我们这个社会，而是要指出一些不合理的地方，指出还有坏人坏事，目的是引起人家的注意和警惕，这样的作品，群众是能够理解的。""其次讲到人物。""一篇小说如果写了中间人物，这也是现实生活的反映。社会上有这样的人。中间人物是什么意思呢？就是他比进步人物差一点，比落后人物又好一点儿，这样的人物社会上有吧？你如果写这样的人物是在中间的道路上前进的话，虽然现在是中间，不过总有一天要摆脱中间状态，要上升到进步的方面去。我想这样作品的教育意义也是很大的，因为社会上有那么许多中间状态的人物。""所以，写人物也没有什么可顾忌的。什么人物都可以写，只要写得深刻。假使这个人物是概念化的，没有个性，我想就是写正面人物也要失败的。""正面人物也应该有一个发展的过程，不能一出现就是非常正确，没有发展过程。"

七月

5日 许锦根、朱文华的《春风吹又生——读〈重放的鲜花〉兼论"干预生活"的口号》发表于《文汇报》。许锦根、朱文华写道："最近，上海文艺出版社把上述体现'干预生活'精神的作品汇集出版，题为《重放的鲜花》，这无疑是做了一件很有意义的工作。趁《重放的鲜花》的出版，对上述作品及'干预生活'的口号重新作出评价，是非常必要的。""应当指出：这些'干预生活'的作品最可贵之处，就是在于冲破了文学创作上的清规戒律，勇敢地正视生活，把笔触探入到了社会主义现实生活的各个领域，深刻地揭露了社会主义社会中各种人民内部矛盾；批判了那种不符合社会主义的精神状态和思想意识；塑造了那些忠于社会主义事业而勇于同一切不利于社会主义的人和事（哪怕他们是自己的顶头上司）作斗争的优秀人物的形象。"

10日 刘大新的《人物性格要有自己的行动逻辑》发表于《北京文艺》第7期。刘大新写道："人物性格有自己的行动逻辑，因而也有自己的归宿或命运。这不同于'宿命'的说法，但属于规律性的东西。作家、艺术家可以认识它，掌握它，也可以利用它来塑造人物性格，然而却不能随意改变它。""每个人，作为一个历史的、民族的、阶级的、具体的人，都是一个整体，都是一个充满生气的具有一定性格的人。人物的性格在具体的社会历史条件下形成，取决于出身、经历、教养、社会交往、社会环境、阶级地位等各方面的因素。人物的性格一旦形成，它就具有相对的稳定性，因而也就有了自身的行动逻辑。这时，它不仅接受环境的影响，而且也给环境一定的影响。"

刘大新还说:"具体的人物性格,既有各方面的外在的表现和活动,又有一个对立统一的内心世界,而主观与客观的对立统一原则又使之有行动,也有行动的意图或动机。具体的人做什么和怎么做,总受一定的动机所驱使——虽然动机常常潜藏着。不管什么动机,总是在社会实践中形成的,既取决于对立统一的内心世界,又取决于具体的生活环境和实践的效果。因此,人物性格通过各种动机凝聚起一切内心的世界和外在的影响,在对立之中形成了一种合乎规律的统一的力量——行动的逻辑。人物性格就是一个丰富的、稳定而又发展的、具有自己的行动逻辑的个体。揭示人物性格的动机及其产生的主观与客观的原因,这是发现人物性格的行动逻辑的重要的一环。""作家的主观能动作用不在于强迫人物这样那样行动,而是在深入生活的基础上,认识和掌握具体人物的行动逻辑,遵守这个逻辑,用这个逻辑修改自己的不成熟的初步构思。"

吴功正的《意料之外和情理之中》发表于同期《北京文艺》。吴功正写道:"如果文学作品从开卷到终章,平铺直叙,淡乎寡味,使读者见了开头顷刻便知结尾,那有什么意思？在优秀的文学作品中总是有许多意料之外的情节发生,它能造成情节的波澜,峰回路转,步入胜境;它能造成读者的'惊奇',平沙千里,陡见峭崖扑面;调动读者的欣赏兴味,于山重水复之中去寻觅柳暗花明。""意料之外的情节,别有洞天,确能吸引读者观众,扣人心弦。但是,文学作品只注意意料之外的情节因素,而不注重意料之中的情理因素,那就只能是故作惊人之笔,荒诞无稽,难以令人征信。这就要充分发掘意料之外的意中因素,以奇特的构思揭示出事物的一般规律即情理。这样,情节奇则奇矣,奇而可信;险则险矣,险而有理。所以,意料之外是为着吸引人,情理之中是为着取信人,意外和意中的统一,亦即吸引人和取信人的统一,才能有足够的艺术感染力。"

12日 丁玲的《我读〈东方〉——给一个文学青年的信》发表于《文艺报》第7期。丁玲写道:"《东方》是一部史诗式的小说,它是写中国人民志愿军在抗美援朝战争中创造的宏伟业绩的史册,是一幅绚丽多彩的画卷,是一座雕塑了各种不同形象的英雄人物的丰碑。""'四人帮'鼓吹的什么'三突出'等谬论在我们文坛上流毒很深。他们要在每篇作品里,突出英雄人物,又要把这个英雄人物写得毫无缺点,脱离群众,脱离环境。为了不能有分毫的矛盾感情以损害这个英雄形象,如若是女主人公,则丈夫最好是当兵去了、开会去了,或者就是死了。千篇一律,使人掩卷。但英雄人物要不要写呢?我看还是要写的,还要多写,要写得好。读者是愿意看非凡的人物的。他们爱这种人物,爱英雄;英雄又教育读者。有多少读者能忍受着满纸的千言万语、津津有味的去咀嚼一个落后人物呢?尽管写得细致,越分析读者会越厌烦,越感到了作者对这种人物的同情,越会反感。如果作者是带着批判和讽刺,那自然当作别论。"

同期《文艺报》开设《作品讨论:〈大墙下的红玉兰〉》专栏。"编者按"写道:"从维熙同志的中篇小说《大墙下的红玉兰》在《收获》今年第二期上发表以后,读者反应强烈,看法很不一致。分歧意见涉及到社会、政治、法制、爱情等很多方面,也涉及到文艺与政治、文艺与生活的关系等原则问题。为了发扬艺术民主,提倡自由辩论,本刊决定从这期起对《大墙下的红玉兰》进行公开讨论。""最好就以下比较重要的问题充分发表意见,如题材与主题,歌颂与暴露,生活真实与艺术真实,人物的理想化与典型性等。"

专栏刊有顾骧的《历史教训的探索》、郭志刚的《见真知深 新人耳目》、沙均的《悲剧不悲》。

顾骧写道:"真实地反映生活,只是文学作品的第一位要求。文艺反映生活并非简单再现生活,而是要积极评价生活,干预生活。文学作品的社会意义与价值大小,最重要的决定于作家通过生动艺术形象表现出来的对生活现象本质的观察和把握的深度。《大墙下的红玉兰》在同类作品中,在开掘主题思想深度方面是拔萃的。它不只是在编织娓娓动听、使人心碎的故事;它很严肃地从一个侧面努力探索无产阶级专政的历史教训,启迪人们思考:如何才能坚持无产阶级专政的原则?我认为,这正是这部小说引起人们注意、为人们所推重的主要之点。""作为一部写大墙里面故事的小说,我以为还有两点是值得称道的:一点是,作品揭露、批判的矛头是对准'四人帮',而不是无产阶级专政的工具本身,界限分明,是非清楚。……再一点是,作品虽然写了一幕悲剧,正义事业遭到了挫折,主人公也不免于牺牲,可是作品整个调子是高昂的而不是低沉的;是乐观的而不是感伤的。"

郭志刚写道:"小说(指《大墙下的红玉兰》——编者注)表现的是一个悲剧,

文学史上的许多例子说明,在悲剧作品中,常常用丑的卑下来衬托美的崇高。这篇小说也是这样。它所描写的黑暗,也许只是一个背景,更重要的,它写出了正面人物精神世界的高尚和美丽。""这篇作品,对于黑暗当然有所揭露和鞭挞,不如此不足以展示光明与黑暗的交锋,美与丑的交锋,不足以展示这篇小说的相当厚实的生活内容。它也象许多好作品一样,以自己的方式显示着情节的丰富性和生动性。""这篇小说在人物塑造上也是比较成功的,它所描写的几个人物,差不多每个人都富有自己的个性特色。作者善于准确地追逐和表现人物在特定场合下所产生的内心活动,并善于为这些内心活动提供十分传神的外在动作和外貌特征。"

沙均写道:"比较起来,在性格描写上,作品的正面人物远不如反面人物鲜明、生动。""这部小说(《大墙下的红玉兰》——编者注)在情节和细节的安排上,有些巧合运用得好,虽出人意表,却在情理之中。""政治倾向性和艺术的真实性没有和谐地统一起来。前者站得住,后者靠不住,这就是悲剧不悲的关键所在。小说存在上述问题,集中到一点,就是作者未能始终坚持从现实生活出发的创作原则。""真正的技巧是从正确地认识生活和真实地反映生活的要求开始的。作者在主要人物性格刻画上存在的粗疏、不统一和形象割裂等问题,说明他对他描写的对象还不够熟悉,理解得也不完全正确。问题不在于要不要写成悲剧,而在于如何才能构成真正的悲剧。作者没有解决好什么是值得着重描写的具有决定意义的本质,没有抓住革命英雄主义这个真正特征之所在。"

黄益庸的《一篇新颖的讽刺小说》发表于同期《文艺报》。黄益庸写道:"这篇小说(指舒展的《宴会在尴尬的气氛中进行》——编者注)在艺术上别具特色。它和许多写与'四人帮'及其流毒作斗争的优秀短篇的风格不同。它没有深沉、严肃的笔调,也不抒发悲愤的情怀,表现哀痛的心曲;它没有政论性的抒情文字,也不让主人公展开严肃的思考。但它充满了机智的幽默和引人入胜的风趣;它有辛辣的嘲讽——这是针对'四人帮'及其反动路线的流毒而发的,也有善意的讽刺——这是针对李大同迷恋于写作脱离生活斗争、华而不实的抒情诗而发的。"

黄益庸认为:"《宴会在尴尬的气氛中进行》在讽刺的运用上是成功的,

它针对不同的对象进行了恰如其分的讽刺。我们国家有着优秀的讽刺文学传统，从清初的吴敬梓到当代的赵树理，都是善于运用这一武器的杰出的作家。在'四害'横行时期，讽刺艺术的花朵一度被扼杀了，打倒'四人帮'以后才获得新生。但主要表现在戏剧、曲艺创作中，至于文学创作，至今仍觉罕见。我们希望，对于反映与'四害'斗争（以及反映其它方面的生活斗争）的短篇小说，在艺术风格上也应提倡百花齐放，而不可要求统一的规格。"

本刊记者的《作家在新长征中（续一）》发表于同期《文艺报》。本刊记者写道："冒着细雨，我们拜访了长篇小说《云崖初暖》的作者高缨同志。他在谈到自己过去、现在，以至计划中的创作时，最深切的感受是生活对创作的决定作用。……高缨是喜欢运用各种文学形式的，诗，小说，散文他都写，并都有佳作，但运用何种体裁决不是他随心所欲决定的。他说，决定文学形式的根本原因是生活。在长期与群众的生活中，常常觉得不写对不起他们，而要把自己想说的话写出来，又不得不考虑用哪一种文学形式更合适些。当他觉得需要替他生活的地区的干部群众说话呼吁，就爱用散文；当一些人物深深打动了他，就写小说来表现；当有一种激情充溢胸间，不吐不快时，就禁不住要用诗歌。"

15日 邓双琴的《小小说漫笔》发表于《新港》第7期。邓双琴认为："为了小小说的'小'，应当把继承中外古今进步作家的优秀传统提到日程上来。继承问题，固然不是根本问题，但也不是小问题。它关系着作者艺术修养高低问题。过去有人说：'小小说是大跃进的产物。'这一说，仿佛这以前既无小小说，自然也没有小小说的优秀传统可继承。其实这种说法是站不住脚的。这里不用去考查小小说的历史渊源，仅从今天我们能看到的许多小小说的优秀作品，便可肯定小小说中外古今早已有之。""为了小小说的'小'，笔墨务须简练。要用最精练的文字插写人和事，就象诗人创作一首律诗那样。契诃夫说，'简练是才能的姊妹'，而才能是在艰苦劳动中获得的。他本人就是以简练著称的文学大师。他的简练表现在对材料的高度概括提炼，选取最必要的细节进入作品。他常常为了作品的简练紧凑、情节的单纯，摒弃一切可省的细节不写，而倾注全力去揭示人物的性格，特别是性格的主要特征。为了展示人物的主要特征，从而把人物写活，写得有力量，他要求的简练还表现在：要'用刀子把一切多余的东西都剔掉，要知道在大理石上刻出人脸来，无非是把这块石头不是脸的地方都剔掉罢了'。为了简练紧凑，形象鲜明，他不喜欢在小小的短篇中加进主观成分。如要求作者对作品的人和事进行评价、议论。他认为小小说不精练，是个群众观点问题。因此，他提出'写的时候，充分信赖读者'；'小说里所缺乏的主观成分读者自己会加进去'。""另外，小小说的故事情节应力求单纯，但单纯不是单调，它的情节安排仍应当有波澜，有'但是'，跌宕多姿。"

田本相的《论鲁迅小说的抒情艺术——鲁迅小说漫谈之二》发表于同期《新港》。田本相写道："首先，在鲁迅小说中格外注意发挥第一人称'我'的抒情作用，是其抒情艺术的一个突出特色。""鲁迅小说抒情艺术的又一特色，是发掘人物的内心世界的细腻而丰富的变化，使人物也按照其性格的发展逻辑抒其胸臆展其情性。""小说的抒情毕竟有别于诗歌和散文，如何把作家爱憎之情渗透在叙事之中，把作家的主观的诗意感受体现在客观描绘之中，这主要表现在人物性格塑造上。鲁迅总是把人物放到一定的环境和场景之中，在事件发展的关节上，使人物充分抒发其内心感受。这里有两种情况，一是采取有利于人物抒情的体裁，如《狂人日记》的日记体，《伤逝》的手记体，这样，使主人公更自由地抒发其内心感情。另一类，虽然不是采取日记体和手记体的形式，但其主人公同样有着浓郁的抒情调子，如《头发的故事》、《在酒楼上》等，前者如N先生，通篇都是他类似独白式的长篇议论，对双十节大抒愤懑之情，激昂慷慨的对话可以看作是抒情的政论。总之，鲁迅笔下许多人物的抒情特征是格外突出的。""但是，人物的抒情是不能任凭人物脱离人物性格的发展成为作家的号筒的。必须处理好人物的抒情同动作、情节的关系，给人物提供借以抒情的典型动作和情节安排。鲁迅小说的故事情节一般说来都是比较单纯的，既没有离奇的巧合，也没有复杂的故事。鲁迅反对那种离开人物性格塑造而追求故事的写法，他说，'或者过于巧合，在一刹时中，在一个人上，会聚集了一切难堪的不幸'，这样的悲剧故事是不足取的。但是，为什么他的小说故事情节单纯又能如此引人入胜、动人心弦呢？其奥秘在于，他不是在情节的繁复上下功夫，而是选取对人物性格具有典型的动作和情节，放手写人物的感情，更好地展开人物内心感情的隐秘世界，把人物心灵的窗儿打开。""鲁迅善于展示人物的感情世界，但他又不是离开人物性格为抒情而抒情。鲁迅最能深入人物内心的堂奥，揭示不同性格的人物的细微隐蔽的感情波纹，并且使不同性格的人物以各自不同的方式来抒发自己的感情。"

本月

冯健男的《关于"写中间人物"》发表于《北方文学》第7期。冯健男写道："文艺是现实生活的反映，既然现实生活中存在着大量的、各种各样的中间状态的人物，作家为什么不可以从中选取创作的题材和确定描写的对象呢？……一个作家选择什么题材和什么人物来描写以表现什么主题思想，总是从生活出发的，总是以他自己的生活经验为依据的。""许多年来，我们提倡和强调社会主义文艺大力描写工农兵的英雄人物，并在这一方面取得重大成就，这是完全必要的和值得珍重的。今后，我们还要坚持工农兵的文艺方向，努力塑造工农兵的英雄形象。但是，我们不应该把提倡写英雄人物和广泛地描写社会生活中各种各样的人物对立起来。在实际生活中，不但'中间人物'是多种多样的，英雄人物也不是一个模子制出来的，反面人物也是这样。各个阶级的各种各样的人物在社会上生活着，交往着，矛盾着，斗争着，形成了错综复杂的社会关系。文学艺术正是应该根据这样的实际生活创造出各种各样的人物，描绘出色彩鲜明的生活图画。"

杨荫隆的《给中间人物一席地位》发表于《长春》7月号。杨荫隆认为："描写英雄人物，不可能也不应该与描写中间人物以及其他人物割裂开来。从社会主义文学的总体而言，英雄人物应占主位，但依据所取的题材不同，也要容许以中间人物作为主人公，就是在一篇作品中，他们之间也是相得益彰，并行不悖的。""在一些作品中，中间人物往往作为陪衬，一走一过，一闪即逝。人民群众是不满足于这种单薄浮浅的形象的，而要求看到活生生的性格，像梁三老汉、严志和、喜旺、小腿疼以及目前作品中出现的王晓华、何为等等那样的形象。对中间人物，可以而且应该刻划出个性化的性格。"

凌璞三的《要使人物"活"起来——读〈路遇〉》发表于《鸭绿江》第7期。凌璞三认为："笔下的人物'活'起来了，……这里所说的'活'，就是作品中人物的思想、性格不是由作者站在一边象作鉴定一样直接指出他们如何如何，而是在情节的发展中，通过人物自身的行动和语言，使人物的思想、性格自然而然地表露出来。这样的人物留给人的印象就不光是鉴定表上的优缺点，更重要的是音容笑貌，使人如见其人，如闻其声，久久萦回于脑际。"

凌璞三还说："要使人物'活'起来，必须有生动、引人的情节。在小说中，人物对情节的依赖就象船对于水。不可能设想会有没有情节的小说。可是有些同志写小说就不大注意设计情节。他们的小说中似乎也有情节，可是那情节，似乎是给某人作鉴定时信手举出一个例证。他们总希望通过这一个个例证，再加上哲理性的分析写出活生生的人物来，结果总是事与愿违。""《路遇》中，个性语言对人物'活'起来起了很重要的作用。作者采撷了大量的农民语言，但又进行了加工提炼，使人物的对话既幽默风趣、尖锐泼辣，又具有一定的文学色彩。"

徐旭明的《艺术的生命在于真实——评〈失去了的爱情〉》发表于同期《鸭绿江》。徐旭明认为："艺术的生命在于真实。而任何真实的东西都是具体的、历史的、形象的。从抽象的公式、概念出发，用今天的标准去衡量、'改造'过去的事物，随心所欲地虚构情节和细节，任意拔高或贬低人物，是决不可能创造出真实动人的作品来的。这就是《失去了的爱情》给予我们的重要启示。"

傅腾霄的《小说创作漫谈》由安徽人民出版社出版。傅腾霄认为，小说创作要通过"典型化的方法""肖像描写""语言描写""人物行动描写""人物心理描写""细节描写""景物描写"等方法塑造人物。小说的情节和结构要"波澜起伏，引人入胜"，"让情节'更加莎士比亚化'"，"小说的结构要严谨、完整"。"小说的语言要丰富、通俗、生动、优美"，"要把生活中的语言提炼为艺术语言"，"要学习古典小说和外国小说中有生命的富有表现力的语言"。此外，对于"小说创作中'两结合'的创作方法"，作者认为，要"在革命现实的基础上展开革命理想的金翅"。

八月

1日　济恩的《评反面人物的简单化》发表于《广西文艺》第8期。济恩写道：

"把反面人物写成傻瓜,草包的做法,不仅在'四人帮'霸占文坛时极为盛行;值得注意的是,现在还有些人在改头换面地袭用,可见流毒深广。""文学艺术作品,首先应当能够帮助人们正确地认识客观世界,进而,才能推动人们在改造客观世界的斗争中发挥作用。在文艺作品中塑造的各种各样的艺术形象,他们无不从各自的特定地位上反映一定的生活内容;虽然反面人物在作品中一般都不居于主要地位,但这类艺术形象所包含的思想意义,却是其他人物形象所不能代替的。""对反面人物的简单化的艺术处理,必然会严重地影响英雄人物的塑造。这是相反相成的事。""我们应该象处理武松与吊睛白额大虫的关系那样来处理英雄人物与反面人物的关系,英雄只有在与强手的激烈斗争中,才能充分显示出他是个英雄。把反面人物写成草包、傻瓜似的无能之辈,那种简单化的艺术构思,不仅违背了生活的真实性,使得严峻的现实生活逻辑破坏殆尽,而且也必然会严重影响到英雄人物的塑造。"

8日 叶冰的《理想与青春的赞歌——喜读〈飞向人马座〉》发表于《光明日报》。叶冰认为:"作者通过小说,歌颂了高度发达的尖端科学技术及其惊人的力量,更歌颂了一代共产主义新人的勇敢、机智、坚毅,歌颂了他们艰苦卓绝的劳动,忠贞不渝的爱情和得之不易的胜利。""不论是主线还是副线,都经过精心的设计,继承了我国古典小说环环紧扣、一波未平一波又起的传统表现手法,使小说的故事情节起伏跌宕,扣人心弦。而主线和副线,宇宙与地面,又是相辅相成,从而产生一种互相推进,有机结合的艺术效果。"

10日 林钟美的《更好地把握短篇小说的艺术特征》发表于《山花》第8期。林钟美写道:"短篇小说是一种独立的文学体裁。短篇小说独具的艺术特征,是通过世界上许多短篇小说作者的大量创作实践,逐渐为公众确认下来的。短篇小说和长篇小说、中篇小说不同,由于它的容量较小,篇幅较短,因此它描写的内容不可能是一个人的一生(或一生中的一个大段落),也不可能是一个时代(或一个较长时期)的斗争全貌,而只能是人生中的一个片段,或者是生活中的一朵浪花。这样,就决定了短篇小说最本质的特征,它是通过以小见大,见微知著,'借一斑而窥全豹'这样一种方式来反映生活的。""短篇小说的取材,不象长篇小说那样着眼于'非常宏丽'的'大伽蓝'的整个建筑,而只是着眼于建筑物的'一雕阑一画础',并通过所写的'一雕阑一画础',使读者产生联想从而推及'大伽蓝'的全体,以小见大,见微知著,得到'愈加切实'的感受。""短篇小说最本质的特征,就是要在短小的形式中装进丰富的内容,以达到见微知著,'借一斑而窥全豹'。""短篇小说以小见大,'借一斑而窥全豹',还要求在短小的篇幅里,塑造出典型化程度很高的人物,写出富有时代特色的典型人物的典型性格,从而去表现作品深刻的主题思想和社会生活现实。"

同日,方明的《从生活出发——也谈〈大墙下的红玉兰〉兼与顾骧同志商榷》发表于《文艺报》第8期。方明写道:"作者有了主题和题材的正确选择,敢于面对现实,敢于'闯进'某一个生活侧面,敢于提出问题,表现了积极的政治倾向,是否就决定了作品是从生活出发呢?我看是不能这样做出结论的。""作家可以从千千万万中选择自己需要的东西,但必还原于'一个'。通过这'一个',真实地、典型地反映生活。这就是作品的从生活出发。"

唐挚的《喜读〈追赶队伍的女兵们〉》发表于同期《文艺报》。唐挚写道:"他(指《追赶队伍的女兵们》作者——编者注)笔下的生活和人物,没有矫揉造作,没有可厌的涂饰,没有虚伪的拔高。我们从他娓娓道来的亲切叙述里,看见的是活的历史画面,感受到的是对革命的执着信念,对光明的热烈追求,对战友的绵绵深情,对敌人和一切人间丑类的不可调和的憎恨。"

《一批大型文艺丛刊问世》发表于同期《文艺报》。文中写道:"这些丛刊的创刊号或新近一期,发表的长篇选载有陈登科的《不废江河》(《新苑》)、欧阳山的《柳暗花明》(《花城》)、丁玲的《在严寒的日子里》(《清明》)、陈玙的《还我山河》(《春风》)等,中篇小说有邓友梅的《追赶队伍的女兵们》(《十月》)、谌容的《永远是春天》(《收获》)、华厦的《被囚的普罗米修斯》(《花城》)、徐迟的《牡丹》(《长江》)等。""这些大型文艺丛刊都强调认真贯彻执行'双百'方针,提倡题材的广阔、新颖和体裁、风格的多样化,力求体现出地方特色、乡土风味,并以一种更加丰富多采的面貌出现在读者面前,也使更多的优秀作品得到发表的机会。"

本月

方晴的《回应时代的呼唤——读〈长春〉六月小说专号》发表于《长春》8月号。方晴认为:"人物没有鲜明的个性,就会千人一面,陷入公式化、概念化的死胡同。为要塑造具有鲜明个性特征的'这一个',作家就要深入地研究生活中人物的不同的阶级属性,以及同一阶级、同一阶层的不同人物的特点和差异,从共性中找出个性来。从纵的方面来说,短篇小说很难把人物一生的重要活动都表现出来,只能截取那最能揭示人物性格特点的某些情节。这一点,魏金枝曾经作过极为形象的说明:它是'可以证明地层结构的悬崖峭壁,可以泄露春意的梅萼柳芽,可以暗示秋汛的最先飘落的梧桐一叶,可以说明太古生活的北京人的一颗白齿等等'。作家在生活中从人物的对比中找出人物的个性特征,从人物纵的活动中截取最能体现人物个性的生活片断之后,重要的是要用精确的个性描写方法,把人物的个性鲜明地表现出来。"

朱兵、丁振海的《四化新里程 文艺吐新枝——谈近期反映社会主义现代化的一批短篇小说》发表于《鸭绿江》第8期。朱兵、丁振海认为:"文艺如何为实现四个现代化服务,伴随着全党工作着重点的转移,越来越成为一个亟待解决的重大课题。毫无疑义,从最广泛的意义上讲,一切有利于'坚持四项原则',为最广大的人民群众所欢迎、所接受的文艺作品,无论是写历史题材也好,现实题材也好;无论是歌颂光明,还是暴露黑暗,都是符合四化要求的,也可以说是做到了文艺为四化建设服务。但是,同样毫无疑义的是,空前壮丽而艰巨的四化建设本身也完全有权力要求自己在社会主义的文艺阵地上占据一个举足轻重的地位,使之成为新时期的文学艺术的中心题材之一。""文艺为四个现代化建设服务,这无疑给作家提出了新的更高的要求。为了表现现代化的建设生活,刻划新长征中的新人物,作家有必要学经济、学科学、学技术、学管理……文学是人学。文学反映生活的着重点是人的生活、人的思想感情、人的内心世界,这是古今中外文学艺术创作的客观规律。新时期的新文艺当然也不例外。"

孙犁的《晚华集》由百花文艺出版社出版。其中收录有《关于〈聊斋志异〉》

一文。孙犁在文章中写道:"象《聊斋》这部书,以'文言'描写人事景物,在很大程度上,限制了它的读者面。但是,自从它出世以来,流传竟这样广,甚至偏僻乡村也不断有它的踪迹。这就证明:文学作品通俗不通俗,并不仅仅限于文字,即形式,而主要是看内容,即它所表现的,是否与广大人民心心相印,情感相通,而为他们所喜闻乐见。""《聊斋志异》,是一部现实主义的书。它的内容和它的表现形式,在创作中,已经铸为一体。因此,即使经过怎样好的'白话翻译',也必然不能与原作比拟。改编为剧曲,效果也是如此。可以说,'文言'这一形式,并没有限制或损害《聊斋》的艺术价值,而它的艺术成就,恰好是善于运用这种古老的文字形式。"

九月

5日 章仲锷的《给个性落实政策——读刘心武的〈我爱每一片绿叶〉》发表于《光明日报》。章仲锷认为:"如同刘心武的其他作品一样,这篇小说不以情节取胜,而是横断地撷取几个特写镜头,为我们勾勒出魏锦星这样一个执拗而敏感的知识分子形象。他之所以被某些人看成是'怪物',受到不应有的干预和不公正的待遇,究竟是为什么?作者以犀利的笔锋,剖析了往昔岁月那些我们习以为常的'政治生活',得出的结论是:不正常的并不是魏锦星,而是那时过于整齐划一的'生活'。""在语言风格上,作者仍旧保持了自己固有的特色。然而看得出他在努力克服某些弱点,使思想观点的表露,不仅富于哲理,而且更多地赋予形象和抒情的色彩。"

7日 言之德的《寓科学于文艺之中——读〈密林虎踪〉》发表于《光明日报》。言之德认为:"作者把当今科学研究的一些尖端题材和文学溶为一体,把深奥、枯燥的科学知识寓于小说之中,运用了孩子们比较熟悉和形象的事物,描绘青少年所不熟悉的一些尖端的科学知识。……作者把科学知识隐伏在文章的细节中,依据情节的发展而逐次显露出来,充分地显示出作者在科学文艺创作中的匠心和才干。"

12日 马威的《为献身四化的干部塑象——短篇小说〈乔厂长上任记〉读后》发表于《光明日报》。马威认为:"小说在艺术上有一个鲜明的特点,就是着眼于人物，着眼于刻划人物性格、剖析人物灵魂。作者善于从纷纭复杂的生活现象里，选择最集中最有意义的生活场景，进行精心的剪裁和构思。""作品的语言具有火辣辣的特点，好象刚从车间炉火中跳出，在铁砧上锤打出来的枪刺，尖锐、深刻、犀利，而又具有政论色彩、哲理意味。"

同日，金梅的《新时期的英雄形象——〈乔厂长上任记〉读后》发表于《文艺报》第9期。金梅写道："小说以乔光朴上任厂长所遇到的新矛盾、新问题和他果断地加以解决的过程为情节线索，塑造了一个目前还不多见的优秀的企业领导者的形象。"

秦牧的《三十年的笔迹和足印》发表于同期《文艺报》。秦牧写道："在艺术技巧方面，必须高度重视提高驾驭语言的能力。……以流畅的口语为基础，采纳古典著作和外国文学中富有生命力的语言，提炼成为生动活泼、简洁明快、合乎逻辑、朗朗上口的文学。我以为这样的文学，才是群众所喜爱的。题材固然是天空海阔的，作品的体裁和形式，也可以多种多样。除了语言的要素以外，尽量调动各种艺术手段，使作品写得生动、亲切、奇警、独特，使作品挟艺术魅力以叩击读者的心扉，使包藏于其中的思想能够震撼人心，我以为这样做是可取的。'技巧主义'固然不对，忽视技巧，讳言技巧也是错误的。"

石泉的《漫谈〈云崖初暖〉》发表于同期《文艺报》。石泉写道："一个人物的性格一旦形成，就要顽固地按照他的生活环境和思想性格、个人气质来思考、行动、说话。按照这个规律来描写人物的言行、活动，就能把人物写活、写真；否则，就会把人物变成木偶和传声筒。从这个角度来看乌妞这个形象，也是成功的。""我们称赞这个人物，还在于她的形象比较丰满完美。作者不仅写出了她对生活的追求和她的倔强勇敢的一面，而且写了她温顺、多情、善良、友爱的一面，并把这两者糅合在日常生活中，让读者感到是她思想性格中统一的整体。""这部著作在语言上也下了功夫。作者很注意人物语言的个性化。各种人物，因为生活地区不同、教养不同、身份不同、个性不同，他们的语调、口气也不同，各人是各人的样子。""可能作者也是一个诗人的缘故，他在叙事、抒情时，往往采用诗一般的语言，对人物心情和自然景物的描写，充满了诗情画意。写到动情处，作者直抒情怀，把感情灌注在笔尖上，倾泻在字里行间，唱出了人物的心声。"

20日 李希凡的《渗透着诗情的氛围、色调和意境——漫谈〈呐喊〉、〈彷徨〉的创作艺术》发表于《人民文学》第9期。李希凡认为："人们称鲁迅小说为'叙述的诗'，这是因为在他的小说里，渗透着浓郁的诗的韵味，渲染着强烈的感情色彩。而这一切，又都是融合在典型形象的创造里，适应着雕塑性格的需要，形成一种特定的氛围、色调和意境，增强了艺术的魅力，不只丰富了读者的生活，也丰富了读者发挥想象的余地。"

25日 胡德培的《〈李自成〉艺术结构琐谈》发表于《宁夏文艺》第5期。胡德培写道："内容决定形式这个原理，运用于一部长篇小说来说，就是长篇的艺术结构必须围绕作品的中心内容而展开情节，描写人物；这一切，又都是为了突出和深化作品的主题思想。固然，艺术结构不可能独立于一部作品之外而单独存在，它必须根据作品所反映的实际生活的复杂性而合理地进行安排，使作品的主题思想、故事情节和人物刻画等熔铸为一个有机的整体。姚雪垠同志的长篇历史小说《李自成》在这方面为我们提供了宝贵的经验。""作为一部优秀艺术品的长篇小说，其艺术结构必须是一个有机的整体。在整体上，要发展有序，井井有条，草蛇灰线，前后照应，力求完整。整体是由一个一个片断所组成。在片断上，要千变万化，千姿百态，有虚有实，有张有弛，使之极尽变化多样之能事，而又服从于整体。无论整体与片断，则都服务于主题，依据于生活即根据生活的实际面貌和从生活中概括出来的作品主题的需要，而安排适当的艺术结构。《李自成》在这方面取得了可贵的经验，值得我们好好总结和吸取。"

同日，丁帆的《论峻青短篇小说的艺术风格》发表于《文学评论》第5期。丁帆写道："峻青短篇小说中的表现手法是丰富多彩的，无论是景物描写、肖像描写、浪漫主义的描写，还是人称手法、象征手法的运用，都是为了塑造丰满的英雄形象，概括生活中值得颂扬的悲剧而存在的，显示了作者深湛的艺术才华。""在景物描写中，作者善于把它作为人物形象的背景渲染，皴、描、点、染，浓淡相宜，恰到好处，许多作品中就有很多处淡墨的皴法，直到人物性格放射出最耀眼的光芒时，作者才肯加重色彩。""峻青短篇小说中情和景总是有机结合着的,作者把充满着理想主义的感情交融在动人的艺术画面里的例子是屡见不鲜的。""浪漫主义的描写是很容易反映出作家的世界观的。峻青小说的浪漫主义描写大都是积极向上的,是为壮美的思想境界作映衬的。小说中有很多神秘的传奇式描写,它为峻青的作品增添了鲜明的民族色彩,而这种民族色彩又服从于作家悲壮的艺术风格。""另外,峻青小说中的象征性艺术手法为崇高壮美的理想主义展示了诗情画意般的境界。"

王春元的《关于写英雄人物理论问题的探讨》发表于同期《文学评论》。王春元认为:"逃避现实的文学是不好的文学,仅仅反映现实的文学算不得是优秀的文学,只有那些既忠实于生活真实又勇于向生活挑战的文学才是不朽的。理想化的文学主张错就错在吃了逃避生活的亏,因此,它不只和现实主义无缘,也跟积极浪漫主义毫不相干。""文学为了表现我们这个伟大的民族在艰苦创业时代的伟大的灵魂,我们没有必要求助于什么'神'、'本质'、'理想化'、'英雄'等等彼岸世界的抽象概念,而竟把我们自身一切美好的、伟大的、崇高的、真正的人的品格都归在它们的名下;为了前进,我们没有必要走这种崎岖迂回的山路;为了确信社会主义事业的正确和伟大,我们没有必要给真正的人的文学事业上打上'英雄的',即'神的'印记。如果我们已经认识了自己的本质,我们就再也不要仿效当年的伏尔泰那样:'没有上帝,也要创造一个上帝'。"

张炯、杨志杰的《新中国长篇小说发展的几个问题》发表于同期《文学评论》。张炯、杨志杰认为:"三十年来,我们看到,长篇创作对于现实生活的深刻反映,它的现实主义的传统,经历了一条'之'字形的道路。我们的社会主义文学,自然应该容许多种多样的创作方法。但革命浪漫主义也不能脱离生活的真实,而革命现实主义和革命浪漫主义相结合,更应以革命现实主义为基础。现实主义传统的勃兴、衰落和复苏,正象寒暑表一样体现着新中国长篇创作成就的起伏。……整个来说,新中国长篇对社会主义现实还缺乏应有的描写,对现实中黑暗面的战斗声讨尤为不力,具有深度的作品还不是很多。我们还没有出现伟大的长篇作家。在应当产生史诗的时代,长篇中真正可称为史诗的作品,仍屈指可数。因而,提高长篇的真实性和战斗性,大大扩展长篇的题材和主题,仍然是创作中急需解决的课题。""许多长篇在人物描写中很注意艺术的概括,很注意刻画人物复杂而丰富的思想、感情和性格。它继承和发展了文学艺术在人物描写上的优秀历史传统，从而为我国文学的人物画廊增添了一系列崭新的丰满的典型人物的真实艺术形象。""文学作为人学，如果不反映这一客观现实，不描写人们在这伟大历程中所表现的复杂而丰富的内心世界的变化，那就不能真正成功地写好我们这个时代的人物形象，从而深深地打动读者，引起他们的共鸣，并帮助他们深刻地认识这个时代的社会生活。"

十月

12日　管桦的《扯碎魔鬼网罗》发表于《文艺报》第10期。管桦写道："我在文学作品里追求民族色彩，追求一种意境和韵味，追求简练等等，绘画给了我不少启示和借鉴。……文学、音乐、戏剧、美术既是独立存在，又是不可分割的。比如：小说里到处可以看见戏剧性结构，美术的场景和光线色彩，音乐性的节奏，戏曲演员念唱的韵味等等。它们的美学思想是共同的。中国的水墨画特别强调气韵、神妙、沉雄、朴拙、奇辟、纵横、简洁、含蓄，这在文学作品里是同样不可缺少的艺术性。""我认为文学的独创性，首先是作者对所描写事物的独创看法，然后是表现手段。而表现手段里最重要的是语言。老舍、赵树理、周立波、柳青、孙犁等同志都是以他们特色的语言成为有独特风格的作家的。……一个作家怎样可能使平平常常的谈话具有浓度和特色，而又使它仍然好象是平平常常的谈话呢？就象老舍、赵树理、周立波、柳青、孙犁同志作品那样，我认为他们是赋与自己作品里语言以必要的浓度而又让它真正接近生活的语言。"

黄培亮、黄伟宗的《可喜的第一步——读孔捷生的短篇小说》发表于同期《文艺报》。黄培亮、黄伟宗写道："孔捷生的小说在一定程度上受了欧·亨利的影响，但是孔捷生的作品有自己的风格、特色，未显出将别人的东西机械搬来套用的斧痕。这是因为作者不是从形式出发去生搬硬套前人的技巧，而是以表现生活和作品的实际内容出发去吸收和运用前人的经验，吸收别人的长处而补自己的不足。"

雷达、刘锡诚的《三年来小说创作发展的轮廓》发表于同期《文艺报》。雷达、刘锡诚写道:"粉碎'四人帮'以来,短篇小说——这最善于迅速地反映现实,也最能集中鲜明地表达作者对某种社会现象的看法的艺术形式,继承了'四五'诗歌的真实性、人民性和战斗性,正视现实,面对人民,闯开了一个又一个禁区,提出一个又一个广大群众迫切关注的社会问题,深刻地揭露了林彪、'四人帮'及其极左路线对社会生活的严重破坏,通过艺术形象认真地总结着惨痛的历史教训,取得了引人瞩目的重大成就。""三年来的短篇小说,确实取得了重大的突破。""首先,三年来短篇创作的一个最突出的特点,是坚持从生活出发,坚持文艺的真实性原则,恢复了革命现实主义的传统。……所以三年来的短篇小说提出了许多重大的社会问题。""人物的多样化是三年短篇小说的又一重要特点。……十七年中间在人物创造问题上也有一些错误的或不适当的提法,把写中间状态的人物,说成是资产阶级的文学主张,把塑造英雄人物绝对化,对文学创作危害很大。近年的短篇创作突破了这些枷锁,大大地前进了,从造'神'文艺回到了造人文艺。作家们致力于塑造各种各样的人物。"

梁信的《文学创作规律小释》发表于同期《文艺报》。梁信写道:"'文学创作,究其基本,究其规律,要而言之,曰:"借熟悉之人,演悲欢之事;抒一己之情,辩兴亡之理。"中外古今,凡大型成功之作,概莫能外也。'""'借熟悉之人'。说的是进入创作前的生活积累,特别是人物积累。""'演悲欢之事'。这是说进入创作后的故事,情节,也涉及到结构。""'抒一己之情'……它不仅有理,而且重在有情,理以情传之故也!""'辩兴亡之理'。这是作家的天职与目的。就是:通过作品中的各种典型人物,通过他们的痛苦与欢乐,通过作家赋予作品中的人和事的深厚感情,使读者或观众悟到兴亡的道理。这里的辩,是明辩是非,不是辩论,那又是理论文章的事。"

吴强的《我的回顾》发表于同期《文艺报》。吴强写道:"文学艺术塑造人物形象,原就不是生活原形的照相,而是允许、必须在原形的基础上进行艺术的概括、集中、提高,使之从生活真实达到艺术真实,更典型化。这是文学创作上的常识。但不能从而认为写英雄人物就是不能写他的任何缺点,不能写他的成长过程中被认为是缺点的表现。这个论点是不正确的,是把原是多种多样的英雄人物理想化、单一化。既违反了生活的真实,也违反了艺术的真实,也就远离了社会主义现实主义文学的基本原则。""生活中的人，是多种多样的，生活中有什么人物，就可以写什么人物，作家写作品，在作品中写人物，是根据他的生活经历进行选择和艺术塑造的。他熟悉什么人物，要写什么人物，就应当允许他写什么人物，而不应当强制他只能写这种人物，不能写那种人物；也不能说写英雄人物重要，写非英雄人物就不重要，认为各个阶级都要塑造各个阶级的英雄人物，便要求每个无产阶级作家，都去写无产阶级的英雄人物，都去塑造无产阶级的英雄形象，除此以外的其他人物，则一概不准作为写作的主要对象即作品的主人公；这也势必会把作家赶到一条狭窄的胡同里去，使文学作品单一化。"

本月

王亚平的《赵树理创作的几个特点》发表于《鸭绿江》第10期。王亚平认为："赵树理同志是民族形式不懈的探索者，是卓越的说唱文学家。""他所探索的是能说能唱的文学。他认定散文能说，韵文能唱，纵然不能说是全部中国的民族形式，也是主要的民族形式。我们看看传播较为久远广泛的民歌、民谣、快板、各种能唱的词、能说的书、古典诗词、乐府诗中能唱的优秀作品，以及'五四'到今天所创作的能说能唱的东西，都是民族形式的发展、创造。抱着这种想法，沿着这条道路创作的，就是赵树理探索的民族形式。"

王亚平还说："抓住人物生活上、身体上，或其他方面的特点、习惯、动作等，在一定情节上，作多次的或有意重复的描绘，以加深对人物的印象，增加读者的兴趣，使人物栩栩如生地活现在读者面前。这种写法是古典小说中常见的，在民间传说中也是常有的，可以说是民族形式的一种表现技巧。在外国小说中也有这样表现手法。赵树理同志吸取了这种手法，运用到自己小说中人物的描写上，很成功很受读者欢迎。"

十一月

20日　茅盾的《解放思想，发扬文艺民主——在中国文学艺术工作者第四次代表大会及中国作家协会第三次会员代表大会上的讲话》发表于《人民文学》

第11期。茅盾说："《伤痕》等一类的作品被称为'伤痕文学'、'暴露文学'，这是不恰当的。我们需要这类作品，因为它可以而且必然会使同时代和下一代的人提高警惕，不许'四人帮'横行的噩梦似的十年再出现在我国。""最近出现的《剪辑错了的故事》、《黑旗》等，批判极左思想的不容轻视的残余影响，探索更深的历史教训。""短篇《乔厂长上任记》描写了向四个现代化进军的斗争生活。这标志着题材的多样化，是文学方面反映党中央提出的工作重点转移这一划时代号召的初期的作品。""中篇小说出现了初步的繁荣。有若干好作品，大家都知道，例如《大墙下的红玉兰》、《永远是春天》等等。"

十二月

4日 仲年的《小谈"意识流"》发表于《文汇报》。仲年写道："'意识流'的提法最早出现在国外的心理学研究著作中，是美国的心理学家威廉·詹姆士提出来的。一八八四年，他发表的论著里提出，人类的思维活动是一股切不开、斩不断的'流水'。他说：'意识并不是片断的连接，而是不断流动的。用一条"河"或者一股"流水"的比喻来表达它是最自然的了。此后，我们再说起它的时候，就把它叫思想流，意识流或者主观生活之流吧。'""他们的注意力集中在人的感性活动、意识活动和内心奥秘上。为此，他们创造了许多新手法，如内心独白、时序颠倒的叙述方法；象征性的艺术结构；自由联想（包括事实与梦幻、现实和回忆的相互交织、来回流动）；语言形式的离奇的试验等等。"

12日 邓小平的《在中国文学艺术工作者第四次代表大会上的祝辞（一九七九年十月三十日）》发表于《文艺报》第11、12期合刊。邓小平指出："我们的文艺，应当在描写和培养社会主义新人方面，付出更大的努力，取得更丰硕的成果。要塑造四个现代化建设的创业者，表现他们那种有革命理想和科学态度、有高尚情操和创造能力、有宽阔眼界和求实精神的崭新面貌。要通过这些新人的形象，来激发广大群众的社会主义积极性，推动他们从事四个现代化建设的历史性创造活动。""我们的社会主义文艺，要通过有血有肉、生动感人的艺术形象，真实地反映丰富的社会生活，反映人们在各种社会关系中的本质，表现时代前进的要求和历史发展的趋势，并且努力用社会主义思想教育人民，给他们以积极进取、奋发图强的精神。""英雄人物的业绩和普通人们的劳动、斗争及悲欢离合，现代人的生活和古代人的生活，都应当在文艺中得到反映。我国古代的和外国的文艺作品、表演艺术中，一切进步的和优秀的东西，都应当借鉴和学习。""人民需要艺术，艺术更需要人民。自觉地在人民的生活中汲取素材、主题、情节、语言、诗情和画意，用人民创造历史的奋发精神来哺育自己，这就是我们社会主义文艺事业兴旺发达的根本道路。""文艺工作者还要不断丰富和提高自己的艺术表现能力。所有文艺工作者，都应当认真钻研、吸收、融化和发展古今中外艺术技巧中一切好的东西，创造出具有民族风格和时代特色的完美的艺术形式。"

刘白羽的《中国作家协会第三次会员代表大会开幕词》发表于同期《文艺报》。刘白羽指出："我们大力提倡表现社会主义的现实生活，从各方面反映当代伟大的历史性转变，但是，这并不意味着只有写社会主义现代化建设生活的题材，才能为实现'四化'服务。现代、近代革命历史题材，古代历史题材，只要是按照时代和人民的需要来写，有利于提高人民的斗争意志和民族自信心，有利于丰富人民的历史知识和生活知识，有利于培养人民高尚的情操，同样可以为实现'四化'服务。现代题材本身也是多样化的。作家完全可以根据自己的所见、所闻、所感、所信，从不同的方面，选择不同的角度来反映我们时代壮丽多姿的生活。……文学创作既要真实地、深刻地反映人民群众从事社会主义现代化建设的英雄业绩，又要抨击、批判阻碍'四化'的反动势力和各种消极现象。以推动我们伟大时代的生活不断前进。"

刘锡诚的《乔光朴是一个典型》发表于同期《文艺报》。刘锡诚写道："小说的主要成就在于为我们塑造了乔光朴这样一个在新时期现代化建设中焕发出革命青春的闯将的典型形象。……革命需要英雄，时代需要主角。文学应该塑造出新的英雄人物来，激励人民群众奋勇向前，建设美好的明天。过去革命中的英雄，并不都是当前这场深刻的革命中的'当然英雄'，如果把乔光朴看作是一个体现着时代精神的当代英雄，我以为并不为过。""经过提炼的艺术情节，构成人物性格的历史。典型化的情节和巧妙的构思，往往能使人物的性格显明、集中、突出、令人难忘。作者在这篇小说里十分注意选择若干典型化了的情节，以显示乔光朴性格中有典型意义的特点。""任何有成就的小说作家,都重视对人物精神面貌的挖掘,努力刻画人物的灵魂。蒋子龙在写他的时代的闯将的时候,赋予了他的人物以鲜明的时代特点,使他不同于过去文学上出现的类似的人物。""文学以人为描写对象,但不应忘记,这个作为文学描写对象的人,是社会的人。文学还有一个任务:反映社会,提出社会问题。"

刘锡诚认为:"短篇小说毕竟是短篇小说,它的取材角度,容量,人物,都得受到体裁本身规律的制约,不能期望它能在更大的范围内再现生活的全部复杂性。但作者没有忽视在有限的篇幅里尽可能地真实描绘出这现实关系的一端或几端,读者则可从这一端或几端而见社会生活的全貌。""文学的职责不仅仅是消极地反映生活,而且应能动地推动生活、促进生活。文学要干预生活;要文学不干预生活是不可能的,不是这样干预,就是那样干预。而《乔厂长上任记》由于塑造了乔光朴这样一个形象,已经在生活中起了干预的作用:人们在街谈巷议,在效法,在学习。"

孟伟哉的《有益的启示——读刘宾雁的特写〈人妖之间〉》发表于同期《文艺报》。孟伟哉写道:"读者们称赞这篇特写'反映了广大人民群众的心声',是一篇'震撼人心的优秀之作'。""以无产阶级党性观察生活和反映现实,这就是《人妖之间》给我们的启示。""忠于现实、正视矛盾、干预生活的作品是扼杀不了的,对人民负责的作家,将在新的考验中继续解放思想,斗争前进!"

沙汀的《安息吧,立波同志》发表于同期《文艺报》。沙汀写道:"我在延安才读到他初期创作的短篇小说《麻雀》。这篇作品是以他的监狱生活为基础写成的,它的艺术特点一直保存在立波以后的长短篇小说中:语言生动、朴素、幽默、极少雕琢痕迹。"

韶华、思基的《文学创作中的艺术和政治》发表于同期《文艺报》。韶华、思基写道:"艺术构思是作者思索生活、提炼生活、集中概括生活,创造典型人物的'聚焦镜',是作家表现主题的独特手段。""任何作品所描写的人物,总要写出他的身份(或出身成份)职务的。""应该认为:典型环境是个复杂体,不是个单一体。每个人都有自己的特殊经历,走过自己的特殊道路,也就是他的典型环境。""我们在以往的创作实践中,太拘泥于生活的事实了。其实,现实生活，都只不过是作家创作的素材，或触发作家概括生活，揭示生活的意义的导火线。作家通过某一生活现象，进行联想、夸张、虚构，以突出某一现象，而把整个错综复杂的现实生活综合到自己的作品中来。""文艺本应以情动人，以表现人的思想感情为特征的，也可以说是感情的艺术。一切生活和斗争都必须通过人的喜、怒、哀、乐表现出来。"

王蒙的《我们的责任》发表于同期《文艺报》。王蒙写道："我们的人民愈来愈不喜欢乃至痛恨官僚主义、特权思想、不正之风、形式主义、假大空话，我们要正视生活的矛盾，表达人民的愿望，作人民的喉舌，扫除这些与我们党的性质、与社会主义的性质、与我们的四化目标格格不入的东西。""人民需要说真话、敢于为民请命而又切切实实为人民做一些好事的作家。""人民也不需要呻吟、哀嚎、空对空的高谈阔论和站在一边的指手划脚。"

周扬的《继往开来，繁荣社会主义新时期的文艺——在中国文学艺术工作者第四次代表大会上的报告（一九七九年十一月一日）》发表于同期《文艺报》。周扬指出："这个时期的许多作品，首先是短篇小说和话剧，发扬了社会主义文艺的现实主义传统，描绘了人民群众同'四人帮'之间的尖锐斗争以及在那些灾难年月发生的种种复杂的社会矛盾，描绘了老一代无产阶级革命家和新长征路上涌现的先进人物，揭露了障碍实现社会主义现代化的种种阻力和弊端。题材尽管不同，却都比较及时地尖锐地提出了现实生活中迫切需要解决的问题，强烈地反映了广大人民群众的心愿、理想、情绪和要求。""这些作品，来自人民的大海，带着浓厚的生活气息和强烈的时代精神。""我们的文艺应该从各方面反映当代伟大历史性转变中人民的生活和斗争。……作家主要是描写各种人的生活和命运，刻画人物的复杂性格，表现人的丰富的内心世界，描绘人们在为现代化斗争中的精神面貌的深刻变化。我们的文艺要写英雄人物，也要写其他各种各样的人物，包括中间状态的人物、落后人物和反面人物。"

同期《文艺报》的"作品讨论·《大墙下的红玉兰》"专栏发表《关于〈大墙下的红玉兰〉的通信》。孙犁在给维熙的信中写道："你的小说能一下子就把我吸引住。它的生活的真实背景，情节的紧凑衔接，人物的矛盾冲突，都证明你近来在小说艺术探索方面的努力和成就，是非同一般，非同小可的。"

本月

魏克信的《试谈短篇小说情节的容量》发表于《长春》12月号。魏克信写道："短篇小说主要是通过情节描写人物性格，表现主题思想。""短篇小说的情节，应该凝炼集中，以小见大，以最简洁的生活画面，反映丰富、深刻的社会内容。所谓情节的容量，是指作品通过一定的事件和人物的行动所表达的思想内容和生活内容。作家进行创作时，根据他的艺术构思，把他对生活的思索、评价和理想熔铸到以人物为中轴的一幅幅画面里，造成典型化的情节。这情节，是直接现实的生活画面，同时凝结着作者强烈的思想感情；情节的画面愈具体真切，作者的思想观点愈深刻隐蔽，则情节的容量愈大，作品的生命力愈强。""如何选取典型的场景和事件，表现深刻丰富的思想内容，使情节获得浩大的容量，文学史上许多优秀短篇，提供了宝贵的经验。""选好主干，穿插枝蔓，'合二而一'，一举多得。短篇小说无论是从纵的方面，选择较长时期或一个人一生的典型事件，表现社会矛盾，还是从横的方面，截取一个生活片段，大都有一个主要故事情节，作为小说的主干贯穿始终，同时还有一些次要情节，作为枝蔓穿插其间。这样，就要对主要的情节浓墨重泼，精雕细刻，集中写好，对次要情节则要惜墨如金，画龙点睛。""选准焦点，交织矛盾，以点带面，以小见大。获得情节容量的重要手段，是选取最能表现人物性格主要特征的生活场景和事件。王愿坚说：'对于人物的思想性格是可以从不同的角度去表现的，但常常只有那么一个角度，最能充分地看到人物思想、性格的主要的特征。'本领高明的作家，善于找到最适于摄录生活的艺术焦点，把错综复杂的人物矛盾关系和人物的性格特征，都集中到简洁凝炼的情节链条里。"

王荣伟的《短篇小说情节谈》发表于《鸭绿江》第12期。王荣伟认为："短篇小说容量有限，它不适于表现复杂庞大的故事，只适于叙写简捷单纯的情节。叙述头绪繁多、大起大落的故事，是长篇小说之所长，非短篇小说所能胜任。""短篇小说的情节，不求全面、完整，它多是选定一个片断或相联系的几个片断。……它写的是事件中的一环、一段。如果选择得当，从一个特定的片断上，可以显示在此以前的来龙去脉，也可以展现从此以后的发展变化。""短篇小说安排情节,……允许也应该有跳动性。有些过程,在长篇小说中可以适当叙写,而在短篇小说中可以跳开越过。情节的联缀,靠内在的过渡,不靠外在的衔接。""为了在特定的片断中叙写一定的情节,且显示其发展变化,短篇小说的情节要求集中、紧凑。这样,有些类似'巧合''对比''反复'的手法,常常为作者所喜用。""俗话说:'无巧不成书'。'巧合'对情节的发展来说,可以使之集中紧凑,免去那些不必要的枝蔓。有的作品,由于巧合,可以把并行的情节,巧合一处,使两者相辅相成,虚实结合。"

王荣伟还说:"对比与反复,都可造成强烈的艺术感染,已为各种艺术样式所喜用。短篇小说较多的情况是写生活的片断,所以不能象长篇小说那样任意挥洒,这就不单要求对所写的片断在选择上做到精而又精,而且要求在片断之间的联系上尽力做到显示事物本质,因此,对比与反复实在是有力的方式。情节上的对比,使读者在它的明显区别、陡然变化上得到鲜明的印象,象烙印那样深烙在脑子里。"

阎纲、孙犁的《关于〈铁木前传〉的通信》发表于同期《鸭绿江》。阎纲在信中写道:"为了研究一下中篇创作的问题,如人物刻划的特点,情节结构的特点以及这种形式独特奥妙之处,我学习了《阿Q正传》、《铁木前传》和你的《关于中篇小说》。""它(指《铁木前传》——编者注)教给我的东西还要多些。读这种作品,一点不吃力,因为它是那样诚挚、率直、多情和富于奇异的表现力。""描写是如此简洁、隽永、秀丽。然而,决不刻意雕饰。你把白描的手法运用到炉火纯青的程度,你把绚烂的五彩云霞,用清澈见底的水色映衬了出来。你寥寥几笔就可以使人物神情毕见的手法,实在高超。你运用文字经济到了极点。'绚丽之极,归于平朴',你把聪明和文采藏在丰富的背后。'红装素裹'就是孙犁的艺术形象。""你在处理叙述和描写,高大与平凡,政治与生活,正写与侧写,烂漫与朴素,人物与事件,表扬与批评,爱与憎,恨敌人与恨铁不成钢,人的完整性与复杂性,理智与感情,生活的直录与诗意的发掘,高调与强音,动辄说教与平等待人等等关系方面,形成了自己特有的艺术风格。你的这种已经成熟了的艺术风格,在历经动乱的文坛上,显得分外动人。"

孙犁则回复道:"你以为小说里就没有作家自己吗?那是古今中外,都无例外，有。""创作是作家体验过的生活的综合再现。即使一个短篇，也很难说就是写的一时一地。这里面也不会有个人的恩怨的，它是通过创作，表现了对作为社会现象的人与事的爱憎。"

本年

于柄坤的《勤于思索　善于学习——短篇小说创作学习班侧记》发表于《写作参考》第3期。于炳坤认为："在写人物上扎扎实实下功夫，塑造好人物是短篇小说创作的核心问题。做好熟悉人了解人的工作，是塑造好人物的基础。围绕人物的塑造，从我们短篇小说的创作看，有三种情况需引起注意。一种是堆砌材料，缺少艺术加工。这样写出的作品，大都是好人好事，人物缺乏性格特征，也就很难有光彩。……正如有的同志所说：'用了几吨材料，还是平淡。'另一种是跳不出'主题先行''三突出'的框框。这类作品的特点是人物虚假，情节拼凑而成，干巴得很，是用来图解主题的。缺乏内在的有机联系。……还有一种是追求怪诞的故事。这种作品虽然提出的问题往往很尖锐，但里面没有人物，只有为作者阐述某种观点的甲乙丙，是杂文式的，却不象小说。要改变上述三种情况，还得靠扎扎实实地在写人物上下功夫，严格要求自己，不贪图方便，不要追寻创作上的'捷径'。有位同志说得好：'要使自己成长起来，真正能写出一点无愧于时代的作品，不研究人，不了解人，是无论如果办不到的。'"

黄政枢、程远山的《文学作品需要"这个"——谈几个短篇小说创作的独特性》发表于《钟山》第1期。黄政枢、程远山写道："艺术创作有别于编写哲学讲义，纯粹抽象思维的归纳和演绎法则，不是它的表现手段；但是，艺术与哲学又并非绝缘。有些文学作品，正由于包孕着来自生活的某些哲理，才格外显出其反映生活的深度和思想的精粹。它们不但给人以反复咀嚼、不尽回味的余地，而且启示着人们去严肃思考生活和认识生活，以至探索生活的奥秘。""肖平的《墓场与鲜花》，正是以这一独特性见长的佳作。""不同的'命运'，会又是相同的'命运'吗？会的。曹鸿骞的《命运》，以其独特的艺术形象，令人信服地回答了这个问题。""文艺作品应有它自身的完整性，一篇小说中的两条线索不应'各自为政'。怎样让这两条线索、两种'命运'有机地统一在同一篇作品中,从而体现了统一的主题呢?""作者在基于两种'命运'异中有同的思想认识基础上,运用了艺术上的'巧合'手段,为作品中的两条线索、两种'命运'安排了一个巧妙的交叉点,在这个交叉点上,是一只几度易主、'命运'几经变化的上海牌手表。"

曼生的《论刘心武短篇小说的思想艺术特色》发表于同期《钟山》。曼生写道:"刘心武同志的短篇小说在情节及人物塑造上也有其独特的风格。他的作品的情节不着重于纵向的发展,而偏重于横向的解剖;纵向发展的目的主要是为了把横向的解剖串连起来。因此他的小说故事性不强,而人物的描写和刻划也多用'全息摄影'式的特写镜头来完成。"